HISTOIRE

LITTÉRAIRE

DE LA FRANCE

TOME XV

Orléans, imp. de G. Jacob, cloître Saint-Étienne, 4.

HISTOIRE

LITTÉRAIRE

DE LA FRANCE

OUVRAGE

COMMENCÉ PAR DES RELIGIEUX BÉNÉDICTINS

DE LA CONGRÉGATION DE SAINT-MAUR

ET CONTINUÉ

PAR UNE COMMISSION PRISE DANS LA CLASSE D'HISTOIRE ET DE

LITTÉRATURE ANCIENNE DE L'INSTITUT

TOME XV

SUITE ET FIN DU DOUZIÈME SIÈCLE

NOUVELLE ÉDITION, CONFORME A LA PRÉCÉDENTE

———————

A PARIS

Librairie de VICTOR PALMÉ, 25, rue de Grenelle-Saint-Germain.

M. DCCC. LXIX

SERLON,

Chanoine de Bayeux,

Poète latin.

Il a été rendu compte, dans notre Histoire littéraire, des écrits de plusieurs auteurs nommés Serlon, qui ont vécu et qui sont morts dans le XII⁰ siècle. Tels sont : 1° Serlon, abbé de Glocester en Angleterre, qui, quoi qu'en disent les bibliographes anglais, était né en Normandie. Il fut d'abord chanoine d'Avranches, puis religieux bénédictin au mont Saint-Michel avant de passer en Angleterre, où il fut pourvu de l'abbaye de Glocester, et mourut l'an 1104. Tous ces faits sont consignés dans le *Monasticum Anglicanum*, tome 1ᵉʳ, pages 110 et 111. Hist. Littér. t. IX, p. 277.

2° Un autre Serlon, qui a eu son article dans notre Histoire, est l'évêque de Seez de ce nom, qui fut d'abord abbé de Saint-Evroult, décédé l'an 1122. Ibid. t. X, p. 341.

3° Plus tard il est parlé d'un troisième Serlon, qui fut abbé de Savigni en Normandie, et mourut à Clairvaux l'an 1158, après avoir réuni la congrégation dont il était le chef à l'ordre de Cîteaux. Ibid. t. XII, p. 521.

Au commencement du même siècle, vivait un autre Serlon, chanoine de Bayeux, poète latin peu connu, dont nous avons découvert trois manuscrits contenant un très-grand nombre de pièces de sa composition. Le premier de ces manuscrits est conservé à Londres parmi les manuscrits du chevalier Cotton *(Vitellius A. XII)* faisant partie du musée britannique. Le second appartient à la bibliothèque royale de Paris, sous le n° 3718. Le troisième se trouve à Rome, au Vatican, parmi les manuscrits de la reine Christine de Suède, sous le n° 344, olim 1599 ; et ces trois manuscrits, à quelques exceptions près, contiennent des pièces toutes différentes.

Les premiers auteurs de notre Histoire littéraire, n'étant pas à portée de consulter ces manuscrits, n'ont rien dit du poète Serlon. C'est pour réparer cette omission que nous plaçons ici à la tête du volume qui complète l'Histoire littéraire du XII⁰ siècle, et comme hors-d'œuvre, son article, qui aurait dû trouver sa place au commencement du même siècle.

Serlon était chanoine de Bayeux; c'est ce qui résulte de toute la contexture du poëme dans lequel il fait la description du siége de cette ville par Henri I⁰ʳ, roi d'Angleterre, lorsqu'il fit, l'an 1106, la conquête de la Normandie sur le duc Robert, son frère. A la tête d'une autre de ses poésies, il est surnommé *Parisiacensis*. Que faut-il entendre par ce surnom? Etait-ce son nom de famille, comme celui de Mathieu Pâris? ou bien était-il né à Paris ou dans le Parisis? Ce dernier sentiment nous paraît assez probable. Nous savons d'ailleurs que Odon, évêque de Bayeux, frère utérin de Guillaume-le-Conquérant, prélat fort remuant, aimant l'ostentation et tout ce qui pouvait favoriser son ambition, auquel notre auteur adresse une de ses pièces, avait attiré dans son diocèse des gens de lettres de tous les pays. C'est tout ce que nous savons sur sa personne. Nous allons nous occuper de ses écrits par l'analyse de ces trois manuscrits.

Analyse du manuscrit de Londres.

Ce manuscrit nous a été indiqué d'abord par M. l'abbé Larue, correspondant de l'académie des Inscriptions et Belles-Lettres; et nous en avons reçu des extraits par M. l'abbé Bétencourt, associé libre de la même académie, et par M. Henri Petrie, garde des manuscrits de la tour de Londres. Voici ce qu'il contient :

1° Le plus considérable de ces poëmes est celui qui a pour titre : *Versus Serlonis de capta Bajocensium civitate.* C'est une pièce de trois cent quarante vers léonins, hexamètres, dont la fin rime toujours avec l'hémistiche. Dans ce poëme, commençant par ces mots, *Corde fero tristi, quòd capta fuisti, urbs Bajocensis,* l'auteur se plaint amèrement du peu de résistance que la garnison avait opposée au vainqueur, et accuse aussi les habitans de lâcheté pour ne s'être pas défendus eux-mêmes. Entrant dans un plus grand détail, il fait la description des accidens déplorables qui accompagnent un siége, de l'incendie de la ville, et des pertes que lui-même avait éprouvées, réduit à n'avoir plus ni gîte ni vêtemens, manquant des choses les plus nécessaires à la vie : d'où il prend occasion de taxer d'insensibilité les gens du pays, et de censurer avec esprit les mœurs publiques.

Ce poëme aurait dû trouver place dans la nouvelle collection des historiens de France ; mais il est arrivé trop tard pour être inséré dans celle qui lui convenait. Pour n'en pas priver le public, nous l'avons fait imprimer dans le tome XI des notices et extraits des manuscrits de la bibliothèque royale et autres bibliothèques particulières ; collection dont la continuation est confiée à l'académie des Inscriptions et Belles-Lettres. Le manuscrit du chevalier Cotton a été un peu endommagé par le feu dans la partie supérieure, lors de l'incendie de cette riche bibliothèque l'an 1757.

2° On trouve dans le même manuscrit, *Versus Serlonis Parisiacensis ad* MURIEL *sanctimonialem.* C'est un poëme de deux cent soixante-seize vers hexamètres, cadencés comme les précédens. Ces vers sont adressés à une sœur utérine de Guillaume-le-Conquérant, appelée Muriel, peu connue dans l'histoire sous ce nom. Guillaume de Jumiége, ou plu- Lib. VIII, cap. 37. tôt son continuateur, qui lui donne pour premier mari le malheureux Waldef, comte de Huntington, condamné à mort par le roi, son beau-frère, et pour second mari Eudes *Ibid.* cap. 3. de Champagne, comte d'Aumale, ne la nomme pas. L'auteur de l'Art de vérifier les dates la nomme Adélaïde, on ne sait sur quel fondement. Quoi qu'il en soit, Muriel, étant devenue veuve, se fit religieuse vraisemblablement à l'abbaye de la Trinité de Caen, nouvellement fondée par le roi son frère et la reine Mathilde. Ce poëme est tout moral, et roule sur l'excellence de la vie religieuse, dont on relève les avantages au-dessus des jouissances du siècle. Il commence par ces mots : *Dum nostrum poscis carmen, quod inutile nosti.*

3° La troisième pièce a pour titre : *De Rege Willelmo.* Elle a été composée pour féliciter le duc Guillaume sur la conquête de l'Angleterre. Comme elle n'est pas longue, et qu'elle ne manque pas d'élégance, nous la transcrirons ici.

Plus tibi fama dedit, quàm posset musa Maronis,
Nec tamen ad meritum pervenit usque tuum.
Si bene prosequitur qui de te singula quærit,
Viribus, ingenio, Cæsare major eris.
Hunc opibus largis, hunc milite Roma juvabat,
Roma potens opibus, quæ caput orbis erat;

At virtus animi, non ampla potentia rerum,
Te vocat in regnum, te facit esse Ducem.
Cumque tibi latè cedat geminata potestas,
Et varias gentes arguat una manus,
Utiliter leges et publica jura tueris,
Justitiamque frequens cum pietate colis.
His gradibus faciles aditus ad summa parasti,
Hoc opus, hoc studium, sceptra dedere tibi.
Ergo consul eris et rex, et magnus utroque,
Serviet imperiis utraque terra tuis.
Tu mare, tu terras, tu littus utrumque coerces
Viribus, et medias pax tua signat aquas.
Æmula pars taceat; Cæsar redit, hoste subacto;
Ampla trophœa refert Cæsar ab hoste suo.
Festaque nunc tandem læto sonet Anglia plausu.

4° Dans la quatrième pièce, qui a pour titre *De Reginâ Mathilde,* le poète célèbre le mariage de Mathilde, fille de Malcolm, roi d'Écosse, avec Henri Iᵉʳ, roi d'Angleterre. C'est un épithalame dans lequel le poète n'épargne pas les hyperboles. Nous n'en citerons que les premiers vers :

Septem majores numeramus in œthere stellas,
Siderei numerus ordinis impar erit;
Addimus octavam, nec partes inferiores
Hæc tenet; in summo præminet orbe poli, etc.

5° Guillaume-le-Conquérant, qui avait comblé de biens et d'honneurs son frère Odon, évêque de Bayeux, à qui il avait donné le comté de Kent et confié une grande portion de son autorité dans le royaume, mécontent de lui, le fit mettre en prison, et ne consentit à le relâcher que quatre ans après, au moment qu'il allait expirer. C'est cet événement que le poète célèbre dans une pièce de vers *ad Odonem Bajocensem,* dans laquelle il fait du prélat un éloge pompeux, tandis que sa conduite est assez généralement décriée chez les auteurs contemporains. Voici cette pièce :

Sidereos cives, nunc et per omnia dives,
Post vitæ metas, præsul honeste, petas!
Solvere colla venis, gravibus depressa catenis,
Pastor, et exlegi demere vincla gregi.
Gens pia cùm fleret, quia sol sub nube lateret,

. . . .

At tu jocundo sua reddens lumina mundo,
Mœroris nubes omnis abesse jubes.
Sol novus illuxit, vetus horror ab aere fluxit;
Nox nigra discedit, luxque serena redit.
Nostra redit virtus, raptor jam sœviat hirtus,
Quantum vult acer, nil timet ordo sacer.
Hoc genus morbi nostro Deus abstulit orbi,
Postquam lux celebris prodiit à tenebris.
Transiit aura gravis, gaudet jam remige navis,
Ridet ovans mater, te veniente, pater.
Te veniente, pater, fugit hostis et angelus ater,
Cedunt ista duo pulsa vigore tuo.
Te sentit postem Domini domus, hostis et hostem,
Hanc pietate fovens, hunc feritate movens.
Exsultent montes, silvæ quoque, flumina, fontes;
Tanto pastori concinat ordo chori !
Vox resonet vatum, patrem celebrando beatum,
Huncque canens mirâ personet arte lyra !
Joseph namque modo nobis est redditus Odo,
Joseph dira trucis clauserat ira Ducis;
Postea non segni tractans ope commoda regni,
Nunc pensans meritum, repulit interitum.
Tu quoque, gemma patrum, post tempus carceris atrum
Lux patriæ fies, ecclesiæque dies.

6° Si le poëte Serlon excellait dans la louange, il n'était
pas moins véhément dans la satire, témoins les vers acérés
qu'il lança contre l'abbé de Saint-Etienne de Caen, nommé
Gislebert, dont le titre est *Invectio ejusdem Serlonis in Gis-
lebertum abbatem Cadomi,* commençant par ces mots, *Se-
cretis mensis.* L'auteur le représente comme un vrai Sardanapale, adonné à tous les plaisirs des sens, sur-tout à la
bonne chère, tandis qu'il laissait mourir de faim ses religieux. L'invective est si peu mesurée, qu'une main officieuse
a tracé sur chaque vers une large tranche de rouge fort
épais, et même raturé plusieurs mots; ce qui n'empêche pas
qu'on ne puisse lire encore, en tout ou en partie, presque
tous les vers.

7° Dans le même manuscrit, qui contient aussi des pièces
de vers d'Hildebert et de Marbode, on trouve deux autres
morceaux ayant pour titre, l'un *Ad amicum absentem,*

l'autre *Ad mordacem Cynedum,* qu'on peut attribuer à Serlon. Mais nous n'en connaissons que le titre.

Analyse du manuscrit de la bibliothèque royale.

Le manuscrit 3718 de la bibliothèque royale de Paris contient aussi plusieurs pièces de notre versificateur, autres que
celles que nous venons d'indiquer sous ce titre presque
effacé : *Incipiunt versus magistri Serlonis de diversis modis
versificandi, utiles valde cuique versificatori.*

C'est une espèce de poétique à l'usage des versificateurs
latins du XIe siècle , laquelle consiste moins en préceptes
qu'en exemples ou modèles. C'est pour cela que toutes ces
pièces, quoique la plupart historiques, n'ont ni titre ni suscription; il ne paraît pas même qu'on ait voulu leur en donner après coup ; car il n'existe pas, entre les différentes
pièces , le moindre espace pour les recevoir de la main de
l'enlumineur. Ces pièces sont au nombre de seize. Nous tâcherons d'en donner une idée le plus brièvement possible.

1° La première, composée de seize vers élégiaques , est
adressée à un prélat qui n'est pas nommé. Elle commence
ainsi :

> *Clerus, fama, valor, te magnum, magnificandum,*
> *Dignum, testatur, nuntiat, esse facit.*

ces vers ne sont rimés ni au milieu ni à la fin, comme la
plupart des autres du recueil, qu'on appelle *léonins.* L'agrément qu'on y trouvait consiste dans une espèce de correspondance dans l'arrangement des mots du premier et du
second vers. Ainsi, dans cet exemple , pour saisir la pensée
de l'auteur, il faut , pour ainsi dire, faire l'anatomie des
mots, et lire : *Clerus testatur te magnum, fama nuntiat
magnificandum, valor esse facit dignum.* Il en est de même
des autres distiques.

2° La deuxième pièce est l'éloge ou l'épitaphe d'un abbé
nommé Robert, en vingt-six vers élégiaques non rimés. Ils
peuvent servir de modèle de l'abus des antithèses et des jeux
de mots. Nous n'en citerons que ces deux vers :

> *Pax intus, tutela foris : pater hîc, ibi quæstor ;*
> *Plus pius, imo ferus; plus ferus, imo pius.*

3° La troisième pièce, de dix vers, a cela de particulier, que tous les mots de chaque vers commencent par la même lettre. Ils sont hexamètres, et rimés au milieu et à la fin. En voici un échantillon :

> *Pulcher pube Paris, Pyrrhus probitate probaris,*
> *Actibus Alcides, armis animosus Atrides.*

4° La quatrième, en dix vers élégiaques, rimés au milieu et à la fin, est adressée à un ami qu'on ne nomme pas, homme de plaisir et de bonne chère, dont on regrette l'absence. L'auteur a mis son nom *Parisius* à la tête, parce qu'il fait partie du vers.

> *Parisius Paridi. Felix tua secula vidi,*
> *Infelix careo nunc Ganymede meo.*

5° La cinquième est un chant funèbre de vingt-huit vers élégiaques, rimés comme les précédens, à la louange d'un comte nommé Simon. Tout nous porte à croire que ce comte n'est autre que Simon, comte de Crêpi en Valois, tant célébré dans le XI⁰ siècle, dont le nom figure même dans le catalogue des saints. Nous n'en citerons que ces deux vers du milieu :

> *Flos Comitum, superis par nobilitate, severis*
> *Justitiâ, teneris pace, mucrone feris.*

6° La sixième fournit un exemple de vers hexamètres, rimés trois fois, au commencement, au milieu et à la fin, liés deux à deux avec les mêmes rimes dans la forme suivante :

> *Voce brevi, sermone levi, tibi paucula s.   .   .   .*
> *Qui neque vi, nec jure brevi, sed amore qui.   .   evi*

7° La septième, de huit vers hexamètres, rimés au milieu et à la fin, paraît être adressée à un souverain pontife pour demander sa protection contre des détracteurs.

> *Roma, caput superûm tibi dixit, pondera rerum,*
> *Officium mundi, ducis accipe jura secundi.*

8° La huitième, en douze vers hexamètres, rimés comme dans la précédente, paraît être l'épitaphe du comte Simon de Crêpi, dont il est parlé plus haut.

SERLON, POÈTE LATIN.

Heres primatum, comitum flos, vas probitatum,
Quò ruat elatus, Simon docet hîc tumulatus ;
Illius eclipsis dolor est virtutibus ipsis.

9° La neuvième est l'épitaphe d'un abbé qui n'est pas nommé, consistant en vingt vers élégiaques, dont les rimes se correspondent au milieu et à la fin de chaque distique, dans cette forme :

Fine patris veri finem mihi constat hab. . . .
eri
Lumina læta teri, semina mæsta s. . . .

10° Dans la dixième, en dix-huit vers hexamètres, rimés au milieu et à la fin, l'auteur répond à une consultation au sujet d'un cadet de famille, dont l'aîné refusait de partager avec lui la modique fortune du père. Son avis est qu'il fera bien de se livrer à l'étude des arts.

Patribus orbatum regit artis semita natum,
Artibus imbutum reddunt sua dogmata tutum.

11° La onzième est une épître en dix-huit vers élégiaques à un poète nommé Pierre. Ces vers sont non-seulement rimés, mais presque toujours le même mot, pris en différens sens, forme la rime au milieu et à la fin.

Exue, musa, metum, Petri visura rosetum ;
Huic mea vota nota, quem notat ampla nota.
Fer, rogo, versifico versus, et fœdus amico :
Versus non comes non legat ille comes ;
Non comes, imò nitens, ad laudis culmina nitens.

12° La douzième est encore une épître à Roger de Caen, moine du Bec, mort l'an 1090, célèbre versificateur de son temps, qui a eu son article dans notre Histoire littéraire, tome VIII, page 420, avec lequel Serlon désire lier connaissance. Cette pièce, de vingt-deux vers, partie hexamètres, partie élégiaques, n'est pas rimée. C'est une des meilleures du recueil, qui mérite d'être connue.

Serlo Rogerio. Tu par, vel nullus, Homero ;
Tu, vel nemo, Paris animo sapis, ore probaris.
De veterum numero quotiens similem tibi quæro,
Quemque licèt memorem, notat in te quisque priorem.
Quod laudis meritum, quæ famæ causa tuæque,
Quæ vitæ virtus, musa sonare sitit.

Actus, sermo, manus, populum populique favorem,
  Atque favoris opus, allicit. auget, habet.
Fama tuî præco, sed laus præconis alumna
  Hoc sitit, illa magis pullulat atque viget.
Pacificus nequam sat amicum, satque rebellem
  Sentit, conqueritur te sibi mente, manu.
Quòd sibi successor dignus dignaris haberi,
  Grates multiplicant Plato. Maro, Cicero.
Finem sortiti jam, te regnante, resurgunt,
  Te suus, hosque tuus, ducunt adesse valor.
Quid geminat genius de te mihi, collige; miror
  Uni tot dotes inseruisse viro.
Ista tibi scribo tuus, ut meus. Ergo verende,
  Quæso verba velis hæc mea respicere.
Verba notam nostrî tibi dent, nota fœderis usum.
  Musa vicem domini suppleat. Ergo vale.

13° La treizième est adressée à un roi qui n'est pas nommé. C'était vraisemblablement un roi d'Angleterre, nouvellement monté sur le trône, dont l'auteur fait l'horoscope par la bouche de la parque *Clotho.* Cela peut convenir à Guillaume-le-Roux, lorsqu'en 1095 il acquit de son frère, le duc Robert, la Normandie à titre d'engagement ; ou à Henri Ier, leur frère, qui s'empara, l'an 1100, du royaume et de la Normandie en l'absence du duc Robert. Il n'y a pas d'apparence que l'auteur ait eu en vue Louis-le-Gros, qui ne monta sur le trône de France que l'an 1108, et ne fut jamais maître de la Normandie, où nous avons vu que Serlon faisait sa résidence. Quoi qu'il en soit, l'auteur ne prodigue au roi ses louanges que pour en venir aux plaintes qu'il forme contre les chanceliers des églises cathédrales, qui ne permettaient d'ouvrir ou de tenir des écoles que moyennant finance ; conduite qu'il taxe de simonie, d'après les anciens canons. La pièce, composée de trente-six vers élégiaques, rimés au milieu et à la fin, est trop longue pour être insérée ici en entier. Nous n'en donnerons que le dispositif de la plainte :

Rex homo plus homine, studii succurre ruinæ;
  Rex homo plus rege, Palladis arma rege.
Hoc celo quod in his, Simon, tua regnat Herinis (f. Erinnis),
  Nec loquor istud ego; do, scholasque rego.
Tractamur miserè dare cogimur, atque tacere :

Tome XV.   *b*

SERLON, POÈTE LATIN.

Hac ego lege lego, doque, darique nego.
Ast in decretis legitur : Quicumque docetis,
Verum dicatis ; hoc date, silque satis.
Ergo tibi mando, rex summe, palam, quia clam do,
Sed decreta vetant ; hoc peto ne qua petant.
Simonis hœredem, Jovis hœres, comprime ne dem ;
Me rege, qui regis nomina cuncta regis.

14° La quatorzième pièce est adressée à un nommé Robert, à qui l'auteur fait honneur d'un travail sur les formules de Marculfe et de commentaires sur les livres de Salomon, mais qu'il persifle et tourne en ridicule, pour s'être avisé de faire des vers avec le style de Marculfe. Voici ce qu'il en dit :

Dum speculor versum, dum carmen tam bene versum,
Illic perversum nihil invenio, nisi versum.
Fas testor juris ac cœtera numina ruris,
Spem de venturis prœsentant illa lituris.
Quod versu quœris, versu placuisse mereris,
Sic Maro semper eris, si nunquam versificeris.

Ce Robert pourrait bien être le moine Robert de l'abbaye de Lyre, auteur d'un commentaire sur l'évangile de saint Jean, dont parle D. Rivet, tome VIII de l'Histoire littéraire, page 552. Ce qui nous porterait à le croire, c'est qu'il vivait au XIe siècle, et en Normandie, comme Serlon, et qu'il faisait des commentaires. S'ils n'étaient pas mieux écrits que ses vers, il n'est pas étonnant qu'il ne reste de tous ses ouvrages que son commentaire sur saint Jean, que D. Rivet dit n'avoir pu se procurer, mais qui existe dans la bibliothèque royale, n° 695. Si D. Rivet, qui ne dit presque rien de l'auteur du commentaire sur l'évangile de saint Jean, eût connu cette pièce de Serlon, il aurait pu en parler plus pertinemment ; car nous ne voyons pas, dans le XIe siècle, d'autre Robert à qui l'épigramme de Serlon puisse être appliquée.

15° La quinzième pièce, de soixante vers hexamètres, rimés au milieu et à la fin, serait fort curieuse, si l'auteur n'avait pas jugé à propos de l'envelopper de nuages et de réticences, pour n'être entendu que de celui à qui il écrivait. Il paraît qu'il s'était fait des affaires avec le roi d'Angleterre, et

qu'obligé de s'expatrier, il s'était réfugié dans les états du
duc de Savoie. C'était vraisemblablement à l'époque où
son patron, l'évêque de Bayeux, Odon, encourut la disgrace de Guillaume-le-Conquérant, son frère, dans laquelle on peut supposer que notre poète fut enveloppé.
Quelqu'un sans doute voulut le rappeler dans sa patrie, et
à cette occasion il fait la description du lieu qui lui servait
de retraite. Ce lieu était au milieu des Alpes, dont il peint
les horreurs, non loin de l'endroit où Annibal s'était frayé
un chemin pour entrer en Italie ; mais il ne veut pas le nommer. Il était dans une vallée agréable et fertile, avec un port
sur la mer.

> *Est in valle brevi brevis urbs, sed non brevis œvi,*
> *Huic mare cum portu, cui sol objectus ab ortu ;*
> *Huic montes mille, non mille, sed unus, et ille*
> *Mille nitens castris, juga mille propinqua dat astris.*
> . . . .
> *Hac iter Hannibali, regnoque metum Latiali,*
> *Rupe dedit fractâ, via plana per invia facta.*
> *Hìc vallis latitat, quam plenè copia ditat,*
> *Arva Ceres, vites Bacchus, Mars ipse quirites,*
> *Fruge replet, donat gemmis, post arma coronat.*
> *Re fora, spe portus, ove pascua, fructibus hortus*
> *Ditantur. Quæ dat locus iste, quis omnia credat ?*

Ne serait-ce pas Antibes ? Quoi qu'il en soit, voici ce qu'il
dit des habitans, de la noblesse et du clergé, dont il loue la
candeur et la probité.

> *Urbs hic tuta bono munimine, cive, patrono ;*
> *Urbs urbana. fero fera milite, claraque clero.*
> *Florida pontificum, sub flore receptat amicum,*
> *Hoste vacat, jurat in crimina, juraque curat.*

Vient ensuite l'éloge du duc souverain du pays.

> *Gens faustè genita, quam dextrâ, pectore, vitâ,*
> *Dante pio, placitâ Dux instruit israelita.*
> *Hoc Duce, flore ducum, priùs ardua, nuda, caducum*
> *Fraus jacet, armatur probitas, jus stare probatur.*

D'après toutes ces considérations, il refuse nettement de retourner sous la domination du roi d'Angleterre :

Huic ego suppono mecum mea fata patrono ;
Hoc Duce ductus ego, fausto satis omine dego ;
Principe. gente, solo, delector. Dic fuge; nolo.
Namque locum nactus dulcem, discedo coactus ;
Fors me nolentem pellet, res nulla volentem :
Nullis exceptis, locus omnis ineptus inept s.

Enfin il compare ce lieu avec l'Angleterre, et il trouve que tout l'avantage est du côté du premier. Il regrette pourtant que les muses y soient moins cultivées.

Non hîc si nusquam, probus hic ero, si probus usqua   ;
Nam gens angligena et locus hic est Anglia pene.
Hoc tamen excipio quod non viget hîc ita Clio,
Exclusæ musæ non sunt his partibus usæ.
Phœbus ait Marti : Locus iste tuæ placet arti ;
Trax, Geta, Sauromata, gens hæc tibi, non mihi grata,
Meque, meumque melos, procul hinc habeat mea Delos.

La 16e et dernière pièce est un long poëme de sept cent cinquante vers élégiaques non rimés, ayant pour titre : *Incipiunt versus de Patricidâ.* C'est une nouvelle, un conte dans lequel l'auteur suppose que deux époux, favorisés de tous les dons de la fortune, s'estimaient malheureux, parce qu'il manquait à leur bonheur d'avoir des enfans. Le lieu de la scène est à Rome. Dans son impatience, la femme consulta un astrologue, qui, par les secrets de son art, lui promit qu'elle aurait un fils accompli, mais qui malheureusement tuerait son père. L'accomplissement de la première partie de cette prédiction, qui eut lieu, faisait craindre que la seconde ne fût que trop vraie. C'est là le nœud de l'intrigue, et le canevas sur lequel le poëte s'est exercé. Il y décrit en assez beaux vers les combats qu'éprouve la femme entre les affections conjugales et l'amour maternel, employant pour conserver deux objets qui lui sont également chers, toutes les ressources que le génie de son sexe peut lui suggérer. Nous n'en citerons que les deux premiers vers :

Semper ut ex aliquâ felices parte querantur,
Humanæ leges conditionis habent.

Analyse du manuscrit du Vatican.

La notice de ce manuscrit, qui jadis fut envoyée aux collaborateurs de l'Histoire littéraire par le cardinal Passionei, bibliothécaire du Vatican, fut trouvée si superficielle, qu'ils ne jugèrent pas à propos d'en faire usage. En effet, elle ne donne que le titre et le premier mot de chaque pièce, sans autre indication et sans articuler le nombre des vers qui la composent. Telle qu'elle est, nous croyons pouvoir la donner ici, pour compléter, autant que possible, le dénombrement des ouvrages de notre poète.

Ce manuscrit en contient cinquante-six; mais il y en a quelques-uns que nous connaissons déja par les autres manuscrits que nous possédons. D'autres ne sont pas de Serlon, quoiqu'on les trouve à la suite de ses véritables ouvrages. C'est ce que nous tâcherons de démêler.

24. Incipiunt versus magistri Serlonis : *Dactile, quid latitas?* etc.

La même pièce nous a été indiquée comme existante parmi les manuscrits du roi d'Angleterre au musée britannique (13. *A. IV),* dans laquelle le poète Serlon se nomme. En voici une citation plus étendue, d'où l'on peut conclure que ce manuscrit est conforme à celui du Vatican :

> *Dactile, quid latitas? exi : quid publica vitas?*
>
> *Quis vetat audiri, quæ fas, nec inutile, sciri?*
>
> *Non alios cura, nisi qui curant tua jura,*
>
> *Et quæ versifico, dic cuiris quæ tibi dico.*
>
> . . . .
>
> *In me* Serlonem *non respice, sed rationem.*

De quoi s'agit-il dans ces vers? C'est ce que nous ignorons, n'ayant pas la pièce entière sous nos yeux. Revenons au manuscrit du Vatican.

25. Planctus trojanæ destructionis. Incipit : *Pergama flere volo,* etc.

26. Historia trojana. Incipit :

> *Divitiis, ortu, specie, virtute, triumphis,*
>
> *Rex Priamus clarâ clarus in urbe fuit,* etc.

27. De fuga Æneæ. Inc. *Ignibus Æneas cedens,* etc.

28. DE MERCATORE. Inc. *Institor intentus augendis rebus*, etc.

29. DE QUATUOR EVANGELISTIS. Inc. *Tange kamena stilum, phaleratos exue cultus.*

29. DE THURE ET DE AURO ET DE MYRRHA. Inc. *Quid thus designet, quid obumbrat myrrha, quid aurum,* etc.

29. DE DANIELE, DE JOB ET DE NOE. Inc. *Tres recipit cœlum,* etc.

29. DESCRIPTIO PARADISI. Inc. *Dirige Clio stilum.*

50. VERSUS DE PAPA. Inc. *Orbis ad exemplum papæ procedit,* etc.

50. VERSUS DE CÆSARE. Inc. *Fulgurat in bello constantia Cæsaris,* etc.

50. DESCRIPTIO JUVENILIS SAPIENTIÆ. Inc. *Purpurat eloquium, sensus festivat Ulixem,* etc.

50. DE TRIBUS CELLULIS CAPITIS. Inc. *Non cellæ capitis,* etc.

50. DE JUVENE ET MONIALI. Inc. *Te mihi,, meque tibi,* etc.

50. HOS VERSUS FECIT QUIDAM MONACHUS DORMIENDO. Inc.

Humani generis casum, subitamque ruinam
Afferet huic orbi perniciosa lues.

51. RYTHMUS EPISCOPI GULII. Inc. *Æstuans intrinsecus ira vehementi.*

Le bibliographe anglais Bale, et après lui Pitz et Tanner attribuent cette pièce à Gautier Map, qui, sous un nom emprunté, répandait des facéties contre le clergé et les moines. Cette pièce, dans les manuscrits d'Angleterre, a pour titre *Confessio Goliæ episcopi.* Gérald surnommé *Cambrensis* ou le Gallois, contemporain de Map, parlant du poëte Gauthier, dans un ouvrage inédit, intitulé *Speculum ecclesiæ,* cité par J. Bale, s'exprime ainsi (*lib.* 5, *cap.* 2 et 14) : *Gualterus cognomento Mapus, vir celebri famâ conspicuus, et tam litterarum copiâ quam curialium verborum facetiis præclarus, Oxoniensis archidiaconus, facetias plures in Cistercienses monachos evomebat.* Mais, par ménagement pour l'archidiacre d'Oxford, il attribue la plupart de ses facéties à un bouffon, prétendu évêque, nommé *Golias,* qui divertissait le monde aux dépens de ceux qu'il déchirait, et le dépeint ainsi (*lib.* 4, *cap.* 16) : *Parasitus quidam Golias, nostris diebus gulositate pariter et dicacitate famosissimus, qui GULIAS melius, quia gulæ et crapulæ deditus, dici potuit : litteratus tamen affatim, sed nec bene morige-*

*ratus nec disciplinis informatus, in papam et curiam Ro-
manam carmina famosa pluries et plurima, tam metrica
quàm rythmica, non minùs imprudenter quàm impuden-
ter evomuit.* C'est cet homme qui est appelé ici *Gulius.*

51. Excommunicatio ejusdem episcopi. Inc. *Raptor mei pi-
lei morte moriatur.*

Les mêmes bibliographes attribuent cette pièce à Gautier
Map, sous le titre *Anathema pro pileo.*

51. Altercatio Ganymedis et Helenæ. Inc. *Taurum sol in-
troierat,* etc.

52. Hic incipit Apocalypsis. Inc. *A Tauro torrida lam-
pade Cinthii.*

La même pièce attribuée à Map a pour titre *Apocalypsis Goliæ Pontificis super vitâ et moribus ecclesiastico-
rum* (1).

53. Rythmus de mercatore. Inc. *Quidam vir officio vivens
mercatoris.*

54. Hic ostenditur qualiter Jupiter decepit Danaem in
specie auri. Inc. *Primo veris tempore, vere renascente.*

54. Altercatio Phillidis et Floræ. Inc. *Anni parte flo-
ridâ,* etc.

56. De gestis Herculis. Inc. *Olim sudor Herculis.*

56. De amica cujusdam clerici. Inc. *Sævit auræ spiritus.*

56. Hic monet contemnere divitias. Inc. *Divitiæ,* etc.

56. De virginis rapta virginitate. Inc. *Dum prius joca
colerem.*

56. De quodam priore defuncto. Inc. *Absque statu,* etc.

57. De Wilhelmo rege Scotorum. Inc. *Militat ad titulos
Wilhelmi gloria.*

57. De Edmundo rege Angliæ. Inc. *Edmundi mundus
miratur gesta.*

(1) Il paraît que la licence plus que poétique du prétendu Golias, appelé aussi *Bomolochus*, avait trouvé des imitateurs dans le clergé, et
formé une secte qui s'était rendue odieuse. L'an 1231, il fut tenu à
Rouen un concile provincial, dans lequel on lit l'article 8 qui les concerne : *Statuimus quod clerici ribaudi, maximè qui dicuntur de familiâ
Goliæ, per episcopos, archidiaconos, officiales et decanos christianitatis,
tonderi præcipiantur vel etiam radi, ita quod eis tonsura non remaneat
clericalis; ita quod sine scandalo et periculo ista fiant.* Concilia Normanniæ pars I, p. 136. Le même canon se retrouve dans celui de Château-
Gonthier de la même année (Labbe, t. XI, p 439) et dans un autre de
la province de Sens, que le P. Labbe (t. IX, p. 1677) place au X⁰ siècle,
mais qu'il faut rapporter au même temps.

37. DE MUNDO. Inc. *Mundus abit, res nota satis.*

37. VERSUS DE MELROS. Inc. *Vix solet esse gravis res,* etc.

37. ORDO SIGNORUM. Inc. *Est Aries, Taurus, Gemini,* etc.

37. OPPOSITIO SIGNORUM. Inc. *Est Libra, Aries, Scorpius.*

37. DOMICILIA. Inc. *Est tibi, Saturne, domus,* etc.

37. DE TRIBUS SOCIIS. Inc. *Lex fuerat sociis,* etc.

37. DE CLERICIS ET DE RUSTICO. Inc. *Cotocii,* etc.

38. DE HUGONE CANCELLARIO. Inc. *Excitare somno, Musa.*

38. DE QUODAM JUVENE. Inc. *Surgens Uranius.*

38. DESCRIPTIO SENILIS NEQUITIÆ. Inc. *Scurra, vagus,* etc.

39. FABULA DE HACTEONE. Inc. *Cuncta rotat casus.*

39. DE SALOMONE ET MICOLL. Inc. *Nemo potens est,* etc.

40. DE HERMAPHRODITO. Inc. *Dum mea me mater gravido gestaret in alvo.*

41. INCIPIUNT PROBLEMATA. Inc. *Corda puellarum,* etc.

41. INCIPIUNT VERSUS MAGISTRI SERLONIS DE DIVERSIS MODIS VERSIFICANDI, UTILES VALDE CUIQUE VERSIFICATORI. Inc. *Clerus, forma, valor,* etc.

Nous avons rendu compte de cette pièce, qui, dans le manuscrit du roi, en contient seize, et qui n'est comptée ici que pour une.

42. DE AMORE ET DE FORTUNA. Inc. *Nulli fidus amor.*

43. DE PARRICIDA. Inc. *Semper ut ex aliquâ felices parte querantur.*

Nous avons parlé plus haut de ce long poëme, qui existe aussi dans le manuscrit du roi. Les pièces suivantes ne paraissent pas être du même auteur :

47. DE VIRGINITATE S. MARIÆ. Inc. *Nectareum rorem,* etc.

47. RYTHMUS DE S. THOMA. Inc. *Martyr, præsul, monachus.*

50. DISCORDIA INTER SOCERUM ET GENERUM. Inc. *Peritorum cogit concilium rex Willelmus.*

50. VERSUS VARIAS SENTENTIAS COMPLECTENTES, *sine titulo.*

51. DE ACHILLE ET ULIXE. Inc. *Certat ubi victus.*

54. VITA SUSANNÆ. Inc. *Hactenùs arrisit Susannæ.*

56. QUÆDAM FABULA. Inc. *Postquam Pamphilus.*

56. DE SANCTA AGNETE. Inc. *Agnes sacra sui pennam scriptoris inauret.*

Cette pièce a été imprimée plusieurs fois. On la trouve parmi les poésies d'Hildebert, évêque du Mans, col. 1249 de l'édition de Beaugendre.   B.

TABLE

DES ARTICLES CONTENUS DANS CE VOLUME.

TABLE

DES CITATIONS CONTENUES DANS CE VOLUME,

AVEC LES ÉDITIONS DONT ON S'EST SERVI.

A.

Mémoires de l'Académie des Inscriptions et Belles-Lettres. Paris, 1701-1809, 50 vol. in-4°. — Acad. des Inscr.

Œgidii parisiensis Carolinus, seu de Carolo Magno libri 5. Le livre 5 est imprimé dans les XVII du Recueil des historiens de France. — Ægid. Carol.

Alberici monachi Trium-fontium Chronicon, inter accessiones histor. Godof. Guill. Leibnitzii. Hannoveræ, 1698, in-4°. — Alberici Chr.

Michaëlis Alford. Annales ecclesiastici Britannorum, Saxonum et Anglorum. Leodii, Hovius, 1663, 4 vol. in-fol. — Alford.

L'Art de vérifier les dates des faits historiques, des chartes, des chroniques, et autres anciens monumens, par des religieux bénédictins. Paris, Jombert, 1783-1792, 3 vol. in-fol. — Art de vérif.

Ludovici Donii d'Attichy, Flores historiæ cardinalium. Parisiis, Cramoisy, 1660, 3 vol. in-fol. — Attichy, Flor Card.

B.

Vies des Saints, par Adrien Baillet. Paris, 1701, etc., 17 vol. in-8°, ou 10 vol. in-4°, ou 4 vol. in-fol. — Baill. V. des SS.

Scriptorum illustrium majoris Britanniæ Catalogus digestus a Joanne Balæo. Basileæ, Oporin, 1557, in-fol. — Bal. Scr. angl.

Miscellanea edita à Stephano Baluzio. Parisiis, 1678-1715, 7 vol. in-8°. Lucæ, 1761, 4 vol. in-fol. — Baluze.

Cæsaris Baronii Annales ecclesiastici, cum criticâ Ant. Pagi, etc. Lucæ, 1740-1757, 39 vol. in-fol. — Baronius.

Les grandes annales de France par Belleforest etc. Paris, Buon, 1579, 2 vol. in-fol. — 1621, 2 vol. in-fol. — Belleforest.

Ritus ecclesiæ Laudunensis, studio Antonii Belotte. Parisiis, Savieux, 1662, in-fol. — Bellote.

S. Bernardi abbatis Clar. opera, curâ Joannis Mabillon. Parisiis, 1690, 2 vol. in-fol. — Bernardi op.

Bibliotheca maxima Patrum, curâ Phil. Despont. Lugduni, Anisson, 1677, 30 vol. in-fol. — Bibl. PP

Bolland.	Acta sanctorum omnium, curâ Joannis Bollandi et aliorum. Antuerpiæ, 1643-1794, 53 vol. in-fol.
Bonav. Op.	S. Bonaventuræ opera. Romæ, typis vaticanis, 1588-1596 , 7 tom. in-fol.
Bongars, Gest.	Gesta Dei per Francos sive de orientalibus expeditionibus et de regno Francorum hierosolymitano scriptores varii, collecti à Jac. Bongarsio. Hanoviæ, 1611, 2 tom. in-fol.
Borel, Rech.	Trésor des recherches et antiquités gauloises et françaises, réduites en ordre alphabétique par Pierre Borel. Paris, 1655, in-4°.
Bossuet.	Histoire des Variations, par Bossuet. Paris, 1770, 5 vol. in-12; et tome III des œuvres de Bossuet. Paris, 1743, in-4°.
Boulainv.	Histoire de la pairie de France et du parlement de Paris, par M. D. B. (de Boulainvilliers). Londres, 1744, 2 vol. in-12.
Boulliard.	Histoire de l'abbaye de Saint-Germain des Prés, par Dom Boulliard. Paris, 1724, in-fol.
Bouq. Hist. Fr.	Rerum gallicarum et franc. scriptores. Recueil des historiens de France, par D. Bouquet et autres bénédictins. Depuis le t. XIV inclusivement, par M. Brial, de l'institut. Paris, 1738-1814, 17 vol. in-fol.
Bromton.	Joannis Bromton Chronicon, dans le recueil intitulé : *Historiæ anglicanæ Scriptores X*.
Brouwer.	Antiquitatum et Annalium Trevirensium libri 25, à C. Brouwero et Jac. Masenio. Leodii, Hovius, 1670, 2 vol. in-fol.
Buzelin.	Gallo-Flandria sacra et profana. Leod. 1625, in-fol.

C.

Calmet , H. de Lorr.	Histoire ecclésiast. et civile de la Lorraine, par D. Aug. Calmet. Nancy, 1728, 3 vol. in-fol. — *Ibid.* 1745-1757, 7 vol. in-fol.
Camusat.	Promptuarium sacrarum antiquitatum Tricassinæ diœcesis, auctore Nic. Camusat. Augustæ Trecarum, 1610, 1618, in-8°.
Cat. Angl.	Catalogus libr. mss. Angliæ et Hiberniæ. Oxon. Sheldon, 1697, 2 vol. in-fol.
Cat. Bibl. Cott.	Catalogus librorum mss. Bibliothecæ Cottonianæ, 1696, in-fol.
Cat. Bibl. Reg.	Catalogus codicum mss. Bibliothecæ regiæ (studio Aniceti Mellot). Parisiis, typis regiis, 1739-1744, 4 vol. in-fol.
Catel.	Mém. de l'Hist. du Langued. par Guill. Catel. Tolose, Bosc, 1633, in-fol.
Cent. Magd.	Historiæ ecclesiasticæ centuriæ 13 congestæ per Magdeburgenses, Flaccum Illyricum, Wigandum, etc. Basileæ, 1552-1554, 13 tom. 8 vol. in-fol.
Chappeauville.	Historia ecclesiæ Leodiensis, studio Joannis Chappeauville, 1612 et 1618, 3 vol. in-4°.

Sancti Bernardi genus illustre assertum, à P. Fr. Chifflet. Divione, Cha-vance, 1660, in-4°. — Fr. Chifflet, S. Bern.

Manuale solitariorum è carthusianorum cellis depromptum, à Fr. Chif-fletio. Divione, Chavance, 1657, in-8°. — Fr. Chiff. Man. Solit.

Histoire générale du Dauphiné, par Nic. Chorier. Grenoble, 1661, et Lyon, 1672, 2 vol. in-fol. — Chorier.

Chronicon Cisterciense. — Chronicon Præmonstratense. V. *Miræus*. — Chr. Cist.

Chronicon Hirsaugiense. V. *Trithem*. — Chr. Hirsaug.

Elucidarium ecclesiasticum, studio Jodoci Clictovæi. Paris, 1658, in-fol. — Clictov.

Œuvres de H. Cochin. Paris, 1751, 6 vol. in-4°. — Cochin.

Cujacii opera omnia. Paris, 1658, 10 vol. in-fol. — Cujas.

Histoire littéraire de Lyon par le P. de Colonia. Lyon, 1728, 2 vol. in-4°. — Colonia.

L'Istoria della volgar poesia da Giov. Maria Crescimbeni. Venezia, 1730 e 1731, 7 vol. in-4°. — Crescimbeni.

D.

De observandis in missæ celebratione... — Democharès.

Bibliotheca scriptorum ordinis Cisterciensis, autore Carolo de Visch. Coloniæ Agrippinæ, 1656, in-4°. — De Visch.

Petri Dorlandi chronicon Carthusiense cum notis Theodori Petræi. Coloniæ, 1668, in-8°. — Dorland.

Histoire de la ville de Soissons et de ses rois. Soissons, 1663, in-4°. — Dormans.

Histoire de l'abbaye de Saint-Denys, par Doublet. Paris, Buon, 1625, 2 tom. in-4°. — Doublet.

Gerardi Dubois historia ecclesiæ Parisiensis. Parisiis, Muguet, 1690-1710, 2 vol. in-fol. — Dubois.

Historia universitatis Parisiensis, autore Cæsare Egassio Bulæo (Du-boulay). Parisiis, 1665-1673, 6 vol. in-fol. — Duboulay.

Théâtre des antiquités de Paris, par Jacques Dubreul, bénédictin. Pa-ris, 1612, in-4°; Paris, 1739, in-4°. — Dubreul.

Caroli Dufresne Ducange, glossarium mediæ et infimæ latinitatis (cum indice autorum). Parisiis, Osmont, 1733-1736, 6 vol. in-fol. — Ducange, Glos.

Historiæ Francorum autores, collecti ab Andreâ Duchesne. Parisiis, 1636, 5 vol. in-fol. — A. Duch. H. Fr.

Historiæ Normannorum scriptores, collecti ab Andreâ Duchesne. Pa-risiis, 1629, in-fol. — A. Duch. Hist. Norm.

Histoire de tous les cardin. franç., par Fr. Duchesne. Paris, 1660, in-fol. — F. Duch. H. d. C.

Histoire de l'église de Meaux. Paris, 1731, in-4°. — Du Plessis.

Recueil des rois de France, leur couronne et maison par Jean Dutil-let. Paris, 1618, in-4°. — Dutillet.

Tome XV. d

Duverdier.   Bibliothèque française, par la Croix du Maine et Duverdier. Paris, 1772-1773, 6 vol. in-4°.

E.

Echard.   Scriptores ordinis prædicatorum, opus inchoatum à Jac. Quetif, absolutum à Jac. Echard. Parisiis, 1719 et 1721, 2 vol. in-fol.

Escœuvres.   Le pourtrait du vrai pasteur, ou Histoire mémorable de S. Albert, évêque de Liége, par G. D. R. S^r d'Escœuvres. Paris, Huby, 1613, in-8°.

F.

Fabric. Med.   Joannis Alb. Fabricii Bibliotheca mediæ et infimæ latinitatis. Hamburgi, 1734, 6 vol. in-8°. — Cum notis Dominici Mansi. Patavii, Manfré, 1754, 6 vol. in-4°.

Fauchet.   Origine de la langue et de la poésie française, par Claude Fauchet. Paris, Patisson, 1581, in-8°.

Félibien.   Histoire de l'abbaye de Saint-Denis, par dom Michel Félibien. Paris, 1706, in-fol.

Fleury.   Histoire ecclésiastique, par Fleury. Paris, 1691-1737, 36 vol. in-4° ou in-12.

Foppens.   Bibliotheca Belgica, sive Belgici scriptores, à Valerio Andreâ, Auberto Miræo, Fr. Swertio recensiti : curâ Francisci Foppens. Bruxellis, 1739, 2 vol. in-4°.

G.

Gall. Christ. n.   Gallia Christiana (nova) operâ Dionysii Sammarthani et aliorum. Parisiis, 1715-1785, 13 vol. in-fol.

Gariel.   Series Præsulum Magalonensium et Monspeliensium, autore P. Gariel. Tolosæ, 1652, in-fol. Ibid., 1655, in-fol.

Gerv. Dorob.   Gervasii Doroborensis monachi Chronicon, inter Anglicæ historiæ scriptores 10. Londini, 1652, in-fol. — Ejusdem liber de pontificibus Cantuariensibus. Ibid... p. 1630-1683.

Gesta Pont. L.   Gesta Pontificum Leodiensium, in Historiâ ecclesiæ Leodiensis, studio Joannis Chappeauville.

Gilles d'Orval.   Gilles d'Orval dans le recueil de Chappeauville, t. II.

Girald. Cambr.   Giraldi Cambrensis Hibernia expugnata, dans la collection des écrivains anglais et normands, par Guill. Cambden. Francfort, in-fol. p. 755.

Gosse.   Histoire de l'abbaye d'Arrouaise, par Gosse. Lille, 1786, in-4°.

Grancolas.   Critique des auteurs ecclésiastiques, par Jean Grancolas, 2 vol. in-8°.

Gretser.   Tractatus contra Waldenses, collecti et editi à Gretsero. Ingolstadii, 1614, in-4°.

Guill. Neubr.   Guillelmi Neubrigensis chronica rerum Anglicarum, cum notis J. Picard. Paris, 1610, in-8°; et Oxford, par Th. Hearne, 1779, vol. in-8°.

Guillelmi Tyrii archiepiscopi historiæ rerum in partibus maritimis ge- Guill. Tyr.
  slarum libri 23. Dans le recueil de Bongars, intitulé, *Gesta Dei per
  Francos*.
Histoire de l'église et de la ville d'Orléans, par Symph. Guyon. Orléans, Guyon.
  1647, in-fol.
Antiquités, Chroniques et Annales de Haynaut. Paris, 1531.   Guise.

H.

Historia ecclesiastica Anglicana à Nic. Harpsfeldio. Duaci, Wyon, 1622, Harpsfeld.
  in-fol.
Cæsarii Heisterbacensis libri 12 miraculorum et historiarum memo- Cæs. Heisterb.
  rabilium sui temporis. Antuerpiæ, Nutius, 1604, in-8°, et t. I *Bibliothecæ PP. Cisterc.* — Dialogi, ibid. t. II, p. 170.
Menologium Cisterciense, notationibus illustratum, cum constitutioni- Henriq. Menol.
  bus et privilegiis ejusdem ordinis, curâ Chrysostomi Henriquez. Antuerpiæ, Moret, 1630, in-fol.
Histoire littéraire de la France, par des religieux bénédictins. (Dom Hist. litt. de la Fr.
  Rivet, etc.). Paris, 1733, etc., 15 vol. in-4°.
Supplementum bibliothecæ Patrum, editum à Jacobo Hommey. Pari- Hommey. Sup.
  siis, 1684, in-8°.
P. D. Huetii tractatus de optimo genere interpretandi et de claris Huet. Interpr.
  interpretibus. Parisiis, 1661, in-4°.
Caroli Ludovici Hugonis monumenta sacræ antiquitatis. Stigavii, 1725, Car. Lud. Hug.
  2 vol. in-fol. — Ejusdem Annales Præmonstratenses. Nancei, Cusson,
  1734 et 1736, 2 vol. in-fol.
The History of england from the invasion of Julius Cæsar, to the revo- Hume.
  lution in 1688 by Dav. Hume. London, 1770, 8 vol. in-4°.

J.

Histoire de Tournus, par P. Juénin. Dijon, Depuy, 1633, in-4°.   Juénin, H. de
Journal des Savans. Paris, 1665-1792, 1796, 1816-1819, in-4°.   Tournus.
                                                                  J. des Sav.

L.

Nova Bibliotheca manuscriptorum codicum, curâ Philippi Labbe. Pari- Labbe, Bib. mss.
  siis, 1657, 2 vol. in-fol.
Sacro-sancta concilia, collecta et edita à Philippo Labbe et Gabriele Labbe, Conc.
  Cossart. Parisiis, 1671, 17 tom. 18 vol. in-fol.
Histoire de la musique ancienne et moderne (par J. Benj. de la Borde). La Borde.
  Paris, Pierres, 1780, 4 vol. in-4°. — Mémoires historiques sur Raoul
  de Coucy, par J. Benj. de la Borde. Paris, 1701, in-8°.
Bibliothèque française, par la Croix du Maine. Paris, 1584, in-fol.—Avec La Cr. du M.
  Duverdier, édition de Rigoley de Juvigny. Paris, 1772 et 1773, 6 vol.
  in-4°.   *d* 2

La Pommeraye. Histoire des Archevêques de Rouen, par un bénédictin (Fr. de la Pommeraye). Paris, Maurry, 1667, in-fol.

Lebeuf, Diss. Dissertations sur l'histoire ecclésiastique et civile du Diocèse de Paris, suivies de plusieurs éclaircissemens sur l'histoire de France, par Lebeuf. Paris, Lambert, 1739 et suiv. 3 vol. in-12.

Lebeuf, Paris. Histoire de la ville et de tout le diocèse de Paris, par Lebeuf. Paris Prault, 1754, 15 vol. in-12.

Lelong, Bibl. de Fr. Bibliothèque historique de la France, par Jacq. Lelong, de l'Oratoire, nouv. édit. augmentée par Fevret de Fontette. Paris, Hérissant, 1768-1778, 5 vol. in-fol.

N. le Long. Histoire ecclésiastique et civile du Diocèse de Laon, par D. Nicolas le Long. Châlons, 1783, in-4°.

Le Nain. Essai de l'histoire de l'ordre de Cîteaux, par D. Pierre le Nain. Paris, 1696-1697, 3 vol. in-12.

Le Paige, B. Pr. Joannis le Paige, Bibliotheca ordinis Præmonstratensis. Parisiis, 1633, in-fol.

Lett. Histor. Lettres historiques sur les fonctions essentielles du Parlement, sur les droits des pairs et sur les lois fondamentales du royaume. Amsterdam, 1753 et 1754, 2 vol. in-12.

Le Vasseur. Annales de l'église cathédrale de Noyon, avec une description de la ville, par le Vasseur. Paris, 1633, 2 vol. in-4°.

Liron, Bib Ch. La Bibliothèque chartraine, ou Traité des auteurs et hommes illustres du diocèse de Chartres, par Dom Liron. Paris, 1778, in-4°.

Lobineau, Hist. de Bret. Histoire de Bretagne, composée sur les actes et les auteurs originaux, par Dom Lobineau. Paris, Muguet, 1707, 2 vol. in-fol. fig. — L'Histoire des Saints de Bretagne, par le même. Rennes, 1724, in-fol.

M.

Mabill. Anal. Vetera Analecta collecta à J. Mabillon. Parisiis, Montalant, 1723, in-fol.

Mabill. Annal. Annales ordinis S. Benedicti, à J. Mabillon (et Renato Massuet). Parisiis, Robustel, 1703-1739, 6 vol. in-fol.

Malingre. Antiquités de la ville de Paris, par Claude Malingre. Paris, Rocolet, 1640, in-fol.

Manrique. Cisterciensium Annalium tomi 4, autore Angelo Manrique. Lugduni (Anisson), 1642-1653, 4 vol. in-fol.

Marchant, Fl. Jacobi Marchant, commentariorum de Flandriâ libri 4. Antuerpiæ, Plantin, 1596, in-8°.

Marlot. Metropolis Remensis historia, studio Guillelmi Marlot. Insulis, de Rache, 1666, 2 vol. in-fol.

Mart. Anecd. Thesaurus novus anecdotorum complectens epistolas, diplomata, etc., studio Edmundi Martène et Ursini Durand. Parisiis, Delaulne, 1717, 5 vol. in-fol.

Veterum scriptorum et monumentorum collectio amplissima, studio Edmundi Martène et Ursini Durand. Parisiis, Montalant, 1724-1733, 9 vol. in-fol. — Martène, Coll. Ampl.

Edmundi Martène de ritibus Ecclesiæ libri 4. Antuerpiæ (Mediolani, curâ Muratorii), 1736-1738, 4 vol. in-fol. — Martène, Rit.

Voyages littéraires de deux Bénédictins (Martène et Durand). Paris, 1717 et 1724, 2 vol. in-4°. — Mart. Voy. Litt.

Histoire de la poésie française, par Massien. Paris, 1739, in-12. — Massien.

Papirii Masson elogia. Paris, 1638, 2 vol. in-8°. — Pap. Masson.

Histoire de Sablé, par Gilles Ménage. Paris, 1683, in-fol. — Ménage, H. de S.

Jacobi Meyer commentarii, sive Annales rerum flandricarum. Antuerpiæ, 1561, in-fol. Francof. 1580, in-fol. — Meyer.

Histoire littéraire des Troubadours, par Millot (sur les mémoires de Sainte-Palaye). Paris, Durand, 1774, 3 vol. in-12. — Millot.

Auberti Miræi (Le Mire) auctarium de scriptoribus ecclesiasticis. *In Bibliothecâ ecclesiasticâ Fabricii.* — Mir. Auct.

Chronicon Cisterciense, studio Auberti Miræi. Coloniæ, 1614, in-fol. — Mir. Chr. Cist.

Chronicon ordinis Præmonstratensis, studio Auberti Miræi. Coloniæ Agrippinæ, 1713, in-8°. — Mir. Chr. Pr.

Origines Cœnobiorum ordinis S. Benedicti, in Belgio, studio Auberti Miræi. Antuerpiæ, 1606, in-8°. — Mir. Orig. Ben.

Monasticon Anglicanum, sive Pandectæ Cœnobiorum, etc. à primordiis eorum usque ad dissolutionem, curâ Rogerii. Dodsworth et Guill. Dugdale. Londini, 1655-1661-1673, 3 vol. in-fol. fig. — Monast. Angl.

Bibliotheca bibliothecarum mss. nova, studio Bernardi de Montfaucon. Parisiis, Briasson, 1739, 2 vol. in-fol. — Montf. B. mss.

Histoire de Bretagne, par Dom Morice et D. Taillandier. Paris, 1750 et 1756, 5 vol. in-fol. — Morice.

J. Morini commentarius historicus de Disciplinâ in administratione sacramenti pœnitentiæ. Parisiis, 1651, in-fol.—Antuerpiæ, 1682, in-fol. — Morin Pœnit.

Theatrum sacri ordinis Carthusiani, à Carolo Jos. Morotio. Taurini, 1681, in-fol. — Morot. Th. Cart.

<h2 style="text-align:center">N.</h2>

Vies des anciens poètes provençaux, par Jean Nostradamus. Lyon, 1575, in-8°. — J. Nostradamus.

Notices et extraits des manuscrits de la Bibliothèque du Roi et autres bibliothèques de Paris, publiés par l'Académie des Inscriptions et Belles-Lettres, etc. Paris, 1787-1813, 9 vol. in-4°. — Not. des mss.

<h2 style="text-align:center">O.</h2>

Ordonnances des Rois de France, recueillies par de Laurières, de Bréquigny, etc., continuées par M. Pastoret. Paris, Impr. Roy. 1728-1814, 16 vol. in-fol. — Ordonnances.

Oudegherst.	Chroniques et Annales de Flandre. Anvers, 1571, in-4°.
Oudin.	Casimiri Oudini commentarius de scriptoribus Ecclesiæ antiquis, cum multis dissertationibus. Francofurti et Lipsiæ, Weidman, 1722, 3 vol. in-fol.

P.

Pagi.	Antonii Pagi critica historico-chronologica in universos Annales Baronii. Antuerpiæ (Genevæ), 1705, 4 vol. in-fol.— Et avec les Annales de Baronius, édit. de 1740, in-fol.
Pancirol.	G. Pancirolli, Tractatus de claris juris interpretibus. Francof.,1721,in-4°.
On. Panv.	Onuphrii Panvinii Chronicon ecclesiasticum. Coloniæ, 1568, in-fol. Lovanii, 1573, in-fol. — Ejusdem liber de episcopatibus, titulis et diaconiis cardinalium. Venetiis, 1567, in-4°. Parisiis, 1609, in-4°.
Pasquier.	Recherches de la France, par Étienne Pasquier, dans ses œuvres. Amst., 1723, 2 vol. in-fol.
Petr. Bles.	Petri Blesensis opera, edita à Petro de Gussanville. Parisiis, 1667, in-fol.
Petr. Cant.	Petri Cantoris verbum abbreviatum, cum notis Georg. Galopin. Montibus, 1637, in-4°.
Petr. Cell.	Petri abbatis Cellensis opera omnia, studio Reinerii Ambrosii Janvier. Parisiis, Billaine, 1661, in-4°.
Pez.	D. Bernardi Pezii Thesaurus anecdotorum novissimus. Augustæ Vindelicorum, 1721, 7 tom. 6 vol. in-fol.
Pillet.	Histoire de Gerberoi. Rouen, 1679, in-4°.
Pitz.	Joannes Pitseus de scriptoribus Angliæ illustribus. Parisiis, 1619, in-4°.
Placentin.	Summa institutionum imperialium, libri tres; ejusdem de varietate actionum libri 9. Lugduni, 1536, in-8°; in codicem Justiniani. Mogunt., 1536, in-fol.
Plancher.	Histoire générale et particulière de Bourgogne, avec des notes, dissertations et preuves, par un bénédictin (Urbain Plancher). Dijon, de Fay, 1739-1748, 3 vol. in-fol.

R.

Rad. de Diceto.	Radulphi de Diceto imagines historiarum inter *Anglicanæ historiæ scriptores* 10.
Raisse, ss. Belg.	Ad natales sanctorum Belgii auctuarium, autore Arnoldo de Raisse. Duaci, Auroy, 1626, in-8°. — Hierogazophilacium, sive thesaurus sacrarum reliquiarum Belgii. Duaci, 1628, in-12.
Rapin Thoyras.	Histoire d'Angleterre, par Rapin de Thoyras, avec les remarques de Tyndall. La Haye, 1726-1736, 15 vol. in-4°. — Nouv. édit. donnée par Lefebvre de Saint-Marc. La Haye (Paris), 1749, 16 vol. in-4°.
Reiner.	Reineri monachi opera ; t. IV *Thesauri anecdot. Bernardi Pez.*
Rigord.	Rigord, de gestis Philippi Augusti, t. XVII scriptorum rerum gallicarum, in-fol.

Roberti de Monte, abbatis S. Michaelis, Chronica, sive appendix ad Rob. de Monte.
Sigebertum, ab anno 1100 usque ad 1184. — Ad calcem operum
Guiberti de Novigento. Parisiis, 1651, in-fol., pag. 743-810.

Glossaire de la langue romane, par J.-B. de Roquefort. Paris, Warée, Roquefort.
1808, 2 vol. in-8°.

Rogerii de Hoveden Annales ab anno 732 ad annum 1201. P. 401-429 Rog. de Hoved.
Collectionis Savilianæ : *Scriptores rerum anglicarum post Bedam
præcipui.*

S.

Bibliotheca Belgica manuscr., sive Elenchus universalis codicum ma- Sander.
nuscr. in celebrioribus Belgii bibliothecis, digestus ab Antonio Sandero. Insulis, 1641, in-4°.

Elogia cardinalium sanctitate, doctrinâ et armis illustrium, autore An- Sander. Card.
tonio Sandero. Lovanii, 1625, in-4°.

Christophori Sandii notæ et animadversiones in Vossium de historicis Sandius in Voss.
latinis. Amstel., 1677, in-12.

Anglicarum rerum scriptores post Bedam præcipui, collecti ab Henri- Savil. Script. rer.
co Savilio. Londini, 1596, in-fol. ; Francofurti, 1611, in-fol. angl.

Origines de Clermont, par Jean Savaron, 1607, in-8°. Paris, Muguet, Savaron, Clerm.
1662, in-fol.

Car. Saussaii Annales ecclesiæ Aurelianensis. Paris, 1615, in-4°. Sauss. Aur.

Scriptores Historiæ Anglicæ 10. Francof., 1601, in-fol. ; Lond., 1632, Scr. H. Angl. 10.
in-fol.

Scriptores Historiæ Britannicæ, Saxonicæ, Anglo-Saxonicæ 20, par Scr. H. Anglo-Sax.
Th. Gale Oxonii, Sheldon, 1691, 2 vol. in-fol.

Scriptores Historiæ Normannorum, collecti ab Andreâ Duchesne. Pa- Scr. Hist. Norm.
risiis, 1629, in-fol.

Scriptores Historiæ Francorum, collecti ab Andreâ Duchesne. Parisiis, Scr. Hist. Franc.
1636, 5 vol. in-fol.

Scriptores Historiæ Francorum. Parisiis, 1734-1814, 17 vol. in-fol. Scr. H. Fr. Coll. N.

Bibliothèque critique par de Saint-Jore (Richard Simon). Amsterd., R. Simon. Bibl.
1708, 4 vol. in-12. crit.

Nouvelle Bibliothèque histor. et critique des auteurs de droit civil et D. Simon.
canonique, par Denis Simon. Paris, 1692-1695, 2 vol. in-12.

Extraits des poésies des XIIe, XIIIe et XIVe siècles, publiés par Sinner, Sinner. Poés.
in-12.

Sixti Senensis Bibliotheca sancta. Lugduni, 1576, in-fol. ; Parisiis, Sixt. Sen. Bibl.
1610, in-fol. ; Neapoli, 1742, 2 vol. in-fol.

Vita S. Bernardi primi abbatis monasterii de Tironio, edita à J.-B. Sou- Souchet.
cheto. Parisiis, Billaine, 1649.

Spicilegium, sive Collectio veterum aliquot scriptorum, curâ Lucæ d'A- Spicileg.
chery. Parisiis, 1655-1677, 14 vol. in-4°. Parisiis, Montalant, 1723,
3 vol. in-fol

Steph. Tornac.	Stephani Tornacensis epistolæ, notis illustratæ à Claudio du Molinet. Parisiis, 1679, in-8°.
Surius.	Laur. Surii Vitæ seu Acta sanctorum. Coloniæ, 1618, 7 vol. in-fol.

T.

Taisand.	Vies des plus célèbres jurisconsultes, par P. Taisand. Paris, 1737, in-4°.
Thom. Cantuar.	Thomæ (Becket) Cantuariensis Episcopi (nec non Ludov. VII, Henr. II, regis Angliæ et aliorum) epistolæ, editæ à Christ. Lupo. Bruxellis, 1682, 2 vol. in-4°. — Historia quadripartita, sive tractatus de vitâ et passione B. Thomæ, archiepiscopi Cantuariensis, in fronte epistolarum ejusdem.
Tillemont.	Mémoires pour servir à l'Histoire ecclésiastique, par le Nain de Tillemont. Paris, 1693, 16 vol. in-4°.

V.

Vaissette.	Histoire générale de la province de Languedoc, avec les pièces justificatives, par (Claude de Vic et) Vaissette. Paris, Vincent, 1730-1745, 5 vol. in-fol.
Vignier.	Bibliothèque historiale, par Nicolas Vignier. Paris, 1588, in-fol.
Vinc. Bellov.	Vincentii Bellovacensis speculum historiale, in speculo ejusdem quadruplici. Duaci, 4 vol. in-fol.
Voss. Histor.	Gerardi Joannis Vossii, de Historicis latinis libri 3. Lugduni Batav., 1651, in-4°. — Et tom. I de la collection des œuvres de Vossius. Amst., Blaeu, 1695-1701, 6 vol. in-fol.

W.

Wadding.	Annales Minorum, seu Historia trium ordinum S. Francisci, autore Lucâ Waddingo. Romæ, 1731 et seqq., 17 vol. in-fol.
Warth. Angl. S.	Anglia sacra, sive Collectio historiarum de archiepiscopis et episcopis Angliæ, curâ Henrici Warthon. Londini, 1691-1692, 2 vol. in-fol. — *Idem* Warthon de Episcopis et Decanis Londinensibus. Londini, 1695, in-8°.
Wood.	Historia et Antiquitates universitatis Oxoniensis, autore Antonio à Wood. Oxonii, Sheldon, 1674 et 1675, 2 vol. in-fol. — Athenæ Oxonienses. London, 1721, 2 vol. in-fol.

HISTOIRE

LITERAIRE

DE LA FRANCE

SUITE DU DOUZIÈME SIÈCLE

PHILIPPE D'ALSACE,

COMTE DE FLANDRE ET DE VERMANDOIS.

PHILIPPE d'Alsace, comte de Flandre, était fils de Thierry d'Alsace, dont nous avons parlé dans le volume précédent, et de Sibylle, fille de Foulques d'Anjou, roi de Jérusalem. Nous avons dit, en parlant de Thierry, qu'avant de partir pour son troisième voyage de la Terre-Sainte, il associa Philippe à la souveraineté de ses états. Philippe n'avait guères que quinze ans, et néanmoins il était déja devenu comte d'Amiens et

Tome XV. A

P. 396 et suiv.

Lemire, an 1168, p. 243. — Hist. de Fr t. XIII, p. 276,

de Vermandois, par son mariage avec Elisabeth, sœur et héritière de Raoul, dit le Lépreux. Il unissait toujours effectivement ce titre à celui de comte de Flandre, ainsi qu'on le voit dans le Spicilége de Dachery, et sur-tout dans les différens actes rapportés par Duchesne, aux preuves de l'histoire de la maison de Béthune. Philippe-Auguste lui disputa dans la suite, à la mort d'Élisabeth, les pays qui les lui donnaient, et, après une assez longue guerre, un arrangement peu favorable au comte Philippe ne lui laissa que Péronne et Saint-Quentin.

Philippe avait consacré à l'étude des lettres, non sans succès, sa première jeunesse. Il avait même, sous ce rapport, des connaissances assez étendues, si nous nous en rapportons à une épître intéressante à consulter, de Philippe de Havinge, d'abord prieur et ensuite abbé de Bonne-Espérance, dans le diocèse de Cambray.

Un des premiers actes qu'il fit, comme prince, est le traité relatif aux différends qu'avaient excités les gênes et les rétributions auxquelles les Hollandais voulaient soumettre le commerce des Flamands.

L'empereur Frédéric 1er avait accordé à Florent III, comte de Hollande, un péage à Geervliet : l'acte en est dans le premier volume du Trésor des anecdotes de Martène. Philippe, qui gouvernait la Flandre au nom de son père absent, sensible aux plaintes que les commerçans lui adressaient, en réclama l'abolition, mais il ne put l'obtenir. Les Hollandais firent même d'autres actes dont les Flamands s'irritèrent. La victoire prononça contre Florent. Vaincu, emprisonné, déclaré félon par un jugement qui ordonna la confiscation de tous les fiefs qu'il tenait du comte de Flandre, il ne put recouvrer sa liberté et ses domaines perdus, qu'en signant un traité dont le comte de Boulogne, frère de Philippe, les comtes de Gueldres et de Clèves, et aussi les évêques de Cologne et de Liége, furent les médiateurs. Dom Martène et dom Durand ont encore imprimé cet acte dans le premier volume de leur Trésor des anecdotes. La date de 1147 est évidemment une erreur : Philippe d'Alsace n'eut part au gouvernement, comme associé de son père, qu'en 1157, pour la première fois ; il ne devint seul prince souverain qu'au mois de janvier 1168, ou, si l'on veut 1167, dans la manière de compter alors adoptée : d'un autre côté, Florent III n'était devenu comte de Hollande qu'à la mort de Théodoric son père, arrivée le 5 août 1157. J'observerai encore que Thierry

279, 308, 414 et 416.
T. XI, p. 351.
P. 3 et suiv.

Lemire, ans 1182 et 1185. — Mart. Anecd. t. III, p. 390, 391 et 669.

Lett. 16, p. 81 et suiv.

P. 661. — Meyer, an 1157.

Meyer, ibid. — Oudegh. c. 76, p. 131. Mey. an 1165 et 1167. — Chr. de Hollande par Vossius, liv. II, p. 77.

P. 1035 et 1036. — Voir Meyer, p. 49.

Hist. Littér. t. XIII, p. 390.

Art de vérif. les dates, t. III, p. 200.

d'Alsace était mort quand le traité fut conclu, quoique les auteurs de l'Art de vérifier les dates semblent dire le con- T. III, p. 201. traire. Il vivait bien encore au moment de la victoire de Phi- lippe et au commencement des négociations, mais il ne vi- vait plus au moment de la paix. Le traité est du **27** février **1168**. L'observation est plus frappante encore, si on le sup- pose du mois de mars, comme le font les mêmes auteurs à T. III, p. 10. l'article des comtes de Flandre, quoiqu'ils lui donnent d'ail- T. III, p. 201. leurs cette date même du **27** février, à l'article des comtes de Hollande.

Nous citerons quelques dispositions de ce traité, celles que l'on peut considérer comme des lois, ou qui appartien- nent davantage à l'administration intérieure de l'état.

Les revenus des pays situés entre l'Escaut et Heydene-Zée, Art. 3 et 4 du doivent être également partagés entre les comtes de Flandre traité. et ceux de Hollande, ainsi que les terres et domaines qui seraient confisqués pour crime. Les habitans de ces pays ne V. l'art 2 du traité. peuvent demander que dans la ville de Bruges, un champ pour le duel, c'est-à-dire pour se justifier par le combat à défaut de preuves, d'une accusation intentée. Si un Flamand Art. 6, 7 et 8. est dépouillé dans un lieu dépendant du comte de Hollande, le dommage sera réparé par les habitans, et, en cas de refus, par le comte lui-même : le coupable sera banni de l'endroit où il aura commis son crime ; ceux qui lui donneraient asyle dans leur maison ou sur leur territoire, seront responsables de tous les nouveaux délits qu'il pourrait commettre. Si l'ac- cusé nie le vol, ajoute l'article suivant, les deux comtes pro- Art. 10 et 11. nonceront ; s'ils ne peuvent s'accorder, ils nommeront cha- cun six prud'hommes qui jugeront en leur nom ; s'il y a par- tage encore entre ceux-ci, on décidera en faveur du comte plaignant, et l'autre souverain ne pourra mettre obstacle à ce que le dommage soit réparé.

Quant aux droits mis sur les négocians de Flandre par les comtes de Hollande, ceux-ci promettent de les ôter, de n'en exiger aucuns à l'avenir ; ils se soumettent à restituer tout ce qu'ils peuvent avoir perçu jusqu'au jour du traité, à titre de péage, de taxe, de contribution, de quelque ma- nière que ce soit. Un Flamand qui, en traversant la Hol- Art. 13. lande, serait attaqué par un de ses créanciers, pourra se libérer par serment, et si le créancier persiste, c'est au lieu du domicile de son débiteur qu'il devra le poursuivre.

Les comtes de Hollande ne pourront ériger de nouveaux Art. 12, 14, 15 et 16.

fiefs dans les pays situés entre Heydene-Zée et l'Escaut. Ils perdront ceux qui sont mouvans des comtes de Flandre, s'ils contreviennent à un des articles du traité et qu'ils persistent dans leur infraction : la confiscation même pourra être alors prononcée; les vassaux du comte de Hollande seront libres envers lui de leurs obligations et de leur serment; ils n'auront plus de devoirs qu'envers le comte de Flandre.

Meyer, an 1104 p. 48. — Oudegh. Chron. de Flandr. c. 77, p. 33.

Philippe gouvernait encore au nom de son père, quand il donna, en 1164, des priviléges et des lois à la ville de Nieuport, dont on l'a regardé comme le véritable fondateur par les constructions et les établissemens qu'il y forma. Sa Charte est signée de Mathieu, comte de Boulogne, son frère, et de quelques autres. Plusieurs écrivains la rappellent, et l'histo-

P. 125, et aux Pr. p. 33.

rien de la maison de Béthune en particulier. On y remarque encore, dans le comté de Flandre, l'usage de l'épreuve du fer chaud : *Si quis vulnus in nocte acceptum alii imputaverit,* dit la loi, *si scabinis* (aux échevins) *dignum videtur, ferro candente se excusabit accusatus; si aufugerit manum perdet,* et ailleurs : *Si fur vocatus accusatus fuerit, ferro candente se excusabit; si culpabilis permanserit, suspendetur; et si accusans in antejuramento defecerit, accusatus liber erit.*

Un fait particulier de la vie de Philippe nous rappelle quelques châtimens mis en usage par lui, sans doute usités de son temps en Flandre, et toujours les épreuves imposées ou offertes pour la justification des accusés : Benoît de Péter-

Hist. de Fr. t. XIII. p 163 et 198.

borong et Raoul de Diceto nous l'ont conservé. Philippe soupçonnait d'un commerce criminel, Élisabeth sa femme et un jeune homme appelé Gauthier des Fontaines; il les épie et les trouve enfermés ensemble. On arrête Gauthier, qui nie le crime et offre de se purger de l'accusation par toutes les épreuves connues. Philippe n'y consent pas; il ordonne de punir sur-le-champ le coupable. On dépouille Gauthier de ses vêtemens; on le frappe de verges, de bâtons, de massues, et on le suspend ensuite, à demi-mort, par les pieds, à une fourche, où il termine sa vie dans la douleur et l'opprobre.

P. 351 et suiv.

D. Dachery a publié, dans le onzième tome du Spicilége, sur un manuscrit que M. de Rebecque lui avait communiqué, d'autres lettres de Philippe, postérieures de près de vingt-cinq années à celles pour la ville de Nieuport, qui confirment les lois et coutumes accordées aux habitans d'Aire par le comte Robert, dit le Jérosolymitain, et la com-

tesse Clémence de Bourgogne, sa femme ; par le comte
Charles Ier, dit le Bon ; par Guillaume Cliton, dit le Normand, son successeur ; et enfin, par Thierri d'Alsace. Quoiqu'il nous reste peu de ces lettres, tout porte à croire qu'elles
furent assez nombreuses, et que beaucoup de villes de cette
contrée obtinrent la même faveur de Philippe, ou l'avaient
déja obtenue de ses prédecesseurs. Jean d'Ypres même lui
attribue presque toutes les lois données en Flandre. Il ôta
cependant à quelques villes de ses états, mais à des villes
qui s'étaient révoltées, les droits dont elles avaient joui jusqu'alors, comme on le retrouve dans l'Art de vérifier les
dates et dans la nouvelle collection des historiens de France.
On peut voir les Annales de Meyer, en 1178, sur les lois
données à la ville de Gand.

L'acte dont Aire est l'objet, se compose de dix-sept articles. Le préambule annonce que, prêt à partir pour la Terre-
Sainte, où le fils de Dieu nous a racheté par son sang de
la puissance du démon, le prince a cru devoir assurer de
nouveau la liberté et les immunités dont jouissent ses sujets :
il a donc accueilli de bon cœur la demande que les habitans
d'Aire lui ont faite de les leur confirmer, et voici en conséquence ce qu'il ordonne :

Douze personnes choisies seront les juges de la commune.
Remarquons, dès ces premiers mots, qu'il exprime commune par *amicitia : in amicitiâ sunt duodecim selecti ju-
dices*. Quelques villes avaient déja formé de ces confédéra-
tions indiquées par l'expression dont le comte Philippe fait
usage, et la fin du même article en annonce l'objet et la
forme : *Omnes autem ad amicitiam pertinentes villæ per
fidem et sacramentum firmaverunt, quod unus subveniet
alteri tanquam fratri suo in utili et honesto*. Ce passage est
un de ceux qui peuvent servir à prouver l'ancienne existence de ces associations faites entre les habitans d'un même
lieu, avec promesse et serment de se défendre dans tout ce
qui est honnête et utile, pour me servir des termes sous
lesquels se cache la véritable pensée des contractans, c'est-
à-dire plus particulièrement, du moins, contre les vexations
des seigneurs ; vexations toujours plus étendues, plus multipliées et plus oppressives. Aussi voit-on toujours de semblables amitiés protégées par les rois ; protection qui était
une suite nécessaire de la volonté plus générale de l'affran-
chissement des communes. Le serment par lequel on les

Mart. Anecd. t. III,
p. 666.

T. III, p. 12.

T. XIII, p. 423.

P. 52

cimentait fit plus souvent encore désigner l'association par *jurata, communia jurata ;* quelquefois aussi nous lisons *conjuratio,* mot qui ne suppose pas nécessairement, comme on l'a cru, une insurrection, une révolte, mais qui peut très-bien indiquer seulement cette action du serment mutuel qui achevait et affermissait l'union : ainsi, pour ne pas sortir du siècle dont nous retraçons l'histoire littéraire, et du pays même que Philippe gouvernait, une charte de Thierri d'Alsace, son père, et de l'an 1147, porte : *Concesserim hominibus S. Bertini ad Poparingehem pertinentibus ejusdem pacis securitate per omnia gaudere, quâ Furnenses fruuntur, quam conjuraverunt, in quâ et confirmati sunt.* Une charte du même siècle, et postérieure seulement de quelques années, elle est de 1164, et donnée par l'empereur Frédéric 1er, se sert également de *conjuratio* pour désigner la commune de Trèves.

V. Ducange, t. II, p. 969, au mot conjurare.

Ann. de Trèves, par Brower, p. 801.

L'article premier des lettres du comte de Flandre ne détermine pas uniquement le nombre des juges ; il veut que ceux-ci promettent et jurent de ne faire aucune acception, dans leurs jugemens, du pauvre et du riche, du noble et de celui qui ne l'est pas, du voisin ou de l'étranger, *proximi vel extranei.*

Art. 3, 4, 6, 7, 8 et 12.

Les articles suivans règlent ce qui doit être fait dans le cas où un des habitans se permettrait envers un autre quelque offense, quelque injure, lui occasionnerait un dommage, un tort, quel qu'il pût être ; la poursuite qui doit avoir lieu, les personnes à qui la plainte doit être adressée, celles à qui le jugement en doit appartenir, les peines qui doivent être prononcées. L'accusé peut, dans certains cas, et s'il est convaincu, être chassé de la confédération, de l'association communale, *ab amicitiâ communi ejici.* On voit dans ces articles et dans les suivans encore, qu'on donnait au chef de cette association de la ville, le titre de *Præfectus amicitiæ.*

V. l'art. 5, p. 353 du Spicil.

Les peines étaient ordinairement pécuniaires pour l'offense ou le dommage, elles l'étaient même pour la mort donnée à un des membres de la commune, *conjurato,* c'est le terme employé par la loi. On donnait quarante jours au coupable pour réparer son crime, et satisfaire aux parens de la personne assassinée, suivant la décision portée à cet égard par les douze juges : les parens et les amis du mort ne pouvaient, sans s'exposer eux-mêmes à des peines, se refuser à accepter la réparation que ces juges avaient prescrite.

L'article 6 porte que si quelqu'un de l'association a perdu des effets qui lui appartenaient, ou par vol ou par rapine, et qu'il trouve quelques vestiges des objets perdus, il adressera sa plainte au préfet de l'union, lequel ayant rassemblé les associés, ira avec eux pendant un jour entier à la découverte de ces objets ; l'associé qui s'y refuserait payera, dans la semaine, une amende de cinq sols à l'association.

Si un homme étranger à la confédération a volé un homme qui en fait partie, le préfet, la plainte et les témoins entendus, mandera le coupable, et si ce dernier ne compose pas avec celui qui aura été volé, on lui défendra de venir aux marchés de la commune. La même interdiction est appliquée, avec quelques autres peines, à quelques autres délits rappelés dans les huitième et neuvième articles. Le dixième condamne à cinq sols envers la commune, payables également dans les huit jours, tout membre de l'association qui ne se réunirait pas aux autres pour apaiser des troubles survenus. Le onzième concerne un homme étranger à l'union, qui ayant blessé, même tué un homme qui en fait partie, et d'abord fugitif, est pris enfin, après une, deux ou plusieurs années. Le douzième assure immunité et garantie aux marchands venant aux foires ou marchés de la commune, quelques cas exceptés. Le treizième règle ce que doivent faire les ecclésiastiques. Le quatorzième établit que chaque associé contribuera d'un écu à soulager le malheur d'un membre de l'association, dont la maison aurait été brûlée. Le quinzième réserve les droits du comte de Flandre, et le seizième les réserve de nouveau, en confirmant d'ailleurs d'une manière générale les articles que nous venons d'analyser. Le dix-septième renouvelle et confirme aussi un don plus ancien de Robert le Jérosolymitain, et de Clémence de Bourgogne, sa femme.

Nous avons déja dit que cet acte est de 1188, et que Philippe y annonce qu'il est prêt à partir pour la Terre-Sainte, *peregrinaturi in terram sanctam dignum duximus, etc.* Il partit en effet cette année même. Ainsi on retarde trop son voyage, quand on ne le place qu'en 1190, comme le fait, par exemple, Aubert Lemire. C'était au reste la seconde fois que Philippe se croisait. Il était déja allé dans l'Orient en 1177, et en était revenu l'année suivante. Guillaume de Newbridge et plusieurs autres écrivains ont célébré ses hauts

Guill. de Tyr. liv. XXI, § 14. — Meyer, l. VI, p. 51, an 1177.
Meyer, liv. VI, p. 52, an 1179.

faits d'armes, en Orient. Baudoin IV, roi de Jérusalem, accablé d'infirmités, avait voulu lui confier la régence de son royaume; mais le comte de Flandre s'y refusa. Il accepta celle de France peu de temps après son retour en Europe; Louis-le-Jeune la lui avait donnée par son testament. Ce fut avec Philippe-Auguste qu'il entreprit son second vogage à la Terre-Sainte.

Liv. VI, p. 57.
L. XVIII, c. 56.
Duchesne, t. V, p. 33.
T. I, p. 139, aux Pr.
T. II, p. 426.
T. III, p. 13.

Il n'y était arrivé que depuis quelques mois quand il y mourut de la peste, au siége de Saint-Jean-d'Acre ou Ptolémaïs, avant que cette ville fût prise, disent Meyer dans ses Annales de Flandre, Jacques de Guise dans ses Annales de Hainaut, et Rigord dans la Vie de Philippe-Auguste. Meyer, dans l'ouvrage que nous venons de citer, Hugo, dans les Annales de l'ordre de Prémontré, Marlot, dans son Histoire de la métropole de Reims, les auteurs de l'Art de vérifier les dates, et la plupart des autres écrivains, placent la mort de Philippe au premier juin de l'année 1191; Jean d'Ypres, l'auteur de la généalogie des comtes de Flandre, et Jean Buzelin, dans son Histoire sacrée et profane de la Flandre française, la placent au premier juillet seulement.

Chron. S. de Bert., t. III des Anecd. de Mart. p. 676.
Mart. *ibid.* p. 393.
Art. de vérif. les dates, t. III, p. 12. — Mart. et Hugo, dict. locis. — Lemire, an 1191. — Marchant, Descript. Flandr. p. 201.
Meyer, liv. VI, p. 52 et 53. — Lemir. an 1192. — Mart. Anecd. t. III, p. 389. — Hist. de Fr. t. XIII, p. 580, 683 et 750.

Il mourut sans laisser d'enfans des deux mariages qu'il avait contractés, le premier avec Isabelle, sœur de Raoul le Lépreux, comte de Vermandois, et le second avec Mathilde, fille d'Alphonse, roi de Portugal. Il fut d'abord inhumé dans le cimetière Saint-Nicolas, hors des murs de la ville de Saint-Jean-d'Acre, transporté ensuite en France par les soins de Mathilde, et enterré à Clairvaux.

P. 201.
Flandr. Ill. t. I, p. 55.

P. 388.

Il avait, en 1180, marié à Philippe-Auguste Isabelle de Hainaut, fille de la comtesse Marguerite, sa sœur, et de Baudoin V, et lui avait donné pour dot Saint-Omer, Aire, Arras, Bapaume, les comtés de Lens et d'Hesdin, les territoires de Boulogne, de Saint-Pol, de Guines, de Lillers, etc., ce qui a formé le comté d'Artois. Un pareil démembrement ne fut pas seulement nuisible par l'extrême diminution des états que les comtes de Flandre gouvernaient, il le fut encore par les guerres qu'il occasionna entre ces souverains et les rois de France. Quelques auteurs flamands, Marchant, par exemple, et d'après lui Sander, l'auteur aussi de la généalogie des comtes de Flandre, imprimée au tome III du Trésor des Anecdotes de Martène, retrouvent dans cette dispersion d'une partie du patrimoine de Philippe, l'accomplissement d'une exclamation qu'ils supposent avoir été proférée par ce prince, dès le troisième jour de sa naissance : *Evacuate mihi domum*. Sander, qui copie si souvent, dans sa Flandre illustrée, la description de Jacques Marchant, n'a pas osé du moins répéter cette exclamation prophétique.

Le comte Philippe a obtenu beaucoup d'éloges des auteurs contemporains, et de ceux qui leur ont succédé. *Quem justitia, fortitudo et liberalitas, omnibus bonis laudabilem fecit et amabilem*, dit Baudoin de Ninove, dans sa Chronique. Un écrivain du XIIe siècle, après avoir rappelé avec quel succès ce prince gouverna pendant vingt-quatre années, dit qu'aucun comte de Flandre ne l'emporta sur lui en gloire, en richesses, en prudence, en autorité, en amour de la justice, en courage et en humanité à la tête des armées; il le compare aux Macchabées, et ajoute ces mots qui peuvent faire reconnaître à quelle profession l'écrivain appartenait : *Clericos honorabat, monachos complectebatur, pauperes defendebat, causas religiosorum, etiam contra suos quandoque barones et milites, tuebatur*. Il parle ensuite de toute la douleur que sa mort causa aux Flamands, au clergé sur-tout et au peuple, et de la division des états de Philippe en trois parties.

Ces éloges, mérités à beaucoup d'égards, sont dus aussi en partie aux libéralités extrêmes de ce prince envers les églises et les monastères, et à son édifiante piété. Les monumens de plusieurs de ces libéralités ont été conservés par Duchesne dans les preuves de son Histoire de la maison de Béthune. Il y a une de ces chartes au tome III de la France chrétienne; une autre, de l'année 1169, est un don fait à-la-fois par Philippe et par Élisabeth, qu'il y appelle *Nostræ dignitatis et legitimi thori socia*. Il augmenta sur-tout les revenus de l'église de Saint-Basile de Bruges, où Théodoric, son père, avait fait déposer la fiole du sang de Jésus-Christ, qu'on lui avait donnée en Asie. Sa piété l'avait lié avec Thomas de Cantorbéry, et l'avait ensuite conduit en Angleterre pour honorer son tombeau. Il est parlé aussi avec beaucoup d'éloge du comte de Flandre, dans les épîtres de ce prélat ou à ce prélat. Nous avons une assez longue lettre d'Eudes ou Odon, prieur de l'église de Cantorbéry, dont le seul objet est de rendre compte à Philippe de toutes les guérisons miraculeuses d'aveugles et de sourds, d'hydropiques et de lépreux, de boiteux, de perclus, d'insensés, de muets, etc., opérées par l'intercession de saint Thomas sur les malades

---

An 1158 dans Hugo. Sacræ antiq. monum. t. II, p. 173.

Hugo, Ann. de Prem. part. I, t. I, aux Pr. p. 140.

P. 34, 35, 40 et suiv.

Preuv. p. 120.

Duch. p. 36.

Lemire. an 1187. — V. d'autres dons, Manriq t. II, p 146.

P. 77, 85, 370. 623. — V. le t. XIII des Hist. de Fr. p. 139, 168, 279, 422 · et 471.
Mart. Ampl. coll. t. I. p. 882 et suiv.

qui venaient l'implorer. Nous en avons une plus ancienne de Philippe lui-même, écrite en 1170 au pape Alexandre III en faveur de l'archevêque de Cantorbéry; elle est pareillement imprimée dans le recueil des épîtres du prélat. Alexandre le lui avait recommandé avec le plus vif intérêt par une lettre publiée dans la même collection. Par une autre, il charge Thomas de demander au prince une subvention pieuse pour venir au secours de l'église. Nous trouvons cependant quelques lettres d'Alexandre moins favorables, moins confiantes pour ce souverain : deux sont écrites à l'archevêque de Reims, et Philippe y est accusé d'avoir enlevé violemment les reliques du monastère de Saint-Wast. Le pape déclare, dans la troisième, ne lui avoir accordé aucune immunité contraire aux droits et à la dignité de cet archevêque.

L'abbaye de Clairvaux est une de celles qui reçurent le plus de témoignages de la pieuse générosité de Philippe. Dom Martène a placé dans le premier tome de ses Anecdotes plusieurs actes dont elle est l'objet. Par le premier, qui est de 1188, il lui donne *duas lestas alecium,* deux lests (charges) de harengs, payables, chaque année, à la fête de Saint-André. Par le second, il lui fait présent d'une chapelle qu'il avait portée avec lui en Orient, et de tous les ornemens, vases, etc. qui servaient à cette chapelle. Par le troisième, il approuve le don d'une chapelle encore, que la comtesse Mathilde, sa femme, avait fait à la même abbaye de Clairvaux.

Par une charte de l'an 1179, Adam, abbé des Prémontrés de Saint-André, de Cateau-Cambrésis, cède à Philippe les forêts de son abbaye, en récompense de l'appui et des secours qu'elle en avait reçus dans le temps de son oppression. Cette charte est une nouvelle preuve de la piété du comte de Flandre et de sa protection active pour les établissemens et les personnes consacrés à la religion.

Il n'accorda pas une protection moins active au commerce. Nous avons rappelé, au commencement de cet article, les guerres qu'il eut à soutenir et les succès qu'il obtint contre les Hollandais. Meyer rappelle aussi, dans le sixième livre de ses Annales, une convention faite en 1178, avec l'archevêque de Cologne, qui fut d'une grande utilité aux négocians de Flandre. P.

Liv. III, cp. 96, p. 623.

Liv. I, p. 85.
Liv. II, p. 310.

Mart. Ampl. coll. t. II, p. 747, 811 et 968. — Hist. de Fr. t. XV, p. 861, 864 et 932.

P. 632 et 639.

Mart. Ampl. coll. t. I, p. 914.

An 1178, p. 52.

GUIGUES II,

Prieur de la Grande-Chartreuse.

Guigues fut élu prieur de la grande Chartreuse après la mort de Basile, arrivée le 14 juin 1173. Un anonyme, qui a composé, vers le milieu du XVe siècle, une petite histoire des chartreux, l'appelle *Hugues*, et cette erreur est cause que dans aucun des historiens de l'ordre il n'est parlé de Guigues II. Il est pourtant vrai que c'est à Guigues, prieur de la Chartreuse, qu'est adressée une bulle (1) du pape Alexandre III, donnée à Anagni, le 2 septembre 1176, et ce Guigues ne peut être le prieur du même nom qui mourut l'an 1137. Ce qu'on dit que Hugues, après deux ans de prélature, se démit de sa charge, doit s'entendre de Guigues; mais au lieu de deux ans de prélature, la bulle du pape Alexandre III nous autorise à lui en accorder trois ou même quatre; et, comme l'on ajoute qu'il vécut encore douze ans après sa déposition, il doit être mort l'an 1188 ou 1189. C'était un homme entièrement livré à la contemplation des choses du ciel et peu propre à gouverner les affaires de la terre : ce qui fait qu'on le regardait non comme un homme, mais comme un ange. C'est aussi l'idée qu'on pourrait prendre de son esprit, s'il était vrai qu'il fût l'auteur de quelques ouvrages qu'on lui attribue.

1° Le premier est un traité qu'on trouve dans toutes les éditions de saint Augustin et de saint Bernard, intitulé dans les premières, *Scala paradisi*, et dans les dernières, *Scala claustralium, sive tractatus de modo orandi*. Les éditeurs de saint Augustin et D. Mabillon s'accordent à dire que ce traité n'est ni de saint Augustin ni de saint Bernard. Mais, comme dans un manuscrit de la chartreuse de Cologne, ce traité a pour titre : *Epistola domni Guigonis Cartusiensis ad fratrem Gervasium de vitâ contemplativâ*, il faut qu'il ait été composé par Guigues I ou par Guigues II, qui nous occupe. D. Mabillon n'a pas décidé la question; mais les auteurs de l'Histoire lit-

Mart. Ampl. Collect. t. VI, col. 176.

Append. t. I, p. 163.

Bern. op. t. II, col. 311.

Hist. Littér. t. XI, p. 655.

(1) Cette bulle est imprimée à la suite des statuts de l'ordre des chartreux, édit. de 1310.

B 2

téraire, à l'article de Guigues I, n'ont pas hésité à le donner au second. En adoptant leur opinion, nous ajouterons aux raisons qu'ils ont alléguées, que le moine Gervais, auquel cet ouvrage est adressé, est vraisemblablement ce Gervais qui devint prieur de la chartreuse du Mont-Dieu, dans le diocèse de Reims, vers l'an 1151. Or, comme la chartreuse du Mont-Dieu n'a été fondée que l'an 1136, ce traité ne peut avoir été composé par Guigues I, mort, comme nous l'avons dit, l'an 1137; et attendu que Guigues ne prend pas la qualité de prieur, et qu'il ne la donne pas non plus à Gervais, il faut que ce traité ait été composé avant l'an 1130. Ce raisonnement est appuyé sur ce que dit l'auteur, qu'il dédie à Gervais les premiers fruits de son travail : *Hæc nostri laboris initia tibi primitùs offero, ut novellæ plantationis primitivos fructus colligas;* langage qui ne peut convenir à Guigues I, s'il est vrai que l'écrit soit adressé à Gervais du Mont-Dieu.

Ce traité, comme nous l'avons dit, a été imprimé plusieurs fois, soit parmi les œuvres de saint Augustin, soit parmi celles de saint Bernard. Il est fort court, et ne contient que treize chapitres. Cette échelle, quoiqu'elle aboutisse au ciel, et qu'elle mène en paradis, n'a que quatre échelons; on y monte par la lecture, la méditation, l'oraison, et la contemplation; car l'auteur distingue ces trois dernières choses.

Bibl. Patr. t. XXIV, p. 1463 et seq.

2° Le P. Fran. Chifflet a publié un ouvrage plus considérable ayant pour titre : *De quadripartito exercitio cellæ,* qu'il attribue à Guigues II, quoique l'écrit soit anonyme dans les deux manuscrits dont il s'est servi. Il est certain que cet écrit a beaucoup d'analogie avec le précédent; et si nous sommes fondés à donner à Guigues le premier, il y aurait quelque raison de ne pas lui refuser celui-ci. Le savant jésuite a mis à la tête de l'ouvrage une dissertation dans laquelle il prouve que l'auteur était certainement un chartreux, et que ce ne peut être Guigues I ou l'ancien; mais il nous semble qu'il ne prouve pas aussi bien que l'ouvrage ait été composé par Guigues II. Examinons ses raisons : la principale est tirée du prologue ou épître dédicatoire adressée au prieur des chartreux de Wittcham en Angleterre, dont le nom n'est désigné que par la lettre B. Le P. Chifflet nous paraît assez fondé à croire que la lettre B désigne le prieur *Bovon,* mentionné dans une vie de saint Hugues, évêque de Lincoln, dont Bovon fut le successeur dans le prieuré de

Witteham, l'an 1186. Mais il n'a pas répondu à toutes les difficultés que présente contre son opinion cette épître dédicatoire. A celle qui résulte de la qualité que l'auteur se donne *spiritualis uteri vestri filius,* on répond qu'apparemment Bovon était le directeur spirituel de Guigues, lorsqu'ils vivaient ensemble à la grande Chartreuse, et l'on cite à l'appui de cette conjecture une charte de l'an 1185, dans laquelle Guigues et Bovon comparaissent comme témoins. Mais que répondre à ce que dit l'auteur dans son épître, qu'il ne connaissait guère les avantages de la cellule que par ouï-dire; qu'il n'en avait que très-peu ou point du tout goûté les douceurs? *Et ego quid loqui dignè possem de dulcedine cellæ, quem constat (sicut negare non valeo nec volo) aliquid de eâ vel tenuiter audisse, quæ vero, qualis, quantave sit, vel nihil omninò, vel modicum certè aliquandò expertum fuisse?* Ce langage est-il applicable à un vieillard consommé dans les exercices du cloître, qu'on nous représente comme un homme tout absorbé en Dieu, qui, pour goûter les douceurs de la solitude, abdiqua, après un gouvernement de trois ou quatre ans, la première place de l'ordre? Concluons, pour ne faire aucune violence au texte, que l'ouvrage de Guigues *Scala claustrensium* a pu servir de type à celui-ci; qu'il a été retravaillé et amplifié sous un autre titre par quelque chartreux de Witteham, qui reconnaissait Bovon pour son supérieur ou son père spirituel, comme ayant été engendré par lui à la religion; et comme cet ouvrage, quel qu'en soit l'auteur, appartient à l'époque où nous sommes parvenus, voici en quoi il consiste.

Il est composé de trente-six chapitres, et roule sur la manière d'employer utilement et saintement la retraite et la solitude à laquelle sont dévoués les chartreux. Les moyens sont la lecture, la méditation, la prière et le travail des mains. L'auteur de l'échelle n'avait pas parlé du travail des mains; celui-ci insiste beaucoup sur cet article, et recommande surtout la transcription des livres : *Hoc autem esse debet spe-* Cap. 36. *cialiter opus tuum, ut libris scribendis operam diligenter impendas. Hoc siquidem speciale esse debet opus cartusiensium inclusorum.* Et il le prouve par les statuts du bienheureux Guigues, qu'il rapporte.

Cet ouvrage fut imprimé d'abord à Dijon l'an 1657 par le P. Chifflet, dans un volume in-8°, auquel il a donné pour titre : *Manuale solitariorum, è veterum patrum cartusien-*

sium cellis depromptum. Il a passé ensuite dans la grande
Bibliothèque des pères, tom. XXIV, pag. 1465-1500.

B.

THIBAUD,

COMTE DE BLOIS, SÉNÉCHAL DE FRANCE.

Thibaud, surnommé le Bon, eut en partage dans la succession de son père, Thibaud-le-Grand ou le Saint, les
comtés de Chartres et de Blois, à la charge de l'hommage envers son frère aîné Henri-le-Libéral, comte de Champagne.
Thibaud était, au jugement de Jean de Sarisbéry, l'homme de
son temps le plus versé dans la connaissance du droit français. *Illustris Blesensium comes Theobaldus,* dit-il, *princeps
quidem justitiæ amator et juris citramontani peritissimus.*
Cette profonde connaissance des lois de son pays convenait
parfaitement au grand sénéchal de France, chef du conseil
du roi, et organe de ses décisions; charge que Thibaud
exerça depuis l'année 1154 jusqu'à sa mort, arrivée au siége
d'Acre, en Syrie, l'an 1191. C'est à ce titre que nous avons
cru devoir lui consacrer un article dans notre Histoire. Son
nom paraît dans toutes les décisions émanées du conseil du
roi pendant cet espace de temps, sous les rois Louis-le-Jeune
et Philippe-Auguste : ce ne fut qu'après sa mort que la charge
de sénéchal fut supprimée. Cependant ce n'est pas des actes
de cette nature que nous voulons nous occuper; nous nous
bornerons à donner la notice de quelques-unes de ses lettres échappées aux ravages du temps.

1° Lettre au roi Louis-le-Jeune, touchant l'élection de son
frère Guillaume à l'évêché de Chartres, l'an 1164. Il expose
au roi que, pendant l'absence et à l'insu du doyen, le prévôt
Geofroi s'était fait élire par quelques-uns des membres
du chapitre avant même que l'évêque défunt eût été mis en
terre : en quoi, dit-il, on a méconnu les droits de la couronne, parce que le chapitre aurait dû demander au roi la
permission d'élire avant que de procéder à une élection. Il
annonce ensuite que, de son côté, le doyen, de concert avec

d'autres membres qui n'avaient pas concouru à l'élection du prévôt, avaient donné leurs suffrages à son frère Guillaume. C'est pourquoi il supplie le roi de surseoir à la confirmation du prévôt jusqu'à ce que lui-même ait rendu compte verbalement de cette affaire à sa majesté. En terminant sa lettre, il instruit le roi de la déclaration qu'avait faite le comte Henri, son frère, qu'il n'assisterait pas aux noces de Thibaud avec une fille du roi. Cela pourrait paraître extraordinaire, si Robert du Mont ne nous apprenait qu'à cette époque Henri, qui avait épousé la fille aînée du roi, était brouillé avec sa femme. Quant à l'élection du prince Guillaume, elle fut soumise à la décision du pape, qui, par lettres datées de Sens le 9 octobre 1164, ordonna qu'il serait procédé à une nouvelle élection, et cette élection retomba sur le prince Guillaume.

2° Le comte Thibaud, qui, avec son frère, devenu archevêque de Sens, avait contribué plus que personne à la réconciliation de saint Thomas de Cantorbéry avec le roi d'Angleterre, fut un des premiers, à la nouvelle du meurtre du saint prélat, à dénoncer cet attentat au pape, comme ayant été commandé par le roi d'Angleterre, partageant contre le monarque anglais les sentimens qui animaient la cour de France.

5° Dans une lettre au cardinal Pierre de Saint-Chrysogone, légat en France, Thibaud demande le concours de son autorité, pour empêcher l'abbé de Châteaudun d'introduire de nouveaux usages dans l'hôpital des pauvres de cette ville, attendu qu'il n'y avait rien à réformer dans l'administration de cette maison, à laquelle son père avait pourvu par des réglemens sages qui étaient en pleine vigueur.

Nous nous abstenons de faire le dénombrement des chartes de ce prince, qui toutes avaient pour objet le soulagement du peuple et des malheureux, et lui méritèrent le surnom de *Bon*. La ville de Blois en particulier lui en témoigna sa reconnaissance dans une inscription lapidaire gravée à la porte de Saint-Fiacre du Pont, et figurée dans l'histoire de Blois, par Bernier, p. 501.   B.

Duchesne, *ibid.* p. 609. — Bouquet, t. XV, p. 824.

Inter epist. S. Thomæ, lib. V, ep. 81, p. 860. — Bouq. t. XVI, p. 468.

Mart. Anecd. t. I, col. 600.

RAOUL,

ÉVÊQUE DE LIÉGE.

Gall. Christ. t. III, p. 875.

Leod. Histor. sacr. et prof. t. II, p. 118. — Albéric, Chron. an. 1168.

Raoul, qu'on trouve aussi appelé Rodulphe, et même Rudolfe, appartenait à une famille des plus illustres. Il avait pour frère Berthold, duc de Thuringe, selon les uns, duc de Zeringen, suivant les autres. Mais l'opinion de ces derniers n'est pas seulement préférable ; elle est la seule qu'il soit possible d'admettre, puisque, à cette époque, aucun prince thuringeois ne porta le nom de Berthold, que plusieurs, au contraire, portèrent ce nom parmi les ducs de Zeringen. Raoul était fils de Conrad, fils lui-même de Berthold II, et frère de Berthold III; Conrad eut pour successeur Berthold IV, l'aîné de ses fils; Raoul était le second ; Albert, tige des ducs de Teck, était le troisième ; et deux de ses sœurs, Clémence et Germaine, épousèrent, l'une un duc de Saxe et de Bavière, l'autre un comte de Savoie. Dodechin, continuateur de la chronique de Marianus Scotus, dit, sur l'an 1127, qu'après la mort de Guillaume de Bourgogne, que ses sujets assassinèrent, Conrad fut élevé à cette principauté dans la ville de Spire, en présence de plusieurs seigneurs bourguignons. Ce Guillaume, troisième du nom, et surnommé l'Enfant, avait péri en 1127.

Raoul avait d'abord été élu archevêque de Mayence, par le peuple et le clergé de cette ville, en 1160, immédiatement après l'assassinat d'Arnold de Selehoven, qui occupait ce siége depuis 1153. Cette élection faite dans des momens de trouble et de crime, sans avoir consulté l'empereur, sous la domination de qui était alors Mayence, et par suite d'une insurrection qu'il ne laissa pas impunie, ne pouvait subsister. Frédéric nomma ou fit nommer, pour occuper ce siége, Conrad, fils et frère des comtes de Wittelsbach, dans une lettre écrite à Louis VII par un frère de Raoul, et con-

T. I, p. 310.

servée dans le *Res Germanicæ* de Freher. Le refus de l'empereur est attribué à sa haine pour leur maison. L'auteur de cette lettre, dont le nom n'est indiqué que par la lettre B, y prend le titre de duc de Bourgogne. Mais le duc de Bour-

T. V, p. 474.

gogne était alors Eudes second. Les auteurs de la France chrétienne croient ou qu'il y a eu erreur dans la lettre initiale, ou qu'Eudes avait deux noms. Mais le B indique peut-être Berthold, frère de Raoul, fils et successeur de Conrad, devenu à la mort de son père, comme celui-ci l'avait été, recteur ou gouverneur de Bourgogne, et qui prenait quelquefois, comme son père aussi, le titre de duc de ce pays ; il est appelé *dux Burgundiæ* dans des actes même faits avec l'empereur, ou auxquels l'empereur avait concouru.

La manière dont Raoul avait été élu par un peuple en fureur et un clergé forcé d'obéir à la volonté de ce peuple, n'avait pas été, suivant un moine d'Orval, Gilles ou Ægidius, qui a écrit ou du moins continué l'histoire de Liége, la seule cause de la destitution de Raoul ; il l'attribue même, assez exclusivement, à un acte d'autorité, dont Frédéric fut et devait être indigné. L'échanson de ce prince ayant été tué par des Juifs, l'empereur avait ordonné, pour les en punir, qu'une statue d'or de cet échanson serait élevée à Mayence, aux frais des Juifs : Raoul, devenu archevêque, avait fait briser la statue, et s'en était adjugé le métal, ou pour lui-même ou pour ses parens. D'autres assurent que ce fut au moment de l'élection même, que Raoul, espérant assurer par-là une confirmation dont il avait besoin, arracha le bras d'une croix d'or, et dilapida le trésor de l'église. Trithême, dans sa chronique d'Hirsauge, parle de cette croix, donnée à l'église de Mayence par la libéralité d'un de ses anciens archevêques, et du crime commis par Raoul. *Aurea crux erat pretiosissima,* dit-il, *cujus patibulum erat cypressinum laminis aureis, et pretiosis lapidibus desuper opertum et circumductum. Imago autem crucifixi magna erat, de auro purissimo.* Il ajoute qu'un archevêque avait déja, dans une autre occasion, enlevé un des pieds du crucifix, pour le donner à un pape auquel il voulait complaire, et qu'il en obtint effectivement, par ce moyen, beaucoup de faveur ; et qu'un autre archevêque encore avait pris et vendu l'autre pied, pour avoir de quoi lever des soldats. Raoul s'empara de tout le reste ; il l'offrit à l'empereur, pour l'apaiser : mais l'empereur ayant refusé ses offres avec mépris, le prélat garda pour lui-même ce que Frédéric ne voulait pas.

On croit sans peine toutes ces actions de Raoul, quand on lit les autres traits de sa conduite, pendant son épiscopat de Liége ; car il avait été nommé évêque de cette ville, quelques années après le refus fait par l'empereur de consentir à son élection comme archevêque de Mayence. Les auteurs

Tome XV.   C

Marginal notes:

V. l'Art de vérif. les dates, t. III, p. 340

Gall. Christ. t. III, p. 875. — Albéric dit la même ch. dans sa Chron. — V. encore Gall. Ch. t. III, p. 474.

Gall. Christ. t. III, p. 875, note *a*.

T. I, p. 442.

de la France chrétienne nous disent, par exemple, d'après des écrivains plus anciens, comment on obtenait alors, dans son diocèse, les bénéfices ecclésiastiques. Ils se vendaient à l'enchère, publiquement, sur la place du marché; et le ministre de cette avarice sacrilége se glorifiait avec complaisance d'avoir ainsi porté plus haut les revenus de l'épiscopat. La cathédrale de Liége et d'autres églises ayant été consumées par les flammes en 1185, l'évêque fit apporter à Liége toutes les reliques du diocèse, pour que les offrandes d'un peuple pieux pussent servir à reconstruire ces églises.

Il semble que Raoul éprouva enfin quelque repentir; car, vers l'an 1190, il crut devoir faire le voyage de la Terre-Sainte; il y suivit l'empereur Frédéric. Son séjour n'y fut pas long; il revint en France, en 1191, et mourut à peine arrivé. Lemire, dans sa chronique, place sa mort au mois d'août de cette année. Gilles d'Orval dit qu'il mourut empoisonné.

En 1170, d'autres disent en 1179, voulant repousser par la force les excès commis par Gérard, comte de Los, envers des habitans de son diocèse, Raoul avait porté aussi sur les terres de ce seigneur la dévastation et l'incendie. Je le remarque sur-tout, parce que les principaux ouvrages qui nous restent de ce prélat sont des statuts contre les incendiaires; on a aussi de lui des statuts contre les déprédateurs des biens de l'église. D. Martène les a conservés dans le premier tome de son Trésor des anecdotes.

Il a conservé pareillement, mais dans son Amplissime collection, quelques chartes de Raoul. L'une est relative au monastère de Saint-Laurent de Liége. Le prédécesseur de ce prélat avait uni à ce monastère l'église collégiale de Saint-Sévère, que les guerres avaient ruinée, pour la restituer à la vie religieuse, qu'elle avait anciennement pratiquée; elle avait été anciennement une maison de bénédictins. Raoul sanctionne et confirme l'union par des lettres qui n'ont d'ailleurs

rien de remarquable. Il faut en dire autant de celles (1171)

qui concernent l'abbaye de Saint-Tron, *Sanctus–Trudo*, dans le même diocèse, sur lesquelles on peut encore consulter le Trésor des anecdotes de Martène; de celles (1175)

pour le monastère de Vasor, *Valciodorum* ou *Vallis decora;* et de celles (1189) en faveur de la collégiale de Saint-Jean-l'Évangéliste, à Liége.   P.

ANONYMES,

Auteurs de Généalogies des Comtes de Flandre.

Nous avons sur les comtes de Flandre plusieurs auteurs qui, dans le XIIe siècle, ont tracé des tableaux généalogiques des souverains de cette portion de la France.

1° Les continuateurs du Recueil des historiens de France ont publié, sur un manuscrit de la bibliothèque royale, qui n'est qu'une copie de la main d'André Duchesne, une généalogie des comtes de Flandre, commençant à l'année 792, et finissant à l'an 1120. Cette généalogie est fort succincte jusqu'à Robert le Frison; mais à cette époque l'auteur entre dans un plus grand détail. Il est presque le seul des historiens connus qui parle d'un différend que ce prince eut avec les ecclésiastiques de ses états, dont, à leur mort, il s'appropriait la dépouille, sans qu'il leur fût permis de disposer de leurs biens par testament. Cet usage était assez général en France à l'égard des évêques et autres prélats du royaume; mais il paraît qu'en Flandre ce droit du prince s'étendait sur tous les bénéficiers. Ceux-ci s'étaient d'abord adressés au pape Urbain II, qui fit sur cela au comte des représentations pour qu'ils pussent au moins disposer de leur patrimoine; mais ce fut inutilement : le comte, bien loin de céder aux instances du pape, devint encore plus exigeant à l'égard des ecclésiastiques, et fit mettre le séquestre sur tous leurs biens. Alors ils portèrent leurs plaintes au concile de la province, qui, l'an 1092, était assemblé à Reims. Les pères du concile redoublèrent leurs instances auprès du comte, qui céda enfin aux menaces de l'excommunication, et renonça à un droit vexatoire qu'il avait trouvé établi par un long usage. Son exemple eut des imitateurs; et l'on voit, vers le même temps, les rois de France et les grands seigneurs du royaume renoncer à l'envi au droit qu'ils avaient de s'emparer du mobilier des évêques, à leur décès.

Ce fragment avait été publié par le P. Labbe sur une copie du P. Sirmond, qui, ne voulant donner que les actes du concile de Reims, avait négligé le reste de la généalogie. Les nouveaux éditeurs ont donné l'ouvrage tout entier; mais, comme ils avaient déja imprimé dans le même volume les

Bouquet, t. XIV,
p. 520.

Ibid. p. 74.

Labbe, Conc. t. X,
col. 478.

20 ANONYMES, AUTEURS DE GÉNÉALOGIES

actes du concile de Reims d'après le P. Labbe, ils renvoyèrent pour ce morceau à l'endroit du volume où ils sont placés.

2° Une autre généalogie des comtes de Flandre, bien plus étendue, est celle qui a été mise au jour, 1° en 1643, par Georges Galopin, moine de Saint-Ghilain, près de Mons, sous le titre de *Flandria generosa;* 2° en 1727, sur un manuscrit de Clairmarais, par D. Martène, avec deux continuations qui s'étendent depuis l'année 1166 jusqu'à 1330; 3° Jean Noel Paquot, qui a donné une histoire littéraire de la Belgique, a réimprimé, l'an 1781, la Flandre généreuse de Galopin, à laquelle il a ajouté de savantes notes, avec une continuation de sa façon jusqu'à l'année 1482. M. Paquot aurait mieux fait de réimprimer, à la suite de son auteur, les continuations bien plus importantes, publiées par D. Martène, en y ajoutant les éclaircissemens qu'il était très en état de leur donner. Ce travail eût été bien plus satisfaisant pour les personnes qui aiment à étudier l'histoire dans les sources. Mais il ignorait apparemment que ces continuations existassent. Comme elles appartiennent à des auteurs qui vivaient aux XIIIe et XIVe siècles, nous n'en parlerons pas dans cet article : nous nous bornerons à rendre compte de l'écrit auquel on a donné pour titre *Flandria generosa,* qui est le même dans les trois éditions, avec cette différence que le premier éditeur l'a divisé par chapitres, division qui n'existait pas dans le manuscrit de D. Martène.

L'auteur commence sa généalogie à l'année **792**, comme dans la précédente, la première année de l'empereur Constantin, fils d'Yrène, la vingt-quatrième de Charlemagne, roi des Français, et ensuite empereur des Romains. Il la termine à la mort de Guillaume d'Ypres, comte de Loo, arrivée au 23 janvier 1165 ou 1166. Ce Guillaume était fils naturel de Philippe, second fils de Robert le Frison, comte de Flandre. L'auteur dit l'avoir connu, et il en parle comme témoin des largesses qu'il avait faites en mourant aux églises : *Multaque de facultatibus suis, ut ipsi vidimus, ecclesiis ac pauperibus largiens, apud castrum suum quod dicitur Lo, plenus dierum hominem exuit.* D'où l'on peut conclure qu'il vivait vers le même temps.

Son ouvrage n'est pas purement généalogique; il y mêle beaucoup de faits historiques. Parmi ces faits il en avance un fort singulier, et qu'il est difficile de concilier avec l'usage constant de la monarchie relativement à la succession au

Mart. Anecd. t. III, col. 380–

trône. Selon lui, Baudoin de Lille, qui fut tuteur de Philippe Ier et régent du royaume, se fit prêter serment de fidélité par tous les grands, comme héritier présomptif du royaume en cas de mort du jeune roi, aux droits de sa femme Athèle, fille du roi Robert : *Juratâ sibi fidelitate ab omnibus regni principibus, salvâ tamen fidelitate Philippi pueri, si viveret; sin autem, omnino, utpote justo heredi per uxorem.* Cela est d'autant moins croyable que Philippe avait un frère nommé Hugues, qui fut la tige de la maison royale de Vermandois.

3° Les continuateurs du recueil des historiens de France ont extrait du registre de Philippe–Auguste, qui est à la bibliothèque royale, une troisième généalogie des comtes de Flandre, commençant à Baudoin de Lille, surnommé le Pieux, et finissant à Philippe d'Alsace. Il paraît que c'est une enquête qui fut faite en deux différens temps, et qui pour cela est composée de deux parties. La première est relative au Vermandois, que Philippe–Auguste revendiquait l'an 1183, comme plus proche héritier d'Isabelle de Vermandois, malgré la donation que celle-ci en avait faite à son mari Philippe d'Alsace. La seconde se rapporte aux prétentions que forma le même roi sur la Flandre et l'Artois, aux droits d'Isabelle de Hainaut, sa première femme, après la mort de Philippe d'Alsace, l'an 1491. Ce procès fut terminé par un jugement arbitral, par lequel l'Artois fut adjugé à la France, et la Flandre à Marguerite, sœur de Philippe d'Alsace, laquelle avait épousé Baudoin V, comte de Hainaut. Il paraît que c'est pour éclairer les arbitres que ces différens tableaux généalogiques furent dressés.

4° Les mêmes éditeurs ont publié sur un manuscrit de l'abbaye de Cîteaux, une quatrième généalogie des comtes de Flandre, qui commence aussi au comte Lideric ou Landri, du temps de Charlemagne, et se termine à l'année 1280. Ce n'est qu'une simple nomenclature, mais qui donne assez exactement les filiations.   B.

Cap. XI.

Bouquet, t. XIII, p. 416.

Ibid. p. 417.

PONS DE CAPDUEIL,

Poète provençal.

Jean Nostradamus a fait un article de Pons de Brueil, qui a quelques rapports avec ce que l'on trouve sur Pons de Capdueil dans les manuscrits provençaux; en sorte que, sans s'arrêter aux différences notables que présentent ces deux notices, on doit croire que c'est du même poète qu'il a voulu parler; d'autant plus qu'on ne trouve ni dans les recueils, ni dans aucun autre livre où il soit question des troubadours, le nom de ce Pons de Brueil. Crescimbeni, qui a traduit cette vie, a de plus tiré des mêmes manuscrits un article de Pons de Capdueil, que l'on trouve dans ses additions; mais il soupçonne fortement, dans une note sur la vie du premier, qu'il est le même que le second, toutes les circonstances principales, dit-il, s'accordant à merveille, excepté la patrie de l'un et de l'autre, et le nom de la dame qu'ils ont aimée. Il y faut ajouter que Nostradamus ne fait mourir Pons de Brueil qu'en 1227, tandis que, selon tous les calculs que fournit le rapprochement des circonstances, Pons de Capdueil mourut dans la troisième croisade, vers 1191.

Ce nom de Capdueil est tantôt écrit Capdoïll, tantôt d'une autre manière dans les manuscrits. Crescimbeni le traduit par *Capodoglio,* ou plus proprement, dit-il, *di Capitolio* ou *Campidoglio;* et l'on ne sait sur quel fondement il a voulu faire de Pons de Capdueil un Pons du Capitole.

Pons de Capdueil possédait une riche baronie dans le diocèse du Puy. Il réunissait la valeur guerrière au goût des lettres, aux talens de la poésie, du chant, et à l'art de jouer des instrumens : c'était enfin un baron et un troubadour accompli. La dame qui fut l'objet de ses pensées et de ses chants était Azalaïs, fille de Bernard d'Anduse, l'un des seigneurs les plus distingués du Languedoc, et femme de Noisil de Mercœur, grand baron d'Auvergne : c'était très-publiquement qu'il lui offrait ses hommages; il lui donnait des fêtes splendides, où toute la noblesse du pays accourait. Des joûtes chevaleresques et des combats poétiques en faisaient

Vies des poët. prov.

Istor. della Volg. poesia, t. II.

Giunte alle vite, etc. *ibid.*

les principaux ornemens. Les poètes et les musiciens célébraient à l'envi les qualités, les talens, la libéralité de l'amant et la beauté de sa maîtresse. On n'y disait rien du baron de Mercœur, qui cependant y assistait, et ne s'en fâchait pas.

Leur liaison, dont cette circonstance prouverait la pureté, si les mœurs de ce siècle avaient été moins corrompues, ne fut troublée que par la jalousie ou la fausse délicatesse de Pons, qui voulut éprouver la tendresse d'Azalaïs en s'éloignant d'elle. Elle se crut oubliée ou trahie, défendit de prononcer le nom du troubadour devant elle, et parut l'oublier à son tour. Ce ne fut qu'avec beaucoup de peine qu'il parvint à rentrer en grace. Mais il reçut bientôt un coup plus terrible : sa chère Azalaïs mourut. Il lui consacra des chants plaintifs; et dégoûté du monde, passant, comme il arrive si souvent, de l'amour à la dévotion, il partit pour la troisième croisade, où il mourut.

Nous avons de lui près de vingt chansons amoureuses, les deux complaintes qu'il fit après la mort de Mercœur et de la dame, deux sirventes par lesquels il excita les fidèles à prendre la croix. Ces poésies se trouvent dans les manuscrits de la Vaticane 5204, 5, 7 et 8, dans quelques-uns de la Laurentienne à Florence, et à Paris dans ceux de la bibliothèque royale 7226, 7614, etc.

Plusieurs de ses chansons galantes sont agréables, mais elles ne donnent sujet à aucune observation particulière; il y en a cependant une où l'on trouve un mot qui contribue à prouver que c'est de Pons de Capdueil que Nostradamus a voulu parler dans son article sur Pons de Brueil. Dans le premier vers de l'envoi qui la termine, et qui n'en a que deux, le poète nomme *Audiartz*, qu'il appelle *Naudiartz*, pour *Dona Audiartz*, selon une abbréviation provençale, que nous avons eu lieu d'observer plusieurs fois :

Naudiartz am pe'l bon pretz qu'ieu naug dir.

On voit par-là que cette chanson n'était point adressée à sa maîtresse, mais à la dame de Rosalin, femme du vicomte de Marseille, à laquelle Pons de Capdueil, selon les manuscrits, feignit de s'attacher pour éprouver Azalaïs. Cette dame se nommait Adalasie, et l'abbé Millot observe que les vies manuscrites la nomment *Audiarts;* or Nostradamus dit que Pons de Brueil adressa ses chansons à Béatrix de Provence et à Audiarde; il écrit Andiarde, mais c'est une faute typo-

Hist. Littér. des Tr. t. I, p. 53.

graphique. Nous ajouterons que Crescimbeni, dans sa traduction, n'a pas manqué de copier cette faute, et d'écrire
aussi *Andiarda*. Il a fait une faute plus grave. Nostradamus
joint à Béatrix de Provence et à Audiarde, Marie, reine
d'Angleterre et de France, à qui notre poète adressa aussi
ses chansons. La traduction italienne fait ici deux reines au
lieu d'une, Andiarde, reine d'Angleterre, et Marie, reine de
France : *Ad Andiarda e a Maria, regine, quella d'Inghil-
terra e questa di Francia;* et il est impossible de deviner
la cause de cette singulière erreur.

Il y a de la vérité et de la naïveté dans les vers de Pons de
Capdueil sur la mort d'Azalaïs : on y voit aussi la preuve que
tel était le nom de la dame de Mercœur, et non pas Élys,
comme le dit Nostradamus, ni *Nasale*, c'est-à-dire, *donna
Sala,* comme Crescimbeni l'écrit d'après les manuscrits.
Pons de Capdueil la nomme deux fois avec l'*n* provençale
devant son nom :

> *Pois morta es ma dompna Nazalais.*
> *Ay cals dans es de mi donz Nazalais.*

Son exhortation pour la croisade respire aussi toute la
simplicité de ces temps, où l'on croyait effacer toutes les
fautes, et acquérir tous les mérites, en partant pour ces
expéditions lointaines. C'est très-sérieusement que le poète
tire un argument des paroles même de Jésus-Christ, qui a
dit aux apôtres qu'il fallait tout quitter pour le suivre. Ce
sont les seules conquêtes qu'il approuve, car du reste,
Alexandre, qui fut maître du monde, n'emporta rien avec
lui qu'un linceul : c'est donc être bien fou que de vendre le
bien et de prendre le mal, etc.

> *Qu'Alixandres que tot lo mon avia*
> *Non portet ren mas un drap solamen;*
> *Donex ben es fols qui' l ben ven e ' l mal pren.*

Il veut enfin que tout le monde parte, et que ceux qui ne le
pourront pas par vieillesse ou par maladie (car il n'admet
que ces deux excuses) donnent leur argent :

> *Totz hom que fai uelhez' o malantia*
> *Remaner sai deu donar son argen.*

Sinon ils ne sauront que répondre au jour du dernier jugement, quand Dieu les appellera faux et poltrons :

Quan Dieu dira fals. ples de coardia. etc.

Pour éviter de pareils reproches, nous avons vu qu'il
partit lui-même, et qu'il ne revint pas.   G.

PIERRE DE LA VERNÈGUE [1].

PIERRE, seigneur de la Vernègue, était un gentilhomme
qui réunissait les graces du corps aux charmes de l'esprit.
Il se mit au service de Dauphin d'Auvergne, comte de Clermont, qui le combla de faveurs, et le fournit d'habits,
d'armes, et de chevaux. Ce prince avait une sœur nommée
Nassale, c'est-à-dire, selon une abbréviation qui était alors
en usage, dame Assalide (2) de Claustre, dame sage et ver-
tueuse, mariée à Béraud, seigneur de Mercuyr ou Mercueur,
et grand baron d'Auvergne. Pierre en devint amoureux ; et
le dauphin était tellement enchanté des talens du poète, qu'il
le favorisa dans ses amours, et qu'il engagea sa sœur à
l'écouter, et même à le payer de retour. Pierre composa en
l'honneur de la princesse plusieurs chansons qui achevèrent
de la séduire. Elle oublia enfin totalement ce qu'elle devait
à son mari pour s'attacher au poète. Ce fut avec si peu de
secret, que Béraud en eut bientôt connaissance. La jalousie
qu'il en témoigna fit rentrer Assalide en elle-même ; et, pour
prévenir les chagrins dont elle se voyait menacée, elle congédia honnêtement, c'est-à-dire, le plus doucement qu'elle
put, son amant.

Pierre, au sortir de cette cour, se trouva bientôt sans
argent et sans équipage. La nécessité le réduisit à se faire
comédien, c'est-à-dire, jongleur, car il n'y avait alors ni
comédiens, ni comédies. Il parcourut en cette qualité les

(1) Nostradamus l'appelle *Peyre de Vernigue*. Crescimbeni assure n'avoir pu
rien trouver qui le regarde dans aucun auteur italien.
(2) *Dona Sale*, pour *Dona Assalide,* et, par corruption ou abbréviation, *Nassale,*
et même *Nasale*.

Tome XV.   D

cours des plus grands seigneurs. Les succès qu'il y obtint
par ses talens mimiques et par ses chansons, et les récompenses qui lui furent prodiguées, rétablirent bientôt ses
affaires. En 1178, il se retira en Provence. Alphonse, comte
de Barcelonne et de Provence, fils de Raimond Bérenger, y
florissait alors. Pierre s'attacha à la comtesse, et composa
plusieurs belles chansons à sa louange. Lorsqu'il mourut,
la comtesse, pour témoigner sa reconnaissance, lui fit ériger
un mausolée en marbre auprès de la Vernègue. Nostradamus
dit que de ses jours on en voyait encore quelques vestiges,
quoiqu'il fût ruiné par les injures du temps et par l'insou-
ciance des hommes peu curieux de ces précieuses antiquités.
Il fait aussi entendre que ce monument subsistait en son
entier au XVe siècle, en disant que Hugues de Saint-Césaire,
qui florissait en 1455, en parlait dans son histoire des poètes
provençaux, et assurait l'avoir vu avant qu'il fût ruiné.

Selon le moine des Iles d'Or, Pierre de la Vernègue avait
fait un poëme en forme de *regret,* c'est-à-dire, d'élégie,
intitulé *la Prise de Jérusalem par Saladin.* On a donc deux
époques qui peuvent servir pour fixer à-peu-près celle de la
mort de ce poète. Alphonse, comte de Barcelonne, auprès
duquel il se retira et mourut, n'est autre qu'Alphonse II,
roi d'Aragon, qui s'empara de la Provence en 1167. « Ce
prince, dit D. Vaissette, protégea ceux qui cultivaient de
son temps la poésie provençale, et ne dédaigna pas lui-même
de faire des vers en cette langue, ce qui l'a fait mettre au
nombre des poètes provençaux, sous le nom d'Alphonse,
roi d'Aragon, *celui qui trouva,* pour le distinguer d'Alphonse Ier. » Or Alphonse II mourut en 1196, et Jérusalem
fut prise par Saladin en 1187. Ainsi Pierre de la Vernègue,
qui fit un poëme sur cet événement, doit être mort au plus
tôt en 1190 et au plus tard en 1195, peu de temps avant la
mort d'Alphonse.

Baluze, dans son histoire généalogique de la maison
d'Auvergne, parlant de Dauphin d'Auvergne, et de la passion
qu'il avait pour la poésie provençale, rapporte ce trait de
l'appui qu'il donna auprès de Nassale de Claustre, sa sœur,
à l'amour que Pierre avait pour elle, mais il l'appelle Pierre
d'Auvergne, et non pas de la Vernègue, et le fait natif du
diocèse de Clermont. Il cite pour autorité les anciens manuscrits de la bibliothèque du roi.

Si cela est, il ne faut pas du moins confondre ce Pierre

Hist. de Langued.
liv. 20, n. 50, p.
104.

d’Auvergne avec un autre poète de même nom, qui lui est
postérieur de près d’un siècle, et dont parlent Jean Nostradamus, dans ses vies des poètes provençaux, et César Nostradamus, dans son histoire de Provence.   G.   Part. 3, p. 263.

PLACENTIN.

ON peut, sans crainte d’être contredit, regarder la découverte du manuscrit des lois de Justinien comme le plus important des événemens littéraires du XIIe siècle. On sait
qu’il fut trouvé et pris dans le pillage d’une ville du royaume
de Naples, à Amalfi. Sa couverture fut peut-être ce qui le
sauva ; elle frappa les soldats qui pillaient, par les diverses
couleurs dont elle était ornée : le manuscrit fut mis à part,
et l’Europe recouvra un des monumens les plus précieux de
la législation. Bientôt ce livre, unique alors, ainsi échappé
aux malheurs de la guerre, fut lu, transcrit, commenté, et
devint la loi universelle d’un grand nombre de peuples. Une
foule de savans hommes en France, en Allemagne, en Espagne, en Italie, en firent, pendant plusieurs siècles, l’objet
de leurs méditations et de leurs veilles.

L’étude publique du digeste commença peu de temps après
la découverte du manuscrit. Le vainqueur, Lothaire II, en
fit don aux Pisans qui l’avaient fortement secondé pendant
la guerre. Pise donna l’exemple d’adopter désormais ces lois
pour règle des actions civiles et pour base des jugemens. Un
édit du même empereur, Lothaire II, étendit bientôt cette
adoption à tous les peuples qui lui étaient soumis. Un professeur de Bologne, Warner, plus connu sous le nom d’Irnerius, fut chargé d’enseigner les pandectes. Un Français, né
à Montpellier, Placentin, vint les étudier sous lui, et revint,
quelques années après, faire jouir sa patrie des leçons qu’il
avait reçues et de tout ce que ses propres lumières y avaient
ajouté.

Ce fut un peu après le milieu du XIIe siècle que Jean
Placentin ouvrit à Montpellier la première école de droit
romain qui ait existé en France ; et Pancirole est tombé dans   De claris leg. in-
une grande erreur quand il ne place cet événement qu’en   terpr. p. 132.
1196 ; il y avait même, en 1196, quatre ans que Placentin

Bibl. des aut. du dr. civil, t. I, p. 248.

était mort. Denis Simon attribue la même erreur à Arthur Duck, jurisconsulte anglais, qui a écrit au XVIIe siècle un traité sur l'usage et l'autorité du droit romain dans les états des princes chrétiens. Mais il se trompe : Arthur Duck ne

Liv. I, c. 5.

l'a pas commise. On peut voir l'endroit où il parle de Placentin dans l'ouvrage que nous venons d'indiquer. L'école du professeur français à Montpellier n'attira pas un moindre nombre d'auditeurs que celle d'Irnerius à Bologne. Mais celle-ci commençait à produire quelques ouvrages. On remarque parmi les jurisconsultes qui en publièrent, Martin

Pancir. p. 122. — Taisand, vies des juriscons. p. 445. — Terrass. hist. de la Jur. rom., p. 446.

Gosia de Crémone, Bulgare de Pise, son antagoniste, et que son éloquence fit surnommer la *bouche d'or* ; Roger, Othon, Ugolin, et quelques autres. L'émulation de Placentin ne fut pas moins excitée par leurs écrits que par la renommée que plusieurs avaient déja comme professeurs : pour être plus sûr de les égaler, il s'enferma pendant quelque temps dans une retraite où il ne s'occupa qu'à préparer des ouvrages qui pussent l'emporter sur ceux que venaient de publier les jurisconsultes d'Italie. Le succès couronna ses efforts. Mais son désir de gloire n'en devint que plus vif. Après avoir lutté avec eux par ses écrits, il voulut aussi lutter par la puissance de la parole. Il alla donner des leçons dans la ville même qui était le théâtre de leur renommée, à Bologne. De nouveaux succès couronnèrent ces nouveaux efforts, et les Bolonais eux-mêmes désirèrent que Placentin enseignât dans leur ville. Il le fit avec une gloire qu'aucun de ses rivaux ne surpassa. Son école attira un si grand concours d'auditeurs, que l'envie fut réduite au silence. Enfin, après quatre années, il revint à Montpellier, recommença les leçons qu'il avait le premier données en France, et qui lui avaient acquis tant d'illustration dans tout le reste de l'Europe. Il y mourut quelques années avant la fin du XIIe siècle, et fut enterré dans le cimetière de l'église St-Barthélemi. On y lit encore, dit Terrasson, d'après les biographes qui l'ont précédé, on

H. de la Jur. rom. p. 447.

y lit encore une partie de son épitaphe en ces termes :

Jura pontificia ac cæsarea Placentinus præclare docuit ; lites placavit, etiam dubias ; et secundùm eadem jura, juste vixit.

Le lieu où Placentin était enseveli fut long-temps un objet de curiosité et de respect pour les voyageurs instruits qui passaient à Montpellier. Dans les guerres civiles et religieuses du XVIe siècle, l'église de Saint-Barthélemi ayant été détruite, le tombeau fut enveloppé sous ses ruines. Il y resta jusqu'en 1663, qu'en voulant rebâtir cette église, on trouva sur une table de marbre l'inscription suivante :

Petra Placentini corpus tenet hic tumulatum ;
Sed petra quæ Christi est animam tenet in paradiso.
Tollitur in festo Eulaliæ vir nobilis iste
Anno milleno ducenteno minus octo.

Cette inscription nous conserve la date précise de la mort de Placentin; elle est de 1192 : le jour de Sainte-Eulalie répond au 22 février. Philippe-Auguste régnait alors.

Nicolas Boyer *(Boërius)*, dans ses additions à la préface du commentaire de Dinus sur les règles du droit pontifical; Pancirole, dans son ouvrage *de claris legum interpretibus;* P. 132. Baillet, dans ses jugemens des savans ; Denis Simon, dans T. I, p. 182. sa bibliothèque historique et chronologique des principaux T. I, p. 247. auteurs et interprètes du droit ; Terrasson, dans son histoire de la jurisprudence romaine, affirment tous également que Pla- P. 446. centin était Français et né à Montpellier. Néanmoins, dans ses notes critiques sur l'ouvrage de Baillet, la Monnoye at- T. I, p. 326. taque cette opinion, et fait naître notre jurisconsulte en Italie. La preuve qu'il en donne, et il n'a pu trouver que celle-là, c'est que Placentin latinisé, *Placentinus,* veut dire, *de Plaisance.* Il faudrait véritablement d'autres témoignages pour détruire une affirmation unanime, et il ne serait pas difficile de rappeler plusieurs hommes célèbres dont les noms se rapportent à une ville, à une nation, à un art, etc., sans que, pour cela, ceux qui l'ont porté aient appartenu à ce peuple ou exercé cette profession. Pasquier, dans ses re- T. I, p. 987. cherches de la France, l'avait déja supposé Italien, mais sans en donner non plus aucune preuve. Il est vrai que Placentin avait étudié en Italie; mais il ne s'ensuit point de là qu'il ne fût pas Français.

Si on a élevé quelques doutes sur la ville où était né ce savant jurisconsulte, les éloges qu'il a reçus ont été universels. Il sortit de l'école d'Irnerius, dit Valentin Forster dans le troisième livre de son histoire du droit civil, imprimée au tome Ier du recueil des plus illustres écrivains sur cette matière, fait par les ordres et sous les auspices de Grégoire XIII; il sortit de l'école d'Irnerius un grand nombre de très-savans hommes; mais celui qui se fit une plus haute réputation en

T. VI, p. 757.

ces temps-là fut Placentin, qui, le premier, enseigna le droit en France. Les auteurs de la Gaule chrétienne l'appellent le premier des jurisconsultes de son siècle, *jurisconsultorum facile princeps,* et croient devoir faire mention de sa mort, tant ce fut alors un événement remarqué, en décrivant quelques circonstances de la vie d'un évêque de Montpellier, ou plutôt de Maguelone; car le siége épiscopal n'avait pas encore été transféré dans la première de ces deux villes. Pierre Ga-

Part. I, p. 242.

riel leur en avait donné l'exemple dans sa chronique des évêques de ce diocèse. Il y appelle aussi Placentin le prince des jurisconsultes, et il ajoute que les succès de l'enseignement furent tels que l'école de Montpellier prit désormais le nom du professeur qui l'avait tant illustrée : *Monspelii, tantâ eruditionis famâ jus docuit, ut schola publica ab ejus nomine Placentinea juris appelletur.* Accurse, Barthole, n'a-vaient pas encore paru, et la somme de Placentin sur le code et les institutes de Justinien, est peut-être la plus ancienne que nous ayons.

Un autre jurisconsulte donna une grande illustration à l'école de Montpellier, la plus ancienne qu'ait eue la France pour le droit romain, la seule qu'elle eût alors. Ce jurisconsulte est Azon Portius. Nous nous contentons de l'indiquer, parce qu'il n'était pas né en France, quoique d'ailleurs le séjour qu'il y fit, l'enseignement qu'il y donna, le grand nombre de disciples qu'il forma, nous justifiassent assez de ne pas le regarder comme étranger à notre Histoire litté-raire. Attaqué et poursuivi par ces hommes médiocres, éter-nels ennemis des hommes supérieurs, il fut obligé de quitter Bologne, sa patrie, et vint dans le lieu même où Placentin avait acquis tant de gloire. La mort de ce grand juriscon-sulte laissant vacante la chaire de professeur de droit romain à Montpellier, Azon fut nommé pour la remplir; et son suc-cès fut tel, que les Italiens même venaient y étudier sous lui. Sa renommée fut plus forte que l'envie; ses compatriotes le rappelèrent pour rendre à l'école de Bologne tous les au-diteurs que le mérite d'Azon faisait passer à Montpellier. Il y mourut peu de temps après, en 1200; il n'y avait par conséquent que huit années que la France avait perdu Pla-centin. Azon a rendu plus d'une fois hommage, dans ses écrits, aux lumières et aux talens de son prédécesseur; il l'ap-

Pap. Masson. Ann. 4, p. 455.

pelle *præclarus et præclarus jurisperitus.* « La mémoire de

ces deux grands jurisconsultes est en telle recommandation
à Montpellier, dit Catel, dans son histoire de Languedoc,
qu'encore aujourd'hui les bedeaux de l'université portent
l'image des têtes de Placentin et d'Azon, relevées dans leurs
massues d'argent. » En parlant de l'ouvrage qui lui attira
tant de réputation, *summa Azonis*, Pasquier observe qu'il
« s'ayda en ceci du labeur de Placentinus. » Balde appelle
Azon une source de lois, un vaisseau d'élection, et Jason,
autre jurisconsulte italien, dit que sa tête était un vaisseau
qui contenait toutes les lois.

T. II, p. 291. — V.
la nouv. hist. du
Lang., t. II, p.
517.

Rech. t. I, p. 979.

Bibl. de Simon, t.
I, p. 24.

§ II.

SES ÉCRITS.

Après avoir nommé Placentin comme le plus illustre
des savans hommes sortis de l'école d'Irnerius, Valentin
Forster indique d'abord, comme un de ses ouvrages, une
somme des institutes et du code; pour ce dernier, la somme
de Placentin n'en contenait d'abord que les neuf premiers
livres. Un jurisconsulte italien, Roger, avait déjà publié sur
le code un abrégé qui n'avait pas peu contribué à en faciliter l'étude. Son succès fit naître à Placentin le désir et l'espérance d'en obtenir un semblable, de surpasser même son
devancier. Il le surpassa en effet. L'ouvrage du jurisconsulte
italien cessa d'être lu et consulté, dès que celui du jurisconsulte français eut paru. Mais celui-ci éprouva bientôt lui-
même ce qu'il avait fait éprouver à un autre. Jean Bossianus,
né pareillement en Italie, publia un abrégé d'une partie du
grand recueil de Justinien, et il attaqua si souvent Placentin, qu'on eût dit que c'était là le véritable objet qu'il avait
eu en écrivant. Du reste il y montra moins de talent que de
vanité; et c'est avec raison qu'Odefroy, jurisconsulte du siècle
suivant, appelle la somme de Bossianus *ventosam summu-*
lam : ses contemporains cependant l'avaient nommé *lu-*
cerna juris, mundi speculum; et son épitaphe l'appelle *Italiæ*
sidus, flos roseus patriæ, decus orbis, gloria patrum.

T. I, p. 51 de la
coll. citée.

Pancir. p. 132.

T. I de la coll. de
Grég. XIII, part I,
p. 51 et 156.

Pancir. p. 137.

Placentin donna ensuite un abrégé des pandectes et des
derniers livres du code, si l'on s'en rapporte à Pancirole,
dans son ouvrage sur les illustres interprètes des lois. Cependant l'opinion commune est que la somme du code fut ache-
vée par un jurisconsulte italien du XIIe siècle, appelé Pyleus,
auteur d'un traité sur l'ordre des jugemens et de quelques

C. 21, p. 215.

observations sur les livres des fiefs. Pancirole le dit lui-même
en parlant de Pyleus. Peut-être celui-ci l'avait-il fait d'abord;
et Placentin, que d'autres travaux empêchèrent long-temps
de terminer cet abrégé, voulut-il achever enfin son propre
ouvrage, quoique ce qui y manquait eût déja été suppléé
par un autre.

Placentin est auteur de plusieurs traités sur différentes
parties de la jurisprudence civile et criminelle. Ils ont encore
été publiés dans le grand recueil formé par les ordres et sous
les auspices de Grégoire XIII, vers la fin du XVIe siècle.

T. III de cette collect. part. II, p. 35 et suiv.

L'un d'eux est intitulé *De varietate actionum*, des diverses
actions judiciaires. L'objet en est assez annoncé par le titre.
L'ouvrage est divisé en vingt-deux chapitres, dans lesquels
Placentin explique successivement les différentes manières
de se pourvoir en justice, de réclamer et faire valoir ses
droits, de procéder et d'agir d'après les formes établies par
l'usage et par la loi. Tous ces chapitres ont des sommaires
assez étendus.

T. III, part. II, p. 39 et suiv.

Un second traité a pour titre : *De personalibus actionibus*.
On peut le considérer comme une suite du premier, ainsi que
le remarque l'auteur lui-même. Après avoir expliqué les
moyens de revendiquer les choses auxquelles on a droit, il
va expliquer également ce qui concerne les droits attachés à
la personne, et les moyens aussi d'obtenir justice sous ce
rapport. Il annonce qu'il ne prétend pas traiter ce sujet dans
toute son étendue; cela l'entraînerait fort au-delà des bornes
qu'il s'est prescrites : mais si la prolixité engendre le dégoût,
trop de briéveté, dit-il, produit l'obscurité; il promet donc
de tenir un milieu entre ces deux écueils. Ce que c'est que
les actions personnelles, quels sont ceux à qui elles com-
pètent, quels sont ceux envers lesquels on en peut faire
usage, pendant quel espace de temps on le peut : tels sont
les différens points que l'auteur examine et discute. Il ne
faut pas, observe-t-il, que l'esprit de l'auditeur ou du lecteur
se fatigue d'entendre ou de lire cette diversité d'actions; c'est
par elles qu'un procès commence, c'est par elles qu'il est
terminé; c'est par elles que l'on demande ce qui est dû, que
l'on conserve ce qui est acquis, que l'on recouvre ce qu'on
a perdu, que l'on peut repousser le dommage ou l'injustice.
L'ouvrage est divisé en trente titres, tous précédés également
de sommaires assez étendus.

Nous lui devons trois autres traités insérés dans la même

collection. Le premier est intitulé : *des sénatus-consultes.* Il T. I, p. 134 et 135.
en contient vingt-deux, qui portent chacun le nom de leur
auteur *(Macedonianum, Vellcïanum, Plautianum, Sylla-*
nianum, Claudianum, Pisonianum, Trebellianum, Pega-
rianum, Apronianum, Tertullianum, Orficianum, Rubria-
num, Trasianum, Damasianum, Artificulianum, Vincia-
num, Emilianum, Vivianum, Libonianum, Turpillianum,
Largianum, Sabinianum). Un court sommaire précède ces
sénatus-consultes, et des explications en déterminent le sens.
Le second traite des jugemens, de quelque manière qu'ils T. III, part. I, p. 92 et suiv.
puissent avoir lieu, par des arbitres ou par des juges : il est
divisé en quinze chapitres, tous précédés de sommaires, et qui
contiennent tous autant de questions importantes sur le
droit civil. Immédiatement après on lit : *de expediendis ju-*
diciis; ce traité-ci a vingt-un titres, il n'est que la suite de
l'autre. Le troisième ouvrage a pour titre : *de accusationibus* T. II, part. I, p. 1 et suiv.
publicorum judiciorum. Sept chapitres le composent. L'au-
teur traite, dans le premier, des accusations en général; il
traite, dans le second, de ceux qui ne peuvent accuser ; dans
le troisième, il offre la division des crimes ; il s'arrête, dans
le quatrième, à la loi Julia, qui avait pour objet la répression
du viol et de l'adultère ; il parle, dans le cinquième, du sénatus-consulte Turpilien et des abolitions : (le sénatus-consulte
Turpilien avait été fait contre ceux qui, après avoir intenté
une accusation, l'abandonnaient, soit qu'ils n'osassent plus
la soutenir, parce qu'ils la reconnaissaient calomnieuse, soit
qu'ils ne voulussent plus poursuivre, dans l'espérance de
sauver par-là celui qu'ils avaient d'abord accusé). Il traite
de la question dans le sixième, et dans le septième, des
crimes.

Le style de Placentin est, en général, supérieur à celui de
ses contemporains et du plus grand nombre des jurisconsultes qui l'ont suivi. Il n'est pas vrai cependant, comme le
dit Simon, que, selon Cujas, Placentin surpasse, pour la Bibl. hist. et chron. t. I, p. 248.
netteté, tous les anciens interprètes du droit. Simon indique Liv. VII, c. 36.
le septième livre des observations de ce grand homme ; mais
Cujas n'y dit rien de semblable; l'ouvrage dont il loue la
clarté, la pureté du style, est de Bulgare; il remarque même
l'erreur de ceux qui l'attribuent à Placentin.

Placentin doit encore être l'auteur du commentaire énoncé
dans le titre suivant : *de diversis regulis juris antiqui, pan-*
dectarum libri quinquagesimi titulus decimus-septimus, cum

Tome XV.   E

*tusco aut ex eo ducto accurate collectus et emendatus, ca-
pitulis omnibus cum suis inscriptionibus, suo etiam ordini
restitutis; in eumdem titulum vetus, sed incerto autore, bre-
vis et elegans commentarius.* Paris, Charles Estienne, 1557,
in-8°. L'éditeur est porté à le croire, quoiqu'il annonce que
d'autres l'attribuent à Irnerius. Placentin semble en effet s'en
déclarer lui-même l'auteur dans le passage suivant : *Quid
ergo dicemus de hoc quod dicitur dig. de regulis juris? Si
repugnantia continet testamentum, neutrum fore ratum :
sic intelligatur, ut exposui in additionibus, sive exceptioni-
bus regularum.*

Charles Estienne loue beaucoup cet ouvrage ; ce n'est pas
un simple commentaire, ce sont d'excellentes additions aux
règles du droit. Il assure qu'on y reconnaît le style de Placentin, son agréable briéveté, sa méthode et sa dialectique.
En l'imprimant, il le dédia au cardinal Bertrand, le premier
qui soit devenu garde des sceaux en titre d'office ; le roi ne
les donnait auparavant que par commission. L'épître dédicatoire est du **20** septembre **1552**. Elle nous apprend que
l'ouvrage avait été communiqué en manuscrit à Jean Lucius,
secrétaire du roi, et procureur de la reine Catherine de
Médicis ; que Charles Estienne en avait obtenu la permission
de l'imprimer ; qu'il l'avait fait, parce que, dit il, outre le
mérite du latin assez pur, on y a lié avec tant d'art les opinions et les lois les plus autorisées, qu'il semble que ce ne
soit qu'un seul et même ouvrage, et que c'est l'auteur des
règles qui les a lui-même commentées.

T. III, p. 603 du catal. impr.

Le manuscrit **4559** de la bibliothèque du Roi, qui paraît
écrit au XIVe siècle, contient la somme de Placentin sur les
neuf premiers livres du code et celle sur les instituts de
Justinien.   P.

BERNARD,

Abbé de Font-Cauld ;

ET ERMENGAUD,

Abbé de Saint-Gilles.

I. **B**ERNARD, abbé de Font-Cauld ou Font-Caulde *(fontis ca-lidi)*, de l'ordre de Prémontré, au diocèse de Saint-Pons, est regardé par les auteurs du nouveau *Gallia Christiana* comme le premier abbé de ce monastère, qu'il gouvernait déja en 1172. Ces auteurs ajoutent qu'en 1182 et 1188, il fut témoin de deux transactions; qu'en 1184, son abbaye fut mise par Lucius III sous la juridiction des archevêques de Narbonne; que peu d'années après il écrivit contre les Vaudois; qu'enfin il mourut vers 1192, et qu'en 1193 on le voit remplacé par Pierre Gérald. [T. VI, p. 267.]

Voilà tout ce qu'on sait de la vie de Bernard de Font-Cauld ou Fontaine-Chaude. Ni Hugo, dans les annales de Prémontré, ni dom Vaissette, dans l'histoire du Languedoc, ne nous apprennent rien de plus sur les actions et les mœurs de cet abbé. Oudin, qui n'en parle qu'en fort peu de mots, s'en excuse comme il suit : *Ampliorem hujus scriptoris habere notitiam non licuit, ob profundam perpetuamque quâ semper hic ordo celebris est, ignorantiam.* [T. I, p. 687.] [T. III, p. 128, 129.] [Comment. in Script. eccles. t. II, p. 1625.]

Au lieu de ce trait de satire, Oudin pouvait du moins rendre compte de l'ouvrage de Bernard de Font-Cauld, ouvrage que Gretser a publié en 1614 avec ceux d'Ebrard et d'Ermengaud sur le même sujet, en donnant à ces trois traités des titres que, selon Noël Alexandre, ils n'avaient point reçus de leurs auteurs. Ces traités ont été insérés, depuis, dans le tome XXIV de la bibliothèque des Pères, imprimée à Lyon. Celui de l'abbé de Font-Cauld a été analysé par dom Vaissette, et plus brièvement par Bossuet. [Ingolstad. in-4°.] [Tractatus contra Waldenses et Arrianos.] [Magna Bibl. eccl. t. I, p. 291.] [— Celui de Bernard de F. p. 1595-1602.] [Hist. du Langued. t. III, p. 129 et 179.] [Hist. des Variations, l. XI, n. 75-79.]

Après avoir dit que Bernard de Font-Cauld fixe au pontificat de Lucius III les progrès de la secte vaudoise, Bossuet continue en ces termes :

« Le pontificat de ce pape commence en 1181, c'est-à-dire,

E 2

après que Valdo eut paru dans Lyon. Il lui fallut bien vingt ans à s'étendre et à former un corps de secte qui méritât d'être regardé. Alors donc Lucius III les condamna ; et, comme son pontificat n'a duré que quatre ans, il faut que cette première condamnation des Vaudois soit arrivée entre l'année 1181, où ce pape fut élevé à la chaire de saint Pierre, et l'année 1185, où il mourut.... Après la mort de ce pape, comme, malgré son décret, ces hérétiques s'étendaient beaucoup, et que Bernard, archevêque de Narbonne, qui les condamna de nouveau après un grand examen, ne put arrêter le cours de cette secte, plusieurs personnes pieuses, ecclésiastiques et autres, procurèrent une conférence pour les ramener à l'amiable. On choisit de part et d'autre pour arbitre de la conférence un saint prêtre nommé Raimond de Daventrie, homme illustre par sa naissance, mais encore plus illustre par sa sainte vie. L'assemblée fut fort solennelle, et la dispute fut longue. On produisit de part et d'autre des passages de l'Écriture, dont on prétendait s'appuyer. Les Vaudois furent condamnés et déclarés hérétiques sur tous les chefs de l'accusation. On voit par-là que les Vaudois, quoique condamnés, n'avaient pas encore rompu toutes mesures avec l'église romaine, puisqu'ils convinrent d'un arbitre catholique et prêtre. L'abbé de Font-Cauld, qui fut présent à la conférence, a rédigé par écrit, avec beaucoup de netteté et de jugement, les points débattus et les passages qu'on employa de part et d'autre : de sorte qu'il n'y a rien de meilleur pour connaître tout l'état de la question telle qu'elle était alors et au commencement de la secte. La dispute roule principalement sur l'obéissance qui' était due aux pasteurs. On voit que les Vaudois la leur refusaient, et que, malgré toutes les défenses, ils se croyaient en droit de prêcher, hommes et femmes. Comme cette désobéissance ne pouvait être fondée que sur l'indignité des pasteurs, les catholiques, en prouvant l'obéissance qui leur est due, prouvent qu'elle est due même à ceux qui sont mauvais, et que, quel que soit le canal, la grace ne laisse pas de se répandre sur les fidèles. Pour la même raison, on fait voir que les médisances contre les pasteurs.... sont défendues par la loi de Dieu. Dans la suite, on attaque la liberté que se donnaient les laïcs de prêcher sans la permission des pasteurs, et même malgré leurs défenses ; et on fait voir que ces prédications séditieuses tendent à la subversion des faibles et des ignorans. Sur-tout

on prouve par l'Écriture que les femmes qui n'ont que le silence en partage, ne doivent pas se mêler d'enseigner. Enfin
on montre aux Vaudois le tort qu'ils ont de rejeter la prière
pour les morts, qui avait tant de fondement dans l'Écriture,
et une suite si évidente dans la tradition : et, comme ces
hérétiques s'absentaient des églises pour prier entre eux en
particulier dans leurs maisons, on leur fait voir qu'ils ne devaient pas abandonner la maison d'oraison, dont toute
l'Écriture et le fils de Dieu lui-même avaient tant recommandé la sainteté. »

Bossuet ne parle que d'une conférence entre les catholiques et les Vaudois du diocèse de Narbonne. Dom Vaissette
en distingue deux, et c'est ce qui résulte en effet du récit qui
sert de préface au traité de Bernard de Font-Cauld. Ce fut
à la seconde de ces conférences que présida Raimond de
Déventer. Après cette préface, l'ouvrage de Bernard contient
douze chapitres. Dans les trois premiers, il montre, par des
textes de la Bible, qu'on doit de l'obéissance, du respect, et,
au besoin, de l'indulgence aux prêtres et aux évêques : aucun
trait ne concerne particulièrement le pape, quoique le titre
du premier chapitre donne lieu de s'y attendre. Les chapitres IV et V refusent aux laïcs le droit de prêcher et
d'enseigner la religion. Le IVe est une réfutation des con-
séquences que les Vaudois prétendaient tirer du texte qui
recommande d'obéir à Dieu plutôt qu'aux hommes : l'auteur
répond qu'obéir à ses pasteurs, c'est obéir à Dieu, qui les
a lui-même établis. L'objet du septième chapitre est de caractériser les personnes que les Vaudois séduisent et celles
qu'ils ne séduisent pas : dans la première classe, on remarque sur-tout les femmes, dont tout le chapitre suivant
traite encore. L'abbé de Font-Cauld applique aux Vaudois
et aux femmes ces mots du psaume 68 : *Congregatio tau-
rorum in vaccis populorum.* On lui objecte le texte où saint
Paul, parlant des femmes d'un âge mûr, met au nombre de
leurs meilleures qualités celle de bien enseigner : *Anus...
benè docentes;* mais il ne s'agit là que d'un enseignement   Ad. Tit. c. 2.
secret dans l'intérieur des maisons, et non dans les lieux
publics. La sainte Vierge ne prêchait pas, elle renfermait dans
son cœur les paroles de son divin fils. La nécessité de prier   Luc. 2.
pour les morts est prouvée dans le chapitre IX par un texte
fort connu du second livre des Macchabées, et par le témoi-   C. 12. Sancta ergò
gnage de quelques défunts qui ont apparu à des vivans pour   et salubris cogita-
                                                                 tio pro defunctis

exorare, etc.

les remercier de leurs prières ou pour leur en demander. Le chapitre X, qui concerne le purgatoire, est fort court, et ne renferme guère qu'un texte où S. Augustin dit qu'il n'est pas incroyable, *incredibile non est,* que les ames souillées encore de certaines taches en soient purifiées par le feu, *per ignem quemdam purgatorium.* L'erreur de ceux qui soutenaient que, sans aller en paradis ni en enfer, les ames attendaient en des asyles provisoires le jour du jugement universel, est combattue dans l'avant-dernier chapitre : le dernier traite des églises et de l'obligation de s'y rassembler pour prier. L'auteur réfute l'objection que les Vaudois puisaient dans ce texte de saint Mathieu : Quand tu veux prier, retire-toi dans ta chambre et ferme ta porte.

Ch. 2.

Ce traité a été quelquefois attribué, fort mal-à-propos, à saint Bernard.

II. ERMENGAUD, auteur de l'un des traités contre les Vaudois, recueillis par Gretser, nous paraît être la même personne qu'Ermengaud, abbé de Saint-Gilles, au diocèse de Nîmes, depuis 1179 jusqu'à 1195, celui auquel Alain de Lisle a dédié un vocabulaire. Ce n'est pas qu'on ne rencontre vers les mêmes temps deux autres personnages du même nom, l'un, abbé de Valmagne, au diocèse d'Agde ; l'autre, évêque de Béziers, après avoir été abbé de Saint-Pons de Tomières. Mais l'Ermengaud, abbé de Valmagne, mourut en 1171 avant que l'hérésie, combattue dans ce traité, eût pris de la consistance ; et celui qui a occupé le siége épiscopal de Béziers depuis 1180 jusqu'en 1205, serait désigné par le titre d'évêque plutôt que par celui d'abbé, s'il était l'auteur d'un traité composé selon toute apparence après 1180 : ce prélat est d'ailleurs connu par des poésies provençales dont Baluze a recueilli quelques morceaux, sans le soupçonner aucunement d'avoir écrit un ouvrage théologique. Ce sera donc à l'Ermengaud, abbé de Saint-Gilles, que nous attribuerons le traité dont nous allons donner une très-courte notice.

Gall. Christ. nova, t. VI, p. 489, 490. Montfaucon, Bibl. Bibliot. t. II, p. 1339. Gall. Christ. nova, t. VI, p. 721, 722. *Ibid.* p. 232, 233.

Bibl. Baluz. P. III, p. 114.

Fabric. Bibl. med. t. II, p. 107.

Les dix-neuf chapitres qu'il contient occupent les treize derniers du vingt-quatrième volume de la bibliothèque des Pères, édition de Lyon. L'auteur s'applique à prouver, par des textes de la Bible, que Dieu a créé le monde ; qu'il n'y a pas deux Dieux ; que le seul véritable est celui qui s'est révélé à Moïse ; que Moïse n'était point un magicien ; que le mariage est permis ; que la conception et la nativité de saint Jean-Baptiste ont été annoncées, non par un démon, mais

par un bon ange ; que le corps de Jésus-Christ était réel, véritable et non fantastique ou aérien ; qu'il faut des temples,
des autels, des prières et des chants ecclésiaatiques. Ermengaud parle ensuite des sacremens : savoir, de l'eucharistie, du baptême et de la pénitence. L'un des plus longs
chapitres est le quatorzième, qui est intitulé : *de l'imposition des mains,* et qui n'est pas d'une clarté parfaite.
L'auteur y disserte à-la-fois sur l'ordination et sur ce qu'il
appelle *consolamentum :* c'est sans doute la confirmation ;
mais il ne se sert point de ce mot, et ce qu'il dit n'est pas
toujours applicable au deuxième de nos sacremens. Les derniers chapitres ont successivement pour objets l'usage des
viandes, la résurrection des morts, l'invocation des saints,
les juremens, et le meurtre. Il règne, comme on voit, fort
peu d'ordre dans cet ouvrage, qui, au reste, ne nous a point
été conservé en totalité. Le chapitre du meurtre n'a que les
deux lignes que voici : *Explanatis ad evidentiam supradic-
torum quæ sufficere possunt capitulis, de occisione age-
mus. Et qualiter Deus non occidere…. :*

Pour l'ordinaire, Ermengaud emploie avec beaucoup de
justesse et de bonne foi les textes qu'il cite. Mais nous sommes forcés d'avouer qu'il ne mérite pas toujours cet éloge.
Par exemple, dans le chapitre de la pénitence, il applique à
la confession, des passages qui ne concernent que la profession publique du culte et de la croyance. *Confitemini* Ps. 105.
Domino quoniam bonus. — Qui confitebitur me coram homi- Math. 10.
nibus, confitebor et ego eum coram patre meo. — Corde cre- Ep. ad Rom. 10.
ditur ad justitiam, ore autem confessio fit ad salutem, etc.
Un autre défaut de cet ouvrage est de ne pas faire assez connaître les opinions des Vaudois ; presque jamais les questions
ne sont posées d'une manière précise ; le plus souvent on ne
sait pas quelle proposition l'auteur prétend réfuter. Le traité
de Bernard de Font-Cauld est, sous ce rapport et à d'autres
égards, préférable à celui d'Ermengaud.   D.

ADAM,

Chanoine régulier de Saint-Victor de Paris.

SA VIE.

La plupart des auteurs qui ont parlé de la patrie d'Adam se sont contentés de dire qu'il était *Breton*. L'équivoque de cette dénomination laisse lieu de douter s'il était Anglais ou Français, d'autant plus qu'à l'époque où vivait le victorin, on trouve un Adam prémontré, qui écrivait en Angleterre. Cependant Montfaucon indique comme manuscrit l'ouvrage intitulé : *Liber sententiarum magistri Adæ de Rodronio.* Si on avait la preuve que cet écrit est d'Adam de Saint-Victor, on pourrait conclure qu'il était de Rennes en Bretagne, et par conséquent Français. Quoi qu'il en soit, après avoir fait ses études à Paris, il entra dans l'abbaye de Saint-Victor, dont il devint un des ornemens par sa science et sa piété. On ne sait aucun détail sur sa vie. Les auteurs du *Gallia Christiana* disent vaguement qu'il mourut sous la prélature de l'abbé Guérin, entre les années 1173 et 1194; Ducange place sa mort en 1177; Félibien et Lobineau nous paraissent mieux fondés à la reculer jusqu'en 1192. Son épitaphe, gravée sur une plaque de cuivre, dans le cloître de Saint-Victor, près de la porte de l'église, rapportée par divers auteurs, a toute l'apparence d'être son ouvrage, par le ton de piété et de modestie qui y règne. Elle est conçue en ces termes :

Hæres peccati, naturâ filius iræ,
   Exiliique reus nascitur omnis homo.
Unde superbit homo, cujus conceptio culpa,
   Nasci pœna, labor vita, necesse mori?
Vana salus hominis, vanus decor, omnia vana;
   Inter vana nihil vanius est homine.
Dum magis alludit præsentis gloria vitæ,
   Præterit, imo fugit; non fugit, imo perit.
Post hominem vermis, post vermem fit cinis, heu, heu!
   Sic redit ad cinerem gloria nostra simul.

Bibl. ms. t. II, p. 1259, c.

Gall. Christ. t. VII, col. 670.

Index auct. ad Gloss. p. 80.
Hist. de Paris, lib. V, p. 197.

Hìc ego qui jaceo miser et miserabilis Adam,
Unam pro summo munere posco precem :
Peccavi, fateor, veniam peto, parce fatenti;
Parce pater, fratres parcite, parce Deus.

Pasquier, après avoir transcrit cette épitaphe, ajoute : « J'oppose cette pièce à tous épitaphes tant anciens que modernes. On peut juger de cet échantillon que les bonnes lettres étaient alors à bonnes enseignes logées dans ce monastère de Saint-Victor. »

Martène a publié, dans sa grande collection, une autre épitaphe d'Adam, plus récente et plus courte, mais qui ne vaut pas à beaucoup près la première.

Rech. liv. III, ch. 29.

Ampl. Collect. t. VI, col. 222.

SES ÉCRITS.

Les monumens les plus certains qui nous restent de la plume d'Adam, sont des proses rimées ou séquences destinées à être chantées à la messe, dans les grandes solennités. Dans l'éloge d'Adam, publié par D. Martène, un anonyme, qui vraisemblablement n'est autre que Jean de Toulouse, prieur de Saint-Victor, mort en 1659, donne une haute idée de ces compositions; Adam, selon lui, a saisi parfaitement le véritable esprit du genre, il est admirable pour la rapidité du trait, l'harmonie des finales, l'élégance du style, le choix des expressions, la beauté des sentences, l'application des figures et des prophéties, qui, souvent obscures dans le texte sacré, deviennent, par la manière heureuse dont il sait les employer, plutôt une histoire qu'un simple ornement de son sujet. Antoine Demochares ou de Monchi, et Bellote, auteur des Rites de l'église de Laon, ne s'éloignent pas beaucoup de ce jugement. Plein de la même estime pour ces proses, Josse Clictove en a recueilli trente-sept dans son *Elucidarium ecclesiasticum,* qu'il a ornées d'un commentaire, pour mieux faire sentir les beautés qu'il a cru y apercevoir. L'éditeur dit n'avoir rencontré, dans les manuscrits de Saint-Victor, que ces trente-sept proses de notre auteur; mais il présume que beaucoup d'autres ont succombé à l'injure du temps.

Martène, *ibid.*

De Observ. Miss. celeb. p. 54. Rit. Eccles. Laudun. p. 415.

Elucid. t. II, t. 4.

A l'égard du mérite de ces pièces, ce serait outrer l'admiration que d'adopter sans réserve les éloges qu'on leur a donnés. Elles étaient bonnes pour le temps, et même les meilleures qu'on eût vues jusqu'alors. Mais il a paru depuis des modèles en ce genre qui les ont fait totalement oublier, et avec lesquelles elles ne peuvent réellement entrer en comparaison.

Dans la prose de saint Jean l'Évangéliste, nous remarquons un trait qui mérite d'être mis sous les yeux de nos lecteurs. On sait que, dans l'esprit de plusieurs alchimistes, ce saint passe pour avoir eu le secret du grand-œuvre. Adam était dans la même opinion, et donne à entendre qu'elle était déja commune de son temps. Écoutons-le :

> Cùm gemmarum partes fractas
> Solidasset, has distractas
> Tribuit pauperibus ;
> Inexhaustum fert thesaurum,
> Qui de virgis fecit aurum
> Gemmas de lapidibus.

Journal des Sav.
1703, p. 622. Ce qu'on a traduit en cette manière :

> Lorsqu'il eut réuni les morceaux divisés
> De plusieurs diamans brisés,
> Il en employa les richesses
> En de charitables largesses.
> Il jouit à-présent d'un immense trésor,
> Celui dont les mains bienheureuses
> Ont su changer des baguettes en or
> Et des cailloux en pierres précieuses.

Ce n'est ni Adam, ni ses contemporains qui avaient imaginé cette histoire : elle remonte bien plus haut. On la Ibid. cap. 73. retrouve dans les livres de saint Isidore : *De ortu et vita et obitu sanctorum patrum.* Voici le passage : *Cujus quidem* (Joannis) *inter alias virtutes magnitudo signorum hæc fuit. Mutavit in aurum sylvestres frondium virgas, littoreaque saxa in gemmas; item gemmarum fragmina in propriam reformavit naturam.* Il y a bien de l'apparence que c'est de là que les savans du XIIe siècle avaient tiré cette anecdote singulière.

On attribue à notre auteur divers autres écrits que nous ne sommes pas en état de lui garantir, et dont quelques-uns même lui sont manifestement supposés.

Lelong, Bibl. 1° Une exposition du Cantique des cantiques, qui se conservait manuscrite à la bibliothèque de Sorbonne et dans celle de l'abbaye des Dunes en Flandre, où elle porte en titre : *Magistri Adam expositio in cantica canticorum.* Voilà bien, à la vérité, le nom de notre auteur ; mais il n'était pas le seul qui s'appelât Adam au XIIᵉ siècle et au suivant. *Sac. t. II, p. 151. — Sand. Bibl. Belg. part. I, p. 151.*

2° Un commentaire sur l'épître aux Hébreux, dont il y avait, du temps de Sanderus, un exemplaire manuscrit à l'abbaye du Val-Saint-Martin à Louvain, sous ce titre : *Adam Anglicus super epistolam ad Hebræos.* Cette inscription souffre encore difficulté, parce qu'elle convient aussi-bien, et peut-être mieux, à Adam prémontré qu'à Adam de Saint-Victor. Au reste, ce prémontré était Écossais de naissance, profès de Saint-André en Écosse, où il mourut suivant Oudin et Cave. *Sand. ibid. part. II, p. 208.*

3° Dans l'éloge déjà cité de notre auteur, on lui donne une explication des prologues de saint Jérôme sur les livres de la Bible, explication dans laquelle, dit-on, il fait souvent mention d'un autre livre de sa façon, intitulé : *Summa de vocabilibus Bibliæ,* seu *Summa Britonis.* Mais il est constant que cette somme est de Guillaume Breton, cordelier, dont le nom et le surnom se lisent à la tête de cet ouvrage dans deux manuscrits, dont l'un est à l'abbaye de Saint-Germain-des-Prés, l'autre au collége de Navarre, où l'on trouve à la tête la profession de l'auteur exprimée dans deux vers. D'où il s'ensuit que l'explication des préfaces de saint Jérôme part de la même plume. Ainsi le P. Dubois s'est mépris en mettant, dans son Histoire de l'église de Paris, ces deux écrits sur le compte de notre victorin. Il est vrai que cet historien a pour lui l'autorité de deux manuscrits de Saint-Victor qui font honneur de l'une et de l'autre production à notre auteur ; mais ces manuscrits sont récens, et ne peuvent balancer les preuves que nous venons de donner de la fausseté de cette attribution. *Martène, supra. — Wadding, Scr. Min. p. 150. Ducange, præf. in Gloss. n. 49. — Hist. Eccles. Paris. t. II, p. 176. — Bibl. S. Vict. n. 69 et 699.*

4° D. Bernard Pez dit avoir rencontré, dans plusieurs bibliothèques d'Allemagne, une petite somme versifiée, qui traite des rites et des canons, *Metrica summa rerum ac sententiarum ritualium canonicarumque.* Dans un manuscrit du XIVᵉ siècle, dit-il, elle porte le nom d'Adam de Saint-Victor ; dans un autre à-peu-près du même âge, l'auteur est nommé maître Adam, frère mineur ; et, dans un troisième conservé à l'abbaye de Molk, on lit, en tête de cet opuscule : *Incipit summa magistri Adæ. Primo qualiter collectæ dicendæ sint* *Pez, Anecd. t. I, préf. p 72.*

in missa. La pièce débute par ces mots : *In summis,* qui sont les mêmes par où commence, suivant Simler, une somme en vers imprimée à Cologne chez Quentel, l'an 1502, sous ce titre : *Summa Raymundi.* Pez, embarrassé par la variation des manuscrits, soupçonne que cette somme abrégée est l'ouvrage d'Adam prémontré, composée avant que celle de Raymond de Penafort eût paru. Le P. Échard, dominicain,

prétend au contraire que c'est un abrégé de la somme de saint Raymond, fait par lui-même ou de son vivant, et il cite pour son opinion plusieurs manuscrits du XIIIe siècle. Ce qu'on lit dans le manuscrit de Molk, que quelques-uns donnent cette somme à Raymond, semble confirmer · l'opinion du dominicain.

5° Parmi les manuscrits des chanoines réguliers de Corsendoncq, on voit *Soliloquium mag. Adæ de Sancto Victore,* ouvrage dont les premiers mots sont : *Dominis suis venerandis,* etc. Jean Picard, dans ses notes sur la vingt-neuvième lettre de saint Anselme, cite ce même ouvrage sous le nom d'Adam de Saint-Victor, mais avec le titre *De instructione discipuli :* ce qui revient à celui *De instructione religiosorum,* qu'il porte dans un exemplaire des chanoines réguliers de Tongres, avec la même attribution. Mais, par les passages que Picard en cite, il est évident que c'est le même que le

Soliloquium de instructione animæ, publié sous le nom d'Adam, prémontré, par Bernard Pez.

6° Du Verdier, dans sa Bibliothèque française, fait Adam de Saint-Victor auteur du *Grand Marial de la mère de vie,* traduit du latin, et imprimé à Paris pour la première partie en 1537, in-4°, et pour la seconde l'an 1539, chez Thielman Vivian. « Mais aucuns, ajoute-t-il, attribuent ladite œuvre à un nommé Raymond l'Hermite. » Tout ce qu'on peut revendiquer dans ce livre pour Adam de Saint-Victor, c'est la traduction de sa prose à l'honneur de la sainte Vierge, comme porte le titre imprimé : *Le grand Marial de la mère de vie, des oracles, mérites, louanges, etc. de la vierge Marie, avec la prose de maître Adam de Saint-Victor, en l'honneur de la Vierge, translaté de latin en français.*

7° Parmi les manuscrits de l'abbaye des Dunes, on voit un commentaire de maître Adam sur les quatre livres des sentences, et, dans ceux de l'abbaye de Saint-Thierri, ce même ouvrage porte les nom et surnom d'Adam de Saint-Victor. Si cette inscription était vraie, notre victorin serait

le premier des commentateurs du maître des sentences.
Mais il y a bien de l'apparence que c'est plutôt l'ouvrage
du cordelier Adam *de Marisco,* qui composa, dans le
XIIIe siècle, un commentaire sur les sentences, avec un autre
sur le Cantique des cantiques.

8° Mabillon a imprimé, sous le nom de notre auteur, une
épitaphe de saint Bernard, commençant par ces mots, *Claræ
sunt valles,* laquelle se trouve aussi parmi les poésies de
Philippe Harveng, abbé de Bonne-Espérance : peut-être
n'est-elle ni de l'un, ni de l'autre, car les rédacteurs du
Gallia Christiana la donnent sans nom d'auteur. Un des
continuateurs de l'Histoire littéraire de la France, qui a
donné séparément la vie de saint Bernard avec celle de
Pierre-le-Vénérable, fait honneur à notre Adam de l'épitaphe du saint abbé de Clairvaux, commençant par ces mots :
Ecce latet Clarævallis. C'est une erreur : elle a pour auteur
l'élégant versificateur Simon Chèvre-d'Or, comme on l'a dit
à son article, d'après le *Genus illustre* de saint Bernard,
page 91.

On voit que, de tant d'ouvrages attribués à Adam de Saint-
Victor, on ne peut revendiquer comme lui appartenant
réellement que les proses ou séquences dont nous avons
parlé.   B.

XII SIECLE.

Wadding, Scr. p. 1 et 2.

Bern. op. t. II, col. 1274.

Gall. Christ. t. IV, col. 797.

Vita S. Bern. p. 50.

Hist. Littér. t. XI, p. 490.

Gosse, hist. d'Ar-rouaise, p. 543.

GAUTIER,

ABBÉ D'ARROUAISE.

ARROUAISE est une abbaye de chanoines réguliers, au
diocèse d'Arras près de Bapaume, chef d'une congrégation
de ce nom. S'il n'y a point erreur de chiffre dans ce que
porte un de ses écrits, Gautier ou Wautier fut nommé à
cette abbaye au mois de janvier 1180, qu'on comptait encore
alors 1179, quoiqu'il fût le plus jeune des prêtres de la
communauté, n'étant âgé que de vingt-cinq ans, dont il en
avait passé dix-sept en qualité de simple chanoine : d'où il
faut conclure qu'il était né l'an 1155, et qu'il était entré en
religion à l'âge de huit ans, si la date qui lui donne vingt-

cinq ans lorsqu'il fut élu abbé, est exacte. Nous faisons cette observation, parce qu'elle nous servira à détruire l'opinion de ceux qui lui attribuent des écrits dont il ne peut être l'auteur.

Né à Cambrai ou dans le Cambrésis, c'était un homme recommandable par sa naissance, par son savoir, et par la régularité de sa vie, qui lui conciliait l'estime et l'amitié de tout le monde. Il ne tint le siége abbatial que treize ans, étant mort l'an 1193.

Craignant que les originaux des bulles, des chartes et priviléges de sa maison ne dépérissent par le fréquent usage qu'on en ferait, que les sceaux n'en fussent endommagés ou rompus, il entreprit, à l'exemple de plusieurs prélats qui avaient fait la même chose pour leurs églises, de les recueillir en un corps d'ouvrage, arrangés par ordre de matières et par chapitres, afin que ceux qui voudraient les consulter au besoin eussent plus de facilité à les trouver. C'est ce qu'il dit dans une préface qu'il a placée à la tête de son cartulaire, dans laquelle il trace un précis historique, très-bien fait, de son abbaye, depuis sa fondation, l'an 1090, jusqu'à l'année 1180, époque de son élection à la dignité d'abbé.

Ce cartulaire n'a pas été imprimé; mais Bollandus, voulant faire connaître le B. Hildémare, premier fondateur de l'abbaye, a publié, au défaut d'une vie plus étendue, un fragment de la préface qu'il donne comme l'ouvrage d'un anonyme, quoique Gautier s'y nomme à la fin. Cela paraîtrait étonnant, si l'on ne savait que Rosweide, son prédécesseur, n'ayant besoin pour son objet que du commencement de cet écrit, avait négligé de copier le reste. Mais il existe tout entier, avec une continuation jusqu'à l'an 1200, dans l'histoire de l'abbaye d'Arrouaise, par M. Gosse, prieur de la maison, et membre de l'académie d'Arras, imprimée à Lille l'an 1786, in-4°.

2° Le P. Papebroch, successeur de Bollandus, ainsi que l'historien Gosse, Tillemont et Baillet, attribuent à notre auteur la relation d'un voyage fait à Rome, l'an 1162, par un chanoine d'Arrouaise, pendant lequel il enleva furtivement du milieu des ruines de l'ancienne ville d'Ostie, les ossemens de sainte Monique, mère de saint Augustin. Cette relation, d'après ce qui a été observé plus haut, ne peut être l'ouvrage de Gautier. En effet, l'auteur rapporte qu'en

Ibid. p. 545.

Ibid. p. 533-544.

Boll. 13 jan. p. 831-833.

Boll. 4 maii, p. 481. — Gosse. *ibid.* p. 550.

1161 il fut envoyé par son abbé auprès du pape Alexandre III, pour une affaire très-importante qui demandait un homme expérimenté ; et, à cette époque, Gautier, selon son propre témoignage, n'avait tout au plus que six ans. Ce n'est donc pas lui qui a écrit cette relation ; les modernes la lui attribuent sans preuves ; il n'y a dans l'ouvrage aucun trait d'où l'on puisse conclure que Gautier en soit l'auteur : le style même, comparé à celui du cartulaire, prouverait que l'ouvrage n'est pas de lui. Cependant, comme il appartient à notre époque, et qu'il est l'ouvrage d'un chanoine d'Arrouaise, c'est ici le lieu d'en parler, et de faire connaître cette production.

Cette relation est curieuse : l'auteur entre dans un grand détail sur les positions géographiques et sur les affaires politiques de l'Italie, à la naissance du schisme que fomentait l'empereur Frédéric Barberousse. On ne peut lui reprocher que d'être trop verbeux, et de s'appesantir beaucoup sur des circonstances peu importantes de son voyage. Il nous paraît que le judicieux Tillemont le critique un peu sévère- ^{Mém. t. VIII, p 477.} ment, lorsqu'il dit : « Il y aurait, ce me semble, bien des difficultés sur la narration de Wautier, qui paraît fort aimer à causer, et ne pas beaucoup craindre de mentir : ce qui rend son témoignage suspect en tout. » Nous n'adoptons pas ce jugement ; si quelques endroits peuvent faire naître des difficultés, elles doivent être mises sur le compte des copistes, et le P. Papebroch les a fait disparaître dans ses notes.

3° Le même éditeur a publié encore une vie de sainte ^{Boll. 4 maii, p. 473.} Monique, extraite du livre des Confessions de saint Augustin, qu'il attribue aussi à Gautier, mais sans appuyer de preuves son opinion. Si l'on compare le prologue de cette vie avec celui qui est à la tête du voyage d'Italie, on s'apercevra que les deux ouvrages appartiennent au même auteur, et, comme le dernier ne peut être l'ouvrage de Gautier, nous ne pouvons pas lui faire honneur du premier.

4° Fabricius suggère, quoique en hésitant, qu'on pourrait ^{Bibl. Med. ævi, verb. *Gualterus*.} peut-être attribuer encore à Gautier une vie de saint Augustin, mise au jour par Jacques Hommey, dans un supplément aux ouvrages des saints pères. Mais, selon les bollandistes, cette vie est l'ouvrage de Jourdain *de Saxonia,* de ^{Boll. 28 aug. p. 215, n. 14.} l'ordre des hermites de Saint-Augustin.

Il résulte de cette discussion, que nous ne pouvons garantir à Gautier que l'histoire de son abbaye et son cartulaire.

B.

PIERRE MIRMET,

ABBÉ D'ANDERNES.

Chron. d'Andernes, t. IX de d'Achery, p. 445. — Gallia Christ. t. X, p. 1604.

PIERRE était né à Charroux, près de Poitiers, aujourd'hui dans le département de la Vienne. La petitesse de sa taille lui fit donner le surnom de Mirmet ou Petit. Il s'appliqua, dès son enfance, à l'étude des lettres, et fit assez de progrès dans la grammaire, la réthorique, et les sciences sacrées, pour mériter le titre de docteur ou de maître.

T. X, p. 1604.

Il embrassa de bonne heure l'institut de Cîteaux, et voulut être religieux dans un monastère désigné par *Allodiorum* ou *de Allodiis*. Les auteurs de la France chrétienne le placent en Limousin, par inadvertance sans doute : il y avait bien près de Limoges une abbaye qui portait ce nom, mais c'était une abbaye de femmes, comme nous le lisons dans

T. II, p. 617.

un autre endroit de ce savant ouvrage. Le monastère où entra Pierre Mirmet doit être celui de l'ordre de Saint-Benoît, qui était en Poitou, les Alleurs ou les Alleus : il avait

Gall. Christ. t. II, p. 1295.

été établi dans ce siècle même, en 1120, par Giraud de Salis ou de Sala, fondateur de plusieurs autres monastères.

Ibid. p. 201, 623, 624, 950, 1050, 1120, 1121, 1349, 1350, 1361, 1380, 1381. 1463, 1497 et 1538.
Spicilége de d'Achery, t. IX, p. 445.

Après avoir passé quelque temps à l'abbaye des Alleus, Pierre Mirmet en sortit à l'occasion d'un différend survenu entre l'abbé et ses religieux : il abandonna dès-lors la vie retirée du cloître pour un pèlerinage actif. Il alla plusieurs fois à Rome visiter le tombeau des apôtres. Il parcourut aussi l'Espagne, une partie de l'Afrique, quelques autres régions, et s'y instruisit avec soin des mœurs tant des infidèles que des chrétiens. En Espagne, il fut retenu quelque temps dans une église de la vieille Castille, à Avila, où il remplit avec

Spicil. *ibid.* — Gall. Christ. t. X, p. 1604.

honneur les fonctions d'archidiacre.

Il était à peine de retour, après de si longs et de si pénibles voyages, qu'il tomba malade : et sa maladie lui parut un ordre de Dieu pour reprendre la vie monastique; il la reprit en effet aussitôt, et se fit religieux dans l'abbaye de Charroux, de l'ordre aussi de Saint-Benoît. On lui donna bientôt un prieuré considérable dépendant de cette abbaye; et, peu après, il fut élu abbé d'Andres ou Andernes, par les religieux de ce monastère. Andernes était une fille de

Charroux. Pierre s'y rendit, et y fut béni par Milon II, évêque diocésain, le 21 décembre 1161.

Spicil. p. 446. — Gall. Christ. p. 1605.

L'observance régulière avait beaucoup souffert sous l'abbé Grégoire, son prédécesseur; Pierre Mirmet s'appliqua entièrement à la rétablir, donnant lui-même l'exemple de ce qu'il prescrivait aux autres. L'auteur de la chronique d'Andres ne se plaint pas seulement de la dégénération des mœurs; il peint l'horreur qu'inspira au nouvel abbé la difformité des religieux qui composaient le monastère. *Abhorruit et expavit difformitatem gregis; quidam enim claudi, quidam contracti, quidam monoculi, quidam strabones, quidam cæci, quidam verò manci, inter eos apparebant.* Aussi, pendant trente-deux ans qu'il gouverna cette abbaye, Pierre Mirmet ne voulut-il jamais permettre d'y faire profession à toute personne qui avait quelque défaut corporel. Il n'y admettait aussi que ceux qui étaient déja exercés dans la connaissance des lettres, et dans la pratique du chant. Il réforma l'office divin, où il introduisit la manière de chanter de Cîteaux, avec les pauses et la gravité qu'on y observait aux Alleus. Il rétablit plusieurs édifices détruits, fit enceindre le monastère d'un mur de pierre, et rebâtit en entier l'église dont Didier, évêque diocésain, fit la dédicace solennelle en 1179, et dans laquelle Pierre Mirmet plaça beaucoup de reliques qu'il avait reçues de Philippe, comte de Flandre, quand ce prince revint de la Terre-Sainte. Son amour pour les pauvres, et son désir de concourir à l'utilité publique, engagèrent également ce pieux abbé à faire construire, à ses propres frais, un pont sur la petite rivière de Tornehem. Je remarque que l'artiste chargé de cette construction est appelé ici *maître,* maître Aimon, ce qui semble annoncer qu'on donnait alors cette qualification aux hommes distingués dans les arts, comme à ceux qui excellaient dans la culture de la philosophie et des lettres. Pierre Mirmet avait obtenu d'Alexandre III, et non d'Innocent III, comme on le dit par erreur dans la France chrétienne, quelques nouveaux priviléges pour son abbaye, et la confirmation de tous ceux dont elle était déja en possession. La chronique d'Andres cite encore, parmi les actions honorables qu'elle lui attribue, d'avoir fait faire une châsse où l'on transféra le corps de sainte Rotrude. Nous parlerons bientôt d'un ouvrage qu'il publia, et dont cette sainte fut l'objet.

P. 446.

Ibid. p. 462 et suiv. 475 et 476.

T. X, p. 1605 *Ibid.* et Spic. p. 460 et suiv.

P. 451 et 453. — V. Boll. 22 juin, p. 257.

La réputation de prudence, de savoir, et de piété, que

Tome XV.   G

50 GUARIN, ABBÉ DE SAINTE-GENEVIÈVE.

Pierre Mirmet avait obtenue, le firent souvent choisir **par** ceux qui avaient des affaires à la cour de Rome, pour les conseiller et les diriger. Il fut choisi, en particulier, par Philippe, comte de Flanndre, pour aller solliciter une bulle d'Alexandre III, qui lui permît d'épouser la douairière de Champagne, sa proche parente : mais à peine était-il arrivé à Rome, que Philippe, qui avait changé de sentiment, le rappela.

Il mourut au mois de mars 1193, après avoir gouverné son monastère pendant plus de trente-deux années avec autant de lumières que de fermeté. Il avait demandé qu'on l'enterrât sous le porche de l'église, afin d'être foulé aux pieds par tous ceux qui y entreraient ou qui en sortiraient; mais Jean III, abbé de Saint-Bertin, son confesseur, le fit enterrer avec honneur devant l'autel.

Pierre Mirmet est auteur d'une légende de sainte Rotrude, dont il est parlé au commencement de la chronique d'Andres, et qu'on y loue ailleurs comme écrite d'un style élégant. Il l'entreprit, dit-on, pour réparer la perte qu'on avait faite d'une vie de la même sainte, que Baudoin Bochard, seigneur d'Andres, avait déchirée, pour faire tomber la réputation de sainteté dont jouissait Rotrude. Pierre y rappelle la translation ordonnée par lui-même, la troisième année de son gouvernement, c'est-à-dire, en 1164, du corps de la sainte, dans une châsse plus précieuse que celle où on l'avait placé jusqu'alors. On avait coutume de lire cette légende, au réfectoire d'Andres, chaque année, le jour de Sainte-Rotrude. Les bollandistes assurent qu'elle est perdue. D. Mabillon paraît ne l'avoir pas connue, puisqu'il n'en dit rien dans ses observations sur la vie de Rotrude, au tome II de ses Actes des saints de l'ordre de Saint-Benoît.   P.

GUARIN,

Abbé de Sainte-Geneviève, puis de Saint-Victor de Paris.

Il y a beaucoup d'apparence que Guarin, avant qu'il fût promu à l'abbaye de Saint-Victor, l'an 1172, avait été abbé de Sainte-Geneviève, quoique l'historien de l'église de Paris

le nie. L'auteur de la vie de saint Guillaume, abbé du Para- Boll. 6 april. p. 628.
clet, en Danemarck, auparavant chanoine de Sainte-Gene-
viève, dit positivement que, l'an 1164, l'abbé de Sainte-
Geneviève s'appellait Guarin, mais il ne dit pas qu'il soit
devenu depuis abbé de Saint-Victor. Cependant il en dit
assez pour nous persuader que Guarin, en cessant d'être
abbé de Sainte-Geneviève, a pu devenir dans la suite abbé
de Saint-Victor; car il raconte que Guarin, prieur de Sainte-
Geneviève, ayant été nommé abbé de la maison, indisposa
contre lui la communauté en nommant à la place de prieur
un de ses favoris, et sur-tout en le présentant au roi pour
obtenir de lui la confirmation du choix qu'il avait fait. Le
chanoine Guillaume s'étant opposé plus fortement que tout
autre au choix de l'abbé, celui-ci jura qu'il s'en vengerait,
ou qu'il quitterait sa place. En conséquence, il usa envers
le contradicteur d'une sévérité extrême, et lui imposa une
pénitence très-humiliante. Sur les plaintes de la commu-
nauté, le pape Alexandre III, qui était à Sens, ayant mandé Chesn. t. IV Rer.
les parties, et pris connaissance de l'affaire, cassa la sentence Fran. p. 752. —
de l'abbé. L'historien ne dit pas que Guarin ait donné alors lect. t. VI, col. 231.
sa démission; mais on voit, par une lettre du roi Louis-le- — Mart. ibid. col.
Jeune, écrite vers le même temps, que l'abbaye était vacante, Gall. Christ. t. VII,
et il est prouvé d'ailleurs que, l'an 1167 ou 1168, un abbé col. 707.
nommé Hugues remplissait ce poste. On peut donc avancer
que Guarin cessa d'être abbé à Sainte-Geneviève avant cette
époque; il résidait dans l'abbaye de Chage, au diocèse de
Meaux, lorsqu'il fut nommé à l'abbaye de Saint-Victor (1).

   C'était l'an 1172, après que l'abbé Ervise eut été déposé
à cause de ses déprédations. On nous a conservé un grand
nombre de lettres qui furent écrites sur cet événement. Il y
en a cinq du pape Alexandre III, au roi de France, à l'ar- Chesn. ibid. p.
chevêque de Sens, aux chanoines de Saint-Victor, et à 602-606. — Mart.
Guarin lui-même, pour le féliciter sur sa promotion; il y ibid. col. 249-255.
en a trois des légats du pape, les cardinaux Albert et Théo-

----

(1) A la tête des victorins qui, l'an 1131, furent envoyés pour introduire dans
le chapitre de l'église de Séez la vie commune (Gall. Christ. t. XI, pr. col. 160),
était un prieur nommé Garin. Nous ne pensons pas que ce soit le même qui,
l'an 1172, fut fait abbé de Saint-Victor, parce que celui-ci, dans une lettre au
pape Alexandre III, écrite postérieurement à cette année, dit qu'il était alors fort
jeune. Voyez Martène, *Amplissima Collectio*, t. VI, col. 257.

duin, mal nommés par D. Martène, Alexandre et Théodoric, adressées aux archevêques de Sens et de Bourges, à l'abbé Guarin, et à la communauté de Saint-Victor, toujours sur la même affaire.

A peine Guarin était-il en possession de son abbaye, qu'il survint une affaire très-désagréable pour la maison de Saint-Victor. Eskil, archevêque de Lunden en Danemarck, avait mis en dépôt, entre les mains de l'abbé Ervise, une somme de près de 400 marcs d'argent, pour être distribuée, soit de son vivant, soit après sa mort, selon ses intentions. Ayant redemandé par trois fois cette somme, et n'ayant pu l'obtenir, Eskil écrivit au roi de France pour demander justice. Les victorins furent condamnés à payer la somme. Cependant, s'étant pourvus en cour de Rome, ils employèrent leurs amis, afin d'obtenir quelque adoucissement à la sentence. Sur quoi nous avons cinq lettres du cardinal Pierre, du titre de Saint-Chrysogone, du cardinal Hugues de la maison de Pierre de Léon, de Bernard, évêque de Porto et de Sainte-Rufine, de Jean, cardinal de Naples, et de Pierre, camérier du pape, en réponse à autant de lettres de l'abbé Guarin, que nous n'avons pas. Mais en voici d'autres qui nous restent, relatives à d'autres affaires.

1° Le cardinal Jean Piuzuti, autrefois chanoine de Saint-Victor, dit le cardinal de Naples, voulait peupler de chanoines réguliers une église qu'il avait bâtie et dotée à Naples. Il écrivit à l'abbé Guarin, pour lui demander des sujets de sa communauté. Guarin répond au cardinal, que des deux sujets qu'il avait nommément demandés, l'un était mort, et l'autre se trouvait fort incommodé; qu'il n'osait prendre sur lui d'en envoyer d'autres à la place, dans l'incertitude s'ils seraient agréés; attendu sur-tout qu'il manquait lui-même de sujets, et qu'il n'en trouvait aucun qui voulût exposer sa vie dans un climat si funeste à la santé.

2° Le cardinal, ayant persisté à demander au moins celui qui n'était pas mort, auquel on pourrait associer tel autre sujet qu'on voudrait, et ayant fait appuyer sa demande par le pape, l'abbé Guarin, en répondant au souverain pontife, répète les mêmes raisons qu'il avait alléguées au cardinal. On voit cependant, par une autre lettre du cardinal, que l'abbé de Saint-Victor lui avait envoyé le sujet qu'on demandait. La même chose est prouvée par la lettre 42 d'Étienne de Tournai.

3° Les chanoines de Reims ayant quitté la vie commune, Guarin leur écrivit une lettre rapportée par Guillaume Marlot, dans laquelle il leur représente le tort qu'ils font à leur réputation, en abandonnant des coutumes anciennes, qui les avaient rendus recommandables dans toute l'église.

Marlot, Hist. Rem. t. II, p. 433.

4° Une autre lettre, publiée par D. Luc d'Acheri, contient la réponse de l'abbé de Saint-Victor à un religieux de Grandmont, qui, voulant contracter de nouveaux engagemens dans l'ordre de Cîteaux, doutait si cela lui était permis sans manquer aux premiers. Ce religieux, qu'on croit être Guillaume, devenu depuis archevêque de Bourges, et mis au nombre des saints, avait consulté sur cela plusieurs personnes, entre autres Pierre de Celles, abbé de Saint-Remi de Reims, et Étienne, abbé de Sainte-Geneviève de Paris, dont on a les réponses. L'abbé de Saint-Victor ne décide point la question; mais il dit qu'il faut s'en tenir humblement à la décision de personnes si éclairées, sans craindre de suivre leur avis, qui était de persévérer dans la seconde vocation; et c'est ce que fit le consultant, qu'on voit dans la suite à la tête de plusieurs abbayes de l'ordre de Cîteaux.

Spicil. in-4°, t. II, p. 450.

Steph. Tornac. ep 71, al. 1.

5° Le roi Philippe-Auguste ayant rétabli la paix entre les religieux clercs et les frères convers de l'ordre de Grandmont, par un réglement de l'an 1187, les frères convers recommencèrent aussitôt leurs vexations contre les religieux clercs, et les uns et les autres se pourvurent en cour de Rome. L'abbé de Saint-Victor, conjointement avec les abbés de Saint-Denis, de Saint-Germain, et de Sainte-Geneviève, écrivit alors au pape Clément III une lettre qui est la 143e parmi celles d'Étienne de Tournai; il en écrivit aussi une en son propre nom au roi, pour le prier de maintenir son ouvrage, et d'être en garde contre les intrigues des frères convers.

Mart. Anecd. t. I, col. 630.

Mart. Ampl. Coll. t VI, col. 266.

6° Le pape Célestin III étant monté sur la chaire de saint Pierre, Guarin lui écrivit pour le féliciter, et lui recommander en même temps une affaire dont il n'explique pas la nature. Cette lettre prouve que l'abbé Guarin vécut au-delà de l'année 1191, qui est celle où commence le pontificat de Célestin III. Les auteurs varient sur l'année de sa mort; les uns la placent en 1192, les autres en 1193, et le plus grand nombre, auxquels il faut s'en tenir, au 19 octobre 1194. Peu de temps auparavant, le roi Philippe-Auguste, en par-

Mart. Ampl. Collect. t. VI, col. 265.

Gall. Christ. t. VII, col. 671.

54 GUARIN, ABBÉ DE SAINTE-GENEVIÈVE.

Chesn. Rer. Fran.
t. V, p. 31.

tant pour la croisade, l'an 1190, l'avait nommé dans son testament un des dispensateurs de ses trésors, dans le cas qu'il vînt à mourir.

7° On conservait, dit-on, dans la bibliothèque de Saint-Victor, un recueil de sermons de l'abbé Guarin. Oudin, qui De Scr. Eccl. t. II, col. 1566. les avait vus dans un manuscrit coté *ii*, 14, fol. 164, à la suite des sermons de l'abbé Gilbert sur le Cantique des cantiques, dit qu'ils sont au nombre de treize, et qu'ils roulent sur les fêtes de l'annonciation, de la nativité, et de l'assomption de la Sainte Vierge, de saint Augustin, et de tous les saints. Le premier a pour texte : *Ecce odor filii mei sicut odor agri pleni, cui benedixit Dominus.*

Il ne faut pas oublier de dire qu'un abbé de Saint-Victor avait engagé le poète Leonius à mettre en vers l'histoire de la bible, et que le poète la lui avait dédiée. Leonius, à la vérité, ne nomme pas cet abbé; mais le temps où il vivait nous permet de croire que ce pourrait bien être l'abbé Guarin. En partant de cette supposition, nous rapporterons quelques-uns des vers que Leonius lui adresse au commencement et à la fin de l'ouvrage, desquels il résulte que l'abbé dont il parle n'était pas d'une naissance bien relevée : et cela explique pourquoi nous ne trouvons rien dans l'histoire Echard, Scr. ord. Præd. t. I, p. 576. touchant les premières années de la vie de Guarin.

Tu quoque quem falso generis non lumine splendor,
Sed virtus, meritique illustrat gloria celsi,
Nobilitasque animi melior, Victoris ut unum
Martyris æqualem socrâ sibi religione
Repererit patrem domûs hoc te tempore dignum,
Hæc oculis lege digna tuis, fautorque benigno
Hunc res divinas animo tuearis habentem,
Quem tibi pro magno quæsisti munere, meque
Magnus adegisti monitor componere librum, etc.

B.

GUILLAUME,

ABBÉ DE LA PRÉE, PUIS DE CÎTEAUX.

SA VIE.

GUILLAUME, selon les Annales du monastère de Waverlei en Angleterre, était abbé de la Prée en Berri, lorsqu'il fut fait abbé de Cîteaux l'an 1186, et non l'an 1184, comme le disent sans preuve les auteurs du *Gallia Christiana*, qui ne lui donnent que la qualité de moine de la Prée, quoique l'auteur anglais lui donne positivement celle d'abbé. Ils le comptent pour le second du nom parmi les abbés de Cîteaux; mais ils n'ont pas bien connu celui qu'ils nous donnent pour le premier, lequel, selon eux, était auparavant abbé de la Ferté-sur-Grosne. Nous trouvons, nous, qu'il était abbé de Savigni au diocèse d'Avranches, qu'il était surnommé *de Toulouse*, quoiqu'il fût natif de Caen : homme éminent en littérature, *eminentis litteraturæ*, dont cependant nous ne connaissons aucune production. Celui-ci fut fait abbé de Cîteaux, l'an 1179, non l'an 1175, et mourut l'an 1181, suivant l'auteur anglais déja cité.

Ange Manriquez ne donne à Guillaume II que deux années de prélature dans l'abbaye de Cîteaux, depuis l'an 1184 jusqu'à 1186. Mais les auteurs du *Gallia Christiana*, fondés sur des chartes des années 1187, 1188, 1189, prolongent son existence jusqu'à 1192, et ils se trompent encore. L'auteur anglais place sa mort l'an 1194, et lui donne pour successeur immédiat Gui Paré, alors abbé du val Sainte-Marie, près de Pontoise, qui devint ensuite cardinal évêque de Palestrine, et bientôt après, l'an 1203, archevêque de Reims. D'où il résulte que les auteurs du *Gallia Christiana* ont placé mal-à-propos un Pierre II entre les abbés Guillaume II et Gui Paré.

SES ÉCRITS.

1° Manriquez rapporte des statuts de l'an 1187, concernant l'ordre militaire de Calatrava, portant en tête le nom de l'abbé de Cîteaux, qu'il nomme Gui : *Ego Wido Cisterciensis humilis minister,* etc. Nous venons de voir qu'en

T. Gale, Scr. t. II, p. 164.

Gall. Christ. t. IV, col. 989.

Baluze, Misc. t. II, p. 312.

Hist. de Vergy, Pr. p. 146, 148, 167.

T. Gale, *ibid.* p. 165.

Annal. Cist. t. III, p. 188 et seq.

1187 l'abbé de Cîteaux s'appelait Guillaume, et non Gui. Il y a grande apparence qu'on ne lisait que la lettre *W.* dans le manuscrit dont s'est servi Chrysostôme Henriquez, qui le premier a publié ces statuts; et, comme cette lettre peut désigner aussi bien *Wido* que *Willelmus,* on peut croire qu'il se sera décidé pour le premier mot, parce que Gui Paré, successeur de Guillaume, jouit dans l'histoire d'une plus grande célébrité que lui. De-là vient que ceux qui ont écrit après Henriquez, ont attribué sans difficulté ces statuts à Gui Paré; mais la date de 1187 qu'ils portent, prouve incontestablement qu'il fallait lire *Willelmus* : et c'est pour sauver cet anachronisme que Manriquez, dans son catalogue des abbés de Cîteaux, a imaginé de placer un autre Gui avant Gui Paré.

Annal. Cist. t. I, p. 474.

Voici maintenant ce qui donna lieu à ces statuts. Les chevaliers de Calatrava, qui, comme nous l'avons dit à l'article de l'abbé Gilbert, avaient été affiliés à l'ordre de Cîteaux, avaient jugé à propos de se donner ensuite un grand-maître à l'instar des autres ordres de chevalerie. Vingt ans après qu'ils eurent renvoyé les moines qu'on leur avait envoyés pour les former aux pratiques de l'ordre, ils voulurent renouveler leur association, mais sans renoncer à avoir un grand-maître. Ils députèrent au chapitre général de Cîteaux celui qui remplissait alors cette charge, nommé Nunes-Perez Quignone, muni de lettres de recommandation d'Alphonse VIII, roi de Castille, demandant non-seulement à renouveler leur ancienne association, mais à resserrer encore davantage les liens qui les unissaient à l'ordre. Ils furent mis sous la dépendance des abbés de Morimond, et l'abbé de Cîteaux leur prescrivit la règle qu'ils auraient à pratiquer.

T. XIII, p. 382.

Annal. Cist. t. III, p. 187.

Cette règle n'est pas bien longue, mais elle ne laisse pas que d'être fort austère. On y proscrit toute superfluité dans la manière de s'habiller. On ne pourra se nourrir de viande que trois jours de la semaine et aux grandes fêtes, mais on ne pourra user que d'un seul mets. On observera deux carêmes et d'autres jeûnes en grand nombre pendant le cours de l'année, à moins qu'on ne soit en campagne contre les Sarrasins. Les peines contre les délinquans sont très-sévères; la moindre est d'être privé de porter les armes et de monter à cheval. On y règle ensuite les rapports qui existeront entre les chevaliers et les moines de Morimond, etc.

Ibid. p. 188.

2° Comme on accusait d'avarice et de cupidité les moines

de Cîteaux, en ce qu'ils faisaient continuellement de nouvelles acquisitions de terres, le chapitre général de l'ordre Ibid. p. 244.
voulant à cet égard faire cesser les plaintes, enjoignit, l'an
1190, à quelques abbés de l'ordre, à la tête desquels était
celui de Cîteaux, de dresser une ordonnance portant défense
à tous les couvens de faire de nouvelles acquisitions soit en
terres, soit en d'autres biens, n'exceptant de la défense que
ceux des monastères dont les facultés ne seraient pas suffi-
santes pour l'entretien de trente religieux avec un nombre
de frères convers, et pour exercer convenablement l'hospitalité envers tout le monde. Manriquez avait vu ces règlemens dans un ancien manuscrit, mais il n'en a donné qu'un
extrait. Il appelle aussi l'abbé de Cîteaux *Wido,* mais c'est
Willelmus qu'il fallait lire.   **B.**

GUY DE LUSIGNAN,

Roi de Jérusalem et de Chypre.

Guy de Lusignan était le troisième fils d'Hugues le Brun, Guill. de Tyr, liv. XXII, § I. — Hist. gén. de la mais. de Fr. t. III, p. 77. — Art de vérif. les dates, t. I, p. 444 et 445.
comte de la Marche, qui avait suivi Louis-le-Jeune en
Orient. La vaillance qu'il montra de bonne heure contre les in-
fidèles, lui fit obtenir en mariage, très-jeune encore, car
Guillaume de Tyr l'appelle adolescent, Sibylle, fille d'Amaury
Ier, roi de Jérusalem, et d'Agnès de Courtenay, fille
du comte d'Édesse. Sibylle était veuve de Guillaume de
Montferrat, dit Guillaume Longue-Épée. Baudoin IV, ou le
Lépreux, son frère, régnait alors. Sibylle apporta en dot à
Guy de Lusignan le comté de Joppé ou Jaffa et d'Ascalon.

Les infirmités de Baudoin IV le rendant peu capable de
gouverner, il avait d'abord voulu confier la régence à Guy
de Lusignan ; mais celui-ci s'était montré moins heureux
dans la science du gouvernement que dans l'art de combattre.
Guillaume de Tyr, au reste, semble pousser trop loin la P. 1086 et suiv.
censure envers lui ; Bongars le lui reproche, avec quelque
fondement, dans sa préface. Le comte de Tripoli n'avait pas Cont. de G. de Tyr, t. V de Mart. Ampliss. Coll. p. 592. — Guill. de Camb. liv. III, c.
peu contribué à faire ôter la régence à Guy de Lusignan,
et à la mort de Baudoin IV, bientôt suivie de celle de Bau-

Tome XV.   **H**

25.—Vignier, Bibl. histor. t. III, p. 174 et suiv.

doin V, son fils, qui n'était encore qu'un enfant, il n'oublia rien pour l'éloigner du trône où Sibylle allait monter, et voulait placer son mari à côté d'elle. Elle y réussit. Le continuateur de Guillaume de Tyr, après avoir parlé du couronnement de cette princesse, ajoute que, la cérémonie achevée, le patriarche de Jérusalem lui dit : « Dame, vous estes fame ; il convien que vos aiés avec vos qui vostre roiaume vous ait à gouverner, qui masle soit. Prenés ceste autre corone et la donné à tel home qui vostre roiaume puisse gouverner. Ele prit la corone ; si apela son seignor qui devant lui estoit ; si li dist : Sire, venés avant et recevés ceste corone, car je ne sai où je la puisse mieux employer. Cil s'agenolla devant lui et cele li mist la corone en la teste. Si fu roi et ele fu roine. »

P. 594.

An. 1186, p. 634.

Roger de Hoveden dit aussi que la reine plaça elle-même la couronne sur la tête de son mari, et lui prête ces mots : *Ego eligo te in regem et dominum meum, et terræ hierosolymitanæ ; quia, quod Deus conjunxit, homo separare non debet.*

V. aussi Mart. p. 595.

Le livre du lignage d'Outremer, (publié par la Thaumassière, avec les coutumes de Beauvoisis, et les assises de Jérusalem) dit, que les grands irrités offrirent le trône à Humphroi de Thoron, dont le père avait été connétable du royaume de Jérusalem, et qu'Humphroi ayant, au contraire, reconnu Guy de Lusignan, ils furent tous obligés de se

Cont. de G. de Tyr, p. 596. — G. de Neubr. liv. III, c. 16. — Gerv. p. 1501 du Rec. des hist. anglais. — Rog. de Hov. p. 631. Ibid. et Art de vér. les dat. t. I, p. 447.

soumettre. Le comte de Tripoli se retire, traite avec Saladin, fait semblant, quand il s'en croit sûr, de se réconcilier avec le nouveau roi, et en profite pour ouvrir aux ennemis le royaume de Jérusalem. Fait prisonnier à la bataille de Tibériade, au mois de juillet 1187, Lusignan est mis en liberté, à la charge de ne plus combattre Saladin ; et, de retour dans ses états, il se fait absoudre de cette promesse jurée, comme si l'on pouvait être dégagé d'un serment par un autre que celui qui l'a reçu. Il n'en conserva pas mieux son empire.

Cont. de G. de Tyr, p. 638. — Art de vérif. les dat. t. I, p. 458. — H. gén. de la mais. de Fr. t. III. p. 77. — Rigord, t. V de Duch. p. 35. — Bromt. p. 1250.

Après la perte du royaume de Jérusalem, Lusignan devint roi de Chypre. Richard, roi d'Angleterre, avait vendu cette île aux templiers, pour vingt-cinq mille marcs d'argent, suivant les uns, pour trente-cinq mille, suivant les autres ; les templiers la revendirent à Lusignan, ou, suivant Brompton, il la reçut de Richard lui-même, et ne la tint que de sa libéralité. Ce royaume, acquis en 1192, resta près de trois siècles dans la famille de ce prince. Quelques établissemens utiles y signalèrent un règne de peu d'années. On lui attribue, entre autres, les assises de Chypre, suivant les coutumes de France. Godefroi de Bouillon avait donné, à la fin du siècle précédent, celles qui sont connues sous le nom d'assises de Jérusalem.

Il mourut en 1194, suivant Marin Sanuto et le plus grand nombre des écrivains.   P.

H. de la m. de Fr. t. III, p. 77. Hist. Littér. t. XII, p. 612. Gesta Dei per Franc. liv. III, p. 10, c. 8.

RAYMOND V,

COMTE DE TOULOUSE.

Alphonse Jourdain, comte de Toulouse, étant mort à Césarée, au mois d'avril 1148, Raymond et Alphonse, ses fils, se divisèrent ses états : on croit même qu'ils en jouirent, d'une partie du moins, par indivis. Raymond avait été connu jusqu'alors sous le nom du comte de Saint-Gilles ; et c'est même ainsi que l'appellent les historiens anglais ; ils ne le reconnaissent pas pour comte de Toulouse ; ce comté, suivant eux, avait alors le roi d'Angleterre pour souverain.

Hist. de Lang. par D. Vaisset, t. II, 453, 461 et 463. Catel, H. des C. de Toul. p. 198.

A la mort de son père, Raymond n'avait que quatorze ans. Il sentit que sa très-grande jeunesse pouvait porter à des entreprises contre lui quelques vassaux puissans ; son premier soin fut de s'assurer la paix et leur amitié par des accords et des transactions. Il épousa, quelques années après, en 1154, la princesse Constance, fille de Louis-le-Gros et sœur de Louis-le-Jeune, qui d'abord mariée ou plutôt fiancée à Eustache de Blois, fils aîné du roi d'Angleterre, l'avait perdu avant que le mariage fût consommé, et que Raymond répudia ensuite pour épouser Richilde, veuve de Raymond-Berenger, comte de Provence.

Nous trouvons, en 1155, un acte par lequel, du conseil de ses barons, il reconnaît, pour lui et pour Alphonse son frère, non pas, comme le dit Vaissette, que la moitié de la ville de Carpentras appartenait de tout temps à l'évêque, mais le marché et tout ce qui en provenait, *forum et omnia quæ ex foro proveniunt ad jus episcopi pertinere :* Raymond promet, pour son frère encore et pour lui, de ne pas souffrir qu'on établisse d'autre marché dans les villes ou bourgs

Gall. Christ. t. I, aux Pr., p. 148.

P. 475.

voisins, jusqu'à une distance que l'acte détermine. Il fera jouir les habitans de Carpentras de tous les avantages dont ils avaient joui sous ses prédécesseurs. Il fera rendre à l'évêque un péage que les habitans de Montélimart ont usurpé sur lui, ainsi que l'avaient juré les témoins du prélat, dans un plaid tenu à la cour d'Alphonse Jourdain. Il s'oblige à ne permettre qu'on élève aucune tour, aucune fortification à Carpentras, sans le consentement de l'évêque ou de ses successeurs.

Hist. de Lang. t. II, p. 565.

Par un acte de 1157, Raymond V promet à Trencavel, vicomte de Lautrec, de lui garantir envers et contre tous ses fiefs et ses alleux, excepté contre ses propres vassaux et le vicomte de Nîmes, frère de Trencavel. Le serment peut être placé ici comme faisant connaître quel était alors, sur un objet important, l'état des institutions et des lois : *Juro tibi vitam tuam et membra tua, quod numquam te occidam, neque capiam, nec ullus homo nec femina, meo consilio vel ingenio; et juro tibi totum meum honorem, feudes et alodes, sicut modo habes et tenes, aut ullus homo aut femina per te, vel in anteà acquires aut lucratus fueris meo ingenio vel meo consilio. Et si ullus homo aut femina tibi auferret meum honorem aut inde auferret tibi, adjutor ero bonâ fide, sine inganno, excepto fratre tuo, exceptis meis hominibus, et illos tibi ad justitiam habebo.* Je ne sais si j'ai besoin d'observer qu'*honor* signifie ici *territoire, domaine;* il a souvent cette signification dans les anciens monumens de notre législation et de notre histoire.

Dom Vaissette a imprimé quelques autres chartes de Raymond V, dans les preuves de son Histoire générale de Languedoc ; T. II, p. 565 et 568. une de 1158, par exemple, qui confirme dans toutes ses possessions l'abbaye de Psalmodi, P. 568. et un plaid tenu à Toulouse, au mois d'avril de la même année, en présence des capitouls, qui autorise la perception d'un droit anciennement levé par les tanneurs sur les cuirs apportés dans la ville, Hist. de Lang. t. II, p. 483. droit que ces artisans cédèrent ou plutôt vendirent au roi, en 1280 ; une charte de 1160, qui rend quelques domaines à l'évêque de Carpentras, T. II, p. 485. en ne retenant pour les comtes que les chevauchées et l'albergue (ou le droit de gîte, de logement), et qui accorde exemption de péage, dans tous ses domaines, aux religieux de l'abbaye d'Aiguebelle (ordre de Cîteaux) dans le Toulousain ; une autre, de T. II, aux Pr., p. 555. 1156, en faveur de l'abbaye de Franquevaux, de l'ordre de

Cîteaux aussi, et du diocèse de Nîmes, et une pareille exemption, en 1163, pour un autre monastère du même ordre
encore, celui de Fontfroide, au diocèse de Narbonne; plusieurs concessions semblables; un traité de paix fait au mois
de juin 1163, après de longues discussions, entre le comte
de Toulouse et le vicomte Raimond Trencavel; et un serment mutuel, l'année suivante, par lequel Raymond V aussi,
et Guillaume VII, seigneur de Montpellier, se promettaient
de ne se faire aucun mal, de n'attenter jamais l'un sur l'autre.

Nous avons aussi quelques lettres de ce prince. Duchesne
les a publiées sous les n°s 349, 412, 427 et 434, au quatrième tome du Recueil des écrivains sur l'histoire de France ;
et elles ont été réimprimées dans le seizième volume de la
nouvelle collection de nos historiens. La première, qui est
de 1163, se rapporte à une négociation ouverte entre Raymond V et Manuel Comnène, empereur de Constantinople,
et dont la guerre pour la Terre-Sainte était le principal
objet. Raymond envoya des ambassadeurs à ce prince, qui,
lui-même, en avait envoyé en France. Sa lettre fait part à
Louis-le-Jeune de cette mission, et des engagemens qu'il a
pris avec l'empereur de Constantinople. Il prie le roi d'envoyer aussi des ambassadeurs à Manuel Comnène, des ambassadeurs capables de terminer bientôt et heureusement les
négociations commencées.

La seconde, qui doit être aussi de 1163, est encore adressée à Louis-le-Jeune, que Raymond V appelle magnifique
roi des Français, son seigneur très-cher, *præcordialissimo
domino, et præ cæteris omnibus excellentissimo,* ajoute-t-il.
Lui s'intitule, comme dans la lettre précédente, duc de
Narbonne, comte de Toulouse, marquis de Provence. Après
avoir donné le salut à Louis VII par celui qui le donne aux
rois, Raymond annonce que, conformément à la lettre du
monarque, il s'est rendu, au jour indiqué, à Castel-Sarra-
sin, et y a conféré avec les ministres du roi d'Angleterre,
Henri II, sur la trève proposée et déja convenue, mais que
les ministres de ce prince ont exigé que le vicomte Raymond
Trencavel et le roi d'Aragon y fussent nommément compris.
Trencavel, dit le comte de Toulouse, est notre vassal; et
Henri n'a pas le droit d'exiger qu'il soit compris dans la
trève ou qu'on la rompe : nous lui avons toujours fait la
guerre, sans qu'on nous en empêchât, et ni lui, ni le comte
de Barcelonne, père du roi d'Aragon, n'ont été compris dans

T. II, p. 501.

Aux Pr. p. 574 et
575, 600, 601, 603
et 604.
Pr. p. 593.
Pr. p. 600.

Duchesne, p. 691.
— Hist. de Fr. p.
56.

Duchesne, t. IV,
p. 713. — Hist. de
Fr. t. XVI, p. 69.

les trèves antérieures. Voulant néanmoins, ajoute le comte de Toulouse, voulant donner un témoignage de notre déférence pour le vœu exprimé au nom du roi d'Angleterre, nous avons proposé qu'il vous envoyât, ainsi que nous, un député, à l'occasion de cette trève; notre proposition n'a pas été acceptée. Quant à nous, soumis à vos ordres, nous ne romprons pas la trève, que nous n'ayons connu votre volonté. C'est en vous, après Dieu, que nous mettons toute notre confiance. Du reste, votre majesté n'ignore pas sans doute, vénérable seigneur, qu'en perdant un domaine qui est dans vos mains, ce ne sera pas le nôtre, mais bien plutôt le vôtre, que nous aurons perdu; car je suis proprement à vous, et tout ce que j'ai vous appartient. Je supplie donc humblement votre clémence de ne pas souffrir que je sois long-temps déshérité, *ne longo temporis spatio, si placuerit, nos stare exhæredatos patiamini.* Le comte de Toulouse veut parler de la ville de Cahors, qui avait passé, en 1158, sous la domination des Anglais; que Louis-le-Jeune avait replacée, en 1159, sous celle de Raymond, et que le roi d'Angleterre avait soumise de nouveau.

Duchesne, p. 121. — Hist. de Fr. p. 70.

Nous trouvons peu de temps après, toujours en 1163, une troisième lettre de Raymond V à Louis-le-Jeune. Il lui marque d'abord que, depuis la paix conclue avec Trencavel et cimentée par leurs sermens, il a eu le désir et la résolution de demander au roi la liberté des ôtages gardés à Montaigu (château du diocèse d'Alby); il le prie avec instance de l'accorder; il le prie en même temps d'écrire à Trencavel et de l'exhorter à une fidélité inviolable. Il fait part ensuite au roi du mariage qu'il vient de conclure entre Albéric Taillefer, son fils, et Béatrix, fille et héritière de Guigues, comte d'Albon, de Viennois et de Graisivaudan; il annonce que cette très-jeune princesse habite déja sa cour, et qu'il est déja en possession de la plus grande partie des domaines qu'elle a recueillis de son père. Raymond demande à Louis VII d'approuver ce mariage, de s'en montrer le protecteur par ses discours et par ses actions, d'écrire même spécialement, à ce sujet, à la comtesse Marguerite, mère du dauphin, et aux principaux personnages du pays. Il observe que, quoique ce comté soit de la juridiction de l'empereur, cela ne laisse pas d'accroître l'autorité de Louis VII et de lui offrir les moyens de l'étendre encore : *Ad regni vestri incrementum,* dit-il, *quasi quidam portus erit et porta.* Dieu vous conserve, ajoute Raymond, Dieu vous conserve long-temps, mon seigneur et mon roi, afin que vous puissiez continuer de me protéger, comme vous avez commencé de le faire, envers le roi des Anglais. Ces derniers mots se rapportent au siége de Toulouse par Henri II, que Louis-le-Jeune avait fait lever, en accourant avec tant de rapidité au secours de cette ville. Albéric Taillefer, dont Raymond conclut ici le mariage, était à peine alors âgé de six ans, et Béatrix était à-peu-près du même âge.

Il y a une quatrième lettre de Raymond V à Louis VII. Elle est de 1164. Bérenger, seigneur de Puiserguier, ayant exercé quelques vexations pour lesquelles il fut cité et condamné à la cour d'Ermengarde, vicomtesse de Narbonne, il appela du jugement au roi, sous prétexte qu'il en était le vassal immédiat. La lettre du comte de Toulouse n'est qu'une recommandation en faveur de Bérenger. Il le présente comme un ami particulier, dont il a toujours reçu aide et appui, et qui d'ailleurs est l'homme-lige du roi.

Une autre lettre de Raymond V est rapportée par Gervais de Doroberne ou de Cantorbéry, dans sa chronique imprimée parmi les ouvrages recueillis sous le titre d'*Historiæ anglicanæ scriptores decem.* Les sectateurs de Pierre de Bruis et de Henri, son disciple, devenu lui-même chef d'une secte qui prit son nom, continuaient à faire des progrès. Raymond crut devoir en écrire à l'abbé de Cîteaux et au chapitre général de cet ordre, qui était alors réuni. Il commence sa lettre en humble chrétien; car il y joint à ses titres mondains sa défiance de lui-même pour la vie à venir, et il se déclare *naufragans circa superna. Vulpes parvulæ,* dit-il ensuite, *vineas quas plantavit dextera excelsi demoliuntur, et fontes sine aquâ et nebulæ turbinibus agitati, fontem qui patet domui David in ablutionem immunditiæ et menstruæ evacuare nituntur..... Istorum sermo ut cancer serpit..... Putida hæresis tabes prævaluit..... Sic iniquus transfigurat se in angelum lucis, ut uxor à viro, filius à patre, nurus à socru, discedant.* Ce n'est pas seulement l'intérieur des familles que l'hérésie a infecté et troublé; elle est parvenue à souiller et dépraver ceux même qui remplissent les fonctions du sacerdoce; ces antiques objets de la vénération des fidèles, les temples, sont déserts; ils tombent en ruine, sans qu'on songe à les relever. Le bap-

Duchesne, p. 718. — Hist. de Fr. p. 90.

P. 1441.

Hist. Littér. t. XIII, p. 91 et suiv.

tême est refusé ; la pénitence méprisée ; l'eucharistie en abo-
mination ; l'idée de la création de l'homme, celle de sa
résurrection, sont rejetées avec dédain ; les sacremens tous
anéantis ; et on ose introduire les deux principes... Et moi,
ceint d'un des deux glaives de Dieu, moi le ministre de sa
colère et son vengeur, je cherche vainement à mettre un
terme à l'impiété ; mes forces ne peuvent suffire à ce grand
ouvrage ; l'hérésie a flétri les plus nobles de mes sujets ; avec
eux est entraînée une immense multitude : je n'ai ni la
puissance ni le courage de rien entreprendre. Dans cette
déplorable situation, c'est à vous que j'ai recours. J'implore
avec humilité vos conseils, votre appui, vos prières, pour
extirper une calamité si grande. Le poison a tellement
pénétré dans tous les cœurs, que la main de Dieu peut
seule les guérir... Le glaive spirituel ne suffisant plus, c'est
du glaive temporel qu'il faut s'armer. Je voudrais que le roi
vînt ici ; je le conduirais dans les villes, dans les bourgs,
dans les châteaux ; je lui désignerais les hérétiques, et je
l'aiderais, autant qu'il dépendrait de moi, à exterminer
enfin tous ces ennemis de Jésus-Christ.

Cette lettre est de 1178. Raymond V donna, au mois
d'octobre de la même année, des statuts pour les changeurs
de la ville de Toulouse. Ces statuts sont rappelés par l'auteur de la nouvelle Histoire générale de Languedoc ; mais
il ne nous dit pas en quoi ils consistaient, et je ne les ai
pas retrouvés ailleurs.

Nous avons de lui des réglemens plus importans sur la
police et l'administration de plusieurs villes de ses états.
Dom Vaissette avait recueilli, dans les registres de l'hôtel-
de-ville et de la sénéchaussée de Nîmes, des lettres en
faveur de cette ville, qu'il a imprimées parmi les preuves
du tome 3 de son histoire. Elles sont du mois de mars
1185. On venait de renfermer Nîmes dans une enceinte
marquée par des fossés. Raymond donne et accorde à tous
ceux qui demeurent ou demeureront dans cette enceinte
quelques priviléges relatifs à l'administration de la justice
et quelques exemptions relatives à l'impôt.

Catel a recueilli également dans son Histoire des comtes
de Toulouse une ordonnance de Raymond V, de l'an 1181,
dont Toulouse même est l'objet. Les premiers mots annoncent qu'elle est rendue *cum consilio capituli*, que dom Vaissette traduit par *de l'avis du chapitre*, et Lafaille et Catel,

T. III, p. 52.

T. III, p. 95.

P. 214.

de l'avis des capitouls. Le *capitulum* fut d'abord, je crois, comme une sorte de parlement, une cour qui jugeait au nom du prince, où se discutaient et se publiaient ses réglemens et ses lois, *curia comitis,* et que présidait pour lui ce premier magistrat, que les actes législatifs ou judiciaires de ce temps-là désignent par vicaire ou lieutenant du comte, *comitis vicarius.* Mais la traduction de *capituli,* par *des capitouls,* n'en est pas moins bonne et exacte. C'étaient eux-mêmes qui formaient alors cette cour du comte. *Comes et curia sua, scilicet capitulum,* dit formellement une charte de la seconde année du siècle suivant, également rappelée dans l'histoire de Catel, et dans les preuves du premier volume des Annales de Toulouse, par Lafaille. Les capitouls, *capitularii, capitulares, capitulatores,* furent ensuite et successivement bornés à l'administration particulière et intérieure de la cité, qu'ils avaient au reste dans le temps où ils exerçaient de plus une autorité judiciaire. L'ordonnance au sujet de laquelle nous nous sommes permis cette légère digression, qui ne nous a pas semblé dépourvue d'utilité, ajoute qu'elle fut également rendue de l'avis du commun conseil de la ville et des faubourgs, *cum consilio capituli et communis consilii urbis Tolosæ et suburbii.* Faisons-en maintenant connaître les principales dispositions.

Le seigneur comte, en son nom et au nom de ses successeurs, donne et accorde à tous les habitans de la ville et des faubourgs, présens et à venir :

Que si un homme ou une femme de Toulouse (Catel, qui a publié cet acte en latin, dit *faidivat,* mais c'est plutôt *faidiat* qu'il faut lire, de *faidire* : on sait que *faida* exprimait inimitié, vengeance privée ; et *faidire,* c'est exciter, faire naître, exercer ce sentiment de vengeance ou de haine), si donc un homme ou une femme de Toulouse se livrent à un sentiment pareil, soit envers le comte lui-même, soit envers un des habitans, à l'égard de leurs possessions mobilières comme à l'égard de leurs immeubles, qu'il ne lui soit plus permis, après sa mauvaise action, de reparaître dans cette ville. Celui qui le trouverait et l'arrêterait, le blesserait, le priverait de quelqu'un de ses membres, le tuerait même, qui lui aurait causé des dommages dans ses biens, de quelque manière que ce fût, n'aura aucune satisfaction à faire pour cela, ni au comte ou à ses successeurs,

P. 33.
P. 54, note marg.

Tome XV.   I

ni à son vicaire ou lieutenant, ni à aucune personne que ce puisse être.

Les capitouls et le commun conseil de la ville et des faubourgs donnent au comte et à ses descendans tout ce qu'il leur accorde à eux-mêmes. Le texte porte *comiti et suo ordinio;* et c'est *ordinio,* que je traduis par *descendans.* Ce mot est employé quelquefois avec une signification semblable dans les monumens de cette époque : *successoribus et ordinio, successores suos aut ordinium, ejus successoribus universis ac ordinio,* lisons-nous dans des actes cités par Rymer et rappelés par Ducange ; il venait d'*ordo, ordine descendentes ab alio.*

Le comte statue ensuite, toujours de l'avis des capitouls et du commun conseil, qu'un maître, travaillant en pierre ou en bois, ne pourra d'aucune manière, de la Saint-Jean-Baptiste à la Toussaint, recevoir pour salaire plus de trois deniers de Toulouse par jour et la nourriture, et de la Toussaint à la Saint-Jean-Baptiste plus de deux deniers avec la nourriture : s'il reçoit davantage, ou quelqu'un pour lui, soit à titre de récompense, soit de toute autre manière, et que l'on s'en plaigne devant le comte ou son viguier, le contrevenant sera condamné à une amende de cinq sous : *Habeat quinque solidos justitiæ.*

Il statue, toujours de l'avis des mêmes magistrats, que les revendeurs ou revendeuses de poisson, de saumon en particulier, ne recevront que quatre sous de Noël à Pâques et deux de Pâques à la Saint-Jean-Baptiste, sous peine de cinq sous d'amende. Les bouchers ne pourront, sous la même peine, gagner plus d'un denier sur les viandes qu'ils vendront *in duodecim numantiis.* Quel est le sens de cette dernière expression? Ducange, au mot *numantia,* se contente de rapporter le passage de l'ordonnance de Raymond V, et il n'indique d'ailleurs aucune signification de ce mot; il renvoie seulement à *numinus* et *nummata. Nummata* peut exprimer ou le prix d'une chose, *nummata bladi, nummata vini, nummata piscium;* ou les denrées même que l'argent sert à payer, comme dans ces lettres de Jean II, insérées au quatrième tome de la collection des ordonnances de nos rois, et relatives à la foire du Lendit : *Impositionem sex denariorum pro librâ, de omnibus nummatis et mercaturis quæ vendentur in nundine Lendeti;* et dans des lettres plus anciennes par lesquelles Louis X ou le

Hutin approuve et confirme les priviléges des habitans de Normandie : *Qui, nostro nomine, nummata quæcumque, pro nostris munitionibus aut necessariis, ubilibet capere voluerint.* Mais aucun de ces deux sens ne nous paraît applicable à l'article cité de l'ordonnance de Raymond V : *Macellarii et carnifices urbis Tolosæ et suburbii non lucrentur in ullâ carne quam vendant in duodecim numantiis, nisi denarium unum.* Il me semble que *numantiis* doit plutôt désigner ici un lieu où l'on vend; peut-être y avait-il dans la ville de Toulouse ou dans ses faubourgs douze endroits indiqués par la police publique où les denrées et marchandises devaient être vendues exclusivement. Le mot est répété dans l'article suivant, qui a pour objet la vente du bois et de plusieurs ouvrages qui en sont formés : *Non lucrentur,* y est-il dit encore, *in duodecim numantiis, nisi unum denarium, nec infrà, nec suprà.*

Cette ordonnance de Raymond est du mois d'août 1181. Un réglement du mois de mars de la même année détermine spécialement ce qui doit être pratiqué pour la vente du poisson. Il fixe le prix au-delà duquel on ne pourra le vendre, en permettant néanmoins de le faire, quand on voudra, à un taux inférieur au prix fixé.

Un acte plus important est celui qu'il publia le 6 janvier 1188-9. Richard Cœur-de-Lion, duc d'Aquitaine, et qui succéda, peu de temps après, à Henri II au trône d'Angleterre, s'était ligué avec Alphonse II, roi d'Aragon, contre Raymond V. Il venait de reporter la guerre dans les états du comte de Toulouse, et après s'être emparé d'une grande partie du Quercy, songeait à assiéger la ville de Toulouse même. Beaucoup d'habitans, effrayés ou corrompus par Richard, se soulevèrent contre Raymond. Celui-ci rendit à ce sujet l'ordonnance du mois de janvier 1188. On voit, dès le premier article, à quel excès s'était porté l'esprit de sédition. Raymond y défend à tous les hommes et femmes de la ville et des faubourgs d'exciter des querelles, des troubles, de se causer des dommages les uns aux autres, de tuer mutuellement leurs animaux, de couper leurs arbres, leurs vignes, leurs moissons, de s'attaquer, de se blesser, de se donner la mort; il ne veut pas que le désir même de le servir puisse devenir le prétexte de ces maux; il promet à tous une égale justice; les consuls ou des prud'hommes, des citoyens notables et recommandables, prononceront les

Catel, H. des c. de Toul. p. 216.

Catel, *ibid.* p. 217.

jugemens, et il fera exécuter fidèlement ce que l'évêque, les consuls et deux autres qu'il nomme, auront décidé pour réprimer et punir les rixes et la sédition. Il y eut un autre acte du même jour, par lequel le comte de Toulouse renonça à tout ce qu'il aurait pu exiger des coupables ou de leurs complices à raison de leur soulèvement.

Catel, p. 217.

Nous avons plusieurs autres ordonnances du règne de Raymond V, mais elles n'émanent pas de ce prince; elles sont l'ouvrage du commun conseil de la ville. Cependant elles annoncent toujours que ce conseil délibère avec celui du comte; d'où on peut conclure que l'ordonnance ou le réglement fait était soumis à la sanction souveraine; car on lit quelquefois *cum consilio*, et quelquefois *consilio*, sans préposition. Il me semble même qu'il s'opéra à cet égard, sous le gouvernement de Raymond, un changement mémorable. Les actes de législation ou d'administration publique faits pendant son règne, depuis 1148 qu'il le commença jusqu'en 1180, portent : *Stabilimentum quod fecit commune consilium Tolosæ civitatis et suburbii consilio* ou *cum consilio domini Raimundi ;* et depuis 1180 jusqu'en 1194, époque de sa mort : *Stabilimentum quod fecit Raimundus cum consilio capituli et communis consilii.* Les ré-

Catel, p. 217-219. — Vaïss. t. II, p. 472. T. I, p. 103.

glemens dressés en 1152 pour la police et l'administration de la ville de Toulouse avaient été faits par le commun conseil et confirmés ensuite par le prince. Lafaille croit que la différence ne tenait qu'à la présence ou à l'absence du comte au moment où on délibérait; mais je pense que c'est la différence seule des temps qu'il faut considérer ; du moins ne connais-je, depuis 1180, aucun acte qui ne commence ainsi que je viens de le dire.

Malgré ce changement arrivé dans la forme des lois, changement qui en suppose toujours un autre dans l'exercice du pouvoir, Raymond V est un des princes de son temps qui favorisèrent le plus le mouvement général donné par un de nos rois, Louis VI, en faveur des communes. Il acquit par-là des droits à la reconnaissance de la postérité. On le compte aussi avec raison parmi les princes du XIIᵉ siècle qui favorisèrent le plus la culture des lettres et de la

V. Vaïssette, t. III, p. 388 et suiv.

poésie en particulier. Dans deux manuscrits de la bibliothèque du roi (nᵒˢ 7225 et 7698), qui renferment la vie et les ouvrages des poètes provençaux, il est très-souvent parlé du *bon Raymond, comte de Toulouse ;* c'est Raymond V.

P.

GEOFROI,

Sous-Prieur de Sainte-Barbe,

ET GODEFROI,

Chanoine régulier de Saint-Victor de Paris.

QUOIQUE tous les modernes, à commencer par les biblio-
thécaires de Saint-Victor qui ont ajouté des notes au frontispice des ouvrages manuscrits du victorin, lui donnent la
qualité de sous-prieur, nous ne lui donnons que celle de chanoine, parce que ce n'est que sous ce titre qu'il est désigné
dans le corps des anciens manuscrits que nous avons sous
les yeux. Si, d'après une tradition domestique, on a pu lui
donner la qualité de sous-prieur, c'est que, dans l'opinion
que nous nous sommes formée de sa personne, un chanoine
nommé Geofroi ou Godefroi fut, à la vérité, long-temps sous-
prieur, mais non à Saint-Victor. Cette assertion a besoin de
quelques développemens dans lesquels nous allons entrer.

Nous ne saurions rien sur la personne de cet écrivain,
si lui-même ne nous eût instruits de quelques circonstances
de sa vie dans un prologue qu'il a placé à la tête de son
grand ouvrage, intitulé *Microcosmus* ou petit Monde. On y
voit qu'avant sa retraite à Saint-Victor, ce savant avait enseigné quelque part, et qu'il n'était plus jeune lorsqu'il prit
ce parti, *veteranus*. Comme ses amis, et sur-tout ses élèves,
lui reprochaient d'avoir préféré le repos au travail, et d'a-
voir enfoui dans l'obscurité d'une solitude oisive les talens
que Dieu lui avait donnés pour l'utilité du prochain, il
répond à ces plaintes dans son prologue, et encore mieux
par l'ouvrage même qu'il leur adresse. Il les prie de se souvenir que, s'il avait reçu de Dieu quelque talent, il en avait
fait usage pendant plusieurs années pour leur utilité, soit
par des instructions verbales, soit par des écrits, soit en
leur donnant l'exemple du travail : *Non reminiscentes quàm
diligenter aliquando pecuniam domini mei, si qua apud me
erat, eis erogaverim, nunc verbo, nunc scripto, nunc exem-*

Ms. cod. S. Vict.
olim ii 14, vel
1011; nunc in Bibl.
Reg. 738.

plis instans, et cum multa corporis et spiritûs mei afflictione pluribus annis hæc actitans. Il ajoute que, pour récompense de tant de travaux, il n'avait recueilli que des persécutions, jusque-là qu'on avait attenté à sa vie, et que c'était ce qui l'avait déterminé à s'ensevelir dans la solitude : *Cùmque his omnibus modis diu multùmque institerim, ipsi melius noverunt quales exinde usuras domino meo reportaturus acceperim, tribulationes videlicet et dolores quibus apud eos multipliciter tribulatus sum, ita ut sanguinem meum ebiberint et medullas arefecerint, in nullo tamen apud eos accusante me conscientiâ.*

Oudin. de Script. eccl. t. II, col. 1566.

Casimir Oudin, qui avait lu ce prologue, en conclut que Geofroi avait enseigné à Paris, et son opinion a été adoptée par tous ceux qui ont eu occasion de parler de ce professeur. Quant à nous, nous n'y voyons rien qui désigne Paris plutôt qu'un autre lieu ; l'auteur dit même que ceux auxquels il adresse son livre demeuraient loin de lui : *Quia tibi pigri servi nota impingitur, eo quod secedens ad heremum nunc obmutuisti, et humiliatus es et siluisti à bonis, hoc tibi restat ut pecuniam meam* (c'est Dieu qu'il fait parler) *quam non potes verbo, scripto et exemplo eroges his qui longe sunt.* Résidant à Saint-Victor, l'auteur aurait-il dit qu'il était éloigné d'eux s'il eût enseigné à Paris ? Cette circonstance nous autorise à abandonner l'opinion d'Oudin, et à chercher ailleurs le théâtre de l'enseignement de ce professeur. Nous croyons devoir le placer à Sainte-Barbe, dans le pays d'Auge en Normandie : et voici nos raisons.

Mart. Anecd. t. I, col. 494-555.

1° D. Martène a publié cinquante-deux lettres de Geofroi (1) surnommé de Breteuil, sous-prieur des chanoines réguliers de Sainte-Barbe. Cette maison suivait la réforme de Saint-Victor, comme celle de la ville d'Eu, qui l'avait peuplée, et nous voyons qu'une assemblée ayant été tenue, vers l'an 1174, à Paris, relativement aux malversations d'Érvise, abbé de Saint-Victor, le sous-prieur de Sainte-Barbe fut obligé

Mart. *ibid.* col. 517.

de s'y trouver : *Traxit me interim ad concilium quod Parisiis celebrabatur, cujusdam abbatis necessarii mei dura ne-*

---

(1) Si l'on nous oppose que le chanoine de Saint-Victor s'appelait Godefroi, et non Geofroi, nous dirons que, dans cinquante-deux lettres, le sous-prieur de Sainte-Barbe n'est désigné cinquante-deux fois que par la lettre initiale *G.* qu'on peut rendre aussi bien par *Godefridus* que par *Gaufridus.* D'ailleurs ces deux noms s'employaient assez souvent l'un pour 'autre.

cessitas. On peut donc supposer que Geofroi, ayant éprouvé à Ste-Barbe les tracasseries dont le chanoine de Saint-Victor se plaint, avait choisi pour sa retraite la maison de Saint-Victor, chef-lieu de son ordre. S'il appelle cette maison un désert, une solitude, c'est qu'elle n'était pas alors comme aujourd'hui un faubourg de Paris, non plus que Saint-Martin–des–Champs, ni Saint-Germain–des–Prés : tout comme nous appelons encore un ermitage, une solitude, le Mont-Valérien, qui est aux portes de Paris.

2° Les lettres que nous avons du sous-prieur de Sainte-Barbe furent écrites pendant les années 1173 et 1174. C'est vers le même temps, ou peu après, qu'il y eut à Sainte-Barbe des dissensions qui forcèrent le prieur de la maison à quitter ce poste pour entrer dans une maison de Pré-montrés du voisinage. D. Martène a publié la lettre dans laquelle ce prieur anonyme épanche son cœur dans celui de ses amis qui lui restaient à Sainte-Barbe, à la tête desquels on voit un *Gau*, qui vraisemblablement n'est autre que notre *Gaufridus*. Il y a toute apparence que les mêmes troubles forcèrent aussi le sous-prieur à s'éloigner de la maison.

Mart. Ampl. Collect. t. I, col. 780.

3° L'auteur du *Microcosme* dit qu'il avait enseigné longtemps, et qu'il avait composé des ouvrages pour l'instruction de ses élèves. Ceci convient pareillement au sous-prieur de Sainte-Barbe, qui parle dans ses lettres de quelques écrits de sa composition.

4° Le sous-prieur de Sainte-Barbe avait tant de goût pour la versification, qu'il termine presque toutes ses lettres par une petite pièce de vers de sa façon. C'est encore un trait de ressemblance qu'on peut remarquer entre lui et le chanoine de Saint-Victor, dont les écrits sont, les uns en prose, et les autres en vers. Celui qui a pour titre *Fons philosophiæ*, dans lequel l'auteur ne prend d'autre titre que celui de *G. quidam pauper Christi*, est écrit en vers, et dédié à Etienne, abbé de Sainte-Geneviève, qui passa de l'abbaye de Saint-Euverte d'Orléans à celle de Sainte-Geneviève l'an 1176.

5° Cette circonstance de temps s'accorde encore avec l'époque par nous assignée à la transmigration du sousprieur Geofroi de Sainte-Barbe à Saint-Victor; mais comme Etienne gouverna l'abbaye de Sainte-Geneviève jusqu'en l'an 1191, qu'il fut fait évêque de Tournai, on peut retar-

der la publication du *Fons philosophiæ* jusqu'à cette dernière époque, et supposer que Geofroi vécut même au-delà.
En effet, Jean de Toulouse, dans les Annales manuscrites
de Saint-Victor, rapporte une charte de l'an 1194, sous-
crite après les signatures de l'abbé Robert, du prieur Anselme, du sous-prieur Guillaume, par Godefroi, sacristain :
d'où l'annaliste conclut que Godefroi s'était démis alors de
la charge de sous-prieur.

Mais, comme nous l'avons dit, rien ne prouve que l'auteur du *Microcosmus* ait été sous-prieur à Saint-Victor ; il
ne prend ce titre nulle part. Si la tradition de la maison le
lui a conservé, c'est que, selon notre opinion, il l'avait été
à Sainte-Barbe. Nous savons par une lettre du sous-prieur
de Sainte-Barbe, que celui qui remplissait ce poste à Saint-
Victor, vers l'an 1174, s'appelait Nicolas, et nous venons
de voir qu'en 1194, c'était le sous-prieur Guillaume. Par
toutes ces considérations, nous nous croyons fondés à ne
faire du sous-prieur de Sainte-Barbe et du chanoine de
Saint-Victor, qu'un seul et même personnage. Cependant,
par déférence pour ceux qui penseraient autrement que
nous, nous traiterons séparément des écrits de l'un et de
l'autre, en commençant par ceux du sous-prieur de Sainte-
Barbe.

Les auteurs du *Gallia christiana* avancent, mais sans
preuves, que Geofroi, sous-prieur de Sainte-Barbe, fut un
des douze Victorins qui, l'an 1148, mirent la réforme à
Sainte-Geneviève. Ils ne sont pas mieux fondés lorsqu'ils
disent que l'auteur du *Microcosmus*, après avoir été sous-
prieur à Saint-Victor, devint prieur à Sainte-Geneviève sous
l'abbé Etienne. Ils ajoutent qu'il vécut au-delà de l'an 1200.
Cela est possible, mais cela aurait besoin d'être prouvé.
Quoi qu'il en soit, voici son épitaphe, que nous trouvons
sous la couverture du manuscrit contenant le *Fons philosophiæ*, et qui vraisemblablement est de la composition de
l'auteur lui-même :

> *Gleba soporati jacet hìc animæ Godefridi,*
> *Ordine quæ proprio restituetur ei.*
> *Donari requiem, pie lector carminis hujus,*
> *Electæ rogita, dum cineratur ea.*
> *Fortiùs hoc ora, quò postquam venerit hora*
> *Restituendorum, glorificetur ea.*

Oudin. *ibid.* col. 1568.

Mart. Anecd. t. I, col. 548.

Gall. Christ. t. VII, col. 712.

Ibid. col. 726.

Inter eos quorum sunt corpora glorificanda,
Dic orans : Caro sit glorificata tua.
Utraque felici sic sic insint sibi nexu,
Sicut principiis his Godefridus inest. Amen.

Le sens du dernier vers est qu'on trouvera le nom de l'auteur, et le mot *Godefridus*, dans les premières lettres des dix vers qui composent son épitaphe.

§ I.

ÉCRITS DE GEOFROI, SOUS-PRIEUR DÉ SAINTE-BARBE.

Nous avons, du sous-prieur de Sainte-Barbe, cinquante-deux lettres qui ont été publiées par D. Martène, sur un manuscrit de l'abbaye de Lyre en Normandie. Sa correspondance la plus active fut avec Jean, abbé de Baugerais (1) en Touraine, dont Geofroi nous a conservé cinq lettres. L'abbé Jean lui expose, dans la première lettre, la frayeur qu'il éprouve de se voir à la tête d'une communauté. Geofroi lui répond pour l'encourager; et il félicite sa communauté, qu'il appelle *notre vigne*, parce qu'il l'avait cultivée lui-même auparavant, d'avoir à sa tête un tel vigneron. C'est l'objet des deuxième, troisième et quatrième lettres, qui doivent être de l'an 1173, époque de l'introduction des cisterciens à Baugerais.

L'abbé Jean s'était proposé de faire un voyage à Sainte-Barbe; mais il en fut empêché par les troubles qu'excita en Normandie, l'an 1173, la guerre du roi de France contre celui d'Angleterre. C'est ce qui donna lieu à la cinquième lettre de Geofroi, et à la sixième, qui est de l'abbé Jean. La dixième, écrite à Geofroi par un chapelain de l'évêque de Worchester, est relative à la même guerre, dont on annonce la cessation en 1174.

Mart. Anecd. t. I, col. 494-555.

Ibid. col. 495.

(1) L'église de Baugerais (*Baugeseium*), près de Loches, avait appartenu aux chanoines réguliers de Sainte-Barbe, et il paraît, par la lettre 17 de Geofroi, qu'il y avait fait sa demeure ; mais, l'an 1173, selon l'ancien *Gallia Christiana*, t. IV, p. 131, Henri II, roi d'Angleterre, souverain de la Touraine, donna cette maison à l'ordre de Cîteaux, sous la dépendance de l'abbaye de Loroux (*de Oratorio*), qui la peupla de ses religieux. De là les rapports qui existaient entre les chanoines réguliers de Sainte-Barbe et les cisterciens, entre le sous-prieur Geofroi et l'abbé de Baugerais.

Ibid. col. 501.

Dans la septième, Geofroi propose à l'abbé de Baugerais d'acheter une bibliothèque qui était à vendre à Caen. Cette acquisition était importante pour un nouvel établissement, mais les fonds manquaient. Geofroi, dans la lettre dix-huitième, s'adresse à un certain Pierre Mangot, qui avait déjà beaucoup contribué à l'établissement des cisterciens à Baugerais; il lui représente que, pour compléter son ouvrage, il est essentiel de leur procurer une bibliothèque, parce qu'un monastère dépourvu de livres ressemble, dit-il, à un château fort sans munitions : *Claustrum sine armario quasi castrum sine armamentario.* Enfin tout s'arrange pour le mieux, et l'abbé Jean écrit à son ami qu'il peut arrêter la bibliothèque pour son compte avant qu'elle soit vendue à un autre. C'est l'objet de la lettre vingt-unième.

Ibid. col. 510.

Ibid. col. 514.

La seizième est encore de l'abbé de Baugerais, pour se plaindre que Geofroi s'était refroidi à son égard, parce qu'il avait été long-temps sans lui écrire. Celui-ci proteste dans la suivante qu'il n'en est rien, et qu'il aurait grand tort de ne pas aimer une communauté pour laquelle il s'était donné tant de mouvemens auprès du roi d'Angleterre, jusqu'à encourir les reproches de certaines gens qui pensaient sur cela autrement que lui.

Ibid. col. 508.

La lettre vingt-deuxième de Geofroi et la réponse de l'abbé Jean ne contiennent que des pensées pieuses sur le bonheur d'une sainte mort.

Ibid. col. 513.

L'abbé Jean, dans la lettre vingt-unième, avait annoncé à son ami le désir qu'il avait d'aller le voir à Sainte-Barbe au retour du chapitre de Cîteaux. Geofroi l'attendait avec une vive impatience ; mais ne le voyant pas arriver avec les autres abbés de Normandie, il s'était rendu à Paris, à l'invitation d'un abbé de son ordre, pour assister à un concile devant lequel devait comparaître cet abbé. Nous ne connaissons pas ce concile de Paris; mais nous savons que, vers le même temps, Ervise, abbé de Saint-Victor, fut recherché pour avoir enlevé du trésor, lors de sa déposition, un dépôt d'argent et d'autres objets précieux. Sur quoi on peut voir les lettres du cardinal Albert, du titre de Saint-Laurent *in Lucina,* de Guillaume, archevêque de Sens, à Maurice, évêque de Paris, et autres lettres qui ont été imprimées par D. Martène. Quoi qu'il en soit, ce fut pendant l'absence de Geofroi que l'abbé de Baugerais alla le trouver à Sainte-Barbe. Geofroi, dans les lettres vingt-quatrième et

Mart. Ampl. Collect. t. VI, col. 253-260.

Mart. Anecd. col. 517.

vingt-cinquième, lui témoigne le regret qu'il a d'avoir manqué sa visite, et rend compte de ce que nous venons de dire.

Geofroi était lié d'une étroite amitié avec le bienheureux Hamon de Landacop, moine de Savigni, qui, au rapport de Robert du Mont dans sa Chronique, était agréable à Dieu et aux hommes par sa sainteté et sa grande charité envers les pauvres. Ils travaillèrent de concert à la réforme de Baugerais, et il ne fallut pas moins que la recommandation du saint homme auprès de Henri II, roi d'Angleterre, pour faire réussir cette affaire. C'est ce que dit Geofroi dans sa lettre vingt-huitième aux religieux de Baugerais. Hamon *Ibid.* col. 520. mourut l'an 1174, et en mourant il avait légué son manipule et son étole à son ami Geofroi. Celui-ci garda pour lui le manipule comme un trésor précieux, *ut Crœsi opes habere me credam,* dit-il ; et il envoya l'étole, avec d'autres reliques qu'il tenait de Hamon, aux religieux de Baugerais, le tout accompagné d'un écrit qui contenait la relation de sa vie et de sa mort : écrit qui ne se trouve plus, et qui vraisemblablement était l'ouvrage de Geofroi.

La lettre suivante, vingt-neuvième, est adressée à l'abbé *Ibid.* col. 521. Jean. Geofroi annonce à son ami le désir qu'il aurait de l'aller voir, si ses affaires le lui permettaient. Comme il se mêlait un peu de poésie, il lui envoie trois pièces de vers très-spirituelles, *ludos de pastoribus, de digitis, de picturis,* afin, dit-il, que vous appreniez à vous jouer agréablement dans le champ des écritures, et à trouver dans les plus petites choses des conceptions sublimes. Dans la lettre quarante-quatrième, il se dit auteur de quelques cantiques ou épithalames qu'il avait composés pour un de ses amis appelé Augustin : *De cetero illa amatoria, illa epithalamica cantica, et ad contemplationem commonitoria, quæ vestro nomini consecravi, vobis dicitis profuisse.* C'est dommage que de si belles choses ne soient pas venues jusqu'à nous.

Nous n'avons plus de lettres de l'abbé Jean depuis la vingt-troisième ; mais les trente-cinquième, quarantième et quarante-huitième, lui sont encore adressées. Elles ne contiennent que des protestations d'amitié et des complimens, sur-tout la dernière, dans laquelle Geofroi dit à son ami *Ibid.* col. 549. qu'il a le talent d'instruire comme saint Jérôme, de prouver comme saint Augustin, de s'élever comme saint Hilaire, de se rabaisser comme saint Jean-Chrysostôme, de reprendre

76 GEOFROI, SOUS-PRIEUR DE Sᵗᵉ-BARBE,

comme saint Basile, de consoler comme saint Grégoire, de presser comme Rufin, d'encourager comme saint Eucher, de provoquer comme saint Paulin, et de ne pas se rebuter comme saint Ambroise. Cela prouve au moins que Geofroi connaissait les pères de l'église, même les pères grecs, et ce qui les caractérise; car nous ne voyons pas que ce qui nous reste de l'abbé Jean mérite un si bel éloge.

Ibid. col. 518.

Geofroi avait envoyé à Roger, autrefois prieur de Saint-Abraham, diocèse de Saint-Malo, un ouvrage de sa composition, *de videndo Deo*. Roger l'en remercie dans la lettre vingt-sixième, et reconnaît que l'auteur a traité cette matière à la manière de saint Augustin, *Augustinaliter;* que tout y est exact, écrit avec élégance et une grande pureté de style. Geofroi, dans la lettre vingt-septième, rejette modestement ces éloges, qu'il ne croit pas mériter ; il dit qu'un plaisant qui connaîtrait son livre, et qui lirait la lettre obligeante de Roger, ne manquerait pas de faire la cicogne derrière lui : *Post tergum meum manum convertet in ciconiam.* De son côté, il exhorte son ami à continuer un ouvrage qu'il avait entrepris, persuadé qu'il ne pouvait sortir de sa plume rien que de bon et d'admirable. Si ces ouvrages existent quelque part, on pourra les reconnaître au portrait que nous en faisons ici ; et s'ils sont anonymes, nous nous applaudirons d'en avoir signalé les auteurs.

Ibid. col. 522.

Geofroi était lié d'amitié avec le préchantre de l'abbaye de Troarn, désigné par la lettre **R**. Ne pouvant communiquer avec lui aussi souvent qu'il l'aurait désiré, il le priait, dans la lettre trentième, de lui composer un cantique, *cantando mihi aliquid favorabile de canticis Sion.* Le chantre lui répond par une longue lettre bien triste, bien sérieuse, sur les misères de ce monde. Nous trouvons dans la lettre de Geofroi un trait singulier qui mérite d'être recueilli : c'est que nous sommes redevables aux grues de l'invention ou du moins de l'idée de l'alphabet. Mercure, selon lui, ayant observé les différentes formes régulières que prenaient entre eux dans leur vol audacieux ces oiseaux attroupés pour faire de longs voyages, imagina qu'en représentant ces formes par des figures semblables, il éléverait la pensée de l'homme jusqu'aux plus hautes conceptions : et l'auteur cite pour son garant Cassiodore. Voici le texte : *Litteras primùm, ut scribit Cassiodorus, et ut frequentior tradit opinio, Mercurius, multarum repertor artium, volatu strymoniarum* *avium collegisse memoratur. Nam et hodie grues, inquit, quæ classe consociantur, alphabeti formas naturâ imbuente describunt : quem in ordinem decorum redigens, vocalibus consonantibus congruenter admixtis, viam sensualem reperit, per quam alta petens, ad penetralia prudentiæ mens posset velocissima pervenire.*

Les lettres trente-troisième, quarante-unième, quarante-troisième, quarante-sixième, quarante-neuvième, sont adressées à Hugues, prieur de Saint-Martin-de-Seez, jeune homme qui avait entrepris de composer la vie d'un saint personnage, qui n'est désigné que par les lettres *Wal.* ou par la lettre initiale *W.*, qui même était encore vivant selon la lettre quarante-deuxième écrite par le prieur Hugues. L'éditeur suppose qu'il s'agit là de Gautier de Mortagne, évêque de Laon, mort en 1174, parce que Mortagne au Perche n'est pas loin de Seez. Mais l'évêque de Laon était né, non à Mortagne au Perche, mais à Mortagne en Tournesis. Quoi qu'il en soit du personnage, Geofroi exhorte le prieur de Seez à continuer cet ouvrage, qui doit lui faire beaucoup d'honneur, parce que la matière est abondante, remplie de nectar, de fleurs et de perles. C'est un sujet beau et agréable à traiter, resplendissant comme l'écarlate, brillant comme l'or, égalant pour la délicatesse la toile la plus fine. *Copiosa est materia, plena nectaris, florum, margaritarum; jocunda est et illustris, flammea cocco, rutilans auro, lactea byssino.* Le prieur de Seez eût bien désiré que Geofroi se chargeât de la continuation de cet ouvrage; mais il s'en défend, parce que ce serait, dit-il, gâter un si beau sujet par la disparate du style, ne croyant pas le sien assez relevé pour atteindre à cette hauteur : *Respondeo quòd indecens mihi videtur ut tam illustrem materiem styli diversitate confundam; sed et supra imbecillitatis meæ vires istud esse perpendo negotium.* Nous sommes fâchés de ne connaître ni cet ouvrage, s'il existe, ni celui qui en est le sujet.

En général les lettres de Geofroi nous font connaître plusieurs littérateurs, inconnus d'ailleurs, avec lesquels il était en relation. De ce nombre est un certain maître *W.* surnommé *Tuobe*, qui avait demeuré non loin de Sainte-Barbe, bien connu, dit-il, par un ouvrage qui l'avait mis en réputation et lui faisait beaucoup d'honneur : *Bene, ut arbitror de illo audistis loqui, quia splendor operis et odor opinionis in ejus gloria convenientes illum notissimum reddiderunt.* Il

78 GEOFROI, SOUS-PRIEUR DE Ste-BARBE,

rapporte de lui, dans la lettre douzième, un trait satirique contre les moines, qui lui donne quelque conformité avec le génie de *Brunellus-Nigelli*, auteur d'un écrit fameux contre les moines, ayant pour titre : *Asinus sive speculum stultorum.* Ce livre est dédié *fratri Guillelmo*, qui n'est peut-être pas différent de maître *W.* surnommé *Tuobe.* Au moins est-il certain que ces deux auteurs étaient contemporains. Quoi qu'il en soit, voici le fait. Quelqu'un était venu faire part à *Tuobe* du dessein qu'il avait d'entrer en religion. Dans ce cas-là, répondit *Tuobe*, voici ce que vous avez à faire pour être un bon moine : ne faites usage ni de vos oreilles ni de vos yeux ; laissez-vous conduire comme un baudet ; mangez tranquillement votre prébende. Alors vous pourrez chanter ce verset du psaume : Me voilà comme une monture à votre disposition. *Non audias, non videas, asini morem habeas;* HEZ *huc,* HEZ *illuc, comede præbendam tuam. Ita cantare poteris :* UT JUMENTUM FACTUS SUM APUD TE. Geofroi était zélé pour l'avancement de la science ecclésiastique ; il prêche partout l'étude et l'application. Une chose remarquable dans ces lettres, c'est qu'elles finissent presque toutes par des sentences en vers relatives aux matières qui y sont traitées.

§ II.

ÉCRITS DE GODEFROI, CHANOINE DE SAINT-VICTOR.

Les compositions de Godefroi, chanoine de Saint-Victor, roulent sur la théologie et la philosophie, les unes en vers, les autres en prose, et n'ont jamais été imprimées.

1° *Le livre intitulé Microcosmus* ou *le petit monde.* L'objet de cette production est l'homme considéré comme le monde en raccourci. C'est proprement un commentaire allégorique du premier chapitre de la Genèse ; l'ouvrage des six jours est pour ainsi dire le canevas sur lequel l'auteur broche, toujours en allégorisant. Il observe que les philosophes, aussi-bien que les théologiens, s'accordent à regarder, sous différens rapports, l'homme comme un petit monde. En effet, dit-il, comme le monde est composé de quatre élémens, de même l'homme est doué de quatre facultés, qui sont la partie sensitive, l'imagination, la raison, et l'intelligence. Tout comme au premier jour Dieu créa le ciel et la terre, de même en créant l'homme, Dieu le rendit capable de comprendre les choses terrestres et célestes. C'est en faisant ces comparaisons et ces rapprochemens que l'auteur parcourt tous les versets de l'Hexaméron de Moïse.

Cet ouvrage est divisé en trois livres. Dans le premier, on parcourt les trois premiers jours de la création, auxquels on rapporte les facultés naturelles de l'homme, et leurs effets, qui sont les arts mécaniques et libéraux, dont on donne une assez ample description. Le second roule sur les qualités morales de l'homme, combinées avec le détail de l'œuvre du quatrième et cinquième jour. La charité, avec les différentes formes qu'elle prend dans les différentes vertus qu'elle anime, fait la matière du dernier livre. C'est à quoi se réduit en précis la substance de cet écrit où règne une mysticité souvent très-alambiquée. On y reconnaît facilement le goût dominant des théologiens du XIIᵉ siècle pour les allégories, les tropologies ou les sens figurés dans l'interprétation des auteurs sacrés.

Cet ouvrage existait dans deux anciens manuscrits de la bibliothèque de Saint-Victor, cotés 1011 et 1199. Ils sont aujourd'hui à la bibliothèque royale sous les nᵒˢ 735 et 915. Dans l'un et dans l'autre, on lit, en lettres rouges, après le prologue dont nous avons parlé, *Microcosmus Godefridi canonici Sancti-Victoris Parisiensis;* et le premier livre commence par ces mots : *Mundi nomine plerumque hominem appellari tàm philosophus quàm theologus testatur.*

2° *Ses sermons.* Il y en a quatorze dans les deux manuscrits dont nous venons de parler. Ils roulent sur les principales fêtes de l'année depuis le premier dimanche de l'avent jusqu'à la nativité de la Sainte-Vierge. Mais il est évident qu'aucun de ces manuscrits n'est complet dans cette partie, et qu'il y en manque au moins un, puisque l'auteur, dans son *Microcosme,* renvoie au sermon qu'il avait composé pour la fête de tous les Saints : *Quærat (lector) libellum sermonum nostrorum, et in eo novissimum sermonem qui est de solemnitate omnium Sanctorum.* Il faut donc que l'annaliste de Saint-Victor, qui en compte jusqu'à trente-un, Oudin. de S. 2, t. II, col. 1568. ait fait une somme totale des sermons contenus dans l'un et l'autre manuscrit, quoique ces sermons soient les mêmes. Au moins est-il certain qu'il n'en existe que quinze à la bibliothèque royale, en comptant pour deux le premier divisé en deux parties. Quant au mérite de ces sermons, ils n'ont rien de plus remarquable que tant d'autres du même temps,

80 GEOFROI, SOUS-PRIEUR DE Ste-BARBE,

qui ne sont que de froides dissertations sur quelque texte de l'Écriture-Sainte.

3° *Fons philosophiæ*. Cet écrit, qui, parmi les manuscrits de la bibliothèque de Saint-Victor, était coté 1198, est aujourd'hui à la bibliothèque royale sous le n° 912. C'est un ouvrage d'une composition singulière, divisé en quatre livres, dont le premier est en prose rimée par strophes ou quatrains ayant une même désinence : les autres sont en vers élégiaques. Dans le premier livre, l'auteur nous donne sur les différentes écoles de Paris des renseignemens précieux, qu'on ne trouve nulle autre part, et qu'il est de notre devoir de recueillir. L'ouvrage est dédié à Étienne, abbé de Ste-Geneviève, qui, comme nous l'avons dit, fut fait évêque de Tournai, l'an 1191. En tête de l'épître dédicatoire, l'auteur n'a mis que la première lettre de son nom, G. *quidam pauper Christi ;* usage fort commun en ce temps-là parmi les gens de lettres, soit en parlant d'eux-mêmes, soit en nommant les autres; mais usage très-incommode aujourd'hui pour ceux qui, comme nous, sont obligés de lire leurs écrits. Cependant on a mis en toutes lettres, à la marge du titre, et d'une écriture aussi ancienne que le manuscrit qui est du XIIe siècle, le nom de l'auteur *fratris Godefridi, canonici S. Victoris :* ce qui ne laisse aucun doute que Godefroi ne soit le véritable auteur de l'ouvrage.

Pour donner une idée de la facture de ses rimes, il suffira de transcrire ici et de figurer en même temps la première strophe du premier livre :

> *Noctis erat terminus et soporis m* ⎫
> *Et fugabat tenebras nuntius di* ⎪ *ei*
> *Expergiscer, nescius affuturæ r* ⎬
> *Sacris ductus monitis et instinctu D* ⎭

Ce début, dont nous supprimons la suite, est pour dire que l'auteur va parler de toutes les sciences naturelles et divines. Le premier livre traite en effet de tous ces objets dont on repasse quelques-uns plus en détail dans les livres suivans.

On commence par les trois premières facultés des arts, connues sous le nom collectif de *Trivium,* savoir, la grammaire, la dialectique et la rhétorique, qu'il compare à trois grands fleuves, et dont on retrace assez bien le caractère. De ces trois fleuves, dit l'auteur, le premier coule len-

tement et sans détour dans un lit étendu. Son eau bien- La Grammaire.
faisante donne naissance aux tendres arbrisseaux, et répand
la fécondité dans les terres qu'elle arrose :

> *Horum primum spargitur campo latiore,*
> *Et per plana labitur viâ rectiore :*
> *Hoc virgulta tenera suo creat rore,*
> *Hoc fœcundat alia venâ pleniore.*

Le second fleuve, roulant ses eaux dans des lieux incon- La Dialectique.
nus ou peu fréquentés, emporte rochers, bois, et tout ce
qui s'oppose à son cours. Son lit est étroit, inégal, et plein
de sinuosités, ce qui donne à ses eaux une force et une im-
pétuosité à laquelle rien ne peut résister :

> *At secundum transiens loca latebrosa,*
> *Rupes, lucos, invia frangit scrupulosa :*
> *Hujus via strictior et anfractuosa,*
> *Hujus aqua fortior et impetuosa.*

Le troisième se promène mollement dans une prairie La Rhétorique.
charmante, dont il embellit le sein de l'émail de mille fleurs.
Ses flots vont plus loin que ceux des autres fleuves. Sa marche est d'abord lente ; mais à mesure qu'il avance, elle devient précipitée :

> *Tertium lasciviens per amœna prati,*
> *Vernat flore vario sinus picturati :*
> *Hujus fluctus ceteris longiùs vagati,*
> *Primùm tardi, postea currunt concitati.*

Tel est, ajoute-t-il, ce fameux *Trivium* connu de tout
l'univers, sur le bord duquel sont assises plusieurs villes
dont quelques-unes lui durent autrefois la prééminence
qu'elles avaient sur les autres. On retrouve les mêmes images
dans le *Microcosme*, à la fin du premier livre, lorsque l'auteur fait la description des arts mécaniques et libéraux avec
toutes leurs ramifications.

Godefroi déplore ensuite l'avilissement où ces arts sont
tombés ; à quoi succède l'éloge des grands maîtres de l'antiquité dont on lisait les écrits dans les écoles. Les modernes,
ou plutôt les sectes ou écoles qu'ils ont formées, viennent
à leur tour ; celles des nominaux et des réalistes, dont on
parle avec assez de liberté, paraissent d'abord sur la scène.

Tome XV.   L

 82 . GEOFROI SOUS-PRIEUR DE Ste-BARBE,

On réprouve la première, et on n'admet la seconde, dont
on distingue plusieurs branches, qu'avec restriction :

> *Addunt his se socios quidam nominales,*
> *Nomine, non numine, talium sodales*
> *Alii viciniùs assunt, quos reales*
> *Ipsa nuncupavit res, quòd sint tales.*
>
> *Nam si pro realibus variis errorum*
> *Poterat realium dici nomen horum,*
> *Tamen excusabilis error est, eorum*
> *Menti contradicere mos est insanorum*
>
> *Nam quæ mens vel cogitet nomen esse genus?*
> *Solus hoc crediderit mentis alienus,*
> *Cùm sit tot generibus rerum mundus plenus,*
> *Cujus genus nomen est, semper sit egenus.*
>
> *Ceterùm, realium sunt quamplures sectæ,*
> *Quas reales dixeris à reatu rectè ;*
> *Quia veri tramitem non eunt directè,*
> *Nec fluenta gratiæ hauriunt perfectè.*

Gilbert de la Porrée avait aussi fait une secte, laquelle
en triplant les dix catégories, renversait, suivant notre auteur,
les fondemens de la dialectique :

> *Ex his quidam temperant Porri condimenta,*
> *Quorum genus creditur geminis contenta,*
> *Decem rerum triplicant hi prædicamenta,*
> *Evertuntur veterum per hoc fundamenta.*

Hist. Littér. t. XII, p. 72.
Il traite de fous les albéricains, ou les disciples d'Albéric,
maître différent de celui de Reims, qui a eu son article
dans notre Histoire, quoique, selon le témoignage de Jean
de Sarisbéry, cet Albéric fût très-opposé aux nominaux.
Metalog. lib. II, cap. 10.
Adhæsi, dit-il, *magistro Alberico qui inter cæteros opina-*
tissimus dialecticus eminebat, et erat revera nominalis sectæ
acerrimus impugnator. Voici le texte de Godefroi tel qu'il
est dans le manuscrit, altéré sans doute, car il n'est pas trop
intelligible :

> *Aliter, sed pariter, errat Albricanus,*
> *Cujus sortes æger fit, si non manet sanus.*
> *Sed quia velociter transit homo vanus,*
> *Etiam, dum moritur, maneat insanus.*

Les disciples de Robert de Melun viennent à leur tour,
et sont les plus maltraités. Parmi les traits que Godefroi leur
lance, on croit apercevoir qu'ils tenaient leurs écoles au
sommet de la montagne de Sainte-Geneviève, et qu'ils se
rapprochaient un peu des nominaux; ce qui pourrait bien
être la raison pour laquelle il les comptait pour rien :

> *Hærent saxi vertice turbæ Robertinæ,*
> *Saxeæ duritiæ vel adamantinæ,*
> *Quos nec rigat pluvia neque ros doctrinæ :*
> *Vetant amnis aditum scopulorum minæ.*
>
> *Ipsi falsum litigant nihil sequi verè;*
> *Quamvis tamen ipsimet post hos abiere*
> *Qui de solo nomine fingunt mille ferè :*
> *Igitur pro nihilo licet hos censere.*

Leur maître, comme on l'a dit ailleurs, était Anglais, Saresb. *ibid.*
surnommé de Melun, parce qu'il avait enseigné long-temps
dans cette ville. L'an 1162, il devint évêque d'Herfort, et
mourut l'an 1167. Au reste, si les Robertins étaient tels que
notre auteur les représente, ils avaient altéré sans doute la
doctrine de leur chef, attendu qu'en matière théologique,
il employait avec beaucoup de circonspection les maximes
d'Aristote, comme on le voit par son traité de l'Incarnation, conservé manuscrit à Saint-Victor, et dont on a pu-
blié d'amples extraits dans l'histoire de l'université de Paris. **T.** II, p. 596-628.

La secte des parvipontains est celle qui, au jugement de
Godefroi, mérite la préférence sur toutes les autres. Dans
l'éloge qu'il fait de leur enseignement, il nous apprend aussi
la raison de leur dénomination. C'est qu'ayant fait construire
à leurs frais le Petit-Pont de Paris, ils y avaient assis des
maisons où ils logeaient et tenaient leurs écoles. Ce pont
était remarquable par son élégance et sa solidité. Non-seulement la maçonnerie en était excellente, mais on avait couvert de cuivre les piles sur lesquelles il reposait, pour en
assurer davantage la durée. Les parapets avaient des ouver-
tures par où l'on pouvait regarder dans la rivière. Ce pont
était pavé; chose que l'auteur regarde comme une singula-
rité, parce qu'à cette époque la ville ne l'était pas encore.
Tout cela est exprimé dans cinq quatrains que voici :

> *Quidam pontem manibus suis extruxerunt,*
> *Et per aquas facilem transitum fecerunt,*

In quo sibi singuli domos statuerunt,
Unde pontis incolæ nomen acceperunt.

Decens est materia, decens est figura,
Cubicorum lapidum subest quadratura,
Stat columnis æneis solida structura,
Nullis motionibus unquam ruitura.

Pavimentis desuper opus est positum,
Aureis, argenteis, signis insignitum,
Editis lateribus undique munitum,
Ne ruinam timeat vulgus imperitum.

Sed et habet exedras per quas speculantur,
Et latentem fluminis fundum perscrutantur;
Alii natatibus quoque delectantur,
Et æstivis solibus usti recreantur.

Venerandus sedet hìc ordo seniorum,
Et doctrinæ gratiâ præminens et morum :
Simplices erudiunt turbas populorum ;
O beatus populus talium rectorum !

Malgré les précautions qu'on avait prises pour donner à cet
ouvrage de maçonnerie toute la solidité possible, ce pont
ne put résister long-temps aux efforts de l'eau dans les
grandes crues. L'historien Rigord nous apprend que trois
de ses arches furent renversées au mois de décembre 1206,
dans une inondation extraordinairement forte, telle qu'on
ne se souvenait pas d'en avoir vu de pareille. Le professeur
qui tenait alors cette école était Jean, surnommé du Petit-
Pont, qui, suivant Gille de Paris, son contemporain, était
un puits de science, et passa toute sa vie à expliquer les
anciens auteurs. Après avoir fait le dénombrement des littérateurs, et sur-tout des poètes qui de son temps avaient
illustré les écoles de Paris, Gille termine ainsi sa nomenclature :

Egid. Carol. apud
Chesn. t. V Rer.
Fran. p. 324.

Nec memoro cunctos; aliquos quoque transeo, sicut
Sæpe retentatis auctorum excursibus, illum
Vasis inexhausti Parvo de Ponte Joannem.

Nous n'entrerons pas dans un plus grand détail sur cette
production, qui dans le premier livre embrasse toutes les
branches de la littérature alors cultivée, dont on ne dit qu'un
mot en passant pour s'arrêter ensuite avec complaisance sur
la théologie, à laquelle est consacré le reste de l'ouvrage.

Après avoir parlé du corps naturel de Jésus-Christ, soit dans le ciel, soit dans l'eucharistie, on y traite de son corps mystique, c'est-à-dire, de l'église dont Jésus-Christ est le chef; et, à ce sujet, on passe en revue tous les membres du corps humain, de manière qu'au premier aspect on prendrait cette presque totalité de l'ouvrage pour un traité d'anatomie, mais ce n'est rien moins que cela; on ne parle des fonctions particulières de chaque membre que pour en tirer des moralités ou de pieuses allégories : l'abbé Lebœuf s'y est trompé le premier.

Dissert. t. II, p. 204.

4° A la suite de cet écrit vient une autre production de notre auteur, en prose rimée, dont le sujet est l'éloge de saint Augustin. On y relève sur-tout les combats que le saint docteur eut à soutenir contre les hérésies qui de son temps s'élevèrent dans l'église. L'ouvrage commence par ces vers :

Augustini gloriæ meritis præclaræ
Laudes, quantum dabor, rithmo cumulare, etc.

5° Oudin, sur la foi de l'annaliste de Saint-Victor, nous apprend que Godefroi avait aussi composé un cantique à l'honneur de la Sainte-Vierge, et une complainte dans le goût du *Stabat*. Ces deux pièces n'existent pas dans les manuscrits de Saint-Victor que possède maintenant la bibliothèque royale.   B.

LAMBERT,

SURNOMMÉ LE PETIT,

MOINE DE S.-JACQUES DE LIÉGE,

ET AUTRES CHRONIQUEURS LIÉGEOIS.

IL y a peu de pays qui, dans le moyen âge, aient produit autant et de si bons écrivains que celui de Liége. Cette église a eu l'avantage de posséder des évèques qui non-seulement ont entretenu et encouragé les bonnes études, mais qui eux-mêmes ont figuré parmi les savans. Nous mettons de ce nombre les évêques Etienne, Notger, Wolbodon, Wazon, Rathier, Théoduin, Henri-le-Pacifique, Otbert, Frédéric, qui ont vécu dans les X, XI et XIIe siècles, et ont laissé des écrits de leur façon. Parmi les savans d'un ordre inférieur, nous comptons, dans le même temps, des écrivains célèbres, Alexandre et Anselme, chanoines de Liége; Gosechin, Francon, Alger, écolâtres, et Raimbaud, doyen de la même église; Adelmanne ou Adelin, qui fut ensuite évêque de Bresse; Lambert, Heribrand, Wazelin, abbés de Saint-Laurent de Liége; Folcuin et Hériger, moines de Laubes; Olbert, abbé de Gemblours, qui eut pour disciple le célèbre Burchard, évêque de Worms; Sigebert et Anselme, élèves du même monastère; Rodolfe, Thierri, abbés de Saint-Tron; et Stepelin, moine du même lieu; Thierri, abbé de S.-Hubert; Théofroi d'Epternac, Rupert de Tuits, Wibalde, abbé de Stavelo et de Corbie en Saxe, presque tous historiens, qui ont eu dans cet ouvrage leurs articles. Il ne nous reste, pour compléter quant à présent cette nombreuse liste, qu'à recueillir dans cet article ceux qui ont vécu sur la fin du XIIe siècle.

I. Lambert, surnommé le Petit, moine de Saint-Jacques à Liége, a composé une chronique depuis l'année 988 jusqu'à sa mort, arrivée en 1194, selon le moine Reinier, qui a continué sa chronique jusqu'à l'année 1230, et qui reprenant à l'endroit où Lambert avait fini, commence par ces mots : *Hoc anno* (1194) *moritur Lambertus Parvus, ecclesiæ nostræ sacerdos et monachus, et hucusque opus ejus.* La chronique de Lambert est très-laconique ; on n'y trouve guère que des noms et des dates ; mais la continuation de Reinier, dont il sera parlé dans un des volumes suivans, est plus détaillée et plus nourrie de faits. D. Martène a publié les deux ouvrages au tome V de l'amplissime collection, col. 1-64.

II. Le même D. Martène a tiré d'un manuscrit de l'abbaye d'Orval une autre chronique de Liége, commençant à l'année 549 et finissant en 1192. Cette chronique est l'ouvrage d'un auteur inconnu, qui était à Reims en 1192, lorsque l'évêque Albert de Louvain, à la suite duquel il était attaché, fut mis à mort par des gens de son pays, qui étaient venus le trouver dans le dessein de le tuer. L'auteur rapporte comme témoin oculaire les miracles qu'il dit avoir été opérés aussitôt après sur le tombeau du saint, et termine là son écrit, qui n'est nullement rempli de faits. Le plus grand nombre des années est resté vide, on n'y trouve pas même une suite exacte des évêques de Liége. Cependant plusieurs des faits qu'il rapporte concernent l'histoire publique, ou peuvent donner quelques lumières sur l'histoire du pays, par l'attention qu'il a eue de marquer les époques des principaux établissemens religieux.

III. Le P. Labbe a aussi donné sur un manuscrit de Saint-Victor de Paris deux fragmens d'une chronique de Liége, qui finit à l'année 1184, et qui est beaucoup plus remplie de faits que la précédente. Néanmoins l'éditeur dit en avoir retranché des choses qui lui ont paru inutiles et mieux connues d'ailleurs. S'il a voulu parler de ce qui précède l'année 400, où elle commence dans l'imprimé, il a fort bien fait. Rien ne prouve que cette chronique soit l'ouvrage de plusieurs auteurs, quoique le P. Labbe l'ait coupée à l'an 1132, comme si ce qu'il a imprimé à quelque distance de-là n'était qu'une continuation. S'il fallait admettre plusieurs auteurs, ce ne pourrait être que pour les derniers temps, c'est-à-dire depuis 1333, époque où l'on a commencé à marquer non-seulement l'année des événemens, mais encore les jours auxquels ils sont arrivés; ce qui est un indice certain d'auteurs contemporains. Au reste l'auteur, quel qu'il soit, a eu soin de recueillir les traits les plus intéressans de l'histoire des Pays-Bas, dont il fixe les dates.

B.

Bibl. ms. Cod. t. 1, p. 334-339, et p. 405-408.

ANDRÉ SYLVIUS,

Prieur de l'abbaye de Marchiennes,

Et autres écrivains du même monastère.

André, surnommé *Sylvius,* c'est-à-dire du Bois, prieur de Marchiennes (1), dans le pays d'Ostravant, diocèse d'Arras,

---

(1) Le ms. 6183 de la biblioth. royale, *olim Colbertinus,* le dit moine de l'abbaye d'Anchin. Cela prouve qu'André était moine de cette abbaye

n'est connu que par une chronique abrégée des rois de France, qui a pour titre : *De gestis et successione regum Francorum*. Elle est divisée en trois livres, un pour chacune des trois races, et chaque livre est subdivisé en chapitres, selon le nombre à-peu-près des souverains qui composent chacune des trois dynasties. André ne s'est pas contenté de nous donner l'histoire de nos rois, il a voulu nous faire connaître leur origine, et pour cela il remonte, comme tant d'autres chroniqueurs du moyen âge, jusqu'à Priam et au siége de Troie, mais il a au moins le mérite d'être fort succinct dans cette partie.

Il a dédié son ouvrage à Pierre, évêque d'Arras, qui lui avait commandé ce travail. Ce prélat, auparavant abbé de Cîteaux, gouverna l'église d'Arras depuis l'année 1184 jusqu'en 1203 : cela suffit pour déterminer le temps auquel vivait notre auteur qui termine sa chronique à l'année 1194.

P. 557

Dans l'épître dédicatoire qui sert de préface, il déclare que les principaux auteurs qu'il a suivis sont Grégoire de Tours et Sigebert, continué par Anselme de Gemblours jusqu'à l'année 1156. Mais il ne se borne pas à ces deux auteurs, ni à donner seulement l'histoire des rois; il y a entremêlé tout ce qu'il a pu découvrir touchant l'histoire ecclésiastique et civile de la Flandre, de l'Artois, et du reste des Pays-Bas. Son écrit a été cité comme une autorité par de bons auteurs anciens et modernes, tels que Jacques de Guise, Paul Emile et Jacques Mayer; Guillaume, abbé d'Andres dans le Boulonnais, qui écrivait au commencement du XIIIe siècle, l'a inséré tout entier, en commençant à l'année 1094, dans la chronique de son monastère; et ce qui prouve le cas qu'on en a toujours fait, c'est qu'il existe dans les bibliothèques un grand nombre de manuscrits de cet ouvrage.

Spicil. t. IX, p. 334; 2e édit. t. II, p. 781.

Raphaël de Beauchamp, autre moine de Marchiennes, a publié la chronique d'André en un volume in-4° de plus de 1200 pages, imprimé à Douai en 1165 chez Pierre Bogard, avec des prolégomènes, des observations en tout genre, des paralipomènes, des appendices, et quantité d'autres choses étrangères où le texte de l'auteur est tellement noyé, qu'on a souvent de la peine à le discerner. C'est ainsi

avant que de passer à celle de Marchiennes; mais c'est par erreur que, dans le catalogue des manuscrits de la reine Christine de Suède, on a mis *Arelatensis*.

que d'un opuscule assez mince, d'une chronique sèche et décharnée, on est venu à bout de faire un gros livre, sous le titre de *Synopsis Franco-Merovingica,* en lui donnant de l'embonpoint. « Qu'il est rare, s'écrie à cette occasion Louis » le Gendre, qu'il est rare de trouver des gens d'un esprit » net, gens d'un esprit de précision, qui sachent à propos » mettre chaque chose en sa place ! » *

Des Histor. de Fr. p. 9.

En effet, avant que de rencontrer la première ligne 'de l'auteur, il faut lire 556 pages de prolégomènes contenant la suite des empereurs romains, des rois de Perse,. des rois Goths, Ostrogoths et Visigoths, des rois de Castille et de Léon, sans compter un traité. sur les antiquités de Marchiennes. Arrivé au texte de l'auteur, vous êtes arrêté à chaque page par des digressions interminables de l'éditeur. Etes–vous parvenu à la fin, vous trouvez, sous le titre de paralipo-mènes, deux continuations ou appendices à la chronique d'André ; l'une par Guillaume, abbé d'Andres, qui, à la vé-rité, était alors inédite, mais qui a été imprimée depuis dans le Spicilége de D. Dachéri ; l'autre par un anonyme de Mar–

Spicil. *ibid.*

chiennes ; et, pour couronner l'ouvrage, il reprend la suite des rois de France depuis saint Louis jusqu'à Louis XIII, celle des papes jusqu'à Urbain VIII ; celle des empereurs d'Allemagne jusqu'à Ferdinand II. Si l'on veut lire cet écrit sans commentaire, mais avec les notes nécessaires pour cor-riger les erreurs de chronologie qui y sont assez fréquentes, on le trouvera dans la collection des historiens de France, aux tom. X, pag. 289 ; tom. XI, pag. 564 ; tom. XIII, pag. 419-425. Les éditeurs n'ont pas jugé à–propos de donner les deux premiers livres, qui ne contiennent guère que ce qu'on trouve par-tout. Ils n'ont fait usage que du troisième livre, qui traite des rois capétiens, en élaguant les endroits empruntés des auteurs déja imprimés dans la collection ; auxquels ils renvoient.

II. Un anonyme du même monastère, qui écrivait après l'an 1168, en a composé l'histoire en deux livres, sous le titre d'*Histoire des miracles de sainte Rictrude,* fondatrice et patrone du lieu. Elle commence par un abrégé de la vie de la sainte, née environ l'an 614, et contient les révolutions et les changemens qu'éprouva ce monastère jusqu'à l'année 1168, à laquelle notre anonyme, comme nous l'avons dit, cessa d'écrire. On y trouve la suite des abbés qui avaient succédé à des religieuses, l'indication des donations faites au

Acta SS. Boll. ad diem 12 maii, p. 89-118.

monastère, et quelques circonstances de l'histoire publique du temps, à laquelle se rattachent les événemens que l'auteur raconte. Tout cela est entremêlé de miracles ; ce qui a fait donner à ce morceau d'histoire le titre de *Livre des miracles*.

Ibid. p. 79, n. 4.

L'auteur, au jugement du P. Papebroch, qui a imprimé cet écrit dans la collection des actes des saints de Bollandus, le préfère de beaucoup pour le style, pour la méthode et la sobriété des paroles, à un autre écrivain du même monastère, nommé Gualbert, qui, quarante ans auparavant, avait traité le même sujet sans ordre, et avec une profusion de paroles fatigante. On l'a cependant imprimé à la suite de notre anonyme, et il en a été rendu compte dans cette Histoire. Les continuateurs du recueil des historiens de France ont extrait de cet ouvrage anonyme quelques fragmens importans, entre autres la relation d'un concile tenu à Lagny-sur-Marne, en 1142, par le légat Ives, lequel avait été envoyé en France pour connaître du mariage que Raoul de Vermandois, sénéchal de France, après avoir répudié sa première femme, avait contracté avec Pétronille, sœur d'Éléonore, reine de France. Les actes de ce concile, dans lequel Raoul fut excommunié, et qui fit naître entre Louis-le-Jeune et Thibaud, comte de Champagne, une guerre atroce, n'existent nulle part, et l'anonyme ne les fait connaître qu'en ce qui fut délibéré relativement à son monastère. Quant aux autres fragmens moins importans, on les trouvera dans le même volume à l'endroit cité.

T. XI, p. 412-415.

T. XIV, p. 435-442.

Mart. Anecd. t. III, col. 1710-1785.

III. Nous avons d'un autre anonyme de Marchiennes, si toutefois c'est un autre que le précédent (1), une vie de l'abbé Hugues, qui gouverna ce monastère depuis l'année 1148 jusqu'à 1158. C'est un des ouvrages les mieux faits de ce siècle, quoiqu'il ressemble beaucoup à un panégyrique. L'auteur ne s'écarte point de son sujet ; on n'y voit ni épisodes superflus, ni écarts inutiles. Il avait été le confident de son abbé, le compagnon de ses voyages, et, comme il le dit lui-même, celui qui avait été dépositaire de ses plus secrètes pensées dans les grandes comme dans les plus petites choses. A ce

---

(1) Cet anonyme a fait aussi, dans le livre des miracles de sainte Rictrude, un éloge abrégé de l'abbé Hugues, à la vérité dans un style un peu différent, mais qui, en substance, est le même. Voyez Bollandus, au 12 de mai, p. 113.

titre, il ne pouvait que réussir dans son entreprise, et on peut dire qu'il l'a exécutée en homme instruit de tous les détails qu'on peut désirer, et qui mérite toute notre confiance. Sa narration est édifiante et instructive. Il paraît qu'il ne tarda pas, après la mort de son ami, à mettre la main à la plume. Le commencement de son prologue ne permet pas d'en douter, car il suppose que ses confrères n'avaient pas encore essuyé les larmes que les regrets d'un si bon père leur avaient fait verser. Une autre preuve de ce que nous avançons, est que, parlant de Robert, abbé de Clairvaux, qui avait succédé à saint Bernard, il dit que Robert était mort peu de temps avant Hugues, *nuper de medio factus*. Or Robert étant mort le 30 mai 1158, il n'y a pas à douter que c'est vers le même temps que l'anonyme composa son ouvrage.

D. Rivet a fait usage de cet écrit en plusieurs endroits du discours préliminaire sur l'état des sciences en France pendant le XIIe siècle, parce qu'il y est beaucoup parlé des écoles qu'avait fréquentées l'abbé Hugues. Mais, comme dom Rivet n'en parle qu'en passant, il est de notre devoir de réunir ici les traits que cet écrit nous fournit pour l'Histoire littéraire.

L'école de Reims était florissante lorsque Hugues y fut envoyé dans son adolescence, sous la conduite de Gautier de Mortagne, lequel, au temps que l'auteur écrivait, était évêque de Laon. Albéric, qui, en 1136, fut fait archevêque de Bourges, gouvernait alors l'école de Reims. Elle était si florissante et si fréquentée, dit notre auteur, que, dans les altercations qui s'élevaient quelquefois entre les habitans et les clercs, c'est-à-dire les étudians, ceux-ci auraient eu l'avantage, si l'on ne se fût empressé de les séparer.

Gautier de Mortagne n'était venu là que pour diriger les études du jeune Hugues, né comme lui à Tournai, d'une famille opulente, et fréquentait avec son élève l'école d'Albéric. Ce professeur, étant en même temps archidiacre de Reims, jouissait dans la ville d'une grande considération, tant à cause de sa science, que parce qu'il maintenait dans son école le bon ordre et une exacte discipline. Il était éloquent, il s'exprimait avec grace et facilité, mais il manquait de talent pour répondre aux difficultés qu'on lui proposait. Gautier de Mortagne, qui n'était plus un écolier, lui faisait souvent des objections auxquelles il lui était impossible de répondre.

M 2

Ibid. col. 1713.

Hist. Littér. t. IX, p. 33, 36.

Mart. Anecd. t. III, col. 1712.

Cela indisposa tellement le professeur contre lui, qu'il ne lui adressait plus la parole. Gautier ne pouvant lutter contre un homme qui avait toute la confiance de l'archevêque, prit le parti de se retirer et d'ouvrir lui-même une école à Saint-Remi. Il y fut suivi par le plus grand nombre des étudians ; mais Albéric usa de tout son crédit pour l'éloigner. Alors Gautier se retira à Laon, où il ouvrit une école qu'il rendit célèbre. Il gouvernait son école, dit notre auteur, avec une verge de fer ; et, contre ce qui se pratiquait ailleurs en France, il voulait qu'elle fût sans reproches ; s'il arrivait qu'un écolier s'écartât de son devoir, il était renvoyé sans miséricorde : *Consuetudo ei in Gallia, non Gallorum, erat gymnasium habere non infamatum. Legens sub eo aut honeste omnino se ageret, aut omnino fieret extra scholam.*

Mart. *Ibid.* col. 1713.

Notre biographe nous fait connaître encore deux professeurs qui enseignaient alors à Tournai : l'un, appelé Robert, qu'il met au nombre des philosophes, *inter philosophantes*, embrassa dans la suite la réforme de Clairvaux, et fut le successeur de saint Bernard dans cette abbaye ; l'autre est le bienheureux Guerric, lequel, ayant suivi S. Bernard à Clairvaux, devint abbé d'Igni. On a rendu compte de ses écrits

T. XII, p. 451-454.
Mart. *ibid.* col. 1723.
Ibid. col. 1719.

dans cette Histoire. Notre anonyme fait de lui un bel éloge ; mais le portrait qu'il fait, dans un autre endroit, d'Herimanne, abbé de Saint-Martin de Tournai, dont il reste des ouvrages estimables, n'est pas flatté. *Litteraturâ et parentelâ satis idoneum*, dit-il ; *sed de quo dubium non erat quòd non dignè quæreret quæ sunt Jesu Christi.*

Les historiens de la Belgique, parlant de l'abbé Hugues dont nous examinons l'histoire, ne font pas difficulté de lui donner le titre de saint. Cependant les bollandistes, ne trouvant pas son nom dans les martyrologes, n'ont pas jugé à-propos d'imprimer sa vie. D. Martène l'a publiée au tom. III du Trésor des anecdotes, sur une copie très-fautive qui lui avait été envoyée de Tournai. Les continuateurs du Recueil

T. XIV, p. 398-401.

des historiens de France ont corrigé ce qu'ils en ont extrait sur une copie que D. Mabillon destinait à la continuation des actes des saints de l'ordre de saint Benoît.

B.

LAMBERT ET GUIMAN,

FRÈRES, RELIGIEUX DE SAINT-VAST D'ARRAS.

L'ABBÉ Lebœuf, dans un supplément à sa dissertation sur l'état des sciences en France depuis la mort du roi Robert jusqu'à celle de Philippe-le-Bel, a donné la notice de quelques auteurs ecclésiastiques qui, sur la fin du XIIᵉ siècle, ont fleuri à Arras ou dans l'Artois, et ne sont connus que par des ouvrages encore manuscrits. *Dissert. sur l'hist. de Paris, t. II, part. 2, p. 284-293.*

I. Le premier dont il parle et celui sur lequel il s'est le plus étendu est Lambert, prieur de Saint-Vast d'Arras, qui eut le talent de la versification latine autant qu'on pouvait l'avoir au commencement du règne de Philippe-Auguste. Il crut devoir l'employer sur des sujets pieux; il choisit pour cela les offices divins du cours de l'année, et principalement les évangiles des dimanches et fêtes, faisant entrer dans ses poésies quelques petites remarques sur les pratiques qui de son temps étaient en usage. M. Lebœuf donne quelques morceaux de l'ouvrage de Lambert, qu'il a tirés d'un manuscrit du XIIIᵉ siècle qu'on lui avait communiqué.

L'auteur se fait connaître dans un prologue où il adresse d'abord la parole à saint Vast, patron du monastère, et puis aux jeunes religieux qui étaient sous sa conduite. Il commence ainsi : *Ibid. p. 287.*

> Hos ego Lambertus scripsi, Christo duce, versus,
> Monachus atque prior, sancte Vedaste, tuus.
>
> . . . .
>
> Hæc studiis delego tuis, studiosa juventus,
> Cui mea pervigilat cura, laborque pius.

On voit par-là que Lambert ne bornait pas ses soins à veiller en qualité de prieur à l'observance régulière, mais qu'il était aussi chargé de l'instruction des jeunes religieux de son monastère. C'est pour ses élèves qu'il dit avoir composé son livre, afin de leur donner l'intelligence des offices de l'église dont ils étaient occupés nuit et jour. Son poëme commence au premier dimanche de l'avent, par lequel s'ouvre encore l'année ecclésiastique, et il nous apprend, si l'on ne le

savait d'ailleurs, qu'on lisait à la messe, ce jour-là, l'histoire
de l'arrivée de Jésus-Christ à Jérusalem ; ce qu'il exprime
par ces vers :

Ibid. p. 289.

> *Hæc vox, hic asinæ ruditus, Adæque vetusti*
> *Hic novus est gemitus crimine pro veteri.*

Son ouvrage continue de rimer à la fin des vers seulement,
en sorte que le pentamètre rime toujours avec l'hexamètre :
ce qu'il observe pendant plus de quinze cents distiques.

Arrivé à la fête de la Trinité, il interrompt son travail
pour déplorer la mort de l'abbé de Saint-Vast, nommé Jean
(c'était Jean IV, de Haimon-Quesnoi), qu'une mort impré-
vue venait d'enlever l'an 1194 : ce qui nous donne l'époque
où il écrivait, mais non celle de la fin de sa vie, qui se pro-
longea peut-être jusques dans le XIIIe siècle. Lambert fut si
affecté de la perte de son abbé, qu'il résolut de ne plus écrire
pour se livrer entièrement à la douleur qu'elle lui causait.
Mais Pierre, qui était alors évêque d'Arras, exigea de lui
qu'il reprît son travail : il obéit, selon qu'il le dit dans ces
vers, que nous transcrivons comme monument historique
fort honorable à la mémoire de l'évêque Pierre et de l'abbé
de Saint-Vast :

Ibid. p. 291.

> *Dum præsente metro ludit Jesu gratia mecum,*
> *Corripit abbatem mors inopina meum.*
> *Jam Domini mille ducenti sex minus anni*
> *Transierant, transit hic obitu memori :*
> *Quique sacris studiis semper inhiarat, ad ipsum*
> *Quem nimis ardebat, evolat ille Jesum.*
> *Ergo gemens quamvis pretiosâ morte Johannis,*
> *Proposui studia spernere, flere magis.*
> *Porro pigram vulsit mihi Petrus episcopus aurem,*
> *Quem clarum meritis urbs habet ista patrem.*
> *Felix Atrebata hoc pastore coruscat, et isto*
> *Nil habuit majus, nil habitura viro :*
> *Hortatur, replicatque minas, monituque potenti*
> *Sopitos cineres suscitat ingenii.*
> *Ergo resumo stylum, studium innovo, etc.*

II. Le prieur Lambert nous fait connaître un autre Arté-
sien, nommé Arnoul, chanoine régulier du mont Saint-Éloi,
près d'Arras, qui, peu de temps avant lui, avait donné en
vers hexamètres une explication du canon de la messe. Il

rapporte de cet écrit un fragment sur l'oraison dominicale, dans lequel Arnoul fait un court commentaire sur cette divine prière. M. Lebœuf n'a imprimé qu'un vers de cette citation, dont on ne peut juger, parce que le sens y est incomplet. Mais Lambert fait d'Arnoul un bel éloge que nous plaçons ici comme un supplément à son histoire, qui est d'ailleurs très-peu connue :

> *Primò pater noster orat ; capit ex Isaïa*
> *Dona duo, reliqua fantur evangelia.*
> *Hæc Augustinus notat, Arnulphusque magister*
> *Versibus exiguis explicat atque docet.*
> *Nec pudeat tanti senis hìc me ponere verba,*
> *Grandis erit fructus in brevitate nova.*
> *Nil refert propriis te versibus, an alienis*
> *Erudiam, quisquis mystica nosse cupis.*

Ibid. p. 290.

D. Martène avait trouvé l'écrit d'Arnoul dans un manuscrit de l'abbaye de Clairmarais ; mais il n'en a imprimé que la préface, adressée à Frumolde, qui fut évêque d'Arras depuis l'année 1174 jusqu'à 1183. C'est dans cet intervalle de temps qu'Arnoul composa son commentaire ; mais il paraît qu'il vivait encore l'an 1194, puisqu'à cette époque Lambert de Saint-Vast l'appelle un vieillard vénérable.

Mart. Anecd. t. I, col. 477.

III. Lambert avait un frère nommé Guiman ou *Wimanne*, religieux, comme lui, de S.-Vast d'Arras, lequel a laissé des preuves de son érudition par la composition d'un cartulaire dont l'histoire manuscrite de Saint-Vast d'Arras, qui est à la bibliothèque royale, fait le plus grand éloge. Ce fut à la prière de l'abbé Martin, qui, pendant sa longue administration depuis l'an 1159 jusqu'à 1183, rendit cette maison si florissante en y maintenant les bonnes études, que Guiman recueillit dans les archives les anciens documens qu'il importait au bien-être de la maison de conserver, et qui commençaient à dépérir de vétusté. Il en composa un cartulaire appelé de son nom *Wimannus*, à la tête duquel il plaça l'histoire de la fondation du monastère, et à la suite les chartes et rescrits émanés des papes et des souverains, concernant les droits et priviléges de l'abbaye de Saint-Vast. C'est le recueil le plus intéressant que nous ayons, non-seulement pour la ville d'Arras, mais encore pour la province d'Artois. L'historien de Saint-Vast ne craint pas de dire que cette entreprise parut si neuve et si étonnante, qu'elle

N° 5437 du Catal. impr.

Ibid. fol. 162.

fut regardée comme une merveille : *Evasit hoc opere (Guimannus) vir magnæ auctoritatis, licèt non tàm imperandi auctoritate quàm eruditionis miraculo, et litterarum peritiâ rei novæ et insolitæ inter rudes homines, qui facilè in animum inducunt eum plus cæteris sapere qui ea scripsisset.*

Guiman, selon cet historien, mit la main à l'ouvrage dès l'année 1170, mais il ne l'avait pas encore terminé lorsqu'il mourut l'an 1192. Son frère Lambert se chargea d'y mettre la dernière main, comme on le voit dans cette pièce de vers, qui a été conservée dans l'histoire manuscrite de Saint-Vast, et qu'il est important de transcrire ici, parce qu'elle est anecdote et en même temps historique pour l'objet qui nous occupe :

Ibid. fol. 163.

Lambertus, prior et armarius atque sacrista,
O claustri veneranda cohors, tibi dedicat ista.
Non datur à cunctis in templo gemma vel aurum,
Sed ferrum, æs, plumbum, saga, ligna, pilique caprarum;
Non omnes intrant arcanum theologiæ,
Condecet ut satagens succurrat Martha Mariæ.
Confiteor, mallem Marthæ complere laborem,
Quàm sine fine sequi, nec prendere posse sororem.
O qui fastidis moralia gregoriana,
Hæc lege; non erit hæc, fateor, tibi lectio vana :
Invenies quis honor, quis apex, quæ gloria, fastus
Huic domui, quid in hac habeat pater urbe Vedastus;
Quæ propè, quæ longè domus hæc servet sibi jura,
Instruat ut cunctos liber, est mihi scribere cura :
Jam, nî fallor ego, vicenus solvitur annus,
Cùm mihi germanus describeret ista Wimannus.
Hujus percurrens ego scripta, cor applico totum,
Ut complere queam germani nobile votum.
Qui legis hæc, fratrisque mei memento, rogaque
Adsit utrique, et utrumque stolâ Jesus ornet utraque.
Transierant mille ducenti octo minus anni
Virginis à partu, cùm transit vita Wimanni;
Quâ Marcus colitur martyr cum martyre fratre,
Hac frater rapitur mihi luce, superstite fratre.
Ergo superstes ego, solusque relictus, utrisque
In studiis vigilo tibi, sancte Vedaste, tuisque.
Fratribus, ô lector, æterna precare duobus;
Alter mortuus est, alterque citò moriturus :

Vivat uterque Deo, vivat liber hic, sed et ipsi
Quos, ô diva cohors, divo tibi dogmate scripsi.
Lamberti studium terrena et cœlestia fatur :
Hœc qui fastidit, his sufficienter alatur.
Sicut Martino sunt scripta dicata Wimanni,
Sic nunc abbati mea dedico scripta Johanni.
Vos precor, ô socii. vos nocte dieque precari,
Nos Deus ut faciat æternâ luce beari.

Le P. Lelong, de l'Oratoire, annonce le cartulaire de Guiman comme existant dans la bibliothèque royale parmi les manuscrits de Colbert, coté 699. Il se trompe : ce manuscrit, que nous avons sous les yeux, n'est pas un cartulaire, c'est une histoire de l'abbaye de Saint-Vast, fort bien écrite par un auteur moderne, l'an 1583, lequel déclare avoir fait usage de l'écrit de Guiman, mais en changeant le style. Bibl. hist. de Fr. nouv. éd. t. I, p. .

IV. Le même P. Lelong indique un manuscrit de l'abbaye de Pontigni, ayant pour titre : *Lamberti prioris S. Vedasti Atrebatensis, rithmi in universa Biblia.* On ne peut douter que ce ne soit l'ouvrage de notre Lambert, si l'on fait attention que Pierre, évêque d'Arras, le Mécène de Lambert, avait été abbé de Pontigni avant son épiscopat, et qu'il aura enrichi son ancienne abbaye d'une production à laquelle il pouvait avoir eu quelque part.   B. Bibl. sacra, p. 1216.

GUY DE BASAINVILLE,

Précepteur ou Maître particulier de l'ordre des Templiers.

C'EST à tort, à ce qu'il nous semble, que l'on a donné le titre de grand-maître de l'ordre des Templiers au Guy de Basainville, auteur d'une lettre insérée dans la collection de Duchesne. Son nom ne se trouve dans aucune des listes des grands-maîtres de cet ordre. Il est vrai que toutes ces listes sont assez inexactes, comme l'observent les auteurs de l'*Art de vérifier les dates;* mais on y a plutôt multiplié Duchesne, t. V, p. 272. Art de vérif. les dates, t. I, p. 512.

Tome XV.   N

que réduit les noms, parce que l'on a pris pour des grands-maîtres, des supérieurs généraux de provinces. Au reste, la lettre de Guy de Basainville ne pouvait donner lieu à aucune erreur sur son véritable titre, puisqu'il y prend lui-même la qualité de *præceptor*, et non de *magister templi*, et qu'on ne peut guère traduire ce mot *præceptor* que par celui de *supérieur* ou *maître particulier*.

Cette lettre est le seul monument littéraire que nous connaissions de ce chevalier; et, comme les histoires des croisades restent muettes sur ses actions, nous sommes réduits à des conjectures, même sur l'époque où il a vécu.

La lettre que Duchesne nous a conservée, et qu'il avait extraite d'un manuscrit de Nicolas Camusat, chanoine de Troyes, est sans date d'année; mais elle fut écrite, le 4 octobre, à Saint-Jean-d'Acre, si toutefois l'on doit traduire par le nom de cette ville, ce qui est très-vraisemblable, le mot *Achon,* qui précède la date du 4 octobre. L'évêque d'Orléans, à qui elle est adressée, n'y est point nommé, comme on peut le voir par les premières lignes que nous allons citer : *Viro venerabili in Christo, patri ac Domino, Dei gratia aurelianensi episcopo, frater Guido de Basainvilla domorum militiæ templi præceptor in regno hyerosolimitano. Etc.*

L'objet de Guy de Basainville, en écrivant à l'évêque d'Orléans, était de lui donner des nouvelles de ce qui se passait dans les pays d'outre-mer. Mais ses récits sont si vagues, et rédigés dans un style si barbare et si obscur, qu'ils n'apprennent rien de positif, et que ce n'est pas même sans difficulté qu'on peut déterminer à quelle époque ils appartiennent dans l'histoire des croisades. On y voit qu'une armée de Tartares a envahi le pays du sultan d'Iconium (l'écrivain ne nomme point leur chef); qu'ils pillaient les villes, forçaient de marcher avec eux les habitans qu'ils ne voulaient ou ne pouvaient égorger. *Homines quos ore gladii interficere nequeunt, seu nolunt, ipsos perire faciunt in prœliis contra alias nationes.*

A ces traits on ne pourrait reconnaître l'armée que commandait ce Saladin, qui fut presque toujours généreux et humain, sur-tout envers les Musulmans, si d'autres passages ne faisaient présumer que c'est vraiment de la grande et de la plus célèbre expédition de ce grand général qu'il est ici question. « Sur un rapport du roi d'Arménie, ajoute Guy de

Duchesne, t. V, p. 272.

Ibid.

Basainville, nous devons croire que l'intention des ennemis
est de marcher, au printemps, sur Jérusalem et de s'en emparer. Si cela arrive, comme on le croit généralement, c'en
est fait de toute la chrétienté dans ce pays; la maison du
Seigneur sera livrée aux impurs. » *Rege Armeniæ intellexi-* Duchesne, t. V, p.
mus referente quod statim post hiemem, ad aprilis herba- 272.
gium, proponunt versùs Hierusalem sua castra dirigere, et
illam totaliter occupare. Quod si futurum est, ut multorum
tenet assertio, christianitas cismarina disperiet, et domus
Domini replebitur omni genere immundorum.

Ceci nous semble prouver clairement en quel état désespéré étaient déja les affaires des chrétiens dans l'Asie. Mais
enfin Jérusalem n'était point encore au pouvoir de leurs
ennemis. Sa prise n'est annoncée que pour le printemps suivant; et en effet Saladin s'en empara en juillet 1187. Ainsi
l'on peut rapporter la date de la lettre à l'année 1186.

Guy de Basainville termine sa lettre par la description
des funestes résultats qu'avait eus un tremblement de terre
à la Mecque et dans les environs. Des villes avaient été renversées; le tombeau même du prophète avait été englouti.
Pendant trois jours il était sorti, des pieds d'une montagne,
des torrens d'un feu que rien ne pouvait éteindre, et qui
dévorait les arbres, les hommes, et la terre elle-même. *Li-* Ibid.
gnum, homines, lapides, et ipsam etiam terram, duobus
passibus subtùs terram, devorat et consumit.

Les historiens des croisades font bien mention d'un horrible tremblement de terre qui renversa plusieurs villes de
Syrie et de Palestine; mais ce fut en 1170 qu'il se fit sentir,
c'est-à-dire sous le règne d'Amauri Ier, et lorsque ce roi revenait de son injuste et funeste expédition contre Damiette.
Jérusalem n'était point encore menacée, et ne fut prise que
seize ans après par Saladin. Ainsi ce n'est point de ce tremblement de terre que parle Guy de Basainville. Il faut
croire qu'il n'a rapporté en cette occasion qu'un de ces faux
bruits que l'on répandait souvent dans l'armée des chrétiens, pour leur faire croire que Dieu lui-même prenait
leur défense et frappait leurs ennemis.

En supposant que le Templier, auteur de cette lettre, ait
survécu aux désastres multipliés qui furent la suite de la
prise de Jérusalem, nous pouvons placer sa mort entre 1190
et 1195.   A. D.

GAULTIER DE LILLE,

OU DE CHATILLON.

CE poète latin, qui florissait dans la dernière moitié du XIIe siècle, était né à Lille, et sans doute il en porta d'abord le nom. Il fit ses études à Paris, où il eut pour maître Étienne de Beauvais. Étant ensuite allé s'établir à Châtillon, sans que l'on sache positivement dans laquelle des trois ou quatre villes de ce nom qui sont en France (1), il changea le nom de Lille pour celui de Châtillon. C'est ce qu'il dit positivement dans son épitaphe, qu'il fit lui-même (2) :

Insula me genuit, rapuit Castellio nomen;
Perstrepuit modulis Gallia tota meis, etc.

Il paraît qu'il fut chargé dans cette ville de la direction des écoles, et qu'il s'y fit connaître par des poésies légères ; mais, n'y ayant pas trouvé les avantages et l'avancement qu'il désirait, il se rendit à Bologne, où il étudia les lois civiles et le droit canon. Il revint ensuite en France, et fut placé en qualité de secrétaire auprès de Henri Ier du nom, archevêque de Rheims. On en pourrait conclure que c'était à Châtillon-sur-Marne qu'il avait précédemment fait un long séjour, qu'il était revenu dans cette ville, et que de-là il avait été appelé par l'archevêque, ou qu'il était allé se présenter à lui.

Guillaume Ier ayant succédé à Henri dans cet archevêché en 1176, Gaultier conserva sa place. Il jouit même d'une faveur plus particulière et d'une plus grande intimité auprès du nouveau prélat, qui paraît avoir aimé les lettres. Ce fut sans doute alors qu'il composa, ou du moins qu'il acheva un poëme héroïque en dix livres, dont Alexandre est le héros, et qu'il intitula : *Alexandreis, sive gesta Alexandri Magni.* Il le dédia à son archevêque. Guillaume occupa ce siége depuis 1176 jusqu'en 1201 ; c'est donc dans cet intervalle de temps

Nota, ex ms. cod. 4550, Bibl. Colbert.

Ibid.

Joan. Sarisb. ep. 183, 1166.

______

(1) Châtillon-sur-Seine, sur-Loin, sur-Indre, sur-Marne.
(2) La note tirée du manuscrit de Colbert porte : *Quod ipse testatur.*

Insula me genuit, etc.

que Gaultier fit son poëme. Si ce fut à la prière de Guillaume lui-même qu'il l'entreprit, comme le porte une note écrite sur un manuscrit de la bibliothèque de Colbert, ce ne fut *Ubi supra.* pas du moins l'année du meurtre de Thomas de Cantorbery qu'il le commença, comme le dit la même note, ce crime *Ibid.* ayant été commis dès 4170. Mais Gaultier en parle dans son 7⁰ livre comme d'un événement récent; ce qui peut faire croire qu'il travaillait à son poëme déja depuis plusieurs années, et que ce ne fut qu'en l'achevant qu'il plaça au commencement et à la fin le nom et les louanges de son patron, et au premier vers de chacun des dix livres une disposition de lettres dont nous allons bientôt parler. La protection de l'archevêque Guillaume procura au poète un canonicat de l'église de Tournay, selon Fabricius; mais la note manuscrite citée *Bibl. med. et inf.* ci-dessus dit que ce fut de l'église d'Amiens, et que ce Gaultier *lat. lib. VII.* mourut de la peste dans cette dernière ville. Outre son poëme de l'Alexandréide, il avait composé plusieurs ouvrages : Casimir Oudin a publié de lui trois livres de dialogues, *adversùs Judæos*, dans son recueil intitulé : *Veterum aliquot Galliæ et Belgii scriptorum opuscula sacra nunquam edita*, 4692, in-8⁰. Cette édition est précédée de la vie de l'auteur et ornée de son portrait gravé. Le même Oudin lui a consacré, à la fin de ses *Commentarii de scriptoribus et scriptis ecclesiasticis*, t. 2, p. 4666, un article dans lequel il cite comme de lui un recueil intitulé : *Opuscula varia*, conservé parmi les manuscrits de la bibliothèque royale de France, n° 5555, et dont *Ce ms., dans le catalog. imprimé, est* il détaille les titres avec le folio du manuscrit où se trouve *sous le n° 3245.* chacun de ces opuscules. Il avoue ensuite que Guillaume Cave, dans son *Hist. litter. scriptor. ecclesiastic.*, attribue une grande partie de ces mêmes opuscules à Gaultier Mapes, chapelain du roi d'Angleterre Henri II et archidiacre d'Oxford. Enfin Bernard Pez a inséré, dans le t. 2, part. 2 de ses Anecdotes, un traité *de SS. Trinitate*, qu'il attribue à notre Gaultier, opinion qu'il développe dans sa dissertation isagogique, p. xxii. Mais ces ouvrages, en supposant même qu'ils fussent en effet tous de lui, auraient moins fait pour sa réputation que l'Alexandréide.

Ce poëme est généralement regardé comme supérieur aux autres poëmes latins que l'on écrivait alors. Du temps de l'auteur, ou peu de temps après, on le préférait même aux anciens ; et à la fin du XIII⁰ siècle on l'expliquait dans les écoles à la place de l'Énéide, que l'on commençait à connaître, mais

qu'à en juger par cette préférence, on entendait, ou qu'au
moins on apprenait fort mal.

De la langue et
poésie franç. liv.
I, c. 7.
Fauchet, en parlant de l'Alexandréide, prétend que ce fut
un de ces poëmes qui furent composés à la louange de Philippe-Auguste ; et en cela il se trompe. On va voir par l'analyse du poëme de Gaultier qu'il n'y a mis aucun éloge direct
ni même indirect de ce roi, sous lequel cependant il écrivait.
Plus occupé de l'archevêque Guillaume que de Philippe,
il ne s'est pas contenté de lui dédier son poëme, il a commencé le premier vers de chacun de ses dix livres par une
des dix lettres qui composent le nom de *Guillermus* que l'on
écrivait alors indifféremment pour *Guillelmus*, et l'on voit
que les lettres initiales de ces dix premiers vers, réunies en
acrostiche, forment en effet ce nom :

L. 1 *Gesta ducis Macedûm totum digesta per orbem.*

  2 *Ultorem magnum patriæ jam fata minantem.*

  3 *Iam fragor armorum, jam strages bellica vincit.*

  4 *Luridus et piceo suffusus lumina fumo.*

  5 *Lege Numæ regis latâ de mensibus olim.*

  6 *Ecce lues mundi! regum timor ultimus ecce!*

  7* *Restitit hesperio mœrensque in littore Phœbus.*

  8 *Memnonis æterno deplorans funera luctu.*

  9 *Ultima terribiles Macedûm censura tumultûs.*

 10 *Syderios vultûs et amicum navibus amnem.*

Guillaume était du sang royal d'Angleterre, et descendait,
par sa grand'mère, de Guillaume-le-Conquérant. Il avait été
archevêque de Sens avant de l'être de Rheims. Le poëte n'a
oublié aucune de ces circonstances dans l'invocation qu'il lui
adresse, et qui commence au 12e vers : il assure même que
Sens n'avait pas été moins honoré par son pontificat qu'il ne
l'avait été autrefois lorsque les Sénonais, dont Sens était la
capitale, allèrent attaquer Rome sous la conduite de Brennus,
et qu'ils se seraient rendus maîtres du Capitole, si l'oie au
plumage d'argent n'en eût réveillé la garde :

At tu, cui maior genuisse Britannia reges

Gaudet avos, Senonum quo præsule non minor urbi

Nupsit honor quam cum Romam Senonensibus armis

Fregit, adepturus Tarpeiam Brennus arcem,

Si non exciret vigiles argenteus anser;

Quo tandem regimen cathedræ Rhemensis adepto

Duritiæ nomen amisit bellica tellus, etc.

Ce poëme n'a dans son plan ni dans sa conduite rien de poétique ni de merveilleux : il suit chronologiquement la marche de Quinte-Curce, et à quelques médiocres inventions près, ce que l'auteur ajoute du sien se réduit le plus souvent à des monologues prolixes et à de longs discours. Alexandre paraît au 1er livre à peine adolescent, mais déja impatient de se signaler en combattant les Perses, ennemis de sa patrie et de son père. Aristote, que le poète représente avec l'extérieur hideux, la face et le corps maigre, les cheveux négligés, et tout l'air enfin d'un pédant usé par l'étude, vient donner au jeune prince des leçons assez communes de morale et de politique. Philippe meurt, et Alexandre va se faire couronner roi à Corinthe. C'était au mois de juin, qui est ici désigné comme si l'action se passait à Rome et non pas dans la Grèce, par la ressemblance de son nom avec celui des jeunes gens :

> *Mensis erat, cujus juvenum de nomine nomen.*

Les soldats que le jeune roi divise en plusieurs corps sont aussi appelés, comme des Romains, *Quirites* :

> *Lectosque ad bella Quirites*
> *Dividit in turmas.*

Les Athéniens osent se déclarer contre lui par le conseil de Démosthène; il marche aussitôt à eux; il est déja sous les murs d'Athènes avec son armée : Démosthène soutient, devant le sénat assemblé, le parti de la guerre, Eschine celui de la paix. Alexandre menace; le parti de la paix l'emporte; le roi consent à renouveler son alliance avec Athènes. Il vole à Thèbes : les Thébains ferment leurs portes : il les assiége : la ville est prise de vive force. Alexandre y entre à la tête de ses troupes. Un poète nommé Cloade s'approche de lui, et lui chante en vers *lyriques* (1) des conseils de clémence et de pardon. Mais ce sont des vers et des conseils perdus : Alexandre persiste dans sa colère, fait abattre les tours et brûler le reste de la ville :

> *Propositique tenax, iræ permittit habenas,*
> *Æquarique solo turres, ac mœnia primò*
> *Imperat et reliquam Vulcano fulminat urbem.*

Il se prépare aussitôt à la guerre contre les Perses; réunit toutes ses forces, rassemble tous ses vaisseaux, s'embarque

(1) *Lyricisque subintulit ista.*

avec son armée, traverse la mer, et débarque sur les côtes
d'Asie. L'auteur ne laisse pas échapper cette occasion de
faire une description, poétique autant qu'il peut, mais sur-
tout géographique, de l'Asie et des différens états qui la par-
tagent. Il finit par la Judée et par Jérusalem; et confondant
les époques de l'histoire, au lieu de dire que là un Dieu doit
naître d'une Vierge, et qu'il doit ébranler par sa mort et
faire trembler le monde, il parle de ces grands événemens
comme de choses déja passées au temps de l'expédition
d'Alexandre :

> *Indè Palestinæ cunctis supereminet una*
> *Unius Judæa Dei, Ierosolyma terræ*
> *In centro posita est, ubi virginis edita partu*
> *Vita obiit, nec stare Deo moriente renatus*
> *Sustinuit, sed pertremuit perterritus orbis.*

Alexandre traverse la Cilicie, la Phrygie, et s'arrête aux
ruines de Troie; il visite les tombes des héros, entre autres
celle d'Achille, à qui il n'envie que son Homère; mais, au lieu
de ce simple mot, il fait un très-long discours, et raconte
même à ses guerriers un songe qu'il avait eu aussitôt après
la mort de son père. Un grand-prêtre, revêtu de tous les
ornemens sacerdotaux, lui était apparu, l'avait exhorté à sortir
de ses états, à entreprendre la conquête du monde; lui avait
répondu du succès, en lui demandant pour toute récompense
que si, avant d'entrer dans une ville conquise, il voyait s'a-
vancer vers lui un prêtre vêtu comme celui qui lui apparais-
sait l'était lui-même, il épargnât cette ville et ses habitans.
C'était une prédiction, car dans la suite, après la prise et la
destruction de Tyr, ayant les mêmes desseins sur Jérusalem, et s'approchant de cette ville, le grand-prêtre des Juifs,
revêtu de ces mêmes habits, vint au-devant du vainqueur;
Alexandre descendit de son cheval, adora le grand-prêtre,
entra sans suite dans la ville, se rendit au temple, y fit de
riches présens, et permit aux Hébreux de jouir des douceurs
de la paix.

Au second livre, Darius, menacé par l'approche d'Alexandre,
lui écrit une lettre insolente : Alexandre n'y répond qu'en
avançant toujours. A Sardes, il coupe le nœud gordien : il
marche ensuite à plus grandes journées. Darius vient au-
devant de lui et quitte les bords de l'Euphrate; description
de son armée. Alexandre se baigne dans le Cydnus. L'exces-

sive froideur de l'eau le saisit; il tombe dangereusement malade : tandis que son médecin Philippe le rappelle à la vie,
on l'accuse auprès du roi de vouloir la lui ôter, en lui donnant une médecine empoisonnée. Le trait justement célèbre
de la lettre présentée à Philippe par Alexandre, est histori-
quement raconté. Le roi guéri se montre à son armée qui le
revoit avec des transports de joie. Les Perses continuent de
s'avancer. Darius harangue ses soldats, Alexandre les siens.
Les deux armées se préparent au combat.

La bataille d'Issus se donne au commencement du troisième livre. Elle est décrite dans un grand détail et avec assez
de chaleur. Les Perses sont vaincus : Darius se sauve à Babylone. Le vainqueur s'empare de ses trésors, conquête dont
le poète raconte ainsi les circonstances :

Victor victores à cœde recedere cogens

Ad Gaza properare jubet, rapiendaque Gazæ

Munera quæ saltùs jacet interclusa latebris.

It celer, et partas partitur partibus æquis

Victor opes; onerantur equi, gemit axis avarus;

Jam satur est, aurumque vomit summo tenùs ore.

Sacculus et nexus refugit, spernitque ligari;

Fessa legendo manus, non est satianda legendo, etc.

Les soldats se portent au quartier des femmes; les pillent,
leur arrachent les riches ornemens qui composaient leur
parure :

Extorquent torques, et inaures perdidit auris.

Leurs autres excès sont aussi décrits, mais on ne peut pas
les rapporter de même. La famille royale est seule épargnée.
Elle est conduite au vainqueur qui la reçoit avec tous les
égards dus au rang, au sexe, et à l'infortune. Siége, prise et
ruine de Tyr. Expédition d'Egypte. Alexandre au temple de
Jupiter Hammon. Cependant Darius répare ses forces, rassemble une nouvelle armée. Alexandre quitte l'Egypte et
vole à sa rencontre. Une éclipse de lune occasionne une
sédition dans son armée. Le soldat murmure, et ose accuser
son roi :

Jam tædet in ultima mundi

Invitos à rege trahi; montana queruntur

Invia, desertas Vulcano vindice terras;

Urbes et fluvios admittere nolle nocentes;

Tome XV.   O

Velle hominum dominos, diis indignantibus, esse,
Astra infensa sibi solitumque negantia lumen;
Inscriptos homini regem transcendere fines,
Affectare polum, patriæ contemnere sedes,
Unius ad laudem tot inire pericula, tantas
Fortunæ variare vices, etc.

Alexandre fait parler des devins : ils expliquent favorable-
ment le phénomène qui avait causé ces mouvemens, et la
sédition s'apaise.

Le quatrième livre commence par la mort de la femme de
Darius; Alexandre la regrette et la pleure. Darius apprend
à-la-fois, et la mort de son épouse, et la manière généreuse
dont elle a été traitée par son ennemi : il adresse aux dieux
des vœux pour lui, et lui fait des propositions de paix.
Alexandre les refuse et fait rendre les honneurs funèbres
aux restes de l'épouse du roi qu'il va combattre. Après tant
de détails purement historiques, on trouve enfin ici une invention du poète. Le tombeau qu'Alexandre fait élever au
sommet d'une montagne, à la femme de Darius, est con-
struit par un habile artiste juif qu'il nomme Apelle. Cet
artiste n'y grave pas seulement des rois et des noms grecs,
mais il y représente les histoires de la guerre, depuis le commencement du monde :

Tumulumque in vertice rupis
Imperat excidi, quem structum schemate miro
Erexit celeber digitis Hebræus Apelles.
Nec solùm reges et nomina gentis Achææ,
Sed generis notat historias, ab origine mundi
Incipiens.

Ce morceau d'histoire hébraïque n'a pas beaucoup moins
de cent vers, et l'on voit comment il est amené; mais on ne
voit pas comment toutes les figures, depuis la création jusqu'au règne d'Esdras, étaient représentées sur un tombeau,

Totaque picturæ series finitur in Esdra;

ni comment cela fut fait par un seul homme et en si peu de
tems. Alexandre, après cette cérémonie, marche contre Darius.
Parménion l'engage à combattre pendant la nuit : il rejette
ce conseil. L'armée des Perses est sur ses gardes; elle allume
de grands feux. Les armes brillent à leur clarté : le poète,
dont le défaut habituel est l'exagération et l'enflure, s'y livre

sur-tout dans les vers suivans, où il dit que les casques brillent à l'envi des étoiles, que l'Ether est surpris de voir des feux pareils aux siens réfléchis par les boucliers, qu'il craint que la terre ne tâche de devenir le ciel, et que la nuit se réjouit de ressembler au jour; car au lieu de soleil, elle a le casque de Darius qui éclate comme Phœbus même; une pierre enflammée brille au sommet; elle obscurcit les astres de la nuit, et s'indigne de céder seule aux seuls rayons du soleil; autant elle lui cède, autant elle l'emporte sur eux :

> *Sideribus certant galeæ, clypeisque retusis*
> *Invenisse pares flammas stupet arduus æther,*
> *Et metuit cœlum fieri ne terra laboret ;*
> *Nec minimum gaudet nox instar habere diei.*
> *Nam pro sole sibi Darii datur æmula Phœbi*
> *Cassis, et in summo lampas sedet ignea cono*
> *Sideraque noctis obscurans, solaque solis*
> *Solius radiis indignans cedere : quantùm*
> *Lumine cedet ei, tantùm præjudicat illis.*

Une seconde fiction poétique nous transporte dans une île que l'auteur place au milieu du Tibre, île vénérable par le lieu même où elle est placée, et que l'univers réclame pour la capitale de l'empire. Un temple s'y élève, soutenu par des colonnes carrées : c'est celui de la Victoire. L'Ambition, mère inquiète des Soucis, veille à l'entrée. La déesse est assise sur un trône d'ivoire. Ses compagnes l'environnent : c'est la Gloire qui fait entendre des chants immortels, la Majesté qui opprime les siècles par son orgueil, le Respect qui se concilie le peuple docile, et la Justice qui arme les lois et protége le bon droit. La Clémence est auprès d'elle, et c'est elle qui rend stable le trône de la déesse. On y voit aussi la Richesse, barbare en ses mœurs, aliment des Vices et mère du Luxe, et la Concorde ou la Réconciliation qui donne des baisers pacifiques et oublie tout sujet de haine, et la Paix qui rend la culture aux campagnes, et l'Abondance avec sa corne toute remplie. Vis-à-vis la divinité se tiennent les Applaudissemens et la Faveur ambiguë, et le Ris adulateur, qui tous s'empressent de flatter la déesse, et font résonner autour d'elle des sons et des chants mesurés qu'ont préparés les Muses. La Victoire, occupée du jeune héros son favori, le voit agité à la veille de cette grande bataille. Elle craint pour lui l'insomnie de la nuit; elle se couvre d'un voile, va trouver le Sommeil dans son antre, et l'envoie au camp d'Alexandre.

L'influence du dieu se fait sentir. Le roi passe la nuit entière dans le plus profond repos. L'armée et tous ses chefs
étaient debout : il dormait encore. On le réveille ; il donne
ses ordres pour le combat ; il harangue ses soldats. Tout est
prêt pour la bataille d'Arbelle.

La description de cette bataille décisive remplit la plus
grande partie du cinquième livre. L'auteur y a semé quelques
épisodes à l'imitation des anciens. Il fait plus que d'imiter
autant qu'il peut Virgile ; il le cite ou le parodie. Il apostrophe
Darius qui se détermine à la fuite. Tu ne fuis l'ennemi, lui
dit-il, que pour rencontrer d'autres ennemis :

Incidis in Scyllam cupiens vitare Charybdim.

Tandis que Darius se retire dans la Médie, partie encore
intacte de son empire, Alexandre poursuit sa victoire et
marche vers la Syrie. Babylone lui est livrée. Il y fait une
entrée triomphale, et le poète ne manque pas de décrire ce
triomphe accompagné de danses, de chants, de musique in-
strumentale, et de le mettre au-dessus des triomphes postérieurs d'environ trois siècles, de César après la défaite de
Pompée, et d'Auguste après celle d'Antoine et de Cléopâtre.
Et cette supériorité, ajoute-t-il, était bien juste ; car, si l'on
compare les exploits du jeune Alexandre avec ceux des guerriers les plus célèbres, le héros qu'a chanté Lucain dans son
style magnifique, et cet Honorius auquel Claudien a consacré ses vers pompeux, ne paraîtront plus que du peuple
auprès d'un tel prince :

Respectu principis hujus
Plebs erit.

Il termine ce livre par des vœux qui sont assez remarquables : « Si Dieu touché des gémissemens et des désirs de son
peuple accordait aux Français un tel roi, aussitôt la vraie
foi brillerait dans tout l'univers ; les Parthes, vaincus par nos
armes, demanderaient le baptême ; Carthage sortirait de ses
ruines au nom de J.-C. ; et cette Espagne qui, sous Charlemagne, mérita des peines sévères, relèverait l'étendard de la
croix ; toutes les nations, toutes les langues chanteraient les
louanges de Dieu, et ce ne serait plus malgré soi que l'on se
soumettrait à recevoir l'eau sainte, sous le saint pontife de
Rheims. »

Et nostris fracta sub armis
Parthia, Baptismo renovari posceret ultrò :
Quæque diù jacuit effusis mœnibus alta
Ad nomen Christi Carthago resurgeret ; et quæ
Sub Carolo meruit Hispania solvere pœnas,
Erigeret vexilla crucis : gens omnis et omnis
Lingua Deum caneret, et non invita subiret
Sacrum sub sacro Rhemorum præsule fontem.

Ces vers font visiblement allusion à l'état où étaient les
affaires de la chrétienté, au commencement du règne de Philippe-Auguste, en Palestine, où Saladin reprit Jérusalem ; en
Espagne, où les Sarrazins se maintenaient et devaient se
maintenir encore long-temps, et en France, d'où l'on avait
chassé les Juifs, en leur faisant l'option entre le bannissement
et l'abjuration, ou le baptême. Il paraîtrait que c'était à
Rheims qu'ils devaient se rendre pour remplir cette condition ; qu'ils y allaient, mais d'assez mauvaise grace ; ce dont
l'auteur lui-même était témoin dans la place qu'il remplissait auprès de l'archevêque. Il est vrai qu'il ne daigne pas
nommer, ni même désigner positivement les Juifs, comme il
a fait, les musulmans ; mais si cela ne les regardait pas, de
quelle autre nation ou classe d'hommes pourrait-il dire que ,
dans la supposition heureuse qu'il établit ,

Non invita subiret
Sacrum sub sacro Rhemorum præsule fontem ?

Alexandre séjourne un mois à Babylone, dont les délices
commencent à corrompre et à amollir son armée. Il en sort
enfin : Suze lui ouvre ses portes ; il y fait un butin immense
qu'il distribue à ses soldats. Il s'empare de la ville et du pays
des Uxiens, marche à la poursuite de Darius ; prend, fait
piller et brûle Persépolis. Ici le poète, plus discret que l'historien, qu'il suit d'ailleurs presque pas à pas, garde le silence
sur les excès auxquels son héros se livra dans Persépolis, et
ne dit pas que l'incendie de cette célèbre et opulente cité fut
le résultat d'une orgie et le fruit des conseils d'une courtisane prise de vin : *Thais et ipsa temulenta*, dit Quinte-Curce ;
et il ajoute : *Ebrio scorto de tantâ re referenti sententiam ,*
unus et alter, et ipsi mero onerati, assentiuntur. Rex quoque
fuit avidior quam patientior..... Primus ignem regiæ injecit ;
tum convivæ et ministri, pellicesque. En ne parlant point de

cette tache, imprimée sur le caractère d'Alexandre, Gaultier de Châtillon a sans doute cru l'effacer. Il s'arrête au contraire avec complaisance sur un incident de son invention. Alexandre s'étant remis en marche avec son armée, rencontre trois mille prisonniers grecs, misérablement mutilés par les Perses, et les délivre. Il leur laisse le choix, ou de retourner en Grèce, ou de se fixer dans le pays, où il leur distribuera des terres. Les prisonniers délibèrent : les deux avis opposés sont défendus par deux d'entre eux; l'un soutenant qu'ils ne doivent point, dans cet état déplorable et hideux, s'aller offrir aux yeux de leurs familles, de leurs femmes, de leurs amis; l'autre qu'il est toujours doux de revoir sa patrie, qu'il n'y a rien de honteux dans l'état où un ennemi barbare les a réduits ; que c'est faire injure à ceux qui les aiment que de croire qu'ils en seront blessés. Ce dernier orateur a peu de partisans : ils partent avec lui; les autres restent et reçoivent de leur libérateur les terres qu'il leur a promises, de l'argent, des troupeaux, tout ce qu'il faut à une colonie de cultivateurs. La fuite de Darius au-delà d'Ecbatane ; le complot du traître Bessus; l'avis donné à ce roi par le Grec Patron ; le refus que fait Darius de se confier à d'autres qu'à ses propres sujets; la résolution prise par Bessus d'exécuter son projet la nuit suivante, telle est la matière du sixième livre.

Au septième, la trahison de Bessus s'exécute comme dans Quinte-Curce, à quelques circonstances près ; Darius est emmené, des chaînes d'or aux pieds, dans un chariot couvert. Alexandre, qui était à sa poursuite, apprend avec horreur le crime de Bessus; il marche avec plus de rapidité pour délivrer Darius ou le venger, qu'il ne faisait pour achever sa défaite. Il menace de toute sa colère les auteurs de ce forfait. L'auteur le compare à Jupiter poursuivant les géans avec sa foudre :

> *Talis in adversos Jovis irruit ira gigantes,*
> *Fulmine quem dextram fingunt armasse poëtæ,*
> *Cum jam centimanus cœlo nodosa Typhœus*
> *Brachia porrigeret, Martem flammare videres,*
> *Pallada vipereo clypeo protendere vultûs*
> *Telaque fatali spargentem Delion arcu.*

La suite de cet événement dans le poëme est entièrement conforme à ce qu'elle est dans l'histoire, excepté que, quand Polystrate trouve le chariot où Darius était couvert de blessures et noyé dans son sang, le roi placé aux dernières limites entre la mort et un reste de vie,

Mortis
Inter et exiguæ positum confinia vitæ,

au lieu du peu de mots qu'il dit dans Quinte-Curce, prononce un fort long discours, et que le poète lui-même fait à l'occasion de ce crime des réflexions morales qui n'occupent pas moins de place. Quelques-unes de ces réflexions sont dirigées avec amertume contre les vices de son siècle ; c'est une satire qui commence par les papes simoniaques schismatiques, et finit par les rois qui font assassiner de saints évêques. Si l'on pensait, dit-il, davantage aux peines qui attendent les criminels après leur mort, on verrait moins de crimes sur la terre :

Non adeo ambiret cathedræ venalis honorem
Jam vetus ille Simon, non incentiva malorum
Pollueret sacras funesta pecunia sedes ;
Non adspiraret, licet indole clarus aviti
Sanguinis, impubes ad pontificale cacumen
Donec eum mores, studiorum fructus, et ætas
Eligerent, merito non suffragante parentum :
Non geminos patres, ducti livore, crearent,
Præficerentque orbi sortiti à cardine nomen

. . . .

Non caderent hodie nulla discrimine sacri
Pontifices : quales nuper cecidisse queruntur
Vicinæ, modico distantes æquore, terræ ;
Flandria Robertum, cæsum dolet Anglia Thomam.

On voit que le mot *nuper*, employé ici, rapproche l'époque où l'auteur écrivait son poëme de l'année 1170, où Thomas Becket fut tué en Angleterre, et qu'il y dut travailler, au plus tard, peu de temps après que l'archevêque de Rheims, nommé en 1176, l'eut appelé auprès de lui. Il termine ce morceau en adressant aux mânes de Darius la promesse consolante de rendre immortel le nom de ce prince, comme l'est celui de Pompée, et comme le sien à lui-même ne peut manquer de l'être :

Te tamen, ô Darî, si quæ modo scribimus, olim
Sunt habitura fidem, Pompeio Francia justè
Laudibus æquabit, vivet cum vate superstes
Gloria defuncti, nullum moritura per ævum.

Quand Alexandre apprend la mort funeste de son rival, il le pleure et jure de punir ses assassins : ainsi, ajoute-t-il, puissé-je, après avoir soumis l'Orient, pénétrer dans les murs de l'Hespérie; soumettre les Gaulois au joug des Grecs; et, traversant les Alpes, dompter les Liguriens et la puissance romaine :

> *Sic mihi contingat, bellis Oriente subacto,*
> *Hesperios penetrare sinus, classemque minacem*
> *Occiduis inferre fretis, cursuque reflexo,*
> *Gallica Græcorum ditioni subdere colla :*
> *Sic mihi dent superi, trajectis Alpibus, unà*
> *Cum populis Ligurùm, romanas frangere vires.*

Le poète oublie qu'Alexandre n'avait peut-être jamais entendu parler des Gaulois, que les Liguriens étaient un peuple presque imperceptible pour lui, et que les Romains encore aux prises avec les Samnites, en Italie, n'avaient aucun nom au-dehors.

Le goût de l'auteur pour la sculpture paraît ici une seconde fois : Alexandre, qui avait toujours le Juif Apelle à sa suite, fait ériger par lui à Darius une haute pyramide en marbre blanc, recouverte en or, où sont gravées un grand nombre de figures. Quatre colonnes d'argent, dont la base et le chapiteau sont d'or, soutiennent avec un art admirable une voûte concave sur laquelle sont représentées les trois parties du globe terrestre, avec les fleuves, les forêts, les montagnes, les villes, les régions, les peuples qui les couvrent. L'auteur en fait l'énumération détaillée dans ses vers; et comme son sculpteur hébreu n'ignorait pas, dit-il, le sens des prophéties de Daniel, il grava en or sur le monument cette épitaphe :

> *Hìc situs est typicus aries, duo cornua cujus*
> *Fregit Alexander, totius malleus orbis.*

Il n'est pas nécessaire de répéter ici ce que nous avons dit au sujet du tombeau de la femme de Darius.

Ayant rempli ces pieux devoirs, Alexandre donne à son armée des repas somptueux et des loisirs, dont une sédition est la suite. Tous demandent à grands cris de retourner dans leur patrie. Alexandre dissimule sa colère; assemble ses soldats, les harangue et ranime en eux l'amour de la gloire. Ils jurent d'affronter tous les dangers où il voudra les conduire, et de le suivre au bout de l'univers.

Alexandre marche à leur tête vers l'Hircanie. Talestris, reine des Amazones, vient le trouver dans son camp, suivie de 300 de ses guerriers. Elle n'est pas attirée par le seul désir de le voir, elle y joint l'envie plus singulière d'avoir de lui un enfant. L'historien et le poète lui font dire les choses avec la même clarté et la même simplicité; tous deux nous apprenent que treize jours lui furent accordés, et qu'ayant obtenu ce qu'elle désirait, elle retourna tranquillement dans ses états. Cependant le traître Bessus avait osé prendre la couronne. Alexandre veut aller l'en punir; mais le luxe asiatique, fruit opulent de ses conquêtes, remplit son camp dont il corrompt les mœurs et ralentit la marche. Il prend le parti de brûler toutes ces richesses dangereuses; il les fait réunir en une masse immense, donne l'exemple d'y faire jeter le butin précieux qu'il avait réservé pour lui, et obtient ainsi sans murmure le sacrifice qu'il exigeait de son armée. La conjuration de Dymnus et de Ceballinus contre Alexandre, la complicité douteuse de Philotas, fils de Parménion, l'accusation formée contre lui, sa longue défense, les tortures qu'on lui fait subir, les aveux qu'on en tire, sans qu'il reste prouvé qu'ils ne lui soient pas arrachés par la douleur plus que par la conscience de son crime, sa lapidation enfin, occupent tristement une grande partie de ce huitième livre. Bessus est pris et livré à Alexandre qui le remet à Oxatrès, frère de Darius, pour en tirer la vengeance qu'il voudra. Oxatrès, après lui avoir fait souffrir un long supplice, le fait mourir sur une croix.

On est enfin délivré de ces scènes patibulaires. Alexandre veut ajouter à ses conquêtes celle de la Scythie. Il arrive aux bords du Tanaïs. Il reçoit de la part de ces peuples une ambassade célèbre; le député Scythe perd son éloquence sauvage, mais pleine de bon sens et de raison : Alexandre passe le fleuve, et soumet les déserts et les montagnes de la Scythie à son empire. L'auteur compare poétiquement ce peuple qui a résisté à tant de nations puissantes, et qui tombe sous le joug du roi de Macédoine, à un vieux sapin des Alpes qui a résisté pendant des siècles au souffle de tous les vents, et qui tombe enfin sous les coups de Borée :

Qualis in Alpinis annoso robore saxis
Astra petens abies, multosque inflexa per annos
Ad flatus Euri, Zephyrum contempsit et Austrum.

Tome XV.   P

Quam si fortè suo Boreæ de more fatiget
Spiritus et toto tundat simul aëra nisu,
Nil rami veteres illi, nil horrida musco
Robora proficient sua, quominùs obruta vento
Corruat et prono tellurem vertice pulset.

La défaite des Scythes, jusqu'alors invincibles, répand au loin la terreur du nom d'Alexandre, et plusieurs peuples de ces contrées viennent se soumettre volontairement à lui.

Le poëte écarte de son poëme, autant qu'il lui est possible, ce qui, dans l'histoire, est trop défavorable à son héros. Ne pouvant taire cependant le meurtre de Clitus, ni le supplice du jeune Hermolaüs et du philosophe Callisthènes, son maître, il les rappelle seulement en deux vers au commencement de son neuvième livre, et en tire cette conséquence morale que l'amitié des rois n'est pas éternelle :

Etenim testatur eorum
Finis amicitias regum non esse perennes.

L'Inde restait à conquérir. Alexandre en entreprend la conquête. La plupart des rois indiens se soumettent : le seul Porus ose résister. Il lève une armée nombreuse et attend Alexandre au bord de l'Hydaspe. Les deux armées sont en présence sur les deux rives du fleuve. Ici l'auteur imagine un épisode, ou plutôt il l'emprunte de Virgile, au moins dans ce qu'il y met de plus intéressant. Il place au milieu du fleuve une île, où de jeunes guerriers de l'une et de l'autre armée passent souvent à la nage et se livrent des combats particuliers, préludes des grands combats qui se préparent. Nicanor et Symaque, deux jeunes Grecs nés le même jour, et aussi intimes amis que Nisus et Euryale, se proposent comme eux une aventure périlleuse. Suivis de quelques soldats, ils passent dans l'île, d'où ils veulent passer pendant la nuit sur l'autre bord, espérant y surprendre l'ennemi et en faire un grand carnage : mais en arrivant dans l'île à la nage, ils y trouvent une troupe nombreuse d'Indiens qui les attaquent avec de grands cris; d'autres ennemis surviennent, les Grecs sont accablés, tous perdent la vie; les deux amis, après avoir fait des prodiges de valeur, blessés tous les deux, s'embrassent et meurent ainsi réunis. Il n'y manque que le *fortunati ambo,* ou plutôt il manque à cet épisode imaginé d'après Virgile, d'être écrit dans un style moins éloigné du sien. La bataille se donne; les Macédoniens traversent le fleuve; les Indiens cèdent après une longue résistance : Porus est vaincu, blessé, fait prisonnier, porté devant Alexandre. La noble fierté qu'il conserve touche son vainqueur, qui lui rend ses états, les accroît et le met au nombre de ses amis.

Après cette victoire, rien ne l'arrête plus; il veut pénétrer jusqu'aux extrémités les plus reculées de l'Orient : en parcourant l'Inde il imprime aux peuples et aux rois une terreur égale à celle qu'inspire la foudre, quand elle éclate au milieu de la nuit :

> *Nec minùs humanis portenti mentibus infert,*
> *Terrorisve minùs nocturni fulminis igne,*
> *Quem sequitur fragor et fractæ collisio nubis,*
> *Et vaga, pallentem motura tonitrua mundum,*
> *Mentem præteritæ memorem terrentia culpæ.*

Cependant la ville d'Oxydraque arrête les pas du conquérant; il l'assiége et monte le premier à l'assaut; ses soldats sont repoussés; alors du haut de l'échelle où il était parvenu, au lieu de sauter ou de descendre au milieu des siens, il s'élance dans la place même et ose affronter seul tant d'ennemis. Mais bientôt entouré, pressé, atteint d'une large blessure, il est près de périr quand ses soldats instruits de son danger redoublent d'efforts, brisent les portes, inondent la ville et en massacrent les habitans. Alexandre souffre avec courage une opération douloureuse : il est promptement rendu à son armée et à ses projets de conquête. La joie de ses soldats qui succède à leur tristesse est comparée par le poète à celle qu'éprouvent des matelots lorsque, après avoir vu le pilote du vaisseau tombé dans la mèr, et englouti par les flots, ils le voient sauvé de l'abîme reprendre le gouvernail :

> *Qualis in Ægeo, Borea bacchante, profundo*
> *Exoritur clamor, cum fractâ puppe magister*
> *Volvitur in medios immerso vertice fluctus :*
> *Fit fragor et similem timet unusquisque ruinam,*
> *Seque omnes animâ periisse fatentur in unâ;*
> *Si tamen incolumem revocare tenacibus uncis*
> *Ad clavum revocare queant, sonat aura tumultu*
> *Lœtitiæ, et primum vincunt nova gaudia luctum.*

Mais les préparatifs d'une expédition maritime, le projet

annoncé d'aller rechercher les sources inconnues du Nil, et
de laisser le gouvernement de l'Inde à Porus et à Taxile,
effraye l'armée : les chefs se présentent devant le roi; l'un
d'eux lui tient un long discours pour le détourner de son
dessein. Alexandre, loin de céder, avoue dans sa réponse que
le monde est trop étroit pour lui ; qu'après l'avoir soumis,
il ira subjuguer un autre univers; qu'il veut les conduire aux
antipodes, voir avec eux une autre nature, ou que s'ils refusent de le suivre, il ira seul se proposer pour chef à d'autres peuples qui seront empressés de lier leur fortune à la
sienne. Cette réponse les enflamme, ils font de nouveau
serment de ne jamais abandonner Alexandre : il profite de
ce mouvement, marche aux vaisseaux qui l'attendent, et
s'embarque avec son armée.

Parvenu au dixième et dernier livre, Gaultier de Châtillon
ne veut pas finir son poëme sans quelque trait de son invention ; il en emploie un qui est d'une grandeur gigan-
tesque. La Nature indignée qu'un mortel ose vouloir pénétrer
ses secrets et atteindre jusqu'aux lieux qu'elle a voulu cacher,
interrompt son ouvrage, et laisse imparfaites des créations
commencées : elle s'environne d'un nuage et descend sur les
bords du Styx, ce qui amène une description de l'enfer, des
monstres qui l'habitent, des crimes qui y sont punis, description où se trouvent souvent confondus l'ancien et le moderne enfer. Leviathan était au milieu de sa fournaise; il
aperçoit la déesse, quitte, de peur de l'effrayer, la figure du
serpent, et reprend la forme divine qu'il avait quand il voulut partager l'Olympe. La Nature se plaint à lui des projets
d'Alexandre, qui s'étendent d'un côté jusqu'aux sources inconnues du Nil, et à l'enceinte du Paradis, de l'autre aux
antipodes et à l'antique cahos. Elle invoque le serpent, à qui
elle donne ce nom, malgré son changement de forme, et
l'invite à venger leur commune injure :

> *Quæ tua laus, coluber, vel quæ tua gloria, primum*
> *Ejecisse hominem, si tam venerabilis hortus*
> *Cedat Alexandro? Nec plura locuta recessit.*

Le monarque infernal appelle au conseil les monstres qui
gouvernent sous lui son empire; il les harangue, et leur ordonne de frapper de mort le roi de Macédoine, avant qu'il
puisse exécuter ses desseins. La Trahison se lève et propose de
faire périr par le poison l'ennemi commun, et d'engager An-

tipater, exercé de longue main à la duplicité et à la fraude, à se charger de l'exécution. L'enfer applaudit avec transport. La Trahison se déguise, va trouver Antipater, l'endoctrine facilement, et retourne aux sombres royaumes. Alexandre avait vaincu la résistance que l'Océan lui opposait; obligé cependant de différer ses grands projets, il en méditait de nouveaux, et retournait à Babylone. L'univers est dans l'attente, et ne sachant de quel côté se porteront ses armes, toutes les nations, toutes les parties connues du globe, lui envoient des ambassadeurs, des actes de soumission et des présens. Il les reçoit à Babylone, élevé sur un trône magnifique, et contemplant avec orgueil l'univers entier à ses pieds. Des prodiges funestes annoncent quelque grand et sinistre événement. Alexandre, dans la joie d'un festin où il ne se croit entouré que d'amis, boit le fatal poison; il en éprouve subitement l'effet, et après un discours, où il montre pour la dernière fois son orgueil et son courage, il expire. Le poète ne manque pas de moraliser sur cette mort prématurée; il s'arrête enfin dans sa course, et dit adieu aux Muses jusqu'à ce qu'il les appelle à une seconde entreprise, et qu'il les prie d'ouvrir pour lui une nouvelle source pour appaiser une soif nouvelle. En finissant, il s'adresse à l'évêque Guillaume, comme il l'a fait en commençant; il lui promet qu'après leur mort ils vivront tous deux à jamais dans ses vers :

> *Nam licet indignum tanto sit præsule carmen*
> *Cum tamen exuerit mortales spiritus artus,*
> *Vivemus pariter, vivet cum vate superstes*
> *Gloria Guilhelmi, nullum moritura per ævum.*

Ce poëme fut imprimé pour la première fois à Strasbourg en 1513, in-8°, réimprimé à Ingolstadt en 1541, aussi in-8°, et à Lyon en 1558, in-4°. Cette dernière édition est la plus belle. Ces éditions sont citées par Fabricius, et cependant nous en avons une postérieure d'un siècle à la dernière (1659, in-12) donnée, d'après deux anciens manuscrits de l'abbaye de Saint-Gall, et de celle du Mont-des-Anges de l'ordre de Saint-Benoît, par un moine de Saint-Gall, nommé Athanase Gugger; le frontispice annonce que cette édition est faite dans le monastère de Saint-Gall et avec les caractères mêmes de cette abbaye, *formis ejusdem*. L'éditeur, dans son avertissement, parle du poëme qu'il publie comme d'un ouvrage nouveau, quoique ancien, qui n'a jamais été imprimé à sa connaissance, dont on attendait impatiemment la publication, et aussi recommandable par son antiquité que par l'érudition qu'il renferme. *En tibi, candide lector, opus novum, ut sit antiquum, nusquam, quod sciam, editum, à multis cupidè inspectum et desideratum, non minùs antiquitate quàm eruditione venerabile.* Cet éditeur ajoute que dans les deux manuscrits dont il s'est servi, mais surtout dans celui de Saint-Gall, le texte était expliqué par une glose interlinéaire ; ce qui lui fait penser que ce poëme était autrefois lu publiquement dans les écoles. Ce qu'il ne fait que conjecturer est un fait attesté par plusieurs auteurs. La plupart des manuscrits que nous possédons de ce poëme, sont aussi chargés de gloses et d'explications interlinéaires, sans doute pour la même raison.

L'éditeur avoue cependant que l'Alexandréide a des défauts qui peuvent blesser les gens délicats, que l'auteur emploie souvent des noms dont la quantité ne pouvait entrer dans le vers hexamètre ; que les noms grecs y sont défigurés ; qu'un assez grand nombre de mots latins sont ou entièrement inusités ou devenus hors d'usage ; qu'il y a substitué d'autres mots, en prenant la précaution d'avertir le lecteur par un changement de caractères ; qu'enfin il a corrigé un grand nombre de fautes, qui ne peuvent être attribuées qu'aux copistes, n'étant pas vraisemblable qu'à l'exception peut-être de quelques-unes, elles eussent pu échapper à l'auteur. Il en reste encore beaucoup dans le poëme, tel qu'il est imprimé ; cependant le style en est généralement fort, élevé, et tendant plutôt à l'enflure qu'à la bassesse et à la platitude, qui était le caractère presque universel des vers latins de ce temps-là.

En effet, si l'on compare les vers de notre Gaultier avec la plupart de ceux du XIIe siècle, presque tous rimés ou léonins, dépourvus d'images et d'harmonie, écrits du ton de la plus mauvaise prose, et dans lesquels une sorte de mesure n'est observée qu'au moyen des remplissages les plus dégoûtans, on n'est pas surpris de l'admiration qu'ils excitèrent, ou plutôt on l'est extrêmement de voir un tel ouvrage paraître dans un tel temps. On serait même tenté de croire que si le premier éditeur y avait fait, de son aveu, des corrections assez considérables, d'autres avant lui avaient osé davantage, et l'on indiquerait facilement des tirades entières qui sont du style du XVe siècle, et nullement de celui du XIIe.

L'un de ses contemporains et de ses compatriotes, Alain de Lille, est le seul que l'on puisse lui comparer, et l'on ne le peut même, qu'en reconnaissant dans Alain une grande infériorité, qu'il faut peut-être attribuer en partie à ce que les sujets moraux qu'il a traités dans les neuf livres de son Encyclopédie et dans les six chapitres de ses paraboles, ne comportaient pas un style aussi élevé. Quoi qu'il en soit, il est au moins vrai de dire que ce poète, qui était ennemi de Gaultier, n'avait nullement le droit de lui donner le nom de Mævius, ce qui suppose qu'apparemment il était à ses propres yeux un Virgile, ni de s'exprimer à son sujet comme il l'a fait dans ces vers :

Illic

Mævius in cœlos audens os ponere mutum,
Gesta ducis Macedûm tenebrosi carminis umbrâ
Pingere dum tentat, in primo limine fessus
Hæret et ignavam queritur torpescere musam.

G.

LAMBERT LI-CORS,

' OU LE COURT,

ET ALEXANDRE DE PARIS.

Deux poètes contemporains, que l'on réunit ordinairement parce qu'ils firent ensemble le poëme ou roman en vers d'*Alexandre-le-Grand*. Les vers de ce poëme sont de douze syllabes, mesure alors très-peu en usage, et dont on attribue même l'invention à cet Alexandre de Paris. Pour que cela fût, il faudrait que c'eût été lui qui eût eu la première idée du poëme, et qui l'eût commencé : il paraît au contraire que ce fut Lambert Li-Cors qui l'entreprit, et qu'Alexandre de Paris ne fît que le continuer ensuite. Il le dit lui-même dans cet endroit :

Alexandre nos dit qui de Bernay fut nez

Et de Paris refit (1) ses sernoms appelez,
Qui cy a les siens vers o les Lambert (avec ceux de Lambert) ietez.

Lambert Li–Cors était né à Châteaudun. Il fut « prêtre,
» escolier, ou homme de robe longue, qui sait les lettres,
» dit Fauchet, car ainsi faut–il interpréter le nom de clerc
» qu'il prend. » Lambert n'a pas manqué d'indiquer sa patrie
et son état dans cet endroit de son poëme :

La verté de l'histoir' si com li roy la fit
Un clers de Châteaudun Lambert Li-Cors l'escrit,
Qui de latin la trest (la tira) et en roman la mit.

Pour Alexandre, on sait seulement qu'il était natif de
Bernay, en Normandie, comme il le dit dans les trois vers cités
ci–dessus, mais qu'il préféra joindre à son nom celui de Paris,
sans que l'on sache ce qui l'avait attiré dans cette ville.

Moreri, supplém. de 1749.

Le roman qu'ils firent ensemble, ou l'un après l'autre, se
trouve manuscrit dans un petit in–folio écrit sur vélin,
n° 7633 des manuscrits français de la Bibliothèque du Roi;
le même volume contient plusieurs autres poëmes, et finit
par celui d'Alexandre. Il n'a point d'autre titre que ces mots :
« Ci commence l'Estoire dou Roi Alixandre, comment il
» conquist XII royaumes et fut sire du monde. » En voici
les premiers vers :

Folio 85, recto de ce ms.

Qui vers de riche estoire vuet entendre et oyr,
Por prenre bon essample et proësse acoillir,
De conoistre reson d'amer et de haïr,
De ses amis garder et chèrement tenir,
Des ennemis gréver qu'on nès lest eslargir,
De laidures vengier et des bienfès mérir,
De haster quand leus (lieu) est et à terme s'offrir,
Oez donc li premier bonnement à loisir
Ne l'orra guieres hom qui ne voie plaisir :
Ce est dou meilleur roy qui onq poest morir;
D'Alixandre je vuel l'estoire rafraischir.

Le poëme est divisé en chapitres, dont voici les titres :
1. *Comment li XII per de Grèce furent esleu;*
2. *De la bataille des Grecs contre la gent Nicolas;*
3. *Comment Alixandre alla encontre Daire;*
4. *La venue d'Alixandre sor Porou parmi Inde;*

(1) Je lis ainsi au lieu de *fu* avec *Lamonnoye,* dans ses notes sur la Bibl. de
la Croix du Maine, au mot *Alexandre de Bernay.*

5. *La bataille de Beauclin et d'Astarot ;*

6. *Comment Alixandre trouva les Siraines en l'iaue toutes nues ;*

7. *De la forest où les fames conversoient ;*

8. *Comment Alixandre vint pour aller en Babylone.*

Ces titres suffisent pour prouver que c'est un roman rempli de fables, et non une traduction de l'histoire de ce prince, quoique l'auteur ait prétendu l'avoir *trest,* ou tiré du latin. Ce n'était pas au moins du latin de Quinte-Curce ni d'aucun autre ancien historien : ce n'était pas non plus de celui de Gaultier de Lille ou de Chastillon. Quoi qu'en ait dit le président Fauchet, il n'y a dans l'Alexandréide latine rien qui puisse être regardé comme un éloge direct ou indirect de ce roi ; au lieu que Lambert Li-Cors, dans son poëme ou roman français d'*Alexandre-le-Grand,* ajoute ou substitue souvent aux faits de la vie d'Alexandre, des faits de son temps, c'est-à-dire de la fin du règne de Louis-le-Jeune, et du commencement de celui de Philippe-Auguste, et qu'Alexandre de Paris, continuateur de l'ouvrage, suivit la même méthode. De la lang. et poés. franç. liv. I, ch. 7.

Le commencement du poëme français est en effet un tissu des actions de la vie d'Alexandre avec les événemens de cette époque de notre histoire. Le poëte suppose qu'Alexandre étant parvenu à l'âge de treize ou quatorze ans, fut fait chevalier, et associé par Philippe, son père, à la couronne de Macédoine. On ne peut douter qu'il n'ait voulu désigner l'association de Philippe-Auguste, que son père fit couronner et sacrer à Reims, à son retour d'Angleterre, l'année qui précéda sa mort. Philippe n'avait que quatorze ans, et monta à quinze sur le trône. Alexandre, suivant le poëte, entreprit sa première guerre contre un roi qu'il nomme Nicolas. Avant d'aller l'attaquer, il convoque ses vassaux, et obtient de son père la confiscation des biens des usuriers pour les distribuer à ses capitaines. Ces traits indiquent la guerre contre le roi d'Angleterre et la saisie des biens des Juifs dans tout le royaume. Aristote conseille à Alexandre de créer douze pairs qui auront la conduite de ses troupes : Moreri, loc. cit.

> Elisez douze pairs qui soient compagnon,
> Qui mènent vos bataill' par grand dévotion.

Cette fiction peut n'avoir été qu'un souvenir des pairs fabuleux de Charlemagne, mais elle peut aussi marquer que les pairs existaient réellement en France dès le temps où l'auteur écrivait. On voit en effet que Philippe, comte de Flandres, porta l'épée royale, en qualité de pair de France, au sacre de Philippe-Auguste.

L'auteur ou les auteurs marquent dans un autre endroit quelles étaient alors les principales fonctions du connétable de France, en donnant aussi un connétable au roi de Macédoine :

> Que sui Eumenidus qui toute l'ost apend (dépend)
> A mener et à duire dessus l'estrange gent,
> Que j'en ai eu du roy don et otroiement.

Et ailleurs, en parlant d'une compagnie de soldats ébranlés, et prêts à fuir :

> Mais ils redoutent honte et vilain reprouver
> Et le franc connestabl' qu'ex a à justicier (à châtier, à punir).

La guerre avec le roi Nicolas étant finie, le poète fait marcher son héros contre Daire ou Darius. Il décrit la magnificence de sa tente, qui était chargée de broderies dont il explique les sujets. Au haut, il y a deux pommes sur lesquelles est un aigle, le plus beau qu'on ait jamais vu : la reine Isabelle l'a fait. La reine Isabelle brodant un ornement de la tente d'Alexandre, est un anachronisme un peu fort, mais le poète n'y regardait pas de si près, ni sans doute Isabelle non plus. C'était Isabelle, fille de Baudouin III, comte de Hainault, que Philippe-Auguste épousa en 1180, l'année même de son avénement.

Gérard Vossius parle d'une histoire d'Alexandre-le-Gránd, remplie de prodiges et de fables, dont l'auteur était inconnu, et dont Silvestre Gyraldus (1), auteur de la fin du XIIᵉ siècle, a fait mention. Il ne sait si ce n'est point le même ouvrage que l'Alexandréide. *Videndum idem ne an alius sit liber qui inscribitur Alexandrides, estque de gestis Alexandri Magni.* Il ajoute que la bibliothèque publique de l'université de Cambridge possède un exemplaire manuscrit de ce dernier ouvrage, copié en 1363, et dont la préface commence par ces mots : *Moris est usitati,* etc. Il paraît en avoir ignoré l'auteur, qui est sans doute Gaultier de Chastillon. Il faudrait

---

(1) Surnommé *Cambriensis,* parce qu'il était Gallois ou du pays de Galles ; secrétaire du roi Henri II, et ensuite gouverneur du prince Jean son fils ; auteur d'une Topographie de l'Irlande, *Topographia Hiberniæ,* d'un Itinéraire du pays de Galles, *Itinerarium Cambriæ,* et de plusieurs autres ouvrages.

pouvoir comparer ce manuscrit avec notre roman d'Alexandre,
pour voir ce que les deux poètes français ont ajouté aux
inventions du romancier latin.

Dans le manuscrit 7633 de la bibliothèque du roi, dont
ce roman occupe la dernière partie, le sens reste imparfait
à la fin de la dernière page; elle se termine par ces cinq vers :

> Sires, ce dist li gars merveilles dirai grant
>
> Ya feut ce 11 puceles qui en vienent chantant
>
> Chacune devant soi traite vo auferrant (votre cheval de bataille)
>
> Couvert de ci qu'au piez d'un paile escarimant (1)
>
> Y chevauche chacune 1 palefroi emblant.

La réclame, *qu'il n'en a nul meillor,* qui est au bas, et le
sens suspendu de ces vers, prouvent qu'il manque quelque
chose pour finir le roman. Cette fin qui manque ici se trouve
dans le manuscrit 7190, petit in-folio relié en veau sur bois,
écrit sur vélin, à deux colonnes, d'une écriture du XIIIe siècle,
on y lit au premier feuillet, recto, ce titre en rouge : *Chi com-
menche li Roumans dil Roi Alixandre, sire de tot lo monde.*

Le roman commence ensuite, et contient, avec quelques
variantes, les mêmes vers, et le récit des mêmes choses que
dans l'autre manuscrit. Mais il s'étend jusqu'à la mort
d'Alexandre, et finit par un chapitre intitulé : *Ensi con
escorse les duex siers qui ocisent li roi Alixandre;* où est en
effet raconté le supplice des deux prétendus sicaires ou
assassins qui ont tué ce roi.

On attribue au même Alexandre de Paris un autre roman
en vers qui avait pour titre : *Roman d'Athys et de Porfilias
ou Prophylias.* Il se trouvait manuscrit dans un recueil de
romans du XIIe siècle de la bibliothèque de Dufay, et
l'on y lisait après ce premier titre, *rimé par Alexandre de
Bernay, surnommé de Paris.* Le nouveau Ducange cite jus- ^{Bibl. Fay. p. 239}
qu'à six fois ce roman dans son seul second volume, mais
sans en nommer l'auteur. Il cite au mot *corata* ces trois vers :

> Le fer qu'il ot en son trenchant
>
> Lui mist parmi le jaserant (sorte de cuirasse)
>
> Ou (au) corps lui trancha la courée.

Au mot *crota :*

> Dehors les murs d'antiquité

(1) D'un drap, tapis, etc. Al. Paële. — *Escarimant* doit signifier *éclatant,
riche, brillant.* Il n'est point dans nos anciens vocabulaires.

Q 2

> Trouva une crouste (grotte) sous terre :
> Là se tourna pour la mort querre,
> Et dist que jamais n'en istra, (sortira)
> Mais là-dedans de duel (de deuil, de douleur) mourra.

Au mot *directus* :

> Au temple vindrent, si descendent
> Leurs droitures *(rectà pergunt)* à l'autel tendent.

Au mot *dos* :

> Le prestre fut appareillé
> A leur entrée les a seigné ;
> Ains n'y fut douaires nommez
> Ne seremens un seul jurez,
> Fiance faire ne plevie, (promesse de mariage)
> Mais le vassal reçut sa mie.

Au mot *duchissa* :

> A séjour y ert (était) la Duchoise,
> Noble dame, preux et courtoise.

Enfin au mot *Duplodos* :

> Ung doublet (houpelande, vêtement) ost chascun vestu,
> D'ung vert samit (1) pourpoinct menu.

Mais c'est tout ce que l'on peut savoir de ce roman. Il en existe un autre dont l'auteur se nommait aussi *Alexandre,* et qui paraît être du même temps. Il se trouve dans le n° **6987** des manuscrits de la bibliothèque royale, avec un grand nombre d'autres ouvrages, tous en vers. Le titre de ce poëme ou roman est écrit à la fin de l'ouvrage qui le précède, où on lit ces mots : *Li siége d'Ataines.* Le roman lui-même commence sans titre par ces vers (**2**), où l'on voit que l'auteur se nomme dès le cinquième :

> Qui sages est de sapience
> Bien doit espandre sa sience
> Que tuix (tous) la puisse recoillir
> Dont bons esamples puis venir ;
> Oez del savoir Alixandre
> Qi pour ce fist ses vers espandre,
> Quant il sera del siècle issus
> Cas autres soit ramentevux.
> Ne fu pas sage de clergie

(1) Etoffe fine, brodée de fils d'or ou d'argent.
(2) Il commence au folio 119, v°, 2° colonne.

Mais des autors savoit la vie.

Met mostra selon sa mémoire,

Ci nos raconte d'une estoire

De une cités rics et grans

Gi *P* (1) estoient si poissans

Rome est apelée la mestre, etc.

L'auteur entre ainsi en matière, et raconte l'histoire de la fondation de Rome. Il y a loin de là au siége d'Athènes, qui est pourtant le sujet du poëme ; il finit par ces deux vers :

D'Ataines faut ichi l'estoire

Que li escris tesmoigne à voire (2).

Et on lit au-dessous : *Explicit li Siège d'Ataines*. Le style paraît non-seulement du même temps, mais il offre des tours et des expressions qui le font ressembler particuliè-rement au style d'Alexandre de Paris. D'ailleurs, on ne connaît point d'autre poète du même siècle qui se soit nommé Alexandre. Ces motifs peuvent autoriser à croire, sans ce-pendant oser l'affirmer, que notre Alexandre fut aussi l'auteur du *Siège d'Athènes*.

Son poëme ou roman d'Alexandre, qui est son principal ouvrage, eut deux continuations ou suites ; l'une intitulée, *le Testament d'Alexandre :* l'auteur se nommait Pierre de Saint-Clost, ou plutôt de Saint-Cloot, comme il le dit lui-même dans ces deux vers :

Pierre de Saint-Cloot si trouve en l'escriture

Que mauvez est li arbre dont li fruits ne meure.

On ne sait rien de plus de ce poète. Le second continuateur fut Jean-le-Nivelois, ou *Jehan-le-Nevelois,* qui fit *la Ven-geance d'Alexandre.* Fauchet en rapporte ces neuf vers :

Fauchet, de la lang. et poés. franç. liv. II. *Ibid.*

Seigneurs, or faites pes, un petit vos taisiez

S'orrez bons vers nouviaux, car li autre son viez.

Jehan li Nevelois fut moult bien afaitiez (bien appris) :

A son hostel se sied : si fu joyaus et liez (gai).

Un chantère li dit d'Alixandre à ses piez.

E qand il l'a oï s'en fu grams et iriez (triste et irrité),

Du fius qu'ot (du fils qu'il eut) de caudace en a vers comenciez,

Bien fais et bien rimez, bien dicts et bién dictiez,

Encore sera du comte Henri molt bien loiez.

(1) Abbréviation *pour ce q'.*
(2) *A vérité,* témoigne être la vérité.

126 LAMB. LI–CORS, ET ALEXAND. DE PARIS.

Fauchet, de la lang. et poés. franç. liv. II.

Le même Fauchet conjecture que ce comte Henri était Henri, comte de Champagne, qui fut depuis roi de Jérusalem, et que, par conséquent, Jean Le-Nivelois, qui paraît lui avoir présenté son poëme, pour en obtenir une récompense, vivait du temps de Louis-le-Jeune, et écrivait avant 1193, année du couronnement de Henri.

Liv. VII, c. 8.

Pasquier cite, dans ses Recherches de la France, un jugement porté par un auteur français sur Pierre de Saint-Cloot et Jehan-le-Nevelois, qui les met au-dessus de tous les poètes qui fleurirent dans le même siècle ; cet auteur est Geoffroy Tory, imprimeur à Paris, qui fit paraître en 1526, sous le titre de *Champ Flori*, un livre *sur l'art et la science de la vraie proportion des Lettres antiques* (1). Selon lui, ces deux poètes avaient en leur style *une grande majesté de langage ancien*, et il croit que s'ils eussent eu *le temps en fleur de bonnes lettres*, comme il était au moment où lui, Geoffroy Tory, écrivait, *ils eussent excédé tous autheurs grecs et latins*. Ce qu'il appelle en eux *majesté de langage ancien*, était cet air d'antiquité que leur donnaient les progrès que la langue avait faits depuis le XIIe siècle jusqu'au XVIe. La suite de ces mêmes progrès a fait vieillir à nos yeux le style de Pasquier lui-même, et donne à celui de Pierre de Saint-Cloot, de Jehan-le-Nevelois, d'Alexandre de Paris et de Lambert Li-Cors, un ton de vétusté qui fait de leur langage, une langue autre que la nôtre, et qui ne nous paraît plus majesté, mais barbarie. On cite cependant quelques vers

Supplément de 1749.

du roman d'Alexandre, qui joignent à la justesse des pensées un tour d'expression plus heureux, et une harmonie plus régulière ; tels que les suivants cités par Moréri :

> N'est pas roi qui se fausse et sa rezon dément....
>
> Mieux vaut amis en voie que en borse denier....
>
> Pire est riche mauvais que pauvres honourez, etc.

Les vers de cette mesure, que nous nommons *Alexandrins*, ne peuvent, comme on l'a dit au commencement de cet article, avoir pris ce nom d'*Alexandre de Paris*, qui fut le continuateur de Lambert Li-Cors, mais plutôt de cette suite

____

(1) Debure, dans sa *Bibliographie*, assez mal nommée *instructive*, volume *des sciences et arts*, ne cite que la 2e édition qui est de 1549, et l'intitule : *De la vraie proportion des lettres attiques ou antiques*, alternative qui n'est sûrement point au titre de ce livre, que, selon toute apparence, Debure n'avait point vu.

de romans sur Alexandre, tous écrits en vers de douze syllabes. Le roman du *Rou* avait même donné précédemment
l'exemple de cette mesure, ainsi que de ces longues suites
de vers sur la même rime, que l'on trouve dans celui
d'Alexandre, et dans presque tous les poëmes contemporains.
L'usage des vers alexandrins fut abandonné peu de temps
après, et ne fut repris que dans le XVIe siècle. Marot s'en
servit quelquefois, mais, comme l'observe Pasquier, seulement dans ses *Tombeaux,* et alors il prend soin d'en avertir
par cette suscription : *vers alexandrins.* Baïf, Du Bellay,
Ronsard, et du Bartas, qui les remirent en vogue, pouvaient
leur faire courir le risque de passer de mode avec eux : mais
nos classiques du XVIIe siècle, en les adoptant pour le genre
héroïque, les y ont définitivement attachés. On a continué
de les nommer *alexandrins,* sans chercher le plus souvent
à savoir d'où ce nom leur est venu, ou se trompant sur cette
origine, que l'on tire du nom du poète Alexandre, tandis
que tout porte à croire qu'elle vint de cette suite de poëmes,
dont Alexandre-le-Grand fut le héros.   G.

BLONDEL, BLONDEAU,

OU BLONDIAUS DE NESLES,

Chansonnier français.

C'EST dans la petite ville de Nesles, en Picardie, que ce
chansonnier reçut le jour ; on ignore quelle fut son éducation, pour quelle cause, et à quelle époque de sa vie il passa
en Angleterre, où Richard Cœur-de-Lion régnait. Ce monarque se l'attacha, c'est tout ce qu'on sait de lui. Le fragment
d'une chronique, rapporté par Fauchet, lui a fait une grande   P. 556.
réputation de fidélité pour son maître, et fournit à notre
Histoire littéraire un trait intéressant dont les théâtres se
sont emparés. Selon cette chronique, quand le roi Richard
eut été fait prisonnier du duc d'Autriche, « Blondel pensa
» que ne voyant point son seigneur, il lui en estoit pis, et
» en avoit sa vie à plus grand mesaise, et sy estoit bien nou-

» velles qu'il estoit party d'outremer, mais nus ne sçavoit
» en quel pays il estoit arrivé, et pour ce Blondel chercha
» maintes contrées, sçavoir s'il en pourroit ouyr nouvelles.
» Sy advint après plusieurs jours passez, il arriva d'adventure
» en une ville assez près du Chastel; et l'hoste lui dit qu'il
» estoit au duc d'Austriche. Puis demanda s'il y avoit nus
» prisonniers, car tousiours en enqueroit secrètement où
» qu'il allast : et son hoste lui dist qu'il y avoit un prison-
» nier, mais il ne sçavoit qui il estoit, fors qu'il y avoit esté
» bien plus d'un an. Quand Blondel entendit cecy, il fist tant
» qu'il s'accointa d'aucuns de ceux du Chastel, comme me-
» nestrels s'accointent légèrement; mais il ne put voir le roy
» ne sçavoir si c'estoit il. Sy vint un jour en droit d'une
» fenestre de la tour où estoit le Roy Richard, prisonnier, et
» commença à chanter une chanson en françois, que le roy
» Richard et Blondel avoient une fois faicte ensemble. Quand
» le roy Richard entendit la chanson, il cogneut que c'estoit
» Blondel; et quand Blondel ot dicte la moitié de la chanson,
» le roy Richard se prist à dire l'autre moitié, et l'acheva.
» Et ainsi sceut Blondel que c'estoit le roy, son maistre. Sy
» s'en retourna en Angleterre, et aux barons du pays conta
» l'adventure. »

Cette anecdote, il est vrai, n'a point d'autre garant que
Fauchet; mais rien n'en prouve la fausseté; elle n'a rien
d'invraisemblable dans ces temps de chevalerie, ni entre un
roi et son sujet, ni entre un troubadour et son menestrel.
On ne voit donc ni ce qui porterait ni ce qu'on gagnerait à
n'y pas croire. Elle a été adoptée, et se trouve dans Duverdier, dans Sinner, dans Massieu, et dans tous les auteurs
qui ont traité de notre ancienne poésie. Selon La Croix du
Maine, Blondel fut un excellent joueur d'instrumens. Fauchet
dit que ce poète n'a laissé que douze chansons, mais La
Borde cite les titres de vingt-neuf, et rapporte les deux
couplets suivans :

T. I. p. 251.

Extr. de poés. des
XII⁰, XIII⁰, XIV⁰ et
XV⁰ siècles, p. 14.

P. 133.

T. I, p. 88.

Essai sur la mu-
sique, t. II, p. 171
et 316.

P. 171.

La joie me semont
De chanter au douz tens,
Et mes cuers li respont
Que droit est que g 'i pens;
Car nuls riens el mont
Ne fas seur son deffens.
Dex! quel siècle cil ont
Qui i metent leur sens !

A la joie apartient
D'amer mult finement,
Et, quant li lieus en vient
Li donners largement.
Oncor plus i convient
Parler cortoisement.
Qui ces trois voies tient
Jà n'ira malement.

G.

GILBERT,

OU GISLEBERT DE MONS,

Chancelier de Baudoin v, comte de Hainaut.

On a déjà parlé, dans cette Histoire, de Gilbert de Mons, T. XII, p. 286. mais d'une manière si inexacte, que nous nous croyons obligés de refaire son article. Induits en erreur par le P. Lelong, nos devanciers donnent comme certain que la Chronique de Hainaut, de Gilbert de Mons, n'embrasse que l'espace de temps qui s'est écoulé depuis l'année 1060 jusqu'en 1146. La vérité est qu'elle ne commence qu'en 1168, et se termine à l'année 1195. Mais Gilbert a mis à la tête une introduction qui remonte en effet jusqu'à Richilde, comtesse de Hainaut, vers 1060. Avant que M. le marquis du Chasteler eût publié, en 1784, cette Chronique sur un manuscrit des dames chanoinesses de Sainte-Vaudru de Mons, elle n'était connue que par quelques citations que des historiens du Hainaut, et nommément le P. de Lewarde, en avaient extraites : de-là les méprises dans lesquelles sont tombés les bibliographes qui en ont parlé, sans excepter Gérard Vossius et le docte Fabricius. Mais aujourd'hui que l'ouvrage a été publié, nous pouvons en parler plus pertinemment.

Gilbert, ou comme il écrit lui-même son nom, Gislebert, nous fait connaître quelques traits de sa vie; mais il n'a pas jugé à propos de nous dire qui étaient ses parens ni en quel lieu il avait pris naissance. D'après le surnom qu'il porte, on pourrait croire que ce fut à Mons, s'il n'y avait autant de raison de présumer que ce surnom lui fut donné à cause du long séjour qu'il fit dans cette ville, et des dignités dont il y fut revêtu. Quoi qu'il en soit, à dater de l'année 1184, il prend dans sa Chronique la qualité de notaire et de clerc, quelquefois celle de chancelier du comte de Hainaut; en 1187, il ajoute à ces qualités celle de prévôt de Mons, *præpositus Montensis*. L'année suivante, ayant été envoyé à la cour de l'empereur pour les affaires de son maître, il se défit de deux prébendes en faveur de deux courtisans, afin de faire réussir la négociation dont il était chargé. Le comte lui en sut si bon gré, qu'il le combla de bienfaits, et ne tarda pas à lui donner par reconnaissance la prévôté de Saint-Germain à Mons, la custodie et une prébende dans l'église de Sainte-Vaudru; la prévôté, la custodie et une prébende dans l'église de Saint-Alban de Namur; une prébende dans les églises de Soignies, de Condé et de Maubeuge; enfin il lui procura l'abbaye de Sainte-Marie à Namur, avec le droit de conférer les prébendes. L'année de la mort de Gilbert n'est pas connue, mais elle doit être postérieure à l'année 1221, époque où il souscrivit, comme prévôt de Saint-Alban de Namur (1), à une charte de Philippe de Courtenai, comte de Namur, en faveur de cette église.

Nous ne possédons de Gilbert de Mons que sa Chronique, mais c'est un ouvrage d'autant plus précieux que l'auteur a été non-seulement témoin de la plupart des événemens qu'il raconte, mais souvent encore l'agent accrédité des négociations importantes dont il fait le récit. Il paraît qu'il n'a voulu écrire que la vie de Baudouin V, comte de Hainaut, dit le Courageux ou le Magnanime, qui succéda en 1171, à son père Baudouin IV, dit le Bâtisseur, et mourut le 17 décembre 1195. Là se termine son ouvrage qu'il a rédigé en forme de chronique ou d'annales. Il a mis à la tête, comme nous l'avons déja dit, une espèce d'introduction dans laquelle il a fait entrer toutes les notions qu'il a pu recueillir sur l'histoire des comtes de Hainaut, depuis la comtesse Richilde,

Edit. Bruxel. p. 127, 159.

Ibid. p. 165.

Ibid. p. 192, 287.

Miræi op. dipl. in-fol. t. I, p. 301.

(1) Quoiqu'il soit très-probable que le prévôt *Gillebert*, qui souscrivit cette charte, ne soit autre que notre Gislebert de Mons; sans égard à cette date, pour ne pas différer plus long-temps à rectifier l'article qui le concerne dans le t. XII de cette Histoire, c'est ici le moment et le lieu d'y revenir, sa Chronique finissant à l'année 1195.

les lois et coutumes du pays, et sur-tout les généalogies et
les alliances de la maison comtale. Il n'est pas exempt d'erreurs dans cette partie de son travail, parce qu'il écrit sur la
foi d'autrui ; mais dans ses annales il mérite toute notre confiance, et il y a peu d'auteurs qui la méritent davantage. Le
héros qu'il a entrepris de célébrer fut un des plus illustres
de son temps, qui eut l'avantage de marier une de ses filles à
Philippe-Auguste, d'augmenter considérablement la puissance du Hainaut par l'adjonction des comtés de Flandre et
de Namur, et de préparer à ses enfans les moyens de faire,
peu de temps après sa mort, la conquête de l'empire de
Constantinople. Il est fâcheux que Gilbert n'ait pas poussé
son travail jusqu'à cette époque brillante des comtes de
Hainaut, quoiqu'il eût promis, au commencement de son
ouvrage, qu'il parlerait aussi des successeurs de Baudoin V. Il est possible qu'il ait continué sa Chronique, mais
quant à-présent, la continuation est encore ensevelie dans
les ténèbres.

Parmi tant de choses curieuses que renferme l'écrit de
Gilbert, les érudits qui s'occupent de recherches sur l'ancienne chevalerie y trouveront la description de plusieurs
tournois où la noblesse, selon les mœurs du temps, se plaisait
à déployer beaucoup de magnificence. Ils y verront que ce
n'étaient pas toujours de purs jeux ou des exercices gym-
nastiques, mais que les passions, les haines et les jalousies
s'y mêlaient quelquefois, et faisaient dégénérer ces réunions
en arènes sanglantes.

Les continuateurs du Recueil des Historiens de France, qui T. XIII, p. 542-580.
avaient obtenu de M. le marquis du Chasteler communication
du ms. de Sainte-Vaudru, avaient imprimé une bonne partie de
cette chronique avant que ce seigneur eût donné son édition.
Ils n'ont pu l'imprimer que jusqu'à l'année 1180, qui est l'é-
poque où ils ont dû s'arrêter pour ne pas anticiper sur les
règnes suivans ; mais ils ne manqueront pas d'imprimer la
suite, lorsqu'ils en seront à Philippe-Auguste. M. le marquis
du Chasteler avait promis de donner des notes sur les endroits
de la chronique qu'il a désignés par des chiffres de renvoi ;
mais cet illustre savant étant mort, ses notes n'ont pas été
publiées. Les continuateurs de D. Bouquet en ont donné de
leur façon dans la portion qu'ils ont imprimée, et qui est
celle qui en avait le plus de besoin. Ils ont donné une attention particulière aux généalogies, parce qu'elles ont servi de

R 2

base à Baudouin d'Avesnes, pour dresser les siennes, qui ont été imprimées plusieurs fois. Comme le commencement de celles-ci est exactement le texte de Gilbert, et que Baudouin n'a fait que continuer jusqu'à son temps les mêmes généalogies dont Gilbert n'avait pu connaître que les premiers degrés, ils ont imprimé au bas des pages le texte de Baudouin, qui conduit le fil des générations jusques vers le milieu du XIIIe siècle.　　　　　　　B.

BAUDOIN V,

COMTE DE HAINAUT ET DE FLANDRE.

BAUDOIN V était né en 1150, de Baudoin IV, comte de Hainaut, et d'Adélaïde, appelée aussi Ermengarde, fille de Godefroi, comte de Namur. Le goût des tournois paraît l'avoir emporté de beaucoup dans l'ame de ce prince, sur le goût des lettres : les historiens en rappellent plusieurs qu'il rechercha et dans lesquels il obtint d'éclatantes victoires. Il nous reste cependant de lui une de ces lois destinées à abolir l'effet des vengeances privées, et à substituer au long empire des armes ou de la force le seul empire de la justice. Baudoin la fit dans une réunion des personnes les plus distinguées par leur naissance ou leurs vertus, et tous ceux qui lui étaient soumis en jurèrent l'observation. Une peine capitale dut frapper l'homicide ; la perte d'un membre dut être punie par une perte semblable. Un accusé qui se dérobait aux poursuites de la justice, était regardé comme coupable de l'action dont il avait craint de venir se justifier ; et il ne pouvait désormais obtenir miséricorde que du consentement, tout-à-la-fois, et du prince et des parens de celui sur qui avait été commis le crime. Si un noble tuait ou mutilait un paysan, le comte pouvait lui faire grace dans sa vie ou dans ses membres ; mais cette *paix* ne pouvait lui être assurée que du consentement des parens de celui qui avait été l'objet de l'attentat. Les parens du coupable fugitif devaient l'abjurer, s'ils voulaient rester en *paix* avec ses ennemis.

Cette loi avait beaucoup d'autres articles encore. Voilà ceux que Gilbert de Mons nous a conservés.

Hist. de Fr. t. XIII, p. 569-579

Chron du Hain. t. XIII des Hist. de Fr. p. 572.

Un des premiers actes de la jeunesse de Baudoin avait été la poursuite armée des brigandages qu'il chercha depuis, sans doute, à réprimer par des mesures de législation et de police, plus conformes à la dignité et aux devoirs d'un prince. Il ne pardonnait à aucun de ceux qu'il trouvait coupables. Nous apprenons encore, par Gilbert de Mons, de quels supplices il les punissait; il faisait pendre les uns, livrait les autres au feu, en faisait précipiter dans l'eau, en faisait enterrer d'autres tout vivans. Baudoin n'était pas encore alors comte de Hainaut; il ne le devint qu'en 1171 et non en 1172, comme le dit une chronique anonyme que l'on croit être d'un chanoine de Laon. Il avait épousé en 1169 la princesse Marguerite, sœur de Philippe, comte de Flandre : une nouvelle alliance fut contractée, à cette occasion, entre les deux souverains : le comte de Flandre promit de secourir et défendre le comte de Hainaut dans tous les cas et contre toute sorte de personnes, hors le roi des Français, son seigneur-lige; et le comte de Hainaut, celui de Flandre aussi contre tout autre que son seigneur-lige, l'évêque de Liége.

Ibid. p. 569.

P. 279 et 679 du même tom. XIII.
Ibid. p. 679.
Hist. de Fr. t. III, p. 270, 473, 570, 679. — Meyer, an. 1169, p. 49. — P. 240.

Martène a donné en entier, dans le premier volume de son trésor des anecdotes, une autre confédération de ces deux princes qui a le même objet, les mêmes exceptions, et qui paraît n'être que le renouvellement ou la confirmation de la première. Elle y est datée de 1176.

P. 585 et 586.

Après avoir annoncé d'abord qu'ils ont, du conseil de leurs hommes et sous la foi d'un serment mutuel, promis de s'aider toujours, contre tout autre que le roi de France et l'évêque de Liége, ils s'obligent, art. 2, à ne s'emparer de rien dans les états l'un de l'autre, et à ne construire aucune forteresse sur leurs frontières, que de leur consentement réciproque. Ils se défendent, par l'article 3, de garder dans leurs terres des hommes que l'autre aurait bannis des siennes. Aucun sujet d'un des deux états ne peut aller, pour nuire, dans les états de l'autre : aucun d'eux ne peut être contraint au rachat pour les guerres, privées sans doute, ni en Flandre ni en Hainaut. Le traité ajoute que les discussions, s'il s'en élève, doivent être terminées par les dispositions même qu'il renferme; et si cela est insuffisant, par une délibération commune des hommes des deux princes.

Art. 4 et 5.

Martène rapporte, dans le même ouvrage, des lettres d'Amauric, abbé de Saint-Aubert de Cambrai, relatives à des prières qu'on devait faire pour Baudoin, sa femme et ses

T. I, p. 619 et 620.

enfans; il les date de 1182, et néanmoins il parle de ce prince comme mort, quoique Baudoin n'ait cessé de vivre qu'en 1195 : pas de doute cependant que ce ne soit de Baudoin V qu'il veut parler, puisqu'il nomme sa femme Marguerite; or Baudoin IV n'avait pas une femme de ce nom, mais du nom de Laurette. Martène rapporte aussi, sous la date de 1194, un accord fait entre le comte de Hainaut et le duc de Louvain. Il avait cité, sous celle de 1192, des lettres de Baudoin, comte de Flandre et de Hainaut, au sujet d'une redevance qu'on payait à Cambrai. Baudoin avait succédé en 1191 au comté de Flandre, après la mort de Philippe, mort, comme nous l'avons dit, à la Terre-Sainte. Philippe l'avait désigné comme son héritier dès son premier voyage en Orient.   P.

Ibid. p. 655.

P. 653.

Art. de vérif. les dates, t. III, p. 31.
Hist. de Fr. t. XIII, p. 577.

MATHIEU,

ABBÉ DE NINOVE.

MATHIEU, né à Schoorisse, dans le comté d'Alost, en Flandre, d'abord chanoine régulier de Prémontré, passa, en 1190, du Mont-Saint-Martin, diocèse de Cambrai, à la dignité d'abbé de Ninove, alors du même diocèse, et ensuite de Malines : mais au bout de quelques années, plus ami du repos que de l'autorité, il abdiqua le gouvernement et revint vivre comme simple religieux au milieu de ses frères de Saint-Martin; c'était en 1195. Il y mourut la même année. On peut voir, sur sa vie monastique et ses vertus religieuses, Hugo, dans ses monumens historico-dogmatiques de l'antiquité sacrée, et dans les annales des prémontrés, Lemire, dans son histoire du même ordre, et Foppens, dans sa bibliothèque Belgique.

Homme d'une grande piété, Mathieu fut encore un homme d'un grand savoir. On avait de lui plusieurs sermons, ainsi que des commentaires sur les psaumes de David et sur le prophète Isaïe. Il paraît que ces manuscrits, conservés à la bibliothèque de l'abbaye de Ninove, ont péri dans le temps

T. II, p. 177.

T. II, p. 373.

P. 104.
P. 868.

des troubles qui ont agité le Brabant à la fin du seizième siècle et au commencement du dix-septième ; ils n'existaient déja plus quand Lemire écrivait, et Lemire est mort en 1640.

La chronique de Ninove le loue comme instruit, sur-tout dans la théologie, comme possédant à un haut degré le talent d'exposer au peuple la parole divine; on l'écoutait, dit-elle, comme un ange qui serait descendu du ciel.   P.

Hugo, Ann. de Prémontré, t. II, p. 373.

ÉCRIVAINS

De l'ordre de Grandmont.

L'ORDRE de Grandmont, dont le berceau fut à Muret, dans le diocèse de Limoges, prit naissance à-peu-près dans le même temps que celui des chartreux, vers la fin du onzième siècle. Ces deux ordres, en mettant des bornes au désir d'acquérir qui tourmente les hommes, se sont rendus recommandables par un genre de vie qui aurait fait l'admiration des anciens philosophes, et qui n'est autre chose que la morale du christianisme mise en pratique. C'est la réflexion que faisait, en parlant d'eux, le philosophe chrétien Jean de Salisburi, témoin des beaux commencemens de ces institutions (1). Mais plus empressés de trouver l'art de bien

Policrat. lib. VII, cap. 23.

(1) *Magni procul dubio viri*, dit-il, *et inter præcipuos numerandi, cùm non modo professiones, sed jam senescente mundo in tanta multitudine labentium sæculorum, pauci processerint homines qui satietatis sibi aliquos præscripserint terminos. Necesse est semper deesse aliquid curtæ rei, et ipse hiatus desiderii, aliquid ulteriùs jugiter affectantis, imperfectionis signum est.... Quodam igitur modo, eoque glorioso, perfectus est qui prævidet unde valeat satiari : quod etsi neminem vel admodum paucos gentilium assecutos credam, huic tamen nonnullos institisse proposito certum habeo, cùm et Ethicus dicat : Certum voto pone finem, sine quo in infinitum humani animi conatus protenditur, et in id quod omnino nequeat apprehendi. Porro Magni montis incolæ vitam perarduam elegerunt, et non modo avaritiæ, sed ipsius naturæ quodam modo domitores, omnia necessitatis imperia excluserunt, abjecerunt sollicitudinem crastini, etc. Policratici,* lib. VII, cap 23. Etienne de Tournai, lettre 71, fait du genre de vie des Grandmontains un éloge non moins magnifique.

vivre pour le mettre en pratique, que de faire des livres, ces bons solitaires écrivaient peu ; je n'aurai à parler dans cet article que des maximes de conduite et de morale qu'ils s'étaient prescrites, ou de quelques morceaux historiques concernant leur établissement.

1° ETIENNE DE LICIAC fut le quatrième prieur de Grandmont, après saint Etienne de Muret, et en cette qualité, supérieur-général de l'ordre. C'était un homme austère, très-zélé pour les observances du cloître, sous le gouvernement duquel l'ordre de Grandmont sortit de son obscurité, et prit de grands accroissemens, soit pour le nombre des frères, soit pour celui des maisons que la piété des grands du siècle s'empressait de construire à leur usage. Son gouvernement fut de vingt-trois ans, selon son épitaphe et tous les monumens historiques de Grandmont ; et comme il mourut certainement au mois de janvier 1161, il dut commencer, non l'an 1141, comme le disent les auteurs du *Gallia Christiana*, mais au plus tard l'an 1139.

Bernard Guidonis ou de la Guionie, évêque de Lodève en 1308, lui attribue un écrit qui a pour titre : *Dicta et facta sancti Stephani de Mureto.* D. Martène, qui avait trouvé cet écrit intercalé dans une vie de saint Etienne, composée par Gerard Ithier, septième prieur de Grandmont, adopte cette opinion qu'il appuie de fortes conjectures, tirées de la nature même de l'ouvrage. Il l'a imprimé à la suite de l'écrit de Gerard Ithier, dans lequel il avait pour titre : *Hic breviter comprehenduntur atque concluduntur virtutes conversationis atque sanctitatis sancti Stephani confessoris,* et l'éditeur y en a ajouté un nouveau, fondé sur ses conjectures : *Sancti Stephani dicta et facta, Stephani de Liciaco, uti conjicimus, jussu conscripta, et a Gerardo Itherii in vita ejusdem a se conscripta, inserta.*

Cet ouvrage est divisé en seize chapitres, et contient de fort bonnes maximes ; c'est une espèce de panégyrique fait pour servir de modèle de conduite aux religieux, et perpétuer dans l'ordre l'esprit de ce grand serviteur de Dieu. Cet écrit ne doit pas être confondu avec un autre du même genre, contenant cent vingt-deux maximes, ayant pour titre : *Liber sententiarum, seu rationum sancti patris nostri Stephani, institutoris ordinis Grandimontensis,* ouvrage traduit par le célèbre Baillet, imprimé à Paris, en latin et en français, chez Lemercier, l'an 1702, in-12. On en a rendu compte au

Mart. Ampl. Collect. t. VI, col. 118 et 126.

Labbe, Bibl. ms. t. II, p, 276.

Mart. *ibid.* col. 1046.

Ibid. col. 1118.

tome X de cette Histoire ; mais en attribuant ce dernier écrit à saint Etienne de Muret, ainsi que la règle des grandmontains, on a suivi trop aveuglément D. Remi Ceillier, qui a été réfuté par un religieux de l'étroite observance de cet ordre, dans le Journal de Verdun, année 1766, juillet, p. 57-47. L'opinion de ce religieux est que la règle de Grandmont, ainsi que le livre des Maximes recueillies des instructions verbales de saint Etienne, sont l'ouvrage d'Etienne de Liciac, ou du moins composés par son ordre, d'après la délibération du chapitre-général, qu'il avait assemblé l'an 1156.

Hist. Littér. t X, p. 417-423.

II. PIERRE BERNARDI, appelé aussi Bernard du Coudrai, *de Corilo,* dans les lettres de saint Thomas de Cantorbéri,· et par Geofroi de Vigeois *Bernard de Bré,* autrement dit *de Boschiac,* était d'une famille noble du Limousin. Il avait un frère nommé Aimeric Bernardi *de Bré,* et lui-même avait été engagé dans le mariage avant que d'entrer en religion. Il fut élu prieur de Grandmont, l'an 1161, comme on le voit par la lettre qu'il écrivit à Henri II, roi d'Angleterre, son souverain, et par la réponse qu'il en reçut, datée de la septième année du règne de ce prince. Il gouverna ce monastère pendant sept ans et demi, c'est-à-dire jusqu'à l'année 1168, époque où il fut nommé correcteur des Bons-Hommes de Vincennes, aux portes de Paris. C'était l'homme le plus recommandable de son ordre, dans un temps où cet ordre jouissait de la plus grande considération (1) ; un homme de qui les rois de France et d'Angleterre prenaient conseil, et à qui les papes et les évêques confiaient les affaires les plus délicates, comme on le verra par le détail des lettres qui nous restent de lui, ou de celles qui le concernent.

Lib. IV, ep. 1, 4, 8, 10, 25.
Labbe, Bibl. ms. t. II, p. 317.

1° Dom Martène a publié la lettre que Pierre Bernardi écrivit au roi d'Angleterre pour soumettre à son approbation la nomination qui venait d'être faite de lui à la place de prieur de Grandmont, général de l'ordre. La réponse du roi est très-honorable pour sa personne.

Mart. Anecd. t. I, col. 454.

2° Bernard n'était plus prieur de Grandmont, lorsqu'il

Ep. S. Thom. Cant. lib. IV, ep. 1.

---

(1) *Sancti Grandimontani,* dit Jean de Sarisbéri, ép. 270, *creduntur talentum gratiæ principium in tantum meruisse et percepisse à Domino, ut dispensatio regnorum, quatenùs ipsi permiserint, eorum permittatur arbitrio. Fama siquidem præconatur quòd in eorum manibus sint consilia et opera regum.*

reçut du pape Alexandre III, conjointement avec les prieurs des chartreuses du Mont-Dieu et du Val-Saint-Pierre, la commission de travailler à la réconciliation de l'archevêque de Cantorbéri avec le roi d'Angleterre. En vertu de ces lettres de commission, dans lesquelles il est nommé *Bernardus de Corilo,* il assista à la conférence qui eut lieu, aux fêtes de l'Epiphanie de l'an 1169, à Montmirail dans le Perche, entre les rois de France et d'Angleterre, dans laquelle la paix entre ces deux princes fut conclue, mais non celle de l'archevêque Thomas avec son roi, quoique les commissaires du pape fussent porteurs de lettres très menaçantes, dans le cas qu'ils ne parviendraient pas à fléchir le monarque anglais. Les commissaires ayant rendu compte au pape du résultat de cette conférence, Bernard ne jugea pas à-propos de souscrire la lettre, par la raison, disait-il, que ce n'était pas l'usage des grandmontains d'écrire à qui que ce fût : *Et quia fratrum Grandimontis consuetudo non est ut scribant alicui, hæc de conscientiâ et voluntate fratris Bernardi socii nostri vobis scribimus, qui veritatem in audientiâ multorum testificatus est, rogans eos quibus scribere licet, ut vobis ab eo audita scriberent.* Ce procédé de la part du frère Bernard le rendit un peu suspect à Jean de Sarisbéri, qui parle de lui comme d'un homme dévoué au roi d'Angleterre ; car dans une autre occasion ce grandmontain, comme nous l'allons voir, ne fit pas difficulté d'écrire.

3° En effet les grandmontains avaient des obligations infinies au roi d'Angleterre dont les faveurs étaient presque toutes pour eux ; il leur donnait des terres, leur bâtissait des maisons dans ses états, et à l'époque même du meurtre de saint Thomas, il faisait travailler à la reconstruction de leur église. C'étaient de grands motifs de ne pas se déclarer contre lui ; mais ce qui prouve que frère Bernard était au-dessus de ces considérations, c'est qu'à la nouvelle de ce meurtre, pénétré de la plus vive douleur, il écrivit au prieur de Grandmont, se reprochant ce meurtre comme s'il l'eût commis personnellement, parce qu'apparemment il était le directeur de la conscience du roi. C'est ce qu'on doit conclure de la longue lettre qu'il lui écrivit sans respect humain, et avec une liberté incroyable, pour lui reprocher l'énormité de son crime. Elle est d'un pathétique aussi éloquent que sauvage ; car, après avoir épuisé toute sa rhétorique, l'auteur finit par déclarer au roi qu'il ne veut plus avoir rien de

Ibid. ep. 8 et 10.

Joan. Saresb. ep. 268, 269.

Mart. Anecd. t. I, col. 560.

Ibid. col. 561.

commun avec lui, qu'il le regarde comme un excommunié, qu'il ne recevra pas même de ses lettres, si le coupable ne répare par une pénitence convenable un si horrible attentat.

4° Nous ignorons si le roi d'Angleterre fut choqué d'une pareille liberté; mais, quoique Bernard ait vécu depuis encore plusieurs années, nous ne voyons pas qu'il ait eu d'autres relations avec ce prince. En revanche, nous trouvons qu'il était fort accrédité dans les conseils de Philippe-Auguste. L'an 1181, ce prince voulant expulser les Juifs de son royaume, consulta sur cela le frère Bernard de Vincennes, qui, au rapport de Rigord, approuva la mesure : *Consuluit quemdam eremitam nomine Bernardum, qui eo tempore in nemore Vicenarum degebat, quid facto opus esset ; de consilio cujus relaxavit omnes christianos de regno suo a debitis Judæorum, quintâ parte totius summæ sibi reservatâ.* L'an 1190, ce prince, dans le testament qu'il fit en partant pour la Terre-Sainte, défend aux régens du royaume de nommer à aucun bénéfice ecclésiastique sans avoir consulté le frère Bernard : ce qui prouve incontestablement la haute considération dont jouissait ce bon solitaire dans le royaume.

5° Pendant les troubles qui agitèrent l'ordre de Grandmont, sous la présidence de Guillaume de Trahinac, dont nous parlerons bientôt, le frère Bernard employa son crédit auprès du roi, pour faire triompher la cause des religieux-clercs contre les frères-lais, qui se croyant supérieurs aux clercs, parce qu'ils étaient en plus grand nombre et qu'ils avaient la manutention du temporel, avaient chassé les clercs de leurs maisons. Nous avons parmi les lettres d'Etienne de Tournai, alors abbé de Sainte-Geneviève, celle qu'il écrivit, conjointement avec les abbés de Saint-Denis, de Saint-Germain et de Saint-Victor de Paris, pour informer le pape Clément III de la manière dont le roi avait terminé cette affaire, et des nouveaux troubles que les frères-lais cherchaient à susciter. Dans cette lettre, les quatre abbés font l'éloge du frère Bernard, qu'ils appellent un homme simple et craignant Dieu, ajoutant que le pape ferait une chose agréable au roi, s'il voulait confier au frère Bernard, ainsi qu'à l'évêque de Paris, le soin de rétablir le bon ordre dans cette congrégation.

6° C'est encore lui qui avait été chargé de négocier avec saint Guillaume, abbé de Saint-Thomas du Paraclet en

S 2

Lib. II, ep. 77, t.
VI Rer. Dan.

Danemarck, le mariage du roi Philippe-Auguste avec la princesse Ingeburge. Ce mariage ayant été rompu presque aussitôt, l'abbé Guillaume, dans une lettre de l'an 1195, lui rappelle les soins qu'ils s'étaient donnés l'un et l'autre pour cimenter cette union dont ils auraient pu se féliciter, si l'intrigue n'en eût rompu le charme. En finissant, il exhorte son ami à faire usage de son crédit auprès du roi, afin de le déterminer à reprendre sa femme. *Supplicamus igitur et nos, ut, quia rex idem consiliis vestris innititur, ad idem opus complendum vestræ partes accedant, ut malis actionibus jucundiora et meliora munere divino succedant.*

Cette lettre prouve que notre solitaire vivait encore l'an 1195, mais l'année précise de sa mort nous est inconnue. Si, malgré les affaires importantes dont il fut chargé, il n'a pas beaucoup écrit, la raison en est dans la pratique austère de l'ordre de Grandmont, qui, comme nous l'avons vu, ne permettait point aux religieux d'écrire à qui que ce soit, même au pape. Les trois lettres dont nous venons de parler, les seules qui soient parvenues jusqu'à nous, ont été réimprimées dans le XVIe volume du nouveau Recueil des Historiens de France, aux pages 470, 472, 658.

III. GUILLAUME DE TRAHINAC, quelquefois surnommé *d'Aixe*, parce qu'apparemment il était originaire de ce lieu dans le Limousin, fut fait prieur de Grandmont, vers l'an 1168, après Pierre Bernardi, dont nous venons de parler.

Mart. Anecd. t. I,
col. 560 et seq.

Nous n'avons du prieur Guillaume que deux lettres relatives au meurtre de saint Thomas de Cantorbéri ; l'une à Pierre Bernardi, que cet événement avait jeté dans le trouble, pour le consoler ; l'autre au roi d'Angleterre, pour lui signifier qu'à la première nouvelle du meurtre du saint archevêque, dont le chargeait la voix publique, il avait renvoyé les ouvriers qui, par un effet de sa munificence royale, travaillaient à la reconstruction de l'église de Grandmont, ne voulant plus de ses dons, ni avoir aucune communication avec lui.

Steph. Tornac. ep.
144.

Outre ces deux lettres, il y en a une parmi celles d'Etienne, abbé de Sainte-Geneviève, écrite en son nom au pape Urbain III, et il n'est pas douteux qu'il n'en ait écrit beaucoup d'autres pendant le grand procès que lui suscitèrent les frères-lais, qui, se prétendant supérieurs aux clercs, parce qu'ils avaient la manutention du temporel, se portèrent aux plus grands excès, le déposèrent, et mirent à sa place un nouveau prieur, nommé Etienne (1). Cette affaire dura trois ans, ne fut terminée que l'an 1187, par une espèce de compromis entre les mains du roi de France, qui règle les prétentions respectives des clercs et des laïques. On voit par la lettre 143 de l'abbé de Sainte-Geneviève au pape Clément III, que le frère Bernard de Vincennes eut beaucoup de part à cet accommodement, et que les troubles ne tardèrent pas à recommencer de la part des frères convers, au point que l'affaire ayant été portée au tribunal du pape Clément III, il cassa l'élection des deux prieurs, et ordonna l'élection d'un nouveau. Il paraît que Guillaume de Trahinac, se croyant injustement déposé, fit alors le voyage de Rome (2), et qu'il y mourut avec la réputation d'un homme d'une sainteté reconnue : *Domnus Willelmus, prior Grandimontis, ut ferè omni mundo notum est, pro injurià quam a fratribus suis patiebatur, exul et peregrinus Romœ emigravit ad Christum, cujus sanctitatis virtutisque prœconium omnium nostrûm novit ecclesia, quod etiam crebra testantur miracula.* Les annalistes de Grandmont, s'accordant à lui donner dix-huit ans de priorature, laissent dans l'incertitude s'il faut compter ces dix-huit années à commencer l'an 1168 jusques à 1185, époque de sa première déposition par les frères convers, ou depuis 1170 jusqu'à l'année 1188, dans laquelle il eut pour successeur Gerard Ithier.

IV. Le pape Clément III, pour rétablir la paix dans l'ordre de Grandmont, ayant ordonné, comme nous venons de le

Mart. Anecd. t. I, col. 630.

Mart. Ampl. Collect. t. VI, col. 1090.

Mart. Anecd. t. I, col. 605.

Mart. Ampl. Coll. t. VI, col. 118 et 126.

---

(1) On trouve dans un manuscrit de Saint-Victor quatre complaintes sur cet événement, composées de rhythmes différens. Voici deux stances de la seconde qui nous paraît la meilleure :

<table>
<tr><td>

Fleant omnes litterati,
Grandimontis ordinati;
Turpiter sunt mancipati
Barbatorum potestati
  Nostris in temporibus.
Fleant aurum obscuratum,
Et colorem immutatum,
Templum Dei violatum,
Auro Christum coronatum,
  Sanctum datum canibus.

</td><td>

Stupet cœlum scelus terrœ,
Stupet terra gentem ferre,
Quœ sit ausa se prœferre,
Temerèque vim inferre
  Ministris ecclesiœ.
Admirentur universa
Quàm barbata gens perversa,
Gens in malum tota mersa,
Dominetur vice versa
  Litteratis hodiè.

</td></tr>
</table>

(2) C'est à cette occasion que le prieur Guillaume composa l'opuscule *Quales sunt,* imprimé parmi ceux de Pierre de Blois, comme nous le prouverons en rendant compte des écrits de ce dernier.

dire, de procéder à l'élection d'un nouveau prieur, GERARD ou GERALD ITHIER fut élu, le 29 septembre 1188, d'une voix unanime, à la place des deux prieurs destitués, dans un chapitre-général de l'ordre composé de cinq cents membres, en présence d'Elie, archevêque de Bordeaux ; de Seibrand, évêque de Limoges, et de Bertrand, évêque d'Agen. C'était un homme plus instruit que ne l'étaient communément alors les grandmontains, et d'une famille distinguée de la petite ville de Saint-Junien ; car parlant d'un nommé Ithier *de Monte-Valerio,* homme noble habitant de ce lieu, il l'appelle son ami et son parent : *Erat enim amicus noster atque consanguineus, genere quoque atque nobilitate perspicuus.*

Il fut résolu dans ce chapitre de travailler à la canonisation du saint instituteur de l'ordre, et le soin en fut laissé au prieur Gerard, qui ayant recueilli tous les documens préparés pour cela, et muni des attestations des évêques que nous venons de nommer, obtint facilement du pape Clément III, une bulle datée du 21 mars, la seconde année de son pontificat, c'est-à-dire l'an 1189, par laquelle le souverain pontife donne commission à Jean, cardinal de Saint-Marc, légat en France, de se transporter à Grandmont, et de procéder, conjointement avec les évêques de la province, à la canonisation de saint Etienne de Muret : cérémonie qui se fit avec une pompe religieuse, le 30 août de la même année, peu après la mort de Henri II, roi d'Angleterre, qui avait vivement sollicité la canonisation du saint.

On dit qu'à cette occasion Gerard Ithier composa la vie de saint Etienne de Muret ; mais cette opinion ne nous paraît pas devoir être admise sans restriction. Il nous semble qu'on peut distinguer ce qui est vraîment de lui, de ce qui existait avant lui. Le P. Labbe qui l'a publiée le premier, l'an 1657, la donne sans nom d'auteur ; elle reparut, l'année d'après, avec des observations préliminaires et de savantes notes dans le recueil de Bollandus, sous le nom du prieur Gerard, d'après un manuscrit envoyé par le laborieux P. Chifflet. Mais ce qu'ils ont imprimé n'est qu'un abrégé du grand ouvrage publié depuis par D. Martène et D. Durand. Ces derniers éditeurs pensent, comme Bollandus, que Gerard ne fut que le rédacteur ou le compilateur des mémoires qui avaient été recueillis avant lui, peut-être même par Etienne de Liciac, dont on a déjà parlé : et nous sommes de leur avis. En effet, on trouve à la tête de la dernière édition trois préfaces ou inscriptions, *tituli*, qui paraissent être de différens auteurs : les deux premières sont anonymes, et la troisième porte le nom de Gerard, *vénérable septième abbé de Grand-mont*. Nous pensons, comme les éditeurs, que la première est celle qu'Etienne de Liciac, quatrième prieur de Grandmont, avait placée à la tête de l'écrit qui a pour titre : *Dicta et facta sancti Stephani;* que la seconde était faite pour la vie de saint Etienne, finissant au chapitre 55, comme on voit par la doxologie qui le termine; et que Gerard Ithier ayant incorporé ces ouvrages dans le sien, y a ajouté la troisième préface, ainsi que les chapitres depuis le 56e jusqu'au 74e, dans lesquels il n'est parlé que de miracles.

Un autre ouvrage qui lui appartient tout entier est celui qui a pour titre : *De revelatione beati Stephani*. Il est divisé en trente-cinq chapitres, dont les deux premiers servent de préface. Le premier est une lamentation sur les déplorables divisions qui s'étaient élevées dans l'ordre, et l'avaient rendu la fable du siècle; dans le second, l'auteur exhorte ses confrères à oublier le passé, à se pardonner mutuellement, et à réparer le scandale de leur conduite par un renouvellement de ferveur. Il fait ensuite l'histoire de la canonisation du saint, et une longue énumération des miracles faits à cette occasion, et dans les années suivantes. On y voit que les grandmontains qui avaient défendu autrefois à leur saint patriarche d'opérer des miracles, avec menace, s'il continuait, de jeter son corps dans un cloaque, parce que l'affluence de monde qu'ils attiraient, troublait leur solitude; on y voit, disons-nous, qu'ils le priaient instamment alors d'en faire, parce qu'il importait de relever sa gloire aux yeux du peuple.

Les derniers éditeurs de la vie de saint Etienne ont redressé les erreurs de chronologie dans lesquelles est tombé l'auteur, touchant la retraite du saint à Muret, et l'origine de son ordre. Nous n'entrerons pas dans cette discussion, parce que cette matière a été assez débattue par nos devanciers, à l'article d'Etienne de Muret.

Deux auteurs, qui dans le XIVe siècle ont composé l'histoire ou la chronologie historique des prieurs de Grandmont, attribuent encore à Gerard Ithier un ouvrage ayant pour titre : *Speculum Grandimontis*, livre, disent-ils, d'une érudition rare, et d'une merveilleuse utilité. *Qui Giraldus dictavit vitam sancti Stephani prælibati, et compilavit speculum Grandimontis, miræ utilitatis et scientiæ librum.* Nous ne connais-

Ibid. col. 1087-1118.

Ibid. col. 1093.

Mart. *ibid.* col. 1046.

Hist. Littér. t. X, p. 411-413.

Mart. *ibid.* col. 121 et 128.

sons pas ce miroir. Serait-ce le livre des Maximes et enseignemens de saint Etienne, dont il a été parlé plus haut, livre effectivement admirable? Nous ne le pensons pas, par la raison que Jean Lévêque, auteur des Annales de l'ordre de Grandmont, imprimées à Troyes, l'an 1662, dit que cet ouvrage existait à Grandmont, en deux gros volumes. Il y a apparence qu'on appelait ainsi les deux volumes dans lesquels D. Martène dit avoir trouvé les différens écrits concernant l'ordre de Grandmont qu'il a publiés.

Annal. Ord. Grandimont. p. 11.

Mart. ibid p. 1046.

C'est vraisemblablement dans la même compilation que l'infatigable Martène a puisé une pièce de 64 vers hexamètres, remarquables par la variété des rimes ou consonnances tantôt entre les finales des vers, tantôt entre l'hémistiche et la finale, contenant un très-court abrégé de la vie de saint Etienne. Si ces vers sont aussi de la composition de Gerard Ithier, il faut convenir qu'il n'était pas né poète; car il n'est guère possible d'en lire de plus plats. Sa prose cependant n'est pas mauvaise ; elle est semée de réflexions judicieuses qui décèlent un sens droit, et écrite avec un air de candeur et de simplicité qui lui concilient la confiance des lecteurs.

Ibid. col. 1130.

Le prieur Gerard, selon les historiens de Grandmont, se démit de sa place, après avoir gouverné sa congrégation pendant neuf ans, c'est-à-dire, jusqu'en 1197, et mourut à Grandmont, le 19 avril, sans dire en quelle année. Son épitaphe, rapportée dans le *Gallia Christiana,* lui donne dix ans et trois mois de prélature, et ne marque pas non plus l'année de sa mort.

Mart. ibid. col. 121 et 128.

Gall. Christ. t. II, col. 650.

V. GUILLAUME DANDINA, OU DE SAINT-SAVIN, auteur d'une vie du bienheureux Hugues de Lacerta, publiée par D. Martène, nous apprend, en terminant son écrit, quel était son nom et son surnom; qu'il était prêtre et religieux de l'ordre de Grandmont : *Ego Guillelmus Dandina, qui de Sancto Savino improprè cognominor, frater peccator indignusque sacerdos.* Le surnom de Saint-Savin lui venait apparemment du lieu de sa naissance : ce qui semble indiquer qu'il était Poitevin. Nous ne connaissons aucune particularité de sa vie; mais on peut recueillir de ses écrits qu'il vécut long-temps après l'an 1157, époque de la mort du saint homme dont il écrit la vie. Car il parle du prieur Etienne de Liciac, décédé l'an 1161, et de son successeur Bernard qui vivait encore lorsqu'il écrivait. Or Pierre Bernard qui cessa d'être prieur à Grandmont, l'an 1168, vécut, comme

Mart. ibid. col. 1185.

Ibid. col. 1162 et 1167.

nous l'avons prouvé ci-dessus, au-delà de l'année 1195. Dandina écrivait donc dans l'intervalle des années 1161 et 1195, et certainement avant 1189, puisque, parlant de saint Etienne de Muret, il ne l'appelle jamais que *dom Étienne,* sans lui donner le titre de saint : ce à quoi il n'aurait pas manqué, s'il eût écrit postérieurement à sa canonisation faite par le pape Clément III, l'an 1189.

Son histoire est intéressante, et peut passer pour une seconde vie de saint Étienne de Muret, dont Hugues de Lacerta fut l'ami et le confident le plus intime. L'auteur nous apprend qu'à l'époque où il écrivait la vie de ce dernier, on avait déja composé plusieurs volumes sur celle de saint Étienne : *Igitur post transitum domni Muretensis, summi et memorabilis viri, de cujus vitâ atque doctrinâ, multa, ut dictum est, habentur volumina.* Cela prouve ce que nous avons avancé plus haut, que Gerard Ithier ne fit que recueillir tous ces ouvrages pour en composer la vie qui porte son nom. Dandina fit usage des mêmes matériaux pour composer l'histoire de Lacerta, et particulièrement des dits et gestes du saint fondateur, dont il rapporte un grand nombre. Il avoue qu'il n'avait pas eu le bonheur de connaître personnellement le saint homme dont il écrivait la vie ; mais il dit en plusieurs endroits qu'il avait appris ce qu'il rapporte d'autres religieux qui avaient vécu avec le frère Hugues, et qui vivaient encore lorsqu'il écrivait. Cette histoire est beaucoup trop diffuse, et n'est pas recommandable par la beauté du style. L'auteur en convient : Quoique mon style grossier, dit-il, ne soit nullement propre à donner du relief à cette légende, j'espère cependant que le fond des choses que j'ai mises par écrit, de mon mieux, et que je rapporte avec sincérité, le rendra recommandable : *Plurimum confidentes quoniam, etsi non potest legendam incultus sermo et rusticanus ornare, eam faciet ille beatus signis præclarisque virtutibus elucere.* Elle est en effet très-édifiante, et prouve que Muret était une excellente école de vertu.

Les successeurs de Bollandus n'ayant pu se procurer l'écrit de Guillaume Dandina, n'ont dit que quelques mots en passant du bienheureux Hugues de Lacerta. Mais D. Martène, à qui la littérature du moyen âge a tant d'obligations, l'a publié sur un manuscrit qui lui fut envoyé de Grandmont.

Le même éditeur nous a donné la relation d'une vision qu'eut un moine de Grandmont, au sujet de la déposition du

Tome XV.   T

prieur Guillaume de Trahinac. Ce n'est qu'une vision, mais dont l'histoire peut faire son profit. Elle fut écrite par un nommé Guillaume à un religieux nommé Gui : *Fratri Widoni Willelmus.* Il n'est pas hors de vraisemblance que l'auteur de cette relation soit notre Guillaume Dandina, et le nommé Gui le *Guido de Milliaco,* dont il parle dans son histoire comme d'un des témoins de qui il avait appris ce qu'il raconte. Si cela est, on peut assurer que Dandina vécut au-delà de l'an 1188, époque de la déposition de Guillaume de Trahinac, et que, même après la mort de ce prieur, il avait de la peine à reconnaître son successeur Gerard Ithier.

Mart. Ampl. Coll.
t. VI, col. 1162.

.B.

RAOUL DE SERRES,

DOYEN DE L'ÉGLISE DE REIMS.

Bibl. med. et inf.
latin. edit. Mansi.
in-4°, t. VI, p. 33.

FABRICIUS dit qu'Oléarius, Bayle, Cave, et Dupin, ont confondu plusieurs Raouls : mais il s'en faut bien que Fabricius lui-même ait parfaitement distingué de tous les autres celui qui doit ici nous occuper. Pour éviter, s'il se peut, cette confusion, nous commencerons par indiquer les divers personnages qu'il s'agit de distinguer :

1° Radulphus ou Gradulphus, qui fut abbé de Fontenelle en Normandie, vers le milieu du XIe siècle, et qui, selon toute apparence, n'a laissé aucun ouvrage. Oudin l'appelle un écrivain imaginaire, un saint du nouveau calendrier ;

Gall. Christ. nova,
t. XI, p. 76, 77.
Comment. in Scr.
Eccles. t. II, p.
773.
Dicet. Radulph.
Hist. Litter. de la
Fr. t. XII, p. 480-
484.

2° Raoul, moine de Flaix ou de Saint-Germer, théologien du XIIe siècle, que Bayle a pris mal-à-propos pour un chroniqueur, et que nos prédécesseurs ont mieux fait connaître comme auteur d'une somme théologique et de quelques commentaires sur des livres sacrés ;

3° Raoul de Beauvais qui toutefois pourrait fort bien n'être que Raoul de Flaix ; car le monastère qui portait ce dernier nom, ou celui de Saint-Germer, était situé dans le Beauvoisis ;

4° Raoul-le-Noir qui enseignait à Poitiers et auquel sont adressées les deux lettres de Jean de Sarisberi, qui portent les n°s 171 et 173 dans le recueil de celles de Thomas Becket ;

5° Raoul de Serres, doyen de l'église de Reims, mort en 1196 ; c'est celui à cause duquel nous parlons ici des autres : Du Boulay, dom Rivet et plusieurs autres lui ont appliqué le surnom *le Noir*, qui, selon M. Brial, doit être réservé au précédent ;

6° et 7° Deux chroniqueurs qui écrivaient au XIIIe siècle, savoir, Raoul de Coggeshale, et Raoul de Suffolk , quelquefois surnommé aussi *le Noir*, mais archidiacre de Glocester.

On a lieu de croire que Raoul, doyen de Reims, était né en Angleterre. Jean de Sarisbéry, et Thomas Becket parlent de lui comme de leur ami et de leur compatriote. Il fut exilé de la Grande-Bretagne avec Thomas qui, dans une de ses lettres, remercie l'église de Reims du bon accueil qu'elle a fait aux compagnons de ses infortunes. « *Agentes ei (ecclesiæ* » *Remensi) gratias de honore et amore quem nobis exhibuit in* » *coexulibus nostris, Philippo, Radulpho et aliis.* » Vers 1166 ou 1167, Jean de Sarisbéry, dans une lettre à l'évêque d'Amiens, sollicite pour Raoul la dignité de doyen de Reims ; (1) mais elle fut décernée à Foulques, et Raoul ne l'obtint qu'en 1176. Pierre-le-Chantre lui succéda en 1196, année qu'on peut regarder comme celle de la mort de Raoul. Le nécrologe de l'église de Reims dit seulement qu'il décéda le treizième jour avant les calendes de septembre, et le représente d'ailleurs comme un ecclésiastique charitable, austère, honnête et lettré ; *vir honestus et litteratus*. Si aux témoignages que lui ont rendus Thomas Becket et Jean de Sarisbéry, on joint ceux de Pierre de Celles et d'Etienne de Tournai, il en résultera que Raoul avait obtenu de ses contemporains des hommages pareils à ceux que Marlot et d'autres modernes ont offerts à sa mémoire.

Voilà les seuls faits qui concernent la vie de ce doyen : nous connaissons beaucoup moins encore ses ouvrages, qui sont restés manuscrits et qui n'existent qu'en des bibliothèques d'Angleterre. Les catalogues de ces bibliothèques lui attribuent une chronique et un traité sur l'art militaire ; nous n'ajoutons point des commentaires sur la bible, parce que nos prédécesseurs les ont revendiqués avec raison pour Raoul de Flaix.

---

(1) *Precor magistro Radulpho... decaniam obtineatis. Jam enim de eo eligendo sermo habitus est, nec credo quòd sit apud eos aliquis litteratior, aut honestior, aut liberalior in pauperes Christi.*

Marginal references:

Hist. Univ. Paris. t. II, p. 769.

Rivet, H. Litt. de la Fr. t. IX, p. 73. Brial, Rec. des hist. de Fr. t. XVI, p. 535. Gall. Christ. nov. t. IX, p. 172. Inter. ep. S. Thomæ Cant. lib. II, ep. 451; lib. I, ep. 109, 110, 230. *Ibid.* ep. 87.

P. C. Epist. lib. VI, ep. 4. S. T. Ep. 141. Hist. Metrop. Rem. t. I, p. 490, 491 ; t. II, p. 389, 432, 442, 455.

Catal. ms. ang. part. III, n. 12. — Bibl. col. 8.

Hist. Littér. de la Fr. t. XII, p. 481.

Un traité *de re militari* semble avoir assez peu de rapport avec les fonctions qui ont rempli la vie de Raoul de Serres.

Quant à la chronique, c'est, dit-on, celle qui, commençant avec l'origine des choses humaines, s'étendait jusqu'à l'an 1114, et qui a été continuée jusqu'au-delà de l'an 1200, par Raoul de Coggeshale qui mourut en 1228. Dom Martène a publié cette continuation qui remonte non pas seulement à 1114, mais à 1066; en sorte qu'on en pourrait considérer les trois premières pages comme les dernières de l'ouvrage du doyen de Reims. Mais il y a ici quelque difficulté : car Pitz et Bailey nous disent que, dans les manuscrits d'Angleterre, les additions de Raoul de Coggeshale à la chronique de Raoul-le-Noir *(additiones ad Radulphum nigrum)* commencent par ces mots : *Anno gratiæ 1114, rex Henricus.* Or ni ces mots ni des termes équivalens ne se lisent dans le livre que Martène a inséré au tome V de l'*Amplissima Collectio,* d'après un manuscrit de Saint-Victor qui ne contenait que cette continuation. Là, de l'année 1110, on passe immédiatement à l'année 1118; sans aucune mention des années intermédiaires, et sans qu'il soit question d'aucun acte du roi Henri appartenant à l'année 1114. Ce n'est donc qu'à l'aide des manuscrits anglais, qu'on pourrait prendre une idée un peu précise de l'ouvrage continué par Raoul de Coggeshale.

Wood néanmoins, dans son histoire de l'université d'Oxford, cite la chronique du doyen Raoul, et en transcrit même quelques lignes; celle-ci, par exemple : « *Liberalium artium* » *exercitia evanuerunt occasione ambitiosi questûs ob quem* » *curritur ad leges sæculi, et decreta, et physicam.* » On voit qu'alors, comme à bien d'autres époques, la littérature était beaucoup moins lucrative que la médecine, le droit canon, et la jurisprudence civile. En citant un autre passage de la même chronique, relatif aux sectes qui divisaient les clercs du moyen âge, Wood semble faire de Raoul le premier littérateur du XIIe siècle : « *qui in re grammaticâ, humaniori-* » *que universìm litteraturâ, cœtaneis omnibus facilè præ-* » *luxit.* » Mais le Raoul qu'on exalte à ce point est ici qualifié *Belvacensis,* au lieu du surnom de *Niger* qu'il porte dans les autres citations de Wood. Nous osons croire que cette qualification de *Belvacensis* est ici erronée, ou du moins il nous paraît difficile qu'elle convienne au doyen de Reims qui, accueilli en cette ville au moment même où il venait de quitter l'Angleterre, n'a guère eu le temps de faire assez de séjour à Beauvais pour en prendre le surnom.   D.

Ampl. Collect. t. V, p. 801-870.

De Ill. Angl. Script. c. 325.
Balæus, Scr. Britan. Centur. t. III, c. 88.

Hist. Univ. Oxon. liv. I, p. 55.

Ibid. p. 57.

MAURICE DE SULLY,

Évêque de Paris.

Le théologien dont nous allons parler n'était point de la maison de Sully : il était né de parens pauvres, obscurs, dans un village nommé Sully *(de Solliaco)* sur les bords de la Loire. Il se vit, durant sa jeunesse, réduit à la mendicité : Vincent de Beauvais, Guillaume de Nangis et d'autres écrivains rapportent qu'un jour il refusa une aumône qu'on ne lui offrait qu'à condition qu'il renoncerait à devenir jamais évêque. Il est sans doute fort étrange qu'on ait songé à exiger d'un mendiant un engagement pareil : Maurice ne voulut pas le prendre : apparemment, il se sentait dès-lors une vocation décidée à l'épiscopat, et il avait, dans son dénuement extrême, un pressentiment de son opulence future. Il vint étudier et bientôt enseigner à Paris : il y prêchait avec succès, lorsqu'on le nomma chanoine de Bourges; mais il était destiné à une dignité plus éminente : après avoir quitté Bourges pour être chanoine, puis archidiacre de l'église de Paris, il en devint évêque; et voici comment Césaire d'Heisterbach, moine de Cîteaux, raconte l'élection de Maurice.

Vinc. Belv. Spec. Hist. liv. XXX, c. 21. — Ménage, Hist. de Sablé, p. 258.

Bibl. Patr. Cisterc. t. II, p. 173.

Le siége de Paris vaquait par le décès de Pierre Lombard : les suffrages ne se réunissant sur aucun candidat, les électeurs s'accordèrent à investir trois membres de leur propre assemblée du droit de nommer définitivement l'évêque. Les opinions de ces trois électeurs se trouvèrent aussi inconciliables que celles de l'assemblée qu'ils représentaient, et ils ne sortirent d'embarras qu'en concentrant, à leur tour, leurs pouvoirs dans la personne de l'un d'entre eux. Cet électeur unique était Maurice de Sully qui, après les réflexions sérieuses qu'exigeait un choix si grave, fit à ses deux collègues la déclaration suivante : « Je ne dois choisir qu'un homme » qui me soit parfaitement connu comme dévoré du désir » d'être utile, et non de l'ambition de commander. Je veux » bien supposer cette disposition dans quelques-uns des candidats; mais je ne saurais en répondre; je ne puis sonder » leurs consciences; je ne lis que dans la mienne; et pour » ne rien hasarder, c'est Maurice de Sully que je nomme. »

Si · ce récit du moine Césaire n'est contredit par aucun historien du XIIe et du XIIIe siècle, il n'est non plus confirmé nulle part. Il n'est connu ni de Robert du Mont, ni de Rigord, ni de Vincent de Beauvais, qui tous trois parlent de Maurice de Sully, sans indiquer une seule de ces circonstances de sa promotion à l'épiscopat. Elles sont même peu conciliables avec les lignes que nous allons extraire de la chronique de Robert, chanoine de Saint-Marien d'Auxerre, ordre de Prémontré. « *Floret Mauritius episcopus qui ob in-* » *dustriam ac litteraturam eximiam et dissertitudinem linguœ* » *prœcipuam, de infimo magnœ paupertatis ad pontificalis* » EVECTUS *est apicem dignitatis.* » Oudin fait remarquer cette expression *evectus* comme inapplicable à un homme qui se serait nommé lui-même. D'ailleurs, ajoute Oudin, ce procédé n'eût-il pas blessé toutes les règles canoniques? Eût-il été digne de la vertu de Maurice? Ses deux coélecteurs n'auraient-ils pas pu l'élire immédiatement évêque, au lieu de s'en rapporter à lui seul sur le choix qu'ils avaient à faire? Le lui confier, n'était-ce pas au contraire l'exclure du nombre des candidats, l'astreindre tacitement à ne pas s'y comprendre? Par toutes ces considérations, Oudin rejette le témoignage de Césaire, et censure, à cette occasion, l'extrême crédulité de cet historien. « *Absit commentum istud mona-* » *chale Cæsarii hominis simplicissimi, in credendo et scribendo* » *fabulas facilis atque in plerisque suis historiis absurdi et* » *insulsi.* » Ce récit est néanmoins adopté par du Boulay ; il a été reproduit dans la nouvelle Gaule chrétienne : il n'était pas dans l'ancienne.

Du Boulay transcrit une autre anecdote qu'il trouve dans un sermon attribué à saint Bonaventure, et qui serait arrivée peu de temps avant la promotion de Maurice à l'évêché de Paris, qui même aurait contribué à le faire élire. Il s'agit de sa mère qui, ayant appris les succès éclatans qu'il obtenait comme professeur et comme prédicateur, prit la résolution de le venir voir. Vêtue de bure, un bâton à la main, elle s'achemine vers Paris, où étant arrivée elle s'informe du docteur Maurice, à quelques dames. On lui demande ce qu'elle veut de lui : Je suis sa mère, répond-elle. Les dames craignant que le docteur ne fût tout honteux de la voir en un tel état, la r'habillent, lui donnent un manteau, et la conduisent bien parée auprès de son fils. Dès

Ann. 1164.

Comment. de Scr. eccles. t. II, col. 1581-1589.

Hist. Univ. Par. t. II, p. 324, 325. T. VII, p. 70-77. Hist. Univ. Par. t II, p. 755. Serm. 5 de 10 preceptis.

qu'elle lui eut déclaré qu'elle était sa mère, il lui répondit brusquement : Je n'en crois rien, mais rien du tout en vérité : car ma mère est une pauvre femme qui ne porte jamais qu'une tunique de bure. Elle eut beau protester qu'elle ne mentait point, il fut inflexible. Les dames la reconduisirent à la maison, lui rendirent son bâton, et lui firent reprendre ses premiers vêtemens. Ainsi équipée, elle revint trouver Maurice, qui était alors dans une assemblée brillante et nombreuse ; dès qu'il l'aperçut, il se découvrit, l'embrassa et lui dit : Pour le coup, je vois bien que vous êtes ma mère. Cette nouvelle se répandit dans la ville, et fit le plus grand honneur au docteur qui, peu après, fut fait évêque de Paris (1).

Oudin, quoiqu'il trouve ce conte plus croyable que le précédent, croit néanmoins devoir l'écarter encore comme énoncé en termes barbares, tout-à-fait indignes du style et de la latinité de saint Bonaventure. Il prétend que ce docteur n'aurait jamais employé des expressions telles que celles-ci : *Accepit tunicellam de burello, dederunt ei mantellum, hoc fuit devulgatum per villam;* et à ce sujet, il reproche fort amèrement aux franciscains, en les appelant *obtusi judicii homines,* d'avoir grossi de cette pièce le recueil des œuvres du docteur séraphique. Cet argument ne nous semblerait pas péremptoire : mais Oudin en ajoute un meilleur : c'est que l'opuscule dont ce conte fait partie est réellement de Godescalc Hollen, sous le nom duquel il avait été

Expressiones ejus modi.

(1) *Fuit quidem (Mauritius) magnus et famosus Parisius et à multis notus et dilectus. Hoc audiens mater sua paupercula, cogitavit ire ad filium suum : accepit baculum, et in tunicellâ de burello venit Parisius et quæsivit à quibusdam dominabus pro tali magistro. Dixerunt illi matronæ : Quid vultis de eo? Respondit : Ego sum mater sua. Tunc illæ matronæ duxerunt eam in domum suam et refocillaverunt eam. Posteà cogitaverunt quod ille bonus homo verecundaretur, si videret eam in tali statu, et induerunt ipsam benè, et dederunt illi mantellum et iverunt secum ad magistrum. Tunc illa dixit : Ego sum mater tua. Respondit Magister : Verè ego non credo, quià mater mea est paupercula, et consuev t solùm habere tunicellam de burello. Et cum nullo modo vellet acquiescere verbis ejus, eduxerunt eam in domum suam, et reddiderunt ei tunicellam ejus et baculum. Tunc illa accessit ad filium in congregatione multorum, et cùm videret matrem suam in tali habitu venientem, deposuit capucium suum, et amplexatus est eam, et dixit : Modò scio quod estis mater mea. Hoc fuit devulgatum per villam, et reputatum est ei pro magno honore, et posteà factus est episcopus parisiensis.*

152 MAURICE DE SULLY, ÉVÊQ. DE PARIS.

imprimé plusieurs fois, avant d'entrer dans la collection des écrits de saint Bonaventure. Hollen est un théologien du XVe siècle : il écrivait en 1460, quatre cents ans après l'époque qui nous occupe.

Maurice a fondé les abbayes d'Hérivaux, d'Hermière, d'Hière, de Gif, et de Saint-Antoine-des-Champs. Mais le principal fait de l'histoire de son épiscopat est la construction de la cathédrale de Paris : il en fit poser la première pierre par le pape Alexandre III, et ensuite consacra tous ses soins, durant plus de trente ans, au succès de cette entreprise. Pauvre et sans patrimoine, comment s'y prenait-il pour doter des monastères, et pour bâtir un temple? Il s'adressait, répond le P. Morin, à ceux qui devaient accomplir quelques pénitences, et les leur remettait en tout ou en partie, moyennant des contributions pécuniaires. C'est par cette industrie spirituelle, *hâc spiritali industriâ,* dit le même théologien, que Maurice subvint à une dépense à laquelle eût à peine suffi le trésor d'un prince. Voilà, dit Richard Simon, un bel exemple de l'utilité des indulgences : cependant il se trouvait des gens de bien qui n'approuvaient point *ce manège,* (c'est l'expression de Simon); et l'industrieux prélat ayant demandé à Pierre-le-Chantre ce qu'il en pensait, celui-ci lui répondit qu'il ferait mieux d'exhorter ses diocésains à ne rien retrancher de leurs pénitences. Quoi qu'il en soit, la cathédrale fut bâtie, et c'est à Maurice de Sully qu'en appartient l'honneur : ceux qui le lui ont contesté ont été victorieusement réfutés par l'abbé le Beuf. Sur ce point, les témoignages positifs sont si nombreux dès la fin du douzième siècle et durant les deux suivans, que leur autorité ne saurait être affaiblie par le silence du nécrologe de l'église de Paris; silence néanmoins bien étrange dans un nécrologe qui contient un long détail des bienfaits beaucoup moins importans de ce prélat, des chappes, des tuniques, des aubes et des encensoirs dont on lui est redevable, des soins qu'il a pris pour mieux loger l'évêque, et pour accroître de cent manières les revenus de l'évêché : *Domos episcopales novas ædificavit, reditus episcopales multipliciter ampliavit.* Il est sans doute étonnant qu'on fasse un inventaire scrupuleux des donations les plus légères, et qu'on ne dise pas un seul mot de la construction d'une cathédrale. A la vérité, cet édifice ne fut achevé que sous Odon, successeur immédiat de Maurice, et

Colon. Agripp. 1481, fol.; Norimb. Koburg. 1497, fol.

De Sacram. Pœnit. lib. X, cap. 20.

Biblioth. crit. de Saint-Jore, t. I·I, p. 380-382.

Hist. du dioc. de Paris, t. III.

quelques parties n'ont été construites que plus tard (1) : mais on couvrait déja le chœur lorsque Maurice de Sully mourut.

En 1165, il baptisa Philippe-Auguste, fils et successeur de Louis-le-Jeune, et, lorsqu'en 1188, huitième année du règne de Philippe, ce prince établit la dîme saladine pour subvenir aux frais des croisades, Maurice et d'autres prélats y consentirent dans un concile de Paris. Cette complaisance ne fut pas universellement approuvée par le clergé français : Pierre de Blois, par exemple, trouva fort étrange qu'on dépouillât l'église en prétendant combattre pour elle, et qu'on exigeât des ecclésiastiques un autre tribut que celui de leurs prières. Maurice toutefois ne négligeait point les intérêts temporels de son épiscopat : il eut à soutenir, pour des droits honori- fiques ou pécuniaires, plusieurs démêlés avec des abbés et des moines ; il en eut même avec le chapitre de sa cathédrale. Il s'agissait de savoir si les revenus du doyenné vacant appartenaient au chapitre ou à l'évêque ; l'affaire fut portée au pape Alexandre III, qui commit pour la décider, Guillaume, archevêque de Sens : mais les chanoines se désistèrent de leurs prétentions, et Guillaume, qui n'avait point intérêt de condamner celles du prélat, assoupit ce différend.

Gall. Christ. nova, t. VII, p. 71 e seq.

Maurice de Sully se livra toujours avec zèle à l'étude et à l'enseignement de la théologie. Il n'adoptait point les opinions de son prédécesseur, Pierre Lombard : il soutenait sur-tout que la vierge Marie n'avait point échappé à la tache originelle, et il ne permettait point de célébrer, dans son diocèse, la fête de l'immaculée conception. Mais il fut un ardent défenseur du dogme de la résurrection des corps, et, pour contredire plus solennellement les nombreux ennemis de cette croyance, il fit insérer dans l'office des morts, ces paroles du livre de Job : *Credo quòd Redemptor meus vivit et in novissimo die de terrâ surrecturus sum, et in carne meâ videbo Salvatorem meum : quem visurus sum ego ipse et non alius, et oculi mei conspecturi sunt ; reposita est hæc spes mea in sinu meo.* Durant la dernière maladie, il fit placer sur sa poitrine un écriteau qui contenait ces mêmes paroles, et avec lequel il voulut être enterré : il est, dit-on, le premier qui ait donné cet exemple qui n'a point manqué d'imitateurs. Maurice mourut à Saint-Victor où il s'était retiré pour se mieux dis-

Genebrard. Chron. ad ann. 1191, p. 633.

---

1. L'inscription qui se lit sur le portique méridional de la croisée fait foi que cette partie d'ouvrage n'a été commencée qu'en 1257.

184 MAURICE DE SULLY, ÉVÊQ. DE PARIS.

poser à paraître devant Dieu : d'autres disent qu'une inondation survenue au mois de février 1196 avait forcé l'évêque
de Paris à transférer son domicile dans cette abbaye. Le
moine Césaire raconte que Maurice agonisant demanda l'eucharistie, et que les religieux qui l'environnaient le voyant
tombé dans le délire, jugèrent à-propos de ne lui présenter
qu'une hostie non consacrée, mais qu'il la repoussa en
s'écriant : Ce n'est point là mon Sauveur; qu'il fallut en conséquence lui apporter une hostie véritablement consacrée, et
qu'il la reconnut aussitôt pour telle. Un poète anonyme a
célébré ce miracle en vingt-quatre vers latins, que Nicolas
Camusat a publiés, et qui se retrouvent dans Oudin. Mais
aux yeux de ce dernier, c'est encore ici une de ces fables
pieuses qui fourmillent dans les écrits des moines. Celle-ci
ne nous est contée que par Césaire : Rigord n'en dit rien,
quoiqu'il parle fort au long des circonstances de la mort de
Maurice. Les auteurs du nouveau *Gallia Christiana*, après
avoir transcrit le récit de Césaire, ajoutent qu'avant de
mourir, Maurice de Sully chargea les moines de Saint-Victor
d'accomplir en son nom et de ses deniers certaines restitutions qu'il avait encore à faire, et qui auraient pu être un
peu moins tardives. Etienne de Tournay lui fit cette épitaphe :

Excisus misero lacrymarum vallis in orbe
    Ponitur æternâ vivus in urbe lapis.
Doctor et antistes, cathedrâ condignus utrâque,
    A primâ meruit continuare duas.
Sana fides, doctrina frequens, elemosyna jugis,
    Clamat Parisius non habuisse parem.
Magnificum, structura domûs et fabrica templi ;
    Munificum perhibent advena, pauper, inops.
Horrea pauperibus et scrinia semper aperta
    Exposuit miseris semper aperta manus.
Pontificem tanti meriti servumque fidelem
    Serva Maurilium, virgo Maria, tuum.

Ces vers, qui se lisaient autrefois sur la tombe de Maurice
de Paris, dans le chœur de l'église de Saint-Victor, y furent
dans la suite, à la reconstruction de ce chœur, remplacés
par l'inscription suivante :

*Hic jacet reverendus pater Mauritius, Parisiensis episcopus,
qui primus basilicam B. Mariæ virginis inchoavit. Obiit
anno Domini MCXVI tertio idus septembris.*

Comm. de Scr. Eccl. t. II, p. 1587.

V. Malingre, Antiq. de Paris, liv. I, p. 5, liv. II, p. 441-450. — Dubreuil, Antiq. de Paris, liv. III, p. 324.

Les écrits de Maurice de Sully peuvent se diviser en quatre classes : ses chartes, ses lettres, ses sermons, et quelques traités théologiques.

Ses chartes ne tiennent point à l'histoire littéraire ; mais il nous semble à propos de les citer ici, parce qu'elles prouvent que Pierre Lombard n'a pas vécu jusqu'en 1164, comme on l'a souvent dit, mais qu'il est mort en 1160, ainsi que les auteurs du nouveau *Gallia Christiana* l'ont déja observé. On connaît l'acte par lequel Maurice, prenant en 1160 le titre d'évêque de Paris, établit des chanoines réguliers à Hérivaux. Nous avons trouvé, dans le Trésor des chartes, sept autres actes de ce prélat, qui n'ont point encore été publiés ni indiqués : il y confirme, en 1170, une vente faite au chapitre de Saint-Marcel ; en 1172, un accord entre cette église et le nommé Adam Panier ; en 1175, une donation faite à un hôpital, par Adeline de Nucrei ; en 1177, une donation du même genre, par Ameline, fille d'Yvon le prêtre ; en 1182, un engagement pris par Hugues de Marolles et Eremburge, son épouse, en faveur des frères de l'hôpital de Paris ; en 1191, d'autres dons faits au même hôpital ; en 1194, une donation faite à l'église de Vincennes, d'une vigne à Montreuil. Or dans ces deux dernières pièces, les années 1191 et 1194 sont appelées la 31ᵉ et la 34ᵉ de l'épiscopat de Maurice ; et l'accord daté de 1172, l'est en même temps de la 12ᵉ année de cet épiscopat qui, par conséquent, a dû commencer en 1160. Des diplômes de Maurice de Sully en faveur de l'abbaye de Saint-Victor, des chanoines de Saint-Germain d'Auxerre, de l'église de Saint-Cloud, ont été insérés en divers recueils, ainsi qu'une transaction entre lui et Roger, abbé de Couloms, au sujet de l'église de Saint-Germain-en-Laye, que les moines de Couloms prétendaient posséder sans dépendance de l'évêque.

Ses lettres sont au nombre de six ; et les trois que Duchesne, du Boulay et Martène ont recueillies ne consistent qu'en peu de lignes, d'un faible intérêt : elles sont adressées à l'évêque de Clermont, et à Guillaume aux blanches mains. Les trois autres, écrites au pape Alexandre III, en 1169 et 1170, concernent l'affaire de saint Thomas de Cantorbéri. La première contient des plaintes contre Gilbert, évêque de Londres ; la seconde rend compte de la conférence qui s'est tenue près de Paris, entre Thomas et le roi d'Angleterre. La conduite de ce prince est amèrement censurée dans la troi-

V 2

T. VII, p. 60.

Titres diplom. carton 1, liasse 1, nᵒ 32 ; liasse 2, nᵒˢ 2, 6, 9, 15, 27, 29.

Duch. IV, 765. — Mart. Ampl. Collect. t. VI, p. 246. —Gall. Christ. nov. t. VII, instrum. Trans. publié par Jac. Petit, à la suite du Pénitentiel de Théodore. Duch., t. IV, p. 761. Hist. univ. Paris. t. II, p. 419. Mart. Ampl. Coll. t. I, p. 253. Inter ep. Th. Cant. et Rec. des hist. de Fr. t. XVI, p. 364, 369, 398, 415 et 416.

Rec. des hist. de
Fr. t. XV, p. 772,
774, 938.

Ibid. t. XVI, p. 76.

Ibid. t. XV, p. 915.

Catal. t. III, p. 356,
n° 2949.

Montf. Bibl. Bi-
blioth. t. I, p. 520.

Catal. ms. Angl. p.
5, n° 553.

Oudin, Comm. II,
1586 et 1585.

Lebeuf, Mém. de
l'Acad. des inscr.
liv. XVII, p. 721.

Montf. Bibl. Bi-
blioth. t. II, p.
1286.

Sander. t. II, p.
220.

B. R. N°ˢ 620, 891.

H. G. De Scr. eccl.
c. 14.

sième qu'écrivent en commun Maurice de Sully et Bernard,
évêque de Nevers. On a aussi trois lettres du pape Alexandre
à Maurice, pour le charger de commissions particulières,
relatives à Raynaud, abbé de Flavigny, à Hugues, archevêque de Sens, aux moines de Cluny, qui demandaient qu'on
leur restituât un domaine envahi par un officier du roi
Louis VII. Ce prince, dans une lettre à l'évêque de Paris,
le prie de nommer un clerc appelé Bar, ou Barbadore, au
premier bénéfice qui vaquera. Enfin Guillaume, archevêque
de Sens, lui adresse, en 1171 ou 1172, une épître où Ervise,
abbé de Saint-Victor, est accusé de cacher le trésor de
cette abbaye. Voilà tout ce qui nous reste de la correspondance active et passive de Maurice, durant les trente-six
années de son épiscopat.

Ses sermons n'ont d'importance que par la traduction
française qui en a été faite presque de son temps, ou du
moins au commencement du XIIIᵉ siècle. Les uns sont
adressés au peuple, les autres aux prêtres : les premiers ont
été distribués en deux livres, et portent le titre de Sermons
pour les dimanches et les fêtes. Un autre livre de Maurice
intitulé : *De oratione Dominicâ et ejus septem partibus*, n'est
aussi qu'un recueil de prédications, et il en est de même du livre *De curâ animarum* : il contient des discours aux prêtres
sur leurs fonctions pastorales. Les copies manuscrites de ces
divers sermons, soit en latin, soit en français, sont assez
nombreuses. Il en existe à la bibliothèque du roi, à la
bibliothèque ambrosienne de Milan, dans celles du collége
de la Trinité à Dublin, et des chanoines réguliers de Saint-
Nicolas à Passaw en Bavière. On en trouvait aussi au collége
de Navarre, à l'abbaye de Saint-Germain-des-Prés, au
chapitre de Sens, à Saint-Benigne de Dijon, chez les
Sulpiciens de Bourges, et chez les chanoines réguliers de
Tournay. Ceux que possédait l'abbaye de Saint-Victor à
Paris, se retrouvent à la bibliothèque du roi. Maurice de
Sully est cité, et même loué comme prédicateur, par Henri
de Gand, par Trithême, par Sixte de Sienne, par Grancolas. Cependant ses discours ne consistent presque jamais
qu'en paraphrases vulgaires et souvent peu justes des textes
du Nouveau-Testament. Son éloquence est bien froide, et sa
latinité fort peu élégante. Les versions françaises ont plus
d'intérêt, parce qu'elles sont au moins des monumens du
langage de cette époque; et quoiqu'elles ne soient peut-être

pas du XIIe siècle, nous croyons d'autant plus devoir en parler ici, qu'elles paraissent avoir été faites (on ne sait par qui) peu d'années après la mort de Maurice. L'abbé le Beuf a déja fait connaître ces traductions : nous ne transcrirons qu'un petit nombre de lignes des morceaux qu'il en a publiés d'après le manuscrit de l'église de Sens ; et nous y joindrons un extrait d'un manuscrit de Saint-Victor :

« *Dicit ei Ihesus : pasce oves meas,* Segnor prevoire (*Prêtres*). Ceste parole ne fut mie solement dite à monsegnor saint Pierre. Quar et à nos fu ele dite autsi qui somes ellui de lui el siecle et qui avons les oeilles (*ouailles*) Damediu (*Domini Dei, du Seigneur Dieu*) a garder : co est son puple a governer et a conseillier en cest siecle, et qui avons a faire le suen mestier e terre de lyer les anmes et de deslyer et de conduire devant Dieu.... Issi, poons nos dire que la premeraine cose qui est besoignable al prevoire qui tient parroce (*paroisse*) si est sainte vie et bele que il doit demener devant Deu et devant son puple. — *Sermo in circumcisione Domini.* Segnor et dames, qui si est li premiers jors de l'an, qu'il est apeles an renues (*annus renascens*). A icest jor suelent li malvais crestien, solonc le costume des paiens, faire sorceries et charaies y por lor sorceries y por lor charaies suelent expermenter les aventures qui sont avenir.... Nous trovons lisant en la sainte évangile d'ui, que nostre sire Deus par co que il par soi meisme volt garder le loi que il avoit donnée, que il al wistime (*huitième*) jor de sa naisence, qui hui est, volt estre circuncis.

« *Si diligitis me, mandata mea servate.* Seignor et dames por amor Deu, or entendez ceste reson. Il ni a nul de vos s'il avoit un suen ami qui deult venir à son hostel pour lui voir qui mout ne se penast de nettoyer et de bien appareillier la meson au miaux quil onques porroit et panseroit comment il la peut faire fere bele et nete ; si quand ses amis venroit quil ni veist rien qui li despleust et se vos ce faites por un home terrien lamor doquel est trespassable, mout lou devriez mes miaux faire por lamor à celui qui est li verais amis et qui bien aide aux suens la ou mil autres ne li puet aidier et dex qui est ores cil bons amis et cil verais amis qui ce est. C'est cil qui consoille les desconseilliez, qui avoie les desavoies, biaus sire, et qui est cil sps (*spiritus*) veritatis, etc.... et devons nos donques recevoir hui et

Trith. De Scr. ad ann. 1190.
S. S. Bibl. S. p. 274.
Granc. Critiq. des aut. ecclés. t. II, p. 299.
Hist. de Paris, t. I, p. 111. — Acad. des Inscr. t. XVII, p. 721 et suiv.

Ms. de Sens.

Ms. de S.-Vict.

avoir son saint espriz devons.... si comme je vos ai dit en commencement, *si diligitis, etc.* »

On cite deux éditions des sermons de Maurice, en français, l'une in-4° sans date ; l'autre de Lyon, en 1511, in-8°. Nous n'avons pu rencontrer ni l'une ni l'autre.

Bibl. Biblioth. t. II, p. 1229.

Ayant considéré comme des recueils de sermons les livres de Maurice de Sully, qui portent les titres : *De curâ animarum, de oratione Dominicâ*, nous n'avons plus qu'un seul traité théologique à lui attribuer : c'est un livre *De canone missæ*, que Montfaucon cite comme se trouvant manuscrit dans la bibliothèque de Saint-Sulpice à Bourges ; et tout ce que nous en pouvons dire, est que l'auteur est appelé *sanctus Mauritius* dans l'intitulé de ce manuscrit. On avait en effet une très-haute idée des vertus de ce prélat, et il a long-temps conservé assez de réputation, quoiqu'il n'ait joué aucun rôle bien remarquable dans les grandes affaires de son siècle. L'histoire civile ne fait mention de lui, que parce qu'il a baptisé Philippe-Auguste ; et nous venons de voir que les écrits qu'il a laissés ne sauraient lui assigner un très-haut rang dans l'histoire littéraire. Le zèle qu'il a montré durant trente-six ans pour la construction de la cathédrale de Paris, est son principal titre de gloire.

D.

ALPHONSE II,

Roi d'Aragon et Comte de Provence.

RAIMOND BÉRENGER III, comte de Barcelone, avait épousé Douce, héritière de Gilbert, comte de Provence, mort en 1109, laquelle lui avait aussi apporté les vicomtés de Milhaud en Rouergue, de Carlad en Auvergne et de Gévaudan. Leur fils aîné, Raimond Bérenger IV, héritier du comte de Barcelone, devint prince d'Aragon, par son mariage avec Pétronille, fille du roi D. Ramire. Alphonse II, fruit de ce mariage, parvint à la couronne d'Aragon en 1162.

La Provence était échue au second fils de Raimond Bérenger III, nommé Bérenger Raimond. Celui-ci, qui fut tué en 1144 dans une guerre contre la maison de Baulx, avait laissé la Provence à son fils Raimond Bérenger ; ce dernier étant mort en 1166, sans enfans mâles, le roi d'Aragon, Alphonse II, s'empara de la Provence, après avoir forcé le comte de Toulouse à se désister de ses prétentions injustement fondées sur le mariage qui avait été projeté, et non conclu entre le fils de ce comte, et Douce, fille du dernier comte de Provence.

Alphonse donna d'abord la Provence, mais seulement à vie et à titre de bénéfice, à l'aîné de ses deux frères, Raimond Bérenger de Bezaudun, qui fut tué en 1181, dans une guerre en Languedoc. Alors il disposa du comté de Provence, au même titre, en faveur de Sanche, son second frère ; mais il le lui retira peu d'années après, en lui donnant en échange les comtés de Cerdagne et de Roussillon, et reçut l'hommage immédiat de tous ses vassaux.

C'est ainsi que la Provence passa dans la maison d'Aragon et de Barcelone. Alphonse, comte de Provence, est Alphonse Ier, tandis que, comme roi d'Aragon, il est Alphonse II. Cette différence est nécessaire à observer. Elle a mis de la confusion dans l'histoire des troubadours. Ces poètes furent dans une haute faveur auprès d'Alphonse, qui était poète lui-même. Ce qu'il fit comme roi et comme comte ne doit point trouver place ici, et lui ferait peu d'honneur. Son goût pour la poésie, et la protection distinguée que les troubadours provençaux trouvèrent auprès de lui, sont tout ce que l'histoire littéraire doit consacrer, et les poètes ont largement payé en éloges son bon accueil et ses libéralités.

Alphonse II mourut en 1196. Il ne reste de lui qu'une chanson, et c'est une chanson d'amour. Elle commence par ce vers :

Per mantas guizas mes datz

et se trouve dans les manuscrits 3204 de la bibliothèque vaticane, et 7226 de la bibliothèque royale de France. Elle n'a rien de remarquable, sinon que ce poète-roi se reproche d'avoir placé son cœur *en trop haut lieu,* ce qui donnerait une grande idée du rang de sa dame, si l'on prenait à la lettre cette expression hyperbolique. Alphonse est toujours nommé dans ces manuscrits le *Rei Nanfos,* manière abrégée et corrompue d'écrire et de prononcer *Don Alphonso,* la lettre initiale *N,* devant une voyelle, et les monosyllabes *en* ou *na* devant une consonne, tenant lieu de *Don* et de *Donna,* dans l'ancien provençal.   G.

ALEXANDRE,

POÈTE FRANÇAIS DU XIIe SIÈCLE.

IL est peu de nos anciens poètes sur lesquels les biographes
et les bibliographes se soient autant exercés que sur celui
qui fait le sujet de cet article. Le rapport des noms du poète
et du héros, l'opinion vulgairement adoptée qui le faisait
inventeur du grand vers, dit alexandrin, tous ces motifs
réunis ont puissamment concouru à le faire connaître, et à le
faire regarder, à peu de chose près, comme le chef de la
nombreuse école des poètes de son temps.

Alexandre naquit à Bernay en Normandie, au diocèse de
Lisieux, et fut depuis surnommé de Paris, par le long séjour
qu'il fit dans cette ville. Il se fit d'abord connaître par le
roman d'Athis et de Prophilias, dont nous donnerons un
extrait, et par celui d'Hélène, mère de saint Martin, fait à la
requête de madame Loyse, dame de Crequi-Canaples, ouvrage que, malgré tous nos soins, nous n'avons pu découvrir.

Avant de parler du roman d'Alexandre, nous allons rapporter les noms des écrivains et les titres des ouvrages qui ont
fait mention de ce fameux poëme et de ses auteurs; car il paraît qu'il fut commencé par Lambert *Li-Cors*, c'est-à-dire
le Court, né à Chasteaudun. Divers bibliographes ont dit,
d'après Fauchet, que ce dernier était prêtre ou écolier,
parce qu'il prenait le titre de *clerc;* mais, à cette époque,
ce mot ne signifiait pas toujours un ecclésiastique : il indiquait aussi un homme lettré, instruit.

Voici le passage d'après lequel on se fonde :

> La vérité de l'istoire si com li roys la fist,
>
> Un clerc de Chasdiaudun, Lambert li cors l'escrit
>
> Qui du latin la trest et en romant la mist....
>
> Alixandre nous dit que de Bernay fu nez
>
> Et de Paris refu ses sournoms appellez,
>
> Qui ot les siens vers o les Lambert mellez.

L'opinion qui faisait d'Alexandre de Paris, l'inventeur du
vers alexandrin était générale parmi les littérateurs des trois
derniers siècles. Elle a été partagée par Bernier, par Pasquier,

Roquefort, Gloss. de la Lang. rom., t. II, p. 765.
Roquefort, Biog. univ., t. I, p. 534, art. *Alexandre de Bernay.*

La Ravallière, t. 1, p. 165.

Fauchet, p. 553, V°. — Roquefort, Gloss. de la Langue rom., t. II, p. 765. Duverd., t. II, p. 567.— Dom Liron, Bibliot. chartraine, p. 65. — Supplém. au Dict. de Moreri de 1735. — Acad. des Insc. t. II, p. 667. Hist. de Blois, p. 214.

par Ménage, par Goujet (1), par les auteurs du dictionnaire de Trevoux, par la Monnoye, par Massieu, etc.

La Ravallière est, je crois, le premier qui ait donné une notice sur notre poète, dans laquelle ces erreurs ne sont point propagées. Il a également donné une notice très-abrégée du roman, et c'est d'après elle qu'on a corrigé les divers articles *Alexandre* qu'on trouve dans plusieurs ouvrages faits après le sien. Enfin Legrand d'Aussy a donné une notice détaillée du roman d'Alexandre dont notre extrait fera voir l'infidélité et le peu de soin avec lequel cet auteur a souvent travaillé.

Parce que Fauchet s'est trompé, en avançant que le roman d'Alexandre avait été composé vers 1140, on ne doit pas en conclure, comme le fait Legrand d'Aussy, qu'il ne fut publié qu'au XIIIe siècle. Notre critique se fonde sur ce que les douze pairs ne furent institués que depuis l'an 1204 environ, jusqu'à l'an 1212. « J'oserai même avancer que » ce roman, qu'on prétend le plus ancien de tous, continue » Legrand, est postérieur à la bataille de Bouvines (année » 1214). »

Pour prouver la fausseté de cette assertion, nous sommes obligés de rappeler : 1° que Philippe-Auguste, né en 1164, monta sur le trône en 1180, et mourut le 14 juillet 1223, âgé de cinquante-neuf ans et après quarante-trois de règne ; 2° que le président Hénault fixe l'érection des pairies ecclésiastiques à l'an 962, et la séance des pairs au sacre en l'an 1179. Jean Sans-Terre fut cité à la cour des pairs en 1200 * et en 1216. Les membres de cette cour étaient indifféremment appelés pairs ou barons, et leur nombre n'était point fixé.

L'auteur des lettres historiques sur les fonctions essentielles du parlement et sur le droit des pairs, pose en fait que la pairie et les jugemens rendus par elle ont existé en France depuis le commencement de la monarchie. Il démontre que le droit de pairie était le droit général de tous les ordres de l'état. Le même auteur rapporte qu'en l'an 1025 le roi Robert ayant formé des plaintes contre Eudes, comte de Chartres, fit assembler les pairs. Boulainvilliers démontre qu'il est fait mention de cette dignité au titre 71 des capitulaires

Recherch. des rech., t. I, p. 711.
Origine de la langue franç., p. 25, 667-672.
Dict. de Trev., au mot *Alexandre*.
Menagiana, de 1715, t. II, p. 286.
Hist. de la poésie franç. p. 112.
Poésies du roi de Navarre, t. I, p. 158, 165.
Goujet, Supplém. au Moréri de 1749.
Notices, t. V, p. 101-131.
Fauchet, p. 492 et 539, v°.
Notices, loc. cit. p. 106.

Art. de vérifier les dates.
Abr. Chron.
* Ou plutôt en 1202, suivant Du Tillet, Rec. des Traités, p. 157.
Diction. des Franç., t. III, p. 263. — Fauchet, p. 492, *a*.
Let. histor., Amster., 1753, in-12, t. I, p. 124 et suiv.

T. II, p. 49.

Hist. de la pairie de France et du parlement de Paris, p. 21 et 25.

---

(1) Supplément au Moréri, 1735 ; dans celui de 1739, l'article a été entièrement refait d'après La Ravallière.

Ibid. p. 44.

de Charlemagne; que Hugues Capet fut nommé par les pairs, et enfin que l'archevêque Guillaume fut promu au rang de pair ecclésiastique en 1091.

Cependant ces ouvrages qui traitent de l'origine et des accroissemens de la pairie n'indiquent pas l'époque précise où nos rois choisirent douze pairs. C'est dans le roman du Brut, composé en 1155 (1), qu'il est pour la première fois fait mention de douze pairs qui, tous militaires, possèdent des fiefs, et sont grands vassaux; il en est de même dans le roman d'Alexandre, et ce passage sert à apprécier le sentiment de M. de Boulainvilliers sur l'origine de la pairie. Alors il est impossible que ce soit Louis VII et Philippe-Auguste, Notices, t. V, p. 112. comme le dit Legrand d'Aussy, qui en ait fixé le nombre à douze, en se flattant d'attacher ainsi à leur personne et à celle de leurs descendans les principaux vassaux de la couronne.

Par la raison que le même Legrand d'Aussy s'est trompé en parlant de l'érection de la pairie en France, ne pourrait-il pas avoir commis une autre erreur lorsqu'il a avancé que Loc. cit. p. 115. le personnage d'Hélinant cité dans le roman d'Alexandre n'était pas le poète de ce nom qui termina ses jours au monastère de Froidmont? Les raisons qu'il apporte pour soutenir cette assertion ne sont pas admissibles. Deux entre autres sont insoutenables, particulièrement la première qu'il fonde sur les variantes orthographiques du nom d'Hélinant qu'on trouve écrit de diverses manières. Comment peut-il avoir avancé une si faible preuve? Ne savait-il pas que les écrivains des XIIe et XIIIe siècles copiant, non-seulement dans la même page, mais dans une même ligne deux mots Loc. cit. p. 116. semblables, les écrivaient avec des orthographes différentes?

---

(1) Par Robert Wace. Manusc. de Cangé, n° 27, olim 69, et ancien fonds n° 7535 — 5, n° 115, recto, col. 2 et 3. L'auteur, parlant de Gosier, roi des Poitevins, dit :

> Li rois en ot dol et pesance,
> Por querre aïe ala en France,
> As *Dosc* Pers, qui là estoient,
> Qui la terre en *douse* partoient;
> Cascuns des *douse* un fié tenoit,
> Et roi apeler se faisoit.
> Cil *douse* ont à Gofar pramis,
> A vengier de ses anemis.

Le même passage extrait d'un autre manuscrit a été cité par Lévesque de La Ravalière, t. I, p. 161, dans sa petite notice du roman d'Alexandre.

Quant à la seconde où il avance que cet Hélinant cité par le poète Alexandre, n'est qu'un personnage imaginaire, il nous semble qu'il se trompe. Hélinant, poète du XIIe siècle, mort en 1209, paraît avoir long-temps vécu dans le monde, et s'être retiré à Froidmont dans un âge avancé. Ainsi il est présumable que né vers 1140 ou 1145 il ait commencé à se faire distinguer en 1165, et que vingt ans après il se soit consacré à Dieu. Il ne suivait en cela que la coutume très-ordinaire de son temps, où l'on voulait mourir soit dans un couvent ou avec l'habit d'un moine.

Ainsi, en nous résumant, nous disons que le roman d'Alexandre est un cadre ingénieux dans lequel les poètes ont fait entrer une partie des faits relatifs à ce qui se passa à la fin du règne de Louis VII et au commencement de celui de Philippe-Auguste, et qu'il fut publié peu avant 1184. La Ravallière a prouvé la vérité de cet argument que Legrand d'Aussy a passé sous silence où a feint d'ignorer.

Cet ouvrage eut plusieurs suites qui furent ajoutées par Simon le *clerc*, Pierre de Saint-Cloost, Jehan Li–Nivelois ou le Vénelois, etc.; nous en parlerons à leurs articles.

Le poëme d'Alexandre a été traduit de rime en prose par un écrivain nommé Jehan Fauquelin qui florissait vers le commencement du XVe siècle. Cette version a été imprimée sous ce titre :

Histoire du roi Alixandre le grand, *jadis roy et seigneur de tout le monde, et des grandes prouesses qu'il a faictz en son temps.* Paris, Jehan Bonfons, in-4°, Goth. s. d.

Nous croyons devoir donner ici l'extrait du roman d'Alexandre, qui, s'il n'est pas le premier, est le plus considérable des poëmes d'Alexandre de Bernay : nous donnerons ensuite l'extrait du roman d'Athis et Profilias.

ROMAN D'ALEXANDRE.

PAR LAMBERT–LI–CORS (LE COURT) ET ALEXANDRE DE PARIS.

Qui vers de riche estoire veut entendre et oïr,
Por prendre bon example et proece cueillir,
De conoistre reson d'amer et de haïr,
De ses amis gaider et chièrement tenir,

X 2

Des anemis gréver, c'on nès lest enlargir*,
Des lédures vengiers et des bienfés mérir.

Ainsi commence l'auteur ; et il dit ensuite en plusieurs vers : Oui, messieurs, vous devez m'écouter, car je vais vous raconter l'histoire d'Alexandre, le plus grand roi qui a existé :

Qui fist à son comant tout le peuple obéir,
Et tant rois orgueilleus à esperon venir.

Alexandre ressentit de bonne heure les effets d'une éducation mâle et dure ; à peine sorti de l'enfance, il est fait chevalier, et associé à la couronne de Macédoine par Philippe, son père. Bientôt il entreprend une guerre contre un roi nommé Nicolas. Le jeune guerrier, avant d'aller l'attaquer, convoque ses vassaux, et obtient de son père la confiscation des biens des usuriers, pour les distribuer à ses capitaines.

Avant de partir Aristote lui dit :

Eslisez doze pers, qui soient compaignon,
Si mainront vos batailles tozjors par devision.

Les pairs que se donne Alexandre sont pris parmi ses principaux officiers. Voici leurs noms : Perdicas, Tholomée (Ptolemée), Clicon, Danclin, ou Dans-Clins, ou plutôt Dans-Clius, Eumenidus (Eumènes), Ariste (Areté), Antigonus, Floridas, Lycanor (Nicanor), Antiochus, Caulus (Calas) et Philotas.

Ayant fait ses dispositions, il marche contre le roi Nicolas, ses pairs font des prodiges de valeur.

La bataille est vaincue, cil ont tourné les dos
Vers Cesaire s'entornent les confenons destors.
Les Grieu les enchaînent qui partot ont le los,
Les eschines lor tranchent la boucle et les os

Les ennemis sont poursuivis jusqu'aux murs de Césarée ; on délibère pour en faire le siége. Sur ces entrefaites arrive un messager de Nicolas, qui, de la part de son maître, vient demander le combat corps-à-corps avec le jeune conquérant. Le combat est accepté, et a lieu en présence des deux armées. Nicolas, après avoir donné des preuves de valeur,

N'avoit mie de l'hyaume ançois l'avoit perdu
Sa ventalle ert cheoite s'avoit le chief tot nu
Lors le fiert Alixandre com hom de grant vertu

Qui la teste li tranche rés à rés sor le bu,
D'autre part est volée enmi le pré herbu.

Alexandre s'empare du trône et des états de Nicolas, puis
va assiéger Athènes qui alors était une ville très−forte.
Aristote y avait établi sa résidence ; les Athéniens le mettent
à la tête de la députation qu'ils envoient à Alexandre :

Alixandre se jut sor un paile fresé
Joste lui Aristote son mestre et son privé.

Ils causaient tranquillement lorsqu'un messager apporte
des nouvelles ; à cette occasion Aristote dévoile à son élève
le mystère de sa naissance, et lui apprend qu'il est fils d'un
sénéchal de Grèce.

Quant Alixandre ot son hontage noncier,
Do mautalent comence sa color à changier.

Dans sa colère, il s'informe de celui qui avait procuré un
amant à sa mère ; l'ayant découvert, il le tua. A la nouvelle
de ce meurtre, Philippe entre en fureur, il veut tremper ses
mains dans le sang de son fils. Instruit du sort qui le menaçait, le conquérant veut rendre la couronne à son père,
mais par le conseil de ses pairs il marche contre Darius.

De Nicholas fu Dayres iriez qui fu ocis
Car il ert ses parenz, ses druz, et ses amis.

Il voulait se venger,

Et mande à Alixandre qu'il chadele les gris
Qu'il li rende le règne qu'à Nicholas a pris,
Et li viegne droit faire de ce qu'il la mespris.

Il en fallait moins pour engager Alexandre à punir cet or-
gueilleux,

Il a juré ses diex Jupiter et Cahuz,

que toutes les richesses du monde ne l'empêcheraient pas de
punir celui qui l'avait offensé.

Alexandre se met en marche. Le poète fait une description
magnifique des armures et des tentes sur lesquelles on avait
représenté les travaux d'Hercule et divers sujets des aventures de Pâris et d'Hélène.

Darius instruit des préparatifs qui se faisaient contre lui,
corrompt un homme qu'il charge d'assassiner le Macédonien ; il est déçu dans ce projet.

Une maladie d'Alexandre l'empêche de poursuivre ses des—
seins. Sitôt qu'il est rétabli, il va mettre le siége devant
Carthage et s'en empare. Il s'embarque ensuite pour Tyr,
somme cette ville, la prend et la détruit. Effrayés des progrès et de la rapidité des conquêtes d'Alexandre, plusieurs
princes se liguent pour s'opposer à ses armes; ils rassemblent
à cet effet une armée de 37,700 hommes qu'ils embarquent
pour aller occuper des défilés que les troupes grecques et
macédoniennes doivent traverser. Euménidas, les autres
pairs et leurs divisions s'y engagent et se trouvent enveloppés. Euménidas ne trouve personne qui veuille se charger
de porter cette nouvelle à Alexandre. Le combat s'engage,
les pairs font des prodiges de valeur et font reculer les ennemis. Ceux-ci en se repliant font bonne contenance, et
font marcher l'arrière-ban. Enfin Alexandre reçoit la nouvelle de la situation de son armée, il vole à son secours. Sa
présence ranime le courage de ses soldats, qui, redoublant
d'efforts, mettent en fuite les ennemis. Ceux-ci en abandonnant le champ de bataille se retranchent sur une montagne
d'où ils font pleuvoir une grêle de flèches. La bataille recommence ; Gadifer, général des ennemis, veut faire sa retraite
sur Gadres ; Alexandre le poursuit et le veut faire prisonnier.
Ses pairs vont attaquer Gadifer qui blesse Euménidas, et le
contraint à vuider les étriers :

> Il fiert Eumenidus sor la targe florie
> Desouz la bocle li a fraite et pecoïe;
> De grant vertu l'empaint et de grant baronie,
> Que la guige en est route et l'enarme fallie ;
> Enmi le pré l'enporte sor l'erbe verdie....
> Et assez près du cuer est la lance guenchie
> Cil chiet del coup mortel s'a la selle vuidie.

Malgré la violence du coup, malgré sa blessure, on remonte Euménidas sur son cheval. Aussitôt il s'échappe, se
perd dans la mêlée, cherche son ennemi, le trouve, court
dessus, et le tue.

Les vaincus vont se réfugier à Gadres où Alexandre va
les assiéger. Le siége traîne en longueur par des incidens
trop longs à rapporter. On se sert du feu grégeois pour in-
cendier le port, tandis que la flotte macédonienne opérera
un débarquement ; cette dernière est battue, et, dans leur
colère, les habitans de Gadres massacrèrent leurs prisonniers.

Voici comment s'exprime le poète à l'occasion du feu grégeois :

F° 37 du ms., v°,
col. 2.

> Une galie longue ont fait aparillier
>
> Et d'esche et d'estoupes font l'un des bois chargier,
>
> Et de chaume et d'espines qui ardent de legier,
>
> Et l'autre bord chargèrent d'araine et de gravier.
>
> Sor les estoupes sistrent cil qui durent nagier
>
> Por le fais droit tenir et garder de plungier
>
> Et nagent de vertu ne laissent por lancier
>
> Tant que le chief devant aheurtent au planchier
>
> Feu grezois en fiolas orent li maronier,
>
> Es estoupes le mistrent sans point de l'atargier
>
> Le chief qui fu devant firent à mont drecier
>
> La gallie se joint maintenant au planchier
>
> Tot esprent maintenant sans autre recovrier
>
> De feu grezois fu ars qui ne se volt naier.

Les ennemis battent la flotte d'Alexandre, et massacrent
les prisonniers. Les têtes des barons sont plantées sur les
créneaux de la ville. Le conquérant voulait châtier ces peuples et les punir du crime qu'ils avaient commis; mais,
instruit qu'une sédition à Tyr prenait un caractère alarmant,
il se hâte d'aller soumettre les rebelles, les disperse ; il court
risque d'être fait prisonnier, et il est délivré par Aristes, l'un
de ses pairs. Cette expédition terminée, il retourne sous les
murs de Gadres, où toutes les troupes se rendent. Le duc
Betis qui en était le souverain fait proposer au Macédonien
de lui donner trente mulets chargés d'or et d'argent, s'il
veut quitter ses états. Le siége se poursuit; les ennemis font
une sortie; Alexandre est blessé à la cuisse, le duc de Betis
est tué ; enfin la victoire décide du sort de la ville qui est
prise.

Le repos ne pouvait convenir à notre héros; sitôt que
son armée est reposée, il part pour de nouvelles conquêtes :

> Alixandre trespasse la terre de Sutie
>
> Droit Jherusalem a sa voie acuellie
>
> Qu'il vuet la cité prendre et avoir en ballie,
>
> Bientôt l'eust destruite et la terre agastie.
>
> Mès la Macedoine envers lui s'umilie
>
> Et viennent tuit ensamble à une compagnie
>
> Des draps teligeus fu tote revestie.
>
> La loi li aportèrent del tens saint Jheremie,

Diex, li sires du mont le dona en ballie
Moïses le prophètes el mont de Synaie
Et volt qu'ele fust à son oès establie :
Alixandre la ore et encline et souplie.

Enchanté de ces marques de soumission, le vainqueur refuse les présens qui lui étaient offerts, et promet au peuple de le protéger envers et contre tous. Il continue sa marche, va dans les états de Darius. Celui-ci, informé de l'arrivée d'Alexandre, croit pouvoir intimider le conquérant et retarder sa marche en lui envoyant une charge de grains de millet; c'était un emblême du nombre de soldats que ses états pouvaient lui fournir. Ayant mangé une de ces graines,

Il la trouva mout douce et bone pour maschier.

C'est sans doute, dit–il au messager, l'image du caractère de Darius et de ses chevaliers :

Se nos avons poi d'omes, il sont tuit costumier
D'autre gent desconfire et destruire et chacier....
Li rois fait aprester tot plain son gant de poivre
Dez, fait-il au més, que vos vuel amentoivre

que la force de ce poivre est l'image de la force et du courage de mes soldats :

Vous conquerrom en champ et votre gent ençoivre
Quant partirez de nos tuit serez des chief soivre (séparés).

Cette réponse est rapportée à Darius qui fait ses préparatifs. Cependant, avant de commencer les hostilités, il envoie proposer à Alexandre de lui donner sa fille en mariage avec la moitié de ses états. Ses offres ayant été rejetées, il se prépare à combattre. De son côté, Alexandre se déguise, passe dans le camp ennemi, y observe tout et revient vers ses soldats, leur donne des conseils pour se garantir des éléphans et des chars. La bataille a lieu, Darius est vaincu, il fuit laissant sa famille à la disposition du vainqueur qui a pour elle les plus grands égards. La femme de Darius ne pouvant survivre à la perte du royaume de son époux, meurt de chagrin. Alexandre la fait ensevelir avec les honneurs dus à son rang. Darius se désespère et admire la grandeur d'ame de son vainqueur :

Alixandre, fait-il, mout en aura grant pris,
Mout es humbles guerriers, fel à tes anemis,

De l'anor que as faite m'en as si bien conquis,
Se pès voloies faire par foi Je te plevis,
Car mes cuers t'aime plus que home qui soit vis.

Alexandre s'empare d'une ville appelée Fis, il la rend aux
prières de la mère de Darius, et donne la liberté à cette
dame. Il s'enquiert des chevaliers pauvres, et leur fait des
présens; il en fait également à leurs femmes.

Aristote que nous avions laissé à Athènes se retrouve ici,
donnant des conseils à son élève, et l'invitant à quitter
les états de Darius, qui répandait le bruit que le roi Philippe était son serf. Alexandre irrité fait marcher son armée
et envoie proposer à Darius de combattre corps-à-corps.
Darius fait une nouvelle levée, marche contre Alexandre.
A peine l'affaire est-elle engagée que ses troupes lâchent pied
et fuient, leurs chefs en font autant. Dans cette extrémité,
Darius, quoique grièvement blessé par les siens qu'il voulait
retenir, se rend vers le conquérant, lui propose de nouveau
sa fille et tous ses états. Epuisé par le sang qu'il avait perdu,
il meurt dans la nuit. Alexandre fait pendre les barons qui
avaient si lâchement trahi leur prince; puis après avoir
traversé un désert, il arrive au bord de la mer, et veut
en connaître le fond. Il fait construire un grand tonneau en
verre, qui est éclairé par des lampes. Il s'y enferme avec
deux de ses officiers :

Alixandres li rois o les deus chevaliers
Ert parfont en la mer où veoit le gravier.

Et plongeant ainsi au fond des eaux, il y voit les jeux,
les combats, les accouplemens des poissons et des monstres
marins :

Alixandre esgarde les granz et les pleniers,
Qui les petiz englotent, car tex est li metiers,
Ensement com au siècle est chascuns homs maniers;
Autresi vit-il là les prévos, les voiers;
Sor les petiz tornoit toz-dis li destorbiers.

Il fait encore plusieurs remarques sur le même sujet, et donne
ensuite l'ordre de le remonter. Sitôt qu'il est rendu à sa tente,
il fait rassembler ses barons et leur fait part de ce qu'il
a observé. Les barons font des remontrances à leur souverain
sur le danger auquel il venait de s'exposer volontairement,
et lui apprennent que Porus s'avance à la tête de 100,000

Tome XV.   Y

chevaliers, qu'il serait déja arrivé s'il n'avait été retardé par
le mariage de sa fille qui avait épousé le fils de la reine
Candace. Alexandre fait lever le camp, se met en marche,
rencontre son ennemi, le force à prendre la fuite, s'empare
de la ville de Ségure, et distribue à ses troupes les, richesses
du palais de Porus. Ayant un grand désert à traverser, il
prend des guides qui le trahissent en le menant dans un
pays où il n'y a point d'eau. L'armée est prête à mourir de
soif :

> Angoisseuse fust l'ost confondue et matée
>
> Mainte bele jovente i ot le jor pasmée,
>
> Avant que la chalor eussen trespassée
>
> En ot bien en l'ost mort plus d'une charretée.

Les soldats découvrent un peu d'eau dans le creux d'un
rocher, ils se hâtent de la recueillir et de la présenter au roi.

> Alixandre vit l'éve, moult l'avoit golosée,
>
> Porpense s'il la boit sa gent sera dervée.
>
> Car se chascuns n'en a, lor soif ert avivée.

Il remercie les soldats, jette le vase et ce qu'il contient. Le
lendemain ils arrivent au bord d'une rivière dont l'eau était
si amère qu'il fut impossible d'en boire. En remontant vers
la source de cette rivière, Alexandre s'empare d'une ville dont
les habitans sont à demi-nus. L'armée n'y trouve que de
l'eau saumâtre. Enfin il rencontre deux Indiens qui lui indiquent une source, il veut les récompenser.

> Cil li ont respondu nos n'avons d'avoir cure,
>
> Car marchié ne feson de nule créature.
>
> Ensement comme bestos ont commune pasture
>
> Prent li uns l'avoir l'autre sanz coupe et sanz mesure
>
> Mès portant que fait estes en la vostre figure
>
> Et veons que de soif avez tel soffroiture
>
> Vous enseignerons éve à ombre et à froidure.

L'armée campe pendant plusieurs jours pour se remettre
de ses fatigues. Elle reprend sa marche; les guides la conduisent dans un lieu rempli de bêtes féroces. L'armée en est
tellement incommodée qu'on est obligé d'en faire la chasse.
Une partie est détruite, et l'autre, effrayée par le bruit des
cors et des tambours, s'enfuit et se cache. Les chevaux, à leur
tour, sont assaillis par des animaux qui en dévorent quelques-uns. L'armée, attaquée par un peuple sauvage qui est

vaincu, est encore obligée de se défendre contre des chats-huants et autres oiseaux de proie. Pour se préserver de leurs attaques, on incendie la forêt qui leur servait de repaire. Pendant la nuit de grands feux sont allumés, mais d'autres animaux viennent se placer au milieu des feux sans en être incommodés. Enfin on quitte la forêt, et l'armée s'avance dans les terres.

Alexandre, apprenant qu'il est près du camp de Porus, se déguise; on l'introduit dans la tente de ce dernier qui lui demande des nouvelles du conquérant et de son armée.

> Trop a perdu de sans tant a esté navrez
> Il ne vivra mès gaires tant part est agrevez.
> De ce fu mout Porus et halegres et clers
> Que Alixandre est vielz et il est bachelers :
> Il fait ses lettres en langage des Griex
> Mout menace et maudit et laidenge ses diex.

Alexandre prend les lettres qui lui sont adressées, retourne à son armée, la harangue, la mène au combat, défait celle de Porus qui est lui-même fait prisonnier.

> Porus vit Alixandre armé sor son destrier
> Envers lui s'umélie, si li prist à prier
> Que il nel face ocire ne son corps ledengier
> Car, seul, de bele charge en puet avoir d'ormier
> Plus que n'en porteroient quatre mille somiers
> Prist le (Alexandre) parmi l'estrier le pié li volt besier.
> Pitié ot Alixandre si le fist redrecier
> Rent li tote la terre,

et les prisonniers qui avaient été faits.

Le repos n'est pas la vertu des conquérants, Alexandre en est une preuve,

> Car véoir vuet les bones (colonnes) se il n'a en combrier
> Que Artus avoit fetes en Oriant drécier.

Porus lui offre ses trésors; Alexandre les refuse et accepte des vivres pour aller dans l'Inde. Le conquérant voit les colonnes d'*Artus*, que Porus l'invite à ne pas outre-passer. Il ne tient compte de cet avis, se met en marche, rencontre des éléphans sauvages en quantité. On vient à bout de les chasser en faisant grand bruit. L'armée campe vers un marais, les bêtes sauvages, qui viennent s'y désaltérer, dévorent plusieurs soldats. On lève le camp, et après avoir marché toute la journée, on se retrouve au point du départ. Alexandre découvre une inscription antique :

> Où il avoit escrit : Grant doel et grant estor ;
> Jà ne verra ci hom qui n'ait de mort paor.

Alexandre se repent de n'avoir pas suivi le conseil de Porus, et craint de ne pouvoir sortir du lieu où il est. L'armée est accueillie d'un orage furieux. La terre paraît être en feu. Des dragons et des serpents, jetant des flammes par les naseaux, ajoutent encore à la terreur des soldats. Alexandre sort pour combattre les monstres; ses pairs veulent en vain le retenir; leurs efforts sont superflus. Il part, poursuit les monstres et s'égare. Son armée, ne le voyant point revenir, le croit perdu. Chacun est dans l'affliction. On lève le camp pour le porter au bord de la mer. Après avoir long-temps cheminé, Alexandre trouve une citerne; il y descend. Une voix qui sort du fond, lui indique les moyens de quitter cette vallée et de rejoindre les siens. Il part, arrive, fait lever le camp et remonte le long de la mer. Des sirènes veulent le charmer ainsi que ses barons. Ses soldats eux-mêmes sont séduits par leurs attraits :

Folio 69 du ms., col. 2.

> Et cil les convoitoient qu'à peines s'en partoient
> Et qui erent si las que plus faire ne poient
> Volantiers les tornassent, mais celes les tenoient
> Mout tost levoient sus, en leu les traoient
> Tant les tienent sorz eles queles les estagnoient :
> Quatre s'en eschaperent qui au roi sont venu
> Le covine (la conduite) des fames content qu'il ont véu
> Et de leur compagnons com il sont retenu
> Ne repaireront mès, noié sont et perdu
> Por la biauté des fames sont cinsi déçu.

Alexandre presse la marche de son armée pour échapper aux dangereux appas de ces sirènes. Chemin faisant il rencontre quatre vieillards dont les corps étaient couverts de poils. Le roi en saisit un, et les pairs arrêtent les autres. Le premier lui indique trois fontaines; la première rajeunit; la deuxième rend immortel, et la troisième fait, après le cinquième jour, ressusciter les morts. Le roi promet beaucoup d'argent aux vieillards s'ils veulent le conduire ; ils y consentent :

> Li roi et tuit li autre chevauchent la praele (prairie)
> Lez li vont li villart, doucement les apele ;

> La nuit sont ostelé lez une fontenele
> Dont li ruissaux est clers et blanche la gravelle,
> Là descendit li rois qui tot le mont querele.

Mais, après avoir essuyé une horrible tempête, l'armée est accueillie d'une tourmente de neige qui brûlait comme des charbons ardens, et qui fait périr un grand nombre de soldats. Alexandre rencontre deux vieillards qui demandent à lui parler, et lui promettent de le conduire où il desirerait aller. On fait halte pour le dîner.

> A pié se vont desduire qant il se sont disné,
> De desour une roche trovent un leu chevé
> Hercule et l'Ibis i orent conversé
> Et orent icel leu bénéi et sacré.

Les deux vieillards guident l'armée qui s'est remise en marche :

> Donc descendent del terre et sont venu el val
> Mout furent travillié li home et li cheval
> La chaleur del soleil lor fist le jor grant mal
> Alixandre les guie qui sist sor Bucifal
> Et en l'arrière garde a mis son seneschal
> Li villart vont avant qui guient le costal.
> Des clos de la montagne saillent li ocifal
> Moult sont grant et hydeus ne furent hom tal
> Plus lor luisent li oel que pierre de cristal.

Les soldats les assaillent avec des pierres et des flèches; ils en tuent beaucoup. On traverse une forêt remplie d'arbres fruitiers et de toutes les plantes rares et salutaires, une d'elles

> A la flereur des herbes et de la savité
> Ne n'a soz ciel Donzele tant ait ris et joé
> S'ele avoit son gent cors son ami présenté
> Entre ses braz tenu, baisié et acolé
> Se une seule nuit i avoit sejòrné
> Et son cors trestot mis sur les herbes posé
> Au matin ne fu pucele et s'eust sa chaasté.

Sous chacun des arbres de la forêt était une damoiselle, chaque soldat eut la sienne. On reste pendant cinq jours dans ce lieu de délices. La reine des damoiselles est conduite vers Alexandre, qui, épris de ses charmes, veut l'emmener avec lui; la reine se jette à ses pieds en le priant de n'en rien faire, et en lui faisant observer qu'elle périrait sitôt qu'elle aurait quitté la forêt. Les soldats enchantés des beaux lieux où ils viennent de séjourner, ne veulent plus les abandonner. On est obligé d'employer la violence pour les leur faire quitter. Enfin par la sagesse de ses mesures, Alexandre fait rentrer les rebelles dans le devoir. Les vieillards lui donnent des renseignemens très-détaillés sur les damoiselles de la forêt. On descend dans une vallée où cinq énormes serpens jettent feu et flamme par les narines ; les vents y soufflaient avec une telle violence, que l'air était devenu glacial, et le froid était d'autant plus insupportable, que le soleil ne répandait jamais sa chaleur bienfaisante dans ces lieux. Les vieillards conduisent Alexandre vers la fontaine qui fait revenir à l'âge de trente ans ; ils en racontent une histoire fabuleuse, s'y baignent et redeviennent jeunes. Deux paysans indiquent à leur tour deux arbres qui répondaient à toutes les questions qui pouvaient leur être faites, et ce, en toutes les langues. Curieux d'observer ce phénomène, Alexandre consulte ses vieillards. Ceux-ci l'engagent à ne partir qu'escorté de cent chevaliers. Craignant quelque surprise, le conquérant s'emporte et veut faire tuer les deux paysans, cependant après les avoir interrogés de nouveau, il trouve tant de bonne foi et de candeur dans leurs réponses qu'il les remet en liberté.

Après avoir laissé le commandement de l'armée à Porus et lui avoir donné des instructions sur les lieux qu'il doit parcourir, Alexandre se met en devoir d'aller vérifier l'aventure des arbres parlans. Un prêtre qu'il rencontre lui fournit de nouveaux renseignemens. Enfin il arrive, adresse la parole à ces arbres. Une voix qui en sort lui prédit qu'après s'être emparé de Babylone, il deviendra roi du monde et mourra empoisonné. Alexandre fort affligé de cette prédiction allait répondre lorsque la voix poursuivant son récit lui dit que sa mère avait fait honte à son père, et qu'en punition, après sa mort, son corps deviendrait la nourriture des oiseaux de proie et des animaux féroces.

Aristotes tes mestres qui des mestres est flors,

jouira de la plus grande réputation, et toi, tu ne reverras jamais la Grèce.

Alexandre demande des explications au sujet de son empoisonnement, elles lui sont refusées. Après avoir quitté ces lieux, il se rend à l'endroit qu'il avait indiqué à Porus, lui raconte ce qu'il avait entendu. Porus s'en réjouit intérieurement, la honte de ses défaites lui revient sans cesse à l'esprit, il cherche à s'en venger par tous les moyens possibles, et particulièrement en maltraitant les soldats macédoniens. Alexandre instruit de la conduite de Porus s'emporte, le menace, et le renvoie chez lui. Celui-ci propose le combat au conquérant; ils montent à cheval; à la seconde course Porus est démonté, et pour se venger il coupe les jarrets à Bucéphale. Irrité de cette barbarie, Alexandre tire son épée et tue Porus. L'armée poursuit sa marche, arrive à Babylone. Aussitôt que le conquérant est arrivé, il est reçu par la reine, qui mande Apelles pour faire le portrait du grand homme. Antigonus, un des fils de la reine, forme le dessein d'assassiner Alexandre; il en fait part à sa mère, qui, bien loin d'approuver ce projet, en informe Alexandre. Celui-ci, loin de punir Antigonus d'avoir voulu attenter à ses jours, lui donne un royaume bien plus considérable que celui qu'il devait occuper.

> Au matin parsoit l'aube quant l'aloete crie
>
> Est tote l'ost montée des cors fu gran bruie.
>
> Cil olifant (éléphans) i sont qui font grant estormie
>
> De sept lieus au plus oist l'en l'estormie.
>
> Li rois se mist après o mult grant baronie,
>
> La gent à pié s'en est tote ensamble sallie.
>
> Là poist-on veoir tante brogne sesie,
>
> Maint bon espié à or, maint espée forbie;
>
> Li solaus fiert es hyaumes qui tant cler reflabie.
>
> Qant li rois les esgarde devant soi une luie
>
> Biax sire Diex, fait-il, que tote gent déprie,

Folio 82 du ms., col. 1.

protége une si belle et si brave armée, et fais qu'elle marche toujours à la victoire.

Alexandre, après avoir visité le fond de la mer, veut aussi connaître le firmament et ce qu'il contient. En conséquence, il prend des griffons,

> Orrible sont, forment hydeus come dragon
> Bien menjue au mengier chascuns d'eus un moton.

il les attache à un grand panier couvert en cuir,

> Li rois l'a fait porter loig de l'ost en l'erbu
> Cordes ont fait lacier si se font esméu;
> Si home et si baron l'ont el champ porséu

De mout grant legeresce sont par eus csmeu.

Illucques est li rois dedenz l'engig entrez

Une lance avec lui et fresche char assez,

Et dit à ses barons ne vous desconfortez

Mès que me lessiez seul et de loing m'esgardez.

Alexandre s'élève par le moyen de la chair fraîche qu'il tenait au bout de sa lance ; en élevant cette lance, les griffons qui veulent se repaître de la viande, le font toujours monter. Lorsqu'il a fini ses observations et qu'il veut descendre, il abaisse sa lance, et par ce moyen force les griffons à revenir sur terre.

Le roi raconte fort longuement ce qu'il a vu et même ce qu'il n'a pu voir, puis ordonne à l'armée de reprendre le chemin de Babylone dont il veut faire le siége. Cette ville était défendue par un sénéchal nommé Nabuzardon ou Nabuxardan, (car on trouve ces deux noms) qui, apprenant les desseins du monarque macédonien, ne néglige aucune mesure pour se défendre. Le siége commence. Les Babyloniens font une sortie et sont battus ; ils tentent encore une seconde bataille qui ne leur est pas plus favorable que la première. Alexandre tient un conseil de guerre à la suite duquel il ordonne à ses barons de se tenir prêts à monter à cheval dès l'aube du jour.

Li rois vint en son tref, li cierges sont ardant,

Il a demandé l'éve, l'an li porte devant,

Ses manches qant il leve li ticnent deus enfant.

Quant li rois ot mangié s'apela Hélinant

Por lui esbanoier comanda que il chant ;

Cil comance à noter ansi com li faiant

Vorrent monter au ciel comme gent mescreant.

Antre les deus an ot une bataille grant

Se ne fust Jupiter à la foudre bruiant

Qui tous les déchaça n'an eussent garant.

Le conquérant poursuit le siége de Babylone. L'amiral ou commandant des troupes ennemies fait un sacrifice et consulte l'oracle qui lui prédit la mort d'Alexandre. Enchanté de cette prédiction il offre la bataille, est vaincu et trouvé parmi les morts. On somme la ville, elle se rend, et Alexandre y entre. Son premier soin est de faire embaumer le corps de l'amiral, et de lui faire rendre les derniers devoirs. Il le fait mettre dans un cercueil de fer, et le fait retenir aux voûtes du temple par quatre pierres d'aimant. Sur le tombeau sont placées quatre harpes qui, à la moindre commotion, résonnaient et rendaient des accords. Le vainqueur comble de bienfaits les habitans de Babylone ; il se croit maître de toute la terre et croit n'avoir rien à desirer. Un soldat le détrompe et lui indique le royaume des Amazones. Alexandre voulant joindre ce pays à ses conquêtes, part pour cette expédition. La reine des amazones voit en songe le malheur dont elle est menacée ; elle en fait part à ses pucelles qui le lui expliquent et qui l'engagent à se soumettre. Elle suit leur conseil, envoie à Alexandre une députation chargée de lui offrir ses hommages et des présens. Flore la plus belle comme la plus brave des amazones, l'amie et le conseil de la reine, était chargée de porter la parole. La députation arrivée est introduite sur-le-champ.

> Alixandres estoit fors de sa tante issuz
> Et vist les deus mesages à terre descenduz
> Flores parla avant qui *(sic)* li randi saluz.
> Sires rois Alixandres, por vos fait Diex vertuz
> Car par tot le mont estes redoté et cremuz
> Del regne de Mazoine vos vient ci li tréuz
> La Roine vos mande que vos estes ses druz
> Ne veult que ses roiaumes soit de riens confonduz
> Chascun an vos sera autresi granz randuz.
> Li présanz fu moult biax s'amprès fu recéuz
> Lors parla Alixandre com hom aperceuz.
> Cist roiaumes estoit à mon eus toz perduz
> Si li païs veult estre de moie part tenuz
> Et li covanz gardez et li treuz randuz
> Jà n'an iert lance fraite ne estrocz escuz
> Chevaliers n'an iert morz, ne de sele abatuz
> Ne jamais n'en sera cox d'espée feruz
> Cinz iert trestoz li regnes à grant païs maintenuz.

Le conquérant, après sa harangue, témoigne le desir de voir la reine suivie d'une partie de ses troupes. Les messagères repartent sur-le-champ, arrivent, rendent compte de leur mission, font part du desir d'Alexandre.

> Quant la Roine l'oït maintenant se conroie
> A mille de ses puceles à cui li sejors anoie ;

elle donne l'ordre du départ. Le poète entre dans les plus

Tome XV.   Z

grands détails sur la parure des amazones et sur celle de leur reine. Celle-ci est présentée au conquérant ;

> Por faire son homage est à pié descendue.

après la conversation :

> Certes, dit Alixandres, premier veil esgarder
> Comant vos damoiselles sevent armes porter.
> La Roïne respont ne fait à refuser,
> Isnelemant comande son cheval amener
> Deffuble le mantel por son gent cors monstrer
> Des puceles comande d'une part atorner
> Et les armes à prendre, et ès chevax monter
> Qui veist les puceles des armes adouber
> Et poindre les chevax et ganchir et torner
> Et qant l'une voloit les autres trespasser
> Et vot des espérons le cheval adeser
> Si randonne plus tost qu'oisiax ne puet voler.

la reine prend congé et retourne dans ses états. Alexandre se rend à Babylone, où il reçoit des nouvelles de sa mère Olympias qui lui mande qu'Antipater, roi de Sydoine, et Divinus Pater, roi de Tyr, voulaient s'affranchir de ce qu'ils devaient à leur souverain. Dans sa colère, Alexandre mande les coupables pour leur faire rendre compte de leur conduite et pour les punir. Ils se rendent aux ordres qu'ils reçoivent, et ne se revoient que pour tramer les moyens d'assassiner le conquérant. Après avoir mûrement délibéré, ils choisissent le poison. On présente au roi un monstre singulier.

> Desouz est chose morte desi en la poitrine.

Le roi veut en connaître la cause ; à cet effet on rassemble tous les savans de Babylone ; chacun dit son mot, mais un vieillard prend la parole et s'exprime ainsi :

> Roys, ce que tu demandes et vieux que je te die
> Se tu t'en courroucoies, ce seroit grant folie.
> Les bestes que tu voiz qui monstrent félonie
> Et que l'une vers l'autre monstre si grant envie,
> Ce sont li douze per qu'as en ta compaignie,
> Si tost com seras morz et ta vie fenie
> La guerre est commancié et la terre sésie
> Fé le mieulz que tu puez, molt est corte ta vie.

Alexandre est saisi de douleur en apprenant la nouvelle de sa fin prochaine et des malheurs qui devaient fondre sur

ses états. Avant de terminer sa carrière, il rassemble tous
les chevaliers, tient une cour plénière, où il mange, la couronne sur la tête. Les conjurés saisissent cette occasion pour
le faire empoisonner par deux serfs qu'ils avaient gagnés
par des récompenses et des promesses.

> Li dui serf qui sa mort li_orent aportée
>
> Li uns sist au mengier en la sale pavée
>
> Et li autres servi de la coupe dorée
>
> Qui ert de riches pierres garnie et aornée :
>
> Moult fu la traïson gentement porparlée.
>
> Ès ongles de lor dois ont la couche boutée,
>
> Por ce que de lor braz ont la manche coupée
>
> Qant li rois vout le vin, la coupe a demandée
>
> Et cil fiert enz son pouce, si la li a livrée.
>
> Si tost comme a bu, si li art la corée,
>
> Li cuers li vient el ventre, s'a la color muée

Folio 104, recto,
col. 1 du ms.

Aussitôt Alexandre demande une plume pour rendre le
venin qu'il venait de prendre; Antipater lui en remet une
qui était empoisonnée. Alexandre tombe, il est transporté
dans une chambre où il demeure long-temps sans mouvement. Ses sujets et ses officiers sont vivement affectés de
l'état du héros qui les conduisit si long-temps à la victoire ;
ils pleurent sa mort. Après un long évanouissement, Alexandre revient à lui et emploie les momens qui lui restent à
faire ses dernières dispositions. Il lègue à chacun de ses
pairs un royaume, ordonne le supplice des deux serfs qui
l'ont empoisonné, puis s'occupe de ses funérailles. Il meurt
entre les bras de ses capitaines, et le reste du roman n'est
consacré qu'à rappeler les regrets que cause la mort

> Del bon roy Alixandre dont terre est orfeline.

ROMAN D'ATHIS ET PROFILIAS,

PAR ALEXANDRE DE BERNAY, SURNOMMÉ DE PARIS.

> Qui saiges est de sapience
>
> Bien doit espandre se science,
>
> Que tex la puisse recoillir
>
> D'on boins essanples puisse issir.

Ms. : fonds de
Cangé, n° 73, folio
106.

Oez del savoir Alixandre,
Qui por ce fist ses vers espandre.
Qant il sera del sièglc issuz
Qu'as autres fust amanteuz.
Ne fu pas saiges de clergic
Mès des auctors oï la vie,
Molt retint bien an son mémoire.

Vous saurez donc que dans l'antiquité il y avait deux villes
célèbres, Rome et Athènes. L'auteur raconte l'histoire de la
fondation de la première de ces villes où les jeunes Athéniens
venaient s'instruire dans l'art de la guerre. D'un autre côté
les Romains envoyaient leurs enfans à Athènes pour y faire
leurs études :

Or vous dirai des deus citez
Comant li pleiz est devisez.
Athène est pleine de clergie
Et Rome de chevalerie.

De sorte qu'on ne pouvait avoir une bonne éducation si
l'on ne faisait pas un assez long séjour dans chacune de ces
villes. Evas, homme fort riche qui demeurait à Rome, avait
fait ses études à Athènes, chez un maître nommé Savis qui
était devenu son ami. Il avait un fils beau, bien fait et rempli
de dispositions pour les lettres. Le destinant à devenir chevalier, il desire que Prophilias, c'était le nom du jeune
homme, soit aussi l'élève du sage Savis. A cet effet, il le fait
partir pour Athènes. De son côté, Savis avait un fils nommé
Athis, qu'il desirait faire passer à Rome pour y apprendre
le métier des armes. De sorte que sans s'être consultés, les
deux pères firent un échange de leurs enfans. Prophilias arrive au moment où Athis allait s'embarquer. Les deux jeunes
gens entrent en connaissance, ils vont chez Savis qui reçoit
de son mieux le fils de son ami; Athis ne veut point quitter
son compagnon, il veut attendre la fin de ses études pour
l'accompagner à Rome. Prophilias fait de si grands progrès
qu'il devient l'un des plus instruits d'Athènes. Les deux
jeunes gens remportent les prix aux jeux publics. Se pro-
menant un jour sur le bord de la mer, Athis fait confidence
à son ami que son père veut le marier, et que le jour de
ses fiançailles est fixé. Quelques jours après il l'invite à venir
voir sa future qui se nomme Cardionès; mais sa vue répand
sur Prophilias un feu dont il ne cessera de brûler. Il tombe

malade, une foule de réflexions viennent l'assaillir. Athis
vient le voir avec Savis; celui-ci mande tous les médecins.
Les noces se font, un grand repas est donné. Athis quittant la compagnie vient auprès de son ami dont les souffrances redoublent lorsqu'il entend que sa maîtresse est dans
la maison. Athis le prie tant que Prophilias lui dit :

> Tu quenuis bien la médecine
> Et chascun jor voiz la racine
> Qui me garroit à po de peine ;
> Mès la fisique an est vileine
> Ancontre toi qui me requiers :
> Athis respont, biax amis chiers,
> Est-ce por fame? oïl amis,
> Miaudre m'est morz que estre vis.
> Comant a nom? Cardionès;
> A c'est môt s'est pasmez après.

Athis embrasse son ami, le réconforte, et promet de lui
rendre la santé.

> Dedanz ma chambre, devant moi
> Ferai mon lit fere por toi
> Qant je serai alez couchier
> Et gesir joste ma moillier.
> Léverai, iré à ton lit
> Et tu viens fere ton delit
> A ma moillier (femme) te coucheras.

Prends garde de ne pas lui parler, et sur-tout de t'endormir ;
tu reviendras dans ton lit, et je retournerai dans le mien. En
attendant, je vais te faire transporter dans une chambre, à
côté de la mienne. Athis sort en donnant des ordres pour cette
translation ; et quand l'heure du coucher est venue, mille
réflexions diverses viennent assiéger Athis qui se contente
d'embrasser seulement sa femme. Pendant ce temps, Prophilias s'impatientait et pestait contre son ami qui balançait
plus que jamais sur le parti qu'il avait à prendre ; déja il
était levé pour aller le chercher, lorsque rentrant en lui-
même il se décide à rester près de sa femme. Cependant,
toute réflexion faite, il va le chercher et lui dit :

> Va toi gesir avec ta mie,
> Mès garde que ni parler mie ;
> Qant tu auras fet ta volenté ,

> Tout coiement et à celé,
> Revien tantost isnelemant
> Garde ni ait quenuissemant.

Prophilias se lève, va au lit de Cardionès , mais pensant au sacrifice que lui fait son ami, il ne veut pas le déshonorer.

> Savoirs le touche, amors l'effroie.

Il se met cependant au lit, car

> Amors l'esprant el lit le bote,
> Puis li a dit, or n'aiez dote
> Profilias ne t'atardier ,
> Car te hastes de comancier,
> Riens commanciée est mitié fete.

Enfin il se couche auprès de sa maîtresse , lui prend son anneau, et retourne dans son lit. Revenu dans sa chambre, Athis pense au sacrifice qu'il a fait, il pense aussi à laisser sa femme à Prophilias qui, toutes les nuits, va coucher auprès de sa maîtresse. Ce train de vie continuait, lorsque Evas, sur le point de mourir, desirant voir son fils, envoie un messager le demander au sage Savis. Prophilias au désespoir de la maladie de son père ne peut sans effroi penser à quitter sa mie ; des pleurs inondent son visage ; Athis s'en aperçoit, et tirant son ami à part, il lui promet de lui céder sa femme.

Rentrés au palais, Athis prend Cardionès par la main , et la menant dans une chambre écartée, lui conte tout ce qui s'était passé, l'engage à regarder Prophilias comme son époux, d'autant plus, lui dit-il, qu'il t'a déflorée, et que jamais je n'ai eu la moindre habitude avec toi. Il appelle son ami, le prie de raconter son histoire; celui-ci montre l'anneau qu'il lui déroba. La jeune femme est incertaine. On assemble toute la famille qui ne veut pas consentir au divorce. Athis mène sa femme et Prophilias au temple de Vénus où la prêtresse rompt ses nœuds pour en lier les deux amans. Prophilias quitte Athènes pour s'en aller à Rome ; il emmène avec lui Cardionès. Evas se portant mieux vient au-devant de son fils. Il est fort surpris qu'il se soit marié sans son aveu ; cependant, en faveur des souffrances qu'il a endurées, il pardonne, embrasse sa bru, plaint et admire Athis qu'il desire voir pour le récompenser. Les noces se font avec la plus grande magnificence; Evas donne de grands biens à son fils.

Il n'en était pas de même du pauvre Athis qui, déshérité et renvoyé de chez son père, tombe dans la plus affreuse pauvreté. Ses parens ne veulent plus le voir, il ne sait que devenir, où aller; l'hospitalité lui est refusée. « Quelle différence entre mon ami et moi! je me suis sacrifié pour lui ; il nage dans l'abondance, et moi, je vis dans l'opprobre et la misère.

> Li vileins dist en son reçoi
> Qui mialz aime autrui que soi
> Por fos s'an tient au départir
> Mès je sui tart au repantir.

Mon père et mes parens me rejettent loin d'eux, il me convient de m'exiler. J'irai à Rome, j'irai voir mon ami ; et je veux savoir quelle réception il me fera. » Il s'embarque sur un vaisseau où le passage lui est accordé par charité ; il arrive à Rome, où tout le monde se moque de la pauvreté de son accoustrement ; il trouve enfin le palais qu'habitaient Prophilias et Cardionès. Les deux époux, à cheval, sortaient à la tête d'une grande compagnie pour aller se promener ; ils voient Athis que le mauvais état de ses habits et sa maigreur rendaient méconnaissable.

> Qant Athis voit son compeignon
> Q'il ne li dit ne o ne non,
> Ancontré l'a et trespassé
> Ne ne li a un mót soné.

Il pense qu'ils ne l'ont pas voulu reconnaître; et s'abandonnant à la plus noire mélancolie, il sort de la ville, trouve une grotte : il y entre en jurant de n'en plus sortir, et de s'y laisser mourir de faim. Il continue à déplorer son sort.

> Tant a ploré que toz se lasse
> La nuiz revient li jorz trespasse.

Le temps était beau ; trois jeunes gens sortent de la ville pour se promener ; ils avaient donné rendez-vous à leurs maîtresses qui n'arrivaient pas. Dans son impatience l'un d'eux injurie la maîtresse de son compagnon ; celui-ci tire son épée, le troisième se joint à lui, et leur adversaire tombe sous les coups des deux assassins, qui, après avoir consommé leur crime, s'enfuient en laissant leur victime qui touchait à ses derniers momens.

Athis sort de sa cachette pour donner du secours à cet infortuné, il n'était plus temps. Il réfléchit que cette aventure peut lui faire ôter cette vie qu'il déteste ; dans ce dessein, il se roule sur le cadavre, ensanglante ses vêtemens, et attend le jour pour faire reconnaître en lui l'assassin. En effet, arrêté, mené devant les juges, il soutient qu'il est le coupable ; il est condamné. Cependant quelques juges observent qu'il n'est pas possible qu'un étranger assassine quelqu'un qu'il n'a jamais vu, et qu'il attende qu'on vienne l'arrêter. La coutume était à Rome, que lorsqu'un coupable était condamné, on l'exposait pendant trois jours aux regards du peuple. Le hasard fit que Prophilias passa et reconnut son ami. Les obligations qu'il lui a reviennent à sa mémoire, il ne balance point à se reconnaître coupable pour le sauver. Il va vers les juges, s'accuse du crime et parvient à remplacer Athis. Débat entre les deux amis qui s'accusent mutuellement, et qui veulent mourir l'un pour l'autre. La famille de Prophilias se désole sur-tout quand le second jour est passé. Les deux assassins qui avaient pris la fuite après avoir commis leur crime, rentrent dans Rome où ils apprennent l'aventure d'Athis et de Prophilias : ils vont voir ce dernier qui était à la chaîne sur la place publique, (il est à observer que leurs mains étaient encore teintes de sang).

> Qant orent auques démoré,
>
> Li uns d'ax a l'autre apelé
>
> Puis li a dit privéemant
>
> Alons nos an isnelemant.
>
> Se nos somes aparcéu
>
> Et de ceste œuvre quenu,
>
> Que nos aions ocis cest home,
>
> La justice est si fors de Rome,
>
> Que venuz est nostre joïs (jugement).

Ces paroles furent entendues par un sage qui, élevant la voix, dénonce les assassins. On les arrête, ils sont mis à la chaîne à laquelle était attaché Prophilias. Ils conviennent de leur crime, en font l'aveu et bientôt en reçoivent le châtiment. Les deux amis s'embrassent, se racontent leurs aventures : Athis est présenté à Evas et à toutes les personnes de la famille ou de la connaissance de Prophilias. On lui donne des vêtemens superbes, et l'on va au-devant de tout ce qui peut lui faire plaisir. Evas lui donne des terres, de l'argent, des bijoux, et le regarde comme un de ses enfans.

Peu de temps après on célébrait la fête de l'enlèvement des
Sabines ; Evas, sa famille y vont ; Athis donnait-la main à son
ami qui avait une charmante sœur nommée Gayète. Elle
avait vu seize printemps, le dieu d'amour s'était plu à la
former (suit l'énumération des appas de la belle) ; et jamais
il n'y eut de beauté plus parfaite. Athis ne peut la voir sans
l'aimer, et n'ose pas avouer son amour, parce que Bilas, roi
de Sicile, en a fait la demande. De son côté Gayète ressent
une amitié bien vive pour Athis, qui, combattu par sa passion, tombe malade. En vain Prophilias lui offre des consolations, il s'obstine à vouloir mourir en emportant son secret.
Gayète s'afflige de la maladie de son amant ; un jour, elle
tombe en faiblesse au récit que lui fait Cardionès de la maladie d'Athis. Cardionès se doute de l'amour qu'ils ont l'un
pour l'autre. Evas va auprès du malade, lui offre toutes les
consolations ; il lui tâte la tête et le pouls qu'il trouve assez
tranquille. Il sort avec Prophilias en lui disant, je suis d'autant plus fâché de la maladie de ton ami que je lui destinais
ta sœur, au lieu de la donner à Bilas, roi de Sicile. Je vais
aviser aux moyens de le guérir. Resté seul, notre pauvre
malade pleure sa destinée ; dans son délire il croit voir la
beauté qu'il adore, il veut l'embrasser, et revenu à lui il
sent plus vivement son malheur. De son côté la pauvre
Gayète se désole, pleure et craint pour son amant. Prophilias passe la nuit à réfléchir sur la situation d'Athis ; d'où
peuvent venir ses maux ? C'est de l'amour ! oui,

> Tot est d'amor et de s'orine,
> Qui bien aime sovant devine.

mais de qui est-il amoureux ? Est-ce de ma femme ou de ma
sœur. Ah ! que ce soit l'une ou l'autre je la lui abandonne,

> Moult pert qui pert un bon ami.

Si ce pouvait être de Gayète dont il eût le cœur pris, avec
quel plaisir je la lui offrirais. Le jour paraissant, Prophilias
se lève sans le secours de ses domestiques ; il court à la
chambre de son ami, lui offre de nouveau ses services, et
au nom de l'amitié le prie de lui confier d'où peuvent naître
ses maux. Il n'ose lui parler d'amour dans la crainte qu'Athis
n'aime sa femme. Athis lui apprend qu'il aime, mais ne
nomme pas l'objet ; nouveaux sujets de crainte pour Prophilias qui parvient à faire avouer à son ami toute sa passion

pour Gayète. A ces mots il embrasse Athis, lui promet sa
sœur et sort pour effectuer sa promesse. Rassuré sur son
amour, Athis prend courage et jouit déja de sa félicité future. Prophilias passe chez sa sœur, lui fait convenir de son
amour, lui promet de l'unir bientôt à son ami. Il en fait la
demande à la mère qui accorde la demande. Toute la famille
était rassemblée au jardin lorsqu'un messager de Bilas, roi
de Sicile, arrive et vient de la part de son maître, prier
Evas et Prophilias de venir le voir, voulant faire son entrée
à Rome avec eux, comme futur époux de Gayète. Je laisse
à penser quel fut le désespoir des deux amans à cette nouvelle. Prophilias ne sait à quoi se résoudre; il va vers son père,
suivi de sa sœur et de sa mère, ils lui parlent avec tant de
feu et d'éloquence qu'ils auraient tout obtenu de lui; mais
Evas avait engagé sa foi; il ne pouvait y manquer sans se
compromettre; rien ne peut fléchir ce vieillard. Alors Prophilias jure d'attaquer Bilas, de chercher toutes les occasions
de lui nuire dans le cas où il voudrait épouser Gayète. Evas
part pour raconter au roi que sa fille éprise d'amour pour
un autre, serait très-malheureuse avec lui. Il arrive à la tente
du roi; on y voyait représentés le jugement de Pâris et le siége
de Troie, ensuite l'histoire de la fondation de Rome, celle
d'Etéocle et de Polynice, puis celle de Salomon et de son
frère Absalon, enfin les douze mois, les quatre temps, les
douze signes, les planètes, les saisons. Le poëte s'étend
beaucoup sur la richesse et la beauté des tapisseries. Le
père est bien reçu de Bilas, qui lui demande des nouvelles
de son fils; il viendra plus tard. Evas invite le roi à venir
à Rome. Bilas refuse, parce que ses gens n'entendent pas le
roman; mais il le prie d'amener Gayète pour qu'il l'épouse.
Evas prend conseil des sénateurs et des douze pairs de Rome,
pour refuser cette demande. Il charge ses amis d'offrir au roi
des richesses pour qu'il se désiste; mais celui-ci déclare qu'il
veut la Pucelle, et jure, en cas de refus, de se venger. On se
retire. Un vavasseur conseille à Evas de tenir sa parole, de ne
pas s'arrêter à ce que dit Prophilias, et de donner sa fille au
roi. Evas penche pour cet avis. Cependant, rentré chez lui,
il rend compte de ce qui s'est passé, et va se reposer. Pendant la nuit, Salustine, mère de Prophilias, celui-ci et sa
femme Cardionès, ensuite Athis et la Pucelle, tiennent conseil : ils arrêtent d'envoyer demander secours à tous leurs
amis ou parens. Au matin, quatre mille s'étaient déja ras-

semblés, ils sortent de la ville pour prendre conseil; cinq cents se mettent en embuscade pour enlever Gayète à son passage. Prophilias, ayant reçu de nouveaux renforts, sépare sa troupe en douze corps. Evas, s'étant levé, mande à sa fille qu'il veut la mener au roi; il lui commande de s'apprêter. La Pucelle revêt ses habillemens les plus vieux et les plus sales, mais Evas la contraint à se vêtir richement. On monte à cheval, ils prennent un chemin détourné et arrivent au camp de Bilas, qui, après lui avoir fait amitié, la fait partir aussitôt pour ses états, sous la garde de cent chevaliers. La troupe se met en marche, elle est précédée et suivie du reste de l'armée. Un corps, commandé par Prophilias, voit venir les chevaliers; soudain l'action s'engage, ils sont vainqueurs, mais ne trouvent point la Pucelle, qu'un chevalier emmenait. Ils sont rejoints par une autre troupe; et, continuant leur route, ils viennent tomber dans l'embuscade préparée par Athis. Ses amis le soutiennent mal, il est prêt d'être vaincu. Pendant ce temps Gayète se cache dans la forêt. Athis la cherche de tous côtés; il trouve son cheval et son manteau qu'elle avait quittés; enfin il la voit sous un olivier, la fait remonter sur son cheval, la met entre les mains de ses amis, et court porter secours à Prophilias qui était aux prises avec le roi Bilas. Les Romains, effrayés par le nombre des troupes, lâchaient pied; mais Athis paraît à la tête d'un corps considérable, ils reprennent courage; Bilas est renversé, on le remonte avec peine sur son cheval, ses troupes plient et prennent la fuite; les vainqueurs les poursuivent jusqu'à la forêt. Il jure de se venger de sa défaite. Athis et Prophilias retournent au champ de bataille pour faire panser les blessés et ensevelir les morts; ils pleurent en voyant les maux dont eux seuls sont la cause. Athis ne peut se le pardonner.

> Qant de deus max estuet l'un prendre
> Au moins honteus se dex l'en prendre.

En conséquence il veut fuir, mais ses amis lui représentent qu'il ne peut le faire, à présent que sa valeur leur était nécessaire. Et votre mie que deviendrait-elle?

> Malvés gaeing fet an gibier
> Qui pert l'aloe et l'esprevier.

Prophilias se joint aux autres chevaliers; ils parviennent à

A a 2

calmer Athis qui donne l'idée de remporter les morts et les
blessés à Rome, précédés du riche butin qu'on avait conquis,
afin que sa vue fît suspendre la tristesse des parens qui
avaient à regretter un fils ou un frère :

<blockquote>
Cil qui son fil i aura mort
Por ce que mialz san reconfort
Ait de l'avoir greignor partie;
Car granz avoirs grant duel oblie,
En grant avoir a grant resset,
Tost change l'en un grant meffet.
</blockquote>

Cet avis est suivi : les prisonniers servent de triomphe aux
vainqueurs. Ce qui avait été prévu arriva, les richesses con-
quises empêchèrent les .plaintes. Athis eut pour lui la riche
tente du roi Bilas. Prophilias donne à Gayète une quantité
de robes et de bijoux précieux. Le mariage d'Athis et de
Gayète est arrêté; on les mène au temple; les noces se font
avec la plus grande magnificence. Prophilias fait des cadeaux
de toute espèce aux deux époux. Le soir, les jeux sont ou-
verts, la joûte, les courses à pied et à cheval, la palestre,
l'escrime, sont les principaux ; les fêtes durent huit jours.
Les fêtes terminées, Athis pense à ses parens, et pleure de
ce qu'ils ne peuvent partager son bonheur. Prophilias s'en
aperçoit, lui en demande la raison : après l'avoir entendu,
il lui propose de l'accompagner et de partir avec leurs
femmes. Evas, consulté, donne son consentement, en enga-
geant ses enfans à revenir bientôt. Ils partent, suivis d'un
grand nombre de chevaliers, barons, escuïers, varlets, et,
après huit jours de traversée, ils descendent au port d'Athènes.
Un messager est envoyé à Savis pour le prévenir de l'arrivée
de son fils. Savis était malade de chagrin de n'en avoir pas
de nouvelles, et languissait depuis un an dans son lit.
Aussitôt qu'il entend parler de son fils, il demande où il
est, veut se lever pour aller le trouver; sa femme partage sa
joie; Savis mande cette nouvelle à ses parens; il les invite
à venir dans son palais pour recevoir dignement son cher
fils. Suivi de sa femme et de sa maison il s'achemine au port.
Le messager les précède, et, doublant le pas, il rend compte
de ce qu'il a appris. Athis va au-devant de son père; chacun
s'embrasse mille et mille fois. Ceux qui avaient tout refusé
à Athis sont ceux qui lui font le plus d'amitié, et qui se
disputent l'honneur de le recevoir ; mais Savis voulut garder
ses enfans et leur suite.

En ce temps-là Athènes était gouvernée par un duc, nommé Theseus, descendant du fameux Thésée. Ce duc avait un fils qu'il avait appelé Pyrithous : ayant appris l'arrivée des deux amis, ils forment le projet d'aller leur rendre visite; ils partent, arrivent, on les reçoit avec les honneurs dus à leur rang. Theseus prie Athis de vouloir bien achever l'éducation militaire de son fils et de l'aider dans ses entreprises. Ils demandent à voir les dames; le père et le fils deviennent subitement amoureux de Gayète. Rentrés dans leur château, Theseus et son fils s'abandonnent à leur amour. En vain la jeune femme de Theseus cherche à distraire son mari et son fils. Cependant Theseus réfléchit qu'à son âge il a tort de vouloir être amoureux, et le fils pense à faire une action d'éclat qui le fasse remarquer de la dame de ses pensées. En examinant comment il pourrait y parvenir, il apprend que Thélamon, duc de Corinthe, avait un fils nommé Ajaus, descendant d'Ajax, et fort bon chevalier. Pyrithous profite d'une fête donnée par Thélamon pour aller défier Ajaus, et le menacer de réduire en cendres son héritage; il envoie à cet effet, et sans prévenir son père, un messager chargé de déclarer la guerre. Outré de cette déclaration, Thélamon rassemble ses gens et s'apprête à venir surprendre Athènes. Pyrithous, ne sachant comment prévenir son père de l'incartade qu'il avait commise, prend le parti de faire armer et rassembler tous les chevaliers de la terre de son père; il prie également les deux amis et leur compagnie de venir les rejoindre. Lorsque tout le monde est rassemblé, on se met en marche. Pyrithous compte sept mille hommes, son ennemi en a trois mille de plus. Les deux armées se joignent, font des prodiges de valeur. Pyrithous fait cacher une partie de ses troupes, commence l'action, il fait semblant de se retirer, et lorsque l'ennemi est acculé à un gué, ses soldats, sortant de leur cachette, attaquent Thélamon par derrière, tandis que lui les bat par devant. Athis et Prophilias se couvrent de gloire par leurs hauts faits. La bataille dura un jour et demi; l'armée de Thélamon parlait déja de se rendre, lorsque Theseus apprit l'escapade de son fils; craignant qu'il ne succombe, il ramasse toutes ses communes et arrive avec vingt mille hommes de toute arme, au lieu où se donnait le combat; l'attaque recommence avec plus de vigueur, parce que l'ennemi reçoit aussi un renfort. Pyrithous est blessé, son père craint pour ses jours, il lui répond qu'il cesse de s'affliger :

> Que de la mort n'est nul respit
> Dès que Deu plest et l'ore vient;
> Mauvès siègle a qui trop la crient;
> N'a mès es morz nul recovrier
> Por ce covient le duel lessier.

Mais, dit Theseus, pourquoi as-tu voulu faire la guerre sans m'en prévenir, sans avoir fait des dispositions? car

> Tuit estiez dans la nasse
> Et mort et pris s'auques tardasse.

Enfin, puisque Thélamon se retire, il faut rentrer chez nous, obtenir de grosses rançons de nos prisonniers, et de cet argent nous lever des troupes étrangères. Le lendemain on décampe, on retourne à Athènes pour se préparer à se battre de nouveau. Les deux amis, rentrés dans leurs familles, y racontent leurs exploits. De son côté, Thélamon fait les plus grands préparatifs; il invite ses parens, ses amis et ses vassaux à venir le secourir et à venger l'injure qu'il a reçue. Le roi Bilas est son cousin; il apprend par lui que le bel Athis et sa femme sont à Athènes, et il s'empresse de venir soutenir Thélamon et de se venger des Romains qui lui avaient enlevé sa femme. De chaque côté on fait des préparatifs immenses, et chaque parti n'a pas moins de cent mille combattans.

Thélamon arrive suivi de Bilas; ils projettent de surprendre Theseus pendant la nuit et de s'emparer de la ville. Le projet est adopté, et, sûrs de leur proie, ils savourent déja le plaisir de partager les dépouilles des vaincus. Theseus prend conseil de ses barons et leur propose d'aller attaquer les ennemis; son avis est adopté. Sur le soir, il envoie Pyrithous aux deux amis pour les inviter au combat; celui-ci part avec Carsidorus, fils d'un empereur; on les reçoit avec les honneurs dus à leur rang. Ils prient Cardionès et Gayète de leur donner un gage d'amour pour mettre à leurs lances. Gayète donne à Pyrithous un anneau d'or, Cardionès fait le même présent à Carsidorus. Ils partent, se couchent, et passent la nuit à réfléchir aux actions qui pourront les faire distinguer par les dames qui ont bien voulu les accepter pour chevaliers. Pendant ces allées et venues un espion va prévenir les assiégeans que la ville est bien garnie et songe à se bien défendre. Bilas fait part de cette nouvelle à Thélamon; ils font armer leurs troupes et attendent la sortie des assiégés. Ceux-ci ne tardent pas à paraître. Les dames montent aux tours du château pour voir les prouesses de leurs amis :

> Les chevaliers voelent véoir
> Et bien reconnestre et savoir
> Lequel sont plus chevaleros
> Ou li ami ou li espos.

Le combat s'engage; la bataille fut longue, dura toute la journée; les ennemis, battus, laissèrent prisonniers une foule de princes. Quant aux autres, ils se couvrirent de gloire, et chacun se surpassa. A l'issue du combat, Bilas demande à parler au duc d'Athènes; celui-ci se rend à cette invitation, suivi d'Athis, de Prophilias et de son fils Pyrithous. Bilas, après avoir donné des éloges à la valeur de ces guerriers, demande une trêve de huit jours et une convention qui permettra aux deux partis de commercer ensemble. Il prie aussi le duc de lui permettre de voir son aimable fille, la belle Alemandine. Ces choses sont accordées par l'entremise de Prophilias, dont le roi de Sicile admire autant le courage que la droiture des intentions et l'esprit conciliant. Chacun retourne au camp; Bilas vient le lendemain à Athènes, il desire voir Savine, sœur d'Athis; et, en effet, il descend chez Savis. Aussitôt qu'il arrive dans la cour du château, Athis court lui tenir l'étrier, et s'empresse de lui porter honneur. Bilas, reconnaissant des soins de son hôte, demande à voir sa fille dont on lui avait parlé comme d'une personne accomplie. En effet, le poëte en fait un portrait séduisant. Bilas en devient amoureux. Après avoir dîné chez Savis, toute la compagnie s'en va chez Theseus. Les deux amis accompagnent le roi. On arrive chez le duc qui, enchanté de recevoir Bilas, lui présente et sa femme et sa fille. Le roi retourne à son camp, raconte à Thélamon tout le plaisir qu'il avait eu à Athènes et les grands honneurs qu'il y avait reçus; il pense à Savine, et jusqu'à ce que la trêve soit expirée il retourne souvent chez Savis. Il propose la paix à condition que Athis lui rendra sa femme; celui-ci refuse; déja les préparatifs de bataille sont préparés; les armées sont en présence, le combat commence; Pyrithous, ayant attaqué Thélamon, est blessé, et ne doit son salut qu'à Prophilias qui le couvre de son écu. Cardionès, qui avait choisi Pyrithous pour son chevalier, l'ayant vu tomber et le croyant tué,

tombe morte de chagrin; tous les secours sont inutiles.
Rentré dans son palais, Thescus va voir son fils qui lui demande une grace; le père la lui accorde :

> Donc vos pri-je que vos donez
>
> Des Romeins à tot le meillor,
>
> Alemandine ma seror
>
> Ce est au preux Profilias,
>
> Qui onques d'armes ne fu las;
>
> Car por moi est sa fame morte.

Le père le lui promet. On lui retire le fer de la lance qui
était resté dans sa plaie, mais Pyrithous ne survit pas à
l'opération. Un messager est députe à Bilas pour lui faire
part de cette nouvelle et pour solliciter une trêve de huit
jours, elle est accordée. Rentré à son palais, Prophilias apprend la mort de sa femme; il s'en désespère. Les obsèques
de Cardionès et de Pyrithous sont célébrées en même temps.

> Et qant il furent enfoï
>
> Li Dus n'a pas mis en obli
>
> La proière Pyrithous.
>
> Par la mein sanz atardier plus
>
> Prist Alemandine la bele
>
> Prophilias avant apele :
>
> Ceste vois doing, sire, tenez,
>
> Or maintenant si l'espousez.
>
> Sire, fet-il, vostre merci
>
> Or me doint Dex joie de li.

Les fiançailles ne tardent pas à se faire. Pendant ce temps
Bilas avait pensé à l'amour qu'il avait pour Savine; il desire
revoir cette belle, et le quatrième jour de trêve il part pour
se rendre chez Savis; il a une entrevue avec sa maîtresse,
lui déclare sa passion, et la requiert d'amour. En fille bien
élevée, Savine répond qu'elle est bien honorée d'être l'objet
de l'amour d'un roi; mais qu'elle ne peut y répondre à cause
de l'inégalité des rangs. Bilas la rassure en lui disant que
son amour est loyal et qu'il desire l'épouser :

> De ce parlez, sire, à mon père,
>
> A mes amis, et à mon frère;

je ferai tout ce qu'ils m'ordonneront. Bilas admire les sentimens de cette belle; il en fait la demande à ses parens qui

en remerciant le roi de l'honneur qu'il leur fait, veulent avoir l'agrément du duc qui avait juré de ne jamais faire la paix. Toute la compagnie va chez Theseus, qui se refuse d'abord, mais qui finit par accepter les conditions qui lui sont offertes. Les noces se font à Athènes.

> Cele nuit (Dilas) jut o la pucele
> Au matin fù dame novele.

Après deux jours de fêtes, il retourne dans ses états ; et, tant qu'il vécut, Athènes jouit de la paix et des biens qu'elle procure.

> D'Athènes faut ici l'estoire
> Que li escriz tesmoingne à voire (vérité).

G.

CHRESTIEN[1] DE TROYES,

POÈTE FRANÇAIS.

CHRESTIEN, surnommé de Troyes, du lieu de sa naissance, a été l'un des romanciers les plus féconds et les plus estimés du douzième siècle. Cet écrivain, que plusieurs biographes ont confondu avec Manessier ou Manesier, florissait dès le milieu du siècle et écrivait encore vers la fin. Il paraît qu'il fut attaché à Philippe d'Alsace (2), comte de Flandres, mort devant Saint-Jean-d'Acre en 1491, car plusieurs de ses ouvrages lui sont dédiés. Chrestien a été fort loué par les auteurs ses contemporains et par ceux du siècle suivant, entre autres par le roi de Navarre, par Raoul de Houdan, et par l'auteur du roman du Chevalier à l'Épée. Huon de Mery, religieux de l'abbaye Saint-Germain-des-Prés, en faisait un cas particulier, et lui donne les plus grands éloges dans une pièce conservée à la bibliothèque royale ; il les méritait par l'invention, la conduite, et particulièrement par le style,

[side notes:] Borel, Catal. d'aut. lett. P. — Lacroix du M., notes, t. 1, p. 120. — Du Verdier, notes, t. 1, p. 319. Art de vérif. les dat. — Velly, Hist. de Fr., t. III, p. 355. Fauchet, p. 557, 558. Chans. III et XLIX. Le Tornoiement d'Anticrist, ms. n° 7615 in-4°, et Fauchet, p. 558.

---

(1) On a quelquefois écrit *Crestiens, Christians,* ou *Christien.*

(2) Et non Philippe de Valois, comme le dit le président Bouhier dans ses notes sur Lacroix du Maine. *Loc. cit.*

Tome XV.   B b

194 CHRESTIEN DE TROYES, POÈTE FRANÇ.

qui l'élève au-dessus de tous les poëtes de son temps. Il ne nous reste aucun détail sur la vie d'un auteur qui a tant écrit. On ne connaît pas tous ses ouvrages, mais il lui en est attribué plusieurs qui ne paraissent pas être de lui. Nous donnerons, dans cet article : 1º une notice succincte des productions que nous reconnaissons pour en être, et les titres de celles qui lui sont attribuées, avec les motifs qui nous font douter qu'il en soit l'auteur ; 2º un extrait de chacun des six romans que nous rangeons dans la première classe, et une idée suffisante des sujets et de la manière dont il les a traités.

NOTICE GÉNÉRALE DES ROMANS DE CHRESTIEN DE TROYES.

I. Roman d'*Erec et d'Enide,* contenant des aventures de chevaliers de la Table ronde. Galland* s'est trompé en parlant de cet ouvrage qu'il confond avec le roman de Perceval, et qu'il attribue à Raoul de Beauvais.

II. Roman de *Tristan* ou du *roi Marc et de la reine Yseult.* Malgré nos recherches nous n'avons pu découvrir aucun manuscrit de ce célèbre ouvrage dans nos bibliothèques publiques.

III. Roman de *Cliget,* chevalier de la Table ronde. Au début de ce poëme l'auteur nous fait connaître plusieurs de ses compositions qu'on ne trouve point dans nos biblio- thèques ; il y a apparence qu'elles se sont perdues. Voici ce début :

> Cil qui fist d'Erec et d'Enide (1)
> Et les Commandemens d'Ovide (2),
> Et l'ars d'Amors en romans mist (3),
> Et le mors de l'espaulle fist (4) ;
> Del roi Marc et d'Iselt la blonde (5)

(1) A l'exception de cet ouvrage tous les autres sont perdus.

(2) Il paraît que c'est le même ouvrage qui est désigné dans le vers sui- vant.

(3) Il y a dans le nº 1830 de l'abbaye une traduction intitulée : Ovide, *de Arte.*

(4) La métamorphose de Tantale, qui fit servir aux dieux son fils Pélops, dont l'épaule seule fut mangée.

(5) C'est le sujet de Tristan, roman dont nous n'avons pu découvrir aucun manuscrit.

Et de la Hupe et de l'Aronde (1),

Et del' Rossignol la muance (2),

Un autre conte recommance. Etc.

On voit que les poëmes qui se sont perdus sont ceux qu'il avait traduits ou imités des Métamorphoses d'Ovide, et qu'à l'exception de Tristan nous possédons tous les autres.

IV. Roman du *Chevalier au Lion,* ou *les Aventures d'Yvain, fils du roi Urien.* On ne conçoit pas comment Galland a pu attribuer ce roman à Maistre Wace, et confondre ainsi le roman du *Brut* avec celui de notre poëte. Il est vraisemblable que dans son mémoire le savant académicien a décrit le n° 27, *Fonds de Cangé,* où le *Brut,* séparé en deux parties, est coupé par le *Chevalier au Lion.* Cette fausse opinion de Galland a induit en erreur le président Bouhier et M. de Bréquigny.

V. Roman de *Guillaume d'Angleterre.* On ne sait trop duquel des deux Guillaumes il est question dans ce roman, tant l'histoire y est défigurée par la fable, ou plutôt tant il est fabuleux d'un bout à l'autre ; mais il est certainement de Chrestien, qui se nomme dès le commencement, comme nous le verrons plus bas. C'est le plus court des ouvrages de notre poëte, et en même temps celui qui paraît lui appartenir le plus et où il a mis le plus de son invention.

VI. Il existe, comme nous le verrons, un roman du *Graal,* en vers, d'après la version en prose de Robert de Borron ; mais rien ne nous paraît prouver qu'il soit de Chrestien de Troyes. Fauchet le pense cependant, et il en rapporte deux citations, dont voici la première :

Qui petit seme petit cuelt,

Et qui auques recueuillir velt

En tel leu sa semence espande

Que fruit à cent doubles lui rende. Etc.

Mais en confrontant ces citations avec les manuscrits on s'aperçoit qu'il s'est trompé, et que le prétendu roman du *Graal,* dont il parle, n'est autre que celui de Perceval le Gallois, dans lequel se trouvent les dernières aventures du Saint-Graal.

(1 et 2) Ces sujets sont encore tirés d'Ovide ; ce sont les métamorphoses de Térée en huppe, de Prognée en hirondelle, et de Philomèle en rossignol.

VII. Roman de *Perceval le Gallois,* translaté de prose en rime d'une partie du roman de Tristan le Léonnois, traduit lui-même du latin en prose française, par Luces du Gast. Chrestien le dédia au comte de Flandres.

Borel s'est étrangement trompé lorsqu'il a dit : « Perceval d'Orie, poëte en langue provençale, gouverneur d'Avignon et d'Arles, pour Charles, comte de Provence, selon Geofroy de Tore. » Il cite, à cet égard, la bibliothèque de du Verdier, dans laquelle ces noms de Perceval et d'Orie ne se trouvent pas. Mais, comme il lui arrive souvent, Borel a pris le titre d'un ouvrage pour le nom d'un auteur. Le même Borel cite encore un roman de Perceval le Gallois, manuscrit in-folio, de la bibliothèque de M. de Masnau, conseiller à Toulouse, lequel contient près de soixante mille vers ; et il s'est encore trompé sur ce nombre : l'ouvrage est composé de trois parties, écrites par trois différens auteurs, et les trois ensemble réunies ne forment un total que de vingt mille cent soixante-dix-huit vers (1).

La première partie seule est de Chrestien de Troyes. La seconde et la troisième sont de deux poëtes différens. Nous verrons plus loin quels sont ces poëtes, et les erreurs auxquelles leur nom et la part qu'ils eurent à la composition de ce roman ont donné lieu.

Galland a faussement attribué ce même roman de Perceval à un Raoul de Beauvais, romancier qui n'a jamais existé que dans son imagination. On trouve bien un poëte de ce nom, mais il n'a fait que des poésies amoureuses en stances ; on ne peut donc le compter que parmi les chansonniers (2).

VIII. Roman de *Lancelot,* ou de la *Charette,* mis en vers d'après la version en prose de Gautier Map, qui a aussi été attribuée, mais à tort, à Robert de Bouron. Chrestien a

---

(1) Ms. de la bibliothèque de l'Arsenal. Le ms. dont parle Borel contenait sans doute trois romans réunis, le *Saint-Graal, Lancelot,* et *Perceval.* Les trois ensemble formaient soixante mille vers, et le dernier, qui n'en formait que le tiers, n'en devait en effet contenir à-peu-près que vingt mille. Voy. Bibl. des romans, t. IV, p. 38. L'auteur de l'article dit avoir le ms. sous les yeux.

(2) Fauchet, p. 751, v°. Loisel, Mém. du Beauvoisis, p. 194, l'a confondu avec Raoul de Beauvais, évêque de Nevers. Voyez aussi Supplément à l'histoire du Beauvoisis par Simon, Paris, 1704, in-12, part. 2, p. 12.

publié son poëme sous le nom de la *Charette*, pour des raisons que l'on verra dans l'extrait de ce roman. Il n'eut pas le temps d'y mettre la dernière main, et Godefroiz de Leingny ou de Ligny, en Brie, se chargea de l'achever. Cela n'a pas empêché les bibliographes d'en faire deux ouvrages, l'un intitulé : *Lancelot*, et l'autre la *Charette*.

IX. Roman du *Chevalier à l'Espée*. Legrand d'Aussy, qui a donné une traduction de ce roman, est d'une opinion contraire à celle des bibliographes, qui l'attribuent à notre poëte ; et il suffit, pour penser comme lui, de voir que dès le commencement l'auteur s'adresse à Chrestien de Troyes, et lui reproche qu'après avoir célébré tant de chevaliers de la Table ronde, il ait oublié celui-ci. Sinner (1) rapporte un passage de ce roman, qui confirme le sentiment de Legrand d'Aussy. Nous n'avons pu, malgré nos recherches, découvrir le manuscrit d'après lequel cet auteur avait fait sa traduction.

X. La continuation du roman des *Chevaliers de la Table ronde* n'est point de notre auteur ; les bibliographes, qui le lui attribuent, ne citent, à cet égard, aucune autorité.

XI. On attribue encore à Chrestien les romans de Troye, de Parthenopex de Bloys, de Blanchandin ; mais nous pensons que c'est encore une erreur, particulièrement à l'égard des deux derniers ouvrages. D'après une lecture attentive des romans de Chrestien de Troyes, et sur-tout d'après les personnages auxquels il les a dédiés, nous présumons que ce poëte a cessé de vivre de 1195 à 1198, malgré le sentiment d'un savant bibliographe, qui en fixe la date en 1191.

Fauchet, p. 560.— Roquef. p. 762. Lacroix du Maine, Du Verdier, Fauchet, p. 258 v° et 259 recto. Fabliaux, in-8°, t. I, p. 50 et 51. Lacroix du Maine, t. I, p. 120. — Du Verdier, t. I, p. 319. — Fauch., p. 558.—Pasquier, t. I, p. 692. Lacroix du Maine, Du Verdier, loc. cit. Fauchet et Sinner, loc. cit. Roquefort, loc. cit. d'après les notes de Mouchet, ms. n° 7895 in-fol. Notes manuscrites des premiers auteurs de cette Histoire littéraire. M. Van Praët, Catalogue de la Vallière, t. II, p. 210.

I.

ROMAN D'ÉREC ET D'ÉNIDE.

Ce roman, qui contient à-peu-près sept mille vers, est un des premiers que fit Chrestien de Troyes. A en juger même par les vers qui commencent le roman de Cliget, que

Mss. de la Biblioth. roy., fonds de Cangé, n° 27 *olim* 69, fol. 140, 73, fol. 1, et de l'ancien fonds, n° 7535-5.

(1) Extrait de quelques poésies des XIIe, XIIIe et XIVe siècle, p. 13. Il dit le contraire un peu plus loin, p. 56. Voy. La Borde, Essai sur la Musique, t. II, p. 182.

198 CHRESTIEN DE TROYES, POÈTE FRANÇ.

nous avons cités précédemment, ce fut le début de l'auteur. Rien n'indique s'il le tira de la traduction française d'un ancien roman latin. Quoique le roi Artus y figure, que la plus grande partie de l'action se passe en Angleterre et la fin seulement en Bretagne, ce n'est pas proprement un roman de la Table ronde, et rien n'empêche de penser que Chrestien tira de son imagination cette fable particulière, et crut la devoir lier, selon l'usage du temps, à la fable du roi Artus.

Il annonce d'abord son projet par cette espèce de prologue :

> Li vilains dit en son respit (proverbe, sentence).
>
> Que tel chose a l'on (a-t'-on) an despit
>
> Qui moult valt mialz que l'an ne cuide,
>
> Por ce fet bien qui son estuide
>
> Atorne à bien, qu'il que il l'ait;
>
> Car qui son estuide entrelait (interrompt)
>
> Tost i puet tel chose teisir
>
> Qui moult vandroit (viendrait) puis à pleisir.
>
> Por ce dist Crestiens de Troies
>
> Que reisons est que tote voies
>
> Doit chascuns panser et antandre
>
> A bien dire et à bien aprandre,
>
> Et tret (tire, traduit) d'un conte d'aventure
>
> Une moult bele conjointure....
>
> D'Erec le fil Lac (1) est li contes,
>
> Qui devant rois et devant comtes,
>
> Dépécier et corrompre suelent
>
> Cil qui de conter vivre vuelent (2).
>
> Dès-or comancerai l'estoire
>
> Qui toz-jorz me ier (sera) en mémoire,
>
> Tant com durera crestiantez
>
> De ce s'est Crestiens vantez.

Le début du poëme contient un passage curieux sur une coutume singulière que le roi Artus veut faire revivre dans ses états.

(1) Fils de Lac, roi d'Outre-Galles.
(2) Que ceux qui vivent du métier de conteur ont coutume de dépecer et de dénaturer devant les rois et les comtes.

Un jor de Pasques al tans novel (au printemps).
A Karadigan son castel (1),
Où li rois Artus cort tenue ;
Ainc (jamais) si riche n'en fu véue.
Car moult i ot bons chevaliers,
Hardis, et corajos, et fiers ;
Et rices dames et puceles,
Filles à roi, gentins et beles.
Mais ançois que li cors partit (2),
Li rois à ses barons a dit
Qu'il voloit le blanc cers cachier (chasser)
Por la costume renhauchier (remettre en vigueur).
Monsignor Gavain ne plot mie
Qant il ot la parole oïe :
Sire, fait-il, de ceste cace
N'aurois vous jà ne gré, ne grâce.
Nos savon bien trestot pieça (depuis long-temps)
Quel costume li blans cers a ;
Qui le blanc cerf ocire puet,
Par raison baisier lui estuet
Des puceles de vostre cort
La plus bele à quanqu'il cort ;
Maus en poroit venir moult grans :
Encore a-il çaiens cinq çans
Damoiseles de hals parages,
Filles à roi, gentils et sages ;
Ne n'i a nule n'ait ami
Chevalier vaillant et hardi,
Qui tost deraisnier la valdroit (3)
Où fust à tort, ou fust à droit,
Que cele qui li atalente (lui plaît)
Ert la plus bele et la plus gente.
Li rois respont ce sai-jo bien,
Mais por ce nel' lairai-jo rien ;
Mais ne puet estre contredite
Parole, puisque rois l'a dite.

(1) L'une des quatre grandes villes du roi Artus. C'était toujours dans l'une de ces villes qu'il tenait ses cours plénières et l'assemblée des chevaliers de la Table-Ronde.
(2) Mais avant que l'assemblée se separât.
(3) Qui voudrait prouver le contraire.

200 CHRESTIEN DE TROYES, POÈTE FRANÇ.

Demain matin à grant déduit
Irons cachier le blanc cers tuit
En la forest aventurose ;
Cele cace ert moult délitose.

Le roi Artus part pour la chasse, la reine Genèvre, son épouse, le suit ; elle rencontre Erec, jeune chevalier, fils de Lac, roi d'Outre-Galles, et le prie de l'accompagner. Chemin faisant, ils voient une pucelle battue par un nain ; la reine ordonne à Erec de l'arracher des mains de son bourreau, il attaque le nain qui le reçoit à coups de fouet. Erec veut se venger, mais un chevalier armé de toutes pièces, et dont les armes sont d'azur et d'or, prend la défense du nain. Erec, n'étant vêtu que pour la chasse, ne peut se mesurer avec lui ; il prend congé de la reine et va chercher des armes. Un vavasseur de grande noblesse, ruiné par la guerre, le reçoit très-bien. Erec lui demande deux choses : le nom du chevalier aux armes d'azur et d'or, et des armes pour le combattre. Sur le premier point le vavasseur ne peut le satisfaire ; mais lorsqu'Erec s'est fait connaître pour ce qu'il est, il lui prête une armure complète. Erec fait une troisième demande, celle de la main d'une fort jolie fille du vavasseur, dont la beauté l'avait frappé, quoiqu'elle fût très-mal vêtue. Le père la lui accorde. Erec apprend que dans un château voisin on célèbre des fêtes où des braves disputeront le prix ; il ne doute pas qu'il n'y trouve le chevalier qui l'avait insulté ; il se rend à la fête, trouve en effet le chevalier, le défie, le renverse, lui accorde la vie, lui demande son nom, apprend de lui qu'il s'appelle Ydier, et l'envoie à Caradigan porter de ses nouvelles à la reine Genèvre. Deux jours après, il part lui-même pour s'y rendre avec sa mie, qui n'est point encore sa femme.

Folio 143, v°, col. 3 du ms. 27, cité au commencement.

Li père et la mère altresi (également, pareillement)
La baisent sovent et menu,
De plorer ne se sont tenu.
Al départir plore li mère,
Plore li pucele, et li père.
Tex est amors, tex est natures
Tex est pities de norreture.
Plorer les faisoit li pitiés
Et la douçors et l'amistiés
Qu'il avoient de lor enfant.

Erec et sa chère Enide arrivent; les murs de Caradigan étaient couverts de chevaliers; la reine était montée sur la *maistre-tour*, pour les découvrir de plus loin. Elle descend pour les recevoir, Artus donne la main à la pucelle et Erec la donne à la reine. Genèvre fait cadeau de riches vêtemens à la pucelle, qui est présentée par Artus aux chevaliers de la Table ronde. L'auteur n'oublie pas de les nommer tous. Artus, qui avait été vainqueur du cerf blanc, donne, comme il en avait le droit, un baiser à Enide. Erec envoie à son beau-père les cadeaux qu'il lui avait promis, et dix chevaliers pour le conduire dans un de ses châteaux dont il lui fait don. Les noces se font avec la plus grande magnificence; Artus y invite tous les rois ses vassaux, et arme cent chevaliers. La reine sert de mère à Enide et l'accompagne à son coucher.

> Qant délivrée fu la cambre
>
> Lor droit rendent à cascun mambre;
>
> Li oel d'esgarder se refont
>
> Cil qui d'amor la voie font
>
> Et lor message al coer envoient
>
> Qui moult lor plaist quanque il voient.
>
> Apres le message des iels
>
> Vient la dolçor qui moult valt miels,
>
> Des baisers qui amor atraient;
>
> Andui (tous deux) cele dolçor assaient
>
> Et lor cœrs dedens en aboivrent
>
> Si qu'à paine s'en dessoivrent,
>
> Del' baisier fu li primiers jeus
>
> Et l'amor qui est entre-deux
>
> Fist la pucele plus hardie,
>
> Que rien ne s'est acoardie;
>
> Tot sofri quanque li grevast;
>
> Ainçois qu'ele se relevast,
>
> Ot perdu le nom de pucele;
>
> Al matin fu dame novele (1).

Fol. 145, col. 3 du ms. ci-devant cité.

Les noces durèrent quinze jours; il y out un grand tournoi,

____

(1) Dans le roman d'*A this et Prophilias*, d'Alexandre de Bernay, on trouve ce même vers répété en pareille occasion. Voy. l'article Alexandre de Bernay, vers la fin.

où Erec fit des prodiges de valeur, et dont il remporta le prix. Il demande son congé au roi Artus pour aller présenter sa femme à son père; ils partent et sont reçus avec la plus grande magnificence par le roi Lac. Les bourgeois lui font des présens de chevaux, d'armes, et d'oiseaux pour la chasse.

L'amour que notre chevalier a pour sa nouvelle épouse le détourne du métier des armes; ses barons en murmurent. Enide, instruite de leur mécontentement, s'en afflige, et se détermine à en avertir son époux. Erec convient de ses torts. Il ordonne à sa femme de prendre ses plus beaux habits; il se fait armer, et annonce qu'il est prêt à partir, accompagné seulement d'Enide. En vain ses chevaliers lui demandent l'honneur de le suivre, il les refuse. Le roi Lac, très-affligé, conjure son fils de prendre au moins des écuyers, Erec le refuse également. La tristesse est générale dans la ville comme au château. Erec part en défendant à sa femme de lui parler en route; il la fait marcher devant lui. Ils étaient déja loin, lorsque trois chevaliers qui, à la honte de la chevalerie, vivaient de rapine, voient passer Enide, et convoitent son cheval. Enide s'en aperçoit, retourne sur ses pas, oublie la défense de son mari et lui fait part du danger qui la menace. Après l'avoir grondée de sa désobéissance, il fond sur les voleurs, les défait, et emmène leurs chevaux, qu'il donne à conduire à sa femme. Bientôt il rencontre cinq autres chevaliers voleurs. Enide, effrayée, adresse encore la parole à son époux, qui lui fait de nouveaux reproches, défait les cinq voleurs, en tue quatre, donne à Enide les quatre chevaux de plus à conduire, et renouvelle la défense de lui parler.

Ils passent la nuit sous un arbre; un varlet, qui porte des vivres, leur en offre très-à-propos; après un léger repas, ils se remettent en route, et sont reçus dans un château. Le comte, qui en est le maître, devient amoureux d'Enide, et la prie de le prendre pour son chevalier; elle le refuse; il insiste, et déclare que si elle le refuse encore, il fera tuer son mari. Dans son effroi, elle accepte, ou plutôt feint d'accepter. Ils vont le soir même loger chez un bourgeois. Couchée dans la chambre de son seigneur, Enide n'ose lui parler; à la fin cependant elle l'éveille et lui dévoile les projets du comte :

Ha ! sire, fet-ele, merci !

Levez isnelement deci (1)

Qui traïz estes antreset (2)

Sanz acoison et sans forfet.

Li cuens (le comte) est traitres provez

Se ci (si en ce lieu) poez estre trovez

Jà n'eschaperoiz de la place

Que tot desmanbrer ne vos face,

Avoir me vialt (veut), por ce vos het (hait).

N° 73, fonds de Cangé, fol. 14, recto, col. 1.

Erec se lève, prend ses armes, fait venir son hôte le bourgeois, lui donne les sept chevaux qu'il avait pris aux voleurs, et se remet en route avec Enide. A peine étaient-ils partis que le comte envoya chez le bourgeois cent chevaliers pour tuer Erec. A la nouvelle de son départ, il s'emporte et fait courir après lui ; les cent chevaliers ne sont pas long-temps sans l'apercevoir. Enide, tremblante, prie son mari de hâter le pas pour éviter une mort certaine ; Erec ne lui répond qu'en la menaçant de punir sa désobéissance. Il se retourne, fond sur le sénéchal du comte qu'il renverse, va combattre le comte lui-même, et le renverse également.

Les deux époux, poursuivant leur route, passent auprès du château du roi Gujures-le-Petit ; un chevalier vient de la part de ce roi défier Erec au combat. Enide, qui craint toujours les surprises, veut dire quelques mots à son mari ; il lui ordonne de se taire. Les deux champions se battent à outrance. Gujures, plein d'admiration pour la valeur d'Erec, lui offre son amitié. Erec lui fait à son tour offre de services, et ils se quittent fort bons amis.

Erec et Enide arrivent dans une forêt où le roi Artus était venu passer quelques jours ; il avait amené avec lui plusieurs chevaliers, entre autres son neveu Gauvain ; celui-ci, fatigué, avait laissé dans sa tente ses armes et son cheval. Messire Keux, personnage bouffon de tous les romans de la Table ronde, voulant se divertir, prend le cheval, revêt l'armure de Gauvain et va parcourir la forêt ; il rencontre Erec, passe fièrement devant lui, et

Li demanda par son orguel,

Chevalier, fet-il, savoir vuel

Qui vos estes et d'où venez.

N° 73, de Cangé, fol. 16, rect., col. 1.

(1) Sortez légèrement (vite) d'ici.
(2) En ce moment, dans ces entrefaites.

204 CHRESTIEN DE TROYES, POÈTE FRANÇ.

Il lui promet que s'il veut le suivre il l'introduira auprès du roi Artus. Erec l'écoute d'abord avec patience, se fâche enfin, lui court sus, le renverse, et donne à Enide le cheval de Gauvain. Messire Keux avoue sa faute et redemande le cheval, qui lui est rendu.

> Kex prant le cheval si remonte,
> Au tref-le-roi vient (1), si li conte
> Le voir (la vérité) que rien ne l'en céla,
> Et li rois Gauvain apela.
> Biax niés (beau neveu) Gauvains, ce dit li rois,
> S'onques fustes frans ne cortois,
> Alez après isnelemant
> Demandez amiablement
> De son estre et de son afeire;

et tâchez de m'amener ce chevalier. Gauvain exécute les ordres de son oncle, et se rend, suivi de deux valets, auprès d'Erec :

> Puis li diiz messire Gauvains
> Qui de grant franchise estoit plains,
> Sire, fet-il, à vos m'anvoie
> Li rois Artus en ceste voie.
> La roine et li rois vos mandent
> Saluz, et prient et comandent
> Qu'avoec ax vos venez déduire.
> Eidier vos vuelent, non pas nuire
> Et il ne sont pas loing deci.

Erec remercie Gauvain ; le charge de témoigner au roi sa reconnaissance, mais demande qu'il lui soit permis de poursuivre son chemin. Gauvain ne pouvant rien obtenir du chevalier, envoie un varlet prier Artus de faire transporter ses tentes dans un endroit éloigné de quatre lieues, sur la route qu'Erec devait suivre.

Artus change de place et va occuper celle qui lui est indiquée. Gauvain et Erec y arrivent : sommé une seconde fois de s'arrêter, Erec se nomme, les deux héros se reconnaissent. Sire, lui dit Gauvain,

> Ceste novele
> Sera jà mon seignor moult bele.

---

(1) Il vient à la tente du roi.

> Lié en iert ma dame et messire,
>
> Et je lor irai avant dire.
>
> Mès ainçois m'estuet anbracier
>
> Ma dame Enyde vostre fame.
>
> De li véoir a moult ma dame
>
> . La reine grant désirier ;
>
> Eqcor parler l'en oï hier.

Gauvain les quitte pour annoncer leur arrivée à Artus et à Genèvre, qui aussitôt viennent au-devant des deux époux. Erec souffrait encore des blessures qu'il avait reçues en combattant contre le comte et contre le roi Gujures. On banda ses plaies : on y applique un baume composé par la fée Morgain, qui le guérit en huit jours. Il part avec Enide malgré toutes les instances que l'on fait pour le retenir ; ils traversent une forêt, des cris de femmes se font entendre, et implorent du secours. Erec ordonne à Enide de rester, et court vers l'endroit d'où partaient les cris ; il trouve une pucelle dont l'ami venait d'être enlevé par deux géans ; il poursuit les ravisseurs, les atteint, les combat, perce un géant, fend l'autre en deux, ramène le chevalier Cadoc de Cabriole à sa mie, et les envoie tous deux au roi Artus. Il rejoint Enide, mais le sang qui coulait de ses blessures le fait s'évanouir. Enide le croit mort et se reproche d'en être la cause ; elle s'évanouit à son tour, revient à elle, retombe encore ; et, lorsqu'elle a repris ses sens, tire l'épée d'Erec et veut s'en percer. Un comte, suivi de plusieurs chevaliers, lui arrête le bras, tâche de la calmer ; et lui offre pour consolation son cœur et sa main. Enide, indignée, le repousse et le traite avec le dernier mépris. Les chevaliers font un brancard, y attachent deux de leurs chevaux, y placent Erec et l'emmènent au château. Enide est forcée de les suivre. Le comte, à peine arrivé, mande son chapelain ; et malgré la résistance, les plaintes et la désolation d'Enide, il l'oblige à recevoir sa main. Elle est forcée de paraître au repas de noces qui se donne le lendemain et de se placer dans un fauteuil à côté du comte. Par un raffinement de cruauté on avait mis Erec dans une bière vis-à-vis la malheureuse Enide : elle est au désespoir et veut se laisser mourir de faim. Le comte tâche d'abord de la fléchir, lui fait ensuite des reproches, et s'emporte enfin jusqu'à la frapper. Ses barons le blâment ; il s'emporte encore davantage, et déclare que le jour même il veut jouir des droits d'époux. Enide jette les hauts cris ; mais tout-à-coup :

> Antre ces diz et ces tançons,
> Revint Erec de pasmeisons,
> Ausi com hom qui s'esvoille ;
> S'il s'esbahi ne fu mervoille
> Des gens qu'il vit environ lui.

Il écoute et croit dormir ; voyant enfin ce qui se passe, il se lève, rassemble ses forces, et saisissant sa bonne épée, il en assène un coup si terrible qu'il coupe la tête du comte et la fait rouler au bout de la salle (1). Les chevaliers, saisis d'effroi, croyant que c'est un esprit, se sauvent précipitamment, prennent des chevaux et s'enfuient. Erec demande pardon à sa femme de tout ce qu'elle a souffert ; le pardon est bientôt obtenu, les deux époux s'embrassent et s'aiment plus tendrement que jamais.

Cependant la mort du comte était parvenue au prince Guivret, son voisin ; il part avec ses gens pour s'emparer des états du mort ; il rencontre Erec ; sans le connaître, l'attaque à l'improviste et le renverse ; mais lorsqu'il apprend à qui il a affaire, il s'empresse de réparer sa faute, et conduit les deux époux à son château. Les plaies d'Erec étaient encore douloureuses, deux sœurs du prince Guivret se chargent de les guérir et y réussissent promptement ; Erec remercie son hôte et veut prendre congé de lui. Guivret lui offre de l'accompagner à la cour ; ils partent et passent devant un château fort, appelé Brandiganz, qui appartient au roi Evrain. Erec veut y aller demander l'hospitalité, Guivret le prie de n'en rien faire, et lui apprend qu'on n'en voit jamais sortir ceux qui y sont entrés. Erec veut tenter l'aventure. Son compagnon cherche toujours à le dissuader ; mais voyant son parti bien pris il se décide à l'accompagner avec sa suite.

---

(1) Je pense que ce comte se nommait de Limors ou de Lymors, suivant cette citation qui se trouve au folio 19, v°, col. 1 du même ms.

> Trovez les avoit anbedeus (tous deux)
> Li cuens orguilleus de Limors,
> S'an avoit fet porter le cors,
> Et la dame espouser voloit,
> . . . .
> Ses genz vers Lymors conduisoit.

Après qu'ils ont passé les lices et le pont, les bourgeois qui les regardent admirent la beauté d'Erec et plaignent le sort qui l'attend :

> Après por ce que il entende,
> Dient en halt, Dex te deffende
> Chevalier de mésaventure ;
> Car molt es biax à desmesure,
> Et moult fait ta biauté à plaindre
> Car demain la verrons estaindre
> A demain est ta mors venue,
> Demain morras sans atendue,
> Se Dex ne t'en garde et deffent.

Erec entend tout cela sans en être effrayé. Le roi Evrain, prévenu de la visite qui lui arrive, vient au-devant des voyageurs, donne la main à Enide pour l'aider à descendre de cheval, et les conduit dans ses appartemens. On leur sert un souper magnifique. Erec demande ensuite au roi la permission de parcourir son château. Evrain fait connaître au chevalier les dangers auxquels il s'expose ; Enide joint ses instances à celles du roi, tout est inutile. Dès le matin Erec s'arme, monte à cheval,

> Li rois hors del chastel le meine
> An un vergier qui estoit près,
> Et tote la gent vont après
> Priant que de ceste besoigne
> Dex à joie (heureusement) partir l'an doigne.

N° 73, folio 22, v°, col. 1.

Ce verger était enchanté ; les arbres étaient couverts de fruits magnifiques qui, lorsqu'on en avait mangé, empêchaient de trouver la porte de sortie. Evrain en avertit le chevalier ; il le fait entrer ensuite dans un jardin dont les murs sont garnis de pieux, sur chacun desquels on voit un heaume et le nom du chevalier auquel il avait appartenu ; un seul pieu restait vacant ; on attendait la mort d'un chevalier pour y placer son nom et son heaume. Evrain remontre encore à Erec les périls qu'il va chercher. Ne pouvant rien gagner sur lui, il le prévient qu'après les plus terribles aventures, il trouvera un cor merveilleux, et que celui qui pourrait le faire sonner conquerrait honneur et richesse. Erec fait retirer tout le monde, congédie le roi Evrain, embrasse Enide, et l'invite à ne rien craindre. Resté seul, il prend un sentier au bout duquel il trouve une pucelle couchée sur un lit d'argent ;

il approchait pour la considérer, lorsqu'un chevalier de la plus haute stature paraît et lui jette le gant; ils combattent. Après une longue résistance, Erec renverse son ennemi, qui demande merci et le nom de son vainqueur. Erec se nomme, le chevalier en fait autant; il s'appelle Mabonagrains, neveu du roi Vitains (1); il raconte comment il a été enchanté par sa mie (2) qui l'avait condamné à rester dans ce séjour jusqu'au moment où un chevalier, devenu son vainqueur, le délivrerait. Cependant tout désenchanté qu'il est il ne peut sortir du jardin si le cor placé à l'entrée du verger n'est sonné par son vainqueur. Erec se lève, court s'emparer du cor, s'en saisit et le sonne. Aussitôt qu'on l'entend, Evrain, Guivret, Enide, jettent des cris de joie, dont tout le château retentit. Le peuple vient en foule au-devant d'Erec; il sort suivi d'un grand nombre de chevaliers qui étaient prisonniers dans le verger, et délivrés ainsi que leurs dames par cette victoire. Une seule personne, la mie du chevalier Mabonagrains, ne prenait point part à la joie commune. Enide, suivie de plusieurs dames et demoiselles, entreprend de consoler cette affligée, qui reconnaît Enide pour sa cousine; elles se racontent mutuellement leurs aventures. Tout le monde rentre au château, le peuple témoigne sa joie par des acclamations. Ce ne furent, pendant plusieurs jours, que fêtes et réjouissances. Erec, Enide et Guivret prennent ensuite congé; ils arrivent à la cour du roi de Rohais; ils y sont reçus avec autant d'amitié que de magnificence. Aprés leur avoir fait conter leurs aventures, le roi les invite à rester à sa cour; ils demeurèrent en effet jusqu'au moment où Erec reçoit la nouvelle de la mort du roi Lac, son père, par une députation de ses barons qui viennent le chercher. Alors

> Fist canter vigiles et messes,
>
> Et pramist et rendi pramesses,
>
> Si com il les avoit pramises.
>
> As maisons Deu et as yglises
>
> Moult fist bien qanque faire dut;
>
> Povres maisaasiés eslut,
>
> Plus de cent et soixante noef,

(1) Dans le ms. n° 73, fol. 23, v°, col. 2, il est neveu du roi Évrain.

(2) Le ms. ne dit point quelle était cette mie, ni quel pouvoir elle avait d'enchanter ainsi son amant.

> Si les revesti tos de noef.
>
> As povres clers et as provoires
>
> Dona que drois fu (1) capes noires
>
> Et bones pelices dessos ;
>
> Moult fist grant bien por Deu à tos,
>
> A cels qui en orent mestier
>
> Dona deniers plus d'un sestier.

Avant de partir, Erec envoie prier le roi **Artus** de le couronner solennellement ainsi que son ami le prince Guivret. Le roi manda tout son barnage (noblesse) à Nantes pour cette cérémonie. Erec manda aussi le sien ,

> Ne fu pas oblié le père
>
> Ma dame Énide, ne sa mère.

Ils arrivèrent en bonne et nombreuse compagnie : c'étaient des chevaliers, des chastelins :

> N'ot pas route (troupe, compagnie) de capelains,
>
> Ne de fole gent esmarie (2)
>
> Mais de bonne cevalerie.

La fête fut des plus belles; Artus fit des chevaliers, offrit des présens magnifiques aux nouveaux chevaliers, aux anciens et aux dames. Après la cérémonie du couronnement, six cents tables furent splendidement servies. Les fêtes terminées, Erec et Enide retournèrent dans leurs états, comblés des présens et des bienfaits du roi Artus.

II.

ROMAN DE CLIGÈS OU DE CLIGET.

In-fol., fonds de Cangé, fol. 188, verso, col. 2.

La première chose qui frappe dans le début de ce roman, c'est la liste que Chrestien de Troyes y donne de tous ceux qu'il avait composés jusqu'alors. Nous avons cité précédemment les sept premiers vers où se trouve cette liste ; le poète continue :

---

(1) Selon leur besoin, selon leur dignité.
(2) Troublée, fâchée, de mauvaise humeur.

Tome XV.   D d

Un autre conte recommance
D'un vallet qui en Gresse fu
Del linage le roi Artu.
Orez de son père la vie,
Dont il fu, et de quel linage
Tant fu prous et de fier corage,
Qui por pris et por los conquerre
Ala de Gresse en Engletere,
Qui lors estoit Bretaigne dite,
Ceste estore trovons escrite,
Que conter vos voel et retraire
En un des livres de l'aumaire (armoire, chartrier)
Monsignor saint Paul à Biouvais.
De la fu li contes estrais,
Qui tesmoyne l'estore à voire (1)
Pour ce fait-ele muis à croire.
Par les livres que nos avons
Les fais des anciens savons
Et del siècle qui fu jadis
Ce nous ont nostre livre apris,
En Gresse et de cevalerie
Ce premier los et de clergie ;
Puis vint cevalerie à Rome
Et de la clergie li some
Qui or est en France venue
Des doint quelle soit retenue
Et que li Luis (2) li abelisse
Tant que jamais de France n'isse,

. . . .

Car des Français ne des Romains
Ne dist li contes plus ne mains.

Un empereur qui régnait sur Constantinople et sur la Grèce eut deux enfans dont l'aîné, nommé, comme lui, Alexandre, desirait être fait chevalier. Il voulut recevoir cet ordre dans la cour du roi Artus, ou du moins après l'avoir visitée.

Il demande congé à son père ; il lui demande aussi de l'argent et des chevaliers pour lui servir d'escorte. L'empe-

(1) A vérité, qui témoigne que l'histoire est vraie.
(2) Louis VII, qui régnait alors.

reur propose à son fils de le nommer roi de Grèce; le prince refuse, et donne ainsi les motifs de son refus :

> Ne s'acordent pas bien ensamble
> Repos et los si com moi samble,
> Car de nule rien ne s'alose
> Rices hom qui tosjors repose.
> Parece est fais à malvais home
> Et as prous malvaise some.

Fol. 189, col. 1.

Le père, ne trouvant rien à répondre à ces raisons, accorde à son fils tout ce qu'il a demandé.

On voit dans cette citation un certain talent de resserrer dans la mesure du vers une maxime ou une pensée morale qui était alors très-rare, ou plutôt que notre poëte connaissait peut-être seul, et qui forme un des traits distinctifs de son style. C'est encore ainsi qu'il dit un peu plus bas que la générosité est la plus belle des vertus ;

Loc. cit. col. 2.

> Mais tout aussi comme li rose
> Est plus que nule altre flor bele
> Qant ele naist fresce novele.

Le prince s'embarque ; il arrive à *Vincestre,* où le roi Artus tenait sa cour ; il est présenté et bien reçu. Il expose les motifs qui l'ont amené en Angleterre et le desir qu'il a d'être armé chevalier. Artus le prend à son service et l'emmène avec lui en Bretagne. Pendant le voyage, Alexandre devient amoureux de la pucelle de la reine, sœur de Gauvain et nièce d'Artus. Elle le trouve aussi fort aimable :

> Issi se plaint et cil et cele,
> Et li uns à l'autre se cele.
> Le jor ont mal et la nuit pis.
> En tel dolor ce m'est avis
> En Bretaigne lonc tans esté.

Fol. 191, verso,
col. 2.

Ils y étaient donc déja depuis long-temps, lorsqu'un messager vint apporter au roi Artus la nouvelle d'un soulèvement dans ses états. Artus rassemble son armée, passe la mer, débarque et se prépare au combat. Alexandre prie le roi de lui conférer l'ordre de la chevalerie. Artus y consent, et la reine Genoivre donne à cette occasion au nouvel initié une cotte d'armes, qui

> Es costures n'avoit un fil

D d 2

Ne fust d'or ou d'argent al mains ;
Al cosdre avoit mises ses mains.

Sore d'amors, ou sœur d'amour, c'est le nom de la maîtresse du jeune Grec, avait mis de ses cheveux dans la broderie. Artus arrive à Londres ; sa présence dissipe les révoltés, dont le chef va se cacher à Windsor. Le roi l'y fait attaquer par Alexandre. Le nouveau chevalier fait des prodiges de valeur.

Les rebelles, assiégés à Windsor, tentent de surprendre l'armée pendant la nuit ; leur ruse est découverte, tous leurs soldats sont tués ou faits prisonniers. Le chef se retire dans son château ; Alexandre s'y introduit par une ruse de guerre. Il prend et fait prendre à ses soldats les écus ou boucliers de ceux qui avaient été tués. Ils font avec ces écus des si-gnaux qui trompent les rebelles : le pont-levis est baissé ; ils entrent dans la place, se font reconnaître et attaquent l'en-nemi surpris. Après une longue résistance, leur chef s'enfuit dans la grosse tour ; Alexandre l'y suit, le combat à ou-trance et le tue.

Artus, dans sa colère, avait juré de faire périr tous les rebelles ; ils sont au désespoir :

Fol. 194, verso, col. 2.

Cascuns plaignoit la siue (sa) perte
Qui lor ert grevose et amère,
La plore li fius sor le père,
Et ça li père sor le fil ;
Sor son parent se pasme cil
Et li autre sor son neveu,
Ainsi plaignent en cascuns leu
Lors fils, lors pères, lors parans.

Alexandre les envoie au roi, demande leur grace et l'obtient. Artus lui donne d'abord pour récompense une superbe coupe d'or ; il le marie ensuite avec sa nièce Sore d'amors, sœur de Gauvain, et lui promet un des plus beaux royaumes de sa terre. De ce mariage naquit Cligès ou Cliget, qui est le héros du roman. Cependant le père d'Alexandre, aux portes du tombeau, envoya chercher son fils par plusieurs de ses ba-rons. Le vaisseau qui les portait fait naufrage : tous sont noyés, à l'exception d'un traître, d'un renégat, qui préférait les intérêts d'Alis, second fils de l'empereur, à ceux de son aîné Alexandre :

Fors un felon, un renoié
Qui amoit Alis le menor
Plus q'Alixandre son signor (1).

Ce traître retourne en Grèce, répand la nouvelle qu'en revenant d'Angleterre le vaisseau qui ramenait Alexandre avait fait naufrage, et que lui seul s'était sauvé. Les barons trop confians, trompés par ce rapport infidèle, couronnent Alis et le reconnaissent pour roi. Alexandre ayant appris la maladie de son père, desire le revoir à ses derniers momens ; il obtient un congé d'Artus, et emmène avec lui une troupe de Danois, d'Ecossais et de Cornoualliens ; sa femme et son fils l'accompagnent ; ils débarquent à Athènes. Il y avait grande fête dans le palais d'Alis. Alexandre envoie un de ses officiers le prévenir de son arrivée. Le nouveau roi (car tantôt le poëte lui donne le titre de roi, et tantôt celui d'empereur), le nouveau roi, fort embarrassé, consulte les barons, qui lui conseillent de faire la paix. Les deux frères s'embrassent; Alis consent à ne se point marier, et à voir dans Cligès l'héritier présomptif de la couronne. Alexandre meurt quelques années après, et donne en mourant à son fils des instructions que le jeune homme promet de suivre. Le deuil terminé, les barons conseillent à Alis de se marier, malgré la promesse qu'il avait faite à son frère. Le voyant irrésolu, ils vont demander pour lui une des nièces de l'empereur d'Allemagne. L'empereur l'accorde ; mais l'ayant déja promise au duc de *Sassoigne* ou de Saxe, il exige qu'Alis, suivi de ses chevaliers, vienne faire les noces à Cologne. Alis part, emmenant avec lui son neveu Cligès qui avait déja dix-huit ans. Ils arrivent et sont présentés à l'empereur. Après les premiers complimens, l'empereur fait venir sa nièce, qui ne paraît que pour faire au cœur de Cligès une profonde blessure, et pour y allumer une flamme dont elle brûle également. Cependant le duc de Sassoigne envoie annoncer à l'empereur d'Allemagne que si la pucelle ne devient sa femme, il lui déclare une guerre mortelle. L'empereur, sans s'effrayer de cette menace, fait publier un tournoi. Cligès saisit cette occasion de plaire à Fenice sa mie ; il donne des preuves de la valeur la plus brillante, et entre autres exploits, il renverse l'envoyé du duc de Sassoigne. Fenice lui fait connaître par un souris

____

(1) A l'exception d'un traître, d'un renégat, qui préférait les intérêts d'Alis, second fils de l'empereur, à ceux de son aîné Alexandre.

214 CHRESTIEN DE TROYES, POÈTE FRANÇ.

combien elle est satisfaite de son courage. Cette princesse était bien changée ; les couleurs de son teint avaient perdu tout leur éclat. Sa nourrice Thessala l'interroge, et pénètre enfin son secret. Elle promet à sa jeune élève de la servir ; elle emploie pour cela un breuvage qu'elle fera donner au nouvel époux, qui lui fera prendre en dormant l'ombre pour la réalité, et l'empêchera pour toujours de tollir à l'aimable pucelle ce doux nom qu'elle craint de perdre. Le mariage se

Fol. 198, recto, col. 2.

fait ; l'empereur donne un grand repas ; Thessala prépare son breuvage, et le remet à Cligès pour qu'il le fasse prendre à son oncle. Alis boit avec plaisir cette liqueur traîtresse.

Fol. 199, recto, col. 1.

Que jamais n'en sera délivres

Mais tos jors ert en dormant ivres

Et sel fera si travillier (travier, *traviare*, délirer)

Qu'en dormant quidera villier.

Les deux époux vont au lit nuptial ; Alis ne fait que rêver toute la nuit, mais il rêve si bien, qu'il croit n'avoir plus qu'à présenter sa nouvelle épouse à ses peuples. Il part avec elle dans ce dessein, peu de jours après son mariage. Le duc de Sassoigne, outré des refus qu'il avait éprouvés, avait assemblé ses troupes sur la frontière pour disputer et enlever Fenice. Cligès, s'étant écarté du camp avec quatre écuyers, est attaqué et blessé par le neveu du duc. Revenu de sa surprise, il l'attaque à son tour, et le tue. Le duc veut venger son neveu ; Cligès le désarçonne et emmène son cheval. La bataille devient générale ; Cligès fait tout trembler devant lui. Cependant un espion vient annoncer au duc que les Grecs, sortis de leur camp, ont laissé sans gardes la jeune reine ; il demande cent chevaliers, et se charge de l'enlever. Ils arrivent au camp, emmènent la princesse qu'ils envoient au duc sous l'escorte de douze hommes d'armes. Cligès vole à la défense de sa mie, tue ses ravisseurs et ramène Fenice au camp. Au désespoir d'avoir manqué sa proie, le duc offre la bataille à Cligès. Le jour pris, le combat commence, les lances sont bientôt brisées ; les champions mettent pied à terre. Le combat devient terrible :

Fol. 200, recto, col. 2

Il samble à cels qui les agardent,

Que lor elme esprendent et ardent.

Et quant à s'espées s'asaillent,

Estenceles ardans en saillent

> Aussi comme del fer qui fume
> Que li fevre bat sor l'englume
> Quant il l'atrait de le fornage.

Enfin, las de férir, et désespérant de vaincre, le duc propose la paix, et l'obtient. Après cet exploit, qui augmente sa réputation, Cligès se souvient de l'une des promesses qu'il a faites à son père mourant ; c'était de se rendre à la cour d'Artus pour y apprendre l'art de la chevalerie. Il en demande la permission à son oncle qui la refuse d'abord, et ne l'accorde qu'après les instances les plus vives. Il prend congé de sa jeune tante ; les adieux sont tendres et douloureux ; mais il faut partir. Cligès aborde en Bretagne, et va d'abord s'établir à Galingefort (Claginfurth), où le roi Artus allait ouvrir un tournoi qui devait durer quinze jours. Cligès envoie trois écuyers à Londres.

> Si lor comanda aporter
> Trois paires d'armes desparelles ;
> Unes noires, altres vermelles,
> Les terces vers.

Fol. 201, verso, col. 2.

Il recommande que ces armes lui soient apportées secrètement, et que personne ne les voie. Le tournoi est ouvert ; Cligès se présente revêtu de ses armes noires ; il joute contre le redoutable Sagremors, le renverse et le fait prisonnier ; enfin il remporte pour cette journée le prix du tournoi. Rentré chez lui, il cache ses armes noires, et le lendemain paraît dans la lice avec son armure verte. On fait chercher inutilement de tous côtés le chevalier vainqueur. Lancelot du Lac se présente au combat ; il est abattu et fait prisonnier par le chevalier aux armes vertes, qui remporte encore le prix. Cligès cache de nouveau ses armes, en revêt de vermeilles, se fait encore chercher vainement, est vainqueur de Perceval le Gallois, remporte pour la troisième fois le prix, et cache ses armes. Le quatrième jour, il en revêt de blanches, celles avec lesquelles il avait été reçu chevalier. Il rompt quelques lances avec Gauvain, qui allait être vaincu, lorsque Artus envoya aux deux champions ordre de cesser le combat, et à Cligès de se rendre auprès de lui. Cligès répond qu'il s'y rendra aussitôt que le tournoi sera fini. Artus fait sonner la retraite. Cligès se présente au roi, en est bien accueilli, se fait reconnaître pour le vainqueur des trois premières journées, et donne la liberté à ses prisonniers. Les chevaliers, enchantés de ses hauts faits, lui adressent ce compliment :

Fol. 202, verso, col. 2.

Ce fustes vous bien le savomes,
Vostre acointance chiere avomes.
Et moult vous devrions amer
Et signor et ami clamer
Qu'a vous n'est nus de nous pareis
Mais tot aussi com li soleis
Estaint les estoiles menues
Que la clarté n'en pert (paraît) ès nues
La où li rai del' soleil naissent,
Aussi estaignent et abaissent
Nos proesces contre les vos.

Cligès rougit de ces louanges. Les chevaliers le conduisent au roi qui le place à table à côté de lui. Après le repas, il lui fait raconter sa vie et ses aventures. Gauvain reconnaît en lui son neveu; il l'embrasse et lui témoigne toute la joie qu'il a de le voir. Il n'en jouit pas long-temps. Cligès, qui brûle d'envie de se signaler, quitte la cour, va parcourir la France, la Normandie, la grande et la petite Bretagne. Mais le souvenir de Fenice le suit par-tout; enfin il ne peut plus tenir au désir de la revoir. Il demande congé pour retourner en Grèce, s'embarque, arrive, et est reçu dans sa patrie avec de vifs transports de joie. Les plus grands honneurs lui sont rendus. Fenice, sa mie, est plus charmée que personne de son retour. Ils ont le loisir de se voir. Un jour qu'ils s'entretenaient doucement, elle lui demanda si dans ses voyages il avait aimé dame ou pucelle. Je ne sais, répondit-il, car je ne fus qu'avec mon corps en Bretagne; j'avais laissé mon cœur en Allemagne; j'ignore ce qu'il devint, mais sitôt que j'ai été près de vous, je l'ai retrouvé. Il demande à son tour à Fenice si le pays lui plaît. Jusqu'à-présent, dit-elle, il a été pour moi sans charmes, et ce n'est que depuis votre retour que je le trouve charmant. Cette conversation finit, comme on peut le penser, par une déclaration d'amour dans toutes les formes. La princesse avoue à Cligès comment, quoique reine, elle n'a point cessé d'être fille, lui raconte l'histoire du breuvage et tout le reste. Il s'agit de trouver un moyen de rompre le mariage. *Comme nuit porte conseil,* ils remettent au lendemain cette délibération. Cligès présente plusieurs projets qui sont rejetés. On s'arrête enfin à celui-ci : Fenice contrefera la malade, feindra même de mourir, et se laissera enterrer ; Cligès l'enlèvera la nuit ; ils se sauveront en Allemagne avec Thessala qui les aidera dans l'exécution de leur projet. En effet, l'officieuse nourrice présente à son élève un breuvage qui l'assoupit sur-le-champ, et la fait passer pour morte.

> ..Jà n'iert mais hom qui la voie
> Que tot chertainement ne croie
> Que l'ame soit del' cors sevrée
> Paèle, froide, descolorée,
> Et sans parole et sans alaine,
> Et si ert tot vive et saine,
> Ne bien, ne mal ne sentira
> Ne jà rien ne li grevera
> D'un jor et d'une nuit entière.

Fol. 203, verso, col. 3.

Cligès se confie à l'un de ses *hommes*, c'est-à-dire de ses serfs, nommé Jehan, à qui il promet la liberté pour prix de son silence et des services qu'il attend de lui. Jehan le sert avec un grand zèle, et fait pour lui l'acquisition d'une tour ou d'un château où il pourra faire transporter Fenice. Cependant, au bout d'un jour et d'une nuit, l'impératrice était revenue à elle, et s'était encore assoupie. La nouvelle de sa maladie était répandue parmi le peuple.

> Mais li max dont ele se plaint
> Ne li grieve ne ne li delt.
> S'a dit à tous quele ne velt
> Que nus hom en sa cambre viegne
> Tant com ses max si grans li tiegne,
> Dont ses cuers li delt et li ciés (les chefs),
> Se n'est l'emperere u ses niés (neveux).

Fol. 204, verso, col. 3.

Pendant que l'empereur se livre à son désespoir, Cligès trouve le temps de s'approcher de sa maîtresse et de lui faire part de l'acquisition qu'il a faite. Alors elle redouble ses cris, et demande qu'on la laisse seule, afin que son amant ait le temps de tout préparer. Il se retire d'un air triste, mais le cœur très-content. Cependant la maladie paraît empirer ; les médecins, appelés de tous côtés, s'assemblent. D'après l'urine de la malade (les médecins de ce pays-là n'en savaient pas alors davantage), ils prononcent qu'elle mourra bientôt. Bientôt en effet on vient annoncer qu'elle est morte. A cette

218 CHRESTIEN DE TROYES, POÈTE FRANÇ.

nouvelle l'empereur s'évanouit ; le palais et toute la ville retentissent de cris de douleur.

Par aventure, trois médecins de Salerne traversaient le pays pour aller à Constantinople. Ils entendent les cris du peuple, et en demandent la cause. L'ayant apprise, ils entrent au palais, visitent le corps de l'impératrice, reconnaissent bientôt qu'elle n'est qu'assoupie, et l'un d'eux élevant la voix :

Fol. 205, recto, col. 1.

> Emperere, conforte toi ;
>
> Jo sai chertainement, et vol
>
> Que ceste dame n'est pas morte.
>
> Esléece toi et conforte ;
>
> Se jou vive ne te le rent
>
> J'otroi que m'ociez et pent.

L'empereur le prend au mot, et lui promet, s'il dit la vérité, de le récompenser dignement, sinon de le faire pendre. Le médecin, sûr de son fait, demande qu'on le laisse lui et ses deux confrères, seuls avec la malade. Restés seuls, ils font revenir l'impératrice de son assoupissement ; ils l'interrogent et veulent savoir d'elle ce qui a pu l'engager à prendre, comme elle l'a fait sans doute, un breuvage soporifique. Avouez-le nous, disent-ils ;

> Si traïssies l'empéréor
>
> N'aiez mie de nous paor.

L'impératrice ne répond rien ; nouvelles instances de la part des médecins, et pas une parole de l'impératrice. Nos docteurs veulent absolument la forcer à parler. Ne pouvant en venir à bout, ils prennent une forte courroie et l'en frappent jusqu'à la mettre en sang. Elle ne parle ni ne se plaint. Ils prennent du plomb fondu et le lui versent dans la main. Elle ne jette pas le moindre cri, ne laisse pas même échapper un soupir. Ils ne s'en seraient pas tenus là, et ne voulaient rien moins que la griller, si Cligès, l'empereur et leur suite, impatientés d'attendre si long-temps, n'eussent regardé par la serrure. Transportés de colère, ils enfoncent la porte : les médecins effrayés se sauvent et se jettent par la fenêtre.

Thessala, qui était entrée avec les dames, recouvre le corps de sa maîtresse. Cligès est au désespoir des souffrances que Fenice vient d'endurer pour lui. Thessala fait retirer tout le monde, et frotte les plaies de sa maîtresse avec un onguent précieux qui en fait disparaître jusqu'à la moindre trace. Elle ensevelit de nouveau sa maîtresse; les regrets du peuple sont plus vifs et plus douloureux qu'auparavant. L'empereur charge Jehan (le confident de Cligès) de construire un magnifique tombeau pour l'impératrice; les obsèques se font avec la plus grande magnificence. Trente chevaliers sont chargés de la garde du corps, autour duquel sont dix cierges allumés. Quand la nuit fut avancée, le chagrin, les pleurs et la fatigue avaient endormi les gardiens ; tout dormait autour du tombeau. Cligès seul veillait. Aidé par son fidèle Jehan, il pénètre avec lui dans l'enceinte. Jehan lui ouvre le tombeau sans que personne s'éveille, et le referme après que Cligès en a tiré sa maîtresse. Ils l'emportent au château préparé pour la recevoir. Elle est toujours sans mouvement; Cligès commence à craindre qu'elle ne soit morte; il se livre au désespoir, il est prêt à terminer sa vie, lorsqu'il entend parler ainsi celle qu'il aime :

> Amis, amis, jo ne sui pas   Fol. 206, col. 2.
> Del tot morte; mais po en fait;

ces médecins m'ont presque tuée, mais je serais bientôt guérie, si ma nourrice était près de moi. Cligès envoie Jehan chercher Thessala, qui arrive chargée de remèdes de toute espèce. Ils ne tardent pas à opérer : bientôt Fenice est entièrement rétablie, et les deux amans peuvent enfin se dédommager de tout ce qu'ils ont souffert.

Il y avait près de deux ans qu'ils étaient réunis dans cet asile, lorsqu'un chevalier nommé Bertrand vient chasser auprès du château. Son épervier s'échappe et descend dans le verger. Ne voulant pas perdre cet oiseau, il escalade les murs et entre pour le reprendre. Il passe devant un pavillon où Fenice et Cligès étaient endormis l'un près de l'autre, et dans la position la moins équivoque.

> Dex, dist-il, que m'est avenu   Fol. 206, verso,
> Quel mervelle est-ce que jo voi?   col. 2.
> Est-ce Cliget? oil par foi.
> N'est-ce pas l'empereris ensamble?
> Nenil, mais ele le resamble
> Que riens altre tant ne sambla.

Ma foi, si elle n'était pas morte, je dirais que c'est elle. Il veut cependant s'en assurer, s'approche de son oreille, et

E e 2

l'appelle par son nom. Fenice se réveille en sursaut, et jette un cri en voyant un étranger. Cligès prend son épée, poursuit Bertrand et le blesse grièvement lorsqu'il repassait pardessus le mur. Bertrand, retrouvé par sa suite auprès du mur où il est tombé, se fait porter chez l'empereur, et lui raconte ce qu'il a vu.

> Mais on l'en tint por jongleor.

Cependant l'aventure fait du bruit. Pour s'éclaircir, l'empereur se rend au château ; il trouve Jehan, le fait arrêter.

> Les els (yeux) li commande à bender
> Et dist qu'il le fera pendre,
> Et ardoir et venter la cendre.

Jehan proteste qu'il ne sait rien, et qu'au reste la mort ne l'effraie pas.

Fol. 207, recto', col. 1.

> Car se jo muir por mon signor
> Ne morrai pas à deshonor.

Vous pouvez, ajoute-t-il, me reprocher d'être trop fidèle à mon maître ; vous, Sire, qui aviez promis à votre frère de ne jamais vous marier et de laisser à votre neveu l'empire que vous gouvernez. Si vous me punissez, Cligès vengera ma mort.

> Faites en le pis que porés
> Que se jo muir vous en morrés.

Malgré la colère où l'empereur entre à ce discours, Jehan continue : Vous prétendez que l'on vous trompe, mais c'est Votre Majesté qui se trompe elle-même. Vous croyez que Fenice est votre femme, et elle ne l'est pas. Il lui raconte alors le tour qu'on lui a joué le soir même de son mariage, le breuvage qu'on lui a fait prendre, l'effet qu'il a produit, qu'il produit encore, et qu'il produira toute sa vie. Dès ce temps, ajoute-t-il, Cligès et Fenice étaient d'accord ; dès qu'ils se sont vus ils se sont aimés, et c'est encore Fenice qui dans ce dernier événement a voulu se faire passer pour morte, afin de vous quitter et de vivre avec son amant. L'empereur irrité fait poursuivre les deux amans qui, à la première nouvelle de son arrivée, n'avaient pas jugé à propos de l'attendre. Ils avaient pris la fuite, emmenant avec eux la vieille Thessala. Ils arrivent en Angleterre ; Cligès va trouver son oncle Gauvain et le roi Artus. Celui-ci arme une flotte nombreuse pour aider le jeune prince à conquérir ses états ; on allait mettre à la voile, lorsque Cligès reçoit une députation de ses barons qui lui apprennent la mort de son oncle Alis, et l'avertissent que le trône l'attend. Cligès et Fenice prennent congé d'Artus et des chevaliers de sa cour. Ils retournèrent dans leurs états, où ils furent reçus avec tous les honneurs dus à leur rang, et tout l'intérêt dû à leur constance et à leurs malheurs. Ils furent couronnés solennellement, régnèrent long-temps, et s'aimèrent toujours. Quant à Thessala, elle fut reléguée à Constantinople ; l'empereur

> Tos-jors l'a fait garder en cambre,
> Plus por paor que por le balle.

Fol. 207. verso, col. 1.

Trait remarquable et assez fin qui, dans sa tournure naïve, prouve que si Chrestien de Troyes écrivait bien pour son temps, il savait aussi penser.

III.

ROMAN DE GUILLAUME D'ANGLETERRE.

Ms. 6987, fol. 240, verso, col. 2.

> Crestiens se veut entremetre
> Sans nient oster et sans nient metre
> De conter un conte par rime
> U consonant u lionime (1).

Ce début ne laisse, comme nous l'avons précédemment observé, aucun doute sur le véritable auteur de ce roman, quoiqu'il ne soit pas ordinairement compté parmi ceux de Chrestien de Troyes.

En cherchant, continue-t-il, dans l'histoire d'Angleterre, il y trouva un sujet propre à être mis en vers. La vie de Guillaume lui parut offrir de l'intérêt.

> Li rois fu plains de carité
> Molt ot en lui d'umilité.

Ce trait de caractère ne convient pas plus à Guillaume-le-

---

(1) La rime consonnante était seulement à la fin des vers ; la rime léonime ou léonine était au milieu et à la fin.

Conquérant qu'à Guillaume-le-Roux, son fils et son successeur; et aucune des circonstances du roman ne convient ni à l'un ni à l'autre, et ne s'accorde avec l'histoire. C'est un nom historique que le romancier applique, selon l'usage de son temps, à des événemens tout fabuleux. Ce roi de son invention épousa une femme belle et sage qui se nommait Gratienne; c'était une dame accomplie. Il y avait déja six ans qu'ils étaient unis, lorsqu'elle devint enceinte. Malgré son état, elle se levait pendant la nuit pour aller à matines : le roi voyant le terme approcher, priait sa femme de vouloir bien rester chez elle; mais il l'en priait inutilement. Un jour qu'il attendait le son de la cloche pour aller lui-même à l'église, il entendit un grand coup de tonnerre,

> Son cief en a levé en haut,
> Si a par la cambre esgardé
> Et vit une si grande clarté,

qu'il en fut tout ébloui. Une voix lui dit en même temps :

> . . . . . Rois va en essil
> De par Dieu et de par son fil.

Le roi, très-étonné, consulte son chapelain qui lui conseille de rendre les châteaux qu'il a usurpés, et de payer à chacun ce qu'il lui doit.

Aussitôt Guillaume mande à sa cour

> Trestous ciax de cui il savoit
> Que riens du leur à tort avoit.

Il leur remet tout ce dont il s'était emparé injustement.

> Quant li rois fu couciés la nuit,

il vit et entendit encore les mêmes merveilles; il se leva et alla prier à sa chapelle. Ses prières dites, il raconte à son chapelain sa seconde aventure, et lui demande conseil. Celui-ci répond que Dieu sans doute lui ordonne de se retirer du monde, mais qu'avant de prendre ce parti, il faut attendre une troisième vision. En attendant, il l'invite à donner tout ce qu'il possède, sans se réserver quoi que ce soit, et lui promet que le ciel lui rendra tout au centuple. Rentré dans son palais, Guillaume fait appeler les moines et les pauvres de ses états, leur distribue ses trésors; la reine se joint à son époux, et distribue aussi toutes ses richesses. Cela fait, ils se couchent en attendant le phénomène qui les réveillait toutes les nuits. Ils ne tardent pas à entendre la voix, qui, d'un ton irrité, annonce à Guillaume qu'il doit aller en exil jusqu'à ce qu'il plaise à Dieu de le rappeler. Le roi se lève ; la reine qui avait tout entendu en fait autant, et veut partager le sort de son époux. Il s'élève entre eux de grands débats. Malgré la résistance et toutes les représentations du roi, rien ne peut ébranler Gratienne ; elle obtient enfin de l'accompagner dans sa fuite. Ils descendent par la fenêtre, afin que leur départ soit ignoré, et s'acheminent vers la forêt prochaine. L'obscurité de la nuit ne leur permet pas de reconnaître la route ; et s'étant enfoncés dans l'endroit le plus épais, ils ont bientôt perdu la voie. Cependant le jour ayant paru, les gens du palais s'étaient levés, et chacun vaquait à ses fonctions ordinaires ; mais on remarquait que le roi, qui sortait ordinairement au petit jour, ne se faisait pas voir. On ne savait que penser : la douzième heure venait de se faire entendre, et le roi n'avait pas encore paru. On monte, on écoute à la porte qu'on trouve fermée.

> Une grant pièce si escoutent
> Puis apelent à l'uis et boutent.

Ils frappent avec tant de force, que la porte est jetée en dedans. On entre, on voit la fenêtre ouverte et

> Coffres, escrins, boistes, et males,
> Toutes les cambres, et les sales,

tout cela entièrement vide. On sait moins que jamais qu'en penser. Chacun va cherchant de son côté dans le palais. Un petit enfant aperçoit

> Desous le lit un cor d'ivoire,
> Que li rois, ce conte l'estoire,
> Soloit tos-jors en bos porter.

Il le prend et l'emporte chez son père. La nouvelle du départ de Guillaume se répandit bientôt dans ses états. Cet événement paraît inexplicable ; on fait chercher le roi de toutes parts. Pendant ce temps, nos deux voyageurs s'enfoncent dans la forêt, et vivent de fruits sauvages. Ils arrivent au bord de la mer,

> Là ont une roche trovée
> Qui estoit fendue et cavée.

Ils s'arrêtent en cet endroit. La reine, excédée de fatigue, s'endort sur la pierre dure : en se réveillant, elle ressent les douleurs de l'enfantement. Le roi aide à la délivrance de son épouse, et, coupant son manteau, il enveloppe le nouveau-né. Peu après, la reine ressent de nouvelles douleurs, et accouche d'un second enfant, qui n'a de même pour langes qu'un second pan du manteau de son père. La fatigue que la reine vient d'éprouver la replonge dans le sommeil. Elle se réveille avec un appétit dévorant, demande à manger, et tombe d'inanition. Le roi allume du feu, et veut couper un morceau de sa cuisse pour en faire un repas à sa femme. Elle lui retient le bras, et proteste qu'elle aime mieux mourir. Le roi lui propose de manger un de leurs enfans : elle rejette cette offre avec horreur, et prie son époux d'aller chercher dans la forêt s'il ne découvrira point quelque nourriture. A peine est-il sorti de la grotte, qu'il aperçoit un vaisseau marchand prêt à mettre à la voile : il va vers le maître du vaisseau, et lui expose la cruelle situation où il se trouve; il lui avoue même la proposition qu'il avait faite à sa femme. Le marchand le repousse durement, le menace de le faire jeter à la mer, s'il ne se retire, le traite de menteur, et refuse de le croire.

> Feme ses enfans ne manja
> Ce ne fu onques ne n'ert jà.

Cependant pour vérifier le fait, quinze des passagers accompagnent Guillaume à la caverne. L'un d'eux l'accuse de n'être pas le mari de cette belle dame, et de l'avoir sans doute enlevée à ses parens. Il propose à la reine de l'emmener et de laisser les deux enfans au malheureux qui l'a séduite. A ces mots, Guillaume ne peut retenir sa fureur; il prend son épée pour en percer le téméraire; mais à l'instant cinq des autres passagers se jéttent sur lui et l'accablent de coups; puis faisant un brancard de feuilles et de branchages, ils emportent la reine dans le vaisseau, malgré les cris et la douleur du roi. Un seul de ces passagers, ému de pitié, offre sa bourse au malheureux père qui le remercie, mais qui demande à grands cris à suivre sa femme. Ses prières ne sont point écoutées, et le vaisseau met à la voile.

> Cil s'en vont et li rois remaint
> Qui molt se démente et complaint.

Après avoir long-temps suivi des yeux le vaisseau, il rentre dans la caverne, et délibère sur le parti qu'il doit prendre. S'il retourne en Angleterre, ses barons, qui le font chercher, l'auront bientôt trouvé, et voudront le remettre sur le trône. Enfin il se souvient d'avoir vu deux bateaux près du rivage ; il en va chercher un, l'amène près de son rocher, va prendre un de ses enfans, le porte au bâteau, retourne chercher l'autre..... Un loup venait de s'en saisir ; le malheureux père n'avait point d'armes ; dans son désespoir, il marche contre l'animal qui s'enfuit sans lâcher sa proie. Guillaume le poursuit et l'a bientôt perdu de vue. Des marchands qui traversaient la forêt pour se rendre à la mer aperçoivent ce loup qui emportait un enfant.

> Tout maintenant que il le voient
> Si l'escrient et si le huent,
> Et bastons et pierres li ruent,
> Tant que li Jeus en mi la voie
> Lor a déguerpie la proie.

Les marchands courent à l'enfant, se réjouissent de le voir sain et sauf, et regardent cet événement comme un miracle. Le chef des marchands l'adopte ; ils poursuivent leur route, et arrivent au bateau où était le *jumel ;* nouvelle surprise et nouvelle joie. Le marchand adopte encore ce second *trouvé.* Ses compagnons et lui profitent du vent, détachent le bateau du rivage, et cinglent en pleine mer. Pendant ce temps, le roi, épuisé de fatigue, avait voulu prendre un moment de repos ; il s'était assis au pied d'un arbre et s'était endormi. Bientôt ses chagrins le réveillent ; il déplore amèrement son sort. Il se lève pour aller chercher son second fils, arrive au rivage et n'y trouve plus le bateau.

> « Lors est toute sa dolors noeve,
> « Lors li enforce et croît et double
> « Li cuers li faut, li sans li trouble.

Mais loin d'accuser le ciel,

> « Ains aoure Dieu et grassie.

Il se rappelle alors la bourse qui lui avait été donnée par le marchand, et qu'il n'avait pas daigné ramasser ; il la cherche, la trouve, et allonge le bras pour la prendre, quand tout-à-coup

> Une aigle vint par grant merveille,
> Qui l'aumoniere vit vermeille

Tome XV.

> Si l'a a li des mains ostée
> Et si li dona tele hurtée
> Des deux eles parmi la face
> Qu'il caï as dens en la place.

Après avoir gémi de ce nouveau malheur, il fait de nouvelles
réflexions plus amères encore que les premières sur son état
passé, sur sa situation présente ; il est comme un homme
hors de lui. Enfin il se lève, et sans trop savoir où il va, il
prend le premier chemin qui s'offre à lui. Il rencontre une
compagnie de marchands qui mangeaient, buvaient et se
divertissaient. Le roi, en passant devant eux, les salue ; mais
les *vilains*, voyant son air pâle et défait, s'écrient, tuez,
tuez,

> Ce vif diable, ce larron ;
> Jà ni ait espargnié baston ;
> Qu'il n'en soit batus et roisclés
> Et bras, et gambes froissiés.

C'est sans doute le chef de quelque bande de voleurs,

> Des omécides, de murdriers
> Abés en est u cencliers (1) ;
> C'est cil qui tous les autres guie (conduit) !
> Nostre or et nostre argent espie ; etc.

Le roi, n'espérant aucun quartier de ces brutaux, prit la
fuite et courut jusqu'au lendemain matin. Il arriva, mais par
un chemin différent, au bord de la mer, en même temps
que les marchands ; il les prie, les conjure de le laisser partir
avec eux :

> Tant or prie que il l'otroient.

Le vaisseau allait à Galicide, pays que l'on peut se dispenser
de chercher sur la carte. Le roi arrive à bon port : un bourgeois le retient à son service, et le met à la tête de sa maison.

Tandis qu'il fait un métier dont bien des rois seraient
peut-être embarrassés, retournons à la reine que nous avons
quittée depuis long-temps.

On se rappelle qu'elle avait été emmenée par des marchands. Leur vaisseau aborde à Surclin, où ils débarquent.
Ni les couches de la reine, ni ses chagrins n'avaient altéré

______

(1) Somelier, de *céner*, manger, etc., gardien des provisions.

sa beauté : aussi tous les marchands en devinrent-ils amoureux à-la-fois.

> Tant que cascuns le vaut avoir
> U fust à force, u par avoir.

De-là des disputes si violentes, qu'on est obligé de recourir
au juge du lieu. Ce magistrat, nommé Gliolas, était un chevalier plein d'honneur. Il fit d'abord déposer les cadeaux
que les marchands destinaient à la reine, puis il la fit mener

> En ses cambres avoec sa feme ;

et la garda chez lui.

Peu de temps après, la femme du juge mourut. Gliolas,
veuf et sans enfans, se flatta que sa protégée voudrait bien
accepter l'honneur de sa couche. Il le lui propose, et promet
d'y joindre l'abandon de tous ses biens. La reine se souvient
trop de son rang pour penser sans effroi à cette proposition. Elle remercie Gliolas des bontés qu'il a pour elle, et
feint d'en être tout-à-fait indigne :

> Biaus sire, or esgardez raison ;
> D'une garce, d'une vilaine,
> S'on en doit faire castelaine.

Mon père était vilain, et vous ne pouvez sans déshonneur
vous allier avec moi. Elle ajoute, en se calomniant elle-même,
qu'elle est une none qui a fui de son couvent et mené une
mauvaise vie. Tout cela est égal au juge qui veut absolument
qu'elle soit sa femme. La reine demande un an pour faire ses
réflexions : ce terme lui est accordé. Seulement le juge demande et obtient la permission de célébrer une fête pour
faire connaître à ses vassaux celle qu'il a choisie. Cette fête
a lieu ; tous honneurs sont rendus à Gratienne, qui reçoit
le serment des vassaux de son prétendu. Dès qu'elle eut habité quelque temps cette terre, elle s'attacha tout le monde
par l'égalité de son caractère et par la bonté de son cœur.

Pendant ce temps-là les deux enfans grandissaient : l'un
se nommait Louvel :

> Pour le leu (à cause du loup), Lovel le clamèrent
> Qui en mi le voie trovèrent
> Qui l'emportoit parmi les rains.

l'autre s'appelait Marin, parce qu'il avait été trouvé sur la
mer. Le marchand qui les avait adoptés, les élevait fort bien :

F f 2

228 CHRESTIEN DE TROYES, POËTE FRANÇ.

ils avaient déja dix ans, et dans le monde entier, on n'eût pas vu deux enfans plus intéressans ni plus beaux ; ils étaient fort avancés pour leur âge. Tout annonçait en eux une naissance au-dessus du vulgaire. Ils ignoraient qu'ils fussent frères, et s'aimaient cependant de tout leur cœur. Ils se ressemblaient tellement, qu'on les prenait souvent l'un pour l'autre. On a vu qu'un seul marchand s'était chargé de tous les deux ; il avait apparemment partagé cette charge avec un de ses confrères, car on leur voit maintenant deux protecteurs, dont l'un se nomme Gosselin, et l'autre Foukier.

Leurs études finies, on songe à leur faire prendre un état. Gosselin veut mettre Louvel dans le commerce de pelleterie : celui-ci ne consent à embrasser cette profession qu'autant que Marin la prendra. Marin à pareille proposition fait même réponse. Les bourgeois, impatientés, battent et maltraitent les deux enfans. Châtiés séparément et à l'insu l'un de l'autre, ils ne laissent pas échapper un cri ni la moindre plainte. Quelque temps après, les deux marchands jugèrent à propos de leur apprendre ce qu'ils savaient de leur histoire. Foukier remit à Marin le pan de manteau dans lequel on l'avait trouvé. Marin le cacha soigneusement sous sa cape, et profitant du moment où il était seul, monte à cheval et s'enfuit. Louvel, ayant aussi reçu le pan de manteau qui l'avait enveloppé, demande à Gosselin la permission de le quitter. Le marchand veut le retenir et l'engager à apprendre le commerce. J'ai commencé comme toi, lui dit-il, et maintenant je suis riche.

> Qui rices est, moult troeve amis,
> Et si est moult vix (vieux) qui nient n'a,
> Jà nus ne li apartenra.

Le jeune homme convient de ces vérités, mais n'en persiste pas moins à demander congé. Il l'obtient. Le marchand lui donne des vêtemens, deux chevaux, et pour écuyer

> Un garçon qui ot nom Rodains,

enfin des armes et de l'argent. Louvel remercie et embrasse son bienfaiteur.

> Mais à moult grant anui li torne
> Quant au partir Marin ne voit ;
> En la ville cuide qu'il soit
> Si com Marins cuidoit de lui.

Il part, prend une route peu fréquentée, rencontre Marin qui cheminait de son côté, songeant à son cher Louvel. Ils s'embrassent, continuent leur route, tuent un daim, le mettent sur le cheval de l'écuyer, et arrivent à une fontaine où ils trouvent une cabane de feuillages. Ils font paître leurs chevaux, et pendant que Rodains va à l'abbaye voisine chercher du pain et du vin, ils se mettent à préparer leur gibier. Le garde forestier arrive et trouve nos jeunes gens qui s'étaient emparés de sa logette. Ils le saluent poliment : il leur dit pour toute réponse :

> Je vous menrai devant le roi
> Si vous fera pendre u deffaire.
> Les puins colper, u les iex traire.

Quel est notre délit? — Vous avez chassé sans ma permission. Ils appaisent le forestier en lui donnant un marc de deniers qu'ils possédaient pour tout bien. Le lendemain ils partent de grand matin, arrivent à Catanasse, vont se présenter au roi et lui demandent d'entrer à son service. Le forestier, qui se trouve présent, dit qu'il les croit bons chasseurs, et donne pour preuve le daim qu'ils ont tué ; mais en dénonçant leur faute, il en obtient pour eux le pardon. Le roi les retient auprès de lui et leur fait apprendre les fonctions de veneur. Il est charmé de leur bonne volonté, de leur esprit, de leur zèle ; ils deviennent ses favoris.

Nons avons laissé Guillaume chez un bourgeois dont il avait gagné la confiance. Celui-ci l'appelle un jour et lui dit : Gui (c'est le nom que Guillaume s'était donné), ton service me plaît ; si tu veux faire le commerce, je te prêterai de l'argent ; tu iras aux foires ; ce que tu gagneras sera pour toi ; je n'en réclame rien. Guillaume accepte la proposition et gagne en peu de temps beaucoup d'argent. Le bourgeois, enchanté, lui propose de monter un de ses vaisseaux, de prendre avec lui ses deux enfans, de les diriger dans l'étude du commerce et de les emmener en Angleterre. Guillaume accepte encore ; le vaisseau part ; il arrive. Guillaume se défait très-avantageusement de ses marchandises. Un jour, il rencontre un jeune homme tenant un cor qu'il reconnaissait pour lui avoir appartenu. Comment, lui demande-t-il, as-tu acquis cet instrument ? Le varlet lui avoue que dans le pillage du palais il l'avait pris, et qu'il s'en sert pour s'amuser. Guillaume rachète son cor pour quelques pièces d'argent.

250 CHRESTIEN DE TROYES, POÈTE FRANÇ.

Cependant plusieurs habitans avaient cru, en le regardant, reconnaître leur ancien roi. On le croyait mort, et le royaume était gouverné par un prince son neveu. Ces habitans vont annoncer à leur jeune souverain cette nouvelle. Aussitôt il monte à cheval pour aller s'informer de la vérité. Il arrive, reconnaît son oncle, lui propose de reprendre la couronne et veut lui rendre hommage. Guillaume affirme que l'on se trompe, qu'il n'est qu'un simple marchand et point du tout celui que l'on cherche. Le jeune roi lui propose une place de sénéchal; Guillaume le refuse, le quitte, achète de nouvelles marchandises et se rembarque. A peine est-il en pleine mer, que le vaisseau est accueilli d'une forte tempête. Le vent rompt les cordages, les voiles et les mâts. Tout l'équipage se met en prières.

Folio 245, recto,
col. 4 du ms.

Tout escrient à haute vois
Sains Nicholais, aidiés, aidiés,
Vers Diu merci nos aplaidiés
Qu'il ait de nos miséricorde,
Et mece entre ces vens concorde.

. . . .

Ausi font or cist vent lor guerre
Comme font li signor de terre
Que de çou dont il se déduisent
Ardent les castiaux et destruisent.
Ausi nos caitifs comperrons
Les guerres de ces haus barons :
Al barons puet-on comparer
Les vents, le terre et le mer.

La tempête dura trois jours. Malgré son habileté, le pilote avait perdu sa route; on vogue au hasard; enfin on signale la terre; on aborde, et l'on obtient la permission de se défaire des marchandises dont le vaisseau était chargé. La dame de cette terre se promenait sur le port. Voyant des étrangers, elle avait rabattu son voile sur son visage. Guillaume sort du vaisseau, va au devant d'elle,

Et dist bien soijés vous venue,
Ma ciere dame, or descendés;
Je sai bien que vous demandés.
Je sai bien le costume au port,
Des plus rices avoirs aport
Conques nus marceans eust.

La dame consent à descendre dans la nef ; le cœur lui bat et la force est prête à lui manquer. C'était la reine Gratienne, et cette terre était celle du juge Gliolas qu'elle avait été forcée d'épouser. Elle croit reconnaître dans le marchand le sire son premier époux. En entrant dans le vaisseau, Guillaume déploie ses plus belles étoffes ,

> Dras emperiaus, et orfrois,
>
> Et covretoirs, et sebelins,
>
> Pennes, et peliçons hermins,
>
> Tables d'argent, et eschés d'or :
>
> Mais ele regardoit au cor
>
> Qui au mat de le nef pendoit.

Elle veut absolument l'avoir ; Guillaume le lui donne ; elle le couvre de baisers. Un moment après , elle reconnaît à son doigt une bague qu'il y portait le jour où ils furent séparés.

> Quant la dame a l'anel véu
>
> Ne la mie desconéu ;
>
> Et dist, biau sire, jou ne voel
>
> Avoir rien que voient mi oel
>
> Fors cet anel que vous portés
>
> Par-tant vos serés acultés !
>
> Ha ! dame, fait li rois, nel dites ;
>
> Jà por si peu ne serai cuites.
>
> En cet nef a tel avoir
>
> Dont on porroit cent mars avoir.

Prenez tout ce qu'il vous plaira, mais laissez-moi cet anneau ; sa perte causerait ma mort. A la fin cependant, il cède, et dit à la dame en le lui donnant :

> L'anel aurés, or le tenés
>
> Mais molt vos ai large don fait,
>
> Maugré moi l'ai de mon cuer trait ;
>
> Car en mon doit n'estoit-il mie :
>
> Or vos ai donée ma vie.

Ami , dit la dame , pour le plaisir que vous venez de me faire , vous et vos compagnons n'aurez hôtel que dans mon château. Cette offre est acceptée. La dame retourne chez elle ; Guillaume et ses compagnons s'y rendent. Déja on apprêtait les tables pour les recevoir. La dame les fait laver, puis fait asseoir Guillaume auprès d'elle.

 232 CHRESTIEN DE TROYES, POÈTE FRANÇ.

Si mangièrent ensanble andui,
Cil le regarde et ele lui
Tant que li rois connut lors primes
Qne c'estoit sa feme meismes
Qui là mangoit, et si ert ele.
Mais li uns vers l'autre se cele ,
Ainsi avint qu'il se célèrent
D'autres coses assés parlèrent,

tant que le roi vient à se rappeler qu'il était grand ama-
teur de la chasse et que depuis long-temps il n'avait pris
ce plaisir. Cette idée le fait tomber dans une rêverie profonde.

Ne n'en alés jà mervillant
Car on songe bien en villant.

Il croit, dans cette espèce de rêve, voir

Un cerf qui seize rains avoit,
Et il pense tous s'oublia ,
Si qu'il semont et escria :
Les chiens derrière après le cerf!
Si ken (si bien que dans) la cambre franc et serf
Li oirent escrier tuit :
Hu, hu, Bliaut (1) cis cers s'enfuit.

Tout le monde part d'un éclat de rire, et croit que ce marchand a perdu l'esprit. La reine lui demande ce que ces cris
signifient. Il lui avoue qu'il croyait être à la chasse du cerf
le plus grand qu'il eût jamais vu, et que quand il aurait
dormi, il n'aurait pu avoir un songe plus semblable à la
vérité. C'est encore un trait de ressemblance auquel la dame
croit le reconnaître ; elle s'approche de lui et l'embrasse.

Et ses gens la tienent por fole
De son signor, que ele acole.

Elle s'inquiète peu de ce qu'ils en pensent, et propose au
marchand de faire avec lui une partie de chasse. Il est enchanté de cette proposition. Depuis vingt-quatre ans, dit-il,
je n'ai connu que le malheur : c'en serait assez pour me faire
tout oublier. Elle donne ses ordres pour la chasse; tout est
prêt; ils montent à cheval, et s'enfoncent dans la forêt.
A peine y sont-ils entrés, qu'ils rencontrent un cerf à seize

____

(1) Nom de chien de chasse.

cors. Tandis que les chiens le poursuivent, Guillaume et sa femme, qui se sont enfin entièrement reconnus, se racontent mutuellement leurs aventures depuis le jour où ils ont été séparés. La reine lui dit que Gliolas est en guerre avec ses voisins, et que dans le cas où le cerf viendrait à traverser une petite rivière, il se garde bien de la passer, parce qu'il tomberait infailliblement entre les mains des ennemis. Guillaume le lui promet, et court à la poursuite de l'animal. Le cerf, près d'être pris, met les chiens en défaut, et traverse la rivière ; Guillaume oublie la défense qu'on lui a faite, et la passe ; bientôt le cerf est atteint. Guillaume, pour célébrer sa victoire, sonne du cor. A ce son, deux chevaliers ennemis, armés de toutes pièces, accourent et lui crient de se rendre. On ne prend jamais un roi, répond-il.

Un roi! — Voire. — Dont ? — D'Engleterre.
K'estes vos donc ci venus querre ?

Le roi prend aussitôt confiance en eux, et leur raconte ses aventures ; les jeunes chevaliers pleurent. Il leur dit comment il a perdu ses enfans qui étaient enveloppés dans les pans de son manteau, l'un emporté par un loup, et l'autre perdu dans un bateau. Il n'oublie pas l'aventure de la bourse donnée par les marchands, enlevée par un aigle. Les chevaliers, déja fort surpris, le furent encore bien davantage.

Si en furent moult esbahi
Quant l'aumosnière entr'ax kaï (tomba).
Li rois pour le prendre s'abaisse.

Les deux chevaliers ne doutent plus qu'ils n'aient retrouvé leur père. Ils lui racontent à leur tour tout ce qui leur est arrivé depuis leur enfance, et ils offrent de lui remettre les pans de robe ou de manteau dans lesquels ils furent trouvés. Ils vont en effet les chercher ; le roi les reconnaît, embrasse ses enfans, et marche avec eux vers la ville. Le roi de Catanasse, instruit de cette aventure, vient au-devant de Guillaume, et lui demande secours contre la dame voisine de ses états. Guillaume promet de faire la paix ; il apprend ensuite aux deux jeunes chevaliers que cette dame contre laquelle ils ont porté les armes est leur mère. Le roi de Catanasse avait fait préparer les tables et servir : après le repas, chacun se retire et va reposer.

La reine, ne voyant point revenir Guillaume, et apprenant qu'il avait transgressé l'ordre de ne point passer la rivière, se livre au désespoir. Elle croit son mari prisonnier ou mort ; elle forme des projets de vengeance, et veut faire assembler l'armée, marcher à l'ennemi, lever toutes les communes. Le ban est proclamé ; tout homme en état de porter les armes est sommé de les prendre. Le lendemain, les troupes se mettent en marche ; la reine les suit ; on passe le gué ; mais bientôt on aperçoit les deux rois de Catanasse et d'Angleterre, et les armées restent en présence. Guillaume était suivi de ses enfans ; il s'approche de la |reine. Elle lui demande par quel hasard il est libre, et se trouve en si grande compagnie. Il raconte ce qui lui est arrivé, et présente à sa femme les deux chevaliers. — Ah ! Sire, maudit soit le jour où ils sont nés ! Ce sont eux qui ont tué mes hommes, et qui sont la cause de tous mes maux.

> Cist firent li premier message
> Qui cuidièrent le mariage
> De moi faire et de lor signor....

Enfin ce sont mes plus dangereux ennemis.

> — « Ains sont vostre carnel ami.
> — « Ami, comment ? — Vostre fil sont ! »
> . . . .
> Quant la merveille ot entendue
> La roïne sans atendue
> Les a entre ses deus bras pris,

elle les embrasse tendrement ; la joie lui ôte la parole.

> Et cil li sont au pié kéu
> Qui de joie sont esperdu.

Ils ne veulent se relever que lorsqu'ils auront obtenu le pardon de tous les maux qu'ils ont fait souffrir à leur mère. Le roi de Catanasse lui demande aussi pardon de la guerre qu'il a entreprise contre elle. La reine pardonne, et tout est oublié ; mais ce qui l'est le plus complètement, c'est le vieux juge Gliolas dont Gratienne ne dit pas un mot, et dont il n'est plus parlé dans le roman.

Marin et Louvel font mander les bourgeois qui les avaient élevés. Ils arrivent ; Guillaume et sa femme leur font de riches présens. Au bout de neuf jours, les vaisseaux étant prêts, on fait et l'on reçoit des adieux ; on s'embarque.

> Quant li rois à la roce vint,
> Le roi de Catanasse tint

> Par la main et si li a dit :
>
> Sire vées ici le lit....
>
> U la roïne travilla
>
> Qant de ses fix se délivra.

Ici était le lieu où un loup emporta mon premier né ; voici la place où était le bateau dans lequel je laissai mon second enfant. Le roi de Catanasse est ému de ces souvenirs ; les deux rois s'embrassent, et se jurent une éternelle amitié. La traversée fut heureuse. Guillaume et sa femme arrivent au port. Le roi donne avis de son retour à son neveu qui se hâte de venir déposer la couronne aux pieds de son oncle. On se met en route vers Londres, où le roi Guillaume est reçu avec la plus grande joie.

Il rendit heureux tous ceux qui l'avaient accueilli dans ses malheurs, maria ses fils à des comtesses, rendit heureux ses peuples, et le poëte nous dit en finissant :

> Plus n'en sai, ne plus n'en i a ;
>
> La matère si me conta
>
> Un miens compains Rogers li cointes,
>
> Qui de maint prodome est acointes.

Il faudrait savoir quel est ce comte Roger qui contait de si belles histoires ; mais c'est ce qu'il ne nous a pas été possible de découvrir.

IV.

ROMAN DU CHEVALIER AU LION.

N° 29 olim 69 de Cangé, anc. fonds, n°7535-5, folio 207, v°, col. 2.

Le Chevalier au Lion n'est point un des grands romans de la Table-Ronde, comme Tristan, Lancelot, Perceval et Gyron le Courtois ; il est aussi moins connu ; mais on peut le regarder comme un épisode de cette grande fable poétique. Le roi Artus et sa cour, les deux amis Yvains et Gauvain en sont les principaux personnages. On y trouve plus d'un trait qui a été imité par les anciens poëtes romanesques italiens, ce qui prouve qu'il eut dans son temps de la réputation.

Aux fêtes de la Pentecôte, le bon roi Artus étant à Carduel, tint une cour plénière. Après le repas, les chevaliers furent appelés pour tenir compagnie aux dames. Les uns parlèrent d'amours, les autres récitèrent des fabliaux et des histoires du temps passé.

Messire Kex, sénéchal de cette cour, mais qui y joue tou-jours le rôle d'un bouffon, fait à l'ordinaire de mauvaises plaisanteries ; il insulte Calongnan qui était prêt à s'en ven-ger, si la reine ne fût arrivée, et ne l'eût prié de laisser Kex et de réciter à son tour une histoire. Il obéit, et raconte que voyageant seul, il y avait environ dix ans, et cherchant des aventures, il traversa la forêt de Broceliande. En sortant d'un château-fort où il avait été parfaitement reçu, il trouve dans une bruyère un géant qui gardait un troupeau de bêtes sauvages et qui lui demande qui il est et ce qu'il cherche.

Folio 208, verso, col 2.

Jo sui, fait-il, uns chevaliers
Qui quier ce que trover ne puis ;
Assez ai quis et rien ne truis.
Et que vauroies tu trover ?
Aventures por esprover
Ma proece et mon hardimant.

Tu peux aller près d'ici, reprit le géant ; si tu y entres, tu n'en sortiras pas sans peine, et tu y verras des choses surna-turelles. Prends sur ta droite, en quittant cette bruyère ; tu trouveras d'abord la fontaine qui bout, bien que l'eau en soit plus froide que marbre. Les arbres qui l'entourent ne sentent jamais les attaques de l'hiver, et conservent toujours leur bel ombrage. A une longue chaîne de fer est attaché un bas-sin d'or qui sert à puiser l'eau de la fontaine. Tu verras en-suite un perron, et à côté une petite chapelle.

S'al bacin vels de l'eve prandre
Et desos le perron espandre,
Là verras une tel tempeste
Qu'en cest bois ne remanra beste.
Chievreus, ne dains, ne cers, ne pors (sangliers),
Nis li oisel, en istront (sortiront) fors ;
Car tu verras si foldroier,
Venter et arbres peloier
Plovoir, venter, et espartir (éclairer)
Que se tu puès departir
Sans grant anui et sans pesance
Tu seras de greignor (plus grande) valance
Que chevalier qui i fust oncques.

Calongnan suivit la route que le géant lui avait indiquée. Il arrive à la fontaine bouillante, voit le perron :

> Si ot quatre rubis desous
> Plus flamboians et plus vermax
> Que n'est àl matin li solax
> Qant il peret en orient.

Il prend le vase d'or, puise à la fontaine et renverse l'eau. Aussitôt un orage furieux éclate ; et le poëte fait tous ses efforts pour le décrire. Enfin le calme renaît ; les oiseaux recommencent à chanter. Calongnan les écoutait avec ravissement, lorsqu'il voit venir à lui un chevalier qui le défie. Il accepte le défi, et à la troisième course, il est renversé. Le chevalier prend son cheval et s'en va. Calongnan, obligé de quitter son armure pour marcher plus aisément, retourne tristement au château où il avait été si bien reçu. On le félicita d'y être revenu sain et sauf, après une épreuve aussi périlleuse que l'était celle du perron. Alors sire Yvains, fils du roi Urien, prenant la parole, dit à Calongnan : Mon cousin, vous avez eu tort de me cacher votre aventure. J'irai venger votre affront, et braver tous les dangers du perron et de la fontaine.

Le roi Artus montre aussi le plus grand desir de voir les merveilles dont Calongnan avait parlé. Yvain, craignant de ne pas arriver le premier à la fontaine pour venger l'injure faite à son cousin, part sur-le-champ et sans congé. Arrivé chez le vavasseur qui avait logé Calongnan, il y passe la nuit, repart le lendemain matin, rencontre le géant qui lui donne les mêmes instructions, et voit bientôt paraître le perron merveilleux. Il est témoin des mèmes prodiges qui s'étaient offerts à Calongnan. Le chevalier se présente ; le combat s'engage, et dure long-temps. Yvains blesse enfin mortellement son ennemi, qui conserve encore assez de force pour remonter sur son cheval et se sauver dans son château. Yvains s'y précipite après lui ; mais tout-à-coup les portes se ferment ; il se trouve prisonnier dans une cour intérieure, et sans espoir d'en sortir. Il entre dans les salles du château, rencontre une pucelle à qui il avait autrefois rendu service à la cour du roi Artus. Elle lui prête un anneau dont la vertu est de rendre invisible ; elle lui ouvre ensuite une chambre, où il se jette sur un lit, et s'endort. Les gens du château cherchent par-tout le chevalier ; ils entrent dans la chambre, brisent les bancs et les lits, à l'exception de celui sur lequel il était couché.

Folio 210, verso, col. 3.

Partot ferent de lor bastons
Com avugles qui à tastons
Va alqune cose querant.

Cependant on fait les obsèques du maître ; sa femme jette les hauts cris en voyant s'avancer le convoi, suivi de prêtres, de religieuses,

Et li clerc qui sont despensier
A faire la haute despense.

On apporte le corps du défunt dans la salle où était Yvains ; aussitôt le sang commence à sortir par les plaies, signe certain que le meurtrier est près de sa victime. Nouvelles recherches aussi inutiles que les premières. Le convoi se met en marche ; la pucelle vient retrouver Yvains, le conduit dans une autre chambre d'où il peut voir passer le cortége, et lui recommande un silence absolu :

Folio 211, recto, col 3.

Li sages tot son pensé coevre
Et li fols si le met à oevre.

Le sage Yvains est pris d'une singulière folie. En voyant la veuve dont il a tué le mari, il devient amoureux d'elle. Sa protectrice, après avoir inutilement essayé de le détourner de cet amour, lui promet de le servir. En effet elle s'y prend avec tant d'adresse qu'elle engage d'abord la veuve à entendre parler d'un nouveau mariage, ensuite à voir Yvains sans répugnance, quoiqu'elle sache que c'est lui qui a tué son premier mari. Enfin la première semaine de son veuvage n'était pas finie, qu'elle consent à lui donner la main. Elle le mène au conseil de ses barons, et le présente comme son époux. Le sénéchal dit aux barons :

Folio 213, verso, col. 1.

N'a pas encor sept jors aclos,
Mors est se sire, ce li poise ;
Na or de terre qu'une toise
Cil qui tot cest païs tenoit.

Le mariage est arrêté et célébré avec magnificence. Les fêtes étaient à peine finies, qu'Yvains apprit que le roi Artus et sa cour arrivaient pour voir les merveilles du perron et de la fontaine. Messire Kex était de la partie, et ne manquait pas de plaisanter les absens, et particulièrement Yvains qui n'avait pas donné de ses nouvelles depuis son départ de la cour. Le roi arrive, verse de l'eau sur le perron : l'orage, les feux, le tonnerre, toutes les merveilles éclatent. Yvains se présente pour la bataille; messire Kex demande et obtient la permission d'être le tenant; il est bientôt renversé. Son rival, en lui reprochant ses mauvaises plaisanteries, emmène son cheval, et va se présenter au roi Artus auquel il se fait connaître.

> S'en fu Kez de honte asomés
>
> Et mas (triste, abattu, *mâté*) et mors et desconfis ;
>
> Qui dist qu'il s'en estoit fuis
>
> Et li autre moult lié en sont
>
> Qui de sa honte joie font.

Folio 214, recto, col. 2.

Artus demande à Yvains par quelle aventure il se trouve être défenseur du perron. Yvains satisfait la curiosité du roi, et l'invite à entrer dans son château. Artus y est reçu avec tous les honneurs dus à son rang, et y reste pendant huit jours. Gauvain, ami d'Yvains, profite de ce temps pour l'engager à les accompagner à un tournoi où ils doivent se rendre. Yvains n'a pas la force de refuser; il était de fort bon conseil,

> Mais tex conselle bien altrui
>
> Qui ne saroit consillier lui.
>
> Ausi com li preéceor,
>
> Qui sont desloial lécéor,
>
> Qui dient et monstrent le bien
>
> Dont il ne volent faire rien.

Folio 214, verso, col. 3.

La femme d'Yvains, désolée de son départ, exige de lui la promesse qu'il sera de retour au jour qu'elle lui prescrit. Elle lui donne un anneau qui rend invulnérable tant qu'on aime sa dame. Toute la cour part enfin, et Yvains avec elle. Gauvain et lui paraissent dans le tournoi, et y font des prodiges de valeur. La gloire fait oublier à Yvains le terme de son retour. Un an s'écoule, et au lieu de revenir auprès de sa femme, il se rend à la cour d'Artus. Là, il se rappelle enfin son mariage et sa promesse. Honteux de sa faute, il songeait à la réparer, lorsqu'une demoiselle, montée sur un beau palefroi, arrive, se présente au roi Artus, salue toute la cour, à l'exception d'Yvains, demande qu'il soit puni comme chevalier déloyal, lui déclare que sa femme ne veut plus le revoir, et lui redemande l'anneau qu'elle lui a donné.

240 CHRESTIEN DE TROYES, POÈTE FRANÇ.

Profitant de l'étonnement dont il est frappé, elle le lui ôte du doigt, le met au sien, salue l'assemblée et part. Yvains, désespéré, reconnaît ses torts, quitte la cour pour aller s'enfoncer dans un désert, et s'arrête dans une forêt. Son esprit est aliéné, mais il n'a rien perdu de sa force.

Folio 215, verso, col. 2.

Les bestes par le bois agaite
Et les occit, puis si manjue
La vénison trestote crue.

(Nous citons ces vers comme un exemple des licences singulières qui étaient alors autorisées par la nécessité de la rime.) Yvains nu, pâle, défait et semblable à un spectre, rencontre un ermite qui se sauve en le voyant, mais qui met pour lui du pain et de l'eau sur la fenêtre de sa chaumière, et lui en prépare chaque jour autant. Le malheureux chevalier était depuis long-temps dans cet état,

Folio 215, verso, col. 3.

Lorsque le trovèrent dormant
En la forest trois damoiseles
Et une, lor dame, avec eles.

Elles reconnaissent Yvains, malgré sa nudité et le changement qui s'est fait dans tous ses traits. Saisies de pitié, elles parlent en sa faveur à leur dame. Elle avait une guerre à soutenir contre le comte Ailiers. Avec le secours du chevalier, elle serait sûre de la victoire. Quel dommage qu'il ait perdu l'esprit! La dame se rappelle que la fée Morgain lui a fait présent d'un remède excellent contre la folie. Elle charge une de ses demoiselles de l'administrer à Yvains, de lui en appliquer aux tempes, au front, et de lui apporter des habits convenables à son rang. La pucelle le trouve encore endormi, lui applique bien doucement le remède, dans la crainte de le réveiller, pose les habits à terre, et se cache derrière un gros chêne. Le poëte raconte ici fort longuement le réveil du chevalier, sa surprise de se trouver nu au milieu d'une forêt d'où il ne sait comment il pourra sortir, sa joie en voyant des habits placés auprès de lui, et son empressement à s'en couvrir. La pucelle sort alors de sa cachette, s'approche de lui, et s'offre à lui servir de guide. Elle le conduit au château de la dame. On le fait baigner, raser; on lui donne tout ce qu'il désire. En ce moment on annonce l'arrivée du comte Aillier qui vient assiéger le château, et se prépare à y mettre le feu. Yvains encourage les habitans, se met à leur tête, et dès le premier jour, tue une douzaine de chevaliers. Ce début excite une admiration générale.

> Et la dame fu en la tor
>
> De son castel montée halt
>
> Et vit la mellée et l'asalt.

Folio 216, verso, col. 2.

Le lendemain, nouveaux exploits, nouvelle victoire d'Yvains. Toutes les dames chantent ses louanges et célèbrent sa valeur. Le comte Ailier est enfin forcé de se rendre à la dame du château, et remet son épée à son vainqueur. La dame passe de l'admiration à un sentiment plus tendre, et propose à Yvains sa main et son cœur. Mais, fidèle à ses premiers engagemens, il la remercie ; et après s'être reposé quelques jours, il part seul, et s'enfonce dans les forêts.

Il avait marché plusieurs jours sans trouver d'aventure, lorsqu'il entend des cris qui lui semblent être ceux d'un animal blessé. Il y court ; il voit un lion aux prises avec un énorme serpent dont la gueule jetait des flammes. Yvains s'approche en se couvrant de son bouclier ; d'un coup de sa bonne épée, il tue le serpent

> Et en deus moitiés le tronçonne ;

Folio 216, verso, col. 2.

la reconnaissance du lion est fort bien peinte ; c'est un des meilleurs endroits du poëme. Ce pauvre animal sentit tant de tendresse pour son libérateur,

> Que il li comança à faire
>
> Samblant que à lui se rendoit ;
>
> Et ses piés joins li estendoit.
>
> Envers terre encline sa chiere ;
>
> S'estut sor les deus piés deriere,
>
> Et puis si se rajenoilloit,
>
> Et tote sa face moilloit
>
> De larmes.

Folio 217, recto, col. 3.

Enfin le lion s'attache si intimement au chevalier, que depuis lors ils voyagent toujours ensemble. Ils arrivent au perron merveilleux et à la fontaine enchantée. Ce lieu rappelle à Yvains tous ses malheurs. Réduit au désespoir, il tire son épée et veut se donner la mort. Il se porte un coup à la gorge, et tombe baigné dans son sang. Le lion jette des cris, et semble appeler au secours de son maître. Une femme, effrayée et plaintive, accourt : Yvains, ouvrant les yeux, re-

Tome XV.   H h

connaît en elle la pucelle qui l'avait servi dans ses amours.
Accusée de trahison, parce qu'elle a voulu le servir et le défendre, elle a été condamnée à mort. Elle devait être brûlée,
si avant quarante jours elle ne trouvait pas un défenseur, et
c'est le lendemain à midi que le terme fatal expire. Yvains
consent à vivre pour sauver sa bienfaitrice ; il la laisse étan-
cher son sang, bander sa plaie, et lui promet de se trouver
à l'heure indiquée pour combattre ses accusateurs ; il exige
seulement qu'elle ne le fasse point connaître. Il la quitte
enfin, continue sa route,

Folio 218, recto,
col. 3.

Et li lions tos-jors après.

En passant près d'un château-fort, Yvains trouve toute la
famille du seigneur plongée dans un grand chagrin. Un
énorme géant, nommé Harpin de la Montagne, a fait prisonniers les quatre fils du châtelain, et menace de les mas-
sacrer, s'il ne lui donne sa fille en mariage. Tous les jours,
il vient renouveler sa demande et ses menaces. Yvains rassure ce bon seigneur, lui promet de le délivrer de son ennemi, et passe la nuit dans la chambre d'honneur avec son
lion couché à ses pieds. Le lendemain, le géant paraît en
effet conduisant devant lui ses quatre prisonniers, appelant
le père au combat, et jurant de l'égorger, comme il va égorger ses fils, puisqu'il s'obstine à lui refuser sa fille. Yvains
prend ses armes, sort du château avec son lion, et défie le
géant. Le combat est long-temps douteux ; Yvains était près
de succomber ; tout-à-coup son lion s'élance, mord le géant,
le renverse ; Yvains le tue. La famille, délivrée, entoure son
libérateur, et veut lui donner des fêtes ; mais l'heure approche où il a promis d'aller courir une autre aventure. Il
s'échappe et se rend à son propre château, où la pucelle
était condamnée à périr pour avoir pris sa défense. Déja la
foule, inondant la place, attendait le moment du supplice ;
le feu s'allumait ; la victime était amenée. Yvains arrive, crie
de tout suspendre ; la foule lui ouvre passage ; il s'approche
de la pucelle,

Folio 96, recto,
col. 2.

Et dit ma dameiselle où sont

Cil qui vos blasment et ancusent?

Tot maintenant s'il n'el' refusent

Lor iert la bataille arramie (proclamée, annoncée).

Elle lui désigne ses accusateurs ; ils sont trois ; mais Yvains,
aidé de son lion, ne les craint pas. Il les attaque ; le lion fait

des merveilles, mais il reçoit une large blessure. Yvains redouble de courage, et force enfin ses adversaires à s'avouer vaincus. La pucelle, justifiée, est délivrée; ses accusateurs la remplacent au bûcher ; car on sait, dit le poëte,

> Que ce est reisons de justice*
>
> Que cil qui autrui juge à tort
>
> Doit de celui mesmes mort
>
> Morir, que il li a jugiée.

La dame du château ne reconnaît point son mari dans le chevalier : elle l'invite à se reposer, au moins jusqu'à ce que son lion soit guéri. Mais il s'en excuse, en disant qu'il ne prendra de repos que lorsque sa dame lui aura pardonné. — Votre dame a tort, lui répond-elle, si elle refuse un chevalier tel que vous. Ici s'engage un long entretien qui serait intéressant, si le style était moins imparfait et plus formé. Yvains part, toujours inconnu, excepté à la pucelle qu'il a sauvée. Son lion blessé ne peut le suivre; il le met sur son bouclier et l'emporte jusqu'au château voisin, où des dames et des demoiselles prennent soin de le guérir. Bien accueilli et bien traité dans ce château, Yvains y reste jusqu'au moment où une aventure extraordinaire l'en fait sortir.

Un seigneur des environs, nommé le Sire de la Noire Epine, n'avait laissé en mourant que deux filles. L'aînée voulut garder toute la terre ; la cadette n'ayant pu fléchir sa sœur, alla se plaindre à la cour du roi Artus. L'aînée l'avait déja prévenue, et le brave Gauvain était nommé pour soutenir ses droits. Le même jour, les nouvelles de la mort du géant et de l'autre victoire du chevalier au lion arrivèrent à la cour. On le nomma pour défenseur de la sœur cadette. Elle part sur un palefroi pour le chercher, et le trouve enfin. Yvains lui promet son secours, et part aussitôt avec elle.

> Ensi entr'aus deus chevalchièrent,
>
> Párlant tant que il aprochièrent
>
> Le chastel de pesme (mauvaise, *pessima*) aventure.

Yvains y trouve en effet une aventure très-difficile, mais dont il vient à bout par sa bravoure et avec l'aide de son lion. Il reprend ensuite sa route, et se rend avec la jeune demoiselle de la Noire Epine à la cour du roi Artus. L'aînée y était déja rendue. Les deux sœurs plaident devant le roi ;

(*) Une lacune s'étant trouvée dans le manuscrit que nous avions suivi jusqu'ici, nous avons été obligés d'en prendre un autre que nous indiquons à la marge.

H h 2

Ms. n° 73, fonds de Cangé, folio 96, verso.

Folio 98, verso, col. 3.

XII SIECLE.

l'une soutient ses prétentions, l'autre défend ses droits. Le combat est ordonné. Les deux amis, Gauvain et Yvains, sans se parler et sans se connaître, s'attaquent avec acharnement, sans pouvoir remporter d'avantages. Trois fois ils reprennent les armes, et trois fois la victoire est incertaine. La nuit sépare les deux combattans; ils se parlent alors, se reconnaissent et s'embrassent. Artus, enchanté de retrouver un de ses braves, force les deux sœurs à s'arranger et à partager également le bien de leur père. La joie brille de toutes parts ; les deux amis se racontent leurs aventures.

Il ne restait plus à Yvains que de se raccommoder avec sa femme. Il prend la résolution de retourner à la fontaine périlleuse. Il part secrètement avec son lion, arrive au perron merveilleux, voit les mêmes enchantemens dont il avait été témoin quelques années auparavant, mais ne voit point de champion se présenter. Au bruit de l'arrivée d'un chevalier, la dame du château se plaignit à la pucelle qu'Yvains avait sauvée, et qui était rentrée en grace auprès d'elle, de n'avoir plus de tenant qui prît sa défense. Lunette, c'est ainsi que se nommait la jeune fille, lui conseille de prendre pour défenseur le chevalier au lion qui remplit tout le pays d'alentour du bruit de ses exploits. La dame s'y détermine enfin. Lunette part sur son palefroi pour l'aller chercher, et est agréablement surprise de le trouver dans ce chevalier même qui demandait le combat. Elle l'amène au château, et après avoir expliqué à sa dame cette heureuse rencontre, elle lui fait reconnaître le chevalier au lion pour cet Yvains jadis tant aimé. Après quelques difficultés, la dame prononce enfin le pardon ; les époux s'embrassent, et promettent d'oublier les maux que l'absence leur a fait souffrir.

> Del Chevalier au Lyeon fine
> Crestiens son romans ensi,
> N'onques plus conter n'en oï
> Ne jà plus n'en orroiz conter
> S'an ni vialt mançonge ajoster.

Les quatre romans dont nous avons donné l'extrait sont en quelque sorte des branches ou des dépendances de la Table Ronde. Les héros qui en sont les principaux acteurs sont presque tous chevaliers de cet ordre, et attachés à la cour du roi Artus qui en est regardé comme le fondateur ;

mais ce n'est pas là ce qu'on nomme proprement les *romans de la Table Ronde*. Ceux d'entre ces derniers, qu'on attribue à Chrestien de Troyes, sont aussi au nombre de quatre :

1. Le Saint-Gréaal ;
2. Tristan de Léonnois ;
3. Perceval le Gallois ;
4. Lancelot du Lac ou Lancelot de la Charrette.

Il existe à la bibliothèque du roi, fonds de l'abbaye de Saint-Germain-des-Prés, un manuscrit du roman du Saint-Gréaal N° 2740, in-8° en vers. Ce manuscrit appartenait au président Fauchet, et porte plusieurs notes marginales écrites de sa main. Il contient : 1° un autre roman intitulé *l'Image du Monde,* par Guillaume Osmons, poëte du XIII° siècle ; 2° l'histoire de la Véronique, et celle du Saint-Gréaal, mise en vers par un auteur anonyme, mais d'après Robert de Boron et Gautier de Monthélial. Nous avons déja dit plus haut, notice générale, N° VI, que c'était par erreur que Fauchet avait attribué ce roman du Gréaal à Chrestien de Troyes. Nous persistons dans cette opinion ; d'ailleurs l'ouvrage est fort mal écrit, et d'un style qui ne ressemble nullement à celui de Chrestien de Troyes.

Pour l'intelligence des autres romans de la Table-Ronde qui sont de notre poëte, il suffit de se rappeler les faits suivans.

On entend par le Saint-Gréaal ou Graal un vase dont on prétendait que Jésus-Christ s'était servi pour la cène, et dans lequel Joseph d'Arimathie, selon les mêmes traditions, avait recueilli le sang qui coula des plaies et du côté de Jésus-Christ, lorsqu'il eut été crucifié. Joseph, à qui Dieu même en avait fait don, s'en servit en différens pays pour opérer les plus étonnans miracles. Il en fit sur-tout en Angleterre, et laissa en mourant le Graal à ses descendans. Après quelques générations, le vase miraculeux se perdit ; ce fut pour le retrouver que le roi fabuleux Utter Pandragon institua l'ordre de la Table-Ronde, dont les chevaliers avaient pour premier devoir de chercher par tout le monde et de reconquérir le Saint-Graal, Artus, fils d'Utter, perfectionna cette institution chevaleresque, qui parvint, sous son règne, au plus haut degré de gloire.

Le roman du Graal, traduit du latin en vers français, contient l'histoire de ce saint vase, entremêlée de fables épisodiques ; mais, comme nous l'avons dit, cette traduction n'est point de Chrestien de Troyes.

Tristan de Léonnois, celui des romans de la Table-Ronde qui tient le plus immédiatement au Graal par le sujet et par la contexture de la fable, mais qui le surpasse infiniment par l'invention et l'intérêt, fut certainement versifié par notre poëte, mais nous n'en possédons en France aucun manuscrit; nous n'avons pas même d'indice qu'il en existe dans aucune des grandes bibliothèques de l'Europe. S'il s'en découvrait un, dont l'authenticité fût prouvée, l'honneur de notre littérature exigerait que l'on obtînt, à quelque prix que ce fût, la faculté d'en faire tirer une copie.

La *Bibliothèque des Romans*, 1er volume d'avril 1776, contient un extrait de ce roman écrit en prose. Cet extrait, que l'on doit à la plume élégante et facile du comte de Tressan, offre, dans un grand détail, toute l'action du roman; et comme nous manquons de manuscrits pour y comparer le même roman écrit en vers par Chrestien de Troyes, nous renverrons à ce volume d'un ouvrage qui est dans les mains de tout le monde.

Nous ferons seulement remarquer que l'auteur se trompe au commencement de son extrait, lorsqu'il adopte l'opinion commune qui regardait ce roman de Tristan comme le plus ancien de ceux qui ont été écrits en prose; les autres, dit-il, ayant été originairement écrits en vers, et réduits en prose postérieurement à la composition de celui-ci, qui parut, dit-on, sous le règne de Philippe-Auguste, l'an 1190. Il est certain que ce roman ne fut mis en prose, comme tous les autres, qu'après l'avoir été en vers, d'après le latin de Luce du Gua; que ce roman fut versifié vers l'époque indiquée, et qu'il le fut par Chrestien de Troyes, comme le prouve ce vers, déja cité du début de son roman de Cligès, dans lequel, faisant l'énumération de tous les romans qu'il avait écrits jusqu'alors, il y comprend celui

Du roi Marc et d'Yselt la blonde,

c'est-à-dire le roman de Tristan, neveu de Marc et amant d'Yseult.

V.

ROMAN DE PERCEVAL LE GALLOIS.

Nous avons pour le roman de *Perceval le Gallois* les secours qui nous manquent pour celui de Tristan. La biblio-

thèque du roi en possède deux manuscrits, et la biblio- Fonds de Cangé,
n°˙ 27 et 73, in-
fol.
thèque de l'Arsenal, un troisième. Le fil des événemens y
est entièrement le même que dans l'extrait du roman de
Perceval en prose, inséré dans le quatrième volume de la
bibliothèque des romans, et ce dernier n'étant que du
XVe siècle, de l'aveu de l'auteur de l'Extrait, le roman de
Chrestien de Troyes en vers est bien évidemment l'original.
Mais cette conformité nous dispense encore de donner ici
l'analyse détaillée du roman de Chrestien, qui ne serait
qu'une répétition de celle que tout le monde peut lire dans
la bibliothèque des romans. Bornons-nous à en donner une
idée succincte, et à citer quelques passages qui feront voir
que le style de ce roman est bien celui de Chrestien de
Troyes.

Perceval était fils d'un illustre chevalier du pays de Galles ;
il n'avait que deux ans, lorsqu'il perdit son père et ses deux
frères, qui furent tués dans des tournois. Sa mère se retira
avec lui dans une forêt qui faisait partie de ses domaines,
résolue de le soustraire aux dangers qui l'avaient déja privée
de son mari et de deux de ses fils, et de le ténir dans l'ignorance absolue de *ce que estoit chevalerie*. C'est à tirer Perceval de cette ignorance, et à le faire parvenir par degrés
à ce que la science chevaleresque avait de plus héroïque et
de plus grand, que le poëte s'est appliqué. Il y a fort bien
réussi, et ce roman est peut-être celui de tous les siens où
il a mis le plus d'art et de conduite.

Les deux premiers chevaliers, que le jeune Varlet rencontre tout armés dans la forêt, lui causent une grande surprise, qu'il exprime naïvement. Il ne répond aux questions
qu'un de ces chevaliers lui adresse que par d'autres questions sur le nom et l'usage des différentes parties de leur
armure.

> Sire, que vos dist cil galois?

demande l'autre chevalier :

> Ne sait mie totes les lois,
> Fait li sire, se Dex m'amant,
> Que rien nule que li demant
> Ne me respont onques à droit ;
> Ains demande de quan qu'il voit
> Coment a nom el c'on en fait.
> Sire, saciez bien entresait (cependant)

> Que galois sont tot par nature
> Plus fol que bestes en pasture.

Perceval, de retour auprès de sa mère, lui raconte avec transport cette rencontre, et lui déclare qu'il veut aussi avoir des armes, et vivre comme ces chevaliers. La mère fait ce qu'elle peut pour l'en détourner ; elle lui raconte les malheurs de sa famille, mais rien ne peut l'ébranler ; et après avoir reçu de sa mère les plus sages avis, il part seul, et s'enfonce dans la forêt. Là, ses aventures commencent, et le cours de ses instructions continue. Un prud'homme, qui le reçoit dans son château, lui donne les premiers élémens de chevalerie, lui enseigne à jouter, à manier la lance et l'épée. Perceval veut savoir le nom de ce prud'homme :

> Sire (lui dit-il) ma mère m'enseigna
> Qu'avole (avec) home n'alaisse jà
> Ne compaignie à lui n'éusse
> Granment (grandement, long-temps) se son nom ne s'eusse
> Et son sornom à la parsome (entièrement) ;
> Car par le nom conoist-on l'ome.

Le prud'homme s'étant nommé, le Varlet ne met plus de bornes à sa confiance. Il lui demande enfin et obtient de lui ce qu'il désirait le plus, l'ordre de chevalerie. Le prud'homme ajoute ensuite de nouvelles instructions à celles qu'il lui a données. Il en restait une à recevoir au jeune chevalier ; mais lorsqu'il eut délivré le château de la jeune pucelle Blanche-Fleur, qui y était attaquée par un redoutable voisin et par une nombreuse armée, il ne lui manqua plus rien de ce qui constituait un véritable chevalier, puisqu'il avait aussi sa dame.

Il fait bientôt après une rencontre d'une autre espèce : il arrive dans le château du roi Peschéor, ou Pêcheur, qui était ainsi nommé parce que son seul plaisir, et presque sa seule occupation, était la pêche. Parmi différentes curiosités, il y voit une lance dont la pointe rend des gouttes de sang, un grand plat et un tailloir, auxquels le roi paraît attacher la plus grande importance ; mais en jeune homme bien élevé, il ne demande sur ces objets aucune explication, et sort du château le lendemain matin, sans s'être informé de ce que ce peut être. Il se trouve que ce roi, qui était malade des suites de plusieurs blessures, ne pouvait être guéri que lorsqu'un jeune chevalier lui aurait fait sur cette lance et sur ce plat des questions auxquelles il aurait satisfait. Il se trouve encore que ce roi était oncle de Perceval. Perceval en est instruit dans la suite; il l'est aussi de la faute qu'il a faite en montrant si peu de curiosité. Après un grand nombre d'aventures brillantes et extraordinaires, il entreprend de retrouver le château du roi Pêcheur. Il en est écarté longtemps par de nouvelles aventures, parmi lesquelles se trouvent mêlées celles de Gauvain, autre jeune chevalier qui, ayant entendu vanter à la cour de son oncle, le roi Artus, la valeur et les exploits de Perceval, part pour l'aller chercher, le rencontre, le combat, et se lie avec lui de la plus étroite amitié. Ils se séparent et se réunissent plusieurs fois. En un mot, Gauvain tient tant de place dans le roman, qu'on y pourrait mettre pour titre : *De Perceval et de Gauvain*. Perceval était seul, lorsqu'il rencontre une compagnie de chevaliers et de dames, dont les habits annonçaient qu'ils faisaient pénitence, et qui marchaient par mortification les pieds nus. C'était un jour de vendredi saint ; un des chevaliers reproche à Perceval de porter armes et de courir aventures un tel jour :

> Li jors que l'on doit aorer
> La crois, et son pécié plorer ;
> Car lui fust cil en crois pendu
> Qui trente deniers fut vendu.

Ils viennent tous de chez un saint ermite qui les a confessés et absous. Perceval, qui depuis cinq ans avait oublié ses devoirs de religion pour ceux de la chevalerie, profite de cette occasion, va trouver l'ermite, reconnaît en lui son oncle maternel, qui le remet dans la bonne route. C'est cet oncle ermite qui apprend à Perceval les particularités qui regardent son autre oncle le roi Pêcheur. Perceval ne veut plus différer de se rendre au château de ce roi ; il y arrive enfin ; il le trouve assiégé par le redoutable Pertinal, le plus implacable ennemi du roi Pêcheur. Il combat Pertinal, le tue, et délivre le roi, qui reçoit le vainqueur dans son château, le reconnaît pour son neveu, lui apprend toutes les merveilles de la lance sanglante, du plat miraculeux et du divin tailloir. Le roi Pêcheur fut alors guéri de toutes ses blessures ; mais il était vieux, et Perceval, après l'avoir quitté, s'était à peine rendu à la cour du roi Artus, qu'il apprit la mort de son oncle. Il lui succéda dans ses états ; mais après avoir sagement gouverné pendant quelques années, il se retira dans un ermitage, emportant avec lui le saint tailloir d'argent, la lance et le plat merveilleux, c'est-à-dire le saint gréal. Cette pièce était la plus essentielle pour lui, car elle avait une telle efficacité, lorsqu'elle était portée trois fois autour d'une table, que la table se trouvait tout-à-coup abondamment servie.

Perceval vécut ainsi miraculeusement jusqu'à ce qu'il plut à Dieu le retirer à lui. Le jour même de sa mort, le gréal, la lance et le tailloir furent enlevés aux cieux, et depuis ce temps,

> N'ont par nul en terre esté vus.

Perceval fut d'abord enterré auprès du roi Pêcheur ; mais on lui éleva ensuite un tombeau magnifique, sur lequel fut gravée une inscription dont le sens était :

> *Cy gist Parceval le Gallois*
> *Qui du saint graal dépiéça*
> *Les avantures acheva.*

Cet ouvrage n'est pas tout entier de Chrestien, soit qu'il n'ait pas eu le temps de l'achever, soit qu'on y ait ajouté, après sa mort, des suites ou branches auxquelles il n'avait pas songé. Deux autres poëtes sont connus pour y avoir ajouté des aventures. Gautiers de Denet est évidemment le premier. Ce passage en fournit la preuve :

Ms. de l'Arsenal, fol. 148.

> Gautiers de Denet qui l'estoire
> A mis chi aprez en mémoire,
> Et dist et conte que Parcevaus
> Li bons chevaliers, li loyaus,
> Erra bien près de quinze dis (jours)
> Puisque de l'arbre fu partis
> Dont Bagomedet despendi.

Ceci se rapporte à la dernière aventure racontée par Chrestien de Troyes. Nous allons en donner l'extrait.

Le roi Artus tint cour plénière à la fête d'un saint dans sa bonne ville de Caradigan. Nombre de rois étaient assis à table ; les chevaliers et les pucelles étaient servis plus bas. Le monarque pensait à Perceval dont il ne recevait pas de nouvelles.

> Es-vos, à-tant un chevalier
> Qui Bagomédès est nomez ;

En la riche sale est entrez
Trestoz armez sor son cheval.

Il arrive auprès du roi, le salue de la part de Perceval, puis
se tournant vers Genèvre, il lui présente ses hommages.
Artus remercie le chevalier, l'invite à descendre de cheval,
à se faire désarmer et à venir prendre part au festin. Bago—
médès répond qu'il ne peut remplir les intentions de son
prince qu'après avoir combattu avec Keux, le sénéchal. Le roi
renouvelle ses prières, et lui ordonne, en se mettant à table,
de raconter son aventure devant la cour. Le silence le plus
profond règne dans l'assemblée, et le chevalier, prenant la
parole, s'exprime ainsi :

J'aloie querant aventure ;   Fol. 137, col. 2.
Tant qu'en une forest obscure,
M'encontra Kex li seneschax,
Et avec lui ot trois vassax,
Qui de noient ne m'araisnèrent,
Il me prisent et laidengèrent,
Si me fisent grant deshonor.
Kex méismes al chief del' tor
Ne me déporta de rien née,
Ainz me pendi sans demorée
A un arbre par les deus piez ;
Des trois autres fuisse espargniez
Mais ne soffri que il parlaissent
Car volentiers me delivraissent
Par che que iere chevaliers.
Kex qui fel ert et pautoniers,
Me pendi pendans les deus piez
Encor ert mes hiaumes laciez,
Et mes haubers ens en mon dos.
S'i m'aït Diex je ne vous os
Dire comment il me batirent
Ne le grant honte qu'ils me firent ;
Car c'est grant honte à chevalier
De si faite ovre retraiter
En cort où il a tant de gent.
Entrues (pendant) que ière (j'étais) en tel torment,
I vint chevalchant Percevax,
Li bons, li sages, li loiaus,
Qui aloit al mont Doleraus,

Jà fuisse mors tot à estrous (à l'instant)
Quant de l'arbre me despendi.

Ce brave resta à mes côtés jusqu'à ce que je fusse entièrement remis. Voyant que ses soins me devenaient inutiles,
il continua sa route. Pour moi, je me suis empressé de me
rendre à votre cour pour défier le traître de sénéchal. Et
c'est devant cette auguste assemblée que je l'appelle au combat; daignez, sire, en accepter le gage.

Fol. 137, verso.

La bataille a lieu ; le sénéchal est désarçonné. Artus, craignant pour son frère de lait, prie Bagomédès de cesser le combat et de pardonner. Remonté dans les appartemens, Genèvre
fait embrasser les deux champions ; ce qui n'empêche pas la
compagnie de s'amuser aux dépens de Keux.

Manessier vint ensuite, et acheva le roman de Perceval.
Il dédia son travail à Jehanne, comtesse de Flandres, fille
de Beaudoin IX, lequel était neveu de Philippe. Cet hom-
mage paraît avoir été rendu par Manessier de 1208 à 1210.
L'auteur parle d'un superbe tombeau qu'on avait élevé à
Perceval :

Même ms., fol. 261, recto, col. 1.

La sépulture puet véoir

Sor quatre pilers d'or séoir,

Si com Manesiers le tesmoigne

Que à fin traist ceste besoigne,

El non Jehane la contesse

Qui est de Flandres dame et maistresse....

Et por ce que tant ai apris

De ses bones mours à délivre,

Ai en son non finé mon livre.

El non son aiol comencha,

Ne puis né fu dès lors en cha,

Nus hom qui la main i mesist,

Ne de finer s'entremesist.

Dame, por vos s'en a peiné

Manesiers tant qu'il la finé

Selonc l'estoire proprement.

Et comencha al saidement

De l'espée sanz contredit;

Tant en a et conté et dit

Si com en Salebiere (Salisbury) trove,

Si com l'escris tesmoigne et prove

Que li rois Artus séoit là.

Notes sur Du Verdier, t. I, p. 315.

Ces citations nous découvrent l'origine de l'erreur commise par le président Bouhier, lorsqu'il a dit : « Dans mon
» manuscrit du roman du Graal, l'auteur s'appelle tantôt
» Chrestien, tantôt le Manessier, *ce qui prouve que le dernier nom était celui de sa famille.* » Et à la fin : « On voit
» qu'il ne l'acheva que sous Jehanne, comtesse de Flandres,
» petite-fille du comte Philippe, pour qui il l'avait commencé. »

Le président Bouhier termine son article en renvoyant au catalogue des auteurs cités par Borel. Celui-ci, qui a en effet commis cette erreur, y en a joint une autre. Jeanne de Flandres n'était pas, comme il le dit, petite-fille de Philippe 1er, surnommé d'*Alsace,* puisqu'il mourut sans enfans; mais elle était fille de Baudoin IX et petite nièce de Philippe. Elle succéda à son père en 1206, se retira en 1244 à l'abbaye de la Marquette, qu'elle avait fondée, et fut remplacée par sa sœur Marguerite dans le gouvernement de la Flandre et du Hainaut.

Chrestien a dédié la plus grande partie de ses ouvrages au comte Philippe, auquel nous avons dit qu'il était sans doute attaché; mais il ne paraît avoir fait aucun hommage de ce genre à la petite nièce de son bienfaiteur. Le seul roman de Lancelot ou *de la Charrette* est offert à une dame de Champagne.

> Puisque ma dame de Champaigne,

dit le poëte en le commençant,

> Vielt que romans à faire anpraigne,
> Je l'an prendrai moult volentiers,
> Come cil qui est suens antiers (tout sien), etc.

C'était probablement Marie de Champagne, femme de Beaudoin IX, comte de Flandres, et mère de Jeanne. Beaudoin ne mourut qu'en 1206; mais sa femme était sans doute morte avant lui, puisqu'elle ne lui succéda pas, et que ses deux filles, Jeanne et Marguerite, gouvernèrent immédiatement après lui.

Ce roman de *Lancelot* ou de *la Charrette* mérite sous plusieurs rapports une attention particulière. Ce fut le dernier qu'écrivit Chrestien de Troyes ; la mort l'empêcha même de le finir, et son continuateur, Godefroy de Ligny ou Leingny, a pris soin de nous indiquer à quel endroit de l'action il avait commencé son travail. Ensuite ce roman de *la Charrette*, qu'on croit être le même que celui de *Lancelot du Lac*, est entièrement différent. L'auteur s'est emparé d'un épisode de ce dernier, et en a fait le sujet de son poëme. C'est toujours le même héros, mais les aventures de l'un n'ont presque aucun rapport à celles de l'autre. Le roman de *Lancelot du Lac* est très-connu ; celui de *Lancelot de la Charrette* ne l'est pour ainsi dire que de nom. C'est ce qui nous engage à en donner ici un extrait, comme nous l'avons fait des quatre premiers.

On sait que Lancelot est ce chevalier de la Table-Ronde qui, ayant été déposé dans son enfance par la reine sa mère au bord d'un lac, fut enlevé par la fée Viviane, connue sous le nom de la *Dame du Lac*, nourri, élevé par cette fée, et fait chevalier par le roi Artus, à 18 ans.

Ses aventures et celles de ses deux cousins Lionel et Boort, et les effets de la protection constante que lui accorde la fée, ou la Dame du Lac, qui a pris soin de son enfance, et les amours de Lancelot et de la reine Genièvre ou Genèvre, femme du roi Artus, forment, avec un grand nombre d'épisodes, le tissu du roman intitulé : *Lancelot du Lac*.

Dans un de ces épisodes, on voit notre chevalier détenu prisonnier par la méchante fée Morgain, dans un château appelé le *Château de la Charrette*. On ne sait ce que signifie ce titre singulier, mais c'est presque le seul rapport qu'il y ait entre le roman en vers de Chrestien de Troyes, intitulé : *Lancelot ou la Charrette*, et le roman en prose du XVe siècle, dont le titre est : *Lancelot du Lac*.

Bibl. univ. des Romans, octobre 1775, 1er vol., p. 62.

Les auteurs de l'extrait de ce dernier roman, qui ne connaissaient sans doute que de nom celui de *la Charrette*, disent que la mère de Lancelot du Lac, voyageant dans une charrette, y accoucha de lui, et que c'est ce qui a donné lieu au titre de l'ouvrage. Nous allons voir qu'ils se sont grossièrement trompés.

VI.

ROMAN DE LA CHARRETTE OU DE LANCELOT,

COMMENCÉ EN 1190 PAR CHRESTIEN DE TROYES, ET ACHEVÉ PAR GODEFROI DE LEINGNI.

Ms. n° 73, fonds de Cangé, folio 27, recto, col. 2.

Au temps de l'Ascension, le roi Artus tint une cour plénière des plus magnifiques; la reine en partagea les plaisirs;

> Si ot avec aus ce me sanble
> Mainte bele dame cortoise,
> Bien parlant en lengue françoise ;
> Et Kex qui ot servi as tables
> Manjoit avec les conestables.

Le repas était presque achevé, lorsque arrive un chevalier armé de toutes armes, qui se présente fièrement au roi, et lui déclare que parmi beaucoup de prisonniers qu'il a faits, il se trouve plusieurs personnes de sa cour, et qu'il ne les rendra qu'à une seule condition. « S'il te reste, ajoute-t-il, un chevalier courageux, confie-lui la reine, nous la disputerons; s'il est vainqueur, il remmènera les prisonniers; si c'est moi qui le suis, je retiendrai la reine. » Il dit et sort.

Keux, présomptueux comme à son ordinaire, se présente le premier, et, à force d'instances, obtient du roi la permission d'aller, suivi de la reine, combattre cet arrogant. Genèvre en est consternée, mais Artus a promis; elle est forcée d'obéir. A peine était-elle partie avec Keux, que le roi sent sa faute. Il permet à son neveu Gauvain de remplacer le sénéchal. Gauvain part, Artus lui-même le suit. Ils arrivaient à la forêt, lorsqu'ils en virent sortir le cheval de Keux, dont la bride rompue, la selle dérangée et couverte de taches de sang, indiquaient la défaite et les blessures du maître. Gauvain se sépare d'Artus, et se met à la recherche de la reine. Il aperçoit à peu de distance

> Un chevalier tot seul à pié,
> Tot armé, le heaume lacié,
> L'escu au col, l'espée ceinte
> Si ot (avoit) une charrete atainte :

> De ce servoit charrete lors
> Dont li pilori servent ors,
> Et en chascune boene vile
> Ou or en a plus de trois mile,
> N'en avoit à cel tans que une;
> Et cele estoit à ces comune
> Ausi còm li pilori sont
> A ces (ceux) qui murtre et larron sont,
> Et à ces qui sont chanp chéu
> Et as larrons qui ont éu
> Autrui avoir par larrecin.
> Qui a forfet estoit repris,
> S'estoit sor la charrete mis
> Et menez par totes les rues,
> S'avoit tote henors perdues
> Ne puiz n'estoit à cort oïz
> Ne énorez, ne conjoïz.

Aussi, nous autres petites gens, continue le poëte, nous ne manquons pas de faire le signe de la croix, quand nous en rencontrons une, afin de prier le ciel qu'il nous épargne les malheurs dont elle est le signe.

La charrette était conduite par un nain. Le chevalier, à pied et sans lance, qui venait de l'atteindre, était le beau Lancelot, qui de son côté avait quitté la cour, et s'était mis à suivre et à chercher Genèvre. Il demande au conducteur des nouvelles de la reine. Le nain refuse de lui en apprendre.

> Einz li dist se tu viax monter
> Sor la charette que je main,
> Savoir porras jusqu'à demain
> Que la reine est devenue.

En disant ces mots, le conducteur pressait le pas de son cheval; Lancelot, armé de toutes pièces, était à pied; par amour pour la reine, et sans songer à la honte qu'il en peut recueillir, il consent à monter sur la charrette. Gauvain, qui arrive en ce moment, est fort étonné de voir un chevalier en pareil équipage, et plus étonné encore de reconnaître dans ce chevalier le brave Lancelot. Ils arrivent à un château, où les deux chevaliers se présentent pour logér. Gauvain est fort bien accueilli; Lancelot ne l'est pas de même. Cependant, à la demande de Gauvain, on leur donne

la même chambre. A peine sont-ils couchés et endormis,
qu'il arrive à Lancelot quelque chose de singulier.

> A mienuit devers les lates
> Vint une lance come foudre,
> Le fer desoz, et cuida coudre
> Le chevalier parmi les flancs
> Au covertor et as dras blans,
> Et au lit là où il gisoit.
> En la lance un panon avoit
> Qui estoit toz de feu espris;
> El covertor est li feus pris
> Et es dras, et el lit amasse,
> Et li fers de la lance passe
> Au chevalier lèz le costé,
> Si qu'il li a del cuir osté
> Un po, mès n'est mie bleciez,
> Et li chevaliers s'est dreciez
> S'estaint le feu et prant la lance
> Enmi la sale la balance,
> Ne por ce son lit ne guerpi
> Einz se recoucha et dormi
> Tout autresi séurement
> Com il ot fet premieremant.

Le lendemain, regardant à la fenêtre, ils voient passer un
chevalier, avec une nombreuse suite, au milieu de laquelle
sont plusieurs femmes, et parmi ces dernières, ils reconnaissent la reine. Lancelot la suit des yeux; lorsqu'il l'a
perdue de vue, il veut se jeter par la fenêtre, et tombe dans
un accès de désespoir que Gauvain est long-temps sans pouvoir calmer. Enfin les deux chevaliers s'arment, montent à
cheval, et se mettent en campagne pour trouver la reine
qu'ils ne peuvent plus découvrir. Après avoir long-temps
erré dans une forêt, ils rencontrent une damoiselle;

> Si l'ont anbedui saluée
> Et chascuns li requiert et prie
> S'ele le set qu'ele lor die,
> Où la reine an est menée.

Cette damoiselle leur annonce qu'avant de trouver ce qu'ils
cherchent, ils auront à soutenir bien des fatigues, et bien
des dangers à courir. La reine est maintenant au pouvoir du

Tome XV.   K k

258 CHRESTIEN DE TROYES, POÈTE FRANÇ.

terrible Méléaganz, fils de Bademaguz, roi de Gorre, et il l'emmène dans les états de son père. Cette nouvelle double l'ardeur et le courage des deux chevaliers; ils se séparent pour aller à la recherche de la princesse, et, d'après l'avis de la pucelle, prennent chacun un chemin différent. Chacun de ces deux chemins conduisait à un passage périlleux.

> Li uns a non li ponz Evages
>
> Por ce que soz eve est li ponz
>
> Et s'a dès le pont jusqu'au fonz
>
> Autant desoz comme desus,
>
> Ne de ça moins ne de là plus.
>
> Einz est li ponz tot droit enmi
>
> Et si n'a que pié et demi
>
> De lé et autretant d'espès....
>
> Li autres ponz est plus malvés
>
> Et est plus perilleus assez
>
> Qu'ainz par hom ne fu passez
>
> Qu'il est com espée tranchanz
>
> Et por ce trestotes les genz
>
> L'apelent le pont de l'Espée.

Lancelot prend le chemin de ce dernier pont. Une des premières aventures qui lui arrivent sur la route a été imitée dans plusieurs romans, ou poëmes romanesques. Le chevalier, passant auprès d'une église, descend pour faire sa prière. Il entre dans le cimetière, et y rencontre un vieux moine qui lui fait voir les tombeaux destinés aux preux de la Table-Ronde; un sur-tout fixe ses regards; le moine lui apprend que celui qui aura la force de soulever la table de pierre qui le couvre

> Gitera ces et celes fors
>
> Qui sont en la terre an prison.

Lancelot essaie, et renverse la table merveilleuse. Le moine lui prédit alors que ce tombeau sera le sien. Lancelot continue sa route. Il arrive, avec deux fils d'un prud'homme qui lui avait donné l'hospitalité, à un passage difficile appelé le *Passage des Pierres*, qui était défendu par un chevalier et par des sergens armés de haches. Ils reconnaissent dans Lancelot le chevalier à la charrette; ils lui reprochent d'y être monté, lui témoignent beaucoup de mépris, et daignent à peine prendre leurs armes pour lui disputer le passage. Lancelot et ses jeunes amis les attaquent, les écartent, ou les

renversent sans peine, et traversent le Passage des Pierres.
Ils apprennent qu'ils sont sur les terres du roi Bademaguz,
que l'armée de Logres (de Londres) se bat en ce moment
avec les sujets de ce roi, et qu'elle est près d'être vaincue ;
ils volent à son secours, se jettent dans la mêlée ; l'armée
reprend courage, se rallie, et remporte une victoire complète. Les chevaliers qui avaient été faits prisonniers, et que
Bademaguz faisait déja emmener, sont délivrés, et viennent
rendre hommage au chevalier de la Charrette ; tous se disputent l'honneur de le loger lui et ses deux compagnons. Le
lendemain, il part avec ses amis, arrive le soir dans un château où on lui fait, sans le connaître, l'accueil le plus amical. Pendant le souper, un guerrier se présente, qui lui
reproche d'être monté dans la charrette, et lui annonce
qu'après un pareil affront il ne pourra passer le pont de
l'Épée. Lancelot reprend ses armes, monte à cheval, et fond
sur cet insolent chevalier.

> Mès les espées moult sovant
> Jusq'as cropes des chevax colent,
> Del sanc s'aboivrent et saolent.

Lancelot ne laisse point respirer son ennemi :

> Tant le paine, tant le travaille,
> Que à merci venir l'estuet (le force) ;
> Come l'aloe qui ne puet
> Devant l'esmerillon durer
> Ne ne sa ou asëurer,
> Puisqu'il la passe et sormonte.

Le vainqueur accorde la vie à son rival, mais à condition
qu'à son tour il montera sur une charrette. Ils en étaient là,
quand tout-à-coup arrive une damoiselle qui prie le vainqueur de ne point faire grace au vaincu, qu'elle appelle le
plus déloyal de tous les hommes, et dont elle demande la tête.
Lancelot, pour ne pas manquer au respect dû aux dames,
et pour ne pas enfreindre les lois de la chevalerie, propose
un nouveau combat. Il est une seconde fois vainqueur, et
tranche alors sans scrupule la tête au chevalier discourtois.
Les trois aventuriers arrivent enfin vers le soir au pont de
l'Épée. Le poète fait une description très-longue, très-ef-
frayante et, autant qu'il peut, très-poétique de ce pont. L'aspect seul en est si terrible, que les deux jeunes gens enga-

K k 2

gent le chevalier à revenir sur ses pas, et à ne pas tenter une pareille aventure. Lancelot rejette bien loin ce conseil.

Bien sai (leur répond-il) que vos an nule guise
Ne voldriez ma meschéance
Més j'ai tel foi et tel créance
An Deu qu'il me garra par tot.
Cest pont, ne cest eve, ne dot'
Ne plus que ceste terre dure.
Einz me voel metre en aventure
De passer outre et atorner.
Mialz voel morir que retorner.

Aucun obstacle de l'arrête; il attaque et traverse le pont, sans recevoir *autre meschef* que quelques légères blessures. Ce pont conduisait au château où le roi Bademaguz était enfermé avec son fils Méléaganz, la reine Genèvre, sa prisonnière, et plusieurs dames et chevaliers de la cour d'Artus, qui étaient aussi prisonniers de Méléaganz.

Bademaguz, témoin de cet exploit du chevalier de la Charrette, veut engager son fils à rendre la reine et tous les autres prisonniers. Mais Méléaganz, défié par Lancelot, veut combattre. Ce combat est long-temps douteux. Méléaganz est près de succomber; son père intercède auprès de la reine pour qu'elle obtienne de Lancelot la vie de son fils. Mais ce fils même s'entête, et refuse de cesser le combat. Cependant, vaincu par les sollicitations de son père, il consent à rendre la reine et tous les prisonniers, y compris Keux le sénéchal, mais à condition que Lancelot promettra de reprendre dans un an le combat. Cette promesse faite, les portes sont ouvertes, et les prisonniers délivrés. Ils entourent leur libérateur, le bénissent, et ne savent comment lui témoigner leur reconnaissance. La reine seule le reçoit fort mal. Surpris de ce refroidissement, il en demande la cause; personne ne peut l'en instruire, et la reine refuse de lui parler. Réduit au désespoir, il sort du château à cheval, mais sans ses armes, et s'enfonce dans la forêt. Il est surpris et arrêté par des sujets de Bademaguz, qui le lient sur son cheval et l'emmènent. Le bruit de sa mort se répand, et parvient jusqu'à la reine, qui se désespère à son tour. Cette même situation se retrouve dans le roman de Lancelot en prose, mais elle y est amenée autrement. La reine Genèvre tombe malade de chagrin; on la croit morte. Lancelot reçoit de son côté cette fausse nouvelle ; il veut se tuer. Ceux qui l'ont arrêté l'en empêchent ; et croyant faire une chose agréable à leur roi, ils le ramènent au château de Bademaguz. Il y retrouve Genèvre, qui court se jeter dans ses bras. Le roi veut punir ceux qui ont arrêté Lancelot, mais le héros intercède en leur faveur, et obtient leur grace. Il prie la reine de lui dire enfin pourquoi elle l'avait si mal reçu. C'est, lui répond-elle, parce que vous avez été sur la charrette. Lancelot, qui a des explications à lui donner, lui demande un entretien secret, et reçoit un rendez-vous pour la nuit suivante.

> Lanceloz ist fors de la chanbre
> Si liez que il ne li remanbre
> De nulle tretoz ses enuiz ,
> Mès trop li demore la nuiz
> Et li jors li a plus duré,
> A ce qu'il a jà enduré,
> Que cent autre ou c'un anz entiers.

La nuit vient. Il se rend à la croisée de la chambre de Genèvre, obtient la permission de faire sauter la grille ; mais en l'abattant, il se coupe deux doigts. Le plaisir qu'il éprouve l'empêche de s'en apercevoir. Il escalade la croisée, passe la nuit auprès de la reine, et la quitte avant le jour. Il remet la grille à sa place, rentre chez lui, et s'aperçoit enfin de sa blessure, dont il bénit la cause.

Tout cela se trouve encore dans le Lancelot en prose, comme dans celui-ci. Le sang de la blessure que Lancelot s'était faite à la main avait taché le lit de la reine. Le jaloux Méléaganz s'en aperçoit, et ne sachant rien du rendez-vous obtenu par le chevalier, il soupçonne Genèvre d'en avoir accordé un au sénéchal Keux, qui n'était pas encore guéri de ses blessures. Il accuse la reine auprès du roi Bademaguz, son père. Genèvre, interrogée par le roi, nie en sûreté de conscience d'avoir vu ou reçu le sénéchal, et déclare au surplus qu'elle a un chevalier qui prouvera, les armes à la main, son innocence. Comme elle achevait ces mots, Lancelot et ses compagnons entrent. Genèvre raconte l'insulte qui lui est faite ; le chevalier de la Charrette propose de la venger. Le combat est accepté, les gages donnés, les sermens faits. Méléaganz est encore une fois vaincu, et ne doit la vie qu'à l'intercession de son père, et à la générosité de son vainqueur.

Pendant tout ce temps, Gauvain avait marché vers le pont périlleux. Lancelot n'en avait point de nouvelles. Inquiet du sort de son ami, il prend lui-même le chemin de ce pont. Il était près d'y arriver avec sa suite, lorsqu'un nain vient le prier de quitter sa compagnie et de le suivre. Lancelot, qui ne refuse jamais une aventure lorsqu'elle se présente, suit le nain. Ses compagnons, après l'avoir attendu quelque temps, continuent leur marche vers le pont périlleux. Ils y arrivent à propos. Gauvain, après avoir trouvé en chemin plusieurs aventures dont il était heureusement sorti, était près de succomber dans la grande aventure du pont même, et un instant plus tard, le neveu d'Artus était noyé. Retiré de l'eau, son premier soin est de demander des nouvelles de son ami et de la reine. Il se fait conduire à la cour de Bademaguz, espérant que Genèvre sera instruite de ce que Lancelot est devenu. Il reçoit de la reine un excellent accueil, mais elle ne sait rien de son chevalier, et se désole de sa perte. Bademaguz partage son inquiétude, et envoie des messagers dans tout son royaume pour en avoir des nouvelles. Peu de jours après, le roi reçoit une lettre; Lancelot l'y remerciait de tous ses soins pour lui, pour la reine, Keux et les autres prisonniers. Il ajoutait qu'étant arrivé dans les états d'Artus, il les priait d'y revenir tous, sous la conduite de Gauvain. Dès le lendemain, ils prirent congé du roi. Bademaguz les conduisit jusqu'aux frontières de ses états. Artus, informé du retour de sa femme et de son neveu, envoie à leur rencontre. On félicite Gauvain d'avoir ramené Genèvre. Il déclare que l'honneur de cette conquête est dû à Lancelot, qu'il est impatient de serrer dans ses bras. Il est bien étonné d'apprendre que son ami n'a point reparu à la cour; il soupçonne qu'ils ont été trahis tous deux. En effet, c'était le traître Méléaganz qui avait écrit, au nom de Lancelot, cette lettre au roi Bademaguz, et qui avait aussi envoyé le nain à Lancelot, pour l'attirer dans un piége. Le chevalier, sans défiance, y était tombé, et il était détenu dans une prison.

Cependant le roi Artus, pour célébrer le retour de sa femme, fait publier un grand tournoi. Lancelot en est instruit dans sa prison. Celui qui en avait la garde était absent; il obtient de la femme de ce gardien la permission d'aller assister au tournoi, en lui donnant sa parole de revenir aussitôt qu'il sera fini. Cette bonne femme lui prête des armes et un cheval. Il se présente inconnu au tournoi, et y fait des prodiges de valeur. Mais, pour être plus sûr de n'être point reconnu, à la fin de la première journée, il fait semblant d'avoir peur, et devient volontiers la risée des chevaliers. Il avait cependant trouvé le moyen de se faire connaître de la reine, et d'en obtenir un rendez-vous. Le lendemain matin, en la quittant, il reçut d'elle l'ordre de déployer toute sa valeur. Dans cette seconde journée, il se venge de ceux qui se sont moqués de lui, et les renverse tous les uns après les autres, Au sortir du tournoi, dont il avait remporté le prix, Lancelot, fidèle à sa promesse, va se remettre en prison. La femme du gardien avait raconté à son mari, et celui-ci à Méléaganz, comment il était allé *faire armes*. On le change de prison ; on l'enferme dans une forteresse dont les portes sont murées ; une petite fenêtre grillée sert à lui faire passer sa nourriture.

C'est à cet endroit du roman que cesse le travail de Chrestien de Troyes, et que commence celui de son continuateur. Dans cette dernière partie, Méléaganz ose se présenter à la cour d'Artus, appeler Lancelot dont il dit n'avoir point de nouvelles, et, l'année étant révolue, l'accuser de manquer au combat qu'il avait accepté. Gauvain répond pour son ami. Méléaganz, de retour à la cour de son père, tient les propos les plus insultans sur son prisonnier. Il avait une sœur qui était bien loin de penser comme lui. Lancelot lui avait rendu un grand service : c'était elle qu'il avait délivrée d'un chevalier déloyal, à qui il avait tranché la tête. Les forfanteries de son frère lui donnent des soupçons ; elle finit par découvrir le lieu où Lancelot est détenu ; elle monte sur son bon palefroi, et après vingt jours de marche, arrive à la forteresse. Elle trouve le moyen de parler au chevalier, et de lui fournir des instrumens avec lesquels il élargit sa fenêtre, et sort enfin de sa prison. Le long séjour qu'il y avait fait l'avait extrêmement affaibli. Sa libératrice le fait monter sur son palefroi, qu'elle mène doucement par des chemins détournés ; elle le dépose enfin chez des gens qui lui étaient dévoués, et qui s'empressent de le dédommager de toutes ses souffrances. Bien rétabli par les soins de ces bonnes gens, et monté sur un cheval qu'ils lui ont donné par ordre de sa libératrice, il retourne à la cour d'Artus, jurant de se venger du traître qui lui avait joué un si horrible tour. Méléaganz avait osé reparaître lui-même à cette cour, et sommer Gauvain de tenir l'engagement qu'il avait pris. Gauvain avait accepté le combat ; il était prêt à monter sur son destrier, lorsque Lancelot arrive. Les deux amis s'embrassent ; Lancelot raconte devant toute la cour comment il a été trahi et renfermé par Méléaganz, et la vie qu'il a menée dans sa prison, et enfin sa délivrance. Méléaganz, pétrifié à l'apparition de son prisonnier, tâche de faire bonne contenance, mais il prévoit le sort qui lui est réservé. Il se reproche d'avoir manqué de précautions, mais il est trop tard.

> Li vilains dist bien chose estable (constante, vraie)
> Qui trop à tard ferme l'estable
> Qant li chevax an est menéz ;
> Bien sai c'or serai démenéz
> A grant honte et a grant laidure.

Le combat est terrible, mais il n'est pas long. Méléaganz reçoit le prix de ses crimes ; Lancelot le renverse, délace son heaume et lui coupe la tête. Le vainqueur est ramené au palais d'Artus, où des fêtes lui sont préparées.

> Ci faut li Romanz an travers
> Godefroiz de Leigni li clers
> A parfinée la *Charette,*
> Mès nus hom blasme ne l'an mete
> Se sor Crestien a ovré,
> Car ça il fait par le boen gré
> Crestien qui le comança ;
> Tant en a fet dès lors an ça
> Ou Lanceloz fu anmurez ;
> Tant com li contes est durez,
> Tant en a fet : ni vialt plus metre
> Ne moins, por le conte malmetre.

G.

THOMAS,

MOINE DE FROIDMONT.

De Visch, Bibl. Cist. p. 247.

CE Thomas était Anglais de nation ; mais il passa la plus grande partie de sa vie en France, et y composa ses ouvrages. Par un ancien manuscrit que cite Manrique, et qui était conservé dans la bibliothèque de Clairvaux, on apprend que Thomas était né à Beverley, *haud procul ab Himbro flumine magno,* et que son père s'appelait Hulnon et sa mère Sibille.

Oudin, t. II, p. 1688.

Thomas avait pour sœur Marguerite, qui fut célèbre dans son temps par son courage et des aventures extraordinaires, comme nous aurons occasion de le remarquer. Elle-même prit dans la suite, sur l'invitation de son frère, l'habit de l'ordre de Cîteaux.

Marguerite était née à Jérusalem, où ses parens étaient allés, par dévotion, visiter les lieux saints. Elle avait onze ans lorsque Thomas naquit en Angleterre, où ses parens étaient revenus, et où il paraît qu'ils ne vécurent pas long-temps après la naissance de Thomas. En effet sa sœur se trouva seule chargée de son éducation, comme il nous le dit lui-même dans une élégie où Marguerite lui adresse la parole en ces termes :

Manriq., ad ann. 1174, c. 3, n. 9 et 10.
Ibid. ad ann. 1187, c. 8. n. 1 et seq.
Ibid. ad ann. 1192, c. 3, n. 1 et seq.

> *A me nutritus, undenis me minor annis :*
> *Quem tenerum soleo ferre, referre scholis.*

Manriq. loc. primùm cit.

Il paraît que le fameux Thomas de Cantorbéry s'attacha Thomas de Beverley (nous ne savons à quel titre), dès que ce dernier fut dans l'adolescence. Sa sœur Marguerite retourna alors à Jérusalem, qu'elle trouva assiégée par les troupes de Saladin. Elle parvint à pénétrer dans la ville, en traversant le camp des ennemis, prit un habit d'homme et des armes, se mêla aux défenseurs de la sainte cité, et y fut blessée.

Ibid.

> *Ad natale solum, grandis jam facta, reversa*
> *Tunc, cum Jerusalem, capta dolore gemo.*
> *Hic obsessa manens spatio ter quinque dierum*
> *Impleo pro posse sæva virago virum.*
> *Assimilata viro. galeam gero, mœnia gyro,*
> *In cervice lebes, cassidis instar habet.*
> *Fœmina fingo virum, tophus prætendo sapphyrum*
> *Plena metu disco dissimulare metum.*

Ibid.

Et peu après elle ajoute :

> *Æstus erat, nec erat requies pugnantibus : ergo*
> *In muro fessis pocula trado viris.*
> *Cum venit ecce mihi petra simillima molæ,*
> *Cujus fragmento cæsa cruore fluo.*
> *Sed citò sanatur, cui mox medicina paratur,*
> *Vulnus : at signum vulneris usque manet.*

Ibid.

Tome XV.   L l

Tandis que Marguerite combattait ainsi dans l'Orient, son frère était venu en France avec Thomas de Cantorbéry, qui fuyait les persécutions qu'il s'était attirées en Angleterre. Ce fut sans doute à l'époque où Thomas de Cantorbéry prit l'habit de Cîteaux à Pontigny, que notre Thomas se décida à se retirer aussi dans l'abbaye de Froidmont, au diocèse de Beauvais.

Cependant Marguerite, après des événemens qu'il serait ici superflu de raconter, avait été prise par les ennemis, employée, dans son esclavage, aux plus rudes travaux ; puis, rachetée avec une foule d'autres captifs, elle avait visité Rome et l'Italie, l'Espagne, et un grand nombre d'autres pays. Enfin elle songe à s'enquérir de son frère.

Manriq., ad ann. 1192, cap. III, n. 3.

> *Unica spes superest germanum quærere fratrem,*
> *Qui sicut frater sic et alumnus erat.*
>
> . . . .
>
> *Nunc investigans Francorum finibus, eccè*
> *Audio jam monachum : Francia te repeto.*
> *Belluacum veniens, ubinam sit, sciscitor : indè*
> *Monstratur Fres-mons, quo manet ille, locus.*

Thomas, en voyant sa sœur, ne veut point la reconnaître : mais elle lui rappelle leur enfance, il ne peut plus avoir aucun doute :

Ibid.

> *Hæc inter, signis credit, lacrymamur uterque,*
> *Casus pando meos, meque loquente, gemit.*
> *Posthac hortatur mundi contemnere vitam :*
> *Quæ reddat monacham, me docet ille viam.*

Ibid. n. 4.

D'après les conseils de son frère, et grace à la libéralité de Louis, comte de Blois et de Clermont, Marguerite entra dans un monastère de filles, du diocèse de Laon, appelé Montreuil ou la Sainte-Face, où elle passa dans le repos le reste de ses jours.

Lebeuf, Dissert. sur l'hist. de Paris, t II, p. 61.

Quant à son frère Thomas, il ne quitta point non plus le monastère de Froidmont, et s'y adonna avec succès à la culture de la poésie. Il passe, suivant Lebeuf, pour avoir été un des meilleurs poètes de son temps. L'élégie dans laquelle il fait raconter à sa sœur les singuliers événemens de sa vie, et dont nous avons copié ici plusieurs fragmens, donne en effet une idée favorable de ses talens. C'est le seul ouvrage de ce genre qui nous reste de lui.

Mais il avait de plus composé en prose un *Traité du mépris du monde*, qu'il avait adressé à sa sœur Marguerite ; et une *Vie de saint Thomas de Cantorbéry*, que Dusaussay dit avoir vue.

De Visch, Bibl. cist., p. 247.

Il mourut à Froidmont, l'an 1292, suivant Henriquez, qui n'appuie cette date d'aucune preuve. Aussi, sans assigner à sa mort une date précise, nous le plaçons parmi les écrivains de la fin du XIIe siècle, quoiqu'il appartienne peut-être au XIIIe.   A. D.

Henriquez. Phœn. reviv. p. 158 et 159.

GUILLAUME DE LONGCHAMP,

ÉVÊQUE D'ÉLY.

Il était petit-fils d'un paysan de Beauvaisis, suivant Simon dans son supplément à l'histoire de cette province, et suivant la chronique de Jean Bromton ; Rapin Thoyras le fait naître d'un fermier de Normandie. Une affection particulière de Richard Cœur-de-Lion le porta, dès l'avènement de ce prince au trône, en 1189, à l'évêché d'Ely. Un grand nombre de prélats assistèrent à son intronisation, qui fut faite avec tant d'éclat et de solennité qu'un poëte disait :

Part. II, p. 59.

Hist. angl. scr., t. I, p. 1228. T. II, p. 255. G. de Newbr., lib. IV, c. 2, p. 357. Angl. sacra, t. I, p. 632.

> *Prævisis aliis, elyensia festa videre,*
> *Est quasi prævisâ nocte videre diem.*

Il paraît même que, pendant qu'on célébrait cette fête, des voleurs ouvrirent le tombeau du prédécesseur de Guillaume, pour enlever l'anneau pastoral avec lequel on l'avait enterré ; les évêques rassemblés prononcèrent soudain un anathême contre les coupables et leurs complices.

Ibid. p. 633.

Guillaume de Longchamp était déja chancelier d'Angleterre, quand il fut nommé évêque d'Ely. Adam de Perseigne lui donne ce double titre et voudrait qu'il renonçât au moins au second, dans une lettre assez mémorable qu'il lui écrit et que Martène a imprimée, d'après un manuscrit de Clairvaux, dans le premier volume de ses anecdotes ; elle commence ainsi : *Quod sublimitati vestræ tam frequentibus litteris vel nuntiis importuni sumus, partim facit familiaritas vestra quâ immeriti fruimur, partim necessitas nostra quâ*

Bromt., p. 1161. — Raoul de Dic., p. 648. — Angl. sacra, t. II, p. 389.

P. 693 et suiv.

gravamur. L'objet de la lettre est de l'engager à quitter le service du roi ; mais il l'y exhorte d'une manière indirecte et détournée ; il lui parle des Pharaons, de Moïse s'éloignant de la cour d'Egypte, de la mer rouge, du désert, de la terre promise, des malheurs de la vanité, des dangers de l'ambition, des progrès du vice, de l'impunité du crime, de la décadence et de la chute de toutes les vertus.

La dignité de chancelier ne fut pas la seule des dignités civiles à laquelle Richard éleva Guillaume de Longchamp. La même année encore, en 1189, ce roi, sur le point de partir pour la Terre-Sainte, lui confia, pendant son absence, la suprême autorité (on peut voir le mandement de Richard à ce sujet dans la collection des historiens d'Angleterre). L'évêque de Durham, Hugues, devait partager cette régence avec lui ; mais Guillaume, plus entreprenant, plus adroit, plus puissant par les autres places qu'il occupait déja, parvint après quelques luttes à être seul le véritable maître de l'empire. Mathieu Pâris, dans son histoire d'Angleterre, depuis Guillaume-le-Conquérant jusqu'à Henri III, l'appelle *prince* et *pontife* des Anglais : Guillaume unissait effectivement à tout le pouvoir que lui donnait la délégation du roi, celui qu'il avait reçu du pape Clément III, lequel l'avait nommé, en 1190, son légat pour l'Angleterre et l'Irlande. Il n'usa pas avec douceur de tant de puissance. Guillaume de Newbridge le qualifie d'homme *ferocis animi, audaciæ astutiæque pene singularis.* Jean Bromton, Henri de Knyghton, Gervais de Cantorbéry, et tous les autres écrivains parlent également de son arrogance, de ses exactions et de sa tyrannie. Il s'emparait des biens des églises, même des particuliers, pour les donner à ses parens ou à ses favoris, dit Bromton en particulier, qui venait de lui reprocher de voyager avec un appareil si magnifique, avec tant d'hommes, de chevaux, que la maison où il avait passé une seule nuit pouvait à peine réparer, en trois ans, le dommage qu'elle en avait souffert. Bromton entre dans quelques autres détails sur les exactions de ce prélat, et finit par dire que Guillaume de Longchamp traitait les Anglais comme son aïeul, dont apparemment il honorait la mémoire, avait traité les bœufs des campagnes de Beauvais. Un autre écrivain présente une idée semblable, en l'appliquant néanmoins à un fait particulier : *huic omnes filii nobilium,* dit-il, *serviebant vultu demisso, nec in cælum aspicere audebant, nisi forte*

T. I, p 655. Voir aussi les p. 1170 et 1171.

R. Thoyr., t. II, p. 255, 261 et suiv.

Hist. angl. scr., t. I, p. 655 et 1171. — Angl. sac., t I, p. 633. — Duboulay, t. II, p. 488. Liv. IV, c. 12 et 14. Voir aussi le c. 33, et le liv. V, c. 21. P. 1193. P. 2402. Angl. sacr., t. II, p. 389 et suiv.

Duboulay, Hist. univ., t. II, p. 488.

vocati ab eo, et si aliter attentassent, aculeo pungebantur quem dominus præ manibus habebat, memor piæ recordationis avi sui qui, servilis conditionis, in pago bellovacensi et aratrum ducere et boves castigare consueverat. Ces derniers mots sont les mêmes dont Jean Bromton fait usage. A la mort de Clément III, suivant le même auteur, Guillaume de Longchamp avait acheté, à prix d'argent, auprès du successeur de ce pape, Célestin III aussi, la continuation des fonctions de légat en Angleterre et en Irlande. Richard instruit enfin de tant d'oppressions et de concussions, lui ôta un pouvoir exercé d'une manière si redoutable pour ses sujets. Déposé, il se refugia dans la Tour de Londres, y soutint un siége, et n'en sortit que par l'effet d'une capitulation. Bientôt obligé de fuir, il se déguisa en femme, et reconnu sous ces habits par des mariniers de Douvres, il fut reconduit à Londres. O douleur! s'écrie à ce sujet un annaliste. *Vir factus est fœmina, cancellarius cancellaria, sacerdos meretrix, episcopus scurra.* L'auteur raconte ensuite avec plus de détails que de pudicité toute l'histoire du déguisement et la manière dont on le découvrit. A Londres, Guillaume obtint la permission de se retirer dans le lieu qu'il voudrait choisir. Il vint en Flandre, suivant les uns, et suivant d'autres, en Normandie. De là, il écrivit au pape et à plusieurs évêques, pour tâcher de faire excommunier ceux qui présidaient, en Angleterre, à l'administration de l'état. Il chercha en même temps à mettre dans ses intérêts la reine Eléonore, mère de Richard, et le prince Jean, son frère ; et d'un autre côté Philippe–Auguste. De tous ceux qu'il implora, le pape lui fut le plus favorable; il ordonna même à tous les évêques d'Angleterre, par une lettre du 2 décembre 1191, dans le cas où les faits qu'on lui avait dénoncés seraient certains, de proclamer dans leurs églises, au son des cloches et les cierges allumés, les auteurs, fauteurs et complices de l'expulsion et de l'emprisonnement de l'évêque d'Ely, et d'interdire l'office dans les terres des coupables, menaçant tous les prélats d'un anathême semblable s'ils négligeaient d'obéir à l'ordre qu'il leur envoyait. Malgré cette menace et les efforts redoublés de Guillaume de Longchamp, la lettre du pape ne produisit en Angleterre aucun effet réel et décisif. Guillaume mourut peu de temps après, le 31 janvier 1197, à Poitiers, et fut enterré dans l'abbaye du Pin, de l'ordre de Cîteaux, à quelques lieues de cette ville, comme on

Hist. angl. scr. X, t. I, p. 1122.

Ibid. p. 1194 et 1226. — Voir Angl. sacr., t. II, p. 398. Raoul de Dic. p. 665. — Bromt. p. 1226.

Bromt. ibid

P. 1227. — V. aussi Angl. sacr., t. II, p. 401. Raoul de Dic. p. 665. — Bromt. p. 1228.

Hist. angl. scr., p. 1228 et suiv.

Act. des conc., part. II, p. 1911. — Hist. angl. scr., p. 1228.

Bromt., p. 1229, 1230, 1234 et 1235.

C. 10, n. 5.
P. 302, 478 et 632.
— Voir aussi le t.
II, p. 389-408; et
la chron. de Gerv.
p. 1597.

peut le voir dans les annales de cet ordre même, sur l'an 1141, ainsi que dans le premier tome de l'*Anglia sacra*. Etienne de Tournai, dans une de ses lettres, la 169e, l'appelle *vir Magnus*. La qualification de *grand* ne peut être donnée qu'au pouvoir qu'il exerça. C'est par erreur, je crois, que le Père Dumolinet suppose qu'Etienne de Tournai désigne ici, non Guillaume de Longchamp, mais Eustache son successeur dans l'évêché d'Ely, puisque le prélat dont il est question y est expressément qualifié *chancelier d'Angleterre*.

V. cette lettre avec
les notes du P. de
Molinet, p. 261 et
suiv.

La lettre d'ailleurs a été certainement écrite lorsqu'Etienne de Tournai était encore abbé de Sainte-Geneviève, avant 1192 par conséquent : or Eustache, le successeur de Guillaume de Longchamp, ne devint évêque d'Ely qu'en 1197.

Pierre de Blois n'avait pas partagé l'opinion défavorable que la conduite de Guillaume de Longchamp avait excitée.

Lett. 87, p. 157 et
suiv. de la 1re édi-
tion.

Dans une lettre qui a pour objet de consoler ce prélat, il s'élève avec une grande force contre ceux qui ont donné au roi le conseil de l'éloigner de l'administration du royaume. Pierre de Blois n'attribue cette disgrace qu'aux efforts heureux de l'envie, et il ne craint pas de rappeler à ce sujet Caïn armé contre Abel, Saül contre David, Joab contre Abner, et ce qui est presque une impiété, l'envie conduisant Jésus-Christ à la mort. Tout ce que les moralistes hébreux ont dit sur ce vice et sur ses funestes effets, l'auteur le recueille ici et l'applique au malheur de Guillaume de Longchamp. Il ne recueille pas moins de passages sur la vérité, l'amour de la vérité, la haine de la vérité, la médisance, le mensonge, la douleur, la patience, la grandeur d'ame, la justice et l'injustice. Pierre de Blois s'était adressé plusieurs

Lett. 108, p. 197
et 198.

fois à lui, dans les temps de sa faveur. Dans une lettre aussi que nous avons encore, il assure que Dieu en a fait une des colonnes de l'empire, un des gonds du ciel, un des géants qui portent le monde : *vos enim constituit dominus inter columnas regni, inter cardines cœli, inter gigantes qui portant*

Lett. 156, p. 283.
Busée dit mal-à-
propos *Geoffroi* au
lieu de *Guillaume*,
à la marge de cette
page.

orbem; et dans une troisième, il le supplie avec instance de payer pour lui six livres qu'il doit à un juif, et il ne manque pas, à cette occasion, de dire quelques injures sur son créancier, sur la nation des Juifs en général, sur le supplice de la croix que cette dette lui avait fait souffrir, sur l'usure, sur la perfidie, et sur l'espérance que lui donnent de sa rédemption la miséricorde et l'amitié de Guillaume de Longchamp.

Hist. angl. scr. p.
401.

Roger de Heveden nous a conservé une lettre plus noble

de Pierre de Blois à Hugues, évêque de Coventry, écrite en faveur de notre prélat.

L'*Anglia sacra* parle de plusieurs dons faits aux pauvres et sur-tout aux églises par Guillaume de Longchamp. Il paya du trésor de sa cathédrale et de quelques effets précieux vendus, une somme considérable pour la rançon du roi Richard. *T. I, p. 633.*

Le catalogue des manuscrits d'Angleterre fait mention d'une vie de Guillaume de Longchamp (qui apparemment n'est pas encore imprimée), parmi les manuscrits du collége de Saint-Benoît de Cambridge. *Part. 3, n. 1212.*

Guillaume avait un frère nommé Robert, qu'il fit prieur du monastère de sa cathédrale, après l'an 1189, et qui devint abbé de Notre-Dame d'Yorck, le 17 mars 1197. *Angl. sacra, t. I, p. 683 et 684.*

SES ÉCRITS.

Nous avons quelques lettres de Guillaume de Longchamp.

La première est adressée à Gautier, archevêque de Rouen. Gautier avait été d'abord chanoine de Lincoln, archidiacre d'Oxford, évêque de Lincoln aussi, puis élevé au siége de Rouen par l'influence et la volonté du roi ; c'était encore Henri II. Richard, alors en Palestine, ayant reçu, quelques années après, des plaintes fortes et nombreuses sur la conduite de Guillaume de Longchamp dans l'administration de l'empire, il avait écrit au prince Jean, son frère, de déposer le régent et de lui substituer Gautier, si les plaintes étaient fondées ; et, dans tous les cas, de le lui associer, ainsi que deux autres seigneurs, pour concourir tous ensemble au gouvernement de l'état. Le monarque en écrivit lui-même, dans ce dernier sens, à l'évêque d'Ély : Nous voulons, disait-il, que vous ne fassiez rien que de concert ; que Gautier demande en tout votre consentement ; que vous demandiez en tout le sien. Il termine sa lettre par un ordre d'exécuter ce qu'il a chargé Gautier de lui dire, touchant l'archevêque de Cantorbéry. *Hist. ang. scr., t X, p. 660 et 1223 — Pommeraye, H. des archev. de Rouen, p. 395. Pommeraye. p. 374. — Hist. angl. scr.. p. 615 et 1461. hist. angl. scr., p. 1194.*

Ibid. p. 659.

A son retour en Angleterre, l'archevêque de Rouen y trouva l'évêque d'Ély tellement affermi dans sa puissance, qu'ils n'osèrent, ni lui, ni le frère du roi, faire usage des ordres de Richard. Guillaume continua donc à gouverner seul. Gautier ayant voulu se rendre à Cantorbéry dont le siége était vacant, Guillaume, y craignant sa présence, lui *Ibid. p. 660.*

défendit, en vertu de l'autorité qu'il exerçait comme régent, d'aller en cette ville, jusqu'à ce qu'il eût conféré avec lui. C'est l'objet de la lettre que nous avons annoncée, et qui est de 1191. « Quand je vous vis à Londres, lui dit-il, et que je vous demandai pourquoi vous vouliez aller à Cantorbéry, vous me répondîtes que c'était, d'une part, pour savoir s'il était vrai, comme on vous l'assurait, que ces religieux étaient irrités contre vous, et, de l'autre, s'il était vrai aussi que le prieur eût été déposé. J'ai appris cependant qu'un autre motif vous y conduisait, celui de traiter avec eux du choix d'un archevêque. Certes, je ne suis pas peu surpris que vous veuillez profiter ainsi de mon absence pour faire ce que vous ne devez ni ne pouvez faire sans nous qui présidons, au nom du roi, à l'administration de l'état, et qui, comme chancelier, tenons en nos mains l'archevêché de Cantorbéry et toutes les appartenances de son église. Une affaire si importante, si difficile, et qui intéresse tout le royaume, ne pouvant être traitée qu'en la présence du roi ou en la nôtre, nous vous mandons et enjoignons de n'aller à Cantorbéry, ni pour cet objet ni pour tout autre, qu'après que nous vous aurons parlé : je ne le souffrirais pas avec patience, et je ne cacherais pas mon ressentiment. »

La seconde lettre, également de 1191, et écrite au vicomte de Sussex, lui ordonne de faire arrêter l'archevêque élu d'Yorck, s'il aborde sur un des rivages de ce comté, ou toute autre personne qui pourrait y venir pour lui; elle ordonne pareillement à ce vicomte de retenir toutes les lettres qui pourraient arriver de la part du pape ou de quelque autre grand personnage. Cet archevêque était Geofroi, fils naturel de Henri II, qui avait obtenu d'Alexandre III les dispenses que son illégitimité rendait nécessaires, que le chapitre d'Yorck avait élu d'une voix unanime, et dont le pape Clément III avait approuvé l'élection. Tant de motifs n'arrêtaient pas Guillaume de Longchamp; et sa lettre peut servir à confirmer ce que nous avons dit de son caractère. Geofroi avait été chancelier d'Angleterre, avant l'évêque d'Ély. Il revenait alors de Rome, où il était allé se faire sacrer, au préjudice du droit qu'avaient les archevêques de Cantorbéry d'être les consécrateurs nécessaires des archevêques d'Yorck, droit réclamé dans une lettre signée par l'évêque d'Ély comme légat apostolique, et par les autres évêques de la province de Cantorbéry. Geofroi ayant débarqué à Douvres,

Raoul de Dic. *ibid.* p. 662. — Angl. sacra, t. II, p. 390.

Hist. angl. scr., t. X, p. 653, 1153, 1156 et 1724.

Ibid. p. 613.

Ibid. p. 1724. — Raoul de Dic. p. 662, et l'Ang. sacra, t. I, p. 173, disent qu'il avait été sacré à Tours. Angl. sacra, t. I, p. 73.

il y fut arrêté au moment même où il venait de célébrer la messe, revêtu encore de ses habits sacerdotaux , et traîné ignominieusement en prison, par les ordres de Guillaume de Longchamp. Les religieux de l'abbaye de Cantorbéry s'en plaignirent à ce ministre, l'attentat ayant été commis dans le diocèse dont Cantorbéry était la métropole : Guillaume leur répondit par une lettre que le moine Gervais nous a conservée dans sa chronique. Il y prétend que ce n'est pas lui qui avait donné l'ordre d'emprisonnement : « Nous avions seulement ordonné, dit-il, que si, en débarquant, il se refusait à un serment de fidélité envers le roi, on le fît repartir. » Les réclamations cependant furent tellement multipliées et tellement universelles, les menaces du prince Jean sur-tout si fortes, que Guillaume de Longchamp ne crut pas devoir priver plus long-temps Geofroi de sa liberté.

Nous avons encore deux autres lettres de l'évêque d'Ély , toutes deux adressées à l'évêque de Lincoln ; toutes deux ayant pour objet de livrer ses ennemis aux anathêmes de l'église de Rome. Il y dit :

« Guillaume, par la grace de Dieu, évêque d'Ély, légat du saint-siége , chancelier du seigneur roi, à son vénérable frère et très-cher ami, l'évêque de Lincoln, salut et amitié sincère. Votre fermeté nous est si connue, que nous nous adressons à vous avec une grande sécurité pour le soutien des intérêts de l'église et du roi. En vertu donc de l'autorité qui nous est confiée et de l'obéissance qui nous est due, nous vous mandons de faire publier et exécuter la bulle de l'excommunication que le pape a prononcée contre Gautier , archevêque de Rouen, et beaucoup d'autres, tous ennemis de la paix et de la majesté royale , tous cherchant à semer dans le royaume l'esprit de faction et de discorde. » Guillaume, en conséquence, défend l'exercice de tous les sacremens , la pénitence et le baptême des enfans exceptés. Il ordonne de saisir le revenu de tous ceux sur lesquels il étend les anathêmes. Il ne reconnaît pas et ne permet pas de reconnaître l'autorité civile que l'archevêque de Rouen et quelques autres sgigneurs exerçaient dans l'état, par une délégation expresse du roi.

Ces lettres, qui furent sans succès, doivent être du mois de janvier 1192, ou, suivant la manière de compter d'alors, encore 1191 ; celles du pape Célestin III sont du mois de décembre.

Tome XV.   M m

Ibid., et Hist. angl. scr., p. 662, 1224 et 1576.

Hist. angl. scr , p. 1577. — Angl sacra, t. I, p. 73 et 74.

Hist angl. scr.. p. 1225. — Pommeraye, p. 597. — Angl. sacra, t. II, p 390 et suiv. Hist. angl. scr., p. 1229-1291.

P. 48 et 49.

Duchesne a placé parmi les preuves de l'histoire de la maison de Béthune, une charte postérieure de deux ou trois années, et donnée par Richard Cœur-de-Lion, dans laquelle Guillaume de Longchamp prend encore la triple qualité d'évêque d'Ély, de légat du saint-siége, et de chancelier d'Angleterre. Il en est de même dans un diplôme recueilli par dom Martène, en faveur des hospitaliers de la maison de Saint-Jean-de-Jérusalem, le 5 janvier 1194. Ce diplôme est daté de Spire : Guillaume de Longchamp s'y était rendu au-devant du roi, qui ayant fait naufrage en revenant de la Terre Sainte, était tombé entre les mains du duc d'Autriche, son ennemi, quoique, dans cette crainte même, il se fût habillé en pélerin, pour traverser l'Allemagne.

Anecd., t. I, p. 659

C'est à Guillaume de Longchamp qu'est dédié un ouvrage du XIIe siècle, qui eut alors quelque vogue, et dont nous connaissons encore le titre, le Miroir des fous, *Speculum stultitiæ*.   P.

V. Thom. Reinc-rius, dans une de ses lettres, p. 197.

HUGUES FOUCAUT,

Abbé de Saint-Denis en France.

HISTOIRE DE SA VIE.

Hugues Foucaut, *Fulcaudus, Fulcandus,* qui fut abbé de Saint-Denis depuis l'année 1186 jusqu'en 1197, n'aurait aucun titre pour entrer dans cette histoire, s'il fallait le distinguer du *Hugo Falcandus* qui a composé une relation très-circonstanciée des troubles arrivés en Sicile sous le règne de Guillaume Ier, et pendant la minorité de son fils Guillaume II. Il faut donc, avant que de parler de lui, établir l'identité de ces deux personnages.

Murat. Rer. ital., t. VII, p. 250.

On convient assez généralement que l'historien des troubles de Sicile n'était pas Sicilien. C'est ce qu'il donne à entendre lui-même en plusieurs endroits, et sur-tout dans le détail qu'il fait des productions du territoire de Palerme. « Je ne » parle, dit-il, que des fruits particuliers à cette contrée. » Car pour les fruits ordinaires et qui naissent dans nos cli-

» mats, j'ai cru inutile d'en faire la description. » On voit même qu'il n'était plus en Sicile lorsqu'il écrivit son ouvrage. Il l'adresse à Pierre, trésorier de l'église de Palerme, en le priant de l'informer de ses nouvelles et de celles du royaume. *Vive diu, Petre carissime, diuque gaudeas ; et de statu regni tuoque vicarias, pro te litteras mittere non graveris.* Mais s'ensuit-il que l'auteur était Français? S'ensuit-il que l'historien de la Sicile soit le même que l'abbé de Saint-Denis? C'est ce que nous allons examiner. Ibid. col. 258.

Personne, avant le dernier rédacteur de l'Art de vérifier les dates, n'avait soupçonné que ces deux personnages pourraient bien n'être qu'une seule et même personne. M. de Brequigni, dans un mémoire lu à l'académie des inscriptions, a jeté quelques doutes sur l'assertion du bénédictin, mais n'a pas détruit ses preuves. En effet deux lettres de Pierre de Blois, qui lui-même avait été appelé en Sicile pour être le précepteur du roi mineur, semblent ne laisser aucun doute sur cette question et devraient peut-être suffire pour la décider. T. III, p. 813.

La première, qui est la 116e, est adressée à *H. abbé de Saint-Denis,* et dans cette lettre il le prie de lui envoyer le traité qu'il avait composé sur les dernières révolutions de la Sicile : *Rogo quatenus tractatum quem de statu aut potius de casu vestro in Sicilia descripsistis, communicetis mihi, si fieri potest, ... ut inter veteres amicos mutua scriptorum missio gratâ vicissitudine intercurrat.* Pet. Bles., ep. 116

Dans la seconde, qui est la 131e, à son neveu, il appelle en témoignage l'abbé de Saint-Denis sur la conduite qu'il a tenue en Sicile. *Tu verò frequenter ex ipsius papæ qui nunc est, ac plerisque cardinalibus ejus qui in diebus meis legatione functi sunt, fratris etiam mei,* ET ABBATIS SANCTI-DIONYSII, *aliorumque magnatum qui in terra sunt, relatione cognoscere potuisti, quod cùm in Sicilia essem sigillarius et doctor Regis Guillelmi II, tunc pueri, atque post reginam et Panormitanum electum dispositio regni satis ad meum penderet arbitrium, quidam mei æmuli, etc.* L'abbé de Saint-Denis avait donc séjourné en Sicile en même temps que Pierre de Blois. Ep. 131.

Après des témoignages si formels il n'est guère possible de ne pas attribuer à l'abbé de Saint-Denis l'ouvrage de Hugues Falcand sur la Sicile. S'il y a quelque altération dans le nom propre, si on a imprimé *Falcandus* au lieu de *Ful-*

Murat. *ibid.* p. 250.

caudus, ce ne peut être qu'une erreur de copiste, erreur dans laquelle il était si facile de tomber. Carusius observe que le manuscrit conservé à Catane dans la bibliothèque de Saint-Nicolas *de Arenis* ne porte point le nom de l'auteur ; et dans celui de la bibliothèque royale n° 6262, c'est M. Baluze qui a écrit de sa main *Hugo Falcandus*, sans doute sur l'autorité des éditions qui toutes ont été faites sur la première de Gervais de Tournai dont nous parlerons par la suite.

Je sais qu'en accordant, d'après la lettre de Pierre de Blois, que l'abbé de Saint-Denis aurait fait une relation des malheurs qui lui étaient arrivés en Sicile, *de casu vestro*, on pourrait soutenir que cet ouvrage était différent de celui qui nous reste, d'autant plus que dans celui-ci l'auteur ne fait aucune mention de ce qui lui était arrivé personnellement. Mais il faut observer que Pierre de Blois, lorsqu'il écrivait sa lettre, n'avait pas encore vu l'ouvrage ; que les mots *de casu vestro* peuvent s'entendre de tous les Français que la conspiration des grands de la cour avait chassés de la Sicile. Au reste s'il a existé une autre histoire que celle qui porte le nom de Hugues Falcand, elle est inconnue, et rien n'oblige à y croire jusqu'à ce qu'on l'ait vue.

Après ces éclaircissemens nous sommes en droit de revendiquer comme appartenant à la France cet écrivain qui fut un des plus heureux génies et des mieux cultivés de son siècle. Nous ne pouvons pas dire si ce fut en France ou en Italie (1) qu'il s'était formé à l'art d'écrire ; mais il est certain qu'après l'orage qui en 1169, pendant la minorité de Guillaume II, enveloppa tous les courtisans français qui étaient en Sicile, Hugues retourna en France. Il avait éprouvé l'instabilité de la fortune ; le genre de vie qu'il y embrassa fut le contraste de celui qu'il avait suivi jusqu'alors. Il connaissait le monde par expérience, il le quitta par dégoût, et se retira dans l'abbaye de Saint-Denis où il fit profession. Bientôt après, s'il faut s'en rapporter à un mémorial publié par Du Breuil, il se serait livré aux travaux apostoliques pour convertir les usuriers et les femmes de mauvaise vie. On pré-

Antiq. de Paris, liv. IV, p. 1238, éd. 1612.

(1) Hugues, dans la préface, appelle la Sicile sa nourrice, *verùm quia difficile est in morte nutricis alumno persuaderi ne lugeat ;* c'est une comparaison qui ne prouve autre chose que le long séjour qu'il aurait fait en Sicile.

tend que les fruits de ses prédications furent si abondans qu'ils donnèrent naissance à l'abbaye de Saint-Antoine, aux faubourgs de Paris, pour servir d'asyle aux nouveaux convertis. Si cela est, Hugues Foucaut fut le précurseur du fameux prédicateur Foulques de Neuilli, qui vers le même temps embrassa avec plus d'éclat ce genre d'apostolat.

Etant abbé de Saint-Denis, Hugues eut avec le roi Philippe-Auguste un grand différend dont nous ignorons le sujet. Voici ce qu'en dit Pierre de Blois. « Je connais vos
» angoisses et les chagrins que vous endurez ; je sais que
» vous avez été dépouillé de vos biens. J'ai entendu le ton-
» nerre que le roi faisait gronder sur vous par ses menaces;
» j'étais comme présent lorsqu'il excitait à la révolte contre
» vous vos propres domestiques. Le seigneur vous a mis à
» une terrible épreuve; mais j'espère que votre magnanimité
» qui a déja passé par tant d'autres, triomphera encore
» cette fois par la patience. Il vous promet la paix, à condi-
» tion que vous lui payerez une grosse somme d'argent :
» cette réconciliation me paraît peu sincère (*vulpinæ recon-*
» *ciliationis osculum*) après qu'il a fermé les oreilles aux
» prières du souverain pontife, aux sollicitations des évêques
» et des abbés de la province, aux cris douloureux des
» vierges consacrées à Dieu, aux larmes des religieux. Mon
» avis est qu'un pareil rapprochement acheté à prix d'ar-
» gent (*venalis confœderatio*) est avilissant, et qu'une faveur
» qui ressemble à une transaction mercantile ne peut être
» agréable ni à Dieu ni aux hommes. » S'agissait-il de la dîme saladine? C'est ce que nous n'osons décider. Nous ignorons aussi quelle fut l'issue de cette affaire. Hugues continua de gouverner son monastère jusqu'à sa mort arrivée le 22 octobre de l'an 1197.

Ep. 116.

SES ÉCRITS.

Avec le talent qu'avait Hugues Foucaut pour écrire, avec la réputation qu'il avait d'un savant auquel Pierre de Blois soumettait ses écrits, il est surprenant qu'il ne reste des productions de sa plume que son histoire de Sicile à laquelle il a donné pour titre *De tyrannide Siculorum*.

Ep. 116.

L'épitre dédicatoire adressée, comme on l'a dit, au trésorier de l'église de Palerme, débute par des lamentations pathétiques sur la mort du roi Guillaume II, arrivée en 1189,

Murat. *ibid.* p 252.

et sur les malheurs qui allaient fondre sur la Sicile en passant sous la domination des empereurs d'Allemagne, aux droits de l'impératrice Constance. Il désire que les Siciliens se choisissent un roi capable de les défendre contre les Allemands, mais il ne parle pas de Tancrède qui s'était emparé de la royauté : ce qui prouve que la composition de cet ouvrage, ou du moins l'envoi, suivit de bien près la mort du roi Guillaume. Au reste des maux qu'il prévoyait devoir fondre sur la Sicile, il prend occasion de faire de cette île, et particulièrement du territoire de Palerme, une description très-curieuse.

Le corps de l'ouvrage roule entièrement sur les troubles intérieurs de la Sicile sous le règne de Guillaume Ier, et pendant la minorité de Guillaume II. C'est pourquoi l'auteur passe sous silence les guerres que Guillaume Ier eut à soutenir au commencement de son règne contre l'empereur d'Orient et contre celui d'Occident; guerres suscitées, dit-on, par le pape Adrien IV, et dont ce prince sortit avec avantage. Après un tableau magnifique du règne de Roger et de l'état florissant où il avait laissé le royaume, Hugues passe tout de suite à l'élévation de Majon, qui d'une condition abjecte parvint sous Guillaume Ier à la dignité de grand-amiral. Ce dangereux favori valut à son maître le surnom de *mauvais* par l'abus qu'il fit de sa confiance, et par les maux dont il inonda la Sicile à l'abris de son nom. Dévoré par l'ambition il osa même porter ses vues sur le trône, et pour y arriver il prit à tâche de perdre les grands dans l'esprit du monarque, afin de les engager, à force de mauvais traitemens, à se révolter. Le voile dont il couvrit ses artifices ne fut pas assez épais pour les dérober aux yeux de la haute noblesse; on démasqua le traître, et le comte Bonelli lui fit porter la peine de ses forfaits en lui plongeant l'épée dans le sein.

La mort de Majon causa une joie universelle dans la Sicile, mais elle n'y rétablit pas le calme. Guillaume après avoir entr'ouvert les yeux sur la perfidie de son favori, les referma presque aussitôt pour revenir à ses préjugés. Il n'envisagea plus dans le meurtre de Majon que le coup d'essai d'une main qui lui préparait le même sort. Dans cette préoccupation, il jura la perte de Bonelli comme une précaution nécessaire à la sûreté de ses jours. Les partisans du comte prévinrent les desseins du monarque en s'assurant de sa personne. Devenu leur prisonnier, sa situation excita l'indignation du peuple qui le remit en liberté.

Les états de Sicile en terre ferme se ressentirent de la secousse qui alors agitait l'île; il y eut des soulèvemens dans plusieurs villes de la Calabre et de la Pouille. Guillaume se porta dans tous les lieux où sa présence était nécessaire, triompha par-tout, et laissa par-tout des traces horribles de sa vengeance. De retour à Palerme, dégagé d'inquiétude, et enivré de ses succès, il se plongea dans l'oisiveté et la débauche. Son indolence ouvrit une libre carrière aux rapines et aux concussions de ses ministres. C'étaient pour la plupart des Sarrasins, nation qu'il n'avait pas honte de préférer aux chrétiens. Tandis que ces sangsues avides s'abreuvaient du sang du peuple, le monarque s'amusait tranquillement à bâtir à Palerme un nouveau palais. Une maladie mortelle le surprit dans le cours de cette entreprise, et l'emporta, l'an 1166, chargé de la haine publique, que son surnom a perpétuée dans la postérité.

Son fils Guillaume II, âgé de quatorze ans, lui succéda sous la régence de la reine Marguerite de Navarre, sa mère. Cette princesse voyant les factions se renouveler, appela de France Étienne du Perche (1), son parent, pour partager avec elle, sous le titre de grand chancelier, la conduite de l'état. Bientôt après elle le fit élire archevêque de Palerme. Etienne amena avec lui ou attira en Sicile un grand nombre de Français, du nombre desquels fut Pierre de Blois, qui fut fait garde-des-sceaux et précepteur du jeune roi; la plupart des autres furent placés dans des emplois importants. Tant de confiance accordée à des étrangers fit naître des jalousies. Étienne gouvernait absolument sous le nom de la régente; il avait de la capacité pour les affaires, il aimait la justice, il montra dans plusieurs rencontres de la prudence et de la fermeté. Dans tout autre pays que la Sicile, son administration eût réuni tous les suffrages. Mais il avait affaire à une nation turbulente qui ne pouvait se plier à aucune sorte de gouvernement. L'ambition et la jalousie des grands conspirèrent pour lui faire perdre son crédit et sa place; on l'attaqua tantôt en secret, tantôt à force ouverte; il éluda les piéges avec adresse, il repoussa les assauts avec

Pet. Bles., ep. 90 et 131.

_____

(1) Voyez sur Étienne du Perche une dissertation de **M. de Brequigni**, t. 41 des Mémoires de l'académie des inscriptions, p. 622.

courage. Mais à la fin une conjuration subite et presque
générale ne lui laissa d'autre ressource que la fuite pour se
soustraire à la mort. Il quitta la Sicile en 1169 pour passer
en Syrie et de là à Jérusalem, où il mourut cette même
année. C'est par où finit cette histoire écrite avec tant d'élégance, d'exactitude et de jugement, qu'elle a mérité à son
auteur le titre de *Tacite de la Sicile*. Il me semble néanmoins
qu'on aurait dû plutôt le comparer à Tite-Live, dont il
approche davantage par sa manière d'écrire.

Parmi les traits singuliers qu'il rapporte, les suivans nous
ont paru les plus dignes d'être remarqués. La ville de Palerme
alors partagée en trois quartiers, renfermait un grand
nombre de manufactures d'étoffes en laine et en soie, enri-
chies d'or et de pierreries (1). *Multa quidem et alia videas
ibi varii coloris ac diversi generis ornamenta, in quibus et
sericis aurum intexitur, et multiformis picturæ varietas
gemmis interlucentibus illustratur.* Plus bas il dit que les
meilleures laines se tiraient alors de France, où les arts
étaient beaucoup moins avancés, *de gallico contextæ vellere.*

Parmi les végétaux qui croissaient ou qu'on cultivait aux
environs de Palerme, il nomme les siliques ou carroubes, et
sur-tout *la canne à miel*, nom, dit-il, qui lui vient de la
douceur du suc qu'elle renferme. Une légère cuisson donne à
ce suc la saveur du miel; mais si on le fait bouillir assez
long-temps, il prend la consistance et la qualité du sucre.
*Quod si in partem aliam visum deflexeris, occuret tibi
mirandarum seges harundinum, quæ cannæ mellis ab inco-
lis nuncupantur, nomen hoc ab interioris succi dulcedine
sortientes. Harum succus diligenter et moderate decoctus in
speciem mellis traducitur ; si verò perfectiùs excoctus fuerit,
in saccari substantiam condensatur.*

Les Arabes avaient tellement accrédité l'astrologie judiciaire parmi les Siciliens, qu'on n'osait y risquer aucune

Murat. *ibid.* col.
256.

Ibid. col. 258.

Ibid. col. 295.

---

(1) C'était des Grecs que les Siciliens avaient appris à fabriquer des
étoffes de soie et d'or. Le roi Roger ayant fait une expédition en Grèce,
emmena prisonniers en Sicile des ouvriers en soie tirés de Thèbes, de
Corinthe et d'Athènes, et les établit à Palerme, afin qu'ils apprissent leur
métier aux Siciliens. Ce fut ainsi, dit Othon de Frizingue, que cet art pratiqué jusqu'alors par les seuls Grecs parmi les chrétiens, commença d'être
connu des Latins. *Ex hinc prædicta ars illa, prius à Græcis tantum inter
christianos habita, Romanis patere cœpit ingeniis.* De Reb. Frederici, lib. I,
cap. 33.

action militaire sans avoir consulté les astres. Guillaume Ier ayant assiégé Buteria, remarquait les jours favorables aux attaques, et réciproquement Tancrède, son neveu, renfermé dans la place, observait les jours favorables aux sorties, et ne manquait pas d'en profiter.

A la mort de ce monarque, toute la ville de Palerme prit *Ibid.* col. 303. le deuil pour trois jours, selon l'usage, et ce deuil était en noir. Les dames sarrasines, plus touchées que les autres de cet événement, parce qu'elles y perdaient beaucoup plus, firent éclater leur douleur en courant nuit et jour par les rues, couvertes de sacs et les cheveux épars, précédées de leurs femmes, remplissant la ville de leurs cris, et répondant par des airs lamentables au son lugubre des tymbales : *Ad pulsata tympana cantu flebili respondentes.*

Il paraît qu'on parlait alors français à la cour de Palerme. *Ibid.* col. 322. Rodrigue, frère de la reine, sollicité par des mécontens de s'emparer de la régence, s'excuse sur ce qn'il ne savait pas la langue française, absolument nécessaire, disait-il, en cette cour : *Francorum se linguam ignorare, quæ maximè necessaria esset in curiâ.*

Si la langue française était en honneur dans la Sicile, on *Ibid.* col. 331. n'y adoptait pas également les coutumes qui s'observaient en France. Jean de Lavardin ayant été mis en possession des terres qui avaient appartenu au comte Bonelli, voulut exiger de ses vassaux la moitié de la valeur de leur mobilier, parce que tel était le droit coutumier de la France. On lui répondit qu'en France on ne jouissait pas d'une vrai liberté, *quæ cives liberos non haberet.* Dès ce moment, tous les habitans conspirèrent pour chasser les Français, et préluder ainsi aux Vêpres siciliennes.

On compte quatre éditions de cet ouvrage de Hugues Falcand. La première, de Paris, in-4°, donnée, en 1550, par Gervais de Tournai, chanoine de Soissons, sur un manuscrit de Mathieu de Longue-Joue, évêque de Soissons ; elle a passé depuis dans le recueil des historiens de Sicile, publié à Francfort l'an 1579, chez les Vechels ; en 1608 dans l'*Hispania illustrata ;* en 1723 dans la bibliothèque de Sicile de Carusius ; et enfin, l'an 1733, au tome VII du recueil des historiens d'Italie par Muratori, édition dont nous avons fait usage. Mais toutes ces éditions, à bien parler, ne sont que des répétitions de la première, à quelques légères corrections près, qui ne sont fondées sur l'autorité d'aucun manuscrit. B.

GUITER OU GUITHIER,

ABBÉ DE SAINT-LOUP A TROYES.

GUITER fut abbé de St-Loup pendant l'espace de 44 ans, depuis l'année 1153 jusqu'à 1197. Cependant sa longue administration ne fournit aucun événement remarquable qui mérite d'être recueilli. Il est auteur d'une petite histoire de son monastère, publiée par Nicolas Camusat, laquelle jette quelque jour sur les antiquités ecclésiastiques de la ville de Troyes.

Promp. Tricas., fol. 206-299.

La curiosité ayant porté l'auteur, avant qu'il fût élevé à la dignité d'abbé, à fouiller dans les archives du monastère pour connaître les révolutions que son église avait éprouvées, il remonte jusqu'au temps de Charles-le-Chauve et aux ravages des Normands, constatés, en ce qui regarde la ville de Troyes, par un titre du comte Adélerin, de l'an 893; qu'il nous a conservé après l'avoir déchiffré avec peine à raison de sa vétusté. Ce fut ce comte Adélerin, abbé en même temps de Saint-Loup, selon l'usage du Xe siècle où les grands seigneurs s'étaient emparés de presque tous les monastères, qui, après le départ des Normands, rétablit l'église de Saint-Loup, non hors de la ville, comme elle était auparavant, mais dans la ville même, qu'on jugea nécessaire alors de fortifier.

Depuis cette époque jusqu'à l'introduction des chanoines réguliers à Saint-Loup, l'an 1137, tout ce que l'auteur nous apprend, c'est que cette église était gouvernée par des prévôts à la nomination des comtes de Champagne, qui même avaient inféodé ce droit de nomination à la famille de Capes. La réforme de ce monastère fut l'ouvrage du comte Thibaud-le-Grand ou le-Saint, aidé des conseils de saint Bernard, de l'évêque d'Auxerre, Hugues de Macon, et de l'évêque diocésain Hatton. Guiter, dans la suite de son histoire, trace la succession des abbés dont il fut le troisième, et se fait un devoir de consigner dans son écrit les pieuses libéralités qui furent faites à son église par les souverains du pays, dans le livre même des évangiles, enrichi de plaques d'or et de pierreries, dont le comte Henri-le-Libéral avait fait présent à cette église à l'occasion de la naissance de son fils, venu au monde le jour de la fête de Saint-Loup, comme l'atteste notre auteur.

Ibid. fol. 308, 309.

Camusat rapporte encore de notre abbé quelques chartes, dont ce n'est pas notre objet de nous occuper.

B.

PIERRE LE CHANTRE.

SA VIE.

PIERRE fut surnommé *le Chantre*, parce que après avoir professé la théologie dans l'école de Paris, il fut fait grand-chantre de l'église cathédrale, dignité qui lui donnait le droit, non-seulement de diriger le chant de l'église, mais encore d'instituer et de surveiller les maîtres des petites écoles du diocèse, comme le chancelier de la même église exerçait une juridiction sur les professeurs des hautes facultés des sciences et des arts.

Malgré la célébrité dont jouissait de son temps Pierre-le-Chantre, et les éloges multipliés que font de sa science et de sa vertu les auteurs contemporains, son histoire est peu ou mal connue, et mérite d'être examinée au flambeau de la critique.

D'abord on n'est pas d'accord sur le lieu de sa naissance.

Du Boulai, et, d'après lui, Casimir Oudin, le disent natif de Paris, et citent à l'appui de leur assertion ces vers de la Carolide de Gilles de Paris :

Hist. Univ. Paris.,
t. II, p. 763.

Et quem intepuisse dolemus,

Petrum in divinis verbotenus alta sequentem,

En admettant, si l'on veut, que le chantre du poëme de Charlemagne a voulu désigner dans ces deux vers le chantre de l'église de Paris, il ne s'ensuivrait pas nécessairement de son texte que Pierre fût natif de Paris, l'intention du poète étant de prouver, non pas que tous les savans qu'il nomme étaient Parisiens, mais que Paris était alors assez bien pourvu de savans en tout genre, ainsi qu'il le déclare par ces vers adressés au prince Louis, fils du roi Philippe-Auguste :

Chesn. t. V, Rer. franc., p. 233.

Egidiana novos pro te prorupit in ausus ,
Primitiasque sui mittit tibi musa laboris ;
Sed secura minùs, cùm dira infamia nostros
Jamdudùm laceret cives , orisque maligni
Audeat immeritos commune incessere probrum ,
Quòd nullos habeat urbs parisina scientes.

Quoi qu'il en soit de cette interprétation , voici une autre opinion qui ne mérite pas moins d'attention. Deux chartes de l'an 1185, rapportées par Jean Pillet dans son histoire de Gerberoi, semblent prouver que Pierre-le-Chantre était de Beauvais, ou du moins né dans le Beauvoisis ; qu'il avait une maison dans le château de Gerberoi et un frère nommé Gautier de *Hosdenc ;* que Pierre était par conséquent de cette famille établie dans le pays de Brai , quoique la dignité de chantre de l'église de Paris ait fait oublier son vrai nom.

Hist. de Gerberoi, p. 344.

D'un autre côté, Marlot, suivi par les auteurs du *Gallia Christiana ,* assure que Pierre-le-Chantre fut élevé dès son enfance dans l'église de Reims, et il le prouve par une longue lettre de l'archevêque Guillaume de Champagne, qu'il est à propos de rapporter ici, non-seulement parce qu'elle est honorable pour la mémoire de Pierre-le-Chantre , et qu'elle nous instruit de quelques particularités de sa vie, mais plus encore pour ne point affaiblir la preuve sur laquelle Marlot appuie son opinion.

Hist. eccles. Rem., t. II, p. 443.

Gall. Christ. t. VII, p. 78.

Pierre ayant été élu par le chapitre de Reims pour succéder au doyen Raoul décédé l'an 1196, l'archevêque Guillaume le pressa d'accepter cette nouvelle dignité dans les termes les plus obligeans. « Nous rendons grâces, dit-il, à » Dieu et à l'église de Reims, de ce que, par l'inspiration di-» vine, cette église vous a choisi pour son doyen, et nous » vous félicitons vous-même de la docilité avec laquelle vous » avez accepté la charge qu'on vous offrait, sans porter un » regard indigne sur un bénéfice plus opulent qu'un esprit » d'avarice aurait pu vous faire envisager. Nous agréons, nous » ratifions ce choix, que nous eussions prévenu, si vous l'aviez » voulu, lorsque le chapitre ayant mis à notre disposition le » doyenné, nous vous invitâmes une autre fois à l'accepter.

Marlot, *ibid.*

» Mais alors, guidé par des vues plus relevées, et aspirant au
» but que vous avez si heureusement atteint, vous étiez dé—
» terminé à répandre dans un lieu plus célèbre, et dans une
» école plus fréquentée, les lumières que vous avez reçues de
» Dieu. Maintenant il est temps que vous rapportiez dans
» votre patrie *(ad propria)* les fruits de votre abondante ré-
» colte dont les étrangers ont eu l'avantage de jouir jusqu'à
» ce jour ; que vous rompiez à nos enfans qui sont dans la
» disette, le pain de la nourriture spirituelle, et que par un
» retour filial vous remplissiez du lait de la doctrine les ma-
» melles épuisées de votre mère, que vous avez sucées dans
» votre enfance. Il était convenable en effet, il était juste que
» notre église, votre première mère, rappelât dans ses besoins
» un fils qu'elle n'avait fait que prêter aux autres pour sub-
» venir à leur indigence, et qu'après l'avoir rappelé, elle l'ap-
» pliquât à son service. C'est pourquoi nous vous enjoignons
» dans toute la rigueur de l'obéissance que vous nous devez,
» et nous vous conseillons en pleine sûreté de conscience de
» ne point prêter l'oreille aux suggestions de ceux qui vou-
» draient ébranler la résolution où vous êtes à cet égard, et
» vous empêcher d'y persévérer ; car nous avons cette con-
» fiance dans le Seigneur que vous produirez en nous des fruits
» agréables à Dieu, qui, avec notre coopération, tourneront
» au profit des autres, dans la persuasion où nous sommes
» que vous êtes destiné par la providence à faire du bien non-
» seulement à l'église de Reims, mais encore à toute la pro-
» vince et au royaume entier. Car c'est notre intention de
» mettre à profit vos conseils, lors même qu'ils contrarie-
» raient nos vues, soit dans nos affaires particulières, soit
» dans celles d'un intérêt général, voulant partager avec vous
» le fardeau de la sollicitude pastorale, trop au-dessus de
» nos forces. Et afin que vous demeuriez plus ferme dans
» votre résolution, nous trouverons bon que vous vous fas-
» siez ordonner prêtre, soit par nous, soit par les mains de
» notre parent l'archevêque de Paris, lorsqu'il vous plaira
» prendre possession de votre nouvelle dignité dans notre
» église. » Nous reviendrons sur cette lettre.

Voilà donc des autorités qui semblent prouver, la première que Pierre-le-Chantre était né à Paris ; la seconde,
qu'il était venu au monde à Beauvais ; et la troisième semble
ne laisser aucun doute que Reims n'ait été le lieu de sa
naissance, d'autant plus qu'il est surnommé *Remensis* par

Raoul de Coggeshale, historien anglais, et dans le titre de
plusienrs de ses ouvrages manuscrits, comme nous le verrons bientôt. D. Remi Ceillier l'a encore surnommé de Poitiers ; nous ne savons sur quel fondement. Comment concilier des témoignages si contradictoires? Nous ne voyons
qu'un moyen : c'est de dire qu'il était né dans le Beauvoisis
où résidait sa famille, peu de temps avant que Henri de
France, frère de Louis-le-Jeune, fût fait évêque de cette
ville l'an 1149 ; qu'ayant été élevé par ce prélat et destiné
à l'état ecclésiastique, il avait suivi son patron lorsque celui-
ci fut transféré sur le siége de Reims l'an 1162 ; et d'après
la lettre que nous venons de rapporter, il faut croire qu'il
y fut pourvu de quelque bénéfice.

Examinons maintenant en quel temps il put se fixer à
Paris pour y enseigner la théologie. Si l'on peut s'en rapporter à Césaire d'Heisterbach, Pierre était un des professeurs de Paris l'an 1171. Cet auteur du XIIIe siècle raconte

que la nouvelle du meurtre de saint Thomas de Cantorbéri, arrivé le 29 décembre de l'année précédente, donna
lieu à de grandes disputes parmi les théologiens, les uns le
qualifiant de martyr, les autres soutenant qu'il avait mérité
d'être mis à mort, non à la vérité par un assassinat, mais
suivant les formes judiciaires, comme rebelle à son roi.
Maître Roger, docteur de renom, se distingua, dit l'auteur,
parmi les derniers, et appuya même son opinion du serment. Pierre-le-Chantre prouva au contraire que l'archevêque
de Cantorbéri était mort victime d'une bonne cause ; et, pour
ne céder en rien à son adversaire, jura pareillement qu'il
n'avançait que la pure vérité. Le serment, à notre avis, était
de trop de part et d'autre, et n'était nullement propre à décider la question. Mais bientôt, ajoute l'historien, le ciel la
décida lui-même par les témoignages éclatans et multipliés
qu'il rendit à la sainteté du prélat.

Quoi qu'il en soit de cette anecdote, qui aurait besoin
d'un meilleur garant, elle prouve au moins que Pierre tenait
dès-lors un rang parmi les professeurs de Paris ; mais il ne
fut pas si tôt chantre de l'église épiscopale. Il est prouvé par

des chartes rapportées dans l'histoire de l'église de Paris,
qu'un nommé Gautier était revêtu de cette dignité aux années 1178 et 1180. Mais Pierre remplissait certainement
cette charge l'an 1184, selon une charte rapportée par le
même historien.

L'an 1191, le clergé de Tournai jeta les yeux sur le chantre de l'église de Paris pour remplacer l'évêque Evrard d'Avesnes, décédé au mois de décembre de l'année précédente. Malheureusement cette élection si bonne quant au fond se trouva manquer par la forme, défaut que Guillaume de Champagne, archevêque de Reims et régent du royaume pendant l'absence du roi Philippe-Auguste, ne voulut jamais couvrir de son autorité. En vain Étienne, abbé de Sainte-Geneviève, organe des gens de bien, écrivit-il au métropolitain en faveur de l'évêque élu ; sa lettre n'eut d'autre effet que de le faire proposer lui-même, contre son attente, pour remplir le siége vacant. Les Tournaisiens agréèrent ce nouveau choix, et Pierre renonça sans peine aux droits que lui donnait son élection. *Steph. Tornac. ep. 175. al. 173.*

L'an 1196, il fut encore appelé à remplir le siége de Paris après la mort de Maurice de Sully ; mais, quoiqu'il eût pour lui le vœu du clergé et du peuple, et même le consentement du roi, il paraît qu'il éprouva encore de l'opposition de la part de l'archevêque de Reims, qui eut le crédit de faire nommer à sa place son cousin Eudes de Sully. C'est ce qu'on peut recueillir d'une lettre qu'adressa à ce dernier Adam, abbé de Perseigne, dans laquelle, entre autres remontrances fort libres, il lui dit : « Il est temps que vous fassiez éclater *Mart. Ampl. collect., t. V, col. 846.*
» les rayons de votre gloire, après que l'astre brillant du fir- *Mart. ibid. t. I, col. 1016.*
» mament de votre église, qui l'a si long-temps illustrée par
» la sainteté de sa vie et par l'éclat de sa doctrine, s'est en-
» tièrement éclipsé. Je ne m'explique pas davantage : vous
» comprenez assez que je veux parler du chantre de l'église
» de Paris, homme de pieuse mémoire, dont vous devriez
» d'autant plus regretter la mort, que, selon l'opinion de
» bien du monde, vous regrettiez peu son absence. Il est
» pourtant vrai que le saint homme avait de la peine à se
» le persuader. »

Ceci sert à expliquer pourquoi l'archevêque de Reims, qui avait fait manquer deux fois l'épiscopat à Pierre-le-Chantre, mettait, dans la lettre rapportée plus haut, tant d'empressement à l'attirer dans son église, et à lui procurer la dignité de doyen ; c'était pour réparer, en quelque sorte, le tort qu'il lui avait fait, et aussi pour mettre à son aise son parent, en le délivrant d'un voisinage importun. Ce ne fut pas sans peine, dit un historien anglais, que Pierre se rendit aux désirs, ou, pour mieux dire, aux ordres du prélat. Mais *Mart. ibid. t. V. col. 846.*

enfin, cédant aux importunités des citoyens de Reims, qui s'étaient jetés à ses genoux, il consentit à son élection, à condition qu'il obtiendrait l'agrément du chapitre de l'église de Paris. S'étant donc remis en chemin pour le demander, il s'arrêta à l'abbaye de Long-Pont, près de Soissons, où étant tombé dangereusement malade, il fit son testament et prit l'habit religieux.

Mabill. Acta SS., t. V, p. 374. Vers le même temps arrivèrent des ordres du souverain pontife, qui lui enjoignait de prêcher la croisade en France. Pierre était trop affaibli par la maladie pour se charger de cette pénible commission ; il en chargea son disciple Foulques, curé de Neuilly-sur-Marne, qu'il avait formé lui-même au ministère de la prédication, et il mourut bientôt après, le 22 septembre 1197. Raoul de Coggeshale rapporte sa mort sous l'année 1198 ; mais tous les autres chroniqueurs la placent en 1197, ajoutant à leur annonce un éloge plus ou moins étudié, tant était grande la réputation de science et de sainteté dont jouissait notre auteur dans l'estime publique ! Son corps fut inhumé à Long-Pont, et l'on grava sur sa tombe les deux vers suivans :

Hoc jacet in loculo Petrus venerabilis ille
Egregius cantor, parisiense decus.

Mart. 2 voy. litt., p. 9. Dom Martène rapporte une autre épitaphe du même en prose, mais beaucoup plus récente, dans laquelle on met sa mort au 16 mai de l'an 1180, époque réfutée par les anciens monumens et par les circonstances de sa vie rapportées ci-dessus.

SES ÉCRITS.

Du grand nombre d'écrits sortis de la plume de Pierre-le-Chantre, nous n'en avons qu'un seul qui ait été rendu public par l'impression ; c'est celui auquel on a donné pour titre *Verbum abbreviatum*, parce que l'ouvrage commence par ces mots. Il paraît que l'auteur l'avait intitulé d'une manière plus analogue aux matières qu'il renferme : du moins voit-on plusieurs manuscrits où cet ouvrage porte des titres différens ; le plus ancien de la bibliothèque royale, nº 3487, Olim Colbert 3609, a pour titre *Ethica magistri Petri Cantoris Parisiensis*. D'autres sont intitulés tantôt *Summa philosophiæ*, tantôt *De brevitate locutionis*, tantôt *Summa de sugillatione vitiorum et commendatione virtutum*. C'est en effet le précis de cette production, qui n'a pour objet que de caractériser les vices et les vertus, d'inspirer de l'éloignement pour les uns et de faire naître l'amour des autres. On y trouve une peinture fidèle des abus qui régnaient de son temps dans l'église et dans l'état. On y reconnaît un moraliste sévère qui dévoile mieux que tout autre quelle était alors la dépravation des mœurs et les différentes formes que prenait la cupidité pour arriver à ses fins. Dans le volume imprimé l'ouvrage est divisé en une seule série de 153 chapitres; mais ce nombre n'est pas le même dans les dix manuscrits de la bibliothèque royale que nous avons consultés; le plus ancien qui est le n° 3487, est divisé en sept livres, dont le premier contient 15 chapitres, le second 9, le troisième 13, le quatrième 21, le cinquième 19, le sixième 53, le septième 20 : ce qui fait en tout 150 chapitres. En rendant compte des principales matières contenues dans cet ouvrage, nous nous conformerons à la division établie dans le volume imprimé.

Les premiers vices ou abus que l'auteur combat, sont ceux Cap. 1-5. des théologiens de son temps. Il blâme d'abord la prolixité et la multiplicité des gloses de l'Ecriture-Sainte, plus propres, dit-il, à embrouiller le texte qu'à l'éclaircir, à rebuter le lecteur qu'à le soulager. Il porte le même jugement des questions qui s'agitaient alors dans les écoles, la plupart ne roulant que sur des frivolités, des abstractions qui n'avaient aucun rapport à la science du salut. On avait négligé les vérités utiles pour courir après de vaines subtilités dans la vue de faire briller son esprit et d'embarrasser un adversaire dans la dispute. « Est-ce donc que je ne pourrai, dit-» il, faire la différence du juste et de l'injuste, si je n'invente » des questions captieuses et malignes, et que je ne tire une » erreur d'une vérité par une fausse conclusion ? » Notre judicieux auteur ne se borne pas à condamner cet abus, il indique les moyens d'y remédier : puiser la connaissance de la religion dans ses véritables sources, l'écriture et la tradition ; ne point aller au-delà des bornes posées par nos pères ; se retrancher dans ce qui est utile et édifiant ; laisser aux esprits frivoles les vaines disputes qui n'ont pour but que l'honneur de vaincre ; s'attacher à la clarté, la précision et la solidité dans ses expressions : telles sont en abrégé les règles qu'il propose aux professeurs et aux interprètes de l'Ecriture-Sainte.

Tome XV.   O o

Viennent ensuite les prédicateurs, auxquels il recommande sur-tout la sainteté des mœurs comme la base des
succès qu'ils peuvent se promettre. Il y a un chapitre entier
contre la prédication curieuse, c'est-à-dire, celle où l'on
cherche à flatter l'oreille de l'auditeur par des phrases sonores et cadencées, par des pointes ingénieuses, des figures
brillantes et tout l'attirail d'une rhétorique profane.

L'orgueil, l'envie, la détraction ont chacun leur chapitre
particulier. On parle ensuite de l'humilité dont on distingue
deux espèces, l'une bonne, l'autre mauvaise ; de la douceur,
de la pauvreté ou de l'heureuse médiocrité.

L'avarice occupe plusieurs chapitres. On déclame d'abord
assez au long contre les magistrats qui reçoivent des présens
pour la justice rendue ou à rendre, pour favoriser l'injustice commise ou pour donner le privilége de la commettre ;
ensuite contre l'avarice des clercs, et sur-tout des officiers épiscopaux dont les exactions étaient criantes.

Les messes se célébraient à prix d'argent, et pour gagner
davantage les uns se permettaient d'en dire plusieurs dans
un même jour, les autres avaient imaginé les messes à plusieurs faces, c'est-à-dire, qu'afin d'avoir plus d'offrandes,
on disait plusieurs fois la partie de la messe qui se termine
au canon, en observant de la varier suivant les intentions
qu'on avait à acquitter. « Mais, ajoute-t-il, parlerai-je d'une
» profanation encore plus énorme du saint sacrifice ? Oui je
» le dis en pleurant ; on voit des prêtres qui ne craignent pas
» de convertir en art magique nos redoutables mystères.
» Je veux dire qu'ils les célèbrent devant des images de cire
» destinées à faire des imprécations contre quelqu'un, qu'ils
» font eux-mêmes ces imprécations, et chantent jusqu'à dix
» fois, et plus encore, la messe des morts, dans l'intention
» que celui qu'ils ont en vue meure dans cet espace de temps
» et soit mis au rang de ceux pour lesquels ils prient (1). »
Pierre propose des moyens de remédier à tous ces abus ; ce

(1) Le journal de Henri III rapporte qu'on exerça à Paris la même superstition
à l'égard de ce prince. « Furent faites à Paris, dit l'auteur, sur l'an 1589, jeudi 26 janvier,
» force images de cire que les Parisiens tenaient sur l'autel, et les piquaient à
» chacune des quarante messes qu'ils faisaient dire dans les quarante heures en
» plusieurs paroisses de Paris, et à la quarantième piquaient l'image à l'endroit
» du cœur, disant à chaque piquure quelque parole de magie pour essayer de
» faire mourir le roi. »

serait de diminuer le nombre des églises, des autels et des
prêtres, en n'élevant au sacerdoce que les sujets qui en seraient vraiment dignes selon les canons, et sur-tout en sup-
primant, comme l'avait projeté le pape Grégoire VIII, les
offrandes à la messe, excepté aux principales fêtes de l'année.

La pluralité des bénéfices est un autre vice qu'il poursuit Cap. 31-43.
avec beaucoup de chaleur. Il appelle ceux qui possédaient
des titres en plusieurs églises à-la-fois, des polygames, des
lamechites, des geryons, des briarées, des monstres à plusieurs corps et à plusieurs têtes. Il parle ensuite des abus qui
se commettaient dans les élections aux prélatures, et de la
simonie.

Les exemptions ecclésiastiques à la faveur desquelles on se Cap. 44.
soustrait à la juridiction du supérieur ordinaire pour ne dé-
pendre que d'un autre plus relevé en dignité, ne sont pas
traitées avec plus de ménagement. L'auteur les qualifie, d'a-
près saint Bernard, de véritables schismes dans l'église, de
renversement de la discipline ecclésiastique, d'abus contraire
au droit naturel. Il est vrai qu'il ne donne que pour des objections, et non pour des assertions, ce qu'il avance à ce
sujet. « Car il ne m'est pas permis, dit-il, de dire au seigneur
» pape pourquoi agissez-vous de la sorte? Tout ce que je sais,
» c'est que les exemptions sont condamnées par les canons
» anciens et nouveaux, et que néanmoins elles émanent de
» l'autorité du siége apostolique, qui est telle que Dieu ne
» permet pas qu'il tombe dans l'erreur. Mais peut-être ac-
» corde-t-il ces sortes de priviléges par une inspiration par-
» ticulière du Saint-Esprit, comme Samson qui se détruisit
» lui même en écrasant les Philistins. » On voit par-là que
Pierre-le-Chantre n'était guère éloigné de croire à l'infail-
libilité du pape.

Dans les chapitres suivans 45-50, il continue à parler de Cap. 45-50.
la simonie et du mauvais emploi de l'argent, soit en faisant
des largesses à ceux qui n'en ont pas besoin, soit en donnant aux histrions, soit en prêtant à usure.

Vient ensuite le tour des avocats. Je n'ai jamais vu, dit-il, Cap. 51-53.
de cause injuste et désespérée qui n'ait trouvé de défenseurs.
Il leur reproche de rançonner leurs parties, de négliger la
cause de la veuve et de l'orphelin, d'employer leurs talens
à prolonger les procès, à les multiplier, à inventer de nouvelles chicanes pour obscurcir la vérité et empêcher le bon
droit de triompher : « ce qui leur est d'autant plus facile,

» ajoute-t-il, qu'ils se fondent sur les lois positives et hu-
» maines, lois purement arbitraires et sujettes à diverses in-
» terprétations. » Ce qu'il dit des lois humaines, il l'étend
même aux canons. « Car il est clair, dit-il, que les décrets
» n'ont rien d'absolument fixe, puisqu'ils dépendent de la
» volonté du seigneur pape, qui peut les interpréter selon
» son bon plaisir. S'il juge conformément aux canons, ils ju-
» gera bien ; et s'il juge d'une autre manière, son jugement
» sera également bon, car il a le pouvoir de faire de nou-
» veaux canons, d'expliquer les anciens ou de les abroger.
» *Patet decreta esse mobilia, ex eo quod in corde domini*
» *papæ sint, ut scilicet ea interpretetur ad libitum suum;*
» *quòd si secundùm ea judicaverit, justè judicabit ; si contra*
» *ea similiter justè judicasse dicetur. In ejus enim est po-*
» *testate condendi, interpretandi et abrogandi canones.* » On
aurait peine à croire que l'auteur parle sérieusement, si l'on
ne savait quelle étrange révolution les fausses décrétales
avaient faite dans les notions théologiques sur l'autorité du
pape.

Cap. 54-66.

Les abus qui se commettaient dans les élections canoniques et la collation des bénéfices ; les devoirs des pasteurs
et des prédicateurs fournissent la matière de douze chapitres.
Sur ces objets l'auteur pose de grands principes et débite une
excellente morale. Il finit ce qui concerne les prédicateurs
par le trait suivant. « Quelqu'un, je sais à quel dessein,
» ayant dit au pape Alexandre III : Seigneur, vous êtes un
» bon pape, toutes vos actions sont vraiment papales ; Alexan-
» dre répondit en son langage vulgaire : *Si je savois bien*
» *jujar, bien predicar et penitense donar, je seroie-bosne*
» *pape.* » Ce langage du pape, qui était siennois, a bien du
rapport avec le français du temps.

Cap. 78.

Nous passons sous silence une multitude de chapitres touchant plusieurs points de morale, pour arriver au 78ᵉ contre
les épreuves du fer chaud et de l'eau froide ou bouillante, que
l'auteur traite d'enchantemens et d'inventions diaboliques.
Il a réuni tout ce qu'on peut dire pour prouver l'incertitude,
la témérité, l'injustice et l'absurdité de ces moyens pour découvrir la vérité. Il n'est pas plus favorable aux duels judiciaires. Il blâme également le zèle inconsidéré de certains
catholiques qui punissaient du feu les cathares? dès qu'ils
tombaient entre leurs mains, s'en vouloir leur donner le
temps de se reconnaître. Souvent c'était la cupidité qui fai-

sait agir ces prétendus zélateurs de la foi. L'auteur raconte que des femmes furent condamnées à titre d'hérétiques, parce qu'elles n'avaient pas voulu consentir aux mauvais desirs de leurs juges ; qu'un catholique puissant et des plus zélés en apparence surprit et arrêta plusieurs riches cathares, qu'il relâcha après avoir vidé leurs bourses. Par malheur il se trouva dans la troupe un pauvre homme à face blême, qui n'avait pas le moyen de payer sa rançon. On retint celui-ci, et on l'amena devant le roi et son conseil. Il eut beau professer tous les articles de la foi catholique, on voulut qu'il attestât sa foi par l'épreuve du fer chaud : comme il refusa de le faire jusqu'à ce que les évêques présens lui eussent prouvé que cela se pouvait sans tenter Dieu, il fut condamné à être brûlé. « Aussitôt, dit l'auteur, les évêques se levèrent tous, » et se retirèrent, disant qu'il ne leur était pas permis d'as— » sister à un jugement de mort. » Il nous semble à nous que la douceur et la charité pastorales exigeaient d'eux quelque chose de plus, et qu'ils n'eussent rien fait de trop en s'opposant à l'exécution d'un tel jugement.

Dans le chapitre suivant, on s'élève contre la multitude accablante des traditions humaines; on y prouve que s'il y en a de bonnes en elles-mêmes, le trop grand nombre n'est propre qu'à faire prendre le change aux fidèles sur l'accessoire et l'essentiel de la religion, qu'à faire naître des scrupules aux gens de bien, et à augmenter le nombre des prévaricateurs. « Voyez, dit-il, combien n'a pas fait de trans— » gresseurs le décret du dernier pape Grégoire (c'était Gré— » goire VIII : ce qui prouve que ce traité ne fut composé » qu'après l'an 1187), par lequel ce pape ordonne que pen— » dant cinq ans on jeûnera le mercredi et le vendredi de » chaque semaine pour attirer le secours du ciel sur l'église » de Jérusalem ? Et le concile de Latran (de l'an 1179) com— » bien n'occasionna-t-il pas de scrupules et par son décret » sur les dîmes qu'il ordonne de retirer, sous peine d'ana— » thême, des mains des laïques, et par la défense qu'il a » faite de promettre un bénéfice avant qu'il soit vacant, dé— » fense à laquelle on déroge par dispense sans égards aux » canons des conciles précédens ? Que dirai-je des traditions » qui ont pour objet le vénérable sacrement de mariage, » telles que ce troisième degré d'affinité et d'autres qui tan— » tôt l'annullent, tantôt le valident, suivant la tournure que » le babil des avocats sait leur donner, instrumens utiles

Cap. 79.

» entre les mains de ces hommes adroits à vider la bourse
» des autres, et à remplir la leur. »

Cap. 80.

Il y avait dès-lors nombre de casuistes qui s'étudiaient à
élargir la voie du ciel par des raffinemens qui atténuaient
et l'énormité des péchés et l'importance des devoirs de la
vie chrétienne. C'est contre ces docteurs relâchés qu'est di-
rigé le chapitre intitulé *Contra mollientes arcum sacræ scripturæ.* L'auteur, entre autres choses, y fait cette remarque :
« Si nous qualifions d'hérétiques ceux qui s'éloignent tant
» soit peu du sentier de la foi, pourquoi ne traitons-nous
» pas de même tout homme qui se joue des préceptes
» moraux. »

Cap. 82-85.

Quatre chapitres roulent sur le luxe et la superfluité des
habits. On y blâme fortement les robes à longues queues,
sur quoi on rapporte ces paroles d'un sermon de Milon,
évêque de Terouane, dont les ouvrages ne sont pas venus
jusqu'à nous. « Sachez, mes bonnes dames, que si pour rem-
» plir l'objet de votre destination, vous aviez besoin de lon-
» gues queues, la nature y eût pourvu par quelque chose
» d'approchant. Il y a des gens, ajoute l'auteur, qui n'ayant
» pas les moyens de faire à leurs robes des queues d'étoffe,
» y attachent des queues d'animaux, afin qu'ils ne soient
» pas tout-à-fait sans queues. On en voit aussi qui percent
» leurs habits en étoiles, d'où leur est venu le nom d'étoilés. »
Il y avait des ouvriers particuliers pour faire ces sortes d'habits ; l'auteur les nomme *perforatores vestium.*

Cap. 86-90.

Les chapitres suivans, jusqu'au 90ᵉ, sont contre la somp-
tuosité des édifices et les autres genres de prodigalité.

Cap. 91-140.

Après plusieurs chapitres sur les vertus théologales, la
foi, l'espérance et la charité, qu'il envisage sous les différentes manières de les exercer envers le prochain, on parle
des quatre vertus cardinales, la prudence, la force, la tem-
pérance, la justice, et des vices qui leur sont opposés. Le
chapitre 140 a pour titre : *Epilogus facierum culpæ.* L'auteur le commence par dire qu'autant qu'il y a de vices dont
nous nous revêtons, autant prenons-nous de formes qui nous
rendent semblables à des bêtes brutes. Les termes par où
il le termine sont remarquables. « De même, dit-il que dans
» les scènes théâtrales le même comédien se présente tantôt
» comme un vigoureux Hercule, tantôt comme une Vénus
» efféminée, tantôt tremblant comme Cybèle, de même nous
» faisons autant de différens personnages que nous commet-

» tons de péchés. » Il semble qu'on peut conclure de cet endroit que, du temps de l'auteur, on représentait sur le théâtre des sujets tirés de la mythologie.

La pénitence et les conditions qu'elle doit avoir occupent les douze chapitres suivans, où l'on trouve d'excellentes règles pour les confesseurs et pour les pénitens. L'auteur conseille d'avoir toujours présente à l'esprit la briéveté de la vie, afin d'accélérer la pénitence qu'on doit faire, dans la crainte d'être surpris de la mort avant de l'avoir accomplie; et il termine son ouvrage par des considérations sur l'enfer et le paradis.

Le chapitre 155, qui est le dernier dans les imprimés, paraît avoir été ajouté à l'ouvrage de Pierre-le-Chantre; au moins est-il certain que ce chapitre n'existe pas dans les plus anciens manuscrits de la bibliothèque royale. Il roule sur les moines propriétaires. Il a été détaché du corps de l'ouvrage et imprimé dans un recueil de pièces sur le même sujet, ayant pour titre : *Joannis Cornificis, Joannis de Bomalio, Petri Damiani et Petri Cantoris Pariensis, tractatus contra monachos proprietarios*, à Paris, chez Marnef, in-8°, édition gothique et sans date.

L'ouvrage entier sortit des presses de François Waudrai, imprimeur à Mons en Hainaut, l'an 1639, en un volume in-4°, par les soins de D. George Galopin, religieux et bibliothécaire de l'abbaye de Saint-Guilain. L'éditeur avertit que les trois manuscrits dont il s'est servi contenaient aux marges des additions qu'il n'a pas toujours distinguées du texte original; il n'a fait d'exception que pour un morceau tiré du manuscrit de Marchiennes, qui depuis le chapitre 66 jusqu'au 80ᵉ diffère beaucoup des autres quant aux termes et quant à la plupart des citations. Il aurait pu faire le même discernement sur presque tous les chapitres, s'il eût consulté un plus grand nombre de manuscrits, car il n'y en a presque pas qui se ressemblent exactement. Il a pourtant fait plaisir au public de lui donner à part ce morceau qui contient 33 pages à la suite de ses notes.

Outre cet ouvrage de Pierre-le-Chantre, le seul, comme on l'a dit, qui ait été imprimé, plusieurs autres existent manuscrits dans les grandes bibliothèques. Il est bon toutefois d'observer que différens titres de ces manuscrits n'annoncent pas toujours des productions différentes. Casimir Oudin, qui a vu par lui-même plusieurs de ces manuscrits

Cap. 141-152.

Bibl. Baluz. t. II. p. 1013.

ensevelis dans les bibliothèques, et qui en a donné une notice exacte, avertit que pour ne pas confondre et multiplier au-delà du vrai les écrits de notre auteur, il faut en juger non par les titres que les copistes ont imaginés à leur fantaisie, mais par les premiers mots de chaque ouvrage qu'on lui attribue. C'est ce qu'a fort bien exécuté ce savant bibliographe que nous prendrons pour guide, en ajoutant à ses observations celles que nous avons recueillies dans les manuscrits de la bibliothèque royale.

2° Pierre-le-Chantre est auteur d'une somme des sacremens qui, selon Trithème, commençait par ces mots : *Circuibat populus*, et était divisée en trois livres. Casimir Oudin dit avoir vu dans plusieurs bibliothèques une grande somme de Pierre-le-Chantre sur les sacremens, commençant par ces mots : *Quæritur de legalibus quæ data sunt in signum perfectorum et jugum superborum, et pedagogum infirmorum,* ayant pour titre tantôt *Summa de sacramentis et animæ consiliis,* tantôt *Liber sententiarum.* Enfin, nous avons sous les yeux deux gros manuscrits de la bibliothèque royale, écriture du XIIIe siècle, cotés 3258 et 3259, *olim* Colbert, 1419 et 2208, ayant pour titre en lettres rouges de la même main : *Consiliarium cantoris pariensis de pœnitentia.* Mais le volume traite aussi des autres sacremens dans l'ordre suivant : de la pénitence, du baptême, du mariage, de l'eucharistie, de la confirmation, de l'extrême-onction, de l'ordre. Le traité de la pénitence, qui forme les deux tiers du volume, commence par ces mots du prologue : *Tota cœlestis philosophia in bonis moribus et fide consistit;* et le corps de l'ouvrage portant pour nouveau titre : *Liber disputatorius sententiarum,* commence par ceux-ci : *Pœnitentia est, teste Augustino, quâ mala commissa emendationis proposito plangimus.*

Voilà donc sur la même matière trois ouvrages qui paraissent entièrement différens, tous attribués à Pierre-le-Chantre. Casimir Oudin, qui avait examiné les deux manus·crits de la bibliothèque royale, pense que l'ouvrage qu'ils renferment n'est pas de Pierre-le-Chantre, et il se fonde sur ce que dans plusieurs chapitres on y cite comme une autorité l'opinion du chantre de l'église de Paris; et à cet égard, vérification faite sur le manuscrit, nous pensons comme lui, Mais lorsqu'il ajoute que Robert de Corçon en est le véritable auteur, parce que dans un manuscrit de Saint-Victor,

Oudin, de Script. eccles., t. II, col. 1663.

coté P p. 13, cet ouvrage lui est attribué. Nous ne le contestons pas; c'est ce que nous examinerons lorsque nous en serons à l'article de ce cardinal. — Quant à l'ouvrage cité par Trithème, et dont Charles de Wisch dit avoir vu deux exemplaires aux abbayes d'Alne et de Villiers dans la Belgique : « Pour moi, dit Casimir Oudin, ne l'ayant rencontré nulle » part, je n'ai rien à en dire. Cependant, ajoute-t-il, j'ai bien » de la peine à me persuader que Pierre-le-Chantre ait fait » deux écrits sur le même sujet. »

Il est au moins certain qu'il en avait composé un, et que sur le sacrement de l'Eucharistie, Pierre-le-Chantre avait enseigné une opinion que M. l'abbé Fleuri, d'après Césaire d'Heisterbach, rapporte en ces termes : « Quoique Pierre-le- » Chantre fût un des plus célèbres théologiens de son temps, » il n'a pas été suivi toutefois dans une opinion qu'il avait de » l'Eucharistie; c'est qu'il croyait que la consécration des » deux espèces était indivisible, et que le pain n'était changé » au corps de J. C. qu'après la consécration du vin. D'où il » s'ensuivait que si le prêtre mourait subitement après la » consécration du pain, il n'y aurait rien de fait ; et si après la » consécration du calice, le prêtre s'apercevait qu'il n'y » avait que de l'eau, il devait recommencer à consacrer les » deux espèces. » Mais nous trouvons dans un théologien dont l'autorité est bien plus grande que celle de Césaire d'Heisterbach, que ce n'était pas là tout-à-fait l'opinion de Pierre-le-Chantre. Ce théologien est le cardinal Robert de Corçon, à qui, selon Casimir Oudin, il faut attribuer le traité des sacremens contenu dans les manuscrits de la bibliothèque royale, cités ci-dessus. Or voici ce qu'on lit dans ces manuscrits : *Undè quamvis quidam præsumptuosè asserant et sine omni auctoritate, quòd una confectio possit esse sine alia, tamen nolumus hic ex nobis aliquid asserere; sed dicimus cum Cantore magistro nostro, quod in medio illo tempore (inter consecrationem panis et vini interjecto) non est asserendum quòd corpus sit confectum, neque idem est negandum. Solus enim Deus, vel cui Deus inspiraverit, novit utrum illorum sit verum.*

L'abbé Fleuri observe judicieusement que cette question n'aurait pas eu lieu, si l'usage eût été dès-lors d'adorer et d'élever l'hostie avant la consécration du calice. « Aussi, » ajoute-t-il, n'ai-je trouvé jusqu'ici aucun vestige de cette » cérémonie, et on peut croire qu'elle a été introduite pour

Hist. eccles. lib. 74, n° 59.

» empêcher qu'on ne doutât à l'avenir de la conversion du
» pain au corps de Notre-Seigneur avant celle du vin. »

Mais revenons au traité des sacremens de Pierre-le-Chantre.
Nous l'avons trouvé dans deux manuscrits de Saint-Victor,
faisant partie aujourd'hui de la bibliothèque royale. Le plus
ancien, coté autrefois GG. 13, aujourd'hui 404, a pour titre
*Summa cantoris Parisiensis dè sacramentis et animæ con-
siliis;* l'autre, coté jadis P P. 6, et maintenant 470, *Summa
magistri Petri Remensis, cantoris Parisiensis, de sacramentis et animæ consiliis*, et commençant l'un et l'autre par ces
mots, *Quæritur de sacramentis legalibus;* mais le second est
plus étendu et contient beaucoup plus de questions que le
premier, ce qui prouve que ce traité n'a pas été moins inter-
polé que le *Verbum abbreviatum*. C'est de l'un ou de l'autre
de ces manuscrits que Jacques Petit a extrait et publié un
fragment à la suite du pénitentiel de Théodore, archevêque
de Cantorbéri, page 563. L'ouvrage indiqué par Albéric de
Trois-Fontaines, sous le titre de *Magna summa de consiliis
et rebus ecclesiasticis*, ne nous paraît pas différent du traité
des sacremens qui nous occupe; mais Albéric n'en ayant pas
indiqué le début, nous ne pouvons rien affirmer. Nous disons la même chose d'un écrit cité par Charles de Wisch,
comme existant dans l'abbaye de Royaumont sous ce titre:
*Liber quidam determinationum seu consiliorum Petri Can-
toris.*

3° Une autre production de Pierre-le-Chantre, qui dans
quelques manuscrits a pour titre : *De contrarietatibus theologiæ*, ou *theologicis;* et dans d'autres, *De contrarietatibus
scripturæ*, ou bien, *De contrarietatum solutionibus*, commençant par ces mots : *Videmus nunc per speculum in ænigmate*, est intitulée dans d'autres manuscrits, *Grammatica
theologorum;* et c'est sous ce dernier titre que l'annonce
Henri de Gand parmi les écrits de Pierre-le-Chantre. Dans
le manuscrit de Saint-Victor, coté GG. 13, à la suite de la
somme des sacremens dont nous venons de parler, cet ouvrage a pour titre : *Tractatus magistri Petri Remensis, cantoris Parisiensis, de tropis theologicis;* dans un autre de la
même bibliothèque, coté BB. G, *De tropis loquendi;* et
ailleurs, *Tropi et phrases sacræ scripturæ;* de manière que
les titres varient presque autant que les manuscrits. Mais,
comme ceux-ci commencent tous par ces mots, *Videmus nunc
per speculum in ænigmate*, il ne reste aucun doute qu'ils

ne contiennent tous le même ouvrage ; et il est vrai de dire que ces différens titres lui conviennent, parce que l'objet de l'auteur est d'expliquer par les lois de la grammaire ou de la rhétorique les expressions de l'écriture-sainte, employés dans un sens figuré, lesquelles formeraient des amphibologies ou des sens erronés, si on les entendait dans leur sens propre et naturel. C'est aussi l'idée que donne de cet ouvrage Henri de Gand, lorsqu'il dit qu'en plusieurs endroits il est fort utile pour l'intelligence de l'écriture-sainte, *Ad sacræ scripturæ intelligentiam in multis locis satis utilem.*

4° Un autre écrit analogue à celui-ci a pour titre : *Summa quæ dicitur Abel*, parce que rangée dans un ordre alphabétique, elle commence par ce mot *Abel dicitur principium ecclesiæ.* Nous disons que cet écrit est analogue au précédent, parce qu'on y enseigne la manière d'expliquer dans un sens allégorique les textes de l'écriture-sainte qui en sont susceptibles. Ce même ouvrage, dans plusieurs manuscrits, et notamment dans le n° 95 de la bibliothèque royale parmi ceux de la Belgique, est indiqué sous le titre de *Distinctiones magistri Petri, cantoris Parisiensis.* C'est aussi sous ce titre que l'a vu Trithème, comme il le marque (cap 419) dans l'énumération qu'il fait des écrits de Pierre-le-Chantre. C'est vraisemblablement cet écrit qu'on voyait autrefois à l'abbaye de Royaumont, sous le titre d'*Alphabetum morale*, seu *liber locorum communium pro concionatoribus.*

De Visch, Bibl. Cister. p. 263.

5° Si nous pouvions vérifier par nous-mêmes et garantir que tous les écrits sur l'écriture-sainte, attribués à Pierre-le-Chantre par Casimir Oudin comme existans dans les bibliothèques de France, d'Angleterre et des Pays-bas, sont véritablement de lui, nous dirions que ce docteur, non content de prescrire des règles pour bien interpréter l'écriture-sainte, aurait fait lui-même, joignant l'exemple au précepte, de nombreux commentaires sur tous les livres de l'ancien et du nouveau testament. Mais, comme dans son *Verbum abbreviatum* Pierre-le-Chantre blâme la multiplicité et la prolixité des gloses sur l'écriture-sainte, est-il croyable qu'il ait passé une bonne partie de sa. vie à faire des commentaires. .

Verb. abbrev. cap. 1.

Ce qui nous force à suspendre notre jugement, c'est que la plupart de ces commentaires portent en titre *Petri Remensis, cantoris Parisiensis.* Or nous avons vu plus haut

300 PIERRE LE CHANTRE.

que Pierre-le-Chantre n'était pas né à Reims, et, d'un autre
côté, nous trouvons, au commencement du XIIIe siècle, un
Pierre de Reims, de l'ordre de saint Dominique, qui fut un
des grands commentateurs de l'écriture-sainte, selon le témoignage de Bernard *Guidonis*, rapporté par les auteurs
de la bibliothèque de l'ordre de saint Dominique, en ces
termes : *Fr. Petrus Remensis, episcopus postmodum Agen-
nensis, qui de glossis maximè super bibliam totam compen-
diosum opus et bonum, et alia bene utilia scripsit. Hic fuit
prior provincialis Franciæ, et inde factus est episcopus Agen-
nensis tempore magistri Johannis Teutonici.* Il est d'autant
plus croyable, que ces commentaires ont été faussement
attribués au chantre de l'église de Paris, que le P. Quetif
avoue qu'il n'a pu découvrir dans aucune bibliothèque les
ouvrages de son confrère, excepté un commentaire sur les
douze petits prophètes qu'il dit avoir rencontré parmi d'autres commentaires dans un volume manuscrit du collége de
maître Gervais, écriture du XIIIe siècle, avec cette inscription à la fin : *Expliciunt postillæ fratris Petri de prædica-
toribus super duodecim prophetis.* Le P. Quetif n'est pas éloigné de croire que les commentaires de Pierre de Reims ont
été fondus dans ceux du cardinal Hugues de Saint-Cher,
intitulés *Postillæ;* nous sommes persuadés, nous, qu'on les
retrouverait dans la plupart de ceux qu'on attribue à Pierre-
le-Chantre.

On pourra nous objecter que Pierre-le-Chantre est surnommé *Remensis* par Raoul, abbé de Coggeshale en Angleterre, auteur presque contemporain, et qu'il l'est aussi à la
tête de quelques manuscrits contenant des ouvrages qu'on
ne peut lui contester. — A cela nous répondons qu'il n'était
pas rare que les libraires changeassent ou altérassent les
titres des manuscrits, en y substituant des noms plus connus
ou plus révérés, afin de mieux vendre leur marchandise.
C'est ce que nous avons reconnu plus haut relativement aux
deux manuscrits de la bibliothèque royale, contenant la
somme des sacremens de Robert de Corçon sous la rubrique
de Pierre-le-Chantre. C'est ainsi, vraisemblablement, que
transcrivant les commentaires de Pierre de Reims, ils y ajou-
taient *Cantoris parisiensis*, afin de leur donner plus de valeur ; et Raoul de Coggeshale y aura été trompé lui-même.
Quoi qu'il en soit, cet historien anglais n'attribue à Pierre-
le-Chantre que deux écrits sur l'écriture-sainte, des gloses sur

le psautier et sur les épîtres de saint Paul à l'usage des pauvres étudians. Or à l'égard des gloses sur le psautier qu'Albéric de Trois-Fontaines attribue aussi à Pierre-le-Chantre, Alberic Chr. p. 411.
voici ce qui résulte de l'examen de deux manuscrits de la
bibliothèque royale, que nous avons sous les yeux, et cet
examen confirmera l'opinion que nous venons d'émettre.

Le plus ancien, apporté de la Belgique sous le n° 169, a
pour titre : *Incipit secunda pars Cantoris super psalterium,*
et ne commence qu'au ps. 51. Cet écrit est tout différent de
celui qui est contenu dans le manuscrit de Saint-Victor, coté
jadis D. 2, et aujourdhui 242, ayant pour titre : *Notulæ
magistri Petri Remensis, Cantoris Parisiensis, supra psalterium,* et commençant par ces mots *Flebat Johannes, quia
nemo erat qui aperiret librum.* On voit que dans le premier,
l'auteur n'est désigné que par le mot *Cantoris,* parce que
ce n'est qu'une seconde partie de l'ouvrage à la tête duquel
le nom de l'auteur était exprimé plus longuement ; et dans
le second, il est nommé *Petrus Remensis, cantor Parisiensis,* et le mot *Notulæ* du titre semble n'indiquer qne les *Postillæ,* qui, comme nous l'avons vu, caractérisent les commentaires du dominicain Pierre de Reims. Dirons-nous que
Pierre-le-Chantre a composé les deux ouvrages sans se répéter ? Nous avons de la peine à nous le persuader : nous ne
décidons pourtant rien, et nous laissons à d'autres le soin
de débrouiller lesquels des écrits sur l'écriture-sainte, attribués à Pierre-le-Chantre, on pourrait revendiquer comme
appartenans au dominicain Pierre de Reims.

6° Nous croyons devoir user de la même réserve relativement à un écrit qui lui est attribué par Albéric de Trois-
Fontaines, sous le titre de *Unum ex quatuor innovatum.*
C'est apparemment une concordance des évangiles, commen-
çant par ces mots : *Quatuor facies uni, etc.,* comme nous De Visch., Bibl. Cister. p. 264.
l'apprend Bunderius, qui dit l'avoir vu dans la bibliothèque
de Long-Pont.

7° Nous serons moins réservés à l'égard d'un recueil de
sermons qu'on attribue à Pierre-le-Chantre, et que Sandérus Sander. mss. Belg., part. 2, p. 363.
dit avoir vu à l'abbaye de Cambron en Hainaut, portant le
nom de *Pierre de Reims .* Le P. Quetif, cité plus haut, nous
paraît mieux fondé lorsqu'il allègue en faveur de son confrère ce passage de Henri de Gand, cap. 21. *Petrus ejusdem
ordinis (prœdicatorum) provincialis Franciæ scripsit sermo-*

nes de dominicis et festivitatibus ferè per totum annum, quibus multi utuntur usque hodiè.

De Script. eccles., n° 419.

8° Trithème attribue encore à Pierre-le-Chantre un livre de miracles, *De quibusdam miraculis librum unum,* sur lequel nous ne trouvons pas d'autres renseignemens qu'une citation du miroir des exemples, rapportée par Charles de Wisch, page 265, en ces termes : *Hic Petrus cantor Parisiensis scripsit librum miraculorum sui temporis, unde hæc duo exempla sumpta sunt.*

9° Nous ne sommes pas plus en état de décider si c'est avec raison qu'on lui attribue un commentaire sur la physique d'Aristote et sur le traité de l'âme du même auteur ; un abrégé du décret de Gratien, et un opuscule intitulé *Distinctiones de B. Virgine,* productions dont nous ne voyons que le titre dans la bibliothèque de l'ordre de Cîteaux, page 263 et suiv.

Il résulte de l'examen critique dans lequel nous sommes entrés touchant les productions de Pierre-le-Chantre, que nous ne reconnaissons pour être véritablement de lui que le *Verbum abbreviatum,* le Traité des Sacremens, la Grammaire des Théologiens, ou *de Tropis loquendi,* et la somme intitulée *Abel,* autrement dite *Distinctiones,* ou *Alphabetum morale.* Ces quatre ouvrages sont solides et remplis d'une grande érudition théologique. On trouve dans le *Verbum abbreviatum,* outre les passages tirés de l'écriture-sainte, les citations des 107 auteurs, conciles, pères de l'église, orateurs, poètes, philosophes, historiens, etc. Cette variété de passages fait le plus bel ornement du livre, et donne aux matières qu'on y traite un certain agrément qu'il n'aurait pas sans cela. On ne peut pas dire que l'auteur, tout occupé de citations, eût un style à lui ; mais il avait un jugement exquis, et ses décisions en fait de morale sont ordinairement très-sûres. On en jugera par l'anecdote suivante, tirée de Césaire d'Heisterbach, par laquelle nous terminerons cet article. Sous le règne de Philippe-Auguste, un fameux usurier, nommé Thibaud, avait amassé de grands biens dans cette indigne profession. Touché de remords, et voulant réparer le mal qu'il avait fait, il s'adressa à l'évêque de Paris, Maurice de Sully, qui faisait construire alors la grande basilique telle qu'on la voit de nos jours. Le prélat, qui avait besoin d'argent pour achever son entreprise, lui conseilla

Cesar Heisterb., Dist. 2, cap. 32.

de' consacrer à cette œuvre pieuse le bien qu'il avait mal
acquis. Thibaud, soupçonnant quelque vue d'intérêt dans
ce conseil, voulut aussi prendre l'avis de Pierre-le-Chantre.
Celui-ci, sans aucun respect humain, lui répondit : « On ne
» vous a pas donné un bon conseil. Voici ce que vous devez
» faire : Allez, faites proclamer dans toute la ville que vous
» êtes prêt à restituer à tous ceux qui ont eu affaire à vous,
» ce que vous avez exigé d'eux au-delà du sort principal. » Le
pénitent obéit; étant ensuite venu retrouver le Chantre, il
lui dit qu'après toutes les restitutions faites, il lui restait
encore beaucoup de superflu. « Maintenant, lui répondit le
» sage directeur, vous pouvez faire l'aumône en toute sûreté. »

B.

HAIMON,

RELIGIEUX DE SAINT-DENIS.

AVANT d'examiner quel était cet auteur, et en quel temps
il vivait, il faut connaître le principal ouvrage qu'on lui attribue. C'est une relation de la découverte des corps de saint
Denys, de saint Rustique et de saint Eleuthère, en 1050 ou
vers cette époque, *anno*, dit l'auteur lui-même, *plus minùs
circiter millesimo quinquagesimo*. Duchesne n'avait publié
qu'une partie de cet opuscule. Dom Félibien l'a inséré en
entier parmi les preuves de son histoire de l'abbaye de Saint-
Denys. La relation est précédée d'une épître dédicatoire à
Hugues, abbé de ce même monastère. « *Domno abbati
» Hugoni... Haymo sub eo in loco beati Dionysii regulariter
» degentium minimus.* » L'auteur, qui n'a pris la plume que
pour obéir aux ordres de son abbé, le supplie de l'aider au
moins par ses prières dans une entreprise si difficile. « *Ut
» mihi tanti pelagi volubilitatem transcendere conaturo tua-
» rum orationum indesinenter assistat protectio, ne lintris
» meœ callem obliquet ventorum adversa impulsio, ne sire-
» narum fallax destineat modulatio, sed expeditiùs prœter-
» gresso syrtium vado, carybdisque voracis immunis periculo,*

Script. rer. gall.,
c. IV, p. 157, d'a-
près un ms, de De
Thou.
P. 166, 167, d'après
un ancien ms. de
l'abbaye de S.-De-
nys.

» *te patrocinante et remigante , quieti portûs adeptâ gratuler*
» *amœnitate.* » Nous citons ces lignes, afin de donner une
idée du style de l'auteur et de son goût pour les métaphores
et pour les consonnances.

Du reste, quelque immense que lui paraisse la mer qu'il
va parcourir, son ouvrage ne consiste après cette préface
qu'en quatorze petits chapitres: On apprend dans les premiers comment, poussés par le démon (*versutiâ antiqui ser-
pentis*), aveuglés par l'ignorance, ne craignant plus la justice divine, les moines de Saint-Hermentran ou Emmeran à
Ratisbonne se sont vantés de posséder le corps de saint Denys
l'Aréopagite. Le roi de France, Henri Ier, réclama contre
cette prétention auprès de l'empereur et du pape Leon IX,
qui était alors en Allemagne. Au nombre des envoyés du
roi était l'abbé Hugues, qui, en ce temps-là, dit la relation,
gouvernait le monastère de Saint-Denys. « *Inter quos etiam*
» *abbas qui tunc ipsius sancti loco præerat, Hugo nomine*
» *adfuit.* » Par le rapport de ces ambassadeurs, on demeura
convaincu que, pour déraciner l'erreur que les moines allemands propageaient, il fallait indispensablement rechercher
les corps de saint Denys et de ses deux compagnons. On y
procéda ; et l'auteur, après avoir exposé les détails de cette
recherche et du succès qu'elle obtint, nomme les évêques,
abbés et laïcs *qu'on dit* en avoir été témoins oculaires : « *Qui*
» *præsentes* dicuntur *celebritatis gaudio interfuisse.* » Si les
Allemands demandent pourquoi nul miracle n'a signalé la
découverte de ces reliques ; l'auteur leur répond qu'à la vérité
la santé n'a pas été rendue aux malades, ni la parole aux
muets ; mais que les denrées se sont tenues au plus bas prix
durant cette solennité, malgré l'affluence des curieux de l'un
et de l'autre sexe, et quoiqu'on touchât à la saison des ré-
coltes et des vendanges, époque où les vivres ne manquent
jamais d'être devenus plus rares et plus chers. Leur abondance et la modicité de leur prix au moment de la découverte de ces trois corps, modicité qui trompa l'espérance de
plusieurs marchands avides accourus à cette fête; voilà aux
yeux d'Haymon un vrai miracle qu'il ne craint pas de comparer à la multiplication des cinq pains et des deux poissons
dont il est parlé dans l'évangile. Toutefois il raconte dans le
chapitre XIII la guérison d'un démoniaque par l'attouche-
ment ou même par le seul aspect d'un manteau de saint
Denys. Le dernier chapitre est une sorte d'hymne en l'hon-

neur de ce saint, qui, selon l'auteur, occupe dans le ciel le rang le plus élevé après les douze apôtres.

Si nous en croyons Harpsfeld, Pitz, Bailey, les centuriateurs de Magdebourg et Vossius, cette relation serait l'ouvrage d'un Anglais nommé Haymon, moine de Saint-Denys vers 1030, contemporain des faits qu'il raconte, puis professeur de théologie à Paris, ensuite chanoine et archidiacre de Cantorbéri, mort le 9 octobre 1054, et auteur de beaucoup d'autres écrits, par exemple, d'homélies, de commentaires sur diverses parties de la Bible, de dix livres *de memoriâ rerum christianarum ;* de traités intitulés : *De rebus monachorum ; de fructu incarnationis ; de sanctorum imitatione ; de quibusdam martyribus ; de pugnâ vitiorum et virtutum,* etc. Mais il a été reconnu que plusieurs de ces ouvrages appartiennent à Haymon d'Alberstad, auteur du IXe siècle, et quelques-uns à Haymon, religieux d'Hirsauge vers l'an 1094. On peut consulter à ce sujet les notes de Sandius sur Vossius et la bibliothèque du moyen âge de Fabricius, édition de Mansi.

Onuphre Panvini et le Paige pensent aussi que la relation dont nous avons rendu compte a été écrite au XIe siècle par un moine de Saint-Denis, nommé Haymon, qui devint archidiacre ou chanoine de Cantorbéri, mais auquel ils s'abstiennent d'attribuer d'autres œuvres. Doublet place au milieu du XIe siècle cet abbé Hugues auquel Haymon dédie son livre, et il l'appelle assez mal-à-propos Hugues de Milan, surnom qui ne convient qu'à un abbé d'une époque moins ancienne.

Au contraire dom Félibien, après avoir observé que l'auteur de la relation *nous apprend* lui-même qu'il écrivait *fort long-temps après l'événement,* ajoute que, selon toute apparence, Haymon l'adressait à un des deux abbés du nom de Hugues qui ont gouverné l'abbaye de Saint-Denys sous le règne de Philippe-Auguste, c'est-à-dire au temps de Rigord, qui rapporte aussi la même histoire.

Nous devons avouer que nous ne trouvons dans cette relation aucun texte où l'auteur dise qu'il écrit fort long-temps après l'événement. Mais nous avons cité à dessein quelques expressions qui donnent lieu de le conclure. Haymon ne sait pas au juste en quelle année le fait s'est passé : *anno* PLUS MINUS CIRCITER *millesimo quinquagesimo.* Il parle d'un abbé Hugues, qui, dit-il, gouvernait *alors (tunc præerat)* les reli-

Tome XV.   Q q

gieux de Saint-Denys, et qui sans doute est fort distinct de cet abbé Hugues auquel il dédie son livre. Enfin, quand il nomme les témoins, il les désigne comme ceux qui passent pour avoir assisté à la découverte des saintes reliques ; *inter-fuisse dicuntur*. Ce langage ne paraît pas être celui d'un contemporain.

Il est donc permis de n'attribuer cette relation ni à Haymon, qui, de religieux de Saint-Denys, devint archevêque de Cantorbéri, et mourut dès l'an 1054 ; ni à Haymon, abbé de Saint-Magloire à la fin du XIe siècle, qui n'est désigné nulle part comme ayant habité le monastère de Saint-Denys; ni à Baudouin, qui en effet y fut religieux, mais dont le nom n'a pas assez de ressemblance avec celui d'Haymon, expressément articulé au commencement de l'épître dédicatoire, telle que dom Félibien l'a imprimée d'après un ancien manuscrit de Saint-Denys.

C'est ainsi qu'on peut s'en tenir à considérer cette relation comme l'ouvrage d'un religieux du XIIe siècle, qui n'est connu d'aucune autre manière, mais qui s'appelait Haymon, et qui vivait à Saint-Denys ou sous l'abbé Hugues Foucaut, depuis 1186 jusqu'en 1197, ou bien sous l'abbé Hugues, dit de Milan, depuis 1197 jusqu'en 1205.

Gall. Christ. nov. t. IX.

Depuis Hugues IV, duquel Haymon dit *tunc præerat*, il n'y a pas eu d'abbé de Saint-Denys qui ait porté le nom de Hugues, jusqu'aux deux que nous venons d'indiquer : on est donc autorisé à supposer qu'Haymon écrivait après 1186 et avant 1205.   D.

EUDES DE VAUDEMONT,

ÉVÊQUE DE TOUL.

Calmet, Hist. de Lorr., t. II, p. 144. — Gall. Christ., t. XIII, p. 1001 et 1004.

EUDES ou Odon, fils de Hugues Ier, comte de Vaudemont, et d'Ageline de Bourgogne, et frère de Gérard II, fut d'abord archidiacre de l'église de Toul ; il en devint ensuite trésorier, et enfin évêque en 1192. On le trouve archidiacre en 1168, et vraisemblablement il exerçait déja cette fonction depuis plusieurs années, ayant été, pour ainsi dire, élevé dans cette église sous les auspices d'Henri de Lorraine, son parent, qui en était alors évêque, et qui mourut en 1165. Il l'exerçait encore en 1186, comme l'atteste sa signature mise au bas d'une charte de cette année. Il signe comme archidiacre et trésorier, dans une charte postérieure de 1188, conservée également par dom Calmet dans son histoire de Lorraine. Il remplaça, comme évêque, Pierre de Brixey, qui était parti pour la Terre-Sainte en 1189, et qui mourut à Jérusalem en 1191 ou 1192.

T. IV, Preuv. p. 397, 400 et 401. Gall. Christ. p. 1004. — Alb. chron., p. 392. Hist. de Lorr. p. 141.— Gall. Christ. p. 1004 et 1005.

Le chapitre de Toul était alors composé de soixante chanoines et de cent clercs ou vicaires. Ses revenus ne suffisaient plus à nourrir tant de personnes. Eudes demanda au pape et en obtint la réduction des chanoines à cinquante, sous la condition que le revenu des prébendes supprimées serait pareillement reversible sur eux et sur les clercs. Il voulut en même temps que l'on en donnât une de chanoine aux trois maîtres des écoles de Toul, et qu'on en donnât une de vicaire à ceux qui enseigneraient les humanités. Ces écoles étaient donc encore alors entretenues avec soin et jouissaient de quelque réputation. Ripert, archidiacre et chancelier, en avait la surveillance. Calmet le rappelle d'après l'histoire ecclésiastique de Toul, du Père Benoît.

P. 427.

Eudes fit un voyage à Rome; on ne sait pas bien pourquoi et dans quelle année; mais on sait que pendant son absence, ce fut Gérard de Vaudemont, son neveu, alors archidiacre et trésorier, que l'archevêque de Trèves désigna pour remplir les fonctions de vicaire-général du diocèse. Eudes fit aussi un voyage à Cluny, pour s'y édifier par l'exemple des vertus de ses religieux, et marqua son retour à Toul par plusieurs libéralités envers son église et les monastères. Il se trouva en 1196 avec un autre de ses neveux, Hugues de Vaudemont, à l'assemblée que l'empereur Henri VI, sur la demande de Célestin III, avait convoquée à Spire pour une nouvelle croisade contre les ennemis des chrétiens, et y reçut la croix des mains du légat du pape. Il partit au plus tôt l'année suivante; car on a des actes de lui datés de 1197. Albéric cependant le fait mourir en 1196. Eudes mourut pendant son voyage à la Terre-Sainte, le 26 novembre 1197 vraisemblablement, et peut-être seulement 1198. Son corps fut rapporté à Toul, et y fut inhumé dans la cathédrale, d'abord au milieu de la nef, et ensuite dans le tombeau de Hugues II, comte de Vaudemont, son neveu.

Gall. Christ. t. XIII, p. 1005. — Calm. Hist. de Lorr., t. II, p. 145.

Calm. ibid.-

Ibid. p. 147.

P. 408 de sa chronique. Gall. Christ. et Calm. ibid.

SES ÉCRITS.

P. 1177-1180.

Hist. de Lorr. t.
IV, aux Preuv. p.
404 et 405.

Eudes donna le 8 mai 1192, la première année de son épiscopat, dans un synode général de son diocèse, des statuts qui ont été imprimés par dom Martène au quatrième tome de son trésor d'anecdotes, sur l'original conservé dans l'abbaye de Beaupré, et peu d'années après, par D. Calmet, d'après le même manuscrit, parmi les preuves de son histoire de Lorraine. L'auteur annonce qu'ils sont faits à la demande de ses chers frères et amis les archidiacres et abbés du diocèse, qui, affligés des maux auxquels étaient chaque jour exposés les églises et leurs ministres, l'avaient unanimement prié de leur accorder défense et protection contre les entreprises de tous les genres de malfaiteurs qui ravageaient et désolaient le pays. Eudes fit en conséquence les statuts dont nous venons de parler : ils sont en dix articles.

Par les deux premiers, il défend avec anathême de célébrer le service divin dans tout lieu de son diocèse où on aurait apporté, ne fût-ce que pour une nuit, des objets enlevés à des églises ou à des ecclésiastiques. Les mêmes anathêmes sont prononcés contre tout lieu, quel qu'il fût, où l'on aurait vendu ou dépensé, d'une manière quelconque, en partie ou en totalité, les fruits d'un tel brigandage. Eudes excommunie pareillement, jusqu'à une entière restitution et une satisfaction convenable, et les ravisseurs et les personnes qui acheteraient d'eux les objets ravis. Il permet cependant de donner, mais *in extremis* seulement, la communion aux habitans qui n'auraient eu aucune part à ces vols, ni comme auteurs, ni comme complices. Quant à la sépulture ecclésiastique, il la refuse, même dans ce cas, jusqu'à ce que, du moins, les coupables soient réconciliés avec l'Eglise, et que le service divin ait été rétabli.

Le troisième article applique plus particulièrement ces interdictions et ces anathêmes aux princes et aux grands seigneurs qui seraient eux-mêmes les auteurs de ces rapines et de ces violences, ainsi qu'à leurs soldats et aux personnes de leur maison qui pourraient y avoir contribué. Il veut, par le quatrième, que l'excommunication prononcée contre eux soit renouvelée tous les dimanches par tous les prêtres qui célébreront les divins mystères. Après avoir même rendu en entier ce qu'ils auraient pris, ils ne peuvent être absous qu'après avoir fait satisfaction à l'évêque. Les personnes qui leur donneraient asyle dans cet état d'excommunication deviendront elles-mêmes excommuniées, si elles ne prouvent qu'elles l'ignoraient. Le lien sera ôté, si elles payent autant de fois dix sous que le coupable principal aura passé de nuits dans leur demeure.

Le cinquième article prive à jamais des bénéfices ou des fonctions qu'il pourrait avoir l'ecclésiastique, le religieux qui transgresserait ce qu'on vient de prescrire. Le sixième ordonne de cesser le service divin là où on aurait par violence enfermé dans un tombeau un homme mort sous ces anathêmes; il ordonne de l'en retirer, et défend de l'ensevelir ailleurs : si un de ceux qui l'auront ainsi inhumé meurt avant de s'être réconcilié avec l'église, il sera aussi privé pour jamais de la sépulture chrétienne.

L'article VII place sous les liens d'une excommunication subite tout homme qui abuserait de son rang ou de sa puissance pour enlever à des monastères leurs voitures ou leurs chevaux, et ceux qui lui donneraient ou lui vendraient des objets qu'il transporterait par ce moyen. Il interdit le service divin dans le lieu où ce transport aurait été fait, jusqu'à entière restitution et satisfaction offertes à l'évêque et à Dieu.

L'excommunication doit être prononcée de nouveau, chaque dimanche, dans toutes les paroisses, contre les religieux qui abandonneraient leur monastère : s'ils se marient, elle portera sur leurs femmes comme sur eux, et sur toutes les personnes qui les auraient sciemment admis à la communion chrétienne.

Si, malgré l'excommunication lancée contre lui, un prince ou un grand seigneur fait célébrer le service divin, le prêtre qui l'aura célébré sera excommunié aussi et incapable de posséder à jamais aucun bénéfice ou aucune fonction dans le diocèse. La même incapacité est prononcée contre tout prêtre qui oserait continuer à remplir son ministère, quoiqu'il eût encouru l'excommunication.

L'article suivant ordonne à tous les fidèles, tant ecclésiastiques que laïcs, pour la rémission de leurs péchés, de courre sus aux hérétiques qu'il appelle Wadoys (les Vaudois), partout où ils les trouveront, et de les amener enchaînés à Toul pour y être punis. On s'était contenté d'excommunier les religieux apostats avec leurs femmes et leurs enfans, s'ils se mariaient; mais on n'avait point ordonné de les saisir, de les emprisonner, de les livrer à d'autres peines.

Eudes finit par assurer une protection particulière de l'évêque à ceux qui pourraient être chassés violemment de leurs places et de leurs demeures, pour avoir voulu assurer l'exécution du présent statut : il promet de fournir à leur subsistance et à tous leurs besoins.

Dom Calmet a aussi donné une charte de ce prélat; elle est sans date et en faveur de l'abbaye de Clair-Lieu : c'est dans cette charte qu'Eudes en rappelle une du comte Gérard de Vaudemont, son frère.   P.

Hist. de Lorr. t.
II, aux Preuv. p.
173 et 174.

HUGUES DE NONANT.

Hugues de Nonant tient ce surnom du lieu de sa naissance : Nonant est un bourg de Normandie entre Argentan et Sécz. Trompé par une mauvaise copie des gestes de saint Thomas de Cantorbéri, Baronius donne à Hugues le surnom de Teminant, et le déclare Romain. Pagi a relevé ces erreurs.

De Gestis S. Tho-
mæ, c. 9. — In
Angliâ sacrâ, t. I,
p. 604.
Ad ann. 1172, n. 2.
Biblioth. PP. t.
XXII, p. 1336.

Hugues était neveu du célèbre Arnoul de Lisieux, qui le fit élever avec soin à l'université d'Oxford. On voit, par une pièce de vers d'Arnoul, adressée à son neveu, jeune encore, qu'il le croyait destiné à se distinguer dans la carrière poétique. « Autrefois, dit l'évêque de Lisieux, la Normandie » vantait mes vers; vous êtes le poëte qu'elle admire aujour- » d'hui : ma muse pâlit devant la vôtre. Je vous résigne l'Hé- » licon, méritez de conserver les faveurs des muses, en leur » rendant le culte assidu qu'elles exigent. » Toutefois il ne paraît point que Hugues se soit dévoué à ce culte; du moins il ne nous reste aucune production de son talent poétique, et il se pourrait que l'épître d'Arnoul, intitulée *ad nepotem suum,* sans nom, sans prénom, sans indication précise, fût adressée à quelque autre neveu de ce prélat.

Ce qui est constant, c'est que Hugues fut de très-bonne heure pourvu de bénéfices ecclésiastiques, et qu'il se montra fort ingrat envers son oncle Arnoul, auquel il en était redevable : Arnoul s'en plaint amèrement dans une lettre écrite,

vers l'an 1182, à Henri II, roi d'Angleterre. Le nom de
Hugues de Nonant se rencontre parmi ceux des jeunes élèves
attachés à Thomas Becket. Il devint archidiacre de Lisieux
vers 1173, et finit par obtenir l'évêché de Coventry. Son
élection paraît être de l'année 1185. On croit qu'il ne fut
sacré qu'en 1188, un an avant l'avènement du roi Richard;
mais en 1187, il était déja nommé légat du saint-siége, et en
exerçait les fonctions. Nous avons besoin de rappeler ici
qu'en partant pour la croisade, Richard confia l'administration de son royaume aux évêques de Durham et d'Ely. Ce
dernier, fort connu sous le nom de Longchamps, était né de
parens fort obscurs ; il abusa de sa puissance, fit arrêter son
collègue, emprisonna l'archevêque d'York ; et succombant
enfin sous le poids de l'indignation publique, il fut menacé,
cité, dépossédé, et forcé de s'enfuir déguisé en femme.
Hugues de Nonant se fit remarquer parmi les ennemis les
plus acharnés de l'évêque d'Ély : il est déclaré le principal
auteur de la disgrace de ce ministre, dans une lettre adressée par Pierre de Blois à Hugues lui-même, à Hugues,
autrefois seigneur et ami, aujourd'hui soi-disant évêque,
ayant à se souvenir de Dieu et à le craindre : « *Quondam*
» *domino et amico, Hugoni dicto episcopo, Dei memoriam*
» *et timorem.* » Une telle inscription annonce assez dans quel
esprit cette lettre est composée ; c'est un tissu de reproches
et presque d'invectives.

L'année 1191, époque de cette catastrophe de l'évêque
d'Ély, est la plus mémorable dans la vie de Hugues de Nonant ; car en même temps qu'il prenait une si grande part
aux affaires du royaume, il était en guerre ouverte avec les
religieux de son diocèse. Il avait conçu contre les moines
une aversion violente : il fit exprès un voyage à Rome pour
les dénoncer au chef de l'église. Nous lisons en propres
termes dans la chronique de Gervais qu'il les envoyait au
diable, *monachos ad diabolum amandandos.* Si l'on voulait
m'en croire, ajoutait-il, bientôt il n'en resterait pas un seul
dans la Grande-Bretagne. Ce qu'il disait, il le faisait autant
qu'il était en son pouvoir. Il expulsa les moines établis à
Coventry, et les remplaça par des chanoines réguliers. Cependant les moines et les autres ennemis de Hugues par-
vinrent à indisposer contre lui le roi Richard, qui rentrait
en Angleterre. Hugues, à son tour, fut, en 1194, chassé de
Coventry, où les moines ne tardèrent point à reparaître.

Spicil. in-fol. t. III,
p 510 ; in-4°, t.
XIII, p. 257 et seq.
Th. Chesterf. in
Angl. sacra, t. I,
p. 435, 436. —
Thom. Cant. epist.
p. 158.
Twisden. col. 1474,
1520. — Alford,
1184, n° 8, 1186,
n° 9. 1188, n° 7.

Roger de Hov. ad
ann. 1191. — Ger-
vas. apud Twis-
den. col. 1230.
Ep. 89 in op. Pe-
tri Bles. p. 137. —
Gussainv. not. p.
728, 729.

Gerv. apud Twis-
den, col. 1222,
1551, 1556.

Anglia sacra, t. I,
p. 436.

Mais, en 1195, Hugues y revint lui-même moyennant une somme de 5,000 marcs d'argent que tira de lui le roi Richard. Ce prince convertissait volontiers les exils en contributions. On ignore quels autres déplaisirs Hugues éprouva dans son diocèse; mais il le quitta de nouveau, et fit un dernier voyage en Normandie, où il mourut au mois d'avril 1198. Les chroniques s'accordent à dire qu'il termina ses jours dans sa patrie, *in natali suo Normanniæ solo;* mais les uns disent à Caen, les autres à Betherlevin ou Bercheluvin, ou plutôt Bec-Herluin (l'abbaye du Bec, fondée par Herluin).

Voss. de histor. lat. p. 782.

Il est un article plus important sur lequel les chroniqueurs sont encore moins d'accord; c'est le caractère moral de l'évêque de Coventry. Il a, dans leurs écrits, deux réputations différentes, ainsi qu'il arrive fort souvent aux hommes qui ont vécu au sein des troubles publics. Gervais le représente comme un personnage entreprenant et captieux, prompt à mal dire, lent à bien faire, habile à se servir des faibles pour renverser les forts. Selon Guillaume de Neubright, c'était un homme pervers, mais inconstant et craintif, qui, troublé par ses remords, ne put soutenir les regards du roi son maître. Il était rusé, quoiqu'impudent, nous dit Henri de Knygton, et se montrait pourvu d'audace autant que de littérature, *litteraturâ audaciâque instructus.* Maintenant il convient d'écouter Girard le Gallois, par qui Hugues nous est dépeint comme le meilleur et le plus bénin des hommes, qui, aux plus heureux dons de la nature, avait ajouté ceux que l'industrie acquiert; qui, toujours prêt à pardonner, ne savait offenser personne; recommandable par l'honnêteté de ses mœurs, par l'étendue de ses lumières, par *l'immensité* de ses vertus religieuses, *religiositatis immensæ;* patient et généreux même à l'égard des moines contre lesquels il ne s'est déclaré qu'après qu'ils eurent abusé long-temps de ses bienfaits. Les centuriateurs de Magdebourg, qui n'ont recueilli que les témoignages favorables à l'évêque de Coventry, préconisent son génie, ses vertus, sa science, et prétendent aussi qu'il n'a sévi contre les moines que pour mettre un terme à leurs désordres; *quod sceleratè et libidinosè multa agerent.*

Anglia sacra, t. II, p. 351-354.

Cent. XII, p. 1454, 1455.

On attribue à Hugues de Nonant d'abord plusieurs ouvrages dont ni les titres ni les objets ne sont indiqués nulle part; en second lieu, une histoire merveilleuse de la chute du ministre Longchamps, *Historia mirabilis de ejectione Longshampii;* troisièmement enfin, une lettre à Richard, évêque de Londres. Il nous paraît extrêmement probable que cette lettre et cette histoire ne sont qu'une seule et même production ; car, d'une part, l'on ne possède point cette prétendue histoire merveilleuse, et, de l'autre, l'épître à Richard n'est qu'une narration de la catastrophe de l'évêque d'Ely. Roger de Hoveden a inséré cette épître dans ses annales d'Angleterre ; et l'historien Hume, qui ne cite que Hoveden, a réellement extrait du récit de Hugues toutes les circonstances de l'événement dont il s'agit. Il en a seulement retranché les déclamations, les invectives et le détail des méprises qu'occasionnèrent les habits de femme dont Longchamps s'était revêtu en prenant la fuite, détail étrange dans une lettre qu'un évêque adresse à son confrère. Il nous sera plus permis de citer quelques traits de la description que fait Hugues du pouvoir et de l'opulence dont Longchamps avait abusé. On ne pouvait sans lui ni acquérir ni conserver un évêché, une abbaye, un domaine; son luxe surpassait celui des rois; il semblait avoir partagé le monde avec le créateur, ne laissant à Dieu que le ciel ou la région du feu, et se réservant à lui-même, pour ses besoins, pour ses plaisirs, pour ses caprices, les trois autres élémens, l'air, l'eau et la terre, *reliqua tria suis usibus, lusibus, abusibus reservans.* Cet opuscule annonce une imagination vive et féconde : Hugues aurait pu et peut-être dû être poëte plutôt qu'évêque. Mais le talent qui se manifeste dans cette épître est à-la-fois égaré par le mauvais goût du siècle et par les passions de l'auteur. Il est impossible de souscrire en la lisant aux éloges que Girard prodigue au caractère moral de l'évêque de Coventry.

Dans une lettre fort courte à l'évêque de Londres, Richard, et rapportée par Raoul de Diceto, Hugues promet de ne plus exercer au nom du roi les fonctions de vicomte dans plusieurs comtés. Baudouin, archevêque de Cantorbéri, lui avait prescrit de s'en abstenir. Mais on a lieu de croire que le prélat de Coventry tint mal la promesse qu'il donne ici de se conformer à cet ordre.

La bibliothèque cottonienne indique des constitutions ou statuts de l'église de Lichtfield par Hugues de Nonant, publiés en 1434. Il y a là quelque erreur, puisque Hugues vivait sans nul doute au XIIe siècle, et qu'en 1434, c'était Rainaud Bolars qui gouvernait l'église de Coventry et de Litchfield. Peut-être ce dernier prélat a-t-il renouvelé des statuts dont Hugues de Nonant avait été le premier auteur.   D.

ANONYME,

GENEBRARD, dans sa chronique, observe qu'avant le règne de Philippe-Auguste, aucun livre n'avait encore paru qui fût écrit en langue française. J'ai vu, dit Duboulay, un traité dédié à ce roi sur la manière de rendre la justice; ce traité existe dans la bibliothèque de Jacques Mentel, médecin de Paris. Duboulay ajoute, d'après Masson, que Geoffroi de Ville-Hardouin avait composé une histoire de la prise de Constantinople par les croisés. Il semble placer le premier de ces ouvrages sous l'an 1198; c'est du moins sous cette année qu'il en parle. Le second est nécessairement postérieur de huit ou dix années au moins, puisque Constantinople ne fut prise que l'an 1204. Duboulay cependant le met sous Louis-le-Jeune, et en prend occasion de critiquer Genebrard; l'erreur, comme on voit, est toute entière dans le critique. Il annonce pareillement que, selon quelques écrivains, un auteur qu'il appelle Hélinand, et qu'il caractérise par *Picardo-Flamandus*, avait composé en français un poëme sur la mort. Hélinand, moine de Froidemont, abbaye de l'ordre de Cîteaux, dans le diocèse de Beauvais, a vécu assez avant dans le XIIIe siècle.   P.

T. II, p. 518.

Gall. Christ. t. IX, p. 891.

MELIOR OU MELCHIOR,

CARDINAL DE L'ÉGLISE ROMAINE.

LES historiens qui ont parlé de ce cardinal, Ciaconius, le P. Pagi, François Duchesne, du Boulai, et d'après lui dom Rivet, le disent Français de nation, et ils se trompent tous. Il est vrai que ce docteur a vécu long-temps en France avant de parvenir au cardinalat, et qu'il y possédait des bénéfices en plusieurs églises; mais nous prouverons bientôt qu'il était Italien, né à Pise.

On se fonde pour le croire né en France sur un passage

Steph. Tornac., ep. 110, al. 128.

de la lettre 110 d'Etienne de Tournai, lequel pourrait avoir quelque poids, si la conséquence qu'on veut en tirer n'était démentie par un témoignage formel qui la renverse. Dans cette lettre, l'abbé de Sainte-Geneviève, écrivant au cardinal Melior au nom du cardinal Guillaume de Champagne, archevêque de Reims, lui expose les inconvéniens qui résulteraient pour l'église en général et pour la France en particulier, s'il arrivait que le pape Lucius III, reprenant le procès de l'église de Tours contre celle de Dol touchant la juridiction métropolitaine sur les évêchés de Bretagne, décidât en faveur de l'église de Dol. On écrivit au cardinal Melior, camérier du pape, parce qu'étant compatriote de Rolland ; élu évêque de Dol, on craignait qu'il n'employât son crédit pour faire triompher la cause de ce dernier, qui refusait de recevoir la consécration des mains de l'archevêque de Tours avant que la contestation fût décidée.

Or voici le passage de cette lettre dont on argumente : *Inde est quod dilectionem tuam, de qua non immeritò specialiter confidimus, monemus, rogamus et consulimus, ut quacumque arte potueris, factum istud impedias, nec propter favorem personæ illius* QUÆ TIBI NATIONE CONJUNCTA EST, *pacem et concordiam quæ inter romanam ecclesiam et regnum Francorum hactenus inviolabilis extitit, turbari permittas.* Il résulte de ce passage que le cardinal Melior était né dans le même pays que Rolland, évêque de Dol, *personæ illius quæ tibi natione conjuncta est.* Il faut donc examiner si Rolland était vraiment né en France.

On l'a cru Breton, parce qu'à l'époque où il fut élu évêque de Dol, l'an 1177, il était doyen de l'église d'Avranches, selon Robert, abbé du mont Saint-Michel. On aurait pu aussi bien le dire Normand, l'évêché d'Avranches étant sous la métropole de Rouen. La vérité est qu'il était Italien, né à Pise. Cela est prouvé par le procès-verbal d'une enquête faite l'an 1181 par ordre de Henri II, roi d'Angleterre, pour le recouvrement des biens usurpés sur l'église de Dol. On y lit à la fin : *Actum anno verbi incarnati 1181, mense octobri, de mandato Henrici regis Angliæ et Gaufridi filii ejus, comitis Britanniæ, Rollando Dolensi electo,* NATIONE PISANO. Si donc Rolland était Pisan, il est également prouvé par l'épître 110 d'Etienne de Tournai, que le cardinal Melior était né dans les états de Pise.

Le P. Pagi, bien persuadé d'après les faux raisonnemens

R r 2

Rob. de M. ad an. 1177.

Morice, Hist. Bret., t. I, pr. col. 682.

Pagi, ad an. 1182, n° 5.

516 MELIOR, CARDINAL DE L'ÉGL. ROM.

que nous venons d'exposer, que les cardinaux Melior et Rolland étaient Bretons, réfute l'opinion d'Onufre Panvinius, qui les dit l'un et l'autre natifs de Sienne. Si Panvinius s'est trompé en cela, il faut convenir que son erreur est moins considérable que celle du P. Pagi.

Notes mss. sur les ép. d'Etienne de Tournai, à la Bibl. roy.

Etienne Baluze croyait aussi avoir trouvé la preuve que le cardinal Melior était Auvergnat. Il cite un nécrologe de l'église de Clermont en Auvergne, dans lequel le décès de ce cardinal est marqué; mais il ne rapporte pas le texte, qui prouverait tout au plus que Melior avait possédé un bénéfice dans cette église, comme dans tant d'autres. Ce savant, après s'être livré à de grandes recherches, a découvert que ce cardinal pouvait appartenir à la maison d'Apchier dans le Dauphiné, parce qu'il a trouvé dans des titres du XIVe siècle un Melior d'Apchier. Mais comme on a souvent écrit *Melior* pour *Melchior*, nom d'un des trois mages de l'Orient qui se rendirent à Bethléem lors de la naissance du Sauveur, il y a toute apparence que ce n'était qu'un nom de baptême.

Après ces éclaircissemens, nous allons tracer le précis historique de la vie du cardinal Melior, et des différens emplois qu'il exerça en France.

Hist. Littér. t. IX, p. 74.

Suivant D. Rivet, Melior enseignait encore à Paris, lorsqu'en 1184, le pape Lucius III le nomma cardinal, et il cite à la marge l'histoire de l'université de Paris, t. II, p. 735. Il est certain que ce prélat est qualifié *Magister* dans tous les monumens du temps, même depuis qu'il fut élevé au cardinalat; mais rien ne prouve qu'il ait enseigné à Paris. Il était jurisconsulte, et il pourrait se faire qu'étant Italien, il eût pris le bonnet de docteur à Bologne.

Il paraît qu'arrivé en France il s'attacha à Hugues de Touci, archevêque de Sens, qui, à la demande du pape, lui donna un bénéfice dans son église. C'est dans ce sens que le continuateur du recueil des historiens de France a interprété une lettre de Pierre de Celles à l'archevêque de Sens,

Petri Cellen., lib. I, ep. 11.— Bouq., t. XVI, p. 709.

dans laquelle, à la vérité, on ne lit pas le nom de Melior en toutes lettres, mais seulement avec la lettre initiale *Magister* M. D'après cette lettre, le roi sut mauvais gré à l'archevêque d'avoir conféré ce bénéfice à maître M. Celui-ci, pour épargner au prélat le désagrément de se compromettre avec le roi, avait renoncé à son titre; et l'objet de la lettre de l'abbé de Celles est d'engager le prélat à récompenser le généreux dévouement de l'impétrant par quelque autre bienfait, soit en obtenant pour lui l'agrément du roi, soit en lui procurant un autre bénéfice. Nous croyons que c'est à lui aussi qu'est adressée la lettre 114 de Jean de Salisburi, et non à Matthieu, grand-chantre du chapitre de Sens, *Matthæo præcentori senonensi*, comme porte la suscription. Au moins le continuateur du recueil des historiens de France a-t-il observé avec raison que cette lettre n'a pu être écrite au chantre de l'église de Sens, puisqu'il y est parlé de lui en tierce personne. Ce qui autorise à croire que c'est à maître Melior que la lettre de Jean de Salisburi est adressée d'Angleterre, c'est qu'elle est de la même date que celle de l'abbé de Celles, et relative à la même affaire : d'où l'on pourrait conclure que maître Melior, à qui le savant Anglais donne le titre d'ancien ami, avait été admis, comme lui, à l'abbaye de Celles avant d'avoir obtenu un bénéfice à Sens. Mais, manquant de lumières précises sur tous ces objets, on nous pardonnera de n'avoir proposé que des conjectures propres néanmoins à donner un sens à ces lettres d'ailleurs fort obscures par la témérité ou la négligence des copistes. Quoi qu'il en soit, la suite de l'histoire de notre cardinal est moins embrouillée.

Bouquet, ibid. p. 495

L'an 1171, maître Melior fut député en cour de Rome par Henri-le-Libéral, comte de Champagne, pour défendre sa cause contre l'archevêque de Reims, Henri de France, qui avait excommunié le comte et jeté l'interdit sur ses terres, comme cela est expliqué dans une lettre du pape Alexandre III, relative à cette affaire.

Mart. Ampl. Collect., t. II, col. 907. — Bouq. t. XV, p. 909.

Un titre de l'an 1183, rapporté par Marlot, prouve qu'à cette époque maître Melior était vidame de l'église de Reims, et qu'en cette qualité il fut nommé arbitre conjointement avec Guillaume, archevêque de Reims, et l'abbé de Saint-Remi nommé Simon, dans une contestation survenue entre le chapitre de Laon et l'abbaye de Saint-Vincent de la même ville, touchant le droit qu'on contestait à cette abbaye de donner la sépulture aux évêques de Laon.

Marlot, Hist. Rem. t. II, p. 458.

Melior avait été auparavant archidiacre de l'église de Laon. Cela est prouvé par l'épître 83 d'Etienne de Tournai, où il est dit qu'en cette qualité il avait procuré un bénéfice à un clerc, en faveur duquel l'abbé de Sainte-Geneviève écrivit sa lettre à Guillaume, archevêque de Reims. Cette lettre est de l'an 1184, car l'auteur annonce qu'à cette époque Melior

Steph. Tornac., ep. 83, al. 101.

était sur le point d'être fait cardinal : *Melioris in proximo, ut audivimus, fortunæ futurum.*

Rob. de M. ad an. 1184.

En effet, ce fut l'an 1184, selon Robert du Mont, ou l'an 1185, comme le dit Ciaconius, que le pape Lucius III le nomma prêtre-cardinal du titre de Saint-Jean et de Saint-Paul, et le fit en même temps son camérier. Au moins est-il certain que dès le mois de juin de cette dernière année on trouve son nom souscrit avec le titre de cardinal à une

Ital. sacra, t. V, col. 804, 2ᵉ éd. — Labbe, Concil., t. X, col. 1810.

bulle du pape Lucius rapportée par Ughelli : *Datum Veronæ per manum Alberti, S. R. E. presb. card. et cancellarii, idibus junii, indict. III, incarn. Dom. anno MCLXXXV, pontificatûs verò domni Lucii tertii anno quarto.*

Hoved., p. 732.

L'an 1193, le pape Célestin III chargea le cardinal Melior de conduire en France la reine Bérengère, épouse de Richard, roi d'Angleterre, et la sœur de Richard, la reine Jeanne, veuve de Guillaume II, roi de Sicile, qui avaient avec elles la fille de l'empereur de Cypre, Isaac Comnène, détrôné et emmené captif par Richard. Ces trois princesses revenant de Syrie avaient abordé en Italie ; mais, instruites du malheur qui était arrivé au roi Richard, fait prisonnier en Allemagne par le duc d'Autriche, et craignant le même sort si elles suivaient la même route que lui, s'étaient refugiées à Rome. Ce ne fut qu'après six mois de séjour qu'elles se déterminèrent à retourner en France, où elles n'avaient pas moins à craindre du ressentiment de Philippe-Auguste, pour passer de-là en Angleterre. Par ces considérations, le pape les mit sous la sauve-garde du cardinal Melior, qu'il revêtit de la dignité de légat. Avec ces précautions, les princesses achevèrent leur voyage sans accident. Arrivées en Provence, elles furent accueillies par le roi d'Aragon, qui leur servit d'escorte pour traverser ses états. Le comte de Toulouse les reçut à Saint-Gilles, et les accompagna jusqu'à Poitiers, dernière ville appartenant au roi d'Angleterre ; mais elles n'entrèrent pas sur les terres du roi de France.

Souchet, Vita S. Bernardi Tyron., p. 259.

Melior commença dès-lors à déployer son caractère de légat à la cour de France. Nous avo' ' une charte de Renaud, évêque de Chartres, datée de cette année 1193, portant que le cardinal Melior, en sa qualité de légat, avait réglé un différend qui s'était élevé entre l'évêque et le chapitre au sujet

Analecta , in-fol. p. 237.

des prévôtés de la même église. Il est aussi fait mention de ce règlement dans un formulaire de serment rapporté par

Mabillon, dans lequel formulaire le légat est appelé Melchior.

Ce fut aussi en sa qualité de légat que le cardinal Melior Hoved., p. 742.
ménagea, l'an 1194, une trève d'un an entre le roi de France
et celui d'Angleterre. Cette même année, le roi d'Angleterre
ayant saisi les biens que des églises de France possédaient
dans ses états, et le roi de France ayant usé de représailles Rad. de Diceto,
à l'égard des églises de la domination du roi d'Angleterre, col. 677.
qui avaient des possessions en France, le cardinal Melior fit
tant par ses sollicitations et ses prières, que les deux rois
consentirent à donner main-levée.

L'an 1196, Philippe-Auguste ayant épousé Agnès de Mé- Rigord. ad an.
ranie en vertu du divorce prononcé, trois ans auparavant, 1193.
contre Ingeburge de Danemarck, le cardinal Melior, sur les
plaintes des Danois, tint à Paris sur cette affaire un concile,
ou qui ne décida rien, ou dont les actes sont perdus. *Sed
quia facti sunt canes muti non valentes latrare, timentes
etiam pelli suæ, nihil ad perfectum deduxerunt,* dit Rigord.

L'année d'après il jeta l'interdit sur les terres du comte Steph. Tornac., ep.
de Flandre et de Hainaut, parce que ce prince s'étant ligué 231, al. 212.
avec le roi d'Angleterre contre celui de France, son suze-
rain, faisait le dégât sur les frontières du royaume.

L'année précise de sa mort n'est pas connue; mais on
voit qu'il n'était plus de ce monde l'an 1198, puisque le pape
Innocent III, parlant de lui dans une lettre de cette année, Lib. I, ep. 171.
l'appelle un prélat d'heureuse mémoire, *bonæ memoriæ.*
Peut-être mourut-il en Auvergne dans le cours de sa légation; et cela expliquerait pourquoi les chanoines de Clermont
ont consigné son nom dans leur nécrologe, comme l'atteste
Baluze.

On ne peut douter que notre cardinal, avec la réputation
de savant qu'il eut de son temps, n'ait composé quelque
ouvrage qui lui aurait ouvert la carrière des honneurs auxquels il est parvenu; qu'ayant été chargé de négociations
aussi importantes que celles que nous venons de décrire, il
n'ait été dans le cas d'écrire beaucoup de lettres. Cependant
nous ne trouvons de lui aucun écrit, pas même une lettre
missive. Malgré cela, nous avons cru pouvoir lui consacrer
un article, ne fût-ce que pour détruire les erreurs qu'on a
débitées sur son compte, et pour débrouiller un peu l'histoire de sa vie. **B.**

RICHARD,

Roi d'Angleterre.

CE roi d'une nation presque toujours ennemie de la France, moins connu par ses talens que par ses vices et ses malheurs, ne paraît avoir en lui rien de français ni de provençal qui doive lui donner place dans cette histoire. Mais avant de succéder à Henri II, son père, il fut pendant quinze ans comte de Poitou; il séjourna souvent dans cette province que les troubadours faisaient alors retentir de leurs chants; souvent il fréquenta la cour de Raimond Bérenger, comte de Provence; Nostradamus prétend. même qu'il fut amoureux d'Eléonore ou Hélyone, l'une des quatre filles du comte. Cette cour était l'asyle naturel et comme le rendez-vous général des troubadours; Richard en attira un grand nombre à la sienne. De l'admiration pour leurs talens, il passa au desir de les imiter. On ignore s'il s'exerça dans le genre de leurs poésies amoureuses et galantes. Il n'est resté de lui que deux sirventes ou pièces satiriques, relatives l'une à sa captivité en Autriche, l'autre à sa dernière guerre avec le roi de France.

Cette captivité fut le seul fruit qu'il retira de la croisade qu'il avait entreprise moins par un esprit de piété malentendue que pour obéir à la fougue de son caractère et au desir d'effacer par ses exploits ceux du roi de France, Philippe-Auguste, qui partait en même temps. Pour cette expédition inutile, Richard avait écrasé d'impôts ses sujets, vendu les offices, les domaines, sa suzeraineté sur l'Ecosse; il aurait, disait-il, vendu Londres, s'il eût trouvé un acheteur. Les deux rois, réunis devant Acre ou Ptolémaïs, qu'on assiégeait depuis deux ans, s'y distinguèrent à l'envi, et eurent en commun la gloire d'en terminer le siége. Leur amitié n'était qu'apparente, et couvrait, sous le nom d'émulation, une haine réelle. Philippe revint peu de temps après dans ses états; Richard n'acheva pas non plus en Palestine la trève de trois ans qu'il avait conclue avec Saladin. Inquiet de ce que le roi de France pouvait, malgré les sermens qu'il lui avait faits, tenter contre lui en son absence; inquiet de

l'état où il savait qu'était son royaume, il s'embarqua pour
y revenir, fit naufrage sur les côtes d'Istrie, entreprit de traverser l'Allemagne seul et déguisé en pélerin, passa témérairement sur les terres du duc d'Autriche, Léopold, dont il
avait insulté la bannière au siége d'Acre, et son implacable
ennemi, fut arrêté par ses ordres et jeté dans une prison où
il demeura long-temps sans que l'on pût savoir ce qu'il était
devenu.

C'est là que lui arriva cette aventure que le président Fauchet a racontée le premier, et qui a paru dans ces derniers
temps avec un grand éclat sur nos théâtres. Ce n'est pas un
des traits les moins intéressans de l'histoire des troubadours; et s'il est honorable pour le ménestrel qui en est le
principal acteur, il prouve aussi que Richard, au milieu de
tous ses vices, avait pourtant de bonnes qualités, puisqu'il
savait inspirer un attachement capable de résister à de telles
épreuves. Fauchet dit avoir tiré cette anecdote *d'une bonne
chronique française* qui était en sa possession.

Mais Richard n'était pas à la fin de ses infortunes. Léopold, après l'avoir indignement traité, le vendit et le livra
plus indignement encore à l'empereur Henri VI, qui avait
aussi contre Richard des sujets de ressentiment. Philippe-
Auguste ne rougit point de se joindre à ses oppresseurs, de
lui imputer un crime qu'il n'avait pas commis (1), et, sous
ce prétexte, de ravager ses terres à main armée. Le malheureux roi, abreuvé d'humiliations, obligé de se défendre devant la diète de l'empire, où il était accusé de ce même
crime, ne dut enfin sa délivrance qu'à l'intercession du pape
et à une grosse rançon. C'est pendant cette dure captivité
qu'il composa le premier des deux sirventes qui nous sont
restés de lui. On voit, dès les premiers vers, qu'il est pénétré
de sa situation, et que l'abandon qu'il éprouve de la part de
ses amis, lui inspire autant de mépris que de colère. Il est à remarquer que le langage dont il se sert n'est pas du provençal
pur, mais mêlé de français, et que même le français y domine.

> Ja nus hom pris non dira sa raison
> Adreitament se com hom dolent non :
> Ma per confort pot il faire chanson.

(1) Le meurtre de Conrad, marquis de Montferrat, qui avait été tué
en Asie par les satellites du prince des Assassins, connu sous le nom du
Vieux de la Montagne.

Tome XV.   S s

Prou a d'amis, mas poure son il don,
Onta (honte) i auron se por ma reezon
Soi fat dos yver pris.

Il dit dans une autre strophe : « Il est trop vrai, homme mort n'a ni parens ni amis, puisque pour de l'or et de l'argent on me délaisse. Je souffre de mes malheurs; je souffre encore plus de la dureté de mes sujets : quels reproches à leur faire si je meurs dans cette longue captivité ! »

Dès que Richard fut libre, il déclara la guerre au roi de France. Ils étaient tous les deux trop affaiblis pour que cette guerre durât long-temps, et se haïssaient trop pour que la paix ne fût pas presque aussitôt rompue que signée. A la première trève, Richard abandonna l'Auvergne à Philippe en échange du Querci. Le dauphin d'Auvergne crut perdre au change, et témoigna son regret, ce qui prouve, ou que Richard valait mieux au fond que l'on ne croit, du moins pour ses grands vassaux, ou que Philippe-Auguste exerçait plus durement que lui ses droits de suzeraineté. Richard ayant recommencé la guerre, le dauphin se déclara pour lui; mais il n'en fut pas soutenu, et se vit obligé de se soumettre aux plus dures conditions. Après une seconde trève, la guerre se ralluma de nouveau entre les deux rois; celui d'Angleterre voulut engager de nouveau le dauphin d'Auvergne à rompre avec le roi de France et à épouser sa querelle, mais il ne put l'y décider; et ce fut à cette occasion qu'il fit son second sirvente. Il l'adresse au dauphin et au comte Gui, son cousin et son zélé partisan. Le français et le provençal y sont mêlés comme dans le précédent. Le roi n'épargne à ses deux anciens vassaux ni les plaisanteries piquantes, ni même le reproche de leurs défauts naturels ; car on voit par la fin de la première strophe, qn'au moins l'un des deux était roux.

Daufin ieu voill deresnier (interroger, demander)
Vos e le conte Guion
Que ainen (ut) ceste seison
Vos feites bon gerrier;
E vos jurastes a moi,
E portastes me tiel foi,
Come esangrins à reinart (1)
Cui semblez dou poil liart (roux).

(1) Allusion aux fables du Loup et du Renard; le loup est appelé Isangrin par les auteurs orientaux.

Les subsides se payaient au profit de Richard à Chinon
en Touraine. Il paraît, par le ton ironique de la seconde
strophe, que sa caisse était bien garnie, et il reproche au
dauphin et au comte Gui d'avoir mal calculé leurs intérêts.

> Vos me laissastes aidier
> Por treime de geerdon (par crainte de n'être pas payés)
> E car savetz q'a Chinon
> Non a argen ni dinier.
> E vos voles riche roi,
> Bon d'armes qui vos port foi ;
> E ie sui chiche, coart,
> Sius viretz de l'autre part.

Mais il promet de leur faire bonne et loyale guerre, malgré leur déloyauté.

> Mas una ren (une chose) vos outroi
> Si be m' fausastes la loi :
> Bon gerrier à l'estendart
> Troveretz li roi Richart.

S'étant enfin réconcilié avec Philippe, il s'engagea peu de
temps après dans une querelle particulière contre un seigneur, son vassal, pour un trésor que ce seigneur avait
trouvé, et que Richard voulut avoir. Il l'assiégea dans son
château, et fut blessé d'un coup de flèche dont il mourut (1) En 1199.
après s'être donné la satisfaction barbare de faire pendre la
garnison de la place dans laquelle il était entré de vive force
depuis sa blessure. Mais il est bon d'observer que ce n'était
point pour s'en venger; cette exécution était résolue d'a-
vance; il l'avait même fait déclarer à la garnison, qui offrait
de se rendre; et ce fut après ce refus et cette déclaration
qu'il fut atteint d'une flèche et blessé à mort. Il eut la générosité tardive d'excepter de la sentence le soldat qui l'avait
blessé, mais qui n'en fut pas moins écorché vif après la
mort du roi.   G.

MICHEL DE CORBEIL,

ARCHEVÊQUE DE SENS.

MICHEL, qu'on croit être de la famille des comtes de Corbeil, fut d'abord chanoine de Saint-Gery à Cambrai, suivant la France chrétienne, et chanoine de Soissons, suivant Claude Dormay, dans son histoire de cette ville et de ses rois ; ensuite archidiacre de Bruxelles, suivant la France chrétienne encore, dont je ne vois au reste aucun écrivain reproduire l'opinion. Le *Gallia Christiana*, Duboulay, dans son histoire de l'Université de Paris ; Mathoud, dans le catalogue des archevêques de Sens ; d'autres encore, s'accordent tous également à dire que Michel de Corbeil fut doyen de l'église de Meaux, de celle de Laon et de celle de Paris ; de celle de Laon en 1191, et de celle de Paris en 1192, d'après un autre passage du *Gallia Christiana*, qui le fait aussi chanoine et chancelier de cette dernière église, avant qu'il devînt doyen d'aucune autre. Nous devons remarquer aussi que, quoique les auteurs de ce savant ouvrage parlent de Bruxelles sans parler de Meaux en faisant l'histoire de Michel de Corbeil, à l'article des archevêques de Sens, ils le placent à Meaux non comme archidiacre, mais comme doyen à l'article qui concerne l'église de cette ville. Michel devait l'avoir été en 1166 ou 1167. Son prédécesseur, Guillaume, fils de Thibaut, comte de Champagne, paraît encore dans un acte de 1165 ; et lui, Michel, signe comme témoin, en 1169, un autre acte par lequel Etienne de la Chapelle, alors évêque de Meaux, donne aux chanoines de sa cathédrale la moitié de la dîme de Quiney, bienfait dont on lui sut tant de gré, que l'on crut devoir en faire mention dans l'inscription mise sur son tombeau. On rappelle aussi dans le huitième tome de la France chrétienne quelques autres actes que Michel de Corbeil signa comme doyen de Meaux. Dubois, dans son histoire de l'église de Paris, rappelle ceux auxquels Michel concourut comme doyen de cette église. L'histoire de celle de Meaux, par dom Toussaint Duplessis, fait mention de différens titres sur lesquels paraît son nom depuis 1169 jusqu'en 1184.

T. XII, p. 55.
Liv. V, c. 48.

T. VIII, p. 1665 ; t. VII, p. 198 ; t. IX, p. 561.
T. II, p. 496.
P. 129, etc.

T. IX, p. 361. V. aussi t. VII, p. 198, et Dubois, Hist. de l'égl. de Paris, t. II, p. 144 et 179.
T. XII, p. 55.

T. VIII, p. 1665.

Gall. Christ. t. VIII, p. 1616 et 1665.

P. 1665.

T. II, p. 144. — V. aussi Gall. Christ., t. VII, p. 198.
T. I, p. 560.

Michel de Corbeil était doyen de Paris quand on le nomma, en 1194, patriarche de Jérusalem ; mais cette nomination fut sans effet, Michel ayant été élu presque immédiatement, quinze jours après, à l'archevêché de Sens, qu'il accepta. Il semble, par une lettre de l'évêque de Lydda, imprimée dans le second livre des *Miscellanea* de Baluze, que Michel de Corbeil était peu enclin à accepter le patriarcat auquel on l'avait d'abord nommé : l'évêque de Lydda l'y exhorte, en lui faisant sentir tout le bien qui pourra naître de son acceptation, tout le mal que son refus pourrait produire. La lettre est pleine d'ailleurs de la plus grande confiance et des plus grands éloges pour les talens et les vertus de Michel de Corbeil.

Avant d'être appelé à l'épiscopat, Michel s'était rendu célèbre par la culture et l'enseignement des lettres, de la littérature sacrée en particulier. Duboulay l'appelle professeur excellent, homme d'une immense renommée, *ingentis famœ ;* Rigord, Belleforêt, Dubois, tous les écrivains confirment cet éloge. Ses vertus ne l'avaient pas fait moins chérir. Rigord indique en même temps et ses succès littéraires, et ses charités envers les pauvres, et tous les autres biens qu'il faisait.

Il mourut au mois de novembre 1199, suivant Duboulay, Dubois et la France chrétienne. Le nécrologe de Meaux dit le 1er décembre. Pierre, son frère, lui succéda dans l'archevêché de Sens. Un de ses petits neveux devint, au milieu du siècle suivant, évêque de Paris.

On croit que Michel de Corbeil fut aumônier de Philippe-Auguste.

Il avait été envoyé à Rome par l'évêque de Paris, Eudes de Sully, pour y défendre ses droits contre l'abbé de Sainte-Geneviève.

SES ÉCRITS.

Sander, dans sa bibliothèque des manuscrits de la Belgique, nomme entre ceux de l'abbaye d'Aulne, diocèse de Liége, *Distinctiones Michaelis senonensis archiepiscopi in psalmos.* N'étant encore que doyen de l'église de Meaux, Michel de Corbeil avait composé un commentaire sur les psaumes que le Père de Montfaucon cite dans sa Bibliothèque des bibliothèques, comme étant parmi les manuscrits de cette église. Il cite également parmi ceux du nouveau collége d'Oxford, *Michaelis Meldensis distinctiones in*

Gall. Christ. t. XII, p. 55. — Dubois, p. 144, 179, 238. — Duboulay, t. II, p. 496 et 756. — Rigord, t. V de la Coll. de Duchesne, p. 37. — Belleforêt, Annales de France, t II, p. 568. P. 242 et suiv.

P. 496. — V. aussi, p. 756, le passage qu'il cite de Robert d'Auxerre. T. V de Duch. p. 37, et t. II de Duboul., p. 497. Duboulay, p. 542. — Dub. p. 267. — Gall. Christ., t. XII, p. 56. Hist. de l'égl. de Meaux, t. I, p. 560. Gall. Christ. t. XII, p. 57. — Spicil. de Dach. t. II, p. 475. — Rigord, t. V de Duch. p 43. Gall. Christ. t. VII, p. 101. *Ibid.* p. 220. Dub. H. de l'égl. de Paris, t. II, p. 153. Part. 2, p. 238.

T. II, p. 1293.

T. I, p 665.

psalterium. Le catalogue des manuscrits d'Angleterre n'en fait pas seulement mention au sujet d'Oxford, mais aussi en parlant de la bibliothèque jacobéenne et de celle de Thomas Bodley. Lelong, pareillement, dans sa Bibliothèque sacrée, et Montfaucon encore, dans sa Bibliothèque des bibliothèques, nomment parmi les manuscrits de la cathédrale de Laon *Commentarius in psalmos Michaelis decani Meldensis, et posteà archiepiscopi senonensis.* Le savant bénédictin nomme presque aussitôt parmi les mêmes manuscrits deux ouvrages dédiés à Michel de Corbeil : *De tribus canticis, ad Michaelem senonensem archiepiscopum ; commentarius in Mathœum, ad Michaelem senonensem archiepiscopum.* Les trois cantiques annoncés dans la première de ces indications sont apparemment le *Magnificat,* le *Benedictus,* et le *Nunc dimittis.*

Deux lettres, l'une d'Etienne de Tournai, l'autre, que nous avons déja citée, de l'évêque de Lydda, peuvent faire connaître jusqu'à quel point les contemporains de Michel de Corbeil honoraient ses lumières. La première a pour objet de consoler le chapitre de Laon, mécontent de ce que le chapitre de Paris le lui enlevait en le nommant doyen aussi de son église. Elle renferme un bel éloge de Michel de Corbeil. La seconde n'est pas moins honorable pour lui. On peut joindre à ces deux lettres celle du pape Innocent III, quand il apprit la mort de ce prélat. Le pontife l'appelle homme sage, éclairé, connaissant bien tous ses devoirs et les pratiquant bien tous, défenseur zélé de la loi de Jésus-Christ, adversaire implacable de l'hérésie. Nous avons une autre lettre d'un autre pape à Michel de Corbeil, de Célestin III, prédécesseur d'Innocent ; mais elle n'a pour objet que la répudiation d'Ingeburge par Philippe-Auguste : Célestin mande à l'archevêque de Sens de s'opposer à tout nouveau mariage que le roi voudrait contracter, de le presser de reprendre l'épouse qu'il avait quittée.

P.

ROGER,

Doyen de l'Église de Rouen.

G IRARD SILVESTRIS, parlant du succès avec lequel il enseignait le droit à Paris, vers 1175, dit qu'un jour, comme
il se faisait de toute part un concours immense pour entendre Girard (observez que c'est de lui-même qu'il parle
ainsi à la troisième personne), la leçon terminée et des applaudissemens universels d'un auditoire nombreux ayant
éclaté, un homme plein de mérite, qui avait enseigné les
arts libéraux à Paris, après s'être long-temps livré, à Bologne, à l'étude des lois, s'écria tout-à-coup (je me sers des
mots mêmes employés par l'auteur qui nous confie cet éloge
fait de lui-même) : *Non est sub sole scientia, si Parisios fuerit forte delata, quæ incomparabiliter ibi et longe excellen-
tius quam usquam alibi, procul dubio non prævaleat.*

Girard nomme celui à qui on devait cette exclamation :
c'est Roger le Normand, qui devint ensuite doyen de l'église
de Rouen.

Le passage que nous venons d'indiquer annonce qu'il
avait étudié avec soin la jurisprudence, et qu'il avait professé les arts libéraux à Paris, *Parisiis in artibus legerat.*
Mais il ne nous reste aucune trace de son enseignement et
de ses autres travaux.

C'est à lui qu'est adressée une lettre de Pierre de Pavie,
évêque de Tusculum ou Frascati, et légat du saint-siége en
France, qui est la soixante-neuvième parmi celles d'Etienne
de Tournai, édition du Père du Moulinet. Cette lettre paraît avoir été écrite vers l'an 1183.

On lisait dans un manuscrit de l'abbaye du Bec divers
sermons composés par divers auteurs de la fin du XIIe
siècle et du siècle suivant, parmi lesquels il y en a six de
Roger le Noir sur l'Ascension, la Pentecôte, le jour des
Rameaux, et sur d'autres sujets. Serait-ce le doyen de l'église
de Rouen? Nous ne connaissons du moins aucun autre Roger,
normand, de cette époque, à qui on puisse les attribuer.

Tout ce qu'on en dit dans la France chrétienne se borne
à ces mots : *Rogerus (le Normand) reperitur in tabulis ec-*

clesiæ rothomagensis, anno 1199, et in tabulis belli-loci, anno 1200. Un moment après, on lit que Richard était son successeur en 1200.   P.

THOMAS LE CISTERCIEN;

TH. DE PERSEIGNE; TH. DE VAUCELLES.

Nous réunissons ici trois noms qui, selon nous, désignent un seul personnage. — Voici les motifs qui appuient notre opinion.

De Visch, Bibl. Cist. — Possevin, Apparat. sacr. — Manriq. ad an. 1201. — Casimir Oudin, in supplement., et alii.

D'abord les auteurs qui ont parlé de ces trois Thomas, les font tous vivre à-peu-près dans le même temps, c'est-à-dire vers la fin du XIIe siècle : ils leur attribuent à chacun un ouvrage qui porte le même titre ; du reste, ils ne nous donnent aucune espèce de renseignemens sur leurs actions ni sur les places qu'ils ont occupées. N'est-il pas très-vraisemblable que le moine, auteur de cet ouvrage, ayant passé successivement d'un monastère à un autre, aura été désigné, suivant les temps où se faisait la copie de son ouvrage, tantôt comme moine de Vaucelles, tantôt comme moine de Perseigne, et enfin par le seul nom de *Cistercien,* titre que peut-être il avait fini par adopter?

Mais l'identité de ces personnages ne nous paraît plus douteuse d'après l'examen attentif que nous avons fait de quelques manuscrits du livre qui leur est à tous les trois attribué : déja elle avait été regardée comme très-vraisemblable par de Visch dans sa Bibliothèque des écrivains de l'ordre de Cîteaux.

De Visch, Bibl. Script. ordin. cist. p. 247.

Ce livre est un *commentaire du Cantique des Cantiques.* Des trois manuscrits qu'en possède la bibliothèque royale sous les nᵒˢ 475, 562 et 563, les deux derniers portent au titre le nom de *Thomas Cisterciensis ;* mais on lit dès la première ligne du manuscrit 475 : *Incipit expositio domini Thomæ monachi abbatiæ* de Vaucellis *summæ super cantica canticorum.* Ainsi l'auteur du commentaire sur le Cantique des Cantiques est désigné dans les manuscrits tantôt par le nom de *Thomas de Cîteaux,* tantôt par le nom de *Thomas de Vaucelles.*

Ces manuscrits sont conformes dans presque tout leur contenu ; on trouve seulement au commencement du manuscrit 562 un long et ennuyeux ouvrage où toutes les lettres de l'alphabet sont passées en revue, et qui n'a que peu ou point de rapport avec le Cantique des Cantiques ; il est sans nom d'auteur. Ce n'est qu'au bas du folio 26 qu'on lit : *Incipit prologus magistri Thomæ Cisterciensis monachi supra cantica canticorum.* Vient ensuite une épître dédicatoire à Ponce, évêque de Clermont, que l'on ne trouve point dans le manuscrit 475, lequel porte le nom de Thomas de Vaucelles. Mais dans tout le reste, les deux manuscrits se ressemblent.

Le manuscrit 563 n'est pas complet ; il commence par le sixième livre du commentaire, et c'est le septième livre dans les deux autres manuscrits, et aussi dans l'ouvrage imprimé, dont nous parlerons bientôt.

Jusqu'ici il nous paraît bien prouvé que Thomas le Cistercien et Thomas de Vaucelles ne sont qu'un seul écrivain, puisque nous avons le même ouvrage sous ces deux noms. Nous ne pouvons prouver avec la même évidence l'identité de cet auteur avec un *Thomas de Perseigne,* dont on trouve le nom dans les listes des auteurs du XIIe siècle ; la bibliothèque Royale ne possède point de manuscrits qui portent ce dernier nom. Mais il y avait dans la bibliothèque des moines de Morimond, comme nous l'apprend de Visch, un manuscrit qui contenait *Expositiones quasdam in cantica canticorum, editas à fratre* THOMA DE PERSENIA. L'abbaye de Perseigne étant, comme l'abbaye de Vaucelles, de l'ordre de Cîteaux, il est vraisemblable, comme nous l'avons déja remarqué, que le Thomas, auteur du commentaire sur le Cantique des Cantiques, aura été indifféremment désigné tantôt par les noms des abbayes de son ordre dans lesquelles il avait vécu, tantôt par celui de *Cistercien :* de-là est venue l'erreur de ceux qui, ne jugeant que sur les titres des manuscrits, ont fait trois et même quatre auteurs du même personnage.

C'est en 1521 que l'ouvrage fut imprimé pour la première fois à Paris et publié in-folio par Josse Badius *(Ascentius)* sous ce titre : *Cantica Canticorum cum duobus commentariis planè egregiis; altero venerabilis patris F. Thomæ cis-*

De Visch, *ibid.*

Tome XV.   T t

*terciensis monachi, altero longe reverendi cardinalis **M**.
Joannis Halgrini ab abbatisvilla.* Il paraît que cette édition est devenue rare. La bibliothèque Royale ni celle de
Sainte-Geneviève n'en possèdent aucun exemplaire; nous
n'avons trouvé l'ouvrage que dans la bibliothèque Mazarine.

Et cependant le livre de Thomas le Cistercien avait eu
dans le temps un grand succès, puisqu'il fut réimprimé à
Lyon en 1571. D'après cela, on a peine à comprendre comment on ait voulu, moins de cent ans après, le publier à
Rome en l'attribuant à un autre auteur. C'est pourtant ce
qu'entreprit le cordelier Paul Reatino. Jaloux de la gloire de
son ordre, il fit imprimer cet ouvrage, dans lequel il trouvait sans doute un mérite éminent, sous le nom d'un fran-
ciscain célèbre, Jean Duns Scot *(le docteur Subtil)*. Mais il
eut soin de supprimer l'épître dédicatoire à l'évêque Ponce.
En effet, elle eût fait découvrir la fraude, puisque le prélat
était mort avant que Scot vînt au monde. Jean Magloire,
qui était, à cette époque, à Rome, procureur-général de
l'ordre de Cîteaux, révolté de l'audace du cordelier Paul

Cas. Oudin, Script.
eccles. Verb. Tho-
mas. — Dupin,
Bibl. nouv. S. XIIᵉ,
part. 2, p. 633.
Ibid.

Reatino, porta plainte contre lui, et obtint une sentence du
maître du sacré palais, qui défendit de publier le livre sous
tout autre nom que sous celui de Thomas le Cistercien. On
fut en conséquence obligé de changer le frontispice. — La
sentence, que Casimir Oudin rapporte en entier, est de l'an
1655, indiction VIII, 15 mars.

Examinons maintenant l'ouvrage en lui-même, et tel que
l'a publié Josse Badius; il sera facile de juger ensuite s'il méritait bien de devenir, au XVIIᵉ siècle, le sujet d'une querelle violente entre deux moines de différens ordres.

Le savant imprimeur qui l'a publié le premier, en 1521,
le dédie au Père D. Edmond, abbé de Clairvaux, qui en
avait examiné le manuscrit avec attention, et l'avait jugé
très-digne d'être livré au public. A ce motif qu'il a de lui
offrir l'ouvrage, Josse Badius en ajoute un autre, c'est qu'il
ne doute point que Thomas, son auteur, ait été non-seulement du même ordre et profession que l'abbé Edmond,
mais aussi moine dans la même maison de Clairvaux : *Ip-*

Thom. Cist. comm.
in Cant. cant. ép.
dédic. au vᵒ du
frontispice.

sorum (commentariorum) *auctor non solum istius ordinis
ac professionis, sed etiam domus et cohabitationis fuisse mihi
visus est.* Ainsi, aux abbayes de Vaucelles et de Perseigne,
où nous croyons que Thomas a été moine, il faudrait aussi
joindre celle de Clairvaux. Dans le reste de l'épître, Badius

détaille tous les genres de mérite qu'il a cru remarquer dans l'ouvrage de Thomas le Cistercien. On trouve dans ce docteur, selon lui, l'éloquence douce et persuasive de saint Bernard, et sa rare sagacité dans l'art de recueillir les fleurs et les fruits des saintes écritures : *Præ se fert diligentem melliflui doctoris divi Bernardi in divinis scripturis exercitationem et lacteam eloquentiam, et in colligendis favis et sacræ scripturæ floribus, dædaleam et plus quàm apinam sedulitatem.*

Vient ensuite l'épître dédicatoire de Thomas le Cistercien Ibid. p. 1. à Ponce, évêque de Clermont : *Reverito patri domino Pontio Dei gratiâ claremontensi episcopo frater Thomas quantuluscunque cisterciensis monachus se totum in exequendis mandatis ejus impendens.* Cette épître sert à fixer, du moins à-peu-près, le temps où fut composé l'ouvrage. En effet, Ponce gouverna l'église de Clermont depuis 1170 qu'il en fut élu évêque, jusqu'en 1188. Ainsi c'est dans cet intervalle que Thomas écrivit son commentaire du Cantique des Cantiques; il paraît même qu'il n'entreprit ce travail que par les ordres du prélat. C'est là du moins ce qu'il lui dit dans un style qui nous semble aujourd'hui bizarre et avec des expressions qu'il serait assez difficile de traduire en français : *Vehementer obstupesco et plus quam dici potest admirari non desino quod tam sublimis tam parvum, tam disertus tam imperitum, tam spiritualis tam irreligiosum ad exprimendam de Canticis canticorum spiritualem dulcedinem, non tam blandimentis invitaverit quam flagello facto de funiculis charitatis coegerit.*

Dans la préface ou *proœmium*, Thomas trace ainsi le plan qu'il a suivi dans son commentaire du Cantique des Cantiques : *Singulos versiculos ab integumento paleæ absolvo,* Ibid. p. seq. *brevi sive compendiosâ expositione : deindè enodatam sententiam multiformi disponens distinctione; postmodum quasi apis argumentosa percurrens flosculos scripturarum, quæ exposita sunt et distincta, eorum roboro attestatione.*

Thomas n'est que trop fidèle à ce plan. Il n'y a pas un mot des versets du célèbre cantique qui ne lui fournisse l'occasion de faire vingt définitions différentes; de diviser, subdiviser ses propositions. Au reste, les explications qu'il donne sont bien plus inintelligibles que le texte, le plus souvent beaucoup trop clair. On en jugera par quelques exemples.

T t 2

Comme c'est d'un *épithalame* qu'il va s'occuper, il croit devoir d'abord définir l'épithalame dont il reconnaît trois espèces, l'une historique, l'autre philosophique, la troisième théologique. *Tria sunt epithalamia : primum historicum, secundum philosophicum, tertium theologicum. Primum agit de legitima copula maris et feminæ; secundum exprimit conjunctionem trivialis eloquentiæ et quadrivialis sapientiæ; tertium conjunctionem sponsæ et sponsi, id est Dei et animæ, Christi et ecclesiæ, etc.* — Plusieurs colonnes du livre sont employées en prétendues définitions et explications de ces trois sortes d'épithalames.

Il passe ensuite au premier verset du cantique : *Osculetur me osculo oris sui*, qu'il explique d'une manière tout aussi claire et aussi satisfaisante. *Hæc est*, dit-il, *vox synagogæ qua Christum venturum in mundum didicerat ab angelis, audierat à prophetis. Itaque ejus inflammata desiderio clamat : osculetur me osculo oris sui. Hæc est ad erudiendum et salvandum me : non jam angelos, non patriarchas, non mittat prophetas, sed ipse qui venturus est veniat in propria persona. Osculum ejus est proprii oris eruditio. Veniat igitur et erudiat me proprio ore, etc.* — Vient après une longue dissertation sur les baisers dont il compte quatre espèces : *Est autem osculum quadruplex : osculum carnis, osculum dæmonis, osculum hominis, et osculum dilecti. De primo suscipitur osculum luxuriosum, de secundo venenosum, de tertio domesticum, de quarto sanctum.* Il continue sur ce ton pendant plusieurs pages; et, à propos de chacun de ces baisers, il cite les saintes écritures. Mais ce n'est rien de les avoir définis, il faut qu'il analyse les diverses manières dont les baisers se donnent : *Tria in osculis notantur, osculantium labia se consociant; interiores anhelitus conspirant; corpora sibi appropinquant. In primo conjunctio naturarum, in secundo unio spirituum, in tertio comparticipatio fit passionum, etc.*

Mais rien de plus extraordinaire que l'explication qu'il donne du dixième verset : *Quam pulchræ sunt mammæ tuæ, soror mea, sponsa mea. Pulchriora ubera tua vino.* Ces mamelles de l'épouse représentent ceux qui nourrissent les ignorans du lait de la doctrine : *Sic in mammis designantur qui infirmos simpliciori lacte doctrinæ nutriunt, adhuc fuligine pectoris nigros ad pulchritudinem justitiæ adducunt.* Il ne s'en tient pas là. Il ne laisse point échapper une si belle occasion de discourir sur toutes les espèces de mamelles : *Et paulisper loquamur de uberibus sine distinctione nominum. Tria sunt genera uberum. Ubera bruti animalis, ubera mulieris, ubera virginis. Brutum animal est prelatus carnalis, mulier doctor spiritualis, Virgo est mater Salvatoris, etc.* — Quelle idée doit-on prendre d'un siècle où l'on pouvait admirer un ouvrage écrit entièrement sur ce ton et de ce style !

Nous avons vu par le titre de l'édition qu'a donnée Josse Badius, qu'il avait joint au commentaire de Thomas le Cistercien un autre commentaire de *Jean Halgrin.* Nous ignorons pourquoi il écrit ainsi le nom d'Alegrin d'Abbeville, qui fut promu, en 1227, à la dignité de cardinal, et mourut en 1257.

Son commentaire ne vaut guère mieux, ni pour le style, ni pour les idées, que celui du moine de Cîteaux, son devancier. Au reste, comme il a composé d'autres ouvrages, et qu'il a joué un rôle important dans les affaires de l'église, nous lui consacrerons dans la suite une notice particulière.

Si, comme nous le croyons, Thomas le Cistercien s'est appelé successivement Thomas de Perseigne, puis de Vaucelles, peut-être même de Clairvaux, il avait composé d'autres ouvrages que son commentaire du Cantique des Cantiques. Dans plusieurs catalogues de manuscrits, on trouve sous le nom de Thomas de Perseigne un ouvrage *De præparatione cordis ;* un autre sur le *livre des sentences ;* enfin sous son nom plus connu de *Thomas Cisterciensis,* des sermons. Nous n'avons pu nous procurer aucun de ces ouvrages.

Tout ce que nous savons de la vie de ce moine, comme nous l'avons dit, est qu'il vécut tour-à-tour dans plusieurs monastères de son ordre, et qu'il se fit un nom dans l'église par ses écrits et ses sermons. Nous ignorons l'année précise de sa mort ; mais puisqu'il est bien prouvé par l'épître dédicatoire de son commentaire sur le Cantique, qu'il avait publié entre 1170 et 1188, nous présumons qu'il est mort vers l'an 1200, ou dans les premières années du XIIIe siècle.

A. D.

LES ACTES DU PROCÈS

ENTRE LES ÉGLISES DE TOURS ET DE DOL,

TOUCHANT LE DROIT DE MÉTROPOLE SUR LA PROVINCE DE BRETAGNE.

C'EST ici le lieu de rendre compte des pièces d'un procès qui a duré l'espace de plus de trois cents ans, et qui ne fut vraiment terminé que l'an 1199 par jugement définitif du pape Innocent III. Cette affaire, qui, au premier aspect, semble ne pas être d'un grand intérêt, n'était pas étrangère à la politique des rois de France, qui ne pouvaient voir d'un œil tranquille les princes bretons affecter l'indépendance et se soustraire à leur domination. Nous verrons que Philippe-Auguste regardait la perte de ce procès pour l'église de Tours, comme une atteinte portée à sa couronne, parce qu'à cette époque ni la ville de Tours ni la province de Bretagne n'étaient sous la mouvance immédiate du roi : il n'avait conservé dans ses mains que l'évêché de Tours, dont par conséquent il était important de maintenir la dignité et l'autorité territoriale dans toute son étendue.

Mart. Anecd. t. III, col. 850.

Dès l'an **846**, Nominoë, duc des Bretons, ayant pris le titre de roi, voulut aussi ériger en métropole un des évêchés de son nouveau royaume. Plusieurs écrivains ont cru qu'il avait érigé de sa propre autorité trois nouveaux évêchés, ceux de Dol, de Saint-Brieux et de Tréguier ; mais les lettres du pape Nicolas Ier à Salomon, roi des Bretons, et à Festinien, évêque de Dol, prouvent le contraire ; celle des Pères du concile de Soissons, de l'an **866** au même pape, écrite au sujet de cette affaire, fait mention de Salocon, évêque de Dol, chassé de son siége par Nominoë, qui mit Festinien à sa place, et le fit reconnaître pour métropolitain par les évêques de sa domination. Après quoi il reçut de leurs mains les marques de la royauté qu'il ambitionnait. L'évêché de Dol existait donc avant cette entreprise de Nominoë; mais, comme il n'arrive que trop souvent qu'une révolution dans un état en amène aussi une dans le gouvernement de l'église, et comme on ne pouvait consolider le nouvel ordre de choses

sans l'intervention de l'évêque métropolitain , on prit le parti
de se passer de lui, et d'ériger en métropole l'évêché de Dol
sur le témoignage de quelques fausses légendes qui supposent que S. Samson , archevêque d'York , était décoré du
pallium, lorsque, chassé d'Angleterre, il prit possession de
cette église.

Depuis cet événement, l'église de Tours ne cessa de réclamer ses droits de métropole sur la province de Bretagne,
et de s'opposer aux prétentions des évêques de Dol. On voit
dans ce recueil tout ce qu'ont fait ces deux églises, l'une
pour soutenir son droit, l'autre pour se maintenir dans son
usurpation ; on y voit les papes et les conciles interposer
leur autorité pour rétablir les choses sur l'ancien pied sans
pouvoir fléchir l'obstination des Bretons. Grégoire VII,
l'homme le plus inflexible, parut céder devant eux. Content
de la soumission des princes bretons qui avaient renoncé
aux investitures, il accorda l'usage du *pallium* à Even, nouvellement élu évêque de Dol, toutefois sans préjudice des
droits de l'église de Tours. Le procès n'était donc pas décidé : il se renouvela plus fortement que jamais au XIIe siècle,
et à la poursuite de Hugues, archevêque de Tours, le pape
Lucius II lui donna, l'an 1144, gain de cause en l'investis-
sant solennellement du droit de métropolitain sur les évêchés de Bretagne.

L'affaire paraissait terminée en dernier ressort ; mais l'é-
glise de Dol trouva moyen de recommencer la contestation ;
et, s'il faut en croire les historiens, elle n'eut pas de peine
à faire entendre ses réclamations à la cour de Rome, qui
n'aimait rien tant qu'à perpétuer les procès pour attirer des
plaideurs. Eugène III, Anastase IV, Adrien IV, tentèrent plusieurs voies de conciliation entre les deux églises, sans pouvoir y réussir. Enfin, l'an 1179, Alexandre III voulant mettre
fin à des débats interminables, nomma des commissaires sur
les lieux pour entendre des témoins, non sur le droit des
parties, mais sur le possessoire, se réservant le jugement de
cette affaire quant au fond.

Alexandre mourut bientôt après, et son successeur, Lucius III, se préparait à porter un jugement qui ne paraissait
pas devoir être favorable à l'église de Tours. Ce fut alors
que Philippe-Auguste intervint dans l'affaire, et écrivit les
lettres fulminantes qui se trouvent parmi celles d'Etienne de
Tournai. « Nous attendions de votre part la paix, et voilà   Steph. Tornac. ep.
108.

» que vous semez la discorde. Si l'église romaine ne craint
» pas de porter atteinte aux droits de l'église de Tours, qui,
» du temps de nos pères, jouissait dans toute leur intégrité
» des droits de métropole sur la petite Bretagne, nous re-
» garderons cet événement comme un attentat contre nous,
» comme une injure faite à notre couronne, non moindre
» que si on l'avait foulée aux pieds. N'est-ce pas vouloir
» nous déshériter? Que dis-je? n'est-ce pas nous faire des-
» cendre du trône, comme des lâches incapables de se dé-
» fendre, que d'entreprendre d'établir un archevêque là où
» il y a déja un métropolitain, et cela au préjudice de l'in-
» tégrité de notre royaume? Si cela arrive, nous prenons Dieu
» à témoin que nous ne vous regarderons plus comme un
» père, et nous ne nous conduirons plus à votre égard comme
» un fils. Ce trait, qui percerait jusqu'au fond de notre ame,
» nous forcerait à crier comme un homme qu'on dépouille
» de son héritage, à gémir comme un homme abandonné,
» et à solliciter la vengeance de Dieu et des hommes contre
» un traitement qui décelerait le peu de cas, pour ne pas
» dire le mépris qu'on ferait de notre personne (1). »

Cette vive remontrance suspendit la procédure : elle ne fut
reprise que vingt ans après par l'église de Dol; mais elle suc-
comba, et le droit de métropole de l'église de Tours sur la
province de Bretagne fut, comme nous l'avons déja dit, au-
thentiquement reconnu par le pape Innocent III, l'an 1199.

Mart. Anecd. t. III,
col. 858-988.

Ce recueil important a été publié par D. Martène sous le
titre d'*Actes divers touchant l'église de Dol.* Une partie de
ces actes existait déja dans la collection des conciles du P.
Labbe, mais ils étaient disséminés. C'est ce qui a déterminé

(1) *Sustinuimus pacem vestram, et ecce turbatio ; et in læsione Turonensis
ecclesiæ, quæ tempore patrum nostrorum integram metropolitani jurisdic-
tionem in tota minori Britannia obtinuit, regnum nostrum turpiter immi-
nuere ac mutilare contendit ecclesia romana, coronam de capite nostro
ejicere, frangere et pedibus conculcare. Quid enim aliud est archiepiscopum
in eadem provincia contra metropolitanum suum et integritatem regni nostri
erigere velle, quàm ab hereditate patrum nostrorum nos, tanquam imbe-
cilles et resistere non valentes, ejicere et fugare? Videat dominus et judicet,
quòd si processerit factum istud, minus amodo vos æstimabimus patrem
quàm vitricum, minus sentietis nos filium quàm privignum. Usque ad animam nostram pertingit gladius iste, ut exheredati clamemus, plangamus
nudati, contempti et abjecti à vobis, ultionem quandoque Dei et hominum
expectemus, etc.*

le savant bénédictin à les donner de nouveau , afin qu'on eût
toutes les pièces de ce fameux procès rassemblées dans un
même volume, en y ajoutant ce qui manque dans le P.
Labbe, et les corrections qu'on a pu faire à l'aide du manuscrit qui était conservé aux archives de l'église de Tours. Malgré cela, il y a encore des lacunes en quelques endroits.

Ce recueil est composé principalement de lettres des papes
qui ont pris connaissance de cette affaire ; de procès-verbaux
d'audition de témoins, de *factum* d'avocats, et finit par le
jugement du pape Innocent III. Cependant l'anonyme qui a
recueilli ces actes, y a ajouté un grand nombre de pièces
postérieures à cette époque, lesquelles constatent que les
archevêques de Tours ont continué d'exercer l'autorité métropolitaine sur les églises de Bretagne, et que l'ancienne
discipline sur les élections et les ordinations des évêques s'y
est maintenue jusqu'à la fin du XIVe siècle , puisque la
dernière pièce du recueil est une lettre du pape Benoît XII,
écrite l'an 1340.   B.

BERTERE OU BERTIER,

Clerc de l'Église d'Orléans.

Un historien anglais nous apprend que ce clerc d'Orléans
composa, l'an 1188, une prose rimée pour exciter les Français à prendre la croix, à l'exemple des rois de France et
d'Angleterre qui s'étaient croisés la même année pour la
défense de la Terre-Sainte. Rog. Hoved. p. 639, éd. 1601.

Nous avons parlé ailleurs des pièces de ce genre qui furent
composées l'an 1150, après les désastres de la croisade du
roi Louis-le-Jeune, pour stimuler les Français à tirer vengeance de la perfidie des Grecs et à recommencer l'expédition d'outre-mer. Cette fois-ci il s'agissait de voler au secours
des chrétiens de la Terre-Sainte , subjugués par le conquérant Saladin, qui s'était rendu maître de Jérusalem et emparé de la vraie croix du Sauveur. Il y avait là de quoi en-
flammer le zèle des preux du temps, non moins braves que
Hist. Littér. t. XIII, p. 88.

religieux, et c'est ce que s'était proposé le poète dans la peinture vive qu'il fait d'une si grande profanation. La pièce qui nous a été conservée par l'historien est composée de six strophes de douze vers, ayant toutes pour refrain ces six vers :

Lignum crucis,
Signum ducis,
Sequitur exercitus :

Quod non cessit,
Sed processit
In vi sancti spiritûs.

Nous n'en citerons que les deux premières strophes :

Juxta threnos Jeremiœ
Verè Sion lugent viœ,
Quod solemni non sit die
Qui sepulcrum visitet,
Vel casum resuscitet
Hujus prophetiœ.

Ad portandum onus Tyri,
Nunc deberent fortes viri
Suas vires experiri,
Qui certant quotidie
Laudibus militiœ
Gratis insigniri.

Contra quod propheta scribit,
Quòd de Sion lex exibit,
Numquid ibi lex peribit,
Nec habebit vindicem,
Ubi Christus calicem
Passionis bibit ?
Lignum crucis, etc.

Sed ad pugnam congressuris
Est athletis opus duris,
Non mollitis epicuris ;
Non enim qui pluribus
Cutem curant sumptibus
Emunt Deum precibus. F. pressuris.
Lignum crucis, etc.

Hist. d'Orl. p. 409.   Tâchons maintenant de découvrir qui était ce clerc. Symphorien Guyon dit que Bertère était conseiller d'état du roi d'Angleterre ; mais Roger de Hoveden ne lui donne pas cette qualité. Il est plus vraisemblable que c'était ce Bertier, archidiacre de Cambrai, à qui Étienne de Tournai adresse les lettres 99, 125, 190, 208, 241 de l'édition du P. Dumolinet. Il résulte de ces lettres que leur amitié datait de loin, et que cet archidiacre de Cambrai pourrait bien être le clerc d'Orléans dont parle l'historien anglais. Dans cette supposition, on peut recueillir quelques notions sur sa personne. Quoique archidiacre de Cambrai, il était attaché à Guillaume de Champagne, archevêque de Reims, et c'est à lui qu'Étienne recommandait ses affaires auprès du prélat, lorsqu'il avait

Steph Tornac. ep. 99.   des raisons pour ne pas lui écrire directement. Ayant été mandé à Troyes par l'archevêque, l'abbé de Sainte-Geneviève, retenu par une maladie, craignait d'avoir encouru la disgrace du prélat pour ne s'être pas rendu aussitôt. Il écrit donc à Bertier qu'il s'est mis en route à petites journées, et

il desire lui parler avant de se présenter au prélat : *Renun-*
tiate mihi per præsentium latorem ubi vos veniens inve-
niam, venialem moram meam sub virga Domini mei pur-
gaturus.

Dans une autre lettre à Bertier, l'abbé de Sainte-Geneviève Epist. 123.
craignant d'importuner l'archevêque par de trop fréquentes
sollicitations, s'adresse à son ami comme étant à portée de
solliciter pour lui : *Verecundum*, dit-il, *nec minùs verum*
est quod loquor. Timeo Dominum meum ac vestrum offen-
dere vel improbis questibus vel precibus importunis, etc.

C'en est assez pour prouver que Bertier faisait sa résidence auprès de l'archevêque de Reims, qui aimait à s'entourer de gens de lettres. Mais cet ami trouvait qu'Étienne, Epist. 208.
devenu évêque de Tournai, remplissait mal les devoirs de
sa place, apparemment parce qu'il ne donnait pas assez à
la représentation. L'évêque, dans une autre lettre, lui représente que, s'il était repréhensible en quelque chose, son
ami aurait dû l'avertir en particulier, et non le tourner publiquement en ridicule : et sur cela, il lui fait le détail de sa
manière de vivre toute épiscopale.

Ce trait prouve que Bertier vécut au-delà de l'année 1192 ;
mais nous ne trouvons aucune autorité pour fixer l'année
de sa mort. Dans le même temps vivait à Orléans un autre Gall. Christ. t. VIII,
Bertier, qui fut abbé de Saint-Euverte depuis l'an 1194 jus- col. 1576.
qu'en 1199. C'était apparemment un parent du premier.

II. Le même historien anglais rapporte une autre pièce Hoved. p. 666.
de vers qui fut faite au moment du départ des croisés. C'est
une prose rimée qui a pour titre. : *Planctus super itinere*
versùs Jerusalem ; mais l'auteur n'est pas nommé. Elle est
composée de huit stances de quatre vers, dont nous ne citerons que la première et la dernière :

> *Graves nobis admodùm dies effluxere*
> *Qui lapillis candidis digni non fuere;*
> *Nam luctùs materiam mala præbuere,*
> *Quæ sanctam Jerusalem constat sustinere.*
>
> *Ut victores redeant, imploremus Deum;*
> *Ut tollant de medio terræ Cananæum,*
> *Ingressi Jerusalem pellant Jebusæum,*
> *Christianæ gloriæ portantes trophæum.*

B.

V v 2

PÉREGRIN,

ABBÉ DE FONTAINES-LES-BLANCHES,

Ordre de Cîteaux, au diocèse de Tours.

Spicil. in-4°, t. X, p. 367-392 ; in-fol. t. II, p. 573-580.

PÉREGRIN, auteur d'une histoire du monastère dont il était abbé, a eu soin de nous instruire de quelques particularités de sa vie, qui peuvent nous le faire connaître mieux que nous ne connaissons beaucoup d'écrivains de son temps. Il

Ibid. cap. 13.

dit positivement qu'il composait cette histoire l'an 1200 ; qu'il y avait alors trente ans qu'il avait embrassé la vie religieuse, et douze qu'il était abbé : d'où il résulte qu'il s'était fait religieux l'an 1170, et qu'il fut fait abbé l'an 1188.

Il a divisé son histoire en deux parties. Il traite, dans la première, de la fondation du monastère, de ses accroissemens, et on y tronve la succession des abbés avec des anecdotes qui les concernent : la seconde est une espèce de cartulaire qui contient les titres des biens acquis, et les priviléges émanés de la cour de Rome en faveur du même établissement.

Ibid. cap. 2-4.

Dans la première partie, il nous apprend que ce lieu n'était d'abord qu'un hermitage dans lequel s'étaient rassemblés plusieurs solitaires dont il donne les noms, parmi lesquels il s'en trouvait un qui ayant eu la dévotion de faire le voyage de Jérusalem, avait été choisi, presque en arrivant, pour remplir le siége patriarcal de cette église. C'était un Flamand nommé Guillaume qui tint ce siége éminent depuis l'année 1130 jusqu'à 1144. Le choix qu'on fit de lui tient du miracle. Étant allé, la veille de Pâques, à l'église du Saint-Sépulcre pour être témoin du prodige qui se renouvelait, dit-on, tous les ans à pareil jour à la descente du feu nouveau, il arriva que le cierge qu'il portait à la main, se trouva le premier allumé. Cela suffit pour déterminer le choix qu'on fit de lui.

A l'exemple de beaucoup d'autres communautés d'hermites dont le nombre en ce temps-là était considérable dans plusieurs endroits de la France, et qui, dans la suite, sont devenues pour la plupart des abbayes, les hermites de Fon-

taines mirent en délibération s'ils se réuniraient ou à l'ordre *Ibid.* cap. 6.
de saint Benoît ou aux chanoines réguliers. Ils choisirent,
l'an 1134, la nouvelle congrégation de Savigny, dont le chef-
lieu était au pays d'Avranches, sur la frontière de la Bretagne et du Maine, et qui était alors dans toute la ferveur
de la régularité. Cette congrégation s'étant donnée à saint
Bernard l'an 1147, la maison de Fontaines se trouva incor-
porée à l'ordre de Cîteaux, et c'est de là que lui est venu le
surnom de *Fontaines-les-Blanches,* de la couleur des habits qu'on y portait.

D. Luc Dachieri a publié cette petite histoire qui, quoique
peu importante au fond, est écrite avec ordre et clarté. Péregrin a soin de recommander à ses successeurs, en la terminant, de recueillir à son exemple les événemens qui intéres-
seraient son monastère, parce que ce travail serait fort utile
pour la conservation des biens de la maison, et procurerait
une lecture agréable à ceux au moins qui dans la suite des
temps en seraient les habitans. Il ne paraît pas que ses intentions aient été remplies : nous ne connaissons pas non
plus d'autre production de sa plume.

PIERRE DE BLOIS,

ARCHIDIACRE DE BATH, PUIS DE LONDRES.

SA VIE.

PIERRE, un des meilleurs écrivains du XIIe siècle, sur-   Epist. 49.
nommé de Blois, parce qu'il était né dans cette ville, tirait
son origine d'une famille noble de la Basse-Bretagne. Il eut
au moins deux frères ; l'un, établi à Orléans, laissa un fils,
auquel Pierre de Blois écrivit pour le consoler de la perte   Epist. 12.
d'un oncle maternel ; l'autre , nommé Guillaume, qui a eu   Epist. 90, 93.
son article dans notre histoire, ayant embrassé l'état religieux, devint abbé d'un monastère en Sicile. Pierre eut encore deux sœurs ; l'une était la mère d'Ernaud, prieur de   Epist. 131, 132.
Saint-Martin de Moustier, qui devint ensuite abbé de Saint-

Laumer de Blois ; l'autre, nommée Chrétienne, mourut religieuse. Il appelle ses cousins, *consanguineos*, un prieur de
Cantorbéri, dont le nom n'est désigné que par la lettre initiale V ; et un évêque de Périgueux, dont le nom commence
par la lettre P, apparemment Pierre Minet, qui gouverna
cette église depuis l'an 1169 jusqu'en 1182.

Pierre nous apprend que, depuis son enfance jusqu'à sa
vieillesse, il avait passé sa vie ou dans les écoles ou dans
les cours des princes. Il ne dit nulle part où il fit ses premières études, ni quels furent ses maîtres. Il paraît, par
une de ses lettres écrite à un de ses neveux à Orléans, qu'il
avait fait ses humanités, au moins en partie, à Tours : *Mitte
mihi,* dit-il, *versus et ludicra quæ feci Turonis.* On peut
croire aussi qu'il avait pris quelque part des leçons de Jean
de Salisburi ; car dans une lettre de l'an 1170, il l'appelle
son seigneur et son maître. Si ce fut à Paris, ce ne put être
que depuis l'an 1140 jusque vers 1150, temps où Jean de
Salisburi ouvrit des écoles à Paris, comme il le dit lui-
même, *metalog. lib. II, cap.* 10. Mais Pierre qui, comme
nous le verrons, étudia à Paris la théologie, ne dit nulle
part qu'il y ait puisé la connaissance des beaux-arts.

Il n'est pas douteux que Pierre de Blois alla étudier la
jurisprudence à Bologne ; mais il serait difficile de dire en
quelle année, et combien de temps il séjourna dans cette
ville. Nous sommes portés à croire qu'il en sortit vers l'an
1160 ou 1161, lorsqu'étant allé à Rome rendre ses hommages au pape Alexandre III, il fut arrêté en chemin avec
ses compagnons de voyage, dévalisé et meurtri de coups
par les satellites du cardinal Octavien, ou l'antipape Victor
IV, qui voulaient l'obliger à fléchir le genou devant leur
idole. C'est ainsi qu'il appelle cet antipape.

De retour en France, il vint à Paris étudier la théologie.
C'est là vraisemblablement, et peut-être aussi avant son
départ pour Bologne, qu'à l'exemple de Jean de Salisburi,
qui, livré à l'étude de la théologie, instruisait en particulier
des enfans pour subvenir à ses besoins, Pierre de Blois enseignait les arts libéraux, comme il le dit dans plusieurs de
ses lettres.

Vers l'an 1167, Étienne du Perche ayant été appelé en
Sicile par sa parente la reine Marguerite, veuve du roi
Guillaume Ier, décédé l'an 1166, pour l'aider à gouverner
l'état pendant la minorité de son fils Guillaume II, Pierre

Epist. 36.
Epist. 32.
Epist. 34.
Epist. 139.
Epist. 12.
Epist. 22.
Epist. 26.
Epist. 48.
Epist. 26.
Epist. 9, 51, 101, 126.

de Blois passa en Sicile avec plusieurs autres Français à la suite de ce jeune seigneur. Étienne fut fait chancelier du royaume, et bientôt après élu archevêque de Palerme ; Pierre remplaça le chapelain Gautier dans l'emploi de précepteur du jeune roi, fut chargé de la garde du sceau royal, *sigillarius*, et parvint à un tel degré d'autorité, qu'après la reine et le chancelier, il eut la principale part au gouvernement des affaires, comme il le dit lui-même. Mais cette brillante fortune ne dura qu'un an. Les Siciliens ne virent pas sans jalousie ces deux étrangers dominer dans leur pays ; les artifices naturels à cette nation furent mis en usage pour les supplanter. Après d'inutiles efforts pour décrier Pierre de Blois dans l'esprit du roi, son élève, on chercha d'autres moyens de l'éloigner de la cour. Deux évêchés lui furent offerts successivement dans cette vue, puis l'archevêché de Naples. Pierre évita ces piéges en refusant tout ; mais, témoin de la conjuration ouverte qui avait forcé le chancelier son patron à quitter la Sicile l'an 1169, ne voyant plus de sûreté pour lui à continuer son emploi, Pierre demanda sa retraite. Le roi voulut le retenir ; mais n'ayant pu rien gagner sur lui, il fit équiper un vaisseau qui le conduisit à Gênes.

Arrivé en France, il paraît que Pierre reprit les fonctions de l'enseignement ; car il nous apprend que l'archevêque de Sens, Guillaume de Champagne, ami des gens de lettres, voulut le tirer de cet emploi, *à scholari militiâ,* pour l'avoir auprès de lui, avec promesse de lui donner un bénéfice dans son église. Mais un faux ami, qui d'abord s'était intéressé pour lui procurer cette place, avait fait changer le prélat de résolution. On peut croire cependant que l'archevêque Guillaume, avant de se démettre de l'évêché de Chartres, l'an 1176, voulut le dédommager en le nommant à une préfecture de cette église, pour laquelle il eut un procès à soutenir contre ce faux ami sous l'épiscopat de Jean de Salisburi, qui conféra ce bénéfice à un de ses propres neveux.

A cette époque, Pierre de Blois était déja passé en Angleterre ; car dans la lettre 130 à Jean de Salisburi, il prend la qualité de *chancelier de l'archevêque de Cantorbéri ;* et dans la 49ᵉ au chapitre de Chartres, celle d'*archidiacre de Bath.* On peut même avancer qu'il y était avant l'année 1175, puisqu'au commencement de cette année il était de retour d'un voyage qu'il avait fait à Rome pour les affaires du roi d'Angleterre.

W. Thorn, inter hist. Angl. script. t. X, col. 1821.

L'an 1177, il fit un second voyage à Rome avec Gerard Pucel, autre fameux canoniste, chargés l'un et l'autre de défendre les droits de l'archevêque de Cantorbéri contre les priviléges d'exemption de l'abbaye de Saint-Augustin. Malgré leur éloquence et leur vaste érudition, ils perdirent leur cause.

Gerv. Dorob. *ibid.* col. 1498.

Pierre ne fut pas plus heureux l'an 1187, dans un troisième voyage qu'il fit à Vérone où résidait le pape Urbain III, pour soutenir des prétentions que l'archevêque de Cantorbéri, Baudouin, avait élevées contre les moines de son église.

Epist. 127.

Le roi d'Angleterre, Henri II, étant mort l'an 1189, Pierre de Blois ne trouvant pas dans son successeur, qu'il appelle un autre Pharaon, les mêmes sentimens de bonté et de générosité qu'il avait éprouvés de la part du père, aurait abandonné l'Angleterre, s'il n'eût rencontré dans les évêques de Worchester et de Durham des amis empressés à le consoler dans son affliction. Ces deux prélats, par leurs bienfaits, lui firent oublier qu'il était dans une terre étrangère; mais la mort, dit-il, lui enleva bientôt ces généreux amis. Ce fut vraisemblablement alors que la reine Eléonore le prit à son service en qualité de secrétaire. On voit au moins par plusieurs de ses lettres qu'il remplissait cette fonction depuis l'an 1191 jusqu'après l'an 1195.

Epist. 87, 124.

Epist. 149.

Vers la même époque il éprouva plusieurs sortes d'adversités; il fut accusé d'un crime honteux par des gens qui réussirent à lui faire perdre l'archidiaconé de Bath, le meilleur de ses bénéfices. Il en fut si consterné, qu'il résolut de repasser en France, et demanda pour cela la protection d'Eudes de Sully, évêque de Paris, dont il avait éprouvé jadis les bontés, lorsque ce prélat n'était encore qu'archidiacre de Bourges.

Epist. 160.

Epist. 151.

Il ne quitta pourtant pas l'Angleterre, parce que l'évêque de Londres, pour le dédommager, le fit archidiacre de son église; mais les revenus de ce bénéfice étaient si modiques, qu'il pria le pape Innocent III de les augmenter, en accordant à l'archidiacre de Londres les mêmes droits dont jouissaient par-tout ailleurs les archidiacres, parce que les revenus de celui-ci ne suffisaient pas, dit-il, pour vivre un mois de l'année. C'est vraisemblablement pour suppléer à l'insuffisance de son archidiaconé de Londres, qu'on lui procura le doyenné d'un chapitre appelé *Wulrehaniten*, au diocèse de Chester; mais il trouva les chanoines si déréglés et Epist. 152. si peu susceptibles de correction, qu'il donna sa démission entre les mains de l'archevêque de Cantorbéri, demandant qu'on mît à leur place des cisterciens, avec l'autorisation du saint-siége, pour laquelle il écrivit au pape Innocent III.

Ces deux lettres au pape Innocent III sont les dernières époques connues de la vie de Pierre. On ignore l'année précise de sa mort; il est possible qu'il ait vécu encore quelques années, mais on ne peut la placer avant l'an 1198, époque où le pape Innocent III monta sur le trône pontifical.

Nous n'avons fait qu'indiquer sommairement, d'après les lettres de Pierre de Blois, les principales époques de sa vie. Nous ferons connaître plus particulièrement ce savant personnage en rendant un compte plus détaillé de ses lettres. On y verra que du moment que Henri II, roi d'Angleterre, l'eut mis au nombre de ses chapelains, Pierre devint un homme important; qu'il éclipsa par sa capacité tous les autres clercs de la cour d'Angleterre : secrétaire du cabinet, conseiller privé, négociateur, il entra dans presque toutes les affaires de l'état; Richard, archevêque de Cantorbéri, et ses deux successeurs, Baudouin et Hubert, lui donnèrent la même part dans celles de l'église; en sorte qu'il était obligé de partager son séjour entre la cour du prince et celle du primat. D'autres prélats d'Angleterre prirent ses conseils, ou empruntèrent sa plume pour leurs intérêts personnels et ceux de leurs diocèses. En un mot, il fut l'homme le plus consulté, le plus employé, le plus estimé de toute l'Angleterre.

SES ÉCRITS.

Pierre de Blois a fait lui-même le dénombrement de Pet. Bles., opp. p. 457. presque tous ses écrits : ils consistent dans des lettres, dans un grand nombre de sermons, et dans quelques traités particuliers. Toutes les productions de sa plume, à quelques exceptions près, ont été recueillies par Pierre de Gussanville dans la dernière édition de ses œuvres en un volume in-folio, que nous prendrons pour guide.

§ 1. SES LETTRES.

C'est l'auteur lui-même qui, à la demande de Henri II, roi d'Angleterre, les rassembla en grande partie, comme il

Tome XV. X x

le témoigne dans la première, adressée à ce prince, laquelle
tient lieu d'épître dédicatoire et de préface. Après un jugement sévère sur l'imperfection du style de ses lettres, qui
n'étaient point destinées à devenir publiques, il prie ce monarque de lui pardonner la liberté avec laquelle il parle
quelquefois de sa personne. « C'est, dit-il, l'effet de l'atta-
» chement inviolable que j'ai pour vous; car je vous aime
» d'un amour de jalousie, et pour Dieu. Je ne me souviens
» pas que la flatterie soit entrée pour quelque chose dans les
» lettres que j'ai eu l'honneur de vous écrire : je ne suis pas
» marchand d'huile, *non sum olei venditor.* »

Pierre ayant fait la collection de ses lettres douze ans au
moins avant sa mort, il n'est pas étonnant que le nombre
n'en soit pas le même dans les manuscrits, les uns en contenant plus, les autres moins, parce que, tant que l'auteur a
vécu, il a pu y en ajouter toujours de nouvelles. Mais ce qui
surprend, c'est qu'il ne les ait pas rangées dans un meilleur ordre. On ne voit point qu'il se soit proposé un plan
quelconque; ce n'est certainement pas l'ordre chronologique
qu'il a voulu garder; ce n'est pas non plus l'ordre des matières : il semble qu'il les enregistrait fortuitement comme
elles se présentaient, tant il y règne de confusion.

Quoi qu'il en soit, nous rendrons compte des 185 lettres
qui dans la dernière édition forment la collection entière;
et, pour procéder avec plus d'ordre, nous les distribuerons
en deux classes : 1° celles que Pierre écrivit en son propre
nom; 2° celles dont il ne fut que le rédacteur, écrivant au
nom des personnes qui l'employaient. Dans l'arrangement
des premières, nous n'aurons égard qu'à la qualité des personnes à qui elles sont adressées, mettant d'abord celles qui
furent écrites aux souverains pontifes ou à des cardinaux,
puis aux archevêques, aux évêques, aux abbés et religieux,
aux clercs séculiers, aux gens de lettres, etc. Mais nous pla-
cerons en première ligne sa correspondance avec le roi
d'Angleterre, à qui la collection est dédiée.

Lettres à Henri II, roi d'Angleterre. Nous avons déja fait
Epist. 2. connaître la première. La seconde a pour objet de consoler
ce prince sur la mort de son fils Henri, décédé l'an 1183.
Pierre ne dissimule pas les révoltes de ce jeune prince, mais
il en rejette le blâme sur les traîtres qui abusaient de son
inexpérience; car il loue d'ailleurs les belles qualités dont il
Epist. 41. était doué. — La lettre 41e est relative à une mission dont

l'auteur avec d'autres députés avait été chargé par le roi auprès du saint-siége. Débarqué à Nieuport et attaqué de la dyssenterie, il mande au roi qu'il est impatient de lui rendre compte de sa mission, mais qu'il ne sait en quel lieu le trouver ; que ses députés sont revenus vides d'argent, chargés de plomb, et dans un équipage assez délabré. L'éditeur rapporte cette lettre à l'an 1177, parce qu'il y est parlé de l'arrivée des ambassadeurs des rois d'Espagne pour soumettre à l'arbitrage du roi les contestations qui les divisaient. Il est vrai que la décision du monarque anglais est de cette année ; mais en combinant la lettre 41ᵉ avec la 56ᵉ à l'évêque de Rochester, on voit que Pierre était de retour de sa mission l'an 1175, puisque dans la dernière il annonce la prochaine arrivée du légat Hugution, qui débarqua en Angleterre vers la Toussaint de cette année, selon Roger de Hoveden. — Dans la lettre 95, Pierre dénonce au roi les Epist. 95. vexations criantes que les vicomtes, les forestiers, et leurs officiers subalternes exerçaient dans l'administration de la justice. Il convient que le prince ne peut pas tout voir par ses yeux ; mais il soutient qu'il n'est pas moins responsable des abus qui se commettent sous son autorité, s'il néglige d'y apporter remède lorsqu'il en est instruit.

Lettres à de souverains pontifes. Il y en a d'adressées à Alexandre III, à Urbain III, à Grégoire VIII, et à Célestin III ; mais ces lettres ayant été écrites par notre auteur au nom d'autres personnes, il en sera parlé plus bas. Nous avons de lui deux lettres écrites en son nom au pape Innocent III : dans la 151ᵉ, il supplie le pape d'augmenter le re- Epist. 151. venu de l'archidiaconé de Londres dont il était pourvu, en accordant à cette dignité les mêmes droits dont jouissaient ailleurs les archidiacres. Il dit qu'il y avait à Londres quarante mille ames et cent vingt églises. Dans la 152ᵉ, l'auteur Epist. 152. rend compte au pape des désordres qui régnaient dans un chapitre séculier dont il était doyen. Les chanoines, dit-il, concubinaires publics, épousaient sans scrupule et en face de l'église les nièces et les filles de leurs confrères. Le reste de leur conduite répondait à cette licence. Ne pouvant remédier à des abus si crians, il annonce au souverain pontife qu'il a donné sa démission entre les mains de l'archevêque de Cantorbéri, le priant de consentir à ce que celui-ci mît à la place des chanoines une colonie de cisterciens.

Lettres à des cardinaux. Le cardinal Octavien ayant été Epist. 23.

X x 2

envoyé légat en Angleterre, Pierre de Blois lui écrivit la lettre 23, dans laquelle il lui dénonce par quelles intrigues des sujets indignes parvenaient à l'épiscopat. Le cardinal Octavien ayant été envoyé deux fois en Angleterre, l'an 1187 et l'an 1192, plusieurs auteurs rapportent cette lettre à l'an 1187, le P. Pagi à l'an 1192. Nous serions de son avis, si Pierre eût donné à Octavien le titre d'évêque d'Ostie, que ce cardinal avait déja l'an 1190, suivant Roger de Hoveden, p. 668.

Epist. 38.

Ecrivant au cardinal Albert, chancelier de l'église romaine, Pierre, dans la lettre 38e, prend lui-même la qualité de chancelier de l'archevêque de Cantorbéri. L'objet de la lettre est de justifier la conduite de son archevêque, contre lequel des malveillans avaient porté plainte au saint-siége. L'éditeur, persuadé qu'il s'agit dans cette lettre de l'archevêque Richard, la rapporte à l'année 1175; mais il n'a pas fait attention qu'Albert n'a été fait chancelier de l'église romaine qu'en 1179. Notre opinion est que cette lettre regarde l'archevêque Baudouin, installé l'an 1184, dont l'auteur prend encore la défense dans les lettres 100 et 164.

Epist. 48.

Dans la 48e, l'auteur félicite le cardinal Guillaume de Pavie de la part qu'il avait eue à la paix de l'église par la réconciliation du pape Alexandre avec l'empereur Frédéric, l'an 1177. Il se déchaîne vivement contre le cardinal Octavien, ou l'antipape Victor IV, auteur de ce long schisme, parce que allant à Rome vers l'an 1160, comme nous l'avons dit plus haut, il avait été arrêté et meurtri de coups par les satellites de cet antipape. Il en prend occasion de remercier le cardinal Guillaume de l'avoir recueilli et traité avec bonté, après qu'il se fût échappé de leurs mains.

Epist. 42.

Lettres à des archevêques. La 42e est une invective contre Robert, prévôt de l'église d'Aire et chancelier de Philippe, comte de Flandre, lequel, quoique élu évêque d'Arras et ensuite de Cambrai, jouissait des revenus de toutes ces églises, sans se mettre en peine de recevoir la consécration épiscopale, exerçant l'autorité du glaive qui lui était confiée, livré entièrement aux affaires séculières et négligeant celles de sa profession. Pierre lui prédit qu'il mourra d'une mort violente, comme tant d'autres hommes sanguinaires dont il lui retrace le souvenir. C'est ce qui arriva l'an 1174, Robert ayant été mis à mort à Condé par les gens de Jacques d'Avesne. Il paraît que Pierre était lié d'amitié avec ce fameux

personnage, étant nés l'un et l'autre dans le diocèse de Chartres; car il lui reproche d'avoir brûlé, peu de temps auparavant, une de ses lettres qu'il lui fit remettre par l'abbé de
Clairmarais, sans vouloir entendre les représentations de ce
pieux abbé.

La lettre 5 à Richard, archevêque de Cantorbéri, est pleine
de reproches sur la manière dont ce prélat gouvernait son
diocèse, ne faisant aucun usage de l'autorité de légat dont il
était revêtu, sur le reste de l'Angleterre. L'auteur, pour tempérer la dureté des reproches et justifier en même temps
l'étonnante liberté avec laquelle il lui parle, feint qu'il n'est
que l'écho ou l'historien de ce qu'on disait de Richard dans
le monde. Cette lettre paraît être de la même date que la 38e
au cardinal Albert, chancelier de l'église romaine, dont il est
parlé plus haut, dans laquelle Pierre, se disant chancelier de
l'archevêque de Cantorbéri, répond aux inculpations dont
on avait chargé ce prélat en cour de Rome.

Dans la 52e au même prélat, l'auteur fait la description
d'une tempête qu'il avait essuyée en traversant la mer pour
venir en France, chargé d'une mission de son archevêque
auprès du roi d'Angleterre, qui, dit-il, se rendait alors en
Gascogne. Nous ne voyons pendant l'épiscopat de Richard
aucun temps où le roi d'Angleterre ait fait un voyage dans
la Gascogne proprement dite; mais Henri II en fit un à
Limoges l'an 1177, auquel il paraît qu'il faut rapporter cette
lettre.

La 109e est adressée à Hubert, archevêque de Cantorbéri.
Ce prélat lui avait mandé de se rendre auprès de lui. Pierre
lui expose le mauvais état de sa santé : s'il y avait néanmoins
quelque affaire pressante qui exigeât sa présence, il ne crain-
dra pas d'exposer sa vie pour lui obéir. Ce billet est postérieur à l'année 1193, où commence l'épiscopat de Hubert à
Cantorbéri.

Geofroi, fils naturel de Henri II, ayant été fait archevêque
d'Yorck l'an 1189, notre auteur lui écrivit la lettre 113 pour
l'exciter à réprimer, par des peines sévères, des hérétiques
qui s'étaient glissés dans son diocèse.

La lettre 143 à Conrad, archevêque de Mayence, que
Pierre de Blois dit avoir été son condisciple, a pour objet
d'intéresser ce prélat, tout puissant en Allemagne, à la délivrance de Richard, roi d'Angleterre, fait prisonnier par le

Epist. 5.

Epist. 52.

Epist. 109.

Epist. 113.

Epist. 143

duc d'Autriche l'an 1192. D. Martène a réimprimé cette lettre
moins correctement au tome Ier des Anecdotes, col. 642.

Epist. 66.

Gautier, archevêque de Palerme, auquel Pierre de Blois
avait succédé dans l'emploi de précepteur de Guillaume II,
roi de Sicile, Anglais d'origine, l'avait prié de lui faire le portrait de Henri II, roi d'Angleterre, que le bruit public chargeait du meurtre de saint Thomas de Cantorbéri. La 66^e
lettre est une réponse à celle de Gautier. Après l'avoir com-
plimenté sur son élévation et remercié des présens qu'il lui
avait envoyés, Pierre s'étend avec complaisance sur les qualités de l'esprit et du cœur de son héros, sur son physique,
son humeur, son caractère, sa manière de vivre, ses exercices journaliers, son gouvernement : il aime, dit-il, la lecture, et se plaît à converser avec les savans lorsqu'il a ex-
pédié les affaires ; il est réservé dans ses paroles, sobre dans
ses repas, libéral envers tout le monde, magnifique dans les
palais qu'il fait élever, très-habile dans la manière de fortifier les places ; de sorte qu'il n'y avait, selon lui, aucun prince
qui pût lui être comparé. Passant ensuite à son apologie par
rapport au meurtre de saint Thomas, il proteste, sur son
ordre de diacre, qu'il ne voit aucun motif de le croire coupable d'un pareil attentat. « Vous êtes à portée, ajoute-t-il,
» de consulter là-dessus les cardinaux Théoduin, évêque de
» Porto, et Albert, chancelier de l'église romaine, lesquels
» ayant été envoyés en France pour examiner cette affaire,
» ont reconnu l'innocence du roi. » Théoduin n'ayant été
fait évêque de Porto qu'en 1178, et Albert chancelier qu'en
1179, il est évident que cette lettre ne peut avoir été écrite
l'an 1177, comme le veut l'éditeur ; mais on peut la placer
à l'année 1180, ou même plus tard.

Epist. 124, 125.

Il nous reste quatre lettres de Pierre de Blois à Gautier
de Coutances, archevêque de Rouen. La 124e et la suivante,
relatives au différend qui s'était élevé, l'an 1195, entre ce
prélat et Richard, roi d'Angleterre, ont pour objet de consoler l'archevêque dans l'exil auquel il s'était volontairement
condamné après avoir lancé une sentence d'interdit sur la
province et d'excommunication contre les officiers du roi,
pour empêcher la construction d'une forteresse qu'on élevait dans la terre des Andelys, appartenante à l'église de
Rouen. Dans l'une et dans l'autre il exhorte le prélat à tenir
ferme et à mettre à profit le loisir que lui laisse son exil, en

l'employant à la prière et à l'étude de l'écriture-sainte. — Epist. 138.
Cette affaire ayant été terminée, l'année d'après, par un
échange avantageux à l'église de Rouen, Gautier rentra dans
son église, et Pierre le félicite sur son retour par la lettre
138. — Dans la 141e, notre auteur se plaint à Gautier de l'in- Epist. 141.
fidélité du chapelain Élie, qui, depuis cinq ans qu'il admi-
nistrait son canonicat de Rouen, non-seulement ne lui avait
rien payé, mais prétendait ne lui rien devoir, attendu, disait-
il, que Pierre de Blois avait ailleurs de grands revenus. Sur
quoi celui-ci demande justice.

Guillaume, archevêque de Sens, avait fait dire à notre Epist. 128.
auteur par maître Gerard, qu'on croit être Gerard Pucel,
qu'il voulait se l'attacher, avec promesse de lui donner une
prébende dans son église. Voyant que le prélat tardait à
effectuer sa promesse, Pierre lui écrivit la lettre 128, dans
laquelle il lui représente qu'il a refusé des postes avantageux qui lui étaient offerts par de grands personnages, mais
qu'il a préféré de s'attacher à lui par amour pour sa patrie
et par le desir de posséder un bénéfice dans l'église de Chartres. Il ajoute qu'il était déja avancé en âge, et que ses cheveux blancs annonçaient la vieillesse. Cependant cette lettre
doit avoir été écrite avant l'an 1176, époque où Guillaume
se démit des évêchés de Sens et de Chartres ; on peut même
la rapporter à l'an 1169 ou la suivante, après que l'auteur
fut revenu de Sicile et avant qu'il passât en Angleterre.

Lettres à des évêques. Il y en a cinq à Jean de Salisburi,
évêque de Chartres. Dans la 22e, écrite avant l'épiscopat de Epist. 22.
celui-ci, Pierre annonce à Jean, son ancien maître, les motifs qu'il a de croire que Jean verra bientôt la fin de son
exil, qu'il partage si courageusement avec son archevêque
Thomas de Cantorbéri. Il ajoute qu'il a lu avec satisfaction
son traité *De Nugis Curialium.* C'est par erreur que dans
les imprimés on donne à Pierre de Blois le titre d'*archidiacre
de Bath,* qui ne se trouve pas dans les meilleurs manuscrits.
La lettre étant certainement de l'an 1170, l'auteur à cette
époque n'était pas encore passé en Angleterre. — La lettre
114 a pour objet de féliciter Jean de Salisburi sur sa pro- Epist. 114.
motion à l'épiscopat l'an 1176. L'auteur le remercie d'avoir,
en montant sur son siége, rappelé dans leur maison les chanoines de Saint-Sauveur de Blois, que le mauvais état de leur
maison avait dispersés ; d'avoir conféré le premier bénéfice à
sa disposition, non à des parens, mais à un autre Pierre de

Blois, qui lui ressemblait en tout, par le caractère, les traits du visage, le nom, le surnom, et la stature. Il lui annonce qu'ayant eu ordre de célébrer le triomphe de saint Thomas de Cantorbéri, et voulant se préparer à ce travail, il avait lu une vie du saint martyr récemment écrite ; qu'ayant reconnu, à la beauté du style, que c'était l'ouvrage de l'évêque de Chartres, il n'aura garde d'entrer en concurrence. — Dans la lettre **70**, l'auteur réfute l'opinion de ceux qui disaient qu'à mérite égal, l'évêque de Chartres ne devait pas préférer ses neveux dans la collation des bénéfices. Il rend témoignage aux bonnes mœurs et à la capacité d'un des neveux du prélat, nommé Robert, qu'il croit propre à remplir un canonicat dans l'église de Chartres. Dans cette lettre, l'auteur ne prend pas d'autre qualité que celle de chanoine de Chartres. — Il la perdit bientôt après, à la suite d'un procès qu'il eut à soutenir contre le même neveu de Jean de Salisburi, qui fut pourvu d'une des prévôtés de l'église de Chartres, à laquelle Pierre de Blois prétendait avoir des droits, comme il l'explique dans la lettre *49* au doyen et au chapitre de Chartres. Non-seulement il perdit son procès, il eut encore la mortification de se voir vilipendé ; on attaqua sa naissance, ce qui le mit dans la nécessité de faire l'apologie de son père, comme aussi d'avoir employé contre Jean de Salisburi la protection des grands, et même des moyens honteux et simoniaques ; accusations dont il se défend dans la lettre *150*. — Au retour d'un voyage fait à Rome l'an 1177, pour défendre les droits de l'archevêque de Cantorbéri contre les priviléges de l'abbaye de Saint-Augustin, Pierre, dans la lettre *158*, rend compte à l'évêque de Chartres de la mauvaise issue de cette affaire, afin de convaincre le prélat que c'était bien gratuitement que saint Thomas avait versé son sang pour la défense de cette église, attendu que la cour de Rome, qu'il ne ménage pas, sacrifiait les droits de l'église de Cantorbéri à des intérêts particuliers dont elle était fort jalouse.

Renaud de Bar, fils de Renaud, comte de Bar et de Monçon, ayant été élu évêque de Chartres l'an 1184 ou 1185, Pierre lui écrivit une fort belle lettre (c'est la quinzième) sur les devoirs de l'épiscopat. Ce prélat était de la plus haute naissance, petit-fils par sa mère de Thibaud-le-Grand, comte de Champagne, neveu de Guillaume-aux-blanches-mains, pour lors archevêque de Reims, et cousin germain du roi

Philippe-Auguste. Notre auteur s'applique à lui faire sentir qu'il doit autant se distinguer entre les autres évêques par l'éminence de ses vertus, qu'il les surpasse par l'éclat de sa noblesse.

Pendant la guerre que le jeune roi d'Angleterre, Henri-au-Court-Mantel, faisait, l'an 1183, à Henri, son père, les Angevins avaient abandonné les drapeaux du monarque anglais dans un temps où il avait plus besoin de leur service militaire. Pierre de Blois écrivit sur cela à Raoul, évêque d'Angers, la lettre 69, dans laquelle il exhorte ce prélat, s'il veut préserver ses diocésains d'une juste punition, à faire ses efforts pour les ramener à leur devoir; il l'avertit que l'archevêque de Cantorbéri, appuyé d'une bulle du pape, avait excommunié dans la ville de Caen tous ceux qui s'étaient révoltés contre le roi, sans excepter le jeune prince son fils. Or c'est une chose certaine, ajoute-t-il, que ce prélat n'a jamais excommunié quelqu'un, qu'il ne soit mort dans l'année. Le jeune Henri étant mort effectivement cette même année, semble vérifier ce que dit ici l'auteur de l'efficacité des excommunications des archevêques de Cantorbéri. ^{Epist. 69.}

La lettre 63 est adressée à Pierre, évêque d'Arras, qui avait fait présent à l'auteur d'une coupe chargée d'emblêmes sur lesquels Pierre cherche des moralités pour en rehausser le prix et témoigner sa reconnaissance. Pierre ayant été fait évêque d'Arras l'an 1184, cette lettre doit avoir été écrite postérieurement à cette année. ^{Epist. 63.}

L'évêque d'Orléans, auquel Pierre de Blois adresse la lettre 112, n'est désigné que par la lettre initiale R. C'est une erreur du copiste; il faut nécessairement substituer la lettre H, initiale du nom de Henri de Dreux, cousin germain du roi Philippe-Auguste, lequel gouverna l'église d'Orléans depuis l'an 1186 jusqu'en 1198. Cela résulte du texte même de la lettre dont le sujet est la dîme saladine que le roi avait imposée, l'an 1188, sur les biens de tous ceux qui ne s'étaient point croisés avec lui. Notre auteur exhorte le prélat à s'opposer à la levée de cet impôt, sur-tout par rapport au clergé, qu'il prétend ne pouvoir y être assujetti. Il pose en principe que le roi ne peut ni ne doit exiger du clergé que des prières : d'où il conclut que le silence des prélats sur cette imposition est très-coupable. « Je sais bien, dit-il, que si votre roi voulait charger l'église de corvées, *angarias et parangarias*, de capitations et d'autres exactions ^{Epist. 112.}

semblables, il trouverait un grand nombre d'évêques qui approuveraient sa conduite. Votre devoir ne vous permet pas de les imiter. Que le prince apprenne par vos instructions et vos remontrances, que l'église ne lui a confié le pouvoir du glaive que pour la protéger, et non pour opprimer les pauvres en lui ôtant les moyens de les secourir. *Doctrinâ et exhortatione tuâ recolat dominus rex se non ad oppressionem pauperum, sed ad tuitionem ecclesiæ potestatem gladii ab ecclesiâ suscepisse.* » Où Pierre de Blois avait-il puisé ces maximes, que les princes tenaient de l'église le pouvoir du glaive, et que le clergé ne devait à l'état que des prières? Ce n'était certainement pas dans les écrits des apôtres et des anciens pères de l'église. Mais tel était l'enseignement des écoles au XIIᵉ siècle.

Epist. 50.

Deux lettres à Henri, évêque de Bayeux, la 50 et la 159ᵉ, ne présentent pas un grand intérêt. La première est une supplique en faveur du camérier de l'abbé de Saint-Etienne de Caen, qui avait commis un homicide en son corps défendant et pour venger la mort de son père. L'auteur représente au prélat que le roi d'Angleterre, fort peu indulgent envers de pareils délits, ayant pardonné au coupable, il ne convient pas à un évêque d'être plus exigeant, d'autant plus qu'il autorisait par-là les ennemis du coupable, qui d'ailleurs était repentant de sa faute et promettait toute satisfaction, à s'emparer de ses biens patrimoniaux qu'ils convoitaient.

Epist. 159.

— Dans la seconde, après des excuses sur la liberté qu'il prend de lui donner des avis, il exhorte le prélat à terminer honorablement sa carrière, illustrée par tant de vertus. Ce prélat étant mort l'année 1205, si cette lettre avait trait à sa dernière maladie, il faudrait dire que l'auteur aurait vécu jusqu'à cette époque.

Epist. 147.

On voit par la lettre 147 que Pierre de Blois, en sa qualité de doyen du chapitre de Wulrehaniten, conférait de plein droit les prébendes de cette église. Un de ses chanoines, nommé Robert de Schrwsburi, *Salopiensis,* ayant été sacré évêque de Bangor l'an 1197, voulait, sous prétexte du peu de revenu de son église, conserver sa prébende, dont le doyen avait disposé en faveur d'un ecclésiastique pieux et lettré. Cette lettre contient une vive semonce contre ce prélat, qui, ayant mis dans ses intérêts l'archevêque de Cantorbéri, avait brouillé notre auteur avec son archevêque.

Epist 163.

Reginald ou Renaud, archidiacre de Salisburi, ayant été

élu, l'an 1172, avec l'agrément de Henri II, roi d'Angleterre,
pour remplir le siége de Bath vacant depuis plusieurs années,
Pierre de Blois, dans la lettre 163, le félicite sur sa promotion avec d'autant plus d'empressement, qu'il avait reçu de
lui des bienfaits signalés dans un temps où il avait plus besoin de secours étrangers. — Ce prélat, fort considéré à la
cour de Henri II, avait pris goût à la chasse au vol. Pierre,
dans la lettre 61, lui représente qu'étant appelé à remplir   Epist. 61.
les fonctions de l'épiscopat, il n'est plus temps de se livrer
à ces vains amusemens, et fait remonter jusqu'à Ulysse et au
siége de Troie l'invention de cette espèce de chasse à l'oiseau. — L'an 1173, Renaud étant sur le point de recevoir la   Epist. 30.
consécration épiscopale avec plusieurs autres évêques désignés pour d'autres siéges, une opposition de la part du jeune
roi Henri, révolté contre son père, fit suspendre la cérémonie. Il fallut aller à Rome soumettre au jugement du pape
cette opposition. Renaud partit avec Richard, élu archevêque de Cantorbéri. Dans cet intervalle, Pierre de Blois eut
un songe dont il développe les circonstances dans la lettre
50. Voulant en pénétrer le sens, il eut recours à ce qu'on
appelait alors *le sort des saints;* il ouvrit le psautier, et tomba
sur ces mots, *Moyses et Aaron in sacerdotibus ejus,* qui furent
pour lui un trait de lumière; il s'empressa de transmettre ce
pronostic à son futur évêque, car il prend dans la lettre la
qualité d'archidiacre de Bath ; mais il paraît que c'est par an-
ticipation que les copistes la lui ont donnée. — Renaud n'é-
tait encore qu'évêque élu de Bath, lorsque Pierre lui écrivit
la lettre 59 en faveur d'un maître Henri dont l'auteur fait un   Epist. 59.
grand éloge, lequel avait encouru la disgrace du prélat pour
avoir menacé, en sa présence, de frapper au visage un autre
clerc, nommé Simon, qui l'avait accusé d'avoir divulgué les
secrets du prélat. L'auteur, pour persuader à l'évêque qu'il
est de la dignité de son caractère de pardonner cet emportement, cite, indépendamment de l'écriture-sainte, les autorités très-respectables de Cicéron, de Diogène Laërce, de
Suétone, de Frontin, de Perse, de Juvénal, etc. — C'est pré-   Epist. 92.
cisément cette grande érudition qu'un jaloux attaché à l'é-
vêque de Bath, le même Simon peut-être dont nous venons
de parler, décriait dans notre auteur, l'appelant un compilateur de centons, parce que celui-ci remplissait, tant bien
que mal, disait-il, ses écrits de passages de l'écriture-sainte,
d'exemples tirés des auteurs anciens, de citations des poètes.

Y y 2

Ce zoïle accusait encore notre auteur de vanité, parce que celui-ci avait fait un recueil de ses lettres, comme s'il eût voulu les donner pour des modèles. Pierre de Blois, qui n'était rien moins qu'endurant, repousse vivement cette attaque dans sa 92ᵉ lettre à Renaud, évêque de Bath. Il se fait gloire d'avoir, à l'exemple des pères de l'église, beaucoup lu l'écriture-sainte, d'en avoir retenu les plus beaux traits, de les avoir répandus avec profusion dans ses écrits. Il se félicite aussi d'avoir lu assidûment les bons auteurs de l'antiquité. En répétant ce qu'ont dit les anciens, nous sommes, dit-il, comme des nains montés sur les épaules des géans, qui, par ce moyen, voyons plus loin qu'eux. Et pour prouver à son antagoniste qu'il savait faire autre chose que des centons, il parle ainsi de son talent pour le genre épistolaire : « Non, je » ne craindrai pas d'avancer, et je puis sur cela produire » un bon nombre de témoins que j'ai toujours dicté mes let- » tres avec plus de rapidité qu'on ne pouvait les écrire. L'ar- » chevêque de Cantorbéri, vous-même, évêque de Bath, et » plusieurs autres, ne m'ont-ils pas vu dicter à trois écrivains » à-la-fois des lettres sur différens sujets, et suivre la vitesse » de leur plume, tandis que moi-même (ce qui n'est arrivé » qu'à Jules César) j'en écrivais en même temps une qua- » trième. »

Epist. 58.

Le trait n'est pas modeste, mais il offre d'en faire l'essai sous les yeux de son détracteur. — Malgré les services signalés que l'archidiacre de Bath avait rendus à Renaud lors de sa promotion à l'épiscopat (sur quoi l'on peut voir la lettre 45), ce prélat, sans forme de procès et sans employer les trois monitions prescrites par le concile de Latran de l'an 1179, avait interdit de ses fonctions le vice-archidiacre que Pierre de Blois, obligé à de fréquentes absences, entretenait à sa place ; et ce qui paraîtra bien étrange, c'était pour n'avoir pas payé à l'évêque une dette de vingt sous. L'auteur, pénétré de douleur d'un procédé si peu amical, écrivit au prélat la lettre 58. « Je vois bien, dit-il, que vous cherchez un pré- » texte de rompre avec moi. S'il faut, pour conserver vos » bonnes graces, quitter l'Angleterre et tous les bénéfices que » j'y possède, je suis prêt à faire ce sacrifice. Mais sachez que, » si vous me forcez de m'éloigner, vous aurez plus d'une fois » sujet de vous en repentir, et vous supporterez avec peine » l'absence de celui dont vous dédaignez présentement les » services. » Il ne paraît pas néanmoins que la brouillerie soit

allée jusqu'à rompre entièrement, puisque Pierre de Blois
prend encore la qualité d'archidiacre de Bath dans une lettre
à Savari, successeur de Renaud, décédé l'an 1192.

La lettre 148 est écrite à Savari, évêque de Bath. Ce prélat, *Epist. 148.*
parent de Henri VI, empereur d'Allemagne, s'étant donné
en ôtage pour la rançon du roi Richard, eut pour sa récompense l'abbaye de Glocester, dans laquelle il faisait sa résidence, voulant y transférer le siége de Bath. Il trouva de
grands obstacles à l'exécution de ce projet, pour lequel il fut
obligé d'entreprendre de longs et fréquens voyages. L'archidiacre Pierre lui représente que ce n'est pas ainsi qu'il
acquittera les devoirs de sa charge ; que tout le monde desire
sa présence à Bath, et gémit sur son absence ; que vouloir
transférer le siége de son épiscopat à Glocester, c'était, de
l'aveu des personnes sensées, tenter une chose impossible. Il
n'y avait rien d'offensant dans cette lettre, qui est respectueuse et pleine d'éloges du prélat. Cependant c'est sous l'é-
piscopat de Savari que Pierre de Blois perdit son archidiaconé, comme nous le dirons plus bas en rendant compte de
la lettre 149.

Richard, roi d'Angleterre, partant pour la Terre-Sainte, *Epist. 87.*
l'an 1190, avait nommé régent du royaume Guillaume de
Long-Champ, évêque d'Ély, chancelier d'Angleterre, et légat
du saint-siége. Les ennemis de ce prélat ayant tramé contre
lui une violente conspiration, à la tête de laquelle était le
comte de Mortain, frère du roi, vinrent à bout de le chasser
d'Angleterre, l'an 1191, après l'avoir dépouillé de toutes ses
dignités. Pierre de Blois, constamment attaché au régent, lui
écrivit la lettre 87 pour le consoler dans sa disgrace ; il l'exhorte à ne pas perdre courage, lui prédisant qu'il serait rétabli dans ses dignités, ce qui arriva en effet lorsque le roi
fut de retour en Angleterre. Quant à moi, ajoute-t-il, je me
suis retiré auprès de la reine. — Le principal auteur de cette
conspiration était l'évêque de Coventri, Hugues de Nonant,
neveu d'Arnoul, évêque de Lisieux. Pierre lui adresse la
lettre 89, contenant une invective fulminante dans laquelle *Epist. 89.*
il le traite de fourbe, de traître, d'un autre Judas ; il l'accuse
de la plus noire ingratitude, et lui prédit qu'il aura aussi son
tour. Pierre ne le désigne que par la lettre H, sans lui donner la qualité d'évêque. Mais dans les annales de Roger de
Hoveden où cette lettre est imprimée, p. 705, elle a pour
suscription : *Quondam domino et amico Hugoni, Coventrensi*

et Cestrensi dicto episcopo, Petrus Blezensis, Bathoniensis archidiaconus, Dei memoriam cum timore.

Epist. 108 et 156.

Lorsque Guillaume de Long-Champ eut été rétabli dans ses dignités par le roi Richard, Pierre ayant besoin de sa protection pour des affaires à lui personnelles, lui écrivit les lettres 108 et 156.

Epist. 44.

Arnoul, évêque de Lisieux, ayant encouru, à l'occasion d'un procès qu'il eut avec son chapitre, la disgrâce du pape et de Henri II, roi d'Angleterre, consulta notre auteur sur le parti qu'il voulait prendre de renoncer à l'épiscopat. Pierre lui répond dans la lettre 44 que s'il n'a pas d'autre motif d'abdiquer que celui qu'il allègue, il doit se roidir contre l'adversité, et tâcher de regagner les bonnes graces de ses supérieurs; que s'il veut recouvrer celles du roi, le meilleur moyen est de lui témoigner une entière soumission; car il est tel, dit-il, que, pour le vaincre, il faut s'avouer vaincu. Arnoul s'étant démis de l'épiscopat l'an 1181, cette lettre est à-peu-près de la même époque.

Epist. 91.

A l'évêque Arnoul succéda sur le siége de Lisieux Raoul de Varneville, archidiacre de Rouen, qui avait été chancelier du roi d'Angleterre; homme avare, usurier, tout occupé de gains sordides, qui, bien loin de faire des aumônes, attendait les temps de disette et de cherté pour vendre plus cher ses denrées. Pierre, dans la lettre 91, lui représente l'indignité de sa conduite, et la met en contraste avec la noble générosité de son prédécesseur, dont il fait un bel éloge.

Epist. 123.

La lettre 123 est une réponse à Richard, évêque de Londres, qui pressait notre auteur à recevoir la prêtrise. Pierre lui expose les motifs qui l'empêchent de se rendre à ses instances, motifs puisés d'une part dans la haute et juste idée qu'il avait de la dignité sacerdotale, et de l'autre dans l'opinion où il était de sa propre indignité. Il prétend même que vouloir ordonner prêtre un archidiacre malgré lui, c'est une espèce de dégradation, et qu'il est conforme à la discipline de l'église que chacun demeure dans l'ordre attaché au titre de son bénéfice. « Nous avons vu, dit-il, des diacres demeu-
» rer toute leur vie dans le diaconat, et le seigneur Célestin,
» qui est aujourd'hui sur le siége apostolique, m'a dit plu-
» sieurs fois qu'il avait passé soixante-cinq ans dans l'ordre
» de diacre avant que de parvenir à l'épiscopat. » Célestin III (car c'est de lui que l'auteur parle) remplit la chaire de saint Pierre depuis l'an 1191 jusqu'en 1198. Ainsi cette lettre fut

écrite dans cet espace de temps. Cependant Pierre de Blois consentit enfin à recevoir l'ordre de la prêtrise, comme nous le dirons en rendant compte de la lettre 159 à l'abbé et aux religieux de Cicester.

A peine Eudes de Sully fut-il monté sur le siége de Paris, Epist. 127. sur la fin de l'an 1196, que Pierre de Blois s'empressa de le féliciter par la lettre 127, dans laquelle il expose les chagrins qu'il éprouvait en Angleterre depuis la mort du roi Henri II, qui l'avait comblé de tant de bienfaits. Il aurait quitté dès-lors l'Angleterre, s'il n'eût trouvé dans les évêques de Worchester et de Durham des amis qui lui firent oublier qu'il était dans une terre étrangère. Mais ces généreux amis étant morts, il espère qu'ils seront remplacés par l'évêque de Paris avec d'autant plus de confiance, que depuis long-temps il avait éprouvé les bienfaits de son illustre famille, célèbre, dit-il, par ses libéralités. — Le desir de rentrer en France, que notre auteur n'avait fait qu'insinuer dans la lettre précédente, il l'exprime clairement dans la lettre 160 au même Epist. 160. prélat. Il y a vingt-six ans, dit-il, que je suis en Angleterre comme dans un lieu d'exil, sans que personne en France ait songé à me rappeler : serai-je donc toujours vagabond sur la terre? Il accuse en particulier la dureté des évêques français à son égard; mais il espère que le nouvel évêque de Paris, qui, n'étant encore que grand-chantre de Bourges, faisait passer jusqu'au fond de l'Angleterre ses largesses, ne l'abandonnera pas dans son exil. Il lui offre, s'il veut le recevoir dans sa maison, de consacrer à sa gloire tout ce qui lui reste de talens, pourvu qu'il puisse mourir tranquillement dans sa patrie. Il n'eut pas cette consolation. Il ne prend aucun titre dans cette lettre; ce qui prouve qu'il avait déja perdu l'archidiaconé de Bath lorsqu'il l'écrivit, et qu'il n'était pas encore archidiacre de Londres.

Nous avons vu plus haut que Guillaume de Champagne, Suprà p. 351. archevêque de Sens, avait invité notre auteur, à son retour de Sicile, à venir demeurer chez lui, avec promesse de récompenser ses services. Vers le même temps, Pierre Minet, que l'auteur appelle son parent, ayant été nommé évêque de Epist. 34. Périgueux, voulut aussi l'attirer auprès de lui. Pierre, dans sa lettre 34, le remercie de sa bonne volonté; mais avant de se rendre à son invitation, il attendra, dit-il, encore quelques jours, pour voir si la personne puissante, qu'il ne nomme pas, mais qui paraît être l'archevêque de Sens, tiendra sa promesse, ou si, à l'exemple des Bretons, il doit encore attendre l'apparition du roi Artur, ou, comme les Juifs, la venue du Messie. Pierre ne prend aucune qualité dans cette lettre, qui paraît être de l'an 1170 ou 1171.

Epist. 56.

Il ne prend pas non plus de qualité dans la lettre 56 à Gautier, évêque de Rochester. Ce prélat, frère de Thibaud, archevêque de Cantorbéri, était adonné, à l'âge de quatre-vingts ans, aux plaisirs de la chasse. Pierre étant en cour de Rome pour les affaires de Henri II, roi d'Angleterre, entendit les plaintes qu'on portait contre ce vieil évêque, et crut devoir l'avertir qu'un légat serait bientôt envoyé en Angleterre pour examiner sa conduite et le traiter selon la rigueur des canons. Nous pensons que ce légat n'est autre que le cardinal Hugution, qui, suivant Roger de Hoveden, arriva en Angleterre vers la Toussaint de l'an 1175, et que c'est à la même année qu'il faut rapporter la lettre 56.

Epist. 51.

Joscelin, évêque de Salisburi, avait confié l'éducation de ses neveux à Pierre de Blois, enseignant à Paris les belles-lettres (apparemment avant que celui-ci allât en Sicile), et s'était obligé de lui payer une pension annuelle indépendamment du salaire convenu. Pierre de Blois ayant rouvert son école après son retour de Sicile, l'évêque de Salisburi devait lui renvoyer ses neveux avec les arrérages de la pension; mais rien ne venait. Notre auteur écrivit donc au prélat la lettre 51, dans laquelle il lui représente qu'il l'a constitué dans des dépenses énormes; que la parole d'un évêque doit être aussi sacrée qu'un serment; qu'au lieu de former ses neveux à la science et à la vertu, il les entretient dans les plaisirs et la mollesse, etc. Il semble que cette lettre ne peut avoir été écrite qu'en 1170; cependant l'auteur y prend la qualité d'archidiacre de Bath; mais on peut croire que ce n'est qu'une addition des copistes.

Epist. 46.

Richard, évêque de Syracuse, anglais de nation, qui jouissait d'un grand crédit en Sicile, avait écrit à notre auteur pour l'engager à retourner dans ce pays-là. Pierre lui répond, dans la lettre 46, qu'il n'en fera rien; qu'il n'a pas envie d'aller une seconde fois s'exposer aux périls, aux maladies et à la mort, et dit tout le mal possible du pays et des habitans. « Nous étions, dit-il, au nombre de trente-sept qui arrivâmes » en Sicile avec le seigneur Etienne du Perche, et tous y sont » morts en peu de temps, excepté moi et maître Roger de » Normandie, homme savant, industrieux et modeste. Je ne

» veux point retourner dans une terre dont je puis dire ce
» que le renard disait de l'antre du lion : *Je vois bien com-*
» *ment on y entre, mais je ne vois pas comment on en sort.*
» Deux choses m'ont rendu le séjour de la Sicile odieux, le
» mauvais air qu'on y respire , et la méchanceté des naturels
» du pays. Cette île devrait être inhabitée comme elle est inha-
» bitable , selon moi. Car qui peut demeurer en sûreté dans
» une terre où , sans compter les autres incommodités qu'on
» y souffre, on voit les montagnes vomir un feu d'enfer et
» exhaler une odeur de soufre qui vous étouffe. Ah ! c'est là
» sûrement qu'est la porte de l'enfer.... Ajoutez à cela le
» caractère de la nation sicilienne : s'il est vrai, comme l'ex-
» périence le prouve, que tous les insulaires en général sont
» gens de mauvaise foi, on peut assurer que les Siciliens sont
» les amis les plus faux et les traîtres les plus dissimulés et
» les plus dangereux qu'il y ait au monde. » Après cela il
invite à son tour l'évêque de Syracuse à retourner en Angleterre où il fait très-bon vivre, au lieu qu'en Sicile on ne se
nourrit que d'ache et de fenouil ; où saint Thomas, dit-il ,
fait des miracles en quantité, et où le roi est très-bien disposé en votre faveur. L'auteur était déja passé en Angleterre
lorsqu'il écrivit cette lettre ; mais n'y prenant aucune qualité, nous croyons pouvoir la rapporter à l'année 1172 ou
1173.

La lettre 16, qui ne porte point d'adresse, paraît avoir été   Epist. 16.
écrite à un évêque absorbé dans le maniement des affaires
temporelles, et même chargé du gouvernement d'un grand
état ; car l'auteur lui dit qu'au dernier jour, ni les ordres du
roi, ni l'utilité publique, ne pourront lui servir d'excuse, s'il
a négligé le soin de son ame et de son diocèse. Tout cela ne
peut convenir qu'à Guillaume de Longchamp, évêque d'Ély,
que Richard, roi d'Angleterre, en partant pour la Terre-
Sainte, avait nommé régent du royaume, comme nous l'avons
dit plus haut.

Lettres à des doyens et archidiacres de chapitres. Pierre
de Blois ayant été débouté de ses prétentions à une prévôté
de l'église de Chartres, comme nous l'avons dit plus haut en   Suprà p. 352.
rendant compte de la lettre 130 à Jean de Salisburi, écrivit
au doyen du chapitre la lettre 49 pour épancher sa dou-   Epist. 49.
leur, non pas précisément sur la perte de son procès, mais
parce que ses antagonistes, pour mieux arriver à leurs fins,
avaient flétri la mémoire de son père dont il crut devoir faire

Tome XV.   Z z

l'apologie. Il annonce en finissant que, si ses ennemis ont réussi à lui faire perdre son canonicat de Chartres, il a trouvé une compensation dans l'archidiaconé de Bath, beaucoup plus riche, dont il prend le titre en commençant sa lettre, qu'on peut rapporter à l'année 1178 ou à la suivante.

Epist. 54.

Laurent, archidiacre de Poitiers, dont le nom, dans la lettre 54, n'est désigné que par la lettre initiale L, mais qui est écrit tout entier dans la lettre 241 de Jean de Salisburi, voulait contraindre une de ses nièces à embrasser malgré elle la vie religieuse. Pierre de Blois lui prouve par des autorités respectables qu'il n'en a pas le droit. Cependant, comme cette jeune personne était fort instruite, il tâchera, dit-il, de lui persuader que c'est le meilleur parti qu'elle

Epist. 55.

pourrait prendre. Il y a apparence qu'il y réussit, comme on en peut juger par la lettre 55 qu'il lui écrivit.

Epist. 74.

La lettre 74 est écrite à un archidiacre dont le nom commence par un G ; mais il n'est pas dit dans quelle église il exerçait cette fonction. L'objet de la lettre est un jeune libertin que Pierre de Blois appelle son colon, *hospitem meum,* parce qu'apparemment il habitait dans quelqu'une de ses terres. Son avis est qu'il faut punir non-seulement ce jeune homme, mais aussi son père, pour avoir négligé son éducation ; et comme ces sortes de gens sont plus sensibles à ce qui touche leurs intérêts que la morale publique, on fera fort bien, dit-il, de leur imposer des peines pécuniaires. L'auteur, à son ordinaire, a parsemé cette lettre de beaux passages d'Ovide, de Perse, de Juvénal, etc.

Epist. 75.

Depuis plus de quinze ans, à partir de l'année 1167, l'église de Lincoln était sans évêque, quoique depuis sept ans, à l'époque où Pierre de Blois écrivait la lettre 75 à Roger, doyen du chapitre de Lincoln, le roi Henri II eût fait nommer à cet évêché son fils naturel, nommé Geofroi, qui en percevait les revenus sans se mettre en peine de recevoir l'ordination. Le pape avait donné ordre, l'an 1181, à l'évêque élu ou de se démettre ou de remplir ses fonctions : sans quoi il donnerait lui-même un évêque à cette église comme vacante. Il fallait persuader au roi d'entrer dans cet arrangement. Le doyen de Lincoln fut député en cour pour demander au roi la permission de procéder à une nouvelle élection. Pierre, chargé de la même commission par l'archevêque de Cantorbéri, avait adroitement disposé le roi à donner cette permission ; et en habile courtisan qui connais-

sait parfaitement le caractère du prince, il instruit le doyen
Roger de quelle manière on doit s'y prendre pour obtenir
de lui son consentement : chose d'autant plus difficile, que
la cour de Rome venait d'accorder à Geofroi un délai de
trois ans. Geofroi donna en effet sa démission l'an 1182.

Nous avons dit plus haut qu'une des premières opérations Suprà p. 351.
de Jean de Salisburi, en montant sur le siége épiscopal de
Chartres, fut de rétablir dans leur église de Saint-Sauveur,
devenue cathédrale sur la fin du XVIIe siècle, les chanoines
de Blois, que le mauvais état de leur maison avait contraints
de se disperser. Pierre de Blois, qui, dans la lettre 114, en
témoigne sa reconnaissance au prélat, écrivit aussi la lettre Epist. 78.
78 au doyen et aux chanoines, pour les féliciter sur cet heureux événement, auquel il avait eu, comme il le dit lui-même,
la principale part.

La lettre 94 est adressée à un archidiacre nommé Jean, Epist. 94
sans dire de quelle église. Cet archidiacre avait des neveux
armés chevaliers, qui, fiers de leur chevalerie, déclamaient
en toute occasion contre les gens d'église et leur faisaient
des avanies. Pierre supplie l'archidiacre de les corriger, et,
par occasion, il fait des chevaliers de son temps une peinture exagérée peut-être, mais peu honorable. « S'il faut se
» mettre en campagne, dit-il, ils sont plus soigneux de se
» pourvoir de batterie de cuisine que de bonnes armes ; ils
» ont des boucliers dorés, cherchant plutôt à faire du butin
» qu'à combattre leurs ennemis, et ils les rapportent, s'il est
» permis de parler ainsi, vierges et intacts. Ils font peindre
» des combats et des batailles sur leurs écus et les harnais de
» leurs chevaux, uniquement par ostentation et pour le plai-
» sir de les regarder, car ils évitent tant qu'ils peuvent d'en
» venir aux mains. *Quod si milites nostros ire in expeditionem*
» *quandoque oporteat, summarii eorum non ferro, sed vino ;*
» *non lanceis, sed caseis ; non ensibus, sed utribus ; non hastis,*
» *sed verubus onerantur : credas eos ire ad domum convivii,*
» *non ad bellum. Clypeos deferunt optimè deauratos, etc.* »

Dans le temps que Pierre de Blois enseignait à Paris ou
ailleurs les belles-lettres, un archidiacre de Nantes, dont le Epist. 101.
nom commençait par la lettre R, lui avait envoyé deux de
ses neveux pour être formés sous sa conduite. Il annonçait
que le cadet était encore dans l'enfance, et que l'aîné, beaucoup plus avancé, montrait de grandes dispositions pour les
subtilités de la dialectique, si l'on avait soin de les cultiver.

Notre auteur, après avoir examiné la portée de ces deux sujets, répond à l'oncle par la lettre 101, qu'il espère tirer meilleur parti du cadet que de l'aîné, dont les études avaient été
jusqu'alors fort mal dirigées, et à ce propos il donne de très-
bonnes règles sur la manière d'enseigner qu'il met en opposition avec celle qui de son temps était le plus en usage.
« Vous vantez, dit-il, la grande pénétration de Guillaume
» (c'était le nom de ce génie précoce) sur ce que, sans avoir
» étudié ni la grammaire ni les auteurs classiques, il a passé
» tout d'un coup aux subtilités de la logique. Ce n'est point
» là le fondement d'une solide instruction, et cette subtilité
» que vous nous vantez tant est souvent l'écueil de ceux qui
» en font leur objet capital. A quoi sert-il en effet d'em-
» ployer son temps à apprendre des choses qui ne sont d'au-
» cune utilité dans l'usage de la vie civile, *domi*, ni pour la
» profession des armes, ni pour le barreau, ni dans les cloî-
» tres, ni dans les cours des princes, ni dans l'église, et dont
» on ne fait cas que dans les écoles ? Il est des élèves à qui,
» avant que d'être imbus des premiers élémens des lettres,
» on apprend à chercher ce que c'est que le point, la ligne,
» la superficie, la quantité de l'ame, le destin, les inclina-
» tions de la nature, le hasard, le libre arbitre, la matière,
» le mouvement, les principes des corps, les combinaisons
» des nombres, les diverses sections de l'étendue ; ce que c'est
» que le temps, le lieu, l'identité et la diversité, le divisible et
» l'indivisible, la substance et la forme de la voix, l'essence
» des universaux, l'origine, l'usage et la fin des vertus ; quelles
» sont les causes de tout ce qui existe, le principe du flux et
» reflux de l'Océan, les sources du Nil, les secrets les plus
» cachés de la nature, les diverses manières d'envisager les
» questions de droit d'où naissent les contrats ou l'équiva-
» lent des contrats, les dommages, ou ce qui peut passer
» pour tel ; enfin quelle est l'origine du monde, et une infi-
» nité d'autres questions qui demandent un grand fonds de
» connaissances et des esprits supérieurs. Avant que d'abor-
» der ces questions épineuses, ne fallait-il pas initier le pre-
» mier âge aux règles de la grammaire, pour connaître l'ana-
» logie des mots, les barbarismes, les solécismes, les tropes,
» et les autres figures de rhétorique, tous objets sur lesquels
» ont prescrit des règles Donat, Servius, Priscien, Isidore,
» Béde, Cassiodore : ce qu'ils n'auraient sûrement pas fait, si
» l'on pouvait élever l'édifice du vrai savoir sans avoir posé

» ce fondement. » Quant à lui, il se félicite que dans son enfance on lui ait fait apprendre par cœur les lettres d'Hildebert, et qu'on lui ait fait lire Trogue-Pompée, Josephe, Hégésippe, Quinte-Curce, Tacite, Tite-Live, parce qu'indépendamment de la belle élocution, on trouve dans ces auteurs de beaux exemples pour l'instruction des mœurs..

Quoique la lettre 104 au doyen et au chapitre de Salisburi n'ait pour objet que de les féliciter sur le parti qu'ils avaient pris, avec la permission du roi, de rebâtir leur église au bas de la montagne au haut de laquelle elle était auparavant située au milieu d'une forteresse, l'auteur a trouvé le secret de rendre cette lettre assez intéressante. — Le sous-doyen de Salisburi était dans l'opinion que Dieu n'avait permis la guerre qui désolait alors les provinces qu'à cause des péchés du roi. Pierre lui prouve fort bien que c'est là un secret de la providence, et qu'on peut dire également que Dieu punit souvent les rois et les royaumes à cause des péchés du peuple. Tel est le sujet de la lettre 106.

Un archidiacre d'Yorck s'était glorifié en présence de quelques abbés et d'autres personnes recommandables, que rien ne troublait le repos de sa conscience, se croyant irréprochable. Notre auteur lui fait sur cela une bonne morale, et lui prouve, dans la lettre 118, que les plus grands saints avaient d'eux-mêmes une opinion toute différente, tandis que sa passion connue pour amasser de l'argent, sa vie molle et oisive, ses beaux ameublemens et le luxe de sa table, devaient lui inspirer des sentimens tout-à-fait opposés. Cette lettre, écrite d'un style simple et naturel, est exempte des citations multipliées et des allégories forcées qui surchargent inutilement la plupart des lettres de notre auteur, se conformant en cela au goût de son siècle.

Dans la lettre 120, il représente au doyen de l'église de Tours qu'un de ses neveux faisait un commerce infâme de bénéfices, qu'il achetait de toute main et qu'il revendait. Il exhorte le doyen à faire cesser, pour son honneur, un si grand scandale.

Nous avons vu plus haut, en rendant compte de la lettre 112 à Henri de Dreux, évêque d'Orléans, quelle était l'opinion de Pierre de Blois touchant la dîme saladine que Philippe-Auguste avait imposée sur les biens de tous ceux qui ne s'étaient pas croisés avec lui. Il traite le même sujet dans la lettre 124 à Jean de Coutance, doyen de l'église de Rouen,

Epist. 104.
Epist. 106.
Epist. 118.
Epist. 120.
Suprà p. 353.

neveu de l'archevêque Gautier, à qui il reproche de n'avoir pas fait usage d'une première lettre qu'il lui avait écrite, et que nous n'avons pas, pour l'engager à détourner le roi d'Angleterre de suivre l'exemple de celui de France. Dans celle-ci il insiste sur le même objet ; et comme le doyen de Rouen avait accès auprès du roi, duc de Normandie, il expose les raisons que le doyen doit faire valoir en faveur du clergé.

Epist. 121.

« Si les princes, dit-il, sous prétexte d'aller faire la guerre aux » infidèles, réduisent l'église en servitude en l'accablant d'im-» pôts, il faut que les vrais enfans de l'église aient le courage » de s'y opposer, et de mourir plutôt que d'y consentir. Car » dès les premiers temps l'église est libre, elle et ses enfans, » et c'est Jésus-Christ qui lui a procuré cette liberté, comme » il est marqué dans l'Écriture, que les enfans de Sara sont » libres, tandis que ceux d'Agar sont esclaves. » On peut juger par-là de la justesse des applications que l'auteur fait des passages de l'Écriture-Sainte dans presque toutes ses lettres. Son érudition n'est fondée ici, suivant la judicieuse re-

Hist. eccles. t. XIV, lib. 74, n° 15.

marque de l'abbé Fleuri, que sur l'équivoque de *liberté* et d'*église*, comme si l'église, délivrée par Jésus-Christ, n'était que le clergé, et que la liberté qu'il nous a procurée consistât, selon la pensée de saint Paul, en autre chose que dans l'exemption du péché et l'abolition des cérémonies légales.

Epist. 129.

Un archidiacre d'Orléans, que Pierre de Blois avait eu pour disciple, introduisait des pratiques simoniaques dans l'exercice de sa charge. L'auteur, usant du droit que lui donnait son ancienne qualité de maître, lui fait sur cela de vives réprimandes dans la lettre 129. Cette lettre fut écrite avant que l'auteur eût passé en Angleterre, car il n'y prend aucune qualité.

Epist. 133 et 135.

Les lettres 133 et 135 aux doyen et chapitre de Salisburi sont relatives à un canonicat que Pierre de Blois possédait dans cette église. On voulait le contraindre à la résidence pour un bénéfice qui, dit-il, ne valait pas cinq marcs d'argent. Il appelle de la sentence au légat, qui décida la question dans la lettre 135.

Epist. 157.

Pierre de Blois, employé fréquemment à la cour du roi et des archevêques, ne pouvant pas toujours remplir les devoirs de sa charge d'archidiacre de Bath, avait nommé un vicaire pour le remplacer ; mais se croyant responsable des fautes et des négligences que celui-ci pouvait commettre, il l'exhorte, dans la lettre 157, à bien faire son devoir, afin de fermer la bouche aux détracteurs.

Étant lié d'amitié avec l'official de l'évêque de Chartres, Pierre, pour le dégoûter de cet emploi, lui adresse la lettre 25, qui renferme une sortie des plus violentes contre les officiaux et leur manière de rendre la justice dans leur tribunal. Il leur reproche des excès si révoltans, qu'on serait tenté de croire qu'il n'a voulu faire qu'une amplification de rhétorique. La fonction d'un official, dit-il, est de tondre au profit de l'évêque les pauvres ouailles soumises à sa juridiction, de les sucer et de les écorcher. Il compare les officiaux à des sangsues qui regorgent le sang d'autrui après l'avoir bu ; à des éponges d'où la richesse coule dans les mains de celui qui les presse. Il faut, pour satisfaire aux besoins ou aux plaisirs du maître, embrouiller le droit des parties, susciter des procès, casser les contrats, prolonger les affaires, supprimer la vérité, favoriser le mensonge, courir après le gain, vendre la justice, imaginer de nouvelles exactions, concerter des friponneries, etc., etc., etc. *Epist. 25.*

Lettres à des abbés. La 29ᶜ à l'abbé et aux moines de Saint-Alban, est une plainte contre un prieur de leur dépendance, qui avait refusé l'hospitalité à notre auteur étant en cours de visite de son archidiaconé de Bath. Il y fait l'éloge de l'hospitalité tant recommandée dans les règles monastiques, qui, bien loin d'appauvrir les monastères, avait beaucoup contribué à les enrichir. *Epist. 29.*

Notre auteur ayant éprouvé une grave maladie, écrivit à l'abbé de Fontaines, nommé Raoul, la lettre 31, dans laquelle il le remercie des secours qu'il lui avait procurés, et s'étend longuement sur le bonheur des souffrances. *Epist. 31.*

Pierre avait un frère nommé Guillaume, homme de lettres comme lui, mais moins connu, qui aura aussi son article dans cette histoire. Ayant embrassé la vie monastique à Saint-Laumer de Blois, Guillaume avait accompagné son frère en Sicile, et par son crédit avait été pourvu d'une abbaye, non de *Mani* ou *Maniac* en Sicile, comme le porte le texte imprimé de la lettre 93, mais de *Matine* dans la Calabre, selon tous les manuscrits (1). Arrivé en France l'an 1169, après la

(1) Quoique dans cette dernière lettre Pierre de Blois place en Sicile l'abbaye dont son frère était pourvu, nous croyons qu'il s'est exprimé ainsi, parce que la Calabre, où était située l'abbaye de Matine, était sous la domination du roi de Sicile, et qu'il faut suivre la leçon *Matinensis* des manuscrits, parce que l'abbaye *Maniacensis* ne fut fondée qu'en 1174 par la reine Marguerite.

Epist. 90.

catastrophe d'Étienne du Perche, chancelier du royaume,
qui obligea les Français à quitter la Sicile, Pierre écrivit à
son frère la lettre **90**, contenant le récit de son voyage et
de ce qui s'était passé en Sicile; après quoi il lui parle des
ornemens pontificaux que le pape venait de lui accorder, et
l'exhorte à n'en pas faire usage. « Je me réjouis, lui dit-il, de
» la bénédiction abbatiale que vous avez reçue; mais je n'ap-
» prouve pas les ornemens de la dignité épiscopale dans un
» abbé; la mitre, l'anneau et les sandales ne sont qu'une vaine
» ostentation d'orgueil et d'indépendance en tout autre qu'un
» évêque.... Renoncez à tout cela, mon frère; et si vous ne
» pouvez le faire sans scandale, remettez votre abbaye entre
» les mains du pape. »

Epist. 93.

C'est le parti que prit Guillaume; il quitta son abbaye, et
revint en France où il passa le reste de ses jours dans l'abbaye de Saint-Laumer. Pierre apprit avec joie le succès de
sa lettre. Il enseignait alors à Paris, d'où il écrivit à son frère,
déja rendu à Blois, la lettre **93**, pour le féliciter du parti courageux qu'il avait pris. « Nous voilà donc rendus l'un et
» l'autre en France, qui, comme l'a dit saint Jérôme, n'en-
» fanta jamais de monstres : tenons-nous-y. Vous respirez l'air
» natal, vous buvez l'excellent vin de Blois, au lieu de ces
» vins âpres que vous étiez condamné à boire en Sicile. Il
» est vrai qu'en quittant votre place, vous perdez un tombeau
» de marbre sur lequel on eût peut-être gravé après votre
» mort : *Ci-gît Guillaume, abbé de Matine*. Mais qu'importe
» un sépulcre? Votre nom durera plus long-temps parmi nos
» neveux par votre tragédie de Flaure et de Marc, par les vers
» que vous avez composés sur la puce et la mouche, par votre
» comédie d'Alda, par vos sermons et vos œuvres théologi-
» ques, dont il serait à souhaiter que les exemplaires fussent
» plus répandus et la lecture plus commune. Vos ouvrages
» vous font certainement plus d'honneur qu'il ne vous en re-
» viendrait si vous possédiez à-la-fois quatre abbayes : *Plus
» honoris accrevit vobis ex operibus vestris quàm ex quatuor
» abbatiis* (1). »

Pierre de Blois, en louant beaucoup, dans la lettre **86**,

_____

(1) On s'est trompé dans le discours sur l'état des lettres au XII⁰ siècle,
en disant (t. IX, p. 105) que Guillaume avait possédé jusqu'à quatre abbayes. L'unique fondement de cette assertion a été le texte latin que nous
rapportons, et dont il est visible qu'on n'a pas pris le sens.

l'ordre des chartreux et des cisterciens, avait choqué par quelques expressions celui de saint Benoît. Il en reçut des reproches de la part de l'abbé d'Evesham. Pour faire cesser ses plaintes, notre auteur lui adressa la lettre **97**, dans la- Epist. 97. quelle il proteste qu'il est plein d'estime et de vénération pour tous les ordres en général. Ce n'est pas, dit-il, par la couleur blanche ou noire des habits qu'on est agréable à Dieu, mais par la pratique exacte des devoirs qu'on s'est imposés.

Dans la lettre **102**, il met dans la bouche d'un abbé de Epist. 102. Reading, auquel il écrit, un long discours comme le résultat d'une conférence qu'ils avaient eue ensemble sur les embarras des supériorités monastiques, et sur les obstacles qu'on y trouve à faire son salut. L'auteur applaudit aux pieux sentimens de l'abbé, qui aurait bien voulu se décharger du fardeau de la supériorité : il ne lui conseille pourtant pas de se démettre.

Nous voyons, par la lettre **110**, que l'auteur avait des liai- Epist. 110. sons fort étroites avec l'abbé et les religieux de l'Aumône ou le petit Cîteaux, non loin de la ville de Blois. En les quittant un jour, il fut atteint d'une maladie dont il fait la description, et leur demande le secours de leurs prières. Il paraît que c'est à tort qu'on lui donne dans la suscription de cette lettre la qualité d'archidiacre de Bath, et qu'il faut la rapporter au temps où Pierre de Blois faisait son séjour en France.

La lettre **115** à l'abbé de Mesander est la réponse à une Epist. 115. consultation sur les degrés et les différens genres d'affinité qu'on opposait à un mariage. Notre auteur explique en habile jurisconsulte quels étaient alors les empêchemens dirimans du mariage.

A l'article de Hugues Foucaud, abbé de Saint-Denis, nous Suprà p. 275. avons rendu compte de la lettre **116**, qui lui est adressée. Nous avons prouvé que cet abbé n'est autre que Hugues Falcand, auteur d'un morceau intéressant de l'histoire de Sicile sous les règnes de Guillaume Ier et de son fils Guillaume II. Pierre, en lui envoyant un de ses écrits, le prie de lui com- Epist. 116. muniquer celui que Hugues avait composé touchant l'infortune qu'il avait éprouvée en Sicile, *de casu vestro in Siciliâ*, afin, dit-il, de cimenter notre ancienne amitié par cette communication réciproque. Il parle ensuite des démêlés que cet abbé avait eus avec le roi Philippe-Auguste, dont l'au-

Tome XV. A a a

teur n'explique pas le sujet; mais il paraît qu'il s'agissait de la dîme saladine, sur laquelle l'abbé de Saint-Denis professait apparemment les opinions que Pierre de Blois cherchait à inspirer à ses amis, comme nous l'avons vu dans plusieurs de ses lettres.

Epist. 117.

La 117ᵉ à Geofroi, abbé de Marmoutier, est pleine des reproches les plus vifs sur ce que cet abbé avait soutenu un procès contre le prieur de Saint-Côme dans une des îles de la Loire, touchant quelques morceaux de terre et de pâturages. Il tourne en ridicule la manière dont cet abbé avait plaidé et perdu sa cause au tribunal de l'archevêque de Tours, dans une audience à laquelle l'auteur dit avoir été présent. Geofroi fut fait abbé de Marmoutier l'an 1187.

Epist. 126.

L'abbé de Glocester, successeur de Henri de Sully, fait évêque de Worchester l'an 1193, ayant appris la nomination de Eudes de Sully à l'évêché de Paris, s'adressa à Pierre de Blois pour avoir des renseignemens sur ce jeune prélat, dont il avait entendu dire tant de bien à l'oncle, et sur les circonstances de son élection. Il ne pouvait mieux s'adresser. Pierre l'avait connu particulièrement à Paris, dans le temps que ce jeune seigneur avait pour précepteur un de ses disciples nommé Pierre de Vernon, *de Verno*. La lettre 126 est proprement l'éloge de ce prélat, dans lequel l'auteur nous fait connaître plusieurs traits de sa vie privée avant son épiscopat.

Les lettres 131 et 132 sont adressées à un de ses neveux, nommé Ernaud ou Arnaud, moine et puis abbé de Saint-Laumer de Blois. Dans la première, l'auteur reproche à son

Epist. 131.

neveu, alors prieur de Saint-Laumer de Moustier dans le Perche, l'ambition de parvenir, qui le portait à faire la cour aux grands et à se mêler de leurs affaires, au mépris de ses obligations religieuses. Il lui donne sur cela de très-bons conseils; et se donnant lui-même pour modèle d'un noble désintéressement : « Vous avez pu apprendre, dit-il, de la
» bouche du seigneur pape qui occupe aujourd'hui le saint-
» siége, et de la plupart des cardinaux qui de mon temps
» ont été envoyés légats en France, de la bouche de mon frère
» Guillaume, de l'abbé de Saint-Denis, et d'autres grands per-
» sonnages du royaume, qu'étant en Sicile garde du sceau
» et précepteur du roi Guillaume II, où après la reine et l'ar-
» chevêque de Palerme, j'avais une assez grande part au gou-
» vernement, des envieux, pour m'éloigner de la cour, m'a-

» vaient fait nommer archevêque de Naples, et puis, à deux
» reprises, à l'évêché de Rossano. Mais, content d'une hon-
» nête médiocrité, j'ai refusé constamment ces dignités. » Il
y a dans l'imprimé *Roffensis episcopatus*, Rochester en
Angleterre ; mais la contexture de la lettre indique qu'il faut
lire *Rossanensis* en Calabre, comme portent quelques manuscrits. Quant à l'époque de la lettre, on la connaîtrait à-
peu-près, si l'auteur eût nommé le pape dont il parle ; mais,
appelant en témoignage l'abbé de Saint-Denis, Hugues
Foucault, qui entra en possession de cette abbaye l'an 1186,
il faut conclure que la lettre est d'une date postérieure à
cette année. — La lettre 132 est écrite au même Ernaud, nou- Epist. 132.
vellement élu abbé de Saint-Laumer de Blois. L'auteur veut
bien partager avec toute la famille la joie que cette élection
lui a causée ; mais il prie le nouvel abbé de bien examiner
s'il a lieu de s'en féliciter lui-même, et sur cela il lui donne
d'excellentes instructions sur les obligations d'un supérieur.
On ne sait pas précisément en quelle année Ernaud fut fait
abbé ; on ne le trouve avec cette qualité que dans un titre Gall. Christ. t. VIII, col. 1357.
de l'an 1198 : son prédécesseur Robert l'était encore l'an
1193. On peut donc placer la lettre entre ces deux années.

L'objet de la lettre 134 à Guillaume, qui venait d'être Epist. 134.
nommé à l'abbaye de Notre-Dame de Blois, ordre de saint
Augustin, connu sous le nom de Bourgmoyen, est le même
que celui de l'auteur dans la lettre dont nous venons de parler : c'est une longue instruction sur les devoirs de ceux qui
sont chargés de la conduite des autres. Cet abbé redeman-
dait à l'auteur un livre qu'il lui avait prêté, ayant pour titre
Unus ex quatuor. C'était apparemment une concordance des Gall. Christ. t.VIII, col. 1390.
quatre évangélistes. On trouve dans le *Gallia Christiana* la
preuve que Philippe, prédécesseur de Guillaume à Bourg-
moyen, vivait encore l'an 1194 ; et comme Guillaume tint
un chapitre général de sa congrégation l'an 1196, on peut
sans inconvénient rapporter cette lettre à l'an 1193.

Nous avons dit plus haut, en rendant compte de la lettre Supra, p. 358.
123 à Richard, évêque de Londres, par quels motifs Pierre
de Blois se défendait de recevoir l'ordre de prêtrise. Il ne per-
sista pas jusqu'à la fin dans cette disposition ; il consentit
enfin à son ordination vers l'an 1196. C'est ce que l'on voit
par la lettre 139 à l'abbé et à la communauté de Chicester, Epist. 139.
dans laquelle il leur annonce qu'il venait d'être fait prêtre,
et leur demande le secours de leurs prières, afin, dit-il, que

A a a 2

je puisse mener une vie conforme à la sainteté de cet état. Dans quelques manuscrits, cette lettre est adressée à l'abbé d'Evesham, ce qui prouve qu'il la répandit le plus qu'il put parmi ses amis. Il y prend encore la qualité d'archidiacre de Bath.

Epist. 4.

Lettres à des prieurs et à des moines. La lettre 4 a pour adresse *R. priori cisterciensi;* nous croyons qu'il faut lire *cicestrensi,* et que ce prieur est le même auquel, devenu abbé, Pierre écrivit la lettre 139 dont nous venons de rendre compte. Dans cette lettre, l'auteur donne à son ami des éclaircissemens sur quelques endroits de son traité *des illusions de la fortune.* Il était alors dans un âge assez avancé. « Mes rides, dit-il, rendent témoignage contre moi ; j'ai déja » les cheveux blancs, avant-coureurs de la dernière heure. » Mais ce n'est pas une raison de fixer l'époque de la lettre à l'an 1195, comme fait l'éditeur. Pierre de Blois tenait le même langage, dans la lettre 128, à Guillaume de Champagne, archevêque de Sens, c'est-à-dire avant l'année 1176.

Epist. 8.

Dans la lettre 8, Pierre répond à un prieur qui n'est pas nommé, mais qui avait étudié avec lui à Bologne. Cet anonyme avait trouvé mauvais que notre auteur prêchant devant sa communauté, eût cité dans un discours chrétien des passages d'auteurs profanes, et qu'il eût employé des termes empruntés de la jurisprudence. La réponse de l'auteur est courte et solide. « On ne s'informe pas, dit-il, dans quel pays » sont venues les plantes médicales, ni par quelles mains » elles ont été cultivées, pourvu qu'elles aient la vertu de » guérir. Il en est de même des belles maximes de morale ; » on les prend par-tout où elles se trouvent. »

Epist. 13.

Un jeune religieux, à peine sorti du noviciat, ambitionnait un prieuré-cure, persuadé que par ses instructions il gagnerait beaucoup d'ames à Dieu. Pierre, dans sa lettre 13, lui fait sur cela une bonne leçon. « Croyez-moi, dit-il, restez » dans votre cloître. S'il y a un paradis sur la terre, ce n'est » que là qu'on le trouve, ou dans les écoles ; par-tout ailleurs » tout est plein d'anxiétés, d'amertumes, de craintes, de sol- » licitudes et de souffrances. »

Epist. 32.

On voit, par la lettre 32 au prieur de Cantorbéri, désigné par la lettre V, que ce prieur était parent de notre auteur, et qu'ils venaient de lier connaissance, lorsque Pierre lui écrivit cette lettre en faveur de quelqu'un qui avait des intérêts à démêler avec la communauté de Cantorbéri.

Pierre de Blois étant passé en France, apparemment à la Epist. 37.
suite du roi d'Angleterre, avait emprunté un livre de la
bibliothèque de l'abbaye de Jumiège. Ne l'ayant pas rendu
au jour convenu, il écrivit au prieur Alexandre la lettre 57,
dans laquelle il s'excuse d'avoir manqué de parole sur les
grandes affaires dont il était chargé, et prie qu'on lui laisse
encore le livre pour quelques jours.

Un chartreux nommé Alexandre, voulant passer dans un Epist. 86
ordre moins austère, alléguait pour prétexte que dans l'ordre
des chartreux on ne permettait pas de célébrer la messe tous
les jours. Notre auteur, dans la lettre 86, loin de blâmer
cette pratique, lui prouve, par de nombreux exemples de
grands saints, que cette conduite est très-louable, et le conjure de demeurer dans l'état qu'il a volontairement embrassé,
s'il veut ne pas être un sujet de scandale à ses frères et à
ceux qui apprendraient sa démarche inconsidérée.

Ayant rempli une mission ou du roi ou de l'archevêque Epist. 105
de Cantorbéri dans la province d'Yorck, Pierre, dans la lettre
105, prenant congé du prieur et des religieux de Fontaines,
allègue plusieurs raisons qui l'ont empêché de les voir aussi
souvent qu'il l'eût désiré.

La lettre 107 est adressée à un de ses amis, qui, après Epist. 107.
avoir embrassé la vie religieuse, était devenu courtisan, et
se plaignait qui n'éprouvait plus, comme autrefois, des sentimens de dévotion. Notre auteur lui répond que ce n'est
pas à la cour qu'on trouve le recueillement et le repos d'une
bonne conscience; qu'on n'a rien de mieux à faire que de
s'en éloigner.

Écrivant à maître Alexandre de Saint-Alban, son ami très- Epist. 137.
intime, qui venait d'embrasser la vie religieuse, la lettre 137,
Pierre l'exhorte à persévérer dans cet état, sans se rebuter
des austérités et des autres pratiques du cloître.

Les lettres 55, 56, 55, à des religieuses, ne sont que des Epist. 35, 86. 55.
exhortations à persévérer dans leur état dont il relève l'excellence.

Lettres à des chanoines et autres clercs. La 10ᵉ a pour Epist. 10.
titre dans les imprimés *Ad G. capellanum regis Siciliæ;*
dans les manuscrits les titres varient beaucoup. Le beau
manuscrit de Saint-Victor, aujourd'hui dans la bibliothèque
royale sous le nᵒ 38, porte : *Correctio principis;* un autre,
Arguitur quidam de nimia taciturnitate. Mais aucun ne
contient la suscription ordinaire indiquant le nom et la

qualité de l'auteur, ainsi que ceux de la personne à qui la lettre est adressée. Nous ne contestons pas que la lettre G ne désigne Gautier, jadis chapelain de Guillaume II, roi de Sicile, à qui Pierre de Blois avait succédé dans la place de précepteur de ce prince ; mais il nous semble que ce chapelain était déja archevêque de Palerme lorsque cette lettre lui fut écrite, puisque l'auteur appelle le roi son ouaille : *Ovis tua est, et in periculum tuum ipsius custodiam suscepisti. Vide ne alios imiteris qui lac et lanam quærunt in ovibus, non salutem. Periculosum est tibi si in tonsoris officium convertas ministerium pastorale.* Baronius, et, après lui, Roch Pirrus, voyant que ce passage ne pouvait être appliqué à un simple chapelain, ont supposé que la lettre était adressée à Richard, évêque de Syracuse, et l'ont rapportée à un temps antérieur à l'épiscopat de Gautier, commençant à l'année 1169 ; mais Richard n'était pas l'évêque diocésain de la cour de Palerme.

Ce n'est pas le seul embarras dans lequel nous aient jetés les copistes. Dans quelques manuscrits, au lieu de la première phrase : *Diu est quod rumor insonuit et publicè jam crebrescit, quòd dominus tuus rex Siciliæ, salutis suæ et paternæ traditionis oblitus, cum comite Lorocelli in ruinam et desolationem Agrigentinæ ecclesiæ conjuravit ;* on a eu la témérité de substituer, *Rex Francorum.... cum comite claromontensi in ruinam et desolationem Bituricensis ecclesiæ conjuravit ;* leçon inconciliable avec tout le contexte de la lettre. Tenons donc pour certain que cette lettre fut adressée à Gautier, archevêque de Palerme, auquel Pierre de Blois adresse encore la lettre **66**, dont il a été rendu compte ci-dessus.

Ce prélat ayant mandé à Pierre de Blois que, malgré ses représentations, le jeune roi de Sicile, gagné par des présens, n'écoutant que les conseils du comte de Lorotello, voulait nommer à l'évêché de Gergenti le frère de ce comte, homme stupide et peu propre à remplir ce poste ; Pierre lui répond qu'il n'a pas assez fait pour empêcher un si grand mal, qu'il doit insister et exposer même sa fortune et sa vie pour faire échouer ce dessein. Cette lettre produisit son effet, et l'évêché de Gergenti fut donné l'an 1172 à Barthélemi, frère de Gautier. En terminant sa lettre, l'auteur ajoute à la louange du roi d'Angleterre : « Béni soit le Seigneur, qui a préservé » jusqu'ici le roi Henri d'une telle prévarication. Ce prince

Sicil. sac. p. 699, ed. 1733.

Suprà, p. 350.

» n'a jamais reçu de présens pour la collation des dignités
» ecclésiastiques, il ne les a jamais données qu'au mérite!
» Aussi le Seigneur l'a-t-il comblé d'honneurs et de gloire
» plus que tous les princes ses contemporains. » Ce qui prouve,
selon nous, qu'à cette époque l'auteur était déja passé en
Angleterre au service de Henri II.

Nous ne dirons qu'un mot de la lettre 11 à un clerc de   Epist. 11.
ses amis, dont l'objet est de lui prouver qu'ayant fait vœu
d'embrasser la vie religieuse, il était obligé, malgré les raisons qu'il alléguait pour s'en dispenser, de tenir sa promesse.

Dégoûté du service de la cour après une sérieuse maladie,   Epist. 14.
Pierre de Blois écrivit aux clercs de la chapelle du roi d'Angleterre la lettre 14 pour les en dégoûter aussi. La peinture
qu'il y fait des désagrémens, des incommodités, des tour-
mens qu'on éprouve à la suite de la cour, sur-tout lorsque le
roi est en voyage (ce qui arrivait souvent au roi Henri II),
est pleine d'esprit et de vérité. Nous aurions un vrai plaisir à en donner quelques lambeaux en français, s'il nous était
permis de nous étendre, et si nous ne craignions de l'affaiblir. L'auteur a cependant soin d'observer qu'il n'a quitté
qu'à regret le service du roi d'Angleterre, parce que ce prince
lui avait toujours donné des marques de bonté, lui accordant tout ce qu'il demandait, allant même au-devant de ses
desirs; il n'en regrette pas moins le temps qu'il a perdu, et
les sacrifices qu'il a faits à son ambition au péril de son
amé. En terminant sa lettre, il annonce qu'il a entrepris d'é-
crire l'histoire de ce prince : ouvrage qui n'est pas parvenu
jusqu'à nous.

Les chapelains du roi ne furent nullement satisfaits de la   Epist. 150.
lettre de notre auteur. Leur mécontentement lui étant revenu,
il leur adressa la lettre 150, pour tempérer les traits trop
acérés qui dans l'autre les avaient indisposés. Il convient que
le séjour des clercs et même des évêques à la cour n'est pas
sans utilité pour l'église; qu'ils peuvent y faire beaucoup de
bien; qu'ils s'y occupent ordinairement de bonnes choses, et
qu'on y peut faire son salut. Son exemple vint à l'appui de
cette espèce de rétractation; il reprit bientôt après, malgré
ses sermens, son ancien genre de vie, au moins jusqu'à la
mort de Henri II. Il nous apprend dans cette lettre que les
rois d'Angleterre avaient, comme ceux de France, en vertu
de leur sacre, le don de guérir des écrouelles.

La lettre 17 est dirigée contre un clerc, son compagnon   Epist. 17

et ami, qui croyait pouvoir faire le commerce sans blesser les convenances de son état.

Renaud de Bar, évêque de Chartres, auquel Pierre de Blois avait écrit, vers l'an 1185, la lettre 15 pour le féliciter sur son exaltation, lui avait fait espérer qu'il l'attirerait auprès de lui. Voyant qu'on l'avait desservi auprès de ce jeune prélat, et n'osant lui écrire directement touchant le renouvellement de la dîme saladine par le roi Philippe-Auguste, Pierre adressa à deux clercs nommés Crispin et Payen, ayant la confiance de l'évêque de Chartres, la lettre **20**, dans laquelle il regrette de ne pouvoir aider de ses conseils un prélat dont il avait conçu les plus belles espérances, les chargeant de lui représenter souvent ses devoirs, sur-tout relativement à cette imposition, contre laquelle nous avons vu que l'auteur écrivit plusieurs lettres. « Il ne doit pas » craindre, leur dit-il, l'indignation du roi ; il est son égal » par sa naissance (ils étaient cousins germains du côté ma- » ternel), et il ne lui est pas inférieur en dignité. D'ailleurs, » c'est ici la cause de Dieu qui est au-dessus de tout, et pour » lequel un évêque doit s'estimer heureux de souffrir et » même de donner sa vie. »

Ayant rencontré à Rouen un ancien ami que Pierre appelle son fils, apparemment parce qu'il avait contribué, comme il le dit, à lui procurer un canonicat dans cette église, et l'ayant abordé amicalement, cet homme ne daigna ni lui répondre ni le regarder. Notre auteur, indigné de tant de fierté, l'accable, dans la lettre 21, de reproches et de menaces les plus capables de l'humilier et de le faire rentrer en lui-même.

Voulant instruire les chanoines de Beauvoir de ce qui se passait en Angleterre l'an 1173 relativement à l'élection d'un successeur à donner à saint Thomas de Cantorbéri, Pierre commence la lettre **27** par faire le panégyrique du saint ; il blâme ensuite les moines de Cantorbéri d'avoir élu seuls, et sans la participation des évêques et des abbés de la province, un de leurs membres pour remplir le siège vacant, et qualifie cette élection de clandestine et furtive, comme contraire à l'usage et aux droits de l'épiscopat. Telle était sa manière de voir ; mais Gervais de Cantorbéri, historien anglais, parle bien autrement de cette contestation, qui fut terminée alors et au commencement du siècle suivant à l'avantage des religieux.

Epist. 20.

Epist. 21.

Epist. 27.

Dans le temps que Renaud ou Reginald, archidiacre de Salisburi, le même qui devint ensuite, l'an 1175, évêque de Bath, étudiait à Paris, c'est-à-dire l'an 1165, comme nous le prouverons bientôt, Pierre de Blois se lia d'amitié avec lui et le voyait fréquemment. Cet archidiacre était fils de Jocelin, évêque de Salisburi, un des antagonistes de Thomas Becket, qui fut interdit de ses fonctions épiscopales par son métropolitain, refugié en France. On reprochait à notre auteur ses liaisons avec l'archidiacre : sur quoi Pierre de Blois écrivit aux clercs qui avaient accompagné en France l'archevêque de Cantorbéri, la lettre 24, dans laquelle il s'excuse d'abord sur ce qu'il ignorait que cet archidiacre eût encouru la disgrace du prélat; puis il les assure que le même archidiacre ne désirait rien tant que de se ranger du côté de l'archevêque, mais qu'il n'osait se déclarer par ménagement pour son père, l'évêque de Salisburi; qu'il espérait pourtant le gagner, pourvu que l'archevêque voulût bien le traiter avec modération et ne pas le pousser à bout. L'éditeur, persuadé que Pierre de Blois était en Angleterre lorsqu'il écrivit cette lettre, la rapporte à l'année 1170, temps où l'archidiacre Rainal était entièrement déclaré contre l'archevêque de Cantorbéri, et l'agent le plus accrédité du roi Henri II, qui l'envoyait souvent en cour de Rome. Nous ne pouvons donc partager l'opinion de l'éditeur; mais nous pensons que la lettre fut écrite, l'an 1165, à Paris, où l'archidiacre de Salisburi faisait alors ses études, comme on le voit par la lettre que le pape Alexandre III écrivit de Sens en sa faveur à Hugues de Champ-Fleuri, évêque de Soissons et chancelier de France.

L'an 1173, le même archidiacre de Salisburi ayant été élu évêque de Bath, éprouva de grandes contradictions de la part de ceux qui lui reprochaient d'avoir pris parti contre l'archevêque-primat, et d'avoir contribué par-là à sa fin tragique. Pierre prit encore sa défense dans la lettre 45 à un anonyme, non pour l'excuser en tout, mais parce qu'ayant suivi l'impulsion générale, Renaud avait depuis reconnu et réparé sa faute par une sérieuse pénitence. C'est dans le même sens que les amis les plus déclarés du saint archevêque, Jean de Salisburi, Barthélemi, évêque d'Exester, et le chapitre de Cantorbéri, écrivirent, en faveur de l'évêque élu, les lettres imprimées à la suite de celles de Jean de Salisburi.

Tome XV.   B b b

Epist. 81.

La lettre 84 à un chanoine de Chartres, nommé Simon, a pour objet de lui inspirer l'amour de l'étude et de l'application comme un remède à tous les vices qui se glissent facilement dans le cœur d'un jeune homme livré à la dissipation. C'est une belle passion, dit-il, que celle d'apprendre ; et quand une fois on a pris goût à l'étude, tout le reste devient fastidieux ; cela dure toute la vie.

Epist. 111.

Il prescrit le même antidote, c'est-à-dire, la lecture de l'écriture-sainte, la méditation et la prière contre les tentations de la chair, à un autre chanoine de ses amis, dans la lettre 111.

Epist 119.

La lettre 119 est aussi adressée à un chanoine sans dire de quelle église. Pierre l'avait chargé d'une commission auprès du roi, dont ce chanoine s'était mal acquitté. Ayant entendu quelqu'un mal parler de son commettant, il s'était emporté en invectives sans respect pour le prince, pour les évêques et les seigneurs présens. L'auteur n'approuve point son zèle prétendu officieux qui avait fait manquer l'affaire ; il s'impute à lui-même d'avoir confié ses intérêts à un homme imprudent et inconsidéré.

Epist. 140.

Un clerc de la chapelle du roi d'Angleterre, nommé Pierre, avait consulté notre auteur sur le dessein qu'il avait de se livrer à l'étude des lois et de la jurisprudence. Pierre, dans la lettre 140, lui conseille l'étude de la théologie comme plus convenable à l'ordre de diacre dont il était revêtu ; et sur cela il établit un long parallèle entre la jurisprudence et la théologie, tout à l'avantage de celle-ci ; mais en même temps il lui enseigne la bonne manière de l'étudier. Ne vous avisez pas, dit-il, de vouloir pénétrer des choses qui sont au-dessus de votre portée, et n'imaginez pas de vains systèmes, comme font quelques-uns, pour en atteindre la hauteur. Ne perdez pas votre temps en disputes subtiles et en discours propres à faire illusion. Nos mystères sont si élevés, qu'il faut en puiser l'intelligence dans les lumières de la foi, et non dans les recherches du raisonnement humain. Il cite pour exemple celui de l'eucharistie, dans lequel la raison se perd ; il explique la manière dont il faut admettre la présence réelle, et se sert du terme de *transsubstantiation*.

Epist. 6.

Lettres à des savans et autres gens de lettres. La 6e est une réponse à maître Raoul de Beauvais, professeur de grammaire dans cette ville, mais anglais de nation, selon l'historien Hélinand. Ce professeur s'était permis des invectives

contre les clercs attachés aux cours des rois ou même à celles
des évêques, prétendant qu'ils seraient bien plus utiles à l'état
en se livrant à l'enseignement dans les écoles. La réponse de
notre auteur est d'un homme vivement piqué. « Sachez, lui
» dit-il, que la maison de l'archevêque de Cantorbéri est
» composée de savans d'un mérite distingué, qui, après la
» prière et les repas, sont continuellement occupés ou à la
» lecture, ou à des conférences, ou à la décision des affaires
» les plus importantes du royaume, qui sont portées devant
» nous. Au lieu que vous, enfant de cent ans, s'il est permis
» de vous appeler ainsi, vous n'êtes occupé que de niaiseries,
» discourant éternellement sur les premiers élémens des
» voyelles et des syllabes. Priscien, Cicéron, Lucain, Perse,
» sont les noms que vous idolâtrez ; mais hélas ! j'appréhende
» fort qu'à l'heure de la mort, on ne vous demande maligne-
» ment où sont vos divinités? » On voit par-là quels étaient
les auteurs qu'on expliquait dans les écoles, et que la plupart des professeurs consacraient toute leur vie à l'enseignement des humanités, moyen sûr de former de bons élèves.

Dans la lettre **7** à un professeur qu'il appelle maître A, Epist. 7.
l'auteur raconte une aventure qui lui était arrivée en passant
devant sa maison, de la part d'un autre professeur qui en
sortait ivre de vin ou de bière, et qui, prenant son cheval
par la bride, voulait l'obliger à descendre pour boire avec
eux *du fils de Dieu*. Pierre, à l'aide de ses domestiques,
s'étant débarrassé de cet homme, et accablé d'injures par
lui, manda le fait au maître du logis, lui représentant combien il était indécent que sa maison, consacrée aux exercices littéraires, fût devenue le rendez-vous des buveurs.

Un de ses disciples, qui n'est pas nommé, après avoir fini Epist. 9.
son cours d'études, voulait, avant que de passer à la théologie, prendre deux années de repos. Pierre, dans sa lettre **9**,
lui fait voir combien il entendait mal ses intérêts, et que,
perdre l'habitude du travail, c'est s'exposer à tous les dangers de l'oisiveté.

Notre auteur avait été attaché au service d'un évêque Epist. 18.
dont il avait été fort mal récompensé. Un de ses amis, son
ancien commensal, le pressait de reprendre ses fonctions
auprès de ce prélat, qui desirait l'avoir pour conseil. « Sa
» table, répondit-il, lettre **18**, a été pour moi un piége
» où j'ai été pris et une pierre de scandale : non, je n'y re-
» tournerai pas. » Après quoi il fait un portrait affreux de

ce prélat, auquel il attribue tous les crimes et tous les vices imaginables. Il ne le nomme pas; mais il paraît, à la véhémence de son style, qu'il était extrêmement irrité contre lui : on peut même dire que dans cette occasion la colère le rendit vraiment éloquent. En comparant cette lettre avec la 149e, on est porté à croire que l'auteur a voulu parler de Savari, évêque de Bath, qui, à l'aide d'une diffamation en cour de Rome, était venu à bout de lui faire perdre son archidiaconé.

Epist. 19.

La lettre 19 est une réponse à un de ses amis, étudiant en droit depuis deux ans à Paris, qui avait consulté notre auteur sur cette question agitée dans un exercice scholastique, savoir si une femme qui a embrassé la vie religieuse dans l'opinion que son mari, absent depuis long-temps, était mort, doit rester dans le cloître au cas que cet époux reparaisse; si elle peut en sortir quand même il ne la redemanderait pas; enfin, si, l'ayant réellement perdu par la mort après son retour dans le siècle, elle doit rentrer dans son monastère. Pierre, avant que de répondre, dit à la louange des écoles de Paris : « Comme autrefois chez » les Juifs c'était à Abela qu'on renvoyait ceux qui deman- » daient conseil, c'est à Paris qu'il faut aujourd'hui les ren- » voyer, parce que c'est là qu'on résout les questions les plus » embarrassantes : *Qui interrogant, interrogent Parisiis,* » *ubi difficilium quæstionum nodi intricatissimi resolventur.* » Il donne ensuite sa décision motivée sur des autorités respectables des pères de l'église, des décrétales, du droit civil et canonique; il parle aussi de son livre *des prestiges de la fortune,* dont son ami demandait communication; il lui en donne une idée; mais cet ouvrage n'étant pas encore en état de voir le jour, il ne lui envoie que les premiers cahiers pour les parcourir.

Epist. 43.

Parmi les connaissances variées dont Pierre de Blois avait enrichi son esprit, sur la belle littérature, sur la théologie et la jurisprudence, il en avait aussi acquises sur la médecine. Cela est prouvé par la lettre 43 à un médecin de ses amis, nommé Pierre. Passant par Amboise, notre auteur fut arrêté pour administrer des remèdes à un seigneur de la ville, nommé Gelduin, dangereusement malade. Au bout de trois jours, ne pouvant séjourner plus long-temps, il chargea son ami de venir continuer le traitement, lui exposant en termes de l'art les symptômes de la maladie, les remèdes qu'il avait employés, et ceux dont il croyait qu'on devait

faire usage pour parvenir à une entière guérison. « Ce n'est
» pas, dit-il, que je croie que vous ayez besoin de mes instruc-
» tions ; mais si le malade s'aperçoit que nos avis sont les
» mêmes, cela aura l'air d'une consultation, et lui inspirera
» plus de confiance : car il n'est que trop ordinaire que des
» médecins qu'on appelle en consultation, ne sont d'accord
» ni sur les causes de la maladie, ni sur le traitement conve-
» nable. » L'auteur ne prend aucune qualité dans cette lettre,
qui paraît avoir été écrite avant qu'il allât étudier la jurisprudence à Bologne, c'est-à-dire vers l'an 1156 ou 1157.

Ayant été envoyé vers le roi de France par celui d'Angle- Epist. 71.
terre (apparemment l'an 1173, conjointement avec Rotrou,
archevêque de Rouen, et Arnoul, évêque de Lisieux, comme
on peut le conjecturer d'après la lettre 153 au roi d'Angleterre, dont il sera parlé plus bas), Pierre avait acheté à
Paris, chez un libraire, des livres de jurisprudence qui lui
paraissaient convenir à un de ses neveux. Pressé de retourner vers le roi, qui l'avait envoyé, il les avait laissés en dépôt
chez le libraire, après en avoir soldé le prix. Mais ayant appris qu'ils avaient été vendus ensuite au prévôt de Salsbourg,
saxeburgensis, pour une plus forte somme, il chargea, par
la lettre 71°, maître Ernaud de Blois (peut-être son neveu, Suprà p. 370.
dont il a été parlé plus haut, le même qui devint ensuite
abbé de Saint-Laumer de Blois) d'en poursuivre la restitution en justice, lui indiquant les lois du code et du digeste
qui favorisaient son bon droit. Cette lettre est une bonne
preuve de l'habileté de l'auteur dans la jurisprudence civile.

Les lettres 76 et 77 sont adressées à un savant, nommé, Epist. 76.
comme l'auteur, maître Pierre de Blois. La première a pour
objet de lui faire abandonner les études profanes, et sur-
tout les chansons et les poésies lascives auxquelles il continuait de s'adonner, quoique dans un âge avancé ; il le presse
de consacrer à la théologie et à quelque ouvrage édifiant,
les talens qu'il a reçus de Dieu (1), avouant qu'il avait composé lui-même des poésies lascives dans sa jeunesse ; mais
que Dieu, par une grace spéciale, lui en avait fait connaître
le danger : *Ego quidem nugis et cantibus venereis quan-*

---

(1) Dans un ancien manuscrit cité par Goussainville (*Notæ ad epist.* 114,
p. 735), cet autre Pierre de Blois est qualifié chancelier de l'église de
Chartres. Il avait fait, apparemment à l'instigation de notre auteur, sur les
psaumes un commentaire que nous n'avons plus.

doque operam dedi; sed per gratiam ejus qui me segregavit
ab utero matris meæ, rejeci hæc omnia à primo limine ju-
ventutis. Il lui cite encore l'exemple de son frère Guillaume,
auteur de quelques tragédies, qu'il avait dégoûté de ce genre
d'occupation, et qui se distinguait alors par ses prédications.
Cette lettre est fort chrétienne et pleine d'excellentes
maximes. — Dans la suivante au même, il tient un langage
tout différent, qui se ressent beaucoup de la vanité d'auteur;
mais c'est que celle-ci fut écrite long-temps avant la précédente. L'auteur, après avoir félicité son ami sur l'identité
de leur nom, sur la conformité de leurs goûts et l'égalité
de talens, dit que leurs écrits respectifs les ont rendus célèbres par toute la terre. Il n'y a, dit-il, que les savans qui
puissent rendre les hommes immortels. C'est pourquoi les
princes et leurs ministres ne sauraient rien faire de mieux
que de se rendre favorables ceux qui sont capables de transmettre leurs noms à la postérité la plus reculée; et, faisant l'application de ce principe, vrai en soi, à leurs propres
écrits, il cite ces vers d'Ovide :

Epist. 77.

> *Ore legar populi, perque omnia sæcula famâ,*
> *Si quid habent veri vatum præsagia, vivam.*

Son ami avait composé un poëme contre les adulateurs et
les fausses louanges. Pierre lui demande s'il a pris quelqu'un
de nos princes pour sujet de ses éloges. Quant à moi, dit-il,
j'ai pris pour mon héros le roi d'Angleterre, Henri II, dont
j'ai célébré les gestes dans mon livre *des prestiges de la fortune,* qu'il lui envoie pour en être le juge.

Lettres à des compagnons d'études et amis, sociis et ami-
cis, *sans autres qualifications.* L'objet de la lettre 12 à un
de ses neveux établi à Orléans, qui lui avait annoncé la
mort d'un oncle maternel, et d'autres fâcheux accidens qui
lui étaient arrivés, est de le consoler en faisant l'éloge du
défunt son ami, pour lequel, dit-il, tout Orléans fondrait en
larmes, si des larmes pouvaient le rappeler à la vie. Dans
le reste de la lettre, il fait la description vraie et ingénieuse
des bizarreries, des passions, des ridicules, des fausses maximes qui règnent dans le monde, propres à dégoûter de la
vie quiconque pense sensément. En terminant sa lettre, il
prie son neveu de lui envoyer les poésies badines qu'il avait
composées à Tours dans sa jeunesse, avec promesse de les
lui renvoyer après qu'il en aurait tiré copie : *Mitte mihi versus et ludicra quæ feci Turonis.*

Epist. 12.

Pierre de Blois, à son retour de Bologne vers l'an 1160, *Epist. 26.*
s'était livré à Paris à l'étude de la théologie. C'est ce qu'il
mande dans la lettre 26 à un ami avec lequel il avait étudié
le droit, qu'il appelle son seigneur et son compagnon d'é-
tude, *domino suo B. et carissimo socio suo.* Il avoue qu'il a
quitté trop tôt l'étude du droit civil ; mais qu'il ne pouvait
se dispenser, étant clerc, de prendre une teinture de la théologie, sans pourtant renoncer à l'étude des lois, à laquelle,
dit-il, il prenait un extrême plaisir à cause de la beauté du
style et de la richesse des expressions. Il ne dissimule pas
que la science des lois est sujette à de grands abus, et sur
cela il fait une sortie violente contre les avocats de son temps.
« L'avarice, à ce qu'il dit, était leur unique mobile. Ce nom,
» si respectable autrefois, cette profession si glorieuse, est
» présentement avilie par une insigne vénalité. L'avocat au-
» jourd'hui ne rougit pas de mettre à prix son éloquence ; il
» achète les procès, fait dissoudre les mariages les plus légi-
» times, met la discorde entre des amis, fait revivre des con-
» testations assoupies, rompt les accords, se joue des tran-
» sactions, abolit les priviléges ; et, habile à tendre des piéges
» pour attraper de l'argent, il intervertit et dénature les droits
» les mieux établis, etc., etc. » Il voudrait que les avocats
exerçassent gratuitement leur ministère, ou qu'ils se conten-
tassent de ce qui leur serait offert volontairement. L'éditeur
observe que c'est mal-à-propos qu'on donne à l'auteur, dans
cette lettre, le titre d'*archidiacre de Bath,* puisqu'il dit lui-
même qu'il étudiait alors la théologie à Paris. Aussi cette
qualification ne se trouve-t-elle pas dans tous les manuscrits.

La lettre 39 n'est qu'un billet écrit à un ami pendant que *Epist. 39.*
l'auteur était en cour de Rome. « Sachez, lui dit-il en finis-
» sant, que la cour de Rome, à son ordinaire, m'a fait con-
» tracter beaucoup de dettes ; mais si Dieu me fait la grace
» de m'en dépêtrer, je ne retomberai plus dans ce gouffre,
» *non recidam in Charybdim.* »

Un prélat de ses amis était fort peu réservé dans ses pa- *Epist. 40.*
roles, il se permettait même de médire de son roi. C'est sur
cela que notre auteur lui fait une morale dans la lettre 40.

Le moine G. de l'abbaye d'Aunai au diocèse de Bayeux,
croyant que son état le mettait à l'abri des tentations de la
chair, se permettait, dans ses momens de loisir, la lecture
des poésies profanes, même les plus libres ; et, comme il savait que notre auteur en avait composées de ce genre dans

sa jeunesse, il lui écrivit pour les lui demander. Pierre lui répond, par sa lettre 57, que ces sortes de lectures ne conviennent point à la sainteté de son état. « Au lieu de ces vers » érotiques que vous me demandez, je vous envoie un can- » tique sur le combat de la chair et de l'esprit. » C'est une prose latine rimée, très-longue et très-plate, dirigée contre les désordres qui régnaient alors parmi les ecclésiastiques et les grands du monde, dont nous ne rapporterons que la première strophe pour donner une idée de la pièce :

Olim militaveram
Pompis hujus sæculi,
Quibus flores obtuli
Meæ juventutis ;
Pedem tamen retuli
Circa vitæ vesperam,
Nunc daturus operam
Militiæ virtutis.

Il y a cinq ou six strophes sur l'emprisonnement de Richard, roi d'Angleterre, et sur la vente que le duc d'Autriche avait faite de ce monarque à l'empereur Henri VI : ce qui fixe la date de cette lettre à l'année 1193.

Un de ses amis, maître R., blâmait hautement la conduite de certains évêques, qui, au lieu de secourir de pauvres étudians, ne songeaient qu'à amasser des richesses pour avancer leurs neveux et leur procurer des bénéfices, pour marier leurs nièces à des gens de qualité, etc. Pierre lui répond (lettre 60) que ces plaintes ne sont pas nouvelles ; et, comme vous ne tarderez pas à être fait évêque, je vous prédis, si je ne me trompe, que vous ferez comme les autres, et que vous donnerez lieu aux pauvres étudians de crier contre vous.

La lettre 65 à un de ses amis qu'il ne nomme pas, a pour objet les songes, les augures et autres superstitions de cette espèce. Voici quelle en fut l'occasion. « Dernièrement, dit » notre auteur, le moine maître Guillaume de Blois, mon » frère, ayant rencontré maître Guillaume le Beau sortant » d'une hôtellerie, le pria très-instamment de rentrer, l'assu- » rant qu'il était menacé d'un grand danger, s'il se hasardait » ce jour-là de se mettre en route. Maître le Beau, regardant » comme des niaiseries tout ce qui n'est pas appuyé sur la » foi, monte à cheval pour se joindre au cortége de l'arche- » vêque de Cantorbéri, auquel il était attaché. Mais à peine

» eut-il fait quelques pas, qu'il tombe avec son cheval dans
» une mare profonde et pleine d'eau, dont on eut bien de
» la peine à le retirer. Vous avez été témoin de cet événe-
» ment, vous et tous ceux de la suite du prélat. Dès-lors
» vous me demandâtes si j'ajoutais foi à ces sortes de pré-
» sages, et en général ce que je pensais des songes, des lutins,
» des oiseaux, des éternuemens. J'aurais sur-le-champ satis-
» fait à ces questions sans un ordre qui me pressait d'aller
» trouver le roi, et ne me permettait de penser qu'à mon
» voyage. » L'auteur parcourt ensuite les pronostics les plus
remarquables de l'antiquité : de-là il vient aux superstitions
de son temps. « Il y a des femmes, dit-il, qui font des images
» de cire ou de boue, dans la vue de tourmenter par-là leurs
» ennemis ou d'allumer la passion de leurs amans. Plusieurs
» regardent comme un mauvais augure la rencontre d'un
» lièvre, d'une femme échevelée, d'un aveugle, d'un boiteux,
» d'un moine. On voit des voyageurs qui comptent sur un
» hospice agréable, s'ils rencontrent sur la route un loup,
» ou aperçoivent une colombe; si l'oiseau de saint Martin
» vole de gauche à droite; si en sortant ils entendent le ton-
» nerre gronder au loin; si un bossu ou un lépreux se trou-
» vent sur leur chemin. Mon avis est que maître le Beau,
» quand même aucun moine ne lui eût parlé, serait égale-
» ment tombé dans la mare. »

Pour entendre la lettre **72** à un homme désigné par la   Epist. 72.
lettre G, autrefois ami et collègue de Pierre de Blois, il faut
la combiner avec la 128ᵉ à Guillaume de Champagne, archevêque de Sens. Dans celle-ci, l'anonyme G. est appelé maître
Gerard ; c'est vraisemblablement Gerard Pucelle. Ce faux
ami, qui avait engagé l'archevêque de Sens à prendre notre
auteur à son service, avec promesse de lui procurer un bénéfice dans l'église de Chartres, s'était vanté d'avoir eu le crédit
de faire nommer un autre à sa place. Sur cela notre auteur
lui écrivit une lettre fulminante, dans laquelle il a rassemblé
les injures les plus sonores qu'il a trouvées dans les écrits
d'Horace, d'Ovide, de Plaute, de Juvénal, de Lucain, etc.
Il lui dit qu'il ne se croit plus malheureux, puisqu'il a pu lui
donner de la jalousie, ce qui doit faire son tourment. Cet intrigant lui ayant déja fait perdre deux prébendes et une prévôté de l'église de Chartres, il lui prédit qu'il sera humilié
à son tour, comme les Siciliens furent punis, non pour
l'avoir privé de bénéfices, mais pour avoir voulu lui en pro-

curer, afin de l'éloigner de la cour. L'auteur ne prend aucune qualité dans cette lettre ; cependant elle doit être postérieure à la lettre 150 à Jean de Salisburi, évêque de Chartres, touchant la prévôté de son église, à laquelle il prétendait avoir des droits.

Epist. 79.

La lettre 79 est adressée à son cher ami R. Cet ami était un philosophe très-renommé, qui, dès son enfance, se permettait des plaisanteries sur le mariage et des sarcasmes contre les femmes. Cet homme, quoique ordonné diacre, venait de se marier, et les femmes riaient beaucoup de le voir pris dans leurs filets. Notre auteur, dans sa lettre, a recueilli tout ce qui a été dit par les anciens contre le mariage en général, sachant bien que cela n'a pas dégoûté le monde de se marier. Mais prenant ensuite le ton sérieux, il représente à son ami qu'ayant violé les lois de l'église, il s'est jeté dans un embarras inextricable; « car, dit-il, si votre » intention a été de faire casser votre mariage après l'avoir » consommé, vous déshonorez votre épouse et la famille à » laquelle elle appartient; si vous la gardez, vous perdez toute » considération, et vous êtes déshonoré pour toujours. »

Epist. 80.

Un de ses amis, qui avait embrassé la vie religieuse, voulait sortir du cloître, sous prétexte qu'il était jalousé par ses confrères. Bien loin de vous en affliger, lui dit-il, lettre 80, vous devriez vous en glorifier, puisque l'envie ne s'attache qu'au mérite. Il lui prouve que la jalousie est un tourment, non pour celui qui en est l'objet, mais pour celui qui l'a conçue. Je crains bien, ajoute-t-il, que vous ne cherchiez à pallier le dégoût de votre état par ce vain prétexte.

Epist. 85.

Dans la lettre 85, il fait un grand détail des maux qui assiégent les grands mangeurs, et des avantages qui résultent d'une vie sobre, pour corriger de sa gourmandise quelqu'un qu'il appelle *R. de Salisburi*. Quoi qu'en dise Dupin, ce quidam n'était point évêque de Salisburi, la lettre R. ne pouvant s'appliquer à aucun des évêques qui remplirent ce siége pendant la seconde moitié du XIIe siècle ; mais ce pouvait être quelque dignitaire de cette église.

Epist. 100.

Un anonyme, que Pierre de Blois appelle *son seigneur et son ami*, accusait de mollesse et de pusillanimité un évêque nouvellement installé, parce qu'il mettait beaucoup de douceur dans son gouvernement. Pierre, dans la lettre 100, prend la défense du prélat, et prouve avec quels ménagemens il faut parler aux princes, sur-tout lorsqu'il s'agit de réformer leur conduite. L'éditeur pense que ce prélat était l'archevêque de Cantorbéri, Richard, mort l'an 1183. Nous croyons, nous, qu'il s'agit ici, comme dans la lettre 58, de Baudouin, successeur de Richard, dont la modération était si connue, que le pape Urbain III, dans l'adresse d'une de ses lettres, le qualifiait *Monacho ferventissimo, abbati calido, episcopo tepido, archiepiscopo remisso, salutem, etc.*

Ayant été dépouillé de l'archidiaconé de Bath au moyen d'une accusation grave portée contre lui en cour de Rome, Pierre écrivit la lettre 149 à deux amis qu'on ne désigne que par les lettres I. et P. C'étaient peut-être deux cardinaux, car la lettre n'a pas la suscription qui devait contenir leurs qualités. Dans cette lettre, l'auteur déplore amèrement l'affront qu'il venait de recevoir ; il expose qu'il lui est bien dur de se voir traité de la sorte, après avoir été comblé de bienfaits par le roi Henri et ses enfans, honoré des prélats et des grands du royaume, estimé de toute la nation anglaise. « Au bout de ma carrière, dit-il, lorsque je devais » jouir du fruit de mes travaux, je me vois chassé par un » jeune homme ; valétudinaire et sans méfiance, par un am- » bitieux ; paisible et sans reproche, par un intrigant, qui, » en me chargeant d'un crime honteux, a obtenu, sur un » faux exposé, des lettres papales. Je ne puis vous en dire » davantage, tant la douleur me suffoque ; mais le porteur de » ma lettre vous expliquera toute l'affaire. » Est-ce de l'é- vêque Savari qu'il se plaint, comme on pourrait le croire en lisant la lettre 18, ou du jeune homme qui avait impétré son archidiaconé ? C'est ce que nous n'osons décider. Epist. 149.

La lettre 160 ne porte ni titre ni adresse. Dans cette lettre, écrite, à ce qu'il paraît, à un évêque à qui l'auteur donne le titre de majesté, il se plaint d'un maître G., qu'il croyait son ami le plus intime, et qui ne cessait de le décrier. Si cette lettre est de notre auteur, on pourrait croire qu'il s'agit ici de Gerard Pucelle, à qui est adressée la lettre 72, pleine de reproches sur les mauvais services que ce prétendu ami lui avait rendus. Dans cette supposition, le prélat dont l'auteur réclame l'intervention pour le réconcilier avec son ami, pourrait être ou Guillaume, archevêque de Sens, ou Jean de Salisburi, évêque de Chartres, Mais la lettre est in- forme, et paraît n'être qu'un croquis dans lequel l'auteur avait écrit quelques pensées incohérentes. Epist. 160. Suprà, p. 385.

Quoique dans la lettre 162 à un ami intime, l'auteur se Epist. 162.

C c c 2

plaigne, comme fait souvent Pierre de Blois, de son éloignement de son pays natal, et qu'il parle de ses occupations à
la cour, il est douteux que cette lettre soit de lui. Il ne désire, dit-il, de retourner dans sa patrie que pour avoir le
plaisir de le voir, et cependant il lui recommande de faire
conduire à Londres l'exprès qu'il lui envoie. C'était donc un
Anglais éloigné de son pays qui écrivait à un Anglais.

Epist. 164. Un de ses collègues et amis accusait d'une excessive indulgence l'archevêque de Cantorbéri, parce qu'à la prière
du roi, ce prélat avait rétabli dans ses fonctions un prêtre
coupable, qui, ayant profité du châtiment qu'on lui avait
infligé, s'était corrigé. Pierre, dans la lettre 164, prend la
défense du prélat, et prouve qu'en usant de miséricorde
envers les pécheurs qui se corrigent, on ne fait qu'imiter la
conduite du père céleste. Si ce prélat, qui n'est pas nommé,
est, comme on peut le croire, l'archevêque Baudouin, notre
auteur avait déjà pris sa défense sur une accusation du même
Supià, p. 386. genre dans la lettre 100. Ce prélat fut en butte à beaucoup
de contradictions de la part des moines de Cantorbéri,
parce qu'il était le premier de son ordre parvenu à cette
éminente dignité.

Epist. 47. *Lettres de Pierre de Blois, écrites au nom d'autres personnes.* Il y en a sept portant le nom de Richard, archevêque
de Cantorbéri. La 47e, à Henri au Court-mantel, fils de Henri
II. roi d'Angleterre, faisant la guerre à son père, est une fort
belle exhortation à ce jeune prince, dans laquelle le prélat
lui met sous les yeux tous les motifs qui doivent le déterminer à poser les armes, et à se réconcilier au plus tôt avec
l'auteur de ses jours : « Si dans quinze jours, lui dit-il, vous
» ne venez à résipiscence, sachez que j'ai ordre du souverain
» pontife de lancer contre vous, et contre ceux qui fomen-
» tent votre révolte, la sentence d'excommunication qui aura
» son effet malgré toute appellation. » L'éditeur rapporte cette
lettre à l'an 1174 ; mais comme il y est parlé des Brabançons,
que le jeune prince avait pris à sa solde, elle doit être de
l'année 1182, ou du commencement de la suivante, époque
de sa seconde rebellion.

Epist. 53. La 53e, écrite au nom de Richard, à tous les évêques de sa
province, a deux objets : le premier concerne certains évêques
ambulans qui, sans avoir reçu l'imposition des mains, allaient exerçant les fonctions épiscopales en divers lieux du
royaume, se donnant les uns pour des évêques d'Irlande, les

autres pour des évêques en Écosse, trompant les peuples en balbutiant le langage de ces pays-là. Le prélat défend à ses collègues de permettre à ces vagabonds d'exercer aucune fonction, à moins qu'ils n'administrent la preuve de leur ordination. Le second objet roule sur une troupe de faussaires qui, falsifiant les bulles du pape et les sceaux des évêques, fournissaient matière à opprimer des innocens, et à troubler les possessions les mieux assurées. L'archevêque enjoint de déclarer, tous les dimanches, ces sortes de gens excommuniés.

Dans la lettre 68, l'archevêque de Cantorbéri rend compte Epist. 68. au pape d'un procès qui s'était élevé entre l'évêque de Salisburi et l'abbé de Malmesburi lequel, se prétendant exempt de la juridiction de l'ordinaire, s'était fait bénir par l'évêque de Landaff. Après avoir exposé l'affaire dans toutes ses circonstances, le prélat qui venait de perdre un procès semblable contre l'abbaye de Saint-Augustin de Cantorbéri, se déclare contre les exemptions en elles-mêmes, et, à l'imitation de saint Bernard, il applique au pape la parabole de Nathan à David touchant le meurtre d'Urie. « Quel est, dit-il, ce riche
» ayant des brebis sans nombre, sinon le pontife romain, lui
» qui possède toutes les églises du monde? Et quoi de plus
» pauvre que l'église de Cantorbéri qui, n'ayant qu'une seule
» abbaye qu'elle nourrissait dans sa charité paternelle, se la
» voit enlever par ce riche de la parabole, pour ne pas dire
» le pape qui veut se l'approprier?... Je sais, à la vérité, que
» souvent la tyrannie des évêques a porté les pontifes romains
» à donner aux monastères ces sortes d'exemptions, pour
» assurer par-là leur tranquillité ; mais le contraire est arrivé.
» Les monastères qui ont acquis la grace de cette funeste
» liberté, soit par l'autorité apostolique, soit, comme cela
» est arrivé plus souvent, par des bulles supposées, sont tom-
» bés dans les plus grands désordres ;... car la malice artifi-
» cieuse des faussaires s'est déchaînée contre les droits de
» l'épiscopat au point que la fausseté prévaut dans les titres
» d'exemption de presque tous les monastères. »

Telle est la substance de cette lettre trop souvent citée dans les tribunaux. Quoiqu'il n'y ait plus aujourd'hui parmi nous ni exemptions ni monastères, nous nous permettrons quelques observations sur cette lettre, pour venger au moins l'honneur des archives monastiques formant aujourd'hui des dépôts publics.

L'auteur, dont le caractère porté à l'exagération est bien connu, met dans la bouche de l'abbé de Malmesburi, sortant de l'audience archiépiscopale, ce propos indiscret : « En » vérité, les abbés n'ont point de cœur, et sont des miséra- » bles, de ne pas secouer entièrement le joug des évêques, » tandis que pour une once d'or par an ils peuvent obtenir » du saint-siége une pleine et entière indépendance. » *Viles, inquit, sunt abbates et miseri, qui potestatem episcopalem non exterminant, cùm pro una auri uncia plenam à sede apostolica possint assequi libertatem.* Ce propos est calomnieux et absurde. 1° C'est une calomnie que le pape Alexandre III réfute avec indignation dans la lettre qu'il écrivit au roi d'Angleterre pour justifier sa conduite relativement à l'affaire de Saint-Augustin de Cantorbéri. 2° C'est une absurdité de dire, comme fait l'auteur, qu'on achetait ces sortes de priviléges, et qu'ils étaient presque tous supposés. S'ils étaient supposés, on ne les avait donc pas achetés de celui dont ils portaient le nom. Quelle apparence, par exemple, que l'abbé de Malmesburi eût forgé ou fait fabriquer à son profit un faux titre, tandis qu'avec une once d'or il pouvait s'en procurer un véritable ?

Ce que Pierre de Blois avance pour rendre suspect le titre en question, n'est pas plus raisonnable. « Les lacs, dit-il, » et le sceau ont paru vicieux, et le style n'était pas conforme » à celui de la chancellerie romaine. » Il fallait avoir envie de chicaner pour prétendre qu'une bulle du pape Sergius, donnée vers l'an 673, et ratifiée par le roi Ina, devait être en tout conforme au style de la chancellerie romaine au XIIe siècle. « Ce Pierre de Blois, dit le célèbre Cochin, était un » homme violent et emporté, qui déchirait sans ménagement » tous ceux qui n'avaient pas l'avantage de lui plaire ;.... » esprit violent, qui ne savait pas modérer sa plume ; homme » que la passion dominait, et qui ne savait pas se contenir » dans les bornes de la bienséance et de la vérité.... Il ne faut » pas être surpris après cela si Pierre de Blois, écrivant pour » l'archevêque de Cantorbéri, contre des moines qui se pré- » tendaient exempts, ménageait si peu les exemptions et les ti- » tres par lesquels elles étaient soutenues. »

La lettre 73 aux évêques de Winchester, de Ely, et de Norwic, dont l'influence était grande à la cour du roi d'Angleterre, roule sur la juridiction ecclésiastique en matière criminelle. Depuis le meurtre de saint Thomas de Cantorbéri, le

clergé d'Angleterre était demeuré dans la paisible possession
de connaître seul des crimes commis par des clercs ou sur
des clercs. L'autorité civile, dans la crainte de se compromettre une seconde fois avec la puissance ecclésiastique, laissait à cèlle-ci le soin de punir les attentats où elle était inté-
ressée ; et comme elle ne pouvait infliger que des peines canoniques, il arrivait de là que les clercs étaient plus exposés que
les laïques aux violences et aux assassinats, par la différence
même des châtimens qu'il y avait à redouter en attaquant
les uns et les autres. On ne tarda pas à sentir les inconvéniens des prétentions pour lesquelles on avait combattu avec
tant d'opiniâtreté. « Que notre ambition est mal entendue!
» dit par la plume de notre auteur l'archevêque de Cantorbéri,
» nous enlevons au prince le droit qui lui appartient de punir
» de pareils attentats pour nous l'attribuer exclusivement,
» sans faire attention que nous invitons en quelque sorte, ceux
» qui ne redoutent pas les excommunications, à nous égor-
» ger. Que l'église exerce donc sa juridiction, et si cela ne
» suffit pas, que le glaive du prince y supplée. Abandonnons
» au roi comme il le demande la punition de ces sortes de
» crimes; il importe à la sûreté de tous que ceux qui ne res-
» pectent ni l'église ni les canons, soient contenus par la
» crainte du glaive matériel. » Cette lettre fit son effet, et le
clergé d'Angleterre rendit enfin au roi cette juridiction criminelle pour laquelle on avait mis peu auparavant le royaume
en combustion.

L'ordre de Cîteaux avait obtenu des souverains pontifes un Epist. 82.
privilége qui l'exemptait de payer la dixme des biens fonds
qu'il possédait, soit par achat, soit par aumône. Ce privilége
exorbitant excita des murmures et des plaintes dans tous
les états catholiques. L'archevêque Richard, écrivant à l'abbé
et à la communauté de Cîteaux la lettre 82, entreprit de
prouver l'injustice de ce privilége, et notre auteur lui prêta
sa plume. Après un magnifique éloge du bon ordre qui
régnait dans leurs maisons et de l'austérité de leur vie : « Ce
» vil intérêt, leur dit-il, vous déshonore dans le public, et
» ternit la réputation de sainteté que votre vie pénitente vous
» avait méritée à juste titre. Pourquoi faut-il qu'en devenant
» possesseurs de nouvelles terres vous portiez préjudice aux
» droits d'autrui? car suivant le droit commun elles ont dû
» passer dans vos mains avec leurs charges. Vous avez, dites-
» vous, des priviléges : nous le savons bien, et nous ne dis-

» putons point sur le fait du souverain pontife; mais si le
» seigneur pape vous a privilégiés par une indulgence spé-
» ciale, lorsque vous étiez dans la pauvreté, on a pu tolérer
» pendant un temps ce que la nécessité avait introduit, quoi-
» que cela tournât au détriment d'autrui. Maintenant que vos
» possessions se sont accrues à un point qui étonne, on doit
» moins regarder ces priviléges comme des moyens de sanc-
» tification que comme des instrumens de la cupidité. Quel-
» ques graces que Rome vous accorde, je ne crois pas que
» vous puissiez en conscience prendre le bien des autres. »
Le prélat entasse les raisonnemens pour leur prouver l'injustice de leur privilége. De là il passe aux menaces, et finit
par leur annoncer que s'ils demeurent obstinés il excommu-
niera tous ceux qui leur donneront ou vendront quelques
fonds sujets à la dixme.

Epist. 84.

Des plaintes ayant été portées à Rome contre trois évêques
d'Angleterre, Richard de Winchester, Geofroi de Ély, et
Jean de Norwic, sur ce que, admis aux conseils du roi, ils
négligeaient le soin de leurs diocèses, le pape Alexandre III
avait donné ordre à l'archevêque de Cantorbéri de remédier
à cet abus. Richard, dans la lettre 84 au pape, fait leur apologie, et prouve en même temps qu'il est avantageux pour
l'église, et pour le bon gouvernement des états, qu'il y ait
dans les cours des princes des évêques assez en crédit pour
y faire le bien, et empêcher le mal que des intrigans ne
réussissent que trop souvent à faire prévaloir. On en voulait
à ces trois évêques, parce qu'avant leur épiscopat et pendant
la querelle du roi avec saint Thomas, ils s'étaient déclarés
les plus grands adversaires du saint, et c'est peut-être ce qui
leur avait valu le grand crédit dont ils jouissaient à la cour.

Epist. 88.

Richard, dans la lettre 88, écrit à l'abbé de Theokesburi en
faveur d'un religieux qui, étant sorti du cloitre, desirait y
rentrer pour faire pénitence.

Parmi les lettres de Pierre de Blois nous en trouvons trois
écrites au nom de Baudouin, archevêque de Cantorbéri, suc-
Epist. 96.
cesseur de Richard. Dans la lettre 96, au chapitre général de
l'ordre de Cîteaux, le prélat, dont elle porte le nom, est désigné par la lettre *R*. Nous pensons que c'est une erreur de
copiste, et qu'il faut y substituer la lettre *B*. En effet, le
prélat nouvellement élu archevêque de Cantorbéri se recommande aux prières de ses anciens confrères, et regrette de
ne pouvoir se rendre au milieu d'eux. Or cela ne peut

convenir à l'archevêque Richard qui était bénédictin, prieur de Douvres à l'époque de sa nomination, et convient parfaitement à Baudouin qui était cistercien, abbé de Forden en Devonshire, lorsqu'il fut fait évêque de Worchester l'an 1181, d'où il passa à l'archevêché de Cantorbéri l'an 1184.

L'an 1185, une députation envoyée par le roi de Jérusalem, composée du patriarche Héraclius et du grand-maître des hospitaliers, arriva en Angleterre pour demander des secours contre les armes de Saladin déja maître de presque toute la Syrie. L'archevêque Baudouin emprunta la plume de notre auteur pour écrire aux évêques ses suffragans la lettre 98, dans laquelle, après avoir exposé la triste situation des chrétiens de la Terre-Sainte, et les dangers qui menaçaient la cité de Jérusalem, il recommande de lever dans les diocèses la collecte ordonnée par le roi, du consentement du clergé, des comtes, et des barons. Epist. 98.

La lettre 99, écrite la même année ou la suivante au pape Urbain III au nom de Baudouin, a pour objet de le féliciter sur son élévation au suprême pontificat, et de le remercier en même temps d'une grace que le nouveau pontife venait de lui accorder, grace que l'auteur ne spécifie pas. Nous pensons que cela doit s'entendre de la permission que le prélat avait obtenue de bâtir une chapelle au voisinage de l'église de Cantorbéri pour y placer des chanoines, entreprise qui donna lieu à un long procès entre les moines et l'archevêque, pour lequel notre auteur se donna tant de mouvemens et dut composer bien des écritures ; mais qui lui réussit si mal qu'il n'a eu garde de les rendre publiques. Sur quoi l'on peut voir ce qu'en dit Gervais de Cantorbéri à la page 1498e. Epist. 99.

Il n'est pas aisé de bien comprendre la lettre 122, écrite à Guillaume de Champagne, archevêque de Reims, par notre auteur au nom de Hubert, archevêque de Cantorbéri, soit à raison de l'incorrection du texte, soit à cause des réticences affectées de l'auteur. On y voit que quelqu'un qui n'est pas nommé, mais que l'auteur, parlant à l'archevêque de Reims, appelle *frater ille vester,* avait dénigré celui de Cantorbéri, l'homme de l'Angleterre le plus puissant après le roi. Comment interpréter le *frater ille vester ?* l'archevêque Guillaume n'avait à cette époque aucun frère vivant. Cette difficulté a disparu à l'aide du plus ancien manuscrit de la bibliothèque royale (le n° 58 parmi ceux de Saint-Victor) portant *frater ille noster.* Ainsi ce *quidam* était un évêque tout comme Epist. 122.

Tome XV.   D d d

eux. Mais quel était-il cet évêque ? Voici le portrait qu'en fait l'auteur : « Vous n'ignorez pas, dit-il, que les prédécesseurs de » cet homme dans le siége qu'il occupe, héritiers pour ainsi » dire d'une haine invétérée, ont de tout temps suscité des » procès à l'église de Cantorbéri, et lui-même, depuis sa » promotion, n'a pas cessé un moment de travailler à notre » avilissement... Nous connaissons son caractère turbulent, et » vous-même vous ne tarderez pas à le connaître par ses » procédés. Dieu sait que je suis touché d'une compassion » fraternelle à la vue des vexations qu'il éprouve, et que je » me serais empressé de venir à son secours, s'il eût voulu » écouter et suivre mes conseils, s'il savait se conduire avec » modération, en un mot si l'adversité l'eût rendu plus sage. » Ce portrait ne peut convenir, selon nous, qu'à Geofroi, fils naturel du roi Henri II, qui fut fait archevêque d'Yorck l'an 1189, et eut de grands démêlés avec le roi Richard, son frère, pendant les années 1195 et 1196. Au reste l'archevêque Hubert dans cette lettre fait un grand éloge de celui de Reims, lui témoignant sa reconnaissance des secours qu'il avait procurés jadis à saint Thomas, son prédécesseur, et de la part très-active qu'il avait toujours eue dans les traités de paix cimentés entre les rois de France et d'Angleterre.

Le chapitre de Salisburi voulant forcer à la résidence un clerc nommé Thomas de Esseben, ayant un emploi à la cour du roi, le même prélat Hubert écrivant au doyen du chapitre la lettre 135, fait l'énumération des clercs dispensés de la résidence, savoir, les clercs employés au service du roi, de l'archevêque, des écoles, les infirmes, les voyageurs, et ceux dont les prébendes sont trop modiques pour obliger à la résidence. En composant cette lettre Pierre de Blois plaidait sa propre cause, étant lui-même recherché pour un canonicat qu'il possédait dans l'église de Salisburi, comme nous l'avons dit plus haut en rendant compte de la lettre 133.

Parmi les lettres de Rotrou, archevêque de Rouen, dont Pierre de Blois fut le rédacteur, la 28e à Guillaume de Champagne, archevêque de Sens et légat du Saint-Siége, fut écrite dans le temps que les rois de France et d'Angleterre, se faisant une guerre à outrance sur les confins de la Normandie, l'an 1173 et 1174, le clergé de Rouen craignant la dévastation pour ses domaines des Andelis, eut recours à la protection de l'archevêque de Sens, dont le crédit à la cour de France était grand, le priant de représenter au monarque français que l'église de Rouen étant sous sa domination, il ne devait pas dévaster un bien qui lui appartenait, qu'il devait au contraire en être le défenseur. La lettre est remplie d'éloges vrais et bien tournés des belles qualités du jeune prélat.

C'était pour appuyer les demandes prématurées du jeune roi d'Angleterre, fils de Henri II, qu'on faisait la guerre au père. Rotrou écrivit aussi au jeune prince la lettre 33, dans laquelle il lui représente pathétiquement l'énormité de sa rebellion et le tort qu'il se faisait à lui-même en aidant les ennemis de son père à ravager des provinces qui devaient être un jour son patrimoine. L'auteur demande ici, comme dans la lettre précédente, qu'au milieu des hostilités on épargne au moins la terre des Andelis, sans laquelle le clergé de Rouen aurait peine à vivre. *Epist. 33.*

La lettre 154, à la reine Éléonore, roule sur le même sujet. Cette princesse s'était jointe à ses trois enfans pour molester son mari, et soufflait le feu de la discorde. Rotrou après l'avoir exhortée à rejoindre son mari, la menace de l'y contraindre par l'excommunication. *Epist. 154.*

Le roi d'Angleterre, voulant détourner le roi Louis-le-Jeune de prendre parti pour ses enfans, députa vers lui l'archevêque de Rouen et l'évêque de Lisieux. Ces prélats, après avoir rempli leur mission, écrivirent en commun au monarque anglais la lettre 155, dont apparemment Pierre de Blois fut le rédacteur. Cette lettre, contenant les réponses du roi de France aux demandes de celui d'Angleterre, est pour ainsi dire le manifeste des griefs dont le monarque français avait à se plaindre. *Epist. 153.*

Pendant les troubles que la révolte des enfans de Henri II contre leur père, excitait dans la Normandie, Rotrou fut invité par le prieur E. du monastère de la Charité, à aller chez lui, comme il l'avait promis, jouir du repos de la solitude. « A Dieu ne plaise, répond l'archevêque dans la lettre 155, » que dans un temps de calamité publique j'abandonne mon » troupeau. Ce n'est pas que je veuille faire la guerre ; car » des deux côtés, soit dans le roi de France, soit dans celui » d'Angleterre, je reconnais mes maîtres, et j'ai voué fidélité » à chacun d'eux ; mais je travaillerai à rétablir entre eux la » paix, et je m'estimerai heureux de pouvoir l'obtenir au » prix de ma vie. » L'éditeur pense que cette lettre fut adres- *Epist. 155.*

sée au prieur de la Charité-sur-Loire ; mais comme la lettre initiale E. ne peut convenir à aucun des prieurs de ce monastère, le continuateur du recueil des historiens de France avertit (tom. XVI, pag. 652) qu'il existait en Angleterre un prieuré de même nom.

Epist. 67.

Ce fut vraisemblablement pour fixer à quelque chose l'inconstance du jeune Henri, le jouet des intrigans qui l'égaraient en de vains projets, que Rotrou, après que tout fut rentré dans le devoir, suggéra au roi Henri II d'appliquer aux lettres son fils, quoique alors âgé de **20** ans. L'auteur, dans la lettre **67**, après un grand éloge de la science, prouve combien elle est nécessaire à un prince pour bien gouverner ses états ; et ce qui est fort adroit, il le prouve par l'exemple même de celui à qui il écrit. « Nous avons vu, dit-il, par une
» heureuse expérience, les grands avantages qui ont résulté
» de la bonne instruction que vous avez reçue dans votre
» adolescence. Votre esprit plus cultivé que celui de la plu-
» part des autres monarques, a acquis la prévoyance néces-
» saire dans une grande administration, une grande péné-
» tration pour ne rendre que des jugemens équitables, et
» cette circonspection qu'on admire en vous dans les conseils
» et dans les ordres qui en émanent. C'est pourquoi le vœu
» de tous les évêques est que vous appliquiez aux lettres
» votre fils qui doit nous gouverner après vous. Ce n'est que
» dans les livres qu'on peut apprendre la manière de bien
» gouverner la chose publique, de faire la guerre, de camper
» avec avantage, de dresser des machines, d'élever des for-
» tifications, etc. Un roi sans lettres ressemble à un vaisseau
» sans rames ou à un oiseau sans ailes. »

Epist. 173.

Dans la lettre **175**, Rotrou écrivant aux évêques et aux abbés de sa province, les exhorte à envoyer des secours pécuniaires au pape Alexandre III, qui, pour rentrer dans Rome l'an **1165**, avait été obligé de contracter des dettes énormes. Il ne paraît pas que cette lettre ait été rédigée par notre auteur, qui, à cette époque, n'était pas encore attaché à l'archevêque de Rouen, ou était déja passé en Sicile ; on n'y reconnaît pas non plus son style toujours nourri de citations.

Gautier de Coutance, archevêque de Rouen, employa aussi quelquefois la plume de notre auteur pour écrire ses lettres.

Epist. 83.

Ce prélat, n'étant encore qu'archidiacre d'Oxford, écrivit ou fit écrire par notre auteur la lettre **85** à Barthélemi, évêque

d'Excester, pour le presser, comme délégué du pape, de dissoudre, à cause de parenté, le mariage d'un de ses neveux
nommé Robert, prétendant que la procédure ne laissait rien
à désirer, et que l'honneur de la famille exigeait que la
séparation fût prononcée sans délai.

La lettre 64, au pape Célestin III, au nom de l'archevêque   Epist. 64.
Gautier et des évêques de Normandie, est relative à la déten-
tion du roi Richard arrêté prisonnier par le duc d'Autriche.
Ces prélats font valoir auprès du pape le privilége accordé
aux croisés d'être sous la protection immédiate du souverain
pontife, afin que, déployant toute l'autorité dont il est revêtu,
il force le duc, par les censures ecclésiastiques, à relâcher le
prisonnier.

Ce ne fut pas la seule lettre que Pierre de Blois écrivit sur
cet événement. Nous avons déja parlé de la 143ᵉ qu'il écrivit   Suprà p. 349.
en son nom à Conrad, archevêque de Mayence. Les lettres
144, 145, 146, sont écrites au nom de la reine Éléonore,
mère de Richard, au pape Célestin III. Tout ce qu'on peut
dire de plus fort et de plus pressant pour déterminer le pon-   Epist. 144.
tife à secourir le prince captif, est mis en œuvre dans la lettre
144; aux prières, aux exhortations, la reine mêle les plus
vifs reproches sur l'inaction où le saint-siége avait été jusqu'alors dans une affaire de cette importance.

« C'est un grand sujet d'affliction pour l'église, dit-elle, de
» scandale pour le peuple, d'étonnement pour tous; c'est en
» même temps une tache considérable à votre réputation, que
» dans un si grand péril, ni les larmes, ni les prières des pro-
» vinces, n'aient encore pu vous engager à envoyer un nonce
» à ces perfides tyrans (l'empereur Henri VI, et Léopold,
» duc d'Autriche). Qui peut, ajoute-t-elle, ne pas accuser
» ici de partialité votre conduite? Souvent, pour des objets
» de peu de conséquence, vos cardinaux vont en grand cor-
» tége et avec de pleins pouvoirs exercer les fonctions de
» légat dans des pays barbares, tandis que pour une cause si
» grave, si déplorable, qui intéresse tant de monde, vous
» n'avez pas daigné dépêcher un sous-diacre ou bien un aco-
» lyte.... Certes vous n'eussiez pas beaucoup compromis la
» dignité du siége apostolique si, pour la délivrance d'un si
» grand prince, vous fussiez descendu en personne dans
» la Germanie, etc. » D. Martène a reproduit cette lettre au
tome Iᵉʳ du Trésor des Anecdotes, col. 639, trompé par la
fausse suscription qu'elle portait dans le manuscrit dont il

s'est servi : *Reverendo patri et domino Cælestino, Dei gratiâ summo pontifici, B. divinâ permissione Turonensis archiepiscopus, salutem et misericordiæ reminisci.* Quelle apparence qu'un archevêque de Tours eût osé écrire au pape avec autant. de liberté ! Un pareil langage n'était tolérable que dans la bouche d'une reine et d'une mère plongée dans l'affliction la plus amère.

Epist. 145 et 146.   Les lettres 145 et 146 au pape Célestin contiennent les mêmes reproches, quoique l'auteur y ait pris le ton plaintif. « Sont-ce là, dit-elle, les promesses que vous me fites à » Châteauroux avec de si grandes démonstrations de zèle et » d'attachement? *Hæccine promissio illa est quam nobis apud* » *Castrum Radulfi cum tantâ dilectionis et fidei protestatione* » *fecistis?* » On aurait tort de conclure de ce texte que le pape Célestin aurait fait un voyage en France. La reine Eléonore rappelle seulement ce qui s'était passé à Châteauroux l'an 1162, lorsque le roi son mari était allé avec elle trouver le pape Alexandre III, à la suite duquel était le cardinal Hyacinthe Bobo, le même qui remplissait alors le siége apostolique sous le nom de Célestin III. Elle avait d'autant plus de raison de rappeler ce fait, et d'en exiger la reconnaissance, que l'objet de leur visite était de se joindre au pontife, contre lequel le roi de France avait pris des engagemens avec l'empereur Frédéric Barberousse.

Epist. 62.   Pierre de Blois écrivit au nom de Geofroi, fils naturel du roi Henri II, élu évêque de Lincoln, la lettre 62 à maître R. surnommé *Blondus.* Ce docteur, après avoir été attaché au service de Geofroi, et pourvu par lui d'un bénéfice, l'avait quitté pour s'attacher à un abbé qui n'est pas nommé. C'était apparemment l'abbé de Saint-Augustin de Cantorbéri ; car le prélat lui recommande de ne pas se mêler du procès que cet. abbé avait à soutenir contre l'archevêque. Quoi qu'il en soit, Geofroi lui reproche de lui avoir écrit une lettre peu respectueuse, et de former des projets d'ambition, disant qu'il voulait se consacrer au barreau, tantôt à Paris, tantôt à Bologne, puis à Lincoln ou à Oxford. Cette lettre doit avoir été écrite vers l'an 1176, temps où l'abbé de Saint-Augustin était en procès avec l'archevêque de Cantorbéri.

Epist. 136.   Dans la lettre 136 au pape Alexandre III, le roi d'Angleterre Henri II, s'exprimant par la plume de notre auteur, lui annonce la révolte de ses enfans, et le prie de venir à son secours en employant contre eux et leurs complices les

foudres de l'église. « Je me jette à vos genoux, dit-il, pour
» vous demander conseil. Le royaume d'Angleterre est de
» votre juridiction, et quant au droit de vassalité, je ne re-
» lève que de vous : *Vestræ jurisdictionis est regnum Angliæ,*
» *et quantùm ad feudatarii juris obligationem vobis dun-*
» *taxat obnoxius teneor.* » Il fallait qu'un roi si puissant fût
dans une grande détresse pour faire un tel aveu. Ce n'est
pas sur ce ton que Guillaume-le-Conquérant répondit autrefois au pape Grégoire VII. *Hubertus legatus tuus, religiose*
pater, ad me veniens de tua parte, me admonuit quatenus
tibi et successoribus tuis fidelitatem facerem, et de pecuniâ
quam antecessores mei ad romanam ecclesiam mittere sole-
bant, meliùs cogitarem. Unum admisi, alterum non ad-
misi. Fidelitatem facere nolui, nec volo; quia nec ego pro-
misi, nec antecessores meos antecessoribus tuis id fecisse
comperio. (Baluzii miscel. t. VII, p. 127.)

Il ne paraît pas que ces lettres qui terminent la collection depuis la 165e jusqu'à la 183e, soient de notre auteur ;
elles ne représentent ni son style, ni sa manière de penser ;
elles sont anonymes et manquent dans les plus anciens manuscrits. Ce sont des lettres qu'on a recueillies pour servir
de modèles dans le genre épistolaire : la plupart regardent
l'Italie et l'Espagne, et non la France ou l'Angleterre. S'il
suffisait, pour les attribuer à Pierre de Blois, de les rencontrer dans quelques manuscrits de ses lettres, nous pourrions y en ajouter encore un bon nombre d'après le manuscrit 2607 de la bibliothèque royale. Cependant, comme
quelques-unes de ces lettres imprimées ne sont pas tout-à-
fait sans intérêt, nous en dirons un mot.

La 165e, écrite par Gui de Noyers, archevêque de Sens,   Epist. 165.
au nom des évêques de sa province, à un pape dont le nom
est désigné par la lettre G, a pour objet de rendre témoignage aux bonnes mœurs et au mérite de l'évêque de Laon,
qu'on ne nomme pas, contre lequel des accusations graves
avaient été portées au saint-siége, sans dire en quoi elles
consistaient. Cet évêque n'est autre que Roger de Rosoi,
qui, n'ayant pu obtenir du roi Louis-le-Jeune la dissolution
de la commune de Laon, entreprit de la dissiper à main
armée : il y eut un combat livré l'an 1178, où, avec l'aide
de ses parens et alliés, l'évêque fit un carnage affreux des
membres de la commune. Le roi ayant levé une armée pour
punir cet attentat, il fut fait un accommodement avant qu'on

en vînt aux mains; mais il ne fut pas si aisé de justifier à Rome le prélat du sang qu'il avait répandu ou fait répandre. Ce ne fut qu'en affirmant par serment qu'il n'avait tué personne de sa propre main, qu'il put rentrer en grace avec le saint-siége l'an 1179. Tel est le récit des historiens Gilbert de Mons et l'anonyme de Laon. D'après cela, nous pensons que c'est mal-à-propos que dans le texte le pape est désigné par la lettre G, qui indiquerait le pape Grégoire VIII, et qu'il faut y substituer la lettre A, c'est-à-dire Alexandre, à moins qu'il ne s'agisse d'une autre affaire dont les historiens ne parlent pas.

Epist. 166.

La lettre 166 anonyme contient aussi la justification de Mainier, abbé de Saint-Florent de Saumur, contre lequel des plaintes avaient été portées à Rome. Il y avait alors quatorze ans que Mainier était abbé; et, comme le commencement de sa prélature date de l'an 1176, cette lettre doit avoir été écrite l'an 1190.

Epist. 167.

Dans la 167e, les chrétiens de Jérusalem, pour témoigner à la reine Éléonore la part qu'ils prenaient à la perte qu'elle venait de faire du jeune roi Henri, son fils aîné, lui annoncent qu'ils ont fait célébrer pour lui un service, auquel ont assisté les prélats et les barons du royaume avec le légat du pape.

Les autres lettres sont presque toutes des éloges funèbres ou des lettres de consolation relatives à des défunts qu'on ne nomme pas : ce qui prouve, comme nous l'avons dit, que ce ne sont que des modèles de lettres qu'on a voulu conserver.

Si nous nous sommes un peu étendus sur les lettres de Pierre de Blois, c'est qu'elles sont la partie la plus curieuse de ses ouvrages, et la plus intéressante pour l'histoire. Le grand nombre de manuscrits qui existent, prouvent le cas qu'on en a toujours fait. Quoique le P. Busée et Goussainville aient essayé d'en éclaircir le texte dans des notes fort étendues, ils ont laissé bien des choses à expliquer; mais on doit leur savoir gré d'avoir compulsé les manuscrits, et d'en avoir recueilli les leçons-variantes. Pour nous, non-seulement nous avons donné l'idée de chacune de ces pièces, nous avons encore tâché d'en faire connaître l'occasion et le motif, afin qu'à l'avenir on puisse les lire avec plus de fruit. Nous serons plus sobres en rendant compte du reste des écrits de notre auteur.

§ 2. SES SERMONS OU EXHORTATIONS.

Aux lettres de notre auteur succèdent, dans l'édition qui nous sert de guide, ses sermons au nombre de soixante-cinq, sous le titre d'*Exhortations ou sermons prononcés dans les synodes, dans les écoles, dans les monastères, et devant le peuple*. Ces sermons avaient déja été imprimés, l'an 1519, par Jacques Merlin, curé-archiprêtre de la Madeleine à Paris ; cependant le P. Buséc, jésuite, qui apparemment ne connaissait pas cette édition, trompé par des manuscrits ayant pour titre *Sermones magistri Petri*, publia dans la sienne, de l'an 1600, au lieu des vrais sermons de Pierre de Blois, ceux de Pierre-le-Mangeur. Mais il reconnut ensuite sa méprise.

Ces sermons n'ont rien de bien remarquable, comme tant d'autres de la même époque. La plupart sont sans ordre, sans suite et sans dessein. L'auteur ne fait qu'effleurer certains points de morale, dont aucun n'est traité à fond. On y voit quantité d'explications mystiques de l'écriture-sainte et d'allégories forcées, dont ses autres ouvrages ne sont pas exempts, selon le goût du temps. Ce qui prouve le peu d'estime qu'on en a toujours fait, c'est que les manuscrits en sont si rares, que le dernier éditeur n'a pu s'en procurer aucun. Pour cette raison, nous ne dirons qu'un mot du dernier, le plus long de tous, qui n'a été publié que dans l'édition de Goussainville. Il fut prononcé devant le peuple, et une note placée en tête nous apprend qu'il le fut en langue vulgaire. Un ami ayant prié l'auteur de le traduire en latin, celui-ci y consentit, mais à condition que cet ami n'en ferait usage que pour lui, ou qu'il le brûlerait après l'avoir lu. Cependant c'est la traduction qui existe, et l'original est perdu. L'objet de ce sermon est de recommander à tout le monde la lecture de l'écriture-sainte, comme un moyen d'accomplir exactement la loi de Dieu : ce qui suppose qu'il y en avait dès-lors des traductions en langue vulgaire, et que les exemplaires en étaient assez communs.

§ 3. LES TRAITÉS OU OPUSCULES.

Après les sermons viennent les *traités* ou *opuscules* au nombre de dix-sept, et ils forment la troisième partie de ses œuvres.

Tome XV.   E e e

P. 400-404.

Le premier, sur la transfiguration de Notre-Seigneur, ressemble plus à une exhortation qu'à un traité. Aussi Merlin, premier éditeur de Pierre de Blois, l'avait-il rangé dans la classe des sermons. Cet écrit fut composé à la demande d'un évêque d'Arras, désigné par la lettre F., à qui l'auteur l'adresse. Le nom de cet évêque était *Frumoldus* ou *Frumaldus,* mort l'an 1183.

P. 404-407.

Le second traité, dont l'objet est la conversion de saint Paul, est du même genre, et se trouve aussi parmi les sermons dans l'édition de Merlin.

P. 407, 424.

Le 3e a pour titre : Abrégé sur Job, *Compendium in Job.* C'est une explication des deux premiers chapitres du livre de Job, adressée au roi d'Angleterre Henri II, par une épître dédicatoire où l'auteur prend la qualité d'archidiacre de Bath. Ce prince avait demandé cet ouvrage à Pierre de Blois, en lui recommandant d'y insérer les endroits de la vie du saint homme les plus propres à inspirer la patience. Passant ensuite au dernier chapitre du livre, où Job reçoit, dès ce monde même, la récompense de ses souffrances, l'auteur exhorte le prince à se détacher de toute affection aux biens périssables, afin de ne pas perdre le fruit de ses bonnes œuvres journalières, dont il fait le dénombrement.

P. 425-431.

Des brouilleries survenues entre le roi de France et celui d'Angleterre depuis qu'ils avaient pris la croix, retardaient le départ des croisés pour la Terre-Sainte. Pierre, dans le quatrième opuscule ayant pour titre *De Jerosolymitaná peregrinatione accelerandâ,* blâme avec force les princes qui, pour des intérêts particuliers, négligeaient d'accomplir leurs vœux, leur reprochant sans ménagement les guerres qu'ils se faisaient mutuellement, au lieu d'aller secourir la Terre-Sainte pour laquelle ils levaient un décime extraordinaire. Le ton d'autorité avec lequel il parle dans cet écrit, nous fait douter qu'il l'ait publié en son nom; il faut croire qu'il avait prêté sa plume à quelque prélat d'un siége éminent, car l'ouvrage est vraiment de lui.

P. 431-435.

Nous ne pouvons pas assurer la même chose du traité suivant, qui a pour titre *Instructio fidei,* adressé par le pape Alexandre III au soudan de Coni. Il est bien vrai que Pierre de Blois compte parmi ses écrits une *Assertio fidei,* mais ce dernier ouvrage est-il le même que l'*Instruction sur la foi,* placée par l'éditeur parmi ceux de notre auteur, comme si *Assertion* ou *Instruction de la foi* n'étaient que deux titres différens d'un seul et même ouvrage? C'est ce qu'on peut révoquer en doute. Il est certain, par le témoignage même de notre auteur, que le livre de l'*Assertion de la foi* fut composé postérieurement aux traités du voyage de Jérusalem, dont on vient de parler, et des *Prestiges de la fortune,* dont nous parlerons bientôt (1). Or ces deux opuscules sont postérieurs à l'année 1187. Comment donc le pape Alexandre III, mort l'an 1181, aurait-il pu mettre son nom à la tête de l'ouvrage de Pierre de Blois? Ajoutons que Matthieu Paris, à qui nous devons la conservation de la lettre du pape Alexandre au soudan d'*Iconium,* imprimée aussi au tome X des conciles du P. Labbe, col. 1215, rapporte cette lettre à l'année 1169, et concluons que Goussainville a confondu mal-à-propos ces deux ouvrages, et que vraisemblablement celui de Pierre de Blois est perdu.

Après cet éclaircissement nous dirons un mot de l'*Instruction de la foi* ou *sur la foi.* Le but de cet ouvrage est d'instruire le prince musulman des dogmes de la religion chrétienne qu'il avait témoigné vouloir embrasser par une lettre au pape Alexandre III. Ce soudan avait déja lu quelques livres de l'Ancien et du Nouveau-Testament, et demandait quelqu'un qui pût l'instruire plus amplement de vive voix. Le pape lui envoya sans doute le catéchiste qu'il desirait, avec l'instruction qui nous occupe. Celle-ci roule uniquement sur les mystères de la Trinité et de l'Incarnation. Matthieu Paris dit que les soins du pape eurent leur effet, et que le soudan reçut en secret le baptême; mais on n'a point d'autre assurance de ce fait.

Le sixième opuscule, adressé à un évêque qu'on ne nomme pas, est intitulé *De la confession sacramentelle.* L'auteur, y considérant la confession comme la troisième partie du sacrement de pénitence, s'applique à en faire voir la nécessité, les conditions et les effets. Il veut que l'on confesse en détail tous les péchés mortels avec l'occasion, le lieu, le temps, la manière, et toutes les circonstances aggravantes.

---

(1) *In tractatu meo de Jerosolymitanâ peregrinatione; in libro meo de* Præstigiis fortunæ, *et in opere meo novello de Assertione* fidei,.... *regem vestrum et alios terræ magnates, ubi materia se offert, plenâ libertate redarguo.* Ces paroles, tirées de la réponse de notre auteur à l'anonyme qui avait critiqué ses ouvrages, prouvent certainement que l'Assertion de la foi fut composée postérieurement au traité du Voyage de Jérusalem, par conséquent après 1187.

Il prouve assez au long qu'une pénitence suivie de rechutes est ordinairement fausse.

P. 444-447.

Le titre du septième opuscule est *de la pénitence* ou de la satisfaction que le prêtre doit imposer au pénitent. Il est adressé en forme de lettre à un abbé qui usait sur ce point d'une rigueur excessive envers ses religieux. Le but de l'auteur est de porter ce supérieur à mettre plus de discrétion, de prudence et de charité dans sa conduite.

P. 447-455.

Jean de Coutance, doyen de l'église de Rouen, ayant été fait évêque de Worchester l'an 1196, Pierre de Blois, qui était son ami, lui écrivit un petit traité en forme de lettre sur l'institution d'un évêque, *de institutione episcopi*. Il lui propose pour modèle Gautier de Coutance, son oncle, archevêque de Rouen, dont il fait un très-bel éloge. Cet opuscule, qui est le huitième, contient des vérités de pratique dans un grand détail; les obligations d'un évêque y sont très-bien développées : c'est un des meilleurs écrits que les bas temps aient fournis sur ce sujet.

P. 455-462.

Un anonyme, chanoine régulier, avait publié contre les écrits de Pierre de Blois une critique maligne, amère et piquante, dans laquelle il mêlait des louanges pour lui faire mieux avaler le poison, Il s'adressait mal. Notre auteur, dans le neuvième opuscule, lui fit une réponse sanglante sous le titre d'*invective,* où il lui rend avec usure les sarcasmes et les injures dont son libelle était rempli. Sur ce que l'anonyme l'accusait de flatter les grands dans ses écrits, il se récrie à la calomnie, et cite ses écrits mêmes pour le réfuter. « Je n'ai jamais été vendeur d'huile, dit-il. Dans mon abrégé » sur Job, dans mes lettres, dans mes exhortations (ce sont apparemment ses sermons), dans mon dialogue au roi Henri » (cet ouvrage ne nous est point connu d'ailleurs), dans mon » traité du pélerinage de Jérusalem, dans mon livre des illu- » sions de la fortune, dans mon ouvrage touchant la certi- » tude de la foi, *de Assertione fidei* (c'est celui que l'on » confond avec l'institution de la foi par le pape Alexandre » III); dans mon livre de la perfidie des Juifs, dans ceux » de la confession et de la pénitence, dans mon canon épis- » copal (c'est l'instruction à un évêque sur les devoirs de » l'épiscopat) : dans tous ces écrits et d'autres que j'ai com- » posés, je reprends avec une entière liberté votre roi et tous » les grands de la terre, quand l'occasion s'en présente ; je » leur dis des vérités utiles, et je leur remontre leurs devoirs » avec les égards dus à leur rang. »

Il rapporte ensuite quelques points de doctrine sur lesquels l'anonyme l'avait critiqué, comme d'avoir dit que la voix des œuvres est plus puissante que celle de la parole ; de s'être mal expliqué sur la crainte, sur le mérite, sur la grace et le libre arbitre. Sur tout cela, notre auteur se justifie assez bien ; mais il mêle tant d'aigreur, tant de fiel et d'emportement à sa justification, qu'on ne peut s'empêcher de dire que s'il a raison quant au fond, il pèche absolument dans la forme. Cet opuscule fut composé après la mort du roi Henri II, puisque l'auteur l'appelle un prince *d'heureuse mémoire*.

Le dixième opuscule *contre la perfidie. des Juifs* fut fait P. 462-496. à la prière d'un ami qui se plaignait d'être environné d'hérétiques et de Juifs, avec lesquels il était souvent en dispute, mais pas toujours en état de répondre à leurs argumens. Cet ouvrage, distribué en trente-quatre chapitres, est un recueil de passages de l'Ancien Testament les plus propres à établir la vérité de la religion chrétienne. Le XIIe siècle n'a peut-être rien produit de meilleur en ce genre, quoique la pièce ne soit pas sans défauts. L'auteur eût bien fait de supprimer plusieurs allégories de son invention, qui ne prouvent rien. Il eût également pu se dispenser de citer les pères de l'église contre les Juifs. L'autorité de la sybille est encore de trop dans son écrit. Il n'en est pas de même des témoignages qu'il emprunte des historiens juifs et des payens. Celui de Josephe touchant la personne de Jésus-Christ est sur-tout remarquable, et l'assurance avec laquelle Pierre de Blois le cite, montre que, de son temps, on n'avait aucun doute sur l'authenticité de ce texte.

Le onzième traité, intitulé *De l'amitié chrétienne et de la* P. 497-552. *charité envers Dieu et le prochain*, est divisé en deux parties. L'amitié chrétienne est l'objet de la première, composée de vingt-cinq chapitres. La charité envers Dieu et le prochain occupe la seconde, qui en contient soixante-cinq. Il y a de bonnes choses dans ce traité, mais il est trop plein d'allégories arbitraires, de redites et de déclamations.

Ce traité a été attribué à Cassiodore, et se trouve parmi ses œuvres au tome XI de la grande bibliothèque des pères de Lyon, page 1326-1354, mais beaucoup moins correct que dans l'édition de Goussainville, et se trouve répété dans la même bibliothèque parmi les œuvres de Pierre de Blois au tome XXIV, p. 1209-1242.

P. 553-563.

Dans le douzième opuscule, qui a pour titre *De l'utilité des tribulations*, l'auteur expose tous les avantages qu'on peut retirer de l'adversité.

Le titre *Quales sunt*, que porte le treizième opuscule, a besoin d'explication pour être entendu. C'est une satire violente contre les évêques d'Aquitaine en général, et en particulier contre les évêques de Saintes et de Limoges, qui n'y sont pas nommés, composée dans la vue d'instruire le roi d'Angleterre, leur souverain, de certains désordres qui régnaient dans le gouvernement des églises de cette portion de ses états. L'ouvrage est divisé en quatre parties. Dans la première partie on fait connaître quels sont ces prélats, et c'est de cette partie que l'ouvrage est intitulé *Quales sunt.* Dans les trois autres on montre quelles sont les personnes qu'ils retiennent auprès d'eux, et auxquelles ils confèrent les dignités ecclésiastiques, sans égard aux services des sujets les plus méritans. Ce sont, dit l'auteur, leurs neveux, premiers, seconds, et jusqu'à l'infini, ce qui remplit la seconde partie. Les flatteurs sont l'objet de la troisième ; la quatrième est dirigée contre les brocanteurs de bénéfices.

Quoique l'animosité perce de toutes parts dans cette pièce, et que les injures en forment, pour ainsi dire, le tissu, l'on ne peut guère douter qu'elle ne renferme bien des vérités. Il serait difficile en effet de s'imaginer que l'auteur n'eût fait entrer que des calomnies contre des évêques vivans dans un écrit destiné à faire connaître leur conduite au public et au roi. L'orgueil, l'avarice, l'incapacité, la négligence dans l'exercice de leurs fonctions, la simonie, sont les principaux vices dont il les accuse. Nous ne le suivrons pas dans toutes les déclamations qu'il se permet sur ces objets ; l'analyse en serait plus propre à scandaliser nos lecteurs qu'à les instruire et à les édifier. Nous nous bornerons à examiner si Pierre de Blois est vraiment l'auteur de cet écrit, et si l'on peut, avec quelque fondement, le lui attribuer.

Il est vrai qu'une note placée à la fin de l'ouvrage dans le manuscrit dont il a été tiré, porte : *Explicit liber qui intitulatur* QUALES SUNT, *editus per venerabilem Petrum Blesensem.* Mais ces notes, étrangères au corps de l'ouvrage, qui n'ont d'autre garantie que l'opinion des copistes, ont souvent induit en erreur. Voyons si celle-ci soutiendra l'examen de la critique.

Nous observons d'abord que Pierre de Blois, dans son

neuvième opuscule, faisant l'énumération de ses écrits, pour prouver à son adversaire qu'il ne fut jamais un flatteur, ne fait aucune mention de celui-ci, qui aurait certainement prouvé plus que tous les autres qu'il était bien éloigné de mériter ce reproche. 2° L'auteur, dans cet ouvrage, pour prouver qu'il n'a pris la plume ni par vengeance, ni par quelque intérêt particulier, fait en peu de mots l'histoire de sa vie, et rien de tout ce qu'il dit ne peut convenir à Pierre de Blois. Il est bon de rapporter le texte même de l'auteur pour ne pas l'altérer en le traduisant. *De longe supplico,* P. 592, col. 2. dit-il, *pro cæteris magis quàm pro me, cui divitias præstat exilium, delicias parat (parit) exterminium; cui peregrinatio felix, fertilis incolatus, felix primæ felicitatis oblivio, lenis austeritas, crudelitas blanda, dulcis amaritudo, patrum patriæ mutatio jocunda; cui transalpinam se dedit in sociam gratia læta comes, quâ cunctis placui, cunctique mihi placuere. Italus enim risit, applausit Appulus, Siculus obsecutus est, auxit Romanus honores. Pro cæteris itaque rogo, quos apud seipsos exulare cogit dulcis in se patria, in patribus amara; non pro me qui feliciter exulo.*

Il est évident 1° que l'auteur appelle l'Aquitaine sa patrie, et que c'est en faveur de ses vertueux compatriotes, négligés par les évêques, et comme exilés dans leur propre pays, qu'il écrit : ce qui ne peut convenir à Pierre de Blois. 2° L'auteur, forcé de s'expatrier par les mauvais traitemens qu'il éprouvait de la part des évêques, dit avoir trouvé au-delà des Alpes et dans toute l'Italie, le bonheur, la considération, et des avantages qui lui ont fait oublier ceux dont il jouissait en-deçà des monts; il se félicite même d'avoir éprouvé, à chaque mutation d'évêque de son diocèse, des tracasseries qui l'avaient déterminé à s'expatrier. Tout cela, encore un coup, peut-il convenir à Pierre de Blois? Il est vrai que Pierre de Blois avait aussi passé les Alpes, qu'il avait séjourné un an en Sicile; mais aurait-il avancé qu'il avait reçu des applaudissemens dans la Pouille, que la Sicile lui était dévouée, lui qui dit tant de mal de la Sicile et des Siciliens dans la lettre 46 à Richard, évêque de Syracuse? Aurait-il dit que Rome l'avait comblé d'honneurs, lui qui ne séjourna jamais dans cette capitale du monde chrétien, et qui n'y fut jamais revêtu d'aucune dignité? En un mot, l'auteur écrit comme étant encore en Italie, *de longe supplico,* et Pierre de Blois, depuis son retour de Sicile, a presque toujours été à la suite du roi d'Angleterre. Au reste, l'ouvrage est si mal écrit, qu'il est tout-à-fait indigne de la plume de Pierre de Blois.

Si maintenant on nous demande qui donc en est l'auteur? Nous croyons pouvoir satisfaire à cette question : c'est Guillaume de Trahinac, prieur de Grandmont; c'est à lui qu'on peut appliquer toutes les circonstances du récit que nous venons de rapporter, et voici nos preuves. Dans l'article que nous avons consacré à ce prieur, nous avons dit que le pape Clément III, pour rétablir la paix dans l'ordre de Grandmont et éteindre le schisme introduit par les frères lais en créant un prieur de leur façon à la place de Guillaume, avait cassé les deux prieurs et ordonné qu'on procédât canoniquement à l'élection d'un troisième qui fût agréable aux deux partis. Guillaume, qui depuis vingt ans était en possession, se croyant injustement déposé, fit, pour maintenir son droit, le voyage de Rome, où il mourut quelque temps après avec la réputation d'un homme d'une sainteté reconnue. C'est pendant ce qu'il appelle son exil qu'il composa contre les évêques de Limoges et de Saintes, qui apparemment lui étaient contraires, l'écrit intitulé *Quales sunt,* qu'il envoya au roi d'Angleterre, dont il était connu et estimé, vraisemblablement par les mains de frère Pierre Bernardi, correcteur des Bons-Hommes de Vincennes, son ami, homme d'un crédit extraordinaire à la cour de France et d'Angleterre. Il y a même apparence que celui-ci revit l'ouvrage ; car, en comparant cet écrit avec la lettre qu'il adressa au roi Henri II après le meurtre de saint Thomas de Cantorbéri, on y reconnaît le même style. Si ces preuves ne sont pas destituées de fondement, on peut avancer que l'évêque de Limoges, dont il est parlé, était Saibrand de Chabot, et celui de Saintes, Hélie, qui figurent dans le procès-verbal de l'installation du successeur de Guillaume ; et, comme tous les évêques de la province y assistèrent, l'auteur les dénonce tous en masse.

Le quatorzième opuscule avait pour titre : *Epistola aurea de silentio servando.* Il n'en reste qu'un fragment très-court.

Le quinzième est encore un fragment du livre *des prestiges ou illusions de la fortune,* dans lequel il est parlé des magiciens, des astrologues et des pythons. Ce traité, qui n'existe plus, était un de ceux que l'auteur avait travaillés avec plus de soin. Il en fait mention dans plusieurs de ses

Suprà, p. 141.

Mart. Anecd. t. I, col. 561.

Mart. Ampl. collect. t. VI, col. 1091, et seqq.

P. 505.

Ibid.

lettres, et sur-tout dans la 19e à un ami, qui lui avait demandé à voir ce traité. Pierre lui répond qu'il ne peut encore le lui envoyer, parce qu'il a besoin d'être corrigé, limé,
poli, avant que de paraître au grand jour. C'est dans cette
lettre qu'il donne lui-même une idée de l'ouvrage. « Le pre-
» mier livre, dit-il, démontre suffisamment que ce qu'on
» nomme la fortune n'est rien ; on y réfute l'opinion de
» ceux qui attribuent aux caprices de la fortune les événe-
» mens de ce monde, au lieu de reconnaître une volonté sou-
» veraine qui règle invariablement toutes leurs vicissitudes.
» C'est pour cela, continue-t-il, que j'ai intitulé cet ouvrage
» *Des illusions de la fortune,* non que la fortune soit quel-
» que chose, mais pour montrer que, soit dans l'élévation,
» soit dans l'humiliation des hommes, où l'on croit voir or-
» dinairement l'effet du hasard, tout émane de la divine pro-
» vidence. Et afin que vous puissiez vous convaincre par vos
» yeux que tel est l'objet de mon livre, je vous envoie cinq
» cahiers, *quinque quaternos,* de ce nouveau traité, non pour
» les transcrire, mais pour les lire seulement, et me les ren-
» voyer au plus tôt. »

C'est dans ce même ouvrage que Pierre de Blois, suivant
qu'il le témoigne lui-même ailleurs (épît. 77), faisait l'éloge
du roi Henri II, encore vivant ; et c'est peut-être là, comme
le conjecture son dernier éditeur, le livre *des actes de ce
prince,* dont il est aussi parlé dans la 14e lettre aux clercs
de la chapelle du roi : *Illud autem noveritis quod ad gratiam, gloriam et magnificentiam domini regis, jam de ac-
tibus ejus librum ex magna parte composui, qui vestræ fra-
ternitati communicandus est ; sed adhuc opus illud manus
artificis corrigit et elimat, ut cùm in publicam audientiam
venerit, nec obtrectatorum linguas, nec venenosos morsus
invidiæ pertimescat.* Mais cet ouvrage n'existe nulle part.
Quant au traité *des illusions de la fortune,* Casimir Oudin
croit l'avoir vu manuscrit dans une bibliothèque dont il n'a
pas retenu le nom. On ne peut que regretter qu'il n'ait pas
été mis au jour. De script. eccl. t.
II, col. 1647.

Le seizième opuscule, qui a pour titre *De la distinction
des écrits et des écrivains sacrés,* est fort court et répond au
titre. L'auteur, après avoir compté vingt-deux livres de l'An-
cien-Testament, suivant le canon des Hébreux, nomme les
livres de la Sagesse, de l'Ecclésiastique, de Tobie, de Judith,
et des Machabées ; livres, dit-il, que l'église révère et place P. 596-599.

dans le canon des livres sacrés, quoique les Juifs les relèguent parmi les écrits apocryphes. Rien ne prouve que ce traité soit de Pierre de Blois; il n'en parle pas dans le dénombrement qu'il fait de ses ouvrages, et celui-ci ne contient pas un mot qui puisse faire soupçonner que l'archidiacre de Bath en est l'auteur.

P. 600-618.

Le dernier opuscule est un poëme sur *l'Eucharistie*. Nous ne répéterons point ici les preuves qu'on a données, à l'article de Pierre le Peintre, pour faire voir que cet ouvrage appartient à cet écrivain, et non à Pierre de Blois, comme l'a cru, sur de légères présomptions, le P. Busée.

T. XIII, p. 429.

Outre ces ouvrages vrais ou supposés, dont nous venons de rendre compte, il y en a d'autres cités par les anciens bibliographes, qui sont perdus ou déguisés sous d'autres titres.

De Scripl. eccl. nº 394.

Ainsi le livre *de la vie des clercs vivant à la cour,* que l'abbé Trithême place parmi les traités, n'est autre chose que la 14ᵉ lettre adressée par Pierre de Blois aux chapelains du roi d'Angleterre; l'écrit que Trithême a intitulé *de periculo prælatorum,* est proprement la lettre 102 à l'abbé de Rading; celui qu'il désigne par *exhortatio ad abbatem,* n'est encore que la lettre 134 à Guillaume, abbé de Sainte-Marie à Blois, ou de Bourg-Moyen; et la lettre 140 contient exactement l'ouvrage auquel il a donné le titre *de studio sapientiæ.* Mais on peut regarder comme perdus les suivans : *dialogue entre un roi et un abbé,* que Pierre de Blois dit avoir adressé au roi Henri II, *in dialogo meo ad Henricum regem;* le livre *de Assertione fidei,* si, comme nous le croyons, c'était un ouvrage distinct de la lettre du pape Alexandre III au soudan d'*Iconium;* le livre *des prestiges de la fortune,* dont il ne reste qu'un fragment, ainsi que de celui *du silence; la vie ou les gestes de Henri II, roi d'Angleterre,* soit que cet écrit fît partie du livre des prestiges de la fortune, soit que ce fût un ouvrage à part; *la vie de saint Wilfrid,* archevêque d'Yorck, dédiée par notre auteur à Geofroi, fils naturel du roi Henri II, archevêque de la même ville, dont il ne reste

Boll. 11 aprilis, p. 37, nº 4.

qu'un petit fragment au tome I du *monasticon anglicanum,* p. 172, et *la vie de saint Guthlac,* dont parlent les Bollandistes, et qu'ils n'ont pu se procurer.

Pierre de Blois, à la prière de Henri de Long-Champ, abbé de Croyland, continua l'histoire de ce monastère composée par l'abbé Ingulfe, continuation dont il existe un long fragment de 22 pages in-folio, imprimé à la suite de cette his-

toire dans le recueil des historiens d'Angleterre, publié à
Oxford, l'an 4684, par Jean Fell, évêque de la même ville. P. 108-130.
L'addition à l'histoire d'Ingulfe qu'on lit dans la collection
des historiens d'Angleterre, par Henri Savile, sous le titre de
Appendix incerti autoris, est aussi de Pierre de Blois; mais
ce n'est qu'un lambeau d'une demi-page, extrait de la continuation dont nous venons de parler. A la tête de celle-ci
est la lettre de l'abbé Henri, par laquelle il supplie notre
auteur de prendre la peine de corriger le travail d'Indulfe et
de vouloir bien le continuer d'après les matériaux qu'il lui
fournira. Les titres qu'il lui donne dans la salutation ou
suscription méritent d'être rapportés, parce qu'ils prouvent
la haute opinion qu'on avait en Angleterre de l'éloquence de
notre auteur : *Amicissimo suo magistro Petro Blesensi, archi-*
diacono Bathoniensi, domini nostri regis vice-cancellario,
totiusque regni dignissimo protho-notario, ac omnium artium
liberalium sanctuario scientissimo, necnon eloquentiæ Tul-
lianæ nostri temporis eminentissimo professori, frater Hen-
ricus de Longo-Campo, servorum dei in ecclesia Croyland
monasterii Domino militantium indignus abbas, inutilisque
minister se totum et sua ad beneplacita et mandata.

Dans la même lettre, l'abbé de Croyland prie notre auteur de mettre en meilleur style et d'abréger la vie de saint
Guthlac, patron du monastère, composée dans le VIIᵉ siècle
par un saint nommé Félix. C'est vraisemblablement celle qui
a été publiée par les Bollandistes au 44 avril, retouchée par
notre auteur. Dans sa réponse, Pierre de Blois se charge de
l'un et de l'autre travail ; mais ce qui reste de son histoire ne
va pas jusqu'au règne du roi Étienne de Blois, comme l'a dit
le prélat éditeur, elle finit à l'an 4448. Cependant comme il
existe dans le même volume une autre continuation de l'his- P. 451-593
toire d'Ingulfe, depuis l'an 4453 jusques à 4486, on peut
croire qu'elle contenait la suite de celle de Pierre de Blois
jusqu'après l'an 4490, époque de la promotion de Henri à
la dignité abbatiale ; mais le manuscrit de cette seconde
continuation étant mutilé au commencement, la suite de l'histoire de Pierre de Blois est interrompue, et ne présente plus
que des morceaux décousus.

§ 4. ÉDITIONS DE SES OEUVRES.

Jacques Merlin, curé archiprêtre de la Magdeleine à Paris,
est, comme nous l'avons déja dit, le premier éditeur des

œuvres de Pierre de Blois ; l'édition en fut faite à Paris dans un vol. in-fol. l'an 1519. Le P. Jean Busée, jésuite, ne connaissant pas celle-ci, crut donner pour la première fois, l'an 1600, les œuvres de notre écrivain en un vol. in-4° à Mayence, édition à laquelle il ajouta, l'an 1605, un supplément in 8°, et son édition a été répétée dans le XII° tome de la bibliothèque des pères de Cologne. Après eux Goussainville, prêtre de l'église de Chartres, publia à Paris, l'an 1667, en un vol. in-fol. une édition plus complette des œuvres de Pierre de Blois, corrigées sur de nouveaux manuscrits, accompagnées de diverses leçons, enrichis de notes de sa façon et de celles de Busée, avec une collection de chartes et autres documens, propres à éclaircir certains endroits du texte auxquels ils se rapportent, et que l'éditeur aurait voulu faire entrer dans ses notes, s'ils lui eussent été communiqués à temps. C'est cette édition qui a été suivie dans le tome XXIV de la grande bibliothèque des pères de Lyon, depuis la page 911 jusqu'à 1565.

Verbo, Petrus Bles.   Nous ne parlons pas de quelques lettres indiquées par Albert Fabricius comme imprimées dans d'autres ouvrages, parce qu'elles ne sont nullement anecdotes, se trouvant dans la collection générale.

§ 5. SA DOCTRINE, SON ÉRUDITION, SA MANIÈRE D'ÉCRIRE.

Le compte que nous venons de rendre des écrits de Pierre de Blois, a mis déja nos lecteurs en état d'apprécier le mérite littéraire ainsi que le caractère moral de cet auteur. Avide de connaissances, il donna dans tous les genres de savoir que l'on cultivait de son temps, théologie, philosophie, jurisprudence, médecine, grammaire, poésie, mathématiques, philologie, politique même, si celle-ci avait alors des principes assez fixes et des règles assez sûres pour en faire une science ; bref il voulut être un homme universel. Dans cette variété d'études, il donna néanmoins la préférence à celle de la religion et des matières qui ont rapport à cet objet. Son état, son goût, ses emplois, le déterminèrent à ce parti. Quoique sur la distinction des deux puissances il ait professé la doctrine qui avait la vogue de son temps, ses écrits montrent qu'il avait puisé la théologie dans de bonnes sources ; c'est sur-tout dans la morale qu'il excelle, et l'on peut le regarder comme un des meilleurs casuistes de son temps.

A l'étendue des connaissances il joignait une facilité d'écrire qui l'eût mis en état de produire des chefs-d'œuvre, s'il n'en eût pas abusé ; mais il se fit une gloire d'enfanter avec rapidité, et gâta par cette vanité tous ses autres talens. Ses lettres qu'il donnait lui-même pour des modèles, et qui passèrent pour telles aux yeux de la plupart de ses contemporains, sont pleines d'expressions impropres, de métaphores et d'allusions recherchées, de lieux communs ennuyeux, de déclamations outrées, de personnalités odieuses, d'accusations dépourvues de fondement. Comme les hommes se peignent ordinairement dans ces sortes d'écrits, on peut dire, sans juger témérairement, qu'avec d'excellentes qualités du cœur, et sur-tout un grand zèle pour l'honneur de la religion, il était sujet à de grands défauts, inégal dans sa conduite, vain, passionné, ne gardant point de modération ni dans ses haines ni dans ses amitiés. Tel est le double point de vue sous lequel l'homme et l'auteur se montrent dans les écrits de Pierre de Blois.   B.

GUILLAUME DE BLOIS,

Frère de Pierre, Archidiacre de Bath.

Cet auteur, dont le surnom indique la patrie, était frère puîné du célèbre Pierre de Blois archidiacre de Bath, qui lui survécut : il est à présumer que la même éducation leur fut commune, et que d'heureuses dispositions les firent également distinguer. Guillaume avait l'esprit pénétrant et élevé ; ses études achevées, il prit, selon du Boulay, le degré de docteur en l'université de Paris, et fit ensuite profession dans l'ordre de Saint-Benoît. Hist. univ. Parisiens. t. II, p. 337.

Pour remplir les intervalles de loisir que lui laissaient ses devoirs, il s'amusait à écrire en vers ; mais son frère voyant que cette occupation pouvait nuire à son avancement, ou peut-être par un motif de piété, l'engagea à y renoncer, et à se livrer uniquement à la théologie et à la prédication. Loc. cit.

Dom Liron, Bibl. gén. des aut. de

France, ou Bibl. chartraine, p. 83.

Pierre de Blois ayant été appellé en Sicile, en 1167, pour être précepteur du roi Guillaume II, surnommé le bon, et garde du sceau royal, emmena son frère avec lui, et le fit nommer premier abbé du monastère de Sainte-Marie de Maniaco, dans le diocèse de Messine. Guillaume obtint du pape Alexandre III, la permission de porter des ornemens pontificaux. Il resta dans son abbaye jusqu'en 1169 qu'il la résigna entre les mains du pape pour retourner en France, où son frère l'avait déja précédé. Ce dernier lui écrivit, pour se féliciter avec lui de ce qu'ils étaient dans le doux pays de France, le seul, selon saint Jérôme, qui ne produisît point de monstres. *Sumus, frater, in dulci Franciâ, quæ sola teste Hieronymo monstra non habet. Bonum est nos hic esse. Vivant in Sicilia, qui proditiones et venena procurant, adulationis officiarii, et qui aures magnatum vento inanis gloriæ prurientes venenosâ suavitate demulcent.* Il paraît par ce passage, que les deux frères n'avaient pas lieu d'être satisfaits de leur séjour en Sicile.

Pet. Bles. ep. 90. — Hist. univ. Parisiens. t. II, p. 337. — Sicilia sacra, t. II, p. 1251.

Loc. cit.

Petr. Blesens. epist. 93.

Pierre a placé dans une de ses lettres, une anecdote qui semblerait attribuer à son frère le don de prophétie. Guillaume ayant rencontré un docteur de ses amis, qui sortait d'une hôtellerie, le pria de rentrer et fit tout ce qui lui fut possible pour l'empêcher de passer outre, en lui disant que s'il sortait, il se trouverait ce jour-là dans un grand péril. Le docteur se moqua de ce présage et se joignit à la compagnie de saint Thomas, archevêque de Cantorbéry; mais il n'alla pas loin, car il tomba avec son cheval dans une fosse très-profonde et remplie d'eau, dont on eut beaucoup de peine à le tirer demi-mort.

Dom Liron. Bibl. chartr. p. 84, et Pet. Bles. epist. 65.

Guillaume avait composé divers ouvrages en prose et en vers. On remarque parmi ces derniers, une tragédie *de Flaura et Marco,* qui aurait peut-être été faite sur une célèbre courtisane du XIIᵉ siècle, qui se nommait Flore, et dont Ives de Chartres fait mention dans une de ses lettres (1). Un poëme de la puce et de la mouche *(versus de Pulice et Musca),* une comédie intitulée *Alda;* et enfin des sermons, et divers ouvrages théologiques. Aucunes de ces productions ne nous sont parvenues. Pierre, qui estimait assez son frère

---

(1) Ivonis episc. Carnot. epist. Paris. 1584, in-4°, epist. 67, p. 69. *Et hoc ita fama per Aurelianensem episcopatum et vicinas urbes publicavit, ut à canonicis suis famosæ cujusdam concubinæ Flora agnomen accéperit.*

pour lui donner ses livres à corriger, avoue qu'elles n'étaient pas fort répandues et fort célèbres ; cependant il ajoute plus loin que ces écrits feraient long-temps vivre la mémoire de Guillaume. Les manuscrits de la bibliothèque royale, ne contiennent aucun des ouvrages de cet auteur ; Montfaucon n'en fait pas mention ; Guillaume Cave garde le même silence.

G.

Bibl. Biblioth. Bibl. Script. Eccles.

PIERRE DE BLOIS,

Chancelier de l'Église de Chartres.

IL ne faut pas confondre ce personnage, avec son homonyme, le célèbre archidiacre de Bath, dont toutes les œuvres ont été publiées par Goussainville, et qui nous a fourni la matière d'une précédente notice fort étendue. Le Pierre de Blois, dont nous allons nous occuper, jouissait aussi, dans son temps, d'une grande réputation ; mais, sans l'autre Pierre de Blois, à peine saurions-nous aujourd'hui qu'il a existé. C'est dans les lettres qui nous sont parvenues de l'archidiacre de Bath, que nous puiserons, en grande partie, tout ce qu'il nous a été possible de recueillir de la vie et des écrits du chancelier de l'église de Chartres.

Petr. Blesens. opera omnia, 1 vol. in-fol. Paris, 1672.

Quoiqu'ils aient vécu tous les deux à la même époque, qu'ils portassent le même nom, et fussent nés dans la même ville, ils n'étaient point parens ; une amitié qui avait commencé dès la première jeunesse, les unissait seule l'un à l'autre, et, à ce qu'il semble, ne s'est jamais démentie. Si celui-là passa toute sa vie dans les cours étrangères, près des grands et des rois, il ne perdit point le souvenir de l'ami qu'il avait laissé dans sa patrie. Dans ses lettres, tantôt il lui donnait des conseils sur le genre des travaux auxquels il devait se livrer, tantôt lui demandait des avis sur ses propres ouvrages, toujours il profita de l'influence que lui donnait l'éclat de son nom sur les hommes en place, pour tâcher de procurer à son ami des emplois où des honneurs. C'est

Epist. 77.

416 P. DE BLOIS, DE L'ÉGL. DE CHARTRES.

ce qui résulte de plusieurs lettres qui nous ont été conservées, et que nous aurons bientôt occasion de faire connaître.

On ne sait rien des premières années de Pierre de Blois, qui fait le sujet de cet article. Mais il paraît qu'il cultiva les lettres, la poésie, la jurisprudence, et ce que l'on appelait alors la philosophie, avec un grand succès; que même il en conserva le goût jusques dans la vieillesse ; que sur-tout il avait en horreur la théologie, ce qui ne l'empêcha point d'être chancelier de l'église de Chartres.

Son ami lui fait à ce sujet, dans une lettre qui, par le style, a tout le caractère d'un sermon ou d'une amplification de rhéteur, les reproches les plus durs, et l'invite à se livrer à des occupations plus convenables et plus pures.

Epist. 76.

« Souvent, lui écrit-il, je t'ai averti et par mes lettres, et de vive voix, qu'il fallait abandonner les jeux et les frivolités... mes conseils ont été vains... je regrette d'être obligé aujourd'hui de te parler avec plus de dureté que je n'en usai jusqu'à présent, et que peut-être je ne le devrais. *Doleo quia me loqui oportet plus debito et solito duriora : unde et verba mea dolore sunt plena.* La science des écoles t'avait élevé aux plus hauts degrés des honneurs, *ad summos eminentiæ titulos ;* et lorsque tu devrais être pour tous un miroir d'honnêteté, un exemple de vertus, en t'adonnant à des bagatelles, en expliquant les fables scandaleuses du paganisme, tu tends des pièges à l'innocence et l'entraînes dans l'abyme. *Cumque debuisses aliis esse virtutum forma et speculum honestatis, per scurriles nugas et fabulosa commenta gentilium, factus es multis laqueus in ruinam.* »

Suivent de nombreuses citations des psaumes, que l'archidiacre de Bath emploie pour démontrer à son ami, combien sa conduite doit être réprouvée de Dieu. Dans la suite de la lettre, il désigne plus clairement quelles étaient ces occupations si dangereuses auxquelles il regrette tant de voir son ami se livrer avec passion. *In fabulis paganorum, in philosophorum studiis, tandem in jure civili dies tuos usque in senium expendisti; et, contrà omnium te diligentium voluntatem, sacram theologiæ paginam damnabiliter horruisti.*

Ibid. p. 113.

On sera peut-être étonné que, dans ce passage, il lui reproche, comme une faute, de s'être adonné à la culture du *droit civil* ou de la jurisprudence. C'est qu'en effet, dans ce siècle où les ecclésiastiques étaient presque les seuls

hommes éclairés de la nation, l'intérêt ou d'autres motifs
les portaient à se charger de la suite des affaires litigieuses,
ce qui leur faisait trop souvent négliger les devoirs de leur
état.

Mais Pierre de Blois composait de plus des chansons d'a-
mour et des romans. C'est ce qu'on voit par le conseil que
lui donne son ami vers la fin de la lettre. *Omitte penitus*   *Ibid.* p. 115.
cantus inutiles et aniles fabulas, et nænias pueriles.

De ces chants d'amour, de ces romans, il ne nous est
resté que quatre vers rapportés par Borel au mot *Preu,*   Borel, Trésor de
qu'il explique par celui de *profit.* Les voici :   recherches et antiquités gauloises.

> Mais le vavasors par son preu,
>
> Entendant en autre manière,
>
> Qu'il avait la langue menière
>
> A bien parler et sagement.

Borel ne dit point de quel roman il a tiré ces vers : il cite
seulement *Pierre de Blois.* Or il serait possible qu'ils fussent
de l'archidiacre de Bath; car il avoue, dans la lettre où il
moralise son ami, que lui-même avait aussi composé autre-
fois des chansons d'amour. *Ego quidem nugis et cantibus*   Petr. Bles. opera,
venereis quandoque operam dedi. Mais il ajoute aussitôt qu'à   p. 114.
peine parvenu à la jeunesse, il avait abjuré ces dangereux
plaisirs : *Sed per gratiam ejus qui me segregavit ab utero*   Ibid.
matris meæ, rejeci hæc omnia a primo limine juventutis.

Il est à présumer qu'au temps où l'archidiacre de Bath
écrivait à son ami Pierre de Blois, cette lettre de réprimandes, celui-ci n'était point encore *Chancelier de l'église de
Chartres.* En effet, il n'eût point manqué de lui faire apercevoir que la dignité de la place qu'il occupait, exigeait
plus que jamais, le sacrifice de ses goûts pour la poésie et
les belles-lettres. Or, c'est ce qu'il ne fait pas; à moins que
l'on ne veuille entendre par les mots que nous avons déja
cités, *te quidem in summos eminentiæ titulos scientia scholarum extulerat,* que Pierre de Blois devait à sa science la
haute place qu'il occupait dans l'église de Chartres.

Ce fut le savant Jean de Salisbéry (ou Salisbury) qui le
nomma chancelier de cette église, presque aussitôt après
son élévation à la chaire épiscopale de Chartres, c'est-à-dire
en 1176. L'archidiacre de Bath lui écrivant pour le féliciter
sur cette dignité d'évêque, bien due à son mérite, le remercie   *Ibid.* lettre 114, p.
en même temps des bienfaits qu'il s'est empressé de répandre   175.

Tome XV.   G g g

sur ce Pierre de Blois, qui est un autre lui-même, qui lui ressemble d'esprit, de nom, de visage, et même de stature : *in eo quem me alterum sentio, qui me totum gerit animo, vultu, nomine, cognomine et statura.*

Malgré les reproches que l'archidiacre de Bath faisait à son ami, on voit dans ses lettres qu'il rendait toute justice à ses talens, à son mérite. Il lui écrit (on ne sait à quelle époque) en se servant des idées et même des expressions d'Ovide, que l'incendie, les inondations, tous les fléaux ne pourront rien contre leurs communs ouvrages : *nostra scripta quæ se diffundunt et publicant circumquaque, nec inundatio, nec incendium, nec ruina, nec multiplex sæculorum excursus poterit abolere.* Et il lui soumet, pour les revoir et les corriger, quelques nouveaux écrits, et entre autres, son traité *de præstigiis fortunæ.*

Ainsi ce Pierre de Blois était un écrivain très-renommé; et l'on ne voit pas, sans quelque surprise, qu'excepté l'autre Pierre de Blois, archidiacre de Bath, les auteurs contemporains ne font mention ni de ses poésies, ni de ses romans.

Le chancelier de l'église de Chartres avait aussi composé des *commentaires sur les psaumes,* et plusieurs *homélies sur les évangiles.* S'il faut en croire D. Liron, ce dernier ouvrage existait, en manuscrit, dans l'abbaye de Charlieu (1), et d'après Charles de Visch, il l'attribue à un autre Pierre de Blois, religieux de l'Aumône au diocèse de Chartres.

Il paraît qu'il survécut assez long-temps à son protecteur l'évêque de Salisbury, mort en 1180. C'est vers l'année 1210 que l'auteur que nous venons de citer place sa mort. Mais selon nous, c'est trop en reculer l'époque. En effet, dans la lettre de reprimandes que lui écrivait l'archidiacre de Bath, il lui reproche *d'être parvenu à la vieillesse* au milieu d'occupations puériles. Or, si cette lettre a précédé, comme nous le croyons, la promotion de Jean de Salisbury à l'évêché de Chartres, elle est antérieure à l'année 1176; et à cette époque, Pierre de Blois était déja vieux, d'après l'aveu de son ami. On ne peut donc guères supposer qu'il vécût encore dans les dix premières années du XIIIe siècle.

A. D.

---

(1) Il fallait traduire *Caroliloci* par Chaalis au diocèse de Senlis, et non Charlieu, *Carus-locus,* en Franche-Comté.

AINARD ou AYNARD DE MOIRENC,

ARCHEVÊQUE DE VIENNE.

CE prélat sur lequel Guy Allard, Chorier et Charvet, ont publié des notices, était né vers 1140, d'une famille noble et ancienne de Saint-Donnat, près de Romans, à laquelle apparemment le bourg de Moirenc avait originairement donné son nom. Suivant ces historiens, Aynard avait une grande facilité pour la poésie dont il faisait ses délassemens. Il composa plusieurs épitaphes en vers léonins, entre autres celles de Humbert et d'Étienne, archevêques de Vienne, qui ont été trouvées en cette ville. Il fit encore celle de Robert de Latour-du-Pin, son prédécesseur, qui mourut en 1195; cette épitaphe, également en vers léonins, fut gravée sur la tombe de ce prélat, auquel Aynard ne survécut que cinq ans environ, étant mort en 1200, selon Alard et Chorier, et suivant Charvet (p. 569), en 1208. Chorier rapporte que l'année qui suivit l'élection et la consécration d'Aynard, il alla rendre ses devoirs à l'empereur Henri VI (1), dans la ville de Turin : l'empereur reçut son hommage du temporel de son église et lui en confirma la possession.

Biblioth. du Dauphiné, p. 152. — Calvet, nouv. édit. de cette Biblioth. Hist. du Dauphiné, l. 2, p. 79, n° XXVI. Hist. de la Sainte Église de Vienne. Lyon, 1761, in-4°, p. 362-370.

Voici l'épitaphe de Robert, dont Aynard est l'auteur, telle qu'elle est citée par Charvet.

Hist. de la Sainte Église de Vienne, p. 635.

> *Si quia juris eras gladio defensor utroque,*
> *Gratia si linguæ, si littera, religioque,*
> *Si genus aut mores possunt avertere fata,*
> *Te pastore fuit, Roberte, Vienna beata.*
> *Felix quod fruitur saltem domus ista sepulto,*
> *Quo vivente frui gauderet tempore multo.*
> *Sed quia te dignus vir, non fuit, inclyte, mundus,*
> *Deseris hunc in quo remanet tibi nemo secundus,*
> *Et jam decursi dignum mercede laboris.*

(1) Dans la table chronologique qui se trouve en tête de l'histoire de la sainte église de Vienne, par Dronet de Maupertuy, Lyon, 1708, il est dit « en 1195, le 4° du pontificat de Célestin III, et le 4° de l'empire d'Henri VI. »

Junius œthereis mensis te reddidit auris.
Quem tibi sola dedit succedere gratia Christi,
Te tuus Ainardus gemit hoc epigrammate tristi.

Anno Domini M. C. XCV., XV kalend. Julii, obiit Domnus Robertus archiepiscopus.

MATHIEU DE VENDOME,

Poete latin.

SA VIE.

La double ressemblance de nom et de prénom, a fait souvent confondre ce poète latin avec le célèbre Mathieu de Vendôme abbé de Saint-Denis, régent du royaume sous les règnes de saint Louis, et de son fils Philippe-le-Hardi. Ce second Mathieu mourut en 1286, et malgré l'espace d'un siècle qui est entre l'un et l'autre, plusieurs graves et savans auteurs n'ont pas laissé de les confondre, et de ne faire de ces deux Mathieu qu'un seul et même personnage. On peut citer sur-tout Grancolas, les frères de Sainte-Marthe, Charles de Combault baron d'Auteuil (1), le père Lelong, et plusieurs autres (2).

Mathieu dont il s'agit dans cet article, était né à Vendôme, et suivant l'usage établi de son temps, il joignit le nom de cette ville à son prénom. C'est donc à tort que Dargentré le fait naître en Bretagne. Il n'a point non plus été Bénédictin, comme le dit le père Lelong. Il a été qualifié d'abbé de Vendôme dans un manuscrit marqué dans Montfaucon ; mais on ne trouve point d'abbé de Vendôme de ce nom de Mathieu. Enfin Gesner s'est également trompé à son sujet, en le faisant vivre dans le XIe siècle. Ces erreurs, où tant de

Critique des aut. eccl. t. II, p. 314. Gall. Christ. nova, t. VII, p. 395 E, et 396 A. Bibl. sac. t. II, p. 1001, col. 2. Hist de Bret. liv. I, ch. 20, p 61. Loc. cit. Bibl. bibliothecar. t. I, p. 67 D. Biblioth., éd. de 1583, p. 592, 2.

(1) Hist. des Min. d'état, p. 477 et 496. Il cite Jean Hérold ; auteur allemand, qui publia, en 1563, l'histoire sacrée de Tobie.

(2) Souchet, *in notis ad vitam Bernardi abb. Tiron.*, p. 154. — Fabricius, Bibl. lat. suppl., p. 117 et 118. — L'abbé Lebœuf, Dissert. sur l'hist. de Paris, t. II, p. 63 ; etc.

savans sont tombés, prouvent que si Mathieu de Vendôme acquit une certaine réputation par le poëme de Tobie, qui nous est resté de lui, il ne fit rien pendant sa vie qui attirât les yeux de ses contemporains, et dont ils se soient mis en peine de conserver le souvenir. Mais il a consigné dans quelques endroits de son poëme plusieurs circonstances que l'on peut recueillir, en y joignant quelques particularités tirées de la glose qui accompagne le texte dans la première édition qu'on en a donnée.

L'auteur dit, dans une espèce d'épilogue qui termine l'ou·vrage :

Quæ tibi dat, Turonis, metra Vindocinensis alumnus,
Perlege Parisius, Aurelianus habe.

L'auteur de la glose imprimée ajoute : *Iste magister studuerat Parisiis et Aurelianis : ideo volebat quod liber suus in prædictis civitatibus legeretur, quia propterea invocat ipsas ut ipsum librum recipiant perlegendum ; quia illæ duæ civitates sunt nobiliores regni Franciæ, et in ipsis sunt multi boni doctores et clerici, per hoc quod ibi sunt universitates, etc.*

Le poète continue, en s'adressant à ces deux villes de Paris et d'Orléans :

Vos mihi nutrices, urbs Martinopolis alma
Mater, ubi patrui, sed patris, ossa jacent.

mot-à-mot : « où gisent les ossemens d'un oncle, mais d'un père, » ce qui dans ce mauvais latin veut dire que cet oncle était plutôt un père pour lui, ou lui avait servi de père.

La dédicace du poëme adressé à Barthélemi de Vendôme, archevêque de Tours, nous apprend d'autres circonstances.

Ce prélat, issu d'une illustre origine, *nobilibus trabeatus avis,* avait succédé dans cet archevêché à son oncle, mort depuis peu de temps :

.... Cui præsul avunculus agnus
In pastore fuit, in dominante minor.
Hunc fera mors rapuit, cujus dignissimus hæres
Tractas (1) emeritâ sceptra paterna manu.

Mais ce ne fut pas immédiatement que Barthélemi succéda à son oncle. Cet oncle, Angebauld ou Engelbaud, de Vendôme, était mort en 1157. *Jodocus* ou *Joscius,* qui était

____

(1) Et non pas *tractans,* comme on le lit dans l'imprimé.

Breton, l'avait remplacé, et Barthélemy était monté sur ce
siége archiépiscopal en 1174. Son oncle l'avait élevé dans ce
chapitre à la première dignité après la sienne. Il la remplit
sans doute de manière à se concilier les vœux des chanoines
ses confrères, à qui appartenait alors la nomination de l'archevêque, et qui le nommèrent à la mort de Jodocus. L'historien de l'église métropolitaine de Tours, dit à ce sujet (1),
en parlant d'Angebauld : *Bartholomœum igitur ecclesias-
ticœ dignitatis gradu, qui episcopali proximus est, cum
sanguinis nobilitate conjunctum, ea jam dignatione decora-
verat, ut sodales canonici non immerito eum ad Turonensis
ecclesiæ apicem extulerint.*

A l'égard de sa naissance, elle était en effet illustre, il
était, selon le même historien, fils du comte Godefroy
surnommé Grisegonelle, et de Mathilde de Châteaudun ; et
il portait pour armoiries celles de la ville même de Vendôme,
comme l'avait fait Angebauld, qui était son oncle paternel.
*Et quidem quod genus spectat, Vendocini ille natus est,
patre Gottofredo comite Grisagonella dicto, et Mathilde cas-
tridunœa matre ; iisdemque est usus Vindocinensium insigniis,
quibus Engebaldus ipse Turonensis archiepiscopus, cujus erat
nepos ex fratre.*

L'archevêque Barthélemy avait un frère qui était doyen
de son chapitre et à qui Mathieu adresse aussi en partie sa
dédicace.

> *Suscipe Thobiæ titulos cum fratre Decano,*
> *Ut timidum duplex stella serenet iter.*

Il n'y avait pas long-temps que les deux frères étaient, l'un
archevêque, et l'autre doyen : c'est ce que signifient clairement ces deux vers :

> *Gaudeo luce novâ vos prælucescere, quippe*
> *Sol nitet in Geminis, cætera signa vacant.*

Il paraîtrait encore que Mathieu de Vendôme aurait été
élevé chez ses deux protecteurs, et qu'il était devenu ensuite
leur intime ami, si l'on adoptait le sens que le glossateur
donne à ces deux autres vers :

> *Vos ego vestra precor plantatio, vester amicus,*
> *Hic mea felici pandite vela noto.*

____

(1) *Sancta et metropolitana ecclesia Turonensis*, etc., par Jean Maan, Tours,
1677, p. 117. Engebaldus, 119 Jodocus et 123 *Bartholomœus II.*

Sur quoi la glose dit : *O Bartholomæe et Decane, ego sum plantatio vestra, id est fui nutritus in domo vestrâ, et in vestrâ patriâ, et nutrivistis me sicut terra nutrit plantam, et sum amicus vester et nuncius vester, etc.* Mais il n'est pas nécessaire de donner ce sens rigoureux au mot *plantatio* : il peut également, et même mieux, signifier que Mathieu tenait de ses deux protecteurs sa place, sa fortune; qu'il était, comme nous le dirions, leur créature.

Les quatre vers de la fin du poëme que nous avons cités les premiers, et dans lesquels l'auteur appelle, comme il le fait toujours, la ville de Tours *Martinopolis*, la ville de Saint-Martin, sont suivis de ces deux-ci :

> *Vernat ubi præsul mihi compatriota, Decanus*
> *Archiclavis, ubi Vindocinense decus.*

Ce qui dit, d'une manière plus positive que les vers cités jusqu'à présent que l'archevêque Barthélemy et son frère le doyen, qui était en même temps trésorier, *Archiclavis*, étaient comme lui, de Vendôme. Enfin le premier de ces quatre vers : Ducange. inf. latin., p. 647.

> *Quæ tibi dat, Turonis, metra Vindocinensis alumnus, etc.*

fait entendre que Mathieu composa son poëme à Tours où il était attaché à l'archevêque.

Il résulte de ces divers passages que Mathieu était né à Vendôme, qu'il avait fait ses études à Paris et à Orléans; qu'ayant sans doute perdu son père de fort bonne heure, son oncle paternel lui en avait servi; qu'après ses études finies, il était allé demeurer à Tours avec cet oncle, qui y était mort; que peu de temps après, Barthélemy de Vendôme ayant été nommé à cet archevêché, Mathieu, qui était son compatriote, s'attacha à lui et au doyen son frère; qu'il devint leur ami, qu'ils le placèrent assez bien pour qu'il fût content de sa fortune, et qu'il ne tarda pas à consacrer les loisirs que lui laissait sa place à la composition de son poëme.

On ignore l'époque de sa mort. Barthélemy, qui était jeune quand il parvint, en 1174, au siége de Tours (1), l'occupa pendant trente deux ans, n'étant mort qu'en 1206. Mathieu, qui était au moins de son âge, put ne pas vivre aussi long-

______
(1) *Elegerunt.... Bartholomæum, juvenem strenuum, et genere nobilem.* Jean Maan, *ubi suprà.*

temps, et il paraît vraisemblable qu'il mourut vers la fin du siècle.

SES ÉCRITS.

Le poëme qui a fait un nom à Mathieu de Vendôme, est en vers élégiaques, et contient toute l'histoire des deux Tobie, père et fils, et de leurs femmes. Le style en est presque par-tout au-dessous du médiocre, le latin et les vers fort plats. Il est rempli de digressions et de superfluités; aussi a-t-il plus de deux mille deux cents vers, y compris la préface et l'épître dédicatoire, qui sont en vers de la même mesure que ceux du poëme.

Dans la préface, l'auteur compare l'ancien testament à un champ plein d'excellentes semences et de bonnes plantes. Les vertus des anciens patriarches, Loth, Abraham, auxquels il joint Job, Salomon, et Siméon, sont les semences et les plantes de justice que l'on y trouve; chacun d'eux s'est rendu célèbre par une vertu : le seul Tobie les rassemble toutes.

> *Ex agro veteri, virtutum semina. morum*
> *Plantula, justitiæ pullulat ampla seges ;*
> *Loth decus hospitii, patientia Job, Salomonem*
> *Dogma, fides Abraham, spes Simeona probat.*
> *Intitulant reliquos præconia singula : solus*
> *. Omnia Thobias prætitulatus habet.*

C'est sur la version de cette histoire par Saint-Jérôme qu'il entreprend d'exercer sa veine

> *Quam sacra Hieronymi tradit translatio prosam,*
> *Qualicunque metro Vindocinensis arat.*

Après cette préface, qui n'est que de dix vers, vient l'épître dédicatoire dont nous avons tiré les traits relatifs à l'histoire de la vie de l'auteur, et qui ne contient du reste que de grands éloges de l'archevêque Barthélemy et de son frère le doyen. Il la termine par deux vers assez heureux. Il y rappelle la source où il a puisé, il se nomme, prévoit les traits dont l'envie va le percer, et dépose son poëme entre les mains de l'amitié.

> *Transfert Hieronymus, exponit Beda, Mathæus*
> *Metrificat, reprobat livor, amicus habet.*

Le poëme est divisé en trois parties ou sections (*distinctiones*). L'histoire des deux Tobie et de leurs femmes, y est

racontée sans interversion de faits, sans épisode et sans autre
embellissement que les fréquentes réflexions morales et religieuses de l'auteur, les discours prolixes et les longues
prières qu'il met dans la bouche de ses personnages, et certains jeux ou plutôt certains arrangements de mots qu'il fait
symétriser les uns avec les autres, artifice ou espèce d'ornement, presque le seul qu'il emploie, et auquel il revient
souvent.

> *Tempore Salmanasar regis captivus, honestâ*
> *Mente Deum recolit, spe comitante timet.*

Tel est le commencement de la narration, et tel est le
style narratif de l'auteur. S'il veut parler des secours que
Tobie donne à Gabelus son parent, il dit

> *Argenti sub chyrographo bisquinque talenta*
> *Tradit; amicitiam testificatur opus.*

Si Tobie est persécuté et ruiné par Sennacherib ;

> *Confiscantur opes Thobiæ, quas generales*
> *Non proprias sentit advena, sentit inops.*

Voici un exemple de ces jeux poétiques dont nous avons
parlé et dont il égaie beaucoup trop souvent le sérieux de
son sujet. Il veut célébrer la foi de Tobie en un seul dieu,
son amour pour la justice, son horreur pour le crime et pour
l'idolâtrie; c'est ce qu'il croit faire sans doute de la manière
la plus ingénieuse dans les huit vers suivants :

> *Odit, amat, reprobat, probat, exsecratur, adorat,*
> *Crimina, jura, nefas, fas, simulacra, Deum.*
> *Fas, simulacra, Deum, probat, exsecratur, adorat :*
> *Odit, amat, reprobat, crimina, jura, nefas.*
> *Seminat, auget, alit, exterminat, arguit, arcet,*
> *Dogmata, jura, decus, schismata, probra, dolos.*
> *Schismata, probra, dolos, exterminat, arguit, arcet :*
> *Dogmata, jura, decus, seminat, auget, alit.*

Dans les deux premiers vers, l'un est tout composé de six
verbes, l'autre d'autant de noms; et les six noms du second
sont les régimes des six verbes du premier. Ainsi Tobie *odit
crimina, amat jura, reprobat nefas, probat fas, exsecratur
simulacra, adorat Deum.* Dans les deux suivans, les six
mêmes verbes et les six mêmes noms reviennent, mais dans
un autre ordre. Trois des noms forment le vers hexamètre

Tome XV.   H h h

avec les trois verbes qui y correspondent, et les trois autres verbes avec leurs noms correspondans forment le vers pentamètre. Le sens des six propositions est donc le même dans les deux distiques ; il n'y a de changé que les mots. Six nouveaux mots et six nouveaux noms * sont employés avec le même artifice dans le second quatrain : artifice stérile, et même ridicule, qui suffirait pour déprécier le poëme entier s'il avait d'ailleurs le moindre prix.

On y trouve quelquefois des jeux d'une autre espèce et qui ne sont pas d'un meilleur goût. Par exemple, la jeune Sara mariée sept fois était encore vierge, parce que le diable Asmodée avait étranglé ses sept maris la première nuit de leurs noces. Le poëte dit bien tout cela, et même la cause pour laquelle ce diable les traitait ainsi, mais il ne veut point prononcer ni écrire les deux dernières syllabes de son nom *Hasmodeus*, parce que c'est le nom de Dieu et qu'il ne convient pas de joindre ce nom avec celui de Belial, le nom de la lumière et celui des ténèbres. Il coupe donc par la figure *tmesis* ces deux syllabes, et ne met que les deux premières *Hasmo*.

> *Septem nupta viris fuit hæc, quos dæmonis ira*
> *Pressit, et illæso vernat honore pudor ;*
> *Pressit pæna reos, dum carnis amore, pudoris*
> *Virginei satagunt primitiare rosam.*
> *Hasmo dæmonio nomen, pars ultima vocis*
> *Restat, ne videar intitulare malum.*
> *Fiat amore Dei decisio nominis : hostem*
> *Nempe Dei pudor est æquiparare Deo.*
> *Non est ad Belial Domini conjunctio, lucis*
> *Ad tenebras ; Tmesis hâc ratione placet.*

Tout mauvais et tout ennuyeux qu'est ce poëme, il a cependant eu plusieurs fois les honneurs de l'impression, d'abord à Lyon, chez Jehan-du-Pré, 1489, in-fol. *parvo*, avec une glose ou commentaire, pour en faciliter l'intelligence, 1505, in-4°, 1506, 1520, in-4°, et 1540, in-8°. On le trouve aussi dans le recueil intitulé *Auctores octo morales*, Lugduni, 1538 et 1540, in-8° ; dans *Poëtæ sacri*, Basileæ 1563, in-4° ; dans *Barthius adversariorum*, lib. 30, cap. 26. La meilleure édition est celle qui a paru à Brême sous ce titre : *Matthæi Vindocinensis historia sacra de* Tobiâ (1) : *accedit Ambrosius*

____

(1) La note des PP. BB. porte autrement ce titre, d'après le catal. des

mediolanensis de eâdem historiâ ; curâ Joannis HERINGII,
Bremæ, 1642, in-8°.

Eberard de Béthune faisant l'énumération des poëtes de
son temps, auxquels il donne le titre de classiques, s'exprime
ainsi sur Mathieu de Vendôme :

> *Tobias in agro veteri lascivit, et æquè*
> *Res nova, et metri nobilitate placet.*

Plus loin, il parle ainsi du même poëte, mais non plus
du même ouvrage :

> *Scribendi regit arte stylum, Rufoque negante,*
> *Laudem Matthæus Vindocinensis habet.*

Sur quoi une glose manuscrite porte ces mots : *Matthæus
describit contra Rufum curialium doctrinas et obtinet victorias
et laudes contra ipsum.* Il semblerait par cette note que notre
auteur aurait composé quelque autre poëme où il aurait donné
des instructions, ou peut-être des règles sur l'art d'écrire aux
gens de cour ou aux personnes de qualité. Il paraît même
qu'il avait fait plusieurs autres poëmes qui n'ont point été
publiés, mais qui sont conservés manuscrits dans des bibliothèques étrangères. On trouve dans le catalogue des manuscrits de Thomas Bodley : *Matthæi metrum super salutatio-
nem angelicam* (1) ; parmi les manuscrits du collége de Bail-
leul à Oxford *Vindocinensis de arte versificatoriâ ;* parmi ceux
du collége de la Trinité de Cambridge, *Matthæi Vindocinensis
versus de Piramo et Thisbe ;* dans les manuscrits de Saint-
Pierre de Cambridge, *de doctrinâ versificandi,* qui est sans
doute le même que *de arte versificatoriâ ;* et enfin parmi ceux
du collége de la Trinité de la même ville, *æquivoca magistri
Matthæi Vindocinensis carmina cum commentario scripta per
fratrem Joh.* Hancock : ce frère Jean Hancock paraît n'avoir
été que le copiste et non pas le commentateur de cet ouvrage.

Le manuscrit 8433 de la bibliothèque du Roi, parmi
les poëtes, in-4° fonds de Baluze, qui paraît écrit au XIVᵉ
siècle, contient au n° 1 : *Anonymi carmina de rebus ad chris-*

Fabricius, Bibliot.
lat. liv. 5, p. 225.

Loc. cit. 226.

Part. 1, n° 2538.

Catalog. ms. an-
glic., part. 2, n°
379.
Catalog. ms. an-
glic., part. 3, n°
422.
Ibid. n° 1667.

Ibid. part. 5, n°
152.

Catalog. ms. Bibl.
R., t. IV, p. 458.

livres impr., de la biblioth. du Roi, T. I, n° 1337, p. 101 : *Matthæi Vindocinensis
paraphrasis metrica in Tobiam versibus elegiacis et Ambrosii Mediolanensis
explicationes libelli de Tobiâ, ex ipsius operibus, cum observationibus, etc.,* et
après Bremæ, *typis Wesselianis.*

(1) Ce Mathieu ne paraît pas pouvoir être un autre que celui de Vendôme.

H h h 2

tianam religionem spectantibus : præmittitur fragmentum synonymorum magistri Matthæi Vindocinensis. Cet auteur ne paraît encore pouvoir être que notre Mathieu.

Gesner citant l'histoire de Tobie par Mathieu de Ven-dôme, ajoute qu'on doit encore à cet écrivain une *somme* et un livre intitulé *Thebaïs :* il ne dit point si c'est en prose ou en vers. Enfin Pez dit : *in bibliothecâ monasterii Emme-racensis incidit in manus nostras codex membraneus, in-4º à 400 annis, in quo* MATHEI *cujusdam computus ecclesiasticus descriptus erat hoc initio :* « *Augustini auctoritate freti in* « *domo Dei quatuor dicimus esse necessaria : grammaticam* « *ad verba Dei intelligenda et debito modo pronuncianda,* « *etc.* » Ne pourrait-on pas présumer du moins par ces pre-miers mots de l'ouvrage qui conviennent à un grammairien tel qu'était Mathieu de Vendôme, que ce comput est encore de lui ?

Nous ne lui attribuerons pas de même, comme l'a fait Jean Picard, (1) une traduction des livres des rois en vers latins, dédiée à Geoffroy, évêque de Chartres, qui se trouvait ap-paremment parmi les manuscrits de la bibliothèque de Saint-Victor. Cet évêque mourut en 1148, et il est évident que Mathieu de Vendôme n'a fleuri que sur la fin du XIIe siècle.

G.

Ed. de Zurich, 1583, p.592, col. 2.

Anecdot. t. I, præ-fat. p. XXVI.
S. Emmeran, de Ratisbonne.

VITAL DE BLOIS,

POÈTE LATIN.

CET écrivain qui florissait vers la fin du douzième siècle, était né à Blois, et a été quelquefois surnommé *Gallus* et *Gallicus* pour le distinguer d'un autre Vital, auteur d'une vie de Saint Bertrand. Vital de Blois paraît avoir été contemporain de Mathieu de Vendôme, de Gauthier de l'Isle et de Pierre de

Dom. Liron, Bibl. chartr. p. 96. —
Bernier, Hist. de Blois, p. 75.

Bernier, loc. cit.—

---

(1) Not. in epist. 54 sanct. Bernardi. *Non abs re anonymus, qui forsan est Matthæus Vindocinensis, Gaufridum carnot. episcopum præfatur, initio lib. I, Reg.*

Maxime pontificum, Romanæ signifer aulæ,
Carnotensis apex, et pater urbis, ave.

Blois. Fournier croit qu'il publia en 1186 le poëme que nous avons de lui. Trompé par ce surnom de *Gallus*, le même historien lui donne le titre de poëte français, quoiqu'il n'ait écrit qu'en latin. On ne sait rien des circonstances de sa vie.

Le poëme qu'il nous a laissé est en vers élégiaques divisé en quatre livres et intitulé : *De Querulo.* Il y a mis en récit ce qui était en dialogue et en scènes dans une ancienne pièce que quelques auteurs, d'après son titre, ont attribuée à Plaute, mais qui est généralement reconnue pour n'en être pas. Dans l'édition que P. Daniel a donnée de cette pièce, Paris, Robert Estienne, 1564, in-8º ; elle est intitulée : QUEROLUS., *antiqua comœdia, nunquam antehac edita, quæ in vetusto codice manuscripto Plauti Aulularia inscribitur, nunc primum à Petro Daniele aurelio luce donata et notis illustrata.* Elle est précédée d'une préface adressée à *Rutilius.* Pierre Daniel, premier éditeur, Conrad Ritters-huys qui la fit réimprimer en 1595, avec le poëme de Vital de Blois, et Ger. Jean Vossius *De Poëtis latinis,* croient que ce *Rutilius* est le même que *Claudius Rutilius,* auteur de l'*Itinerarium,* ce qui fixe au temps de Théodose II et d'Honorius, l'époque où le *Querolus* fut écrit ; on ignore le nom de son auteur. Peut-être s'appelait-il *Plautus,* comme l'ancien poëte comique, ou *Plautius,* ce qui aurait induit les copistes en erreur ; mais il est plus vraisemblable que la pièce fut réellement attribuée au premier, ou que l'auteur, ne voulant pas être connu à cause du ton satirique qu'il y a pris quelquefois, la lui attribua lui-même, aidé par la ressemblance du sujet, du genre de comique et même du style, qui est pour ainsi dire parodié de celui de Plaute.

Le style du *Querolus* est poëtique, mais la mesure des vers n'y est pas toujours exactement observée, ce que l'auteur paraît avoir voulu annoncer, à la fin du prologue, par ces mots : *prodire... non auderemus cum claudo pede.* Barthius et d'autres auteurs ont prétendu que cette comédie pouvait être de Gildas, le Breton, né en 520, en Angleterre, dans le comté de Sommerset ; mais Vossius observe fort bien qu'on ne peut nullement confondre la latinité du *Querolus* avec celle de ce Gildas et du VIᵉ siècle, vers le milieu duquel il florissait.

Voici le sujet de la pièce qu'il est nécessaire de connaître pour entendre et juger le poëme de Vital de Blois. *Querolus* est, comme son nom l'indique, un homme qui se plaint

Ger. J. Voss., de poët. lat. p. 59. — Barthius, adversar. l. XLVIII, c. XX.
Barthius, loc. cit.

Ess. histor. sur la ville de Blois, p. 168.

Ubi supra.

P. Daniel, de auctore.

Ibid. in not.
V. Joan. Alb. Fabricii. Bibl. lat. 1773, t. I, p. 29, 30.
Loc. cit.

toujours de son sort, et importune tout le monde de ses plaintes. Son père était un vieil avare nommé Euclion. Il avait caché une immense somme d'or dans un vase fait en forme d'une urne funéraire, sur laquelle était gravée une épitaphe, comme si elle eût contenu les cendres du père d'Euclion. En partant pour un long voyage, il avait enterré cette urne devant l'autel du dieu Lare de sa maison, recommandant à ses gens le tombeau de son père, et au dieu Lare son trésor. Il meurt en pays étranger, sans découvrir son secret à personne, si ce n'est à un parasite qu'il a rencontré dans cette terre éloignée. Il lui avoue qu'il a laissé chez lui un trésor à l'insu de son fils, et il lui en lègue la moitié par son testament, à condition qu'il indiquera le trésor à son fils, et qu'il le mettra en possession de l'autre moitié. Il lui indique le lieu où le trésor doit se trouver ; mais soit par oubli, soit par toute autre cause, il ne lui parle ni de la forme particulière de l'urne, ni de l'inscription. Le parasite s'embarque, vient trouver le fils, et voulant s'emparer de tout l'héritage, il le trompe, se donne pour un grand magicien, et feint d'avoir deviné par son art une infinité de petits détails qu'il avait appris d'Euclion. *Querolus* en est la dupe, lui donne accès dans sa maison, et le conjure de terminer ses malheurs. Le fourbe fait semblant de purifier sa maison de tout ce qui y exerce une influence funeste, en retire l'urne du consentement de *Querolus,* et même avec son aide ; il l'emporte chez lui ; mais là, il aperçoit l'inscription et les autres attributs funéraires. Il croit qu'elle ne renferme en effet que les restes du mort, dont le nom y est inscrit, et que le vieillard mourant s'est moqué de lui. Il rapporte l'urne, se glisse auprès de la maison de *Querolus*, et jette par une fenêtre l'urne au milieu de son appartement. Elle se brise, l'or se répand dans toute la chambre. *Querolus*, au lieu des cendres de son aïeul, voit un trésor dont il est maître ; mais l'effronté parasite, revenu de sa surprise, produit le testament d'Euclion, et réclame la moitié qu'il soutient lui appartenir. Cependant, obligé d'avouer qu'il avait d'abord tout emporté, il ne put rien obtenir. Il est convaincu de vol et même de violation d'un tombeau. Enfin *Querolus* lui pardonne, entre en possession de sa fortune, cesse de se plaindre de son sort, et le faux magicien pris pour dupe est rendu à son métier de parasite.

Son nom est *Mandrogerus ;* il a pour auxiliaires deux fripons subalternes, Sycophante et Sardanapale qui rendent témoignage des prodiges qu'il a opérés, et l'aident à emporter et à rapporter l'urne où est enfermé le trésor. Le dieu Lare, *Lar familiaris,* gardien de ce trésor, est acteur et interlocuteur dans la pièce, et c'est avec lui que *Querolus* la commence par une longue scène, où il expose tous les sujets qu'il a de se plaindre de sa destinée.

Vital de Blois, en arrangeant ce sujet pour en faire un poëme narratif, y a changé plusieurs circonstances. Il dit pourtant dans son prologue qu'il n'y a changé que les noms, et par la seule raison qu'ils ne pouvaient entrer dans ses vers. Ce même prologue prouve qu'il regardait Plaute comme le véritable auteur du *Querolus.* Il rejette sur ce poëte les fautes et les inconvenances qu'on pourrait lui reprocher. On y voit aussi qu'il avait fait auparavant sur l'*Amphytrion* un travail du même genre ; mais ce dernier travail ne nous a pas été conservé. Nous citerons en entier ce prologue qui n'a que 18 vers, et qui donnera une première idée de la manière de l'auteur et de son style.

> *Qui releget Plautum, mirabitur altera forsan*
> 　*Nomina personis quam mea scripta notent.*
> *Causa subest facto, vult verba domestica versus ;*
> 　*Grandia plus æquo nomina metra timent.*
> *Sic ego mutata decisave nomina feci*
> 　*Posse pati versum ; res tamen una manet.*
> *Arguet hoc aliquis, mea si comœdia fatum*
> 　*Nominet et stellas, et canat alta nimis ;*
> *Descivisse ferent, humilemque ad grandia stultè*
> 　*Evasisse stylum. Crimina Plautus habet,*
> *Absolvar culpâ ; Plautum sequor : et tamen ipsa*
> 　*Materiæ series exigit alta sibi.*
> *Hæc mea vel Plauti comœdia, nomen ab ollâ*
> 　*Traxit, sed Plauti quæ fuit, illa mea est.*
> *Curtavi Plautum ; Plautum hæc jactata* bearit.*
> 　*Ut placeat Plautus scripta Vitalis emunt.*
> *Amphitryon nuper, nunc Aulularia tandem*
> 　*Senserunt senio pressa Vitalis opem.*

On voit qu'il cherche principalement à excuser le haut style dont il s'est servi, en parlant du destin et des astres. C'est dans le moment où le fourbe qu'il fait agir se fait passer pour magicien. Ce fourbe n'est pas un parasite, comme dans

* Il semble que c'est *jactura* qu'il faut lire.

la prétendue pièce de Plaute ; c'est l'esclave du vieillard mort
en pays étranger, et qui a reçu ses aveux à ses derniers 'momens. Il s'appelle *Sardana*, quoique dans aucune langue
ce dactyle n'ait été un nom propre. Euclion, en lui indiquant
le trésor qu'il a laissé et que son fils ne connaît pas, lui a
dit qu'il contenait mille talens ; ce qui est une somme un
peu forte pour tenir dans une seule urne, si l'on compte,
selon l'évaluation commune, le talent attique à 5,400 fr. ; il
lui en a donné dix pour lui, et a voulu que le reste fut remis
à son fils. Outre ces dix talens, il lui a encore donné la
liberté, et a substitué, en l'affranchissant, le nom de Paul
à celui de *Sardana*. C'est sous ce nom de Paul que *Sardana* vient se présenter à *Querolus*, et qu'il entreprend de
s'approprier le trésor entier.

> *Non ultra dicar Sardana, Paulus ero,*

dit-il à la fin du premier livre ;

> *Paulus ero, Pauli romani consulis hœres ;*
> *Sub titulo Pauli Sardana clarus erit.*
> *Cognita vilescunt ; qui non est notus, amatur.*
> *Ut sis ignotus hoc age, clarus eris.*

Ce ton sentencieux est habituellement celui de l'auteur. Dans
tout ce premier livre où il rapporte les plaintes que *Querolus*
ne cessait de faire de son sort, il le fait presque toujours s'exprimer par sentences et par maximes ; et souvent il les renferme
dans des vers assez précis et qui ne manquent pas d'élégance.

Paul, dans le deuxième livre, choisit pour coopérateurs
Gnathon et Clinias ; il leur fait part de ses projets et leur
donne ses instructions. Ce sont ceux qu'il charge de le faire
passer aux yeux de *Querolus* pour un savant magicien. Les
trois complices font ensemble leurs dispositions.

Dans le 3e livre, Gnathon et Clinias savent que *Querolus*
les écoute ; l'un dit à l'autre des merveilles d'un homme fameux qui vient d'arriver dans la ville. On ne sait si c'est un
homme ou un dieu ; s'il est homme par les formes extérieures,
il est dieu par son génie.

> *Servit ei cœlum, fatorum strenuus ordo*
> *Expectat quod eum currere cogat iter.*
> *Iste Jovis mentem novit, Jove certior ipso ;*
> *Quid pensent superi, quid nova fata parent.*

Castigat mentem Jovis, invito Jove multa
Esse jubet; sic est Jupiter ipse Jovi,
Nec magus, at magicâ magis est ars ipse putandus;
Ars nihil huic, sed ut ars ipsa sit iste facit.

Il dit enfin le nom de cet homme admirable ; c'est Paul, fils de Paul, consul de Rome, qui avait été envoyé de Rome en Grèce pour instruire les Grecs. *Querolus* n'y peut plus tenir ; il sort de sa maison, avoue qu'il a tout entendu, et obtient de ces deux fourbes, comme une grande faveur, qu'ils aillent le présenter au troisième.

Ils le trouvent assis sur un trône et vêtu magnifiquement. C'est là que *Sardana,* sous le nom de Paul, dit à *Querolus* son nom, tout ce qu'il sait de sa famille, de sa position, de sa fortune. Il prend ensuite un plus haut ton pour lui révéler que les astres sous lesquels il est né, ont exercé jusqu'alors contre lui leur maligne influence ; mais qu'il a des moyens de faire violence aux astres mêmes et de corriger les destinées. C'est pour ce passage que le poète a demandé grace dans son prologue. Il l'a mis dans son poëme à la place d'une longue explication sur la puissance des planètes, sur les oies de mauvais augure et sur les cynocéphales, qui est dans la comédie, et que l'auteur, quel qu'il soit, de cette pièce a plutôt eu l'intention de rendre plaisante qu'il ne l'a rendue en effet.

Ce dernier livre contient le reste de l'action à-peu-près tel qu'il est dans l'ancien *Querolus,* excepté que le style en est presque par-tout plus poëtique, et en même temps plus sentencieux. Il abonde aussi en jeux de mots et en antithèses, selon la mode de ce temps-là. Les derniers vers du poëme en sont remplis ; ils compléteront l'idée que les citations précédentes ont donnée du style de Vital de Blois.

Sardana soutient devant le juge que son vieux maître, en mourant, ne lui avait, à la vérité, donné en propre que dix talents sur les mille que contenait le trésor ; mais qu'il lui avait ordonné de commencer d'abord par s'emparer du trésor entier, pour éprouver si son fils était toujours aussi peu attentif à ses affaires, aussi peu soigneux qu'autrefois, et de le lui rendre ensuite pour lui apprendre par cette leçon à se tenir mieux sur ses gardes. J'ai suivi de point en point, ajoute-t-il, les ordres de mon maître.

Furor, reddo : fidem conservo senique tibique,

Tome XV.   I i i

Sed furando seni, restituendo tibi.
Fraus fuit absque dolo : fit utrumque fidele : probata est
In furto pietas, in pietate fides.
Arbiter emeruit Querulum; tua, Sardana, dixit,
Fraus sine fraude : fides est tua digna fide.
Vera putat Querulus : in partem Sardana venit;
Fert lucra ficta fides : lis cadit; acta placent.

G.

ARNAUD DANIEL[(1)],

POÈTE PROVENÇAL.

ARNAUD DANIEL, issu d'une famille noble mais peu riche de Ribeirac en Périgord, fut élevé dans les meilleures écoles de ce pays. Son goût pour la poésie se déclara de bonne heure. Le profit qu'il tira de ses premiers vers l'aida à continuer ses études. Il composait fort bien et doctement, disent les historiens de sa vie, tant en latin que dans sa langue maternelle; mais lorsqu'il se connut mieux, il se livra entièrement à la poésie provençale. Il se fit une manière de composer en rimes gênées ou contraintes (*caras rimas*), ce qui rendait ses poésies très-difficiles à entendre et à retenir.

Nostradamus,
Crescimbeni, vie
7.

La femme de Guillaume de Boville, ou Bouville, grand seigneur de Gascogne, fut le premier objet auquel il adressa ses vœux d'amour et ses chansons; il en fit sur toutes sortes de rhythmes, des sixtines, des sons, des sirventes, etc. Il y donnait à cette dame, pour cacher son véritable nom, le nom emprunté de Ciberne. Il la nommait aussi *mon bon esper* (mon bon espoir), *et miels de ben* (mieux que bien); il paraît, par ses chansons même, qu'il n'obtint jamais rien d'elle qui fût contraire au devoir. Il y parle souvent de l'inutilité de ses poursuites; et selon la coutume de son temps

---

(1) Il est appelé quelquefois *Bernaud Daniel,* quelquefois *Arnald* ou *Narnald.* Dans deux manuscrits de la Bibliothèque royale, cotés 7226 et 7698, il est nommé *Arnaud d'Aniels* et non *Daniel.*

Dans les notes qui m'ont servi pour la rédaction de cet article, je trouve ces mots : « Je me souviens que M. Arnaud d'Andilly, dans ses mémoires composés pour l'instruction de ses enfants, fait descendre sa famille de ce poète provençal. »

de mêler à des idées de dévotion des sentiments et des desirs profanes, il dit dans un endroit qu'il a bien entendu mille messes pour acquérir ses bonnes graces, et pour qu'elle le restaure au moins d'un seul baiser (1). Il est, dit-il, cet Arnaud qui embrasse l'aure, c'est-à-dire le vent, et, ce qui n'est pas d'un très-bon goût, qui chasse le lièvre avec un bœuf (2). Il se compare au voyageur devant qui le Puy-de-Dôme Montagne d'Auvergne. paraît s'éloigner à mesure qu'il en approche davantage, etc.

Le moine des îles d'or, au rapport de Nostradamus, disait Loc. cit. dans son histoire des troubadours, qu'Arnaud Daniel fut amoureux de la dame d'Ongle, femme d'un gentilhomme de Provence, nommée Allaëte, qu'il nommait Cyberne pour tenir caché son vrai nom, et que par allusion à l'ongle du doigt, il fit une sixtine dans laquelle il disait que pour le ferme vouloir qu'il a envers sa dame, le bec ni l'ongle des médisans ne peuvent lui nuire (3). Il est vrai, ajoutait cet historien, qu'il n'a pu écrire si discrètement et à mots si couverts, que l'on n'aperçoive par le dernier couplet de cette chanson qu'elle fut faite à la louange de la dame d'Ongle, qui était une dame belle, docte, et bien parlante de ce temps.

Voici trois strophes de cette sixtine, telle qu'elle est citée par Doni dans son livre intitulé *i marmi* (parte tertia, 155 et seq.) et rétablies selon les manuscrits.

> Lo ferm voler qu'el cor m'intra
>
> Nom' pot ges becx escoissendre ni ongla
>
> De Lauzengier qui perd, per mal dir, s'arma.
>
> E pus no l'aus batr' ab ram ni ab verja
>
> Si vals ab frau lai; où non aura oncle
>
> J'auzirai joir en vergier o dins cambra.

(1) Nostradamus, p. 42. Quelques manuscrits portent six messes et d'autres mille.

(2) Nostradamus dit *avec un bœuf boiteux*; mais *boiteux* n'est point dans le texte; c'est bien assez du bœuf.

> Jeu suy Arnautz c'amas l'aura
> E catz la lebre ab lo bueu,
> E nadi contra suberna.

Façons de parler pour dire des efforts inutiles.

(3) Millot a cité très-inexactement ce passage, en disant que Nostradamus, sur la foi du moine des îles-d'Or, parle d'une passion de notre poète pour *Aluète*, dame d'Angle, qu'il chante sous le nom de Ciberna; t. II, p. 489.

Quan mi sove de la cambra,
Où à mon dan sai que om del mon non intra
Ans me son tug plus que nebot ni oncle,
Non ai membre no in fremisca ni ongla
Aissi cum fai l'enfans devan la verja
Quar paor ai no el sia prop de s'arma.

Del cors li fos non de l'arma
Que m consentis à celat dins sa cambra
Quar plus mi nafra l cors que colp de verja,
Quar lo siens sers lai ont ill es non intra.
Tos temps serai ab lieys cum carn et ongla
Ja non creirai castic d'amic ni d'oncle.

ce qui signifie à-peu-près :

« Le ferme desir qui entre dans mon cœur, ni bec ni ongle du médisant ne peut l'en arracher, quand pour médire il perd son ame. Et puis je ne l'ose battre à coups de bâton ni de verge, à moins qu'en cachette là où je n'aurai pas d'oncle, je n'obtienne de jouir dans le verger ou dans la chambre.

Quand il me souvient de la chambre, où pour mon malheur je sais que nul homme ne peut entrer, et où tout m'est contraire plus que neveu ni oncle, je n'ai membre ni ongle qui ne frémisse plus que ne fait l'enfant devant la verge ; tant j'ai peur que je ne sois proche de son ame.

Puissé-je y être de corps et non d'ame, et puisse-t-elle consentir à me voir seul dans sa chambre ! Ce qui me blesse le cœur plus que coups de verge, c'est que moi, son serviteur, je ne puis entrer où elle est. Je serais avec elle comme la chair et l'ongle, et ne croirais conseils d'ami ni d'oncle. »

Arnaud ayant passé en Angleterre rencontra, à la cour de Richard Ier, un jongleur qui le défia et prétendit composer des vers sur des rimes encore plus difficiles que lui, car on a vu que c'était un genre de mérite dont Arnaud était très-jaloux. Il accepta ce défi, la gageure fut mise au jeu et les deux poètes s'enfermèrent pour travailler chacun dans une chambre séparée. Arnaud se trouva si mal disposé qu'il ne put réussir à coudre deux mots ensemble. Son rival au contraire fit sa pièce promptement et sans peine. Le roi ne leur avait donné que dix jours pour la faire, cinq pour l'apprendre, après quoi elle devait être *jouée* c'est-à-dire chantée devant lui. Le jongleur déclara dès le troisième jour,

qu'il avait fini sa pièce, et qu'il était prêt à la faire entendre.
Arnaud répondit qu'il n'avait pas encore songé à la sienne. Le
jongleur répétait tous les jours ses vers afin de les mieux
savoir. Arnaud songeait aux moyens d'éviter les plaisanteries
dont il se voyait menacé, lorsqu'il entendit pendant la nuit ce
chant du jongleur. Il vient écouter à sa porte, et parvient
à retenir les paroles et l'air. Au jour marqué, ils paraissent
tous deux devant le roi. Arnaud demande à chanter le premier, et chante toute entière la chanson que le jongleur avait
faite. Celui-ci muet d'abord de surprise, s'écrie enfin : C'est
ma chanson! Cela ne se peut, répond le roi; mais il insiste,
et demande que le prince interroge lui-même Arnaud, qui
n'aura pas le front de le nier. En effet, Arnaud l'avoue et
conte la manière dont la chose s'était passée, ce qui amusa
Richard plus que la chanson même. On rendit à chacun sa
gageure, et le roi les combla l'un et l'autre de présens.

Cette anecdote, ainsi que plusieurs autres, prouve que les
jongleurs de profession étaient aussi quelquefois poètes ou
troubadours. Arnaud lui-même est appelé jongleur par
quelques anciens historiens, parce qu'il composait les airs
de ses chansons et qu'il les chantait avec beaucoup d'expression et de grace. Les poésies qui nous restent de lui, au
nombre de dix-sept, sont dans un manuscrit de la bibliothèque royale, dans un autre du Vatican, aujourd'hui réuni   N° 7698.
à la même bibliothèque, et dans un manuscrit de Florence.   N° 3204.
Elles sont toutes consacrées à l'amour. On dit qu'il avait
fait aussi un poëme contre Boniface, seigneur de Castellane,
qui refusait, en 1189, de reconnaître, pour son seigneur,
Alphonse 1er, roi d'Arragon et comte de Provence. Nostra-   Nostradamus, p.
damus ajoute qu'il avait fait plusieurs comédies, aubades,   43.
martegalles, un chant qu'il intitula *las phantaumarias del
paganisme*, les visions du paganisme, et un beau poëme moral
adressé à Philippe roi de France. C'est probablement celui
que *l'Alunno*, dans sa *fabrica del mondo*, dit qu'Arnaud,   N° 71, p. 11.
accablé par la pauvreté dans sa vieillesse, composa et présenta aux rois de France et d'Angleterre qui l'en récom-
pensèrent généreusement. Aucune de ces pièces n'est parvenue jusqu'à nous. Il n'est pas besoin d'avertir que ce qu'on
entend ici par comédie et tragédie n'a rien de commun avec
l'art dramatique, qui n'existait nullement alors et que l'on
n'a pu vouloir désigner ainsi que des pièces plaisantes, et
des pièces touchantes ou graves.

Aucun autre poète provençal n'a reçu plus d'éloges des étrangers, ou du moins des Italiens, qu'Arnaud Daniel. Dante le cite avec honneur et s'appuie de son autorité dans son traité latin *de l'éloquence vulgaire*, traduit en italien par le Trissin. Dans son vingt-sixième chant du purgatoire, il le met au-dessus de tous les poètes provençaux, même au-dessus de Géraud de Borneil, limousin, qu'on appelait le maître des troubadours, et pour donner plus de poids à cet éloge, il le met dans la bouche de *Guido Guinicelli*, l'un des créateurs de la poésie italienne. *Questi*, lui fait-il dire :

> *Questi ch' io ti scerno*
> *Col dito (ed addilò uno spirto innanzi)*
> *Fu miglior fabbro del parlar materno :*
> *Versi d'amore e prose di romanzi*
> *Soverchiò tutti, e lascia dir gli stolti*
> *Che quel di Lemosì credon ch' avanzi.*

Ce *quel di Lémosi* ne peut être un autre que Géraud de Borneil. On voit par ces mots *e prose di Romanzi* qu'Arnaud Daniel avait aussi composé des romans en prose. En effet le Tasse, dans son discours sur le poëme héroïque, dit que c'est lui qui fut l'auteur du roman de Lancelot. Varchi dans son *Ercolano*, lui donne les mêmes éloges que le Dante. Pétrarque, dans son *Triomphe de l'amour*, le place aussi au premier rang.

> *Fra tutti il primo Arnaldo Daniello*
> *Gran maestro d'amor, ch' alla sua terra*
> *Ancor fa onor col dir polito e bello.*

Le *Vellutello* et le *Gesualdo*, en commentant ce passage de Pétrarque, assurent qu'Arnaud l'emporta sur tous les provençaux qui firent des vers avant et après lui, que ses chansons sont de toute beauté, et si poétiques qu'on ne peut pas les entendre facilement. Ce mérite de l'obscurité, si tant est que c'en soit un en poésie, naissait peut-être des rimes recherchées et laborieuses, *caras rimas*, dont Arnaud se servait : mais il ne rimait sans doute pas toujours ainsi, car ce n'est pas là ce qu'un poète aussi élégant et aussi poli que Pétrarque aurait appelé *un dir polito e bello.*

Le Bembo attribue à notre Arnaud l'invention de la sixtine, espèce de chanson singulière, où l'entrelacement et le retour des rimes donnent beaucoup de travail au poète, sans don-

Chap. 6 et 13.

P. 63, 159 et 285 de l'éd. des Giunti, Florence, 1570. Cap. 4.

Prose, liv. I.

ner en même proportion du plaisir au lecteur. Les six vers
de la première strophe ne riment point entre eux, mais fournissent des rimes ou plutôt des bouts rimés pour toutes les
autres strophes, et cela dans l'ordre suivant. Les mots qui
terminent ces six vers étant dans la première strophe : *terra,
sole, giorno, stelle, selva, alba,* comme dans la première
sixtine de Pétrarque, ils doivent se répéter ainsi à la fin des
six vers de la seconde :

> *Alba, terra, selva, sole, stelle, giorno.*

dans la troisième :

> *Giorno, alba, stelle, terra, sole, selva.*

ainsi de suite dans les trois autres, mettant toujours pour
premier mot final le dernier de la strophe précédente, puis
le premier ; le cinquième, puis le second; le quatrième, et
enfin le troisième (1).

Le Tassoni, dans ses considérations sur Pétrarque, Castel-
vetro, Varchi, etc., confirment le témoignage du Bembo ;
mais celui-ci ajoute qu'Arnaud ne fit jamais lui-même qu'une
seule chanson de cette espèce, et que toutes les autres
étaient de cette forme que les Italiens appellent *distesa ;* les
strophes y sont de sept vers qui ne riment point entre eux,
mais tous les vers de chacune des strophes riment avec
ceux de la première, dans le même ordre où ils y sont placés.
C'est bien encore assez d'entraves au génie, mais du moins
l'oreille peut saisir plus facilement ici l'ordre du retour des
mêmes sons.

Le Redi, dans les notes sur son dithyrambe, *bacco in
toscana,* confirme ce que nous avons dit du talent qu'avait
Arnaud Daniel de faire lui-même la musique de ses chansons.
Il en trouve la preuve dans deux passages de ce poète. Dans
l'un il dit, en s'adressant à sa dame :

> Ma canzos prec que no us sia cnois
>
> Car si voletz grazir lo son e ls motz
>
> Pauc preza Arnaut cui que plassa o que tire.

« Je vous prie que ma chanson ne vous ennuie pas ; car si

---

(1) L'abbé Millot se trompe en disant que dans cette combinaison de vers, les
vers sont répétés dans un certain ordre. Ce ne sont pas les vers mais les derniers
mots seulement qui se répètent.

vous voulez agréer le chant et les paroles, Arnaud se soucie
peu à qui plaire ou déplaire. »

Il dit dans l'autre passage :

> Ges pel maltrag qu'en soferi
>
> De ben amar no m' destoli.
>
> Sitot mi ten en desert
>
> Per lieis faz lo son e l rima

« Quelque mauvais traitement que j'aie reçus, je n'ai point
cessé de bien aimer : dès que je suis seul, je fais pour elle
des chants et des vers. »

Le même Redi cite ce vers d'Arnaud :

> Faz moz ca puze d'oli,

« Je fais des vers qui sentent l'huile. » Il les cite pour prouver
qu'il travaillait beaucoup ses vers et qu'ils lui coûtaient
beaucoup de peine ; mais il paraît que ce vers écrit incorrec-
tement par Redi, présente un meilleur sens dans les manuscrits, où on lit :

> Fas motz capus e doli.

c'est-à-dire, je fais des vers, les rabote et les polis. Il n'est
question là ni de lampe ni d'huile.

Pétrarque, comme on l'a vu, a beaucoup loué et souvent
imité Arnaud Daniel. Il lui a encore rendu une autre espèce
d'honneur. Dans une de ses *canzoni* (1), il termine chacune
des cinq strophes ou couplets, par le premier vers d'une
chanson de quelqu'un des poètes qui s'étaient rendus célèbres
avant lui. Il y en a un de *Cino*, un de *Cavalcanti*, un de
Dante ; et celui qui termine la première strophe est celui-ci
de notre troubadour :

> Drez e rason es qu'en ciant endemori (2).

« Il est juste et raisonnable que je chante d'amour. »

Malgré tant de témoignages honorables, l'abbé Millot ne
balance point à mettre la réputation d'Arnaud au nombre
des réputations usurpées. Il tourne contre lui les éloges
mêmes qu'on lui a donnés, et ne trouve ni dans la difficulté

---

(1) *Lasso me, ch'io non so in qual parte pieghi, etc.* Canz. 17.

(2) On lit ailleurs qu'*en ciantant demori*, mais il semble que l'autre leçon vaut
mieux, et qu'*endemori* signifie ici la même chose qu'*innamorato* en italien, et
énamouré en vieux français.

de ses rimes, ni dans celle de ses formes poétiques, ni dans l'obscurité de son style, de quoi justifier cette renommée. Il l'accuse aussi d'une recherche pénible de sentimens et d'idées, et cite plusieurs passages qui appuient ce dernier reproche. Peut-être trouverait-on dans cette recherche même une des causes et de la prédilection que Pétrarque avait pour lui, et de l'affectation qui défigure trop souvent les vers de ce premier des lyriques italiens (1).

G.

ARNAUD DE MARVEIL[(1)],

Poète provençal.

LE château de Marveil où naquit ce troubadour était, selon Nostradamus, dans le diocèse d'Aix-en-Provence, mais les manuscrits provençaux le placent en Périgord, ce qui est plus vraisemblable, puisque cet Arnaud était, selon tous les auteurs qui ont parlé de lui, compatriote d'Arnaud Daniel, et que celui-ci était de Périgord.

Les parens d'Arnaud de Marveil étaient pauvres : il voulut d'abord prendre l'état de notaire ou de *clerc ;* mais les agrémens de sa figure et le talent poétique qui se développa en lui, l'entraînèrent bientôt dans une autre carrière : il se mit à parcourir en chantant les châteaux ou, comme on les nommait alors, les cours des seigneurs du pays. Il s'attacha particulièrement à celle d'Adélaïde de Burlats, vicomtesse de Béziers, femme de Roger II, surnommé Trencavel. Selon l'usage des troubadours, il devint amoureux de la vicomtesse et la célébra dans ses vers, en cachant le nom

---

(1) La vie d'Arnaud Daniel se trouve en provençal dans le ms. n° 7225 de la Bibliothèque royale.

Ses poésies sont dans les mss. de M. de Sainte-Palaye : ms. A, 36, fol. 203 ; *id.* 36, fol. 204 ; *id.* 133, fol. 206 ; *id.* 164, fol. 205 ; *id.* 311, fol. 203 ; ms. B, 112, 13, 14 ; ms. C, 47 ; ms. D, pièce 23 ; *id.* 245 ; *id.* 816 ; ms. E, pièce 16 ; ms. G, 225 ; *id.* 229 ; *id.* 402, ms. S, fol. 86, pièce 216 ; ms. T, p. 39 ; ms. D. 392.

(2) Il est quelquefois nommé *de Marvoil, de Marvelles,* et *de Miroil.* Nostradamus l'appelle *Arnauld de Myrveilh*.

Tome XV.   K k k

d'Adélaïde sous celui de *Belvezer* ou *Belregard*. Mais il avait auprès d'elle un rival dangereux ; c'était un roi, Alphonse roi de Castille. Adélaïde obligée d'opter, garda le roi et congédia le poëte. Arnaud se retira auprès du seigneur de Montpellier. Dans cette cour, il se livra quelque temps à ses regrets, mais la dernière pièce qu'il y composa est toute morale, et fait penser que, soit nécessité, soit raison, il était revenu à la sagesse.

On présume qu'il mourut avant la fin du XIIe siècle; et avant la vicomtesse de Béziers qui mourut en 1201. En effet, il n'est question de cette mort dans aucune des pièces d'Arnaud de Marveil, et, quoique guéri de sa passion pour elle, il n'eût pas manqué d'en parler s'il lui avait survécu.

C'est ce troubadour que Pétrarque désigne dans son triomphe de l'amour par ces mots : *Il men famoso Arnaldo ;* non que ses poésies n'eussent peut-être plus de clarté, de naturel et de tendresse que celles d'Arnaud Daniel, mais seulement parce que sa renommée avait moins d'éclat.

On trouve ses poésies dans les manuscrits 3204,5,6 et 7 de la vaticane, et dans ceux de la bibliothèque royale, n°s 7225 et 7698, et dans un très-grand nombre d'autres manuscrits.   G.

BÉRENGER DE PALASOL,

Poète provençal.

L'abbé Millot, après avoir fait observer, dans l'article de J. Nostradamus intitulé *B. de Parasolz*, la différence totale qui règne entre cet article et la notice que les manuscrits provençaux donnent sur Bérenger de Palasol, conclut qu'on ne peut rien admettre du récit de Nostradamus qu'en supposant un autre poëte de ce nom (il fallait dire *à–peu–près du même nom*), et beaucoup moins ancien. C'est en effet ce qu'on doit supposer ; B. de Parasolz ne paraît avoir aucun rapport avec notre Bérenger. L'un appartient au XIIIe siècle, l'autre au XIIe. Crescimbeni ne les a pas confondus : après avoir traduit la vie du premier, il a fait dans ses *additions* un petit article du second, d'après les manuscrits provençaux. Il le nomme *Berlinghieri di Palazzuolo*, et l'on sait que le *Berlinghieri* des Italiens est le *Bérenger* des Français. Il ne sait, au contraire, si c'est Bertrand ou Bernard que Nostradamus a désigné par l'initiale B. qui précède le nom de Parasolz, et non de Palasol, dans l'article LXXII de ses *vies des poëtes provençaux.* Nous imiterons Crescimbeni, et réservant pour l'histoire du XIIIe siècle Bertrand ou Bernard de Parasolz, nous dirons ici le peu qu'il y a à dire de Bérenger de Palasol.

C'était un chevalier catalan du comté de Roussillon, pauvre mais distingué par ses talens, par sa figure et par sa bravoure. L'objet de son amour et de ses chansons fut Ermesine, femme d'Arnaud d'Avignon et fille de Marie de *Pietralata.* Bérenger est, selon D. Vaissette, dans son histoire de Languedoc, au nombre des troubadours qui fleurirent sous Raimond V, comte de Toulouse. Il ne s'est conservé de lui que quelques chansons d'amour, où l'on reconnaît de la tendresse et du naturel, mais qui n'offrent rien de particulier. On ne sait rien de positif sur l'époque de sa mort, que l'on place cependant vers la fin du XIIe siècle.

G.

BERTRAND D'ALLAMANON L'ANCIEN,

POÈTE PROVENÇAL.

CE Bertrand d'Allamanon, que nous nommons *l'ancien*, pour le distinguer d'un autre troubadour du même nom, et apparemment son petit-fils, ne doit point être séparé de son ami, Geoffroi Rudel. Il était comme lui gentilhomme et fort bon poëte provençal. La terre d'Allamanon dont il était seigneur, située dans le diocèse d'Aix-en-Provence, à une lieue de Sallon et de Senès, s'appelle encore aujourd'hui Lamanon. Son voyage à Tripoli avec son ami Geoffroi est la seule circonstance connue de sa vie. A son retour, il se fit chanoine, ou plutôt moine de Silvecane, (1) où il se ren-

____

(1) Ou Sauve-Cane, abbaye de l'ordre de Cîteaux, au diocèse d'Aix.

K k k 2

ferma pour le reste de ses jours. Il paraît avoir vécu, au moins jusqu'au commencement du XIIIe siècle. Ses poésies, estimées de son temps, se trouvaient parmi celles des autres anciens poëtes provençaux dans la bibliothèque de Robert, roi de Naples et comte de Provence, mort en 1343.

Nostradamus, Hist. de Prov. part. 3, p. 379.

G.

PIERRE DE BOTIGNAC [1],

Poète provençal.

PIERRE DE BOTIGNAC, poëte provençal, était clerc et gentilhomme du château de Hautefort en Périgord, qui appartenait à Bertrand de Born, l'un des plus illustres troubadours du XIIe siècle. Pierre de Botignac se fit connaître par des sirventes et par des satires contre les femmes de mauvaise vie. On en trouve dans le manuscrit 5204 de la Vaticane. Elles sont moins mordantes et moins libres qu'on ne pourrait le croire d'après le sujet. Pierre blâmait et reprenait hautement ces deux défauts dans les sirventes de son seigneur Bertrand de Born (voy. l'art. de ce troubadour).

Fol. 128, v°.

G.

GIRAUD DE SALAGNAC,

Poète provençal.

GIRAUD ou GUIRAUD DE SALAGNAC naquit sans doute dans le château de ce nom, en Périgord ou dans le Limousin. Il était jongleur et très-habile dans son art. Il sut aussi *trouver* des chansons, des discours et des sirventes. On trouve quelques-unes de ses pièces dans le même manuscrit.

Fol. 135 et 180.

G.

---

(1) Crescimbeni l'appelle *Rosignac* et *Rossinac*. (*Giunte alle vite*, etc.)
Ce village qui est dans les environs de Hautefort en Périgord, s'appelle aujourd'hui *Bucignac*.

GAVAUDAN LE VIEUX,

Poète provençal.

Les manuscrits provençaux qui donnent à Gavaudan le surnom de *vieux*, l'appellent sans doute ainsi pour le distinguer d'un autre troubadour aussi nommé Gavaudan, qui était plus jeune ou plus moderne; mais il n'est resté nulle trace des compositions ni de l'existence de ce dernier. Quoiqu'il ne soit non plus parlé de Gavaudan le vieux dans aucun des auteurs qui ont écrit avant l'abbé Millot sur les troubadours, on voit par l'une des pièces qui nous restent de lui qu'il florissait vers la fin du XIIᵉ siècle. Elle fut faite lorsque Saladin eut conquis Jérusalem, et avant que l'empereur Frédéric Iᵉʳ fût parti pour la croisade dont cette conquête fut le motif, c'est-à-dire entre les années 1187 et 1189. Dans ce même temps, les Maures d'Espagne menaçaient aussi les princes chrétiens, et même ils attaquaient le roi de Castille Alphonse IX. C'est à son secours que Gavaudan appelle l'empereur Frédéric Iᵉʳ, le roi de France Philippe-Auguste et le roi d'Angleterre, comte de Poitou; c'était non Henri II, comme dit Millot, mais plutôt Richard-Cœur-de-Lion, qui venait de succéder à son père. Le troubadour prodigue dans ce sirvente les injures les plus grossières aux Sarrasins, qu'il traite de chiens et de charognes faites pour servir de pâture aux milans. C'est contre ceux d'Espagne qu'il exhorte tous les chrétiens à marcher pour ne pas encourir la damnation. Quoiqu'il parle dans sa première strophe de la prise de Jérusalem, il veut que les Portugais, Galiciens, Castillans, Arragonais, se soulèvent quand ils verront s'avancer à leur secours Allemands, Anglais, Bretons, Angevins, Béarnais, Gascons et Provençaux; il marchera lui-même avec eux, et soyez sûrs, dit-il, qu'avec nos épées, nous trancherons la tête à ces misérables.

Cette brusque franchise de style n'était pas toujours le caractère des poésies de Gavaudan. Il se faisait quelquefois gloire d'être obscur; il fait à dessein *un poëme clos et couvert, pour éprouver ceux qui ont l'esprit ouvert ou bouché,* et il se

moque des ignorans qui baient et musent dans l'embarras
où les jette ce qui est trop savant pour eux. Il dit dans une
autre pièce, qu'il ne ressemble pas aux autres troubadours ;
que ce qui donne du prix à ses vers, c'est que sur mille il
n'y en aura pas dix qui puissent retenir le sens de ce qu'il va
dire. Mais dans cette pièce même où il s'emporte contre
toutes les femmes, à l'occasion d'un trait de fausse amitié
qu'il reproche à sa maîtresse, il ne parle quelquefois que trop
clairement, car il emploie les mots les plus obscènes.

Soit qu'il eût accusé faussement cette maîtresse, soit qu'il
se fût ensuite raccommodé avec elle, il composa sur sa mort
une complainte où l'on trouve l'expression d'une douleur
vraie et le ton du sentiment. On a aussi de lui deux *pas-
tourelles*, ou espèces d'églogues, qui ne manquent pas de

*La Savieza Sala-
mos.* naïveté. La bergère parle dans l'une de la sagesse de Salomon
et s'autorise dans l'autre de la faiblesse d'Eve pour excuser la
sienne. Ce sont des traits conformes à l'esprit du temps.

Les poésies de Gavaudan le vieux se trouvent principalement dans le manuscrit **7226** de la bibliothèque royale.

G.

LA COMTESSE DE DIE,

Poète provençale.

*Hist. Litt. t. XIII,
p. 472.* Nous avons parlé de la comtesse de Die à l'article de Rambaud d'Orange. Il y eut deux comtesses de ce nom, toutes
deux poëtes et toutes deux aimées et chantées par deux troubadours provençaux. On ne peut que conjecturer ce que ces
deux comtesses étaient l'une à l'autre. Il paraît que c'était la
mère et la fille. Rambaud d'Orange, amant de la première,
étant mort vers 1173, on peut croire que ce fut alors qu'elle
épousa Guillaume de Poitiers. Elle lui apporta le comté de
Die, dont elle garda le titre, selon l'usage du temps, et ce
titre passa même à sa fille. C'est dix-sept ans après, en 1190,
que l'on place la mort de Guillaume Adhémar, amoureux de
la jeune comtesse. Rien de plus naturel que le goût hérédi-

taire de la fille pour la poésie et pour les poètes; rien aussi qui le soit plus que cette visite de la mère et de la fille chez le troubadour mourant, et le soin que prit la première de lui faire élever un tombeau, et d'y faire graver des vers à sa louange, prouve suffisamment l'estime qu'elle avait pour les talens poétiques, et ceux qu'elle possédait elle-même.

Nostradamus dit que celle qui fut aimée de Guillaume Adhémar était l'une des dames présidant la cour d'amour de Signa et de Pierrefeu. On trouve en effet, dans la liste de ces dames, une comtesse de Die; mais il est plus vraisemblable que c'était la mère, celle qui fut aimée de Rambaud d'Orange. Sa fille, qui mourut de chagrin dans un couvent de Tarascon, peu de temps après la mort d'Adhémar, était trop jeune, et, n'étant pas mariée, ne pouvait sans doute présider ce grave tribunal.

Voy. ci-dess. dans la vie de Geoffroi Rudel.

C'est de la première comtesse de Die que sont les quatre pièces de vers que l'on trouve dans quelques manuscrits. Il ne s'est rien conservé de la seconde. Nostradamus dit qu'elle avait composé depuis sa retraite un traité de la Tarasque, en rimes provençales. La Tarasque était un mannequin en forme de poisson, qu'on promenait en certains jours dans la ville de Tarascon, et dont un homme caché en dedans mettait la queue en mouvement; mais on ne sait ce qu'est devenu ce traité.

Nᵒˢ 3204 et 3207 de la Vaticane.

Lo Tractat de la Tharasca.

G.

GUILLAUME DE BALAUN,

OU BALAZUN,

ET PIERRE DE BARJAC,

Poètes provençaux.

LE premier de ces deux troubadours était un noble châtelain du pays de Montpellier, et le second un simple chevalier. Ils étaient intimes amis, tous deux aimables et galans, et cultivaient ensemble la poésie et les dames. Guillaume de Balaun était devenu amoureux de Guillelmine, dame de Joviac, dans le Gévaudan, et ayant réussi auprès d'elle, Pierre de Barjac voulut la connaître, et accompagna son ami dans une de ses visites au château de Joviac. Il y trouva une jeune dame appelée Viernette, femme du ravisseur d'un petit fief des environs, et intime amie de Guillelmine : il l'aima, s'en fit aimer, et pendant quelques temps les deux chevaliers furent également heureux. Mais Viernette se brouilla avec son amant. Barjac cessa de l'aller voir, et lui adressa un sirvente, dans lequel il lui déclare qu'elle peut faire choix d'un autre amant, et qu'il lui en a donné l'exemple en prenant une autre maîtresse. Mais ils se sont fait des sermens mutuels ; peuvent-ils les rompre sans crime? Voici le parti qu'il lui propose. « Adressons-nous, dit-il, à un prêtre : vous me donnerez votre absolution, vous recevrez la mienne ; et nous pourrons ainsi loyalement former de nouvelles amours. » Pour bien sentir tout ce que prouve contre les mœurs du siècle cette proposition de l'intervention d'un prêtre dans une pareille affaire, il ne faut pas oublier que Viernette était mariée, ainsi que la dame de Joviac.

Balaun s'entremit dans cette brouillerie et parvint à raccommoder les deux amans. Barjac trouva tant de plaisir dans ce raccommodement, qu'il assura à son ami qu'une réconciliation vaut mieux en amour que les premières faveurs. Guillaume de Balaun voulut en faire l'épreuve, et sur le plus léger prétexte, ou même sans en chercher, il rompit avec sa dame, cessa de la voir, refusa de répondre à ses lettres, même à l'ambassade qu'elle lui fit d'un chevalier confident de leurs amours, et ce qui est bien plus extraordinaire, il repoussa même ses prières dans une visite nocturne où elle ne craignit point de s'abaisser jusqu'à tomber à ses genoux. La dame de Joviac se lassa enfin de ce rôle humiliant ; elle devint fière à son tour : alors Guillaume changea de rôle et devint suppliant à son tour. Guillelmine se donne le plaisir de rejeter pendant un an ses prières, ses supplications et ses vers. Enfin, un ami commun, le chevalier Bernard d'Anduse, rendit à Balaun le même service que Balaun lui-même avait rendu à Barjac : il le fit rentrer en grace ; mais ce fut à une condition sévère. Elle exigea que le coupable s'arrachât l'ongle du plus long doigt de la main droite, et qu'il vînt le lui offrir avec une chanson qu'il aurait composée exprès. Crescimbeni conjecture qu'elle avait voulu par là le mieux punir, parce qu'il jouait avec beaucoup d'habileté d'un instrument à cordes, et qu'il le touchait sur-tout avec cet ongle. Balaun se trouva trop heureux d'en être quitte à si bon marché : il se fit arracher l'ongle par un chirurgien, fit la chanson exigée ; et conduit par Bernard d'Anduze, alla déposer cet hommage aux pieds de la dame de Joviac. A ce spectacle, elle fond en larmes, pardonne et récompense. Balaun avoua ensuite à son ami Barjac qu'il ne l'avait point trompé. La chanson qui lui avait été prescrite s'est conservée : elle commence par ces vers :

> Mon vers mov merceyan vas vos
> Ma chanson va vers vous en demandant merci.

C'est la seule qui nous reste de ce troubadour, que don Vaissette compte parmi les poëtes provençaux du XIIe siècle, sous le bon comte de Toulouse Raymond V.   G.

GUILLAUME DE SAINT-DIDIER[(1)],

Poète Provençal.

GUILLAUME DE SAINT-DIDIER, riche gentilhomme du Velai (2), ne se distingua pas seulement par les talens et les dons de l'esprit ; il s'acquit l'estime publique par ses qualités civiles et militaires. Il fut amoureux d'Adélaïde, marquise de Polignac, ou comme l'écrit Nostradamus, de Poullignac, sœur

---

(1) Il est appelé par Nostradamus *Guilhem de Sainct-Desdier*, et dans différents mss. de la Vaticane *Guillems de Saint-Leidier, di Sain-Leisder, de San-Disder*. Crescimbeni en rapportant ces variantes dans une note sur la vie de ce troubadour, croit qu'elles signifient toutes en Italien *sant Isidoro,* qu'on a ensuite appelé *sant' Isidero*. Cependant comme plusieurs provençaux lui ont affirmé que tous ces noms signifient en Italien *San Desiderio,* il conserve ce nom à Guillaume dans sa traduction.

(2) Nostradamus dit *de Vellay ;* Crescimbeni, *de Veilac* ou *Vellai ;* Millot le dit « un riche châtelain de Veillac (ou Noaïllac, ajoute-t-il) dans l'évêché du Puy-Sainte-Marie ». C'est d'après le ms. 3204 de la Vaticane, fol. 62, que Crescimbeni a ainsi cité dans une note.

du Dauphin d'Auvergne et de Nassale de Claustral ou de
Claustre, dont il est parlé dans la vie de Pierre de la
Vernègue (1). Saint Didier composa plusieurs chansons à la
louange de la marquise; pour dérober à son mari la connaissance de leur amour, il la nommait Bertrand dans ses
vers, et ayant donné ce même nom à l'un de ses plus intimes
amis, appelé Hugues Mareschal, c'est à lui qu'il adressait ses
chansons.

Nostradamus, et d'après lui Crescimbeni, rapportent ainsi
la fin de cette aventure. Hugues sachant tous les secrets
de Guillaume, entreprit de le faire chasser de cette cour,
croyant, par ce moyen, prendre sa place auprès de la
marquise. Son projet ne réussit qu'à moitié. Guillaume
fut, à la vérité, contraint de s'éloigner, et de se retirer en
Provence, auprès du roi d'Arragon, Ildephonse ou Alphonse
Ier, où il mourut en 1185; mais Adélaïde voyant la trahison
et la témérité de Hugues Mareschal, le chargea d'aller recevoir son revenu dans quelqu'une de ses terres, et il y fut
tué par les paysans, sans que l'on ait jamais su pourquoi.

T. III, p. 120.
L'abbé Millot, d'après un ancien manuscrit provençal,
raconte très-différemment et moins tragiquement la chose.
Selon lui, la liaison secrète de Guillaume avec Adélaïde
durait depuis long-temps sans qu'il eût rien obtenu d'elle.
Enfin elle lui déclara qu'il n'en obtiendrait jamais rien si
le vicomte son mari (2) ne la priait et ne lui commandait
de le prendre, lui Guillaume, pour chevalier et pour serviteur. Il s'occupa aussitôt des moyens de remplir cette condition. Il composa une pièce de vers où il faisait parler un
mari intercédant auprès de sa femme en faveur d'un chevalier
amoureux. Ses chansons plaisaient beaucoup au vicomte,
qui, dit naïvement le biographe provençal, les chantait lui-
même fort bien. Guillaume l'alla donc trouver et lui récita
la chanson qu'il venait de faire. Le vicomte la trouva plaisante,
l'apprit et l'alla chanter à sa femme. Elle se ressouvint de la
parole qu'elle avait donnée à Guillaume, et voyant qu'il

---

(1) Selon la notice de ce même ms. provençal, ce ne fut point de la sœur de
Nassale de Claustre, mais de Nassale elle-même que Guillaume fut amoureux. Voy.
sur cette dernière la vie de Pierre de la Vernègue, ci-dessus, p. 25.

(2) Suivant un usage des grandes maisons de ce temps, Adélaïde avait gardé son
titre de marquise, quoique son mari portât celui de vicomte de Polignac.

avait rempli la condition qu'elle lui avait prescrite, elle l'accepta, comme elle l'avait promis, pour son chevalier et serviteur.

Leurs amours durèrent long-temps; mais elles finirent par une infidélité scandaleuse.

Le troubadour cachait son bonheur avec beaucoup de discrétion, et se montrait souvent dans le monde occupé de toute autre dame que de la sienne. Il l'était sur-tout de la comtesse de Roussillon, dont la beauté et le mérite attiraient les hommages des plus braves chevaliers : il la louait et la vantait à tout propos; elle le voyait de bon œil. Peut-être devint-il moins assidu auprès de la marquise : elle en fut jalouse et crut aux bruits qui couraient sur Guillaume et sur la comtesse. Décidée à se venger, elle mande Hugues Mareschal, lui déclare qu'elle l'a choisi pour son vengeur et pour son chevalier. « Je veux, dit-elle, aller en pélerinage à St. Antoine de Viennois; nous passerons chez Saint-Didier, et nous y coucherons dans sa chambre et dans son propre lit. « Hugues, d'abord très-surpris, accepte : ils partent, et non pas secrètement; la marquise avait avec elle ses dames et demoiselles, suivies de plusieurs chevaliers. Guillaume était absent; elle n'en est pas moins bien et moins honorablement reçue dans son château. On la sert comme elle le desire; enfin elle passe la nuit avec Hugues dans le lit même de Guillaume. La nouvelle s'en répandit bientôt dans le pays : Guillaume en fut aussi affligé que confus, mais il prit le sage parti que conseille un poëte comique,

> L'éclat est pour le fou, la plainte est pour le sot;
> L'honnête homme trompé s'éloigne, et ne dit mot.

il se livra entièrement à la comtesse de Roussillon et se détacha de la marquise.

L'abbé Millot observe en finissant que l'historien provençal aurait dû nous apprendre quelle fut la conduite du mari après cette aventure. Nous observerons à notre tour que ce second dénouement d'une intrigue coupable dès son origine, mais long-temps couverte du voile de la décence, paraît moins vraisemblable que le premier. Les précautions prises pour cacher cette liaison d'amour depuis ses premiers temps, malgré la crédule simplicité du mari, ne s'accordent point avec l'effronterie d'une femme capable de mettre cette sorte de publicité dans un acte de coquetterie et de libertinage. Ajoutons que cette

même aventure ou du moins une toute semblable, se trouve
dans la vie d'un autre troubadour, Gaucelm Faidit, comme
nous le verrons à son article; et ce qui n'est peut-être pas
indifférent, c'est que le chevalier choisi par la dame pour être
le héros de la fête, supérieur en naissance à Hugues Mareschal, s'appelle Hugues comme lui; il peut y avoir ici confusion, et il est surprenant que l'abbé Millot ne se soit pas
aperçu lui-même qu'il y a au moins double emploi.

Voy. Millot, t. I,
p. 365.

T. III, p. 126.

Il reproche à Don Vaissette, historien du Languedoc d'être
tombé dans quelques erreurs au sujet de Guillaume de Saint-
Didier. La principale, et il n'en cite pas d'autre, est de le
compter parmi les troubadours du XIIe siècle. Pour prouver
qu'il vivait bien avant dans le XIIIe, il allègue une pièce du
recueil de Guillaume, où le poëte dit qu'il voudrait que le
roi d'Angleterre et son frère Richard allassent combattre
les païens, c'est-à-dire les Musulmans, et ajoute que ceux
qui voudront montrer leur valeur doivent aller en Castille
auprès du roi Alphonse, continuellement occupé à détruire
leur puissance. Or, dit l'abbé Millot, le seul Roi d'Angleterre
de ces temps-là qui eût un frère nommé Richard est Henri
III (1), dont le règne commence en 1216, et depuis cette époque,
le premier roi de Castille nommé Alphonse est Alphonse X
qui ne monta sur le trône qu'en 1252, et ne fit la guerre aux
Maures qu'en 1256. Ces objections paraissent fortes, mais il
les détruit lui-même à la fin de son article. « Crescimbeni,
dit-il, parle d'un fils de Guillaume de Saint-Didier, nommé
Gausserand, troubadour comme son père, et qui égala les
poëtes les plus renommés de son temps... Une note de nos
manuscrits fait mention de Gausserand et de ses amours,
mais le suppose fils de la fille (petit fils) de Guillaume de
Saint-Didier; ses ouvrages ont été vraisemblablement confondus avec ceux de son père. On lit à la tête du manuscrit :
*Poésies de Guillaume de Saint-Didier ou Gausserand de Saint-
Didier.* En ce cas, la critique sur l'historien du Languedoc,
faite d'après M. de Sainte-Palaye, pourrait être moins solide
si l'on attribuait à Gausserand la pièce historique dont j'ai

Ubi supr. p.

parlé. » Il ne nous paraît pas douteux qu'il ne faille attribuer

---

(1) Henri, fils de Henri II, couronné roi d'Angleterre du vivant de son père,
décédé l'an 1183, eut aussi un frère nommé Richard duc d'Aquitaine, puis roi d'Angleterre. Ne peut-on pas supposer que c'est d'eux qu'il est question dans la pièce
citée par Millot?

cette pièce à Gausserand, puisqu'il y en a de lui dans ce recueil, et puisqu'elle est la seule qui contredise sur l'époque de l'existence de Guillaume son père, je ne dirai pas Nostradamus et Crescimbeni, mais Don Vaissette, historien, dont on connaît la saine critique et la scrupuleuse exactitude.

Crescimbeni parle en effet dans ses additions aux vies des poëtes provençaux de ce Gausserand qu'il nomme *Galserano* ou *Alserano di San Desiderio*. Il n'en dit que peu de chose, et seulement que c'était le fils de Guillaume de Saint-Didier, qu'il devint amoureux de la comtesse de Vianes, fille de Guillaume, marquis de Montferrat ; et qu'il fit de fort belles chansons que l'on trouve dans un manuscrit de la Vaticane, où est aussi cette courte notice. C'est comme l'observe Millot, la comtesse de Viennois et non pas de Vianes qu'il fallait dire. Il ajoute que c'est Béatrix, femme de Guigues-André, dauphin de Viennois, mort en 1237, laquelle conserva toujours le titre de comtesse. Mais en fixant ainsi l'époque où florissait Gausserand, comment n'a-t-il pas vu qu'il rejetait nécessairement à la fin du XIIe siècle celle où Guillaume père de ce Gausserand florissait lui-même, et où, sans doute avant d'avoir épousé la femme dont il eut ce fils, il était amoureux de la marquise de Polignac, et menait la vie errante et libre de troubadour ? Si c'est la note des manuscrits provençaux citée par Millot qu'il en faut croire, et si Gausserand, qui aima la comtesse de Viennois, n'était que petit-fils de Guillaume, cela recule encore d'une génération dans le XIIe siècle l'existence de ce dernier.

Il ne faut pas un grand effort de critique, ou même de simple raison pour rejeter au rang des fables ce que dit Nostradamus de l'art que Guillaume possédait d'interpréter les songes. Selon cet historien, il en interpréta un que fit la marquise, et qui lui prédisait ce qui devait leur arriver à tous deux par l'envie et la trahison de Hugues Mareschal.

Le même Nostradamus dit que Saint-Didier avait mis les *fables d'Esope* en rimes provençales, et qu'il fit aussi un beau traité *de l'escrime,* qu'il adressa au comte de Provence. L'abbé Millot ne parle pas de ces deux ouvrages. La Croix du Maine et du Verdier disent que 400 ans après la mort de notre auteur, un autre gentilhomme du même surnom, de même qualité et de même pays, a écrit un livre sur l'escrime. C'est Henri de Saint-Didier ; et dans l'article qui le concerne, il n'est point fait mention de Guillaume.

Giunta alle vite de' poeti provenzali, t. II de son histoire de la poésie vulgaire, p. 186.

N° 3204, p. 127, v°.

Las Fables d'Esop.

V. La Croix du M.
Bib. p. 116, et du
Verdier, p. 542.
Nostradamus,Hist.
de Prov., part. 3,
p. 379.

Les poésies de ce dernier étaient dans un des manuscrits de la bibliothèque du roi Robert. Dans la lettre grise du manuscrit **7225** de la bibliothèque Royale, où se trouvent neuf de ses chansons, il est peint à cheval, la lance en main et tenant un écu de gueules de trois tourteaux d'argent joints par une barre qui traverse et une autre qui descend en forme de T. (1)   G.

(1) D. Vaissette, Hist. de Languedoc, t. III, p. 97 et 98. Les autres mss. qui contiennent les poésies de Guillaume sont les 3,204, 5, 6, 7 et 8 de la Vaticane, il y en a aussi avec sa vie dans les mss. provençaux de la Laurentienne (*pluteo* 41). Dans les mss. de Sainte-Palaye, elles se trouvent ms. R, fol. 49 v. L. C., fol. 108, 187 ; D, 285 ; K, 288 ; G, 208 ; D, 295 ; G, 209, 348.

PEYROLS D'AUVERGNE,

Poète provençal.

Ox a souvent confondu ce troubadour avec Pierre d'Auvergne. Nostradamus, qui était sans doute dans cette erreur,

Vies des poët. provençaux.

Giunte alle vite de' poet. provenç.

a fait une vie de Pierre et n'a rien dit de Peyrols. Crescimbeni les a fort bien distingués dans une des notes ajoutées à sa traduction de cette vie de Pierre d'Auvergne ; et il a ensuite consacré un article à Peyrols qu'il nomme à l'italienne *Pieruolo*, dans ses *additions aux vies des poètes provençaux*, article extrait d'un manuscrit du Vatican N° 5204, fol. 42.

Peyrols était un chevalier sans fortune, né au château de Peyrols, au pied de Roquefort dans l'apanage du dauphin d'Auvergne Le dauphin prévenu en sa faveur par une figure agréable, par des manières douces et polies et par des talens poétiques qui s'annoncèrent de bonne heure, prit soin de lui, et pourvut avec magnificence à son équipage de chevalier. Il poussa plus loin les preuves de l'intérêt qu'il prenait à lui. Peyrols, comme tous les troubadours, fit choix d'une beauté qu'il pût célébrer dans ses vers ; et ce choix se fixa sur une sœur du dauphin lui-même. Elle avait épousé Beraud

de Mercœur, grand baron d'Auvergne, sans doute après qu'il
eût perdu sa première femme Azalaïs, comme on le voit
dans l'article de Pons de Capdueil. Le dauphin encouragea
Peyrols dans cette passion, le servit auprès de sa sœur, et
porta ses bons offices jusqu'à favoriser entre eux la liaison la
plus intime. Mais cette liaison eut enfin trop d'éclat. Les
mœurs du temps et le mari lui-même l'auraient permise, si
Peyrols eût été un plus grand seigneur, mais il y avait scandale puisqu'il n'était qu'un simple chevalier. Il fut désavoué
par son protecteur, rejeté avec mépris par la dame dont il
n'avait pas tenu les faveurs assez secrètes, et réduit à chercher fortune ailleurs.

Il se consola par d'autres amours et mena long-temps une
vie déréglée, dont on voit des traces dans plusieurs de ses
tensons, sortes de combats poétiques entre deux interlocu-
teurs réels ou fictifs sur des questions d'amour et de galanterie. Peyrols y soutient toujours le parti de la légèreté en
amour et du libertinage.

Il sortit enfin de ces déréglemens pour se jeter avec ardeur dans les fatigues et les dangers de la troisième croisade. Avant de partir, il composa une de ses plus jolies pièces;
c'est un dialogue entre l'amour et le poëte. L'amour lui
reproche d'avoir renoncé à lui et aux chansons : Peyrols se
défend. Il aime encore, mais sagement. Il suivra l'exemple
de tant d'autres qui pleurent en Syrie leurs maîtresses. Les
affaires de la croisade se trouvent ici mêlées avec celles de
l'amour : « ce n'est pas vous, lui dit l'amour, qui chasserez
de la tour de David les Turcs et les Arabes; ne songez qu'à
chanter et à aimer.

> Peyrols, Turc ni Arabit
> Ja pel vostr' envazimen
> No laisseron tor David :
> Bon cosselh vos don e gen
> Amatz et cantatz soven.

Que voulez-vous aller faire à la croisade, quand les rois
n'y vont pas eux-mêmes? voyez comme ils s'occupent d'autres
guerres, et comme les barons cherchent aussi d'autres prétextes pour se dispenser de partir. » Mais Peyrols persiste; il
prie Dieu de le conduire à la Terre-Sainte, et de mettre bientôt la paix entre les deux rois, c'est-à-dire entre ceux de France
et d'Angleterre. Ce qui fait voir que cette chanson fut faite

avant que Philippe-Auguste et Richard-Cœur-de-lion, cessassent de se faire la guerre pour entreprendre leur fatale expédition en Palestine.

Il paraît que Peyrols y resta lors même que les deux rois n'y étaient plus. On le voit par une pièce qu'il composa sur les lieux mêmes, et dans laquelle il déplore l'état où sont restées après eux les affaires des chrétiens; puis qu'il a vu le fleuve et le monument, c'est-à-dire le Jourdain et le Saint-Sépulcre.

Pus flum Jordan ai vist e'l monimen, etc.

Il rend graces à Dieu et il oublie tous ses maux. Cependant il veut retourner en hâte à Marseille et ne demande à Dieu que bonne mer, bon vent, bon navire et bon pilote. Il dit adieu aux villes d'Acre, de Sour et de Tripoli, aux sergens et aux hospitaliers. « Le monde, dit-il, va en décadence; il avait de bons rois et de bons maîtres dans les personnes de Richard et du roi de France, (ils étaient alors retournés en Europe), Montferrat avait un bon marquis (il avait été tué en Syrie), et l'empire un empereur glorieux, (Frédéric Ier qui s'était noyé, non dans le Cydnus, comme on le croit communément, mais dans le Calycadnus); mais ceux qui sont à leur place, comment se comporteront-ils? Seigneur Dieu, ajoute le poëte, *si vous m'en croyiez,* vous prendriez bien garde à qui vous donneriez les empires, les royaumes, les châteaux et les tours; car plus les hommes sont puissans, moins ils vous honorent. J'ai vu l'empereur faire un serment et ensuite se parjurer. Vous empereur (c'était sans doute Henri VI), Damiette vous attend, et la tour blanche pleure votre aigle qui en fut chassé par un vautour (1). Bien est lâche l'aigle qui se laisse prendre par tel oiseau ».

Peyrols de retour en France, se maria à Montpellier, où l'on croit qu'il mourut peu de temps après, c'est-à-dire vers la fin du XIIe siècle. On a conservé de lui vingt-quatre ou vingt-cinq chansons galantes et cinq tensons. Ces pièces se trouvent principalement dans le manuscrit du Vatican, n° 5204 et dans le n° 7226 de la bibliothèque Royale.

G.

---

(1) L'auteur fait ici allusion à l'incartade de Richard-Cœur-de-lion, qui après la prise de St-Jean-d'Acre, fit arracher et jeter dans un cloaque le drapeau que le duc d'Autriche avait arboré sur une des tours de la ville, au rapport de l'historien Rigord.

PIERRE RAYMOND,

Poète provençal.

L E poëte de ce nom, dont parlent les notices des manuscrits provençaux, et celui dont Nostradamus a donné la vie, semblent deux hommes différens ; ce n'est pas une raison de croire qu'en effet il y en a deux, mais que Nostradamus dans cette vie, comme dans la plupart des autres, ne s'est soucié ni des anachronismes ni des contradictions.

Selon les manuscrits, Pierre Raimond fut simplement fils d'un bourgeois de Toulouse ; il était sage et spirituel, se fit jongleur dans sa jeunesse, sut *bien trouver* et *bien chanter,* et fit de très-bonnes chansons. Il passa la plus grande partie de sa vie à la cour d'Alphonse II, roi d'Arragon, (mort en 1196) ou à celle du bon comte Raimond V, ou enfin auprès de Guillaume VIII, seigneur de Montpellier (mort en 1202). Vers la fin de ses jours, il se maria à Pamiers, où il mourut.

Le récit de Jean Nostradamus, tout différent qu'il est, ne contredit celui-ci que dans sa dernière partie. Nostradamus donne à Pierre Raimond le surnom de *lo Proux,* le Preux, le brave. Selon lui, en effet, « il était preux et vaillant au fait des guerres. » Il passa en Syrie avec l'empereur Frédéric, où il composa plusieurs belles chansons qu'il adressait à Jausserande del Puech, d'une noble et ancienne maison de Toulouse. L'une de ces chansons commençait par ces quatre vers :

> Vergiers, ni flors, ni pratz
>
> Non m'an fach Cantador
>
> Mas per vos qu'yeu ador,
>
> Domna, soy allegratz.

Une autre commençait par cette strophe de sept vers :

> Enquera m vai recalivan
>
> Lo mals d'amor qu'avi antan ;
>
> Qu'una dolor mi sent venir
>
> Al cor, d'un angoyssos talan,
>
> E'l metges que m pogra guerir
>
> Vol me per traitura tenir (1),
>
> Aissi cum l'autre metge fan.

(1) On lit ailleurs *diète tenir,* mais *traitura* traitement est dans tous les manuscrits.

Tome XV.   M m m

Cette chanson est dans nos manuscrits, ce qui prouve l'identité du troubadour, dont ils contiennent les poésies, avec celui de Nostradamus. L'abbé Millot trouve cette idée basse; mais il paraît avoir pris avec trop de simplicité le mot *diète* dans le sens propre. « Les maux que je souffrais, dit le poëte, se sont accrus au point que j'ai senti naître dans mon cœur une douloureuse angoisse. Le médecin qui peut me guérir me veut tenir à la diète, comme font les autres médecins; je veux bien, ajoute-t-il, me soumettre à cette diète, mais je crois qu'à la fin elle me tuera. » Ni l'idée, ni même l'expression n'ont rien de bas dans ce genre de poésies; elles n'ont même rien de trop libre, vu la licence qui régnait alors; mais on aurait plutôt à y reprendre la liberté que la bassesse.

Rien n'empêche non plus que Raimond, après son retour de cette croisade, ne soit devenu amoureux d'une dame de la maison de Codollet, comme Nostradamus le dit d'après le moine des îles d'Or. Selon eux, il fit pour elle une fort belle chanson qui commence ainsi :

> Amors si ton poder es tal
> Ensins que cad' un ho razona.

Et dans laquelle, suivant l'expression de Nostradamus, il décrit par une infinité d'historiettes, tous ceux qu'amour a mis sous son pouvoir. Il en fit encore une autre, dont voici les premiers vers :

> Non es savy ny gayre ben après
> Aquel que blayma amors e mal en ditz ;
> Quar el sap ben donar gaug als marritz
> E lous autres lous fay tournar courtès.

C'est là qu'il dit que bienheureux soit le temps et le jour et l'an et le mois qu'il fut blessé au cœur par les beaux yeux de celle dont il ne veut plus se séparer.

> Ben aia 'l temps, e'l jorn, e l'an, e'l mes
> Que 'ls dolz cors gais, plagenter, gent norritz,
> Me saup ferir el cor d'un dolz esgar
> Don ja no'm voil despartir ni sebrar.

Passage que Pétrarque a imité dans son 40e sonnet :

> *Benedetto sia 'l giorno, e'l mese, e l'anno,*
> *E la stagione, e'l tempo, e l'ora, e'l punto,*

E 'l paese, e 'l loco ov 'io fui giunto
Da duo begli occhi che legato m'anno.

Enfin Nostradamus dit que Raimond a écrit un traité contre l'erreur des Ariens et aussi contre la tyrannie des princes, et même sur ce que les rois de France et les empereurs se sont laissé assujettir aux curés, c'est-à-dire aux prêtres ou évêques. Par *Ariens* il faut entendre les hérétiques Albigeois, ainsi nommés dans le midi de la France.

Tout ce qu'ajoute l'historien des troubadours est un tissu de contradictions. Raimond, dit-il, florissait au temps de l'empereur Frédéric II, et mourut en 1225 ; ce qui ferait croire que ce fut avec Frédéric II qu'il était passé en Palestine ; et cependant cet empereur n'y alla qu'en 1228 ; mais il est probable que si notre poëte fit en effet ce voyage, ce fut avec Frédéric Ier, c'est-à-dire en 1189 ou 90. Il est certain, d'après les manuscrits originaux, qu'il florissait dans le XIIe siècle ; et c'est vers la fin de ce même siècle que l'on peut raisonnablement placer sa mort.   G.

Contra l'errour dels Arians.

PIERRE ROGIERS,

Poète provençal.

CE poëte est encore un de ceux au sujet desquels on ne trouve dans Nostradamus que des faits altérés ou des anachronismes. Au lieu de les relever minutieusement, il vaut mieux s'en tenir au récit très-court et très-simple que fournissent les manuscrits provençaux. Pierre Rogiers était un gentilhomme d'Auvergne qui commença par être chanoine de Clermont ; il s'ennuya de sa prébende et se fit jongleur, puis troubadour ; il était bien fait et savant, et joignait à ces belles qualités beaucoup de justesse et de bon sens naturel. En parcourant les cours où les talens étaient bien accueillis, il arriva à celle d'Ermengarde, vicomtesse de Narbonne, qui avait succédé à son père Aimery II, tué en Espagne en 1134 en combattant contre les Sarrasins. Elle gouvernait avec beaucoup de sagesse, et tenait une cour brillante. Elle fit un accueil favorable à Pierre Rogiers, goûta ses poésies et ses chants, et le combla de biens. Le troubadour, d'abord reconnaissant, ne se défendit pas d'un sentiment plus tendre ; il célébra la vicomtesse dans ses chansons sous le nom peu harmonieux de *Tort-n'avez*, pour exprimer la haute opinion qu'elle avait donnée d'elle par sa manière de gouverner.

> Mon *tort n'avetz* en Narbones
> Man salutz, sitot luenh s'estai.

Ermengarde ne fut point ingrate, sa réputation en souffrit ; elle prit le parti que les grandes dames prenaient toutes en pareil cas : elle congédia Rogiers, qui alla la regretter à la cour de Rambaud d'Orange, prince troubadour, célèbre par ses galanteries autant que par ses vers. Pendant le séjour qu'il fit auprès de Rambaud, il lui adressa un sirvente où il déclara qu'il n'y est venu que pour savoir à quoi s'en tenir sur la réputation équivoque dont ce prince jouissait dans le monde (1). Est-il amant? est-il mari? il pourrait bien être l'un et l'autre. C'est s'y bien prendre pour réussir dans le monde, que d'être sage ou fou selon les temps.

De la cour d'Orange, où il paraît qu'il resta quelque temps, Pierre Rogiers se rendit à celle d'Alphonse III, roi de Castille, ensuite à celle d'Alphonse II, roi d'Arragon et comte de Provence, d'où il revint à Toulouse, où régnait encore le bon comte Raimond V. Enfin las de cette vie errante, il entra dans l'ordre de Grammont, où il mourut vers la fin du XIIe siècle.   G.

(1)   Senher Raymbaut per vezer, etc.

PONS DE LA GARDA,

POÈTE PROVENÇAL.

ONZE chansons galantes de ce troubadour ont été conservées, et cependant on ne sait rien de sa naissance ni des circonstances de sa vie ; ni Nostradamus, ni Crescimbeni, ni les historiens de Provence et de Languedoc, n'en ont parlé. On est réduit à chercher quelques renseignemens dans ses chansons qui n'ont d'ailleurs rien de remarquable, si ce n'est quelques traits de naïveté, comme lorsque le poëte dit à sa maîtresse qu'elle est la plus belle après Dieu (1). Tout ce qu'on y trouve relativement à sa patrie, ou plutôt au pays où il vivait, c'est qu'il fréquentait les dames de Toulouse et de Nîmes ; à l'égard du temps où il florissait, on voit seulement qu'il nomme une comtesse de Burlats qui vivait vers la fin du XIIᵉ siècle.

On trouve plus communément dans les sirventes ou pièces satiriques de ces traits qui peuvent servir à fixer les dates. Il en reste un de Pons de la Garda, mais où il n'y a que des traits généraux qui conviennent à plusieurs de ces siècles où la corruption était égale à la crédulité. Le poëte déclare d'abord qu'il a un grand desir de faire un sirvente, et qu'il le fera si Dieu veut le bénir ; puisqu'il voit que tout le monde devient à rien, et qu'aucun homme ne peut plus se fier à un autre (2). Il censure donc les gens d'église qui pardonnent tous les crimes pour de l'argent, commettent eux-mêmes tout ce qu'ils reprennent dans les autres, et vivent à-la-fois comme des renégats et comme des voleurs (3) ; il n'est pas moins scandalisé de la conduite des gens de justice, et ne fait pas plus de grace aux marchands, en qui il ne voit que pillerie et mauvaise foi. Enfin tout le monde met le vrai Dieu en oubli, et fait son Dieu de l'argent ; personne ne songe à se repentir ; il le faudra cependant bientôt, car chaque jour on approche de la fin du monde : il en a vu un présage certain dans une pluie de terre et de sang (4) : on devrait donc bien y penser, se confesser et changer de vie.

Millot, t. III, p. 311.

Cette pièce, la seule de ce poëte qui ait quelque intérêt,

(1)   E la genser es sot Deu.

(2)   D'un sirventes a far ai gran talen
   E farai lo si Dieus me benezia,
   Quar tot lo mon vey tornar en nien
   Que negus hom l'us en l'autre no s fia.

(3)   E devedon renoû e raubaria.

(4)   Quar quascun jorn propcham del fenimen
   Per que quascus cofessar se devria,
   Quar gran signe en vi antan un dia
   Que ploc terra e sanc verayamen.
   Per so degram aver bon pessamen, etc.

quoiqu'elle ne nous apprenne rien sur sa vie, se trouve avec quelques autres du même auteur dans le manuscrit 7226 de la bibliothèque Royale.   G.

RAIMOND DE DURFORT,

ET TRUC MALEC ou MALET,

Poëtes provençaux.

CES deux poëtes contemporains le furent, dit-on, d'Arnaud Daniel (1). C'étaient deux chevaliers du Quercy, l'un de Cahors même, et l'autre des environs. Ils composèrent en société des sirventes pour une dame de ce pays, qu'ils appellent N'Aia dame Aia et dont on ignore le vrai nom. Les manuscrits de la Bibliothèque vaticane qui donnent cette courte et insigni-fiante notice, recueillie par Crescimbeni, contiennent quel-ques-uns de leurs sirventes et une de leurs chansons. Aucune de ces pièces n'offre rien d'intéressant ni pour l'histoire, ni du côté de l'art. L'abbé Millot joint à ce Raimond, Guillaume de Durfort, son parent, poëte comme lui, dont il ne s'est conservé qu'une pièce remarquable seulement par son obs-curité, par la contrainte de ses rimes et par la corruption du texte ; il faut ajouter par la licence et la grossièreté des expressions. Cette pièce est adressée à Truc, ou plutôt à Turc Malet, ou du moins elle commence par son nom.

Turc Malet beus tenc engrat, etc.

Elle se trouve dans le manuscrit de la bibliothèque Royale 7226, fol. 579, v°.   G.

N° 3204, fol. 172 et 3207, fol. 41. Ubi suprà.

---

(1) Crescimbeni, *Giunta alle vite*, aux deux art. *Raimundo di Duro-forte* et *Trugo maletto*.

ALBERT CAILLA,

Poète provençal.

Albert Cailla fut un jongleur de l'Albigeois. Les manuscrits provençaux (1) qui parlent de lui disent qu'il ne sortit jamais de son pays, mais qu'il s'y fit beaucoup aimer, sur-tout des dames. On convient que c'était un poëte médiocre; il fit cependant une bonne chanson et quelques sirventes, genre dans lequel il réussissait mieux. On le place dans le XIIe siècle, quoique rien n'indique positivement le temps où il vécut. Crescimbeni qui parle de lui dans ses *additions,* croit qu'il manque peut-être une *n* à la fin de son nom, comme il en manque une dans plusieurs manuscrits au nom de *Jordan* qui est nommé *Jorda;* ce serait alors *Caillan* au lieu de *Cailla;* mais cette supposition est sans fondement comme sans utilité.   G.

(1) Les mêmes que ci-dessus.

GUÉRIN ou GARIN LE BRUN,

Poète provençal.

Guérin ou *Garin le Brun* était un gentilhomme châtelain du Velay dans l'évêché du Puy-Sainte-Marie. Tout ce que les manuscrits provençaux disent de lui, c'est qu'il fut bon *trouveur,* non de *vers* et de chansons, mais de tensons. On en trouve une dans le manuscrit du Vatican 3204. Guérin le Brun florissait, selon D. Vaissette, sous Raimond V, comte de Toulouse, du temps de Guillaume Adhémar, lequel mourut, comme nous l'avons vu, en 1190.   G.

V. le n° 7, 225 de la bibl. Roy.

Hist. du Languedoc, t. II.

RAIMOND JORDAN,

Vicomte de Saint-Antoni (1).

LE fief de Saint-Antoni, dont ce troubadour était seigneur,
était un riche bourg du Quercy. On nous peint Raimond
Jordan comme un homme d'une figure agréable, généreux,
vaillant, faisant bien les vers et l'amour; mais on nous fait peu
connaître les particularités de sa vie. Il aimait la femme du
vicomte de Péna, l'un des principaux barons de l'Albigeois,
et il en était aimé. La guerre vint troubler cette union. Raimond fut blessé dans un combat contre quelques-uns de ses
voisins. On le rapporta presque mourant à Saint-Antoni;
le bruit de sa mort parvint à la vicomtesse, dont la douleur
fut si vive qu'elle entra précipitamment dans un cloître. Raimond guérit; et désespéré à son tour de la résolution de sa
maîtresse, il se retira du monde, ne fit plus ni vers, ni chansons, et se livra pendant un an à la plus noire mélancolie.

Il en fut retiré au bout de ce temps par Élise de Montfort,
fille du vicomte de Turenne et femme de Guillaume de Gor-
don; elle s'offrit à lui avec une grande franchise (2), fut acceptée, et le troubadour retrouva auprès d'elle sa bonne
humeur et son talent.

Raimond Jordan était contemporain du moine de Montaudon, qui le désigne dans sa satyre comme vivant, et même
comme jeune encore; car il lui reproche d'avoir mal réussi
dans son premier essai de galanterie, d'avoir été trompé par
sa dame, et de la regretter sans cesse, ce qui suppose qu'il
n'était point encore alors lié avec la vicomtesse de Péna. L'abbé
Millot en conclut que Raymond vivait à la fin du XIIᵉ siècle

(1) Nommé quelquefois seulement *Vescont* ou *Vescoms de Saint-Antolin,
Antoulin*, et *Antonin*, dans les mss. Le Tassoni, dans ses considérations sur
Pétrarque, l'appelle Raimond *Jorda*. Crescimbeni conjecture avec raison que
c'est parce que le signe de l'*n* manquait sur la dernière syllabe.

(2) On dit que sa lettre était ainsi conçue : « Je vous offre mon amour
et mon corps, en dédommagement des chagrins que vous avez eus. Je vous
conjure de me venir voir. Si vous ne vous rendez pas à ma prière, j'irai
moi-même vous chercher. »

et au commencement du XIIIe ; ce qui paraît vrai en effet ; mais il oublie que dans d'autres circonstances et dans la vie même du moine de Montaudon, il a rejeté le temps où florissait ce dernier jusqu'à la fin du XIIIe siècle.

Le récit de Nostradamus diffère considérablement de celui des manuscrits provençaux. Il place Raimond Jordan à la cour de Raimond-Bérenger, comte de Provence, fils du roi d'Arragon Alphonse II ; il le fait amoureux de Mabille de Riez, noble dame de Provence, et ajoute qu'étant allé à la guerre contre le comte de Toulouse, il fut rapporté à Mabille, qu'il y avait été tué, qu'elle en mourut de douleur ; que le vicomte, étant de retour, et apprenant cette mort dont il était la cause, fit élever à sa maîtresse une grande et belle statue de marbre dans l'église du monastère de Mont-Majour, où il se fit religieux ; statue qui passa ensuite dans la même église pour celle d'une sainte femme, selon le moine des Iles d'or, que Nostradamus cite souvent. Enfin il place la mort de Raimond Jordan vers l'an 1206.

L'historien des troubadours ne contredit pas seulement ici les manuscrits, il contredit aussi l'histoire d'Arragon et de Provence, et il se contredit lui-même. Il fait mourir en 1206 un troubadour qui fit, selon lui, admirer ses talens à la cour de Raimond-Bérenger, fils du roi d'Arragon Alphonse II. Or Alphonse II, roi d'Arragon, est Alphonse Ier, comte de Provence, et n'eut point de fils du nom de Raimond-Bérenger. Son fils aîné Pierre lui succéda au royaume d'Arragon, et son second fils Alphonse au comté de Provence, sous le nom d'Alphonse II. Mais cet Alphonse II, qui eut un fils nommé Raimond-Bérenger, ne fut point roi d'Arragon. Quand il mourut à Palerme en 1209, son fils était encore enfant. Pierre, roi d'Arragon, oncle du jeune Raimond-Bérenger, le prit sous sa tutelle et l'emmena dans ses états avec des desseins que son pupille démêla quand il fut plus avancé en âge ; alors il s'échappa de cette cour, revint en Provence en 1217, et ne parvint que par de longs efforts à y rétablir son autorité. Ce ne serait donc que quelques années après sa fuite, et lorsqu'il eut établi sa cour à Aix avec sa femme Béatrix de Savoie, c'est-à-dire vers 1220, que Raimond Jordan aurait pu y être accueilli.

Mais d'autres probabilités fixent vers 1206 le temps de sa mort, et l'on peut dire avec assez de vraisemblance qu'il

Tome XV.   N n n

fleurit à la fin du XIIe siècle et au commencement du
XIIIe (1).   G.

(1) Ses poésies sont dans les manuscrits 3204, 5, 6 et 8 de la Vaticane, et dans
les manuscrits de la bibliothèque du Roi, n° 7226, fol. 151 — 154; n° 7614, fol. 75
et 76 ; n° 1091, supplément, fol. 310; n° 2701, fol. 28.

SAIL DE SCOLA,

POÈTE PROVENÇAL.

Millot dit *de Bar-jac*.

V. l'article de Pierre Roger.

CE poëte était fils d'un marchand de Bergerac en Périgord.
Dans sa jeunesse il se fit jongleur, et devint ensuite poëte.
Il fut un de ceux qu'Ermengarde, vicomtesse de Narbonne,
avait sans cesse à sa cour; il y resta jusqu'après la mort de
cette dame, arrivée en 1197 ou 98. On dit qu'il se retira
alors à Bergerac et qu'il renonça entièrement aux muses.
Peut-être vécut-il encore quelques années, mais il cessa d'exis-
ter comme poëte, et l'on place sa mort à la fin du XIIe siècle.
Il est nommé dans la satire que fit le moine de Montaudon
contre les troubadours de son temps (1).   G.

(1) On trouve quelques-unes de ses poésies dans le manuscrit de la Vaticane,
n° 3204, folio 93; bibliothèque Royale, n° 7226, fol. 362, v°. L'une de ses pièces,
dont la première strophe est tronquée, commence par ce vers :

Grand esfors fay qui chanta ni's deporta.

GUILLAUME MITE,

POÈTE PROVENÇAL.

GUILLAUME MITE, personnage très-peu célèbre et dont il
ne reste aucune production, est pourtant nommé dans l'histoire ou plutôt dans la chronique de Geoffroi de Vigeois.

Cet écrivain du XIIe siècle parle d'une assemblée ou cour plénière que tint le comte de Toulouse, Raimond V, en 1172, et des fêtes qu'on y célébra. On avait résolu, dit-il, d'y établir roi ou chef de tous les bateleurs, juliares, ou jongleurs, un nommé Guillaume Mite. s'il ne se fût absenté. Ceux qui concluent de-là qu'il était un célèbre comédien ou même un poète comique, *qui n'avait pas moins de talens pour la composition que pour la représentation* (1), oublient qu'il n'y avait alors ni comédiens ni comédie, mais seulement des faiseurs de tours, des jongleurs, qui chantaient quelquefois des chansons satiriques ou bouffonnes pour égayer les assemblées et les fêtes. C'était sans doute dans ce genre que se distinguait Guillaume Mite, et c'est tout ce qu'on sait de lui.

G.

Dom Vaissette , Hist. de Langued., t. III, p. 37.

(1) On trouve ces mots dans une petite note laissée par les anciens rédacteurs de cette histoire littéraire.

BERNARD DE VENTADOUR ⁽¹⁾,

POÈTE PROVENÇAL OU LIMOUSIN.

L'HISTOIRE des troubadours présente assez souvent des grands seigneurs, des chevaliers d'une haute naissance, qui cultivent les muses au milieu du bruit des armes et des intrigues des cœurs : elle présente aussi des hommes nés dans les derniers degrés de la société qui s'élèvent par leur talent poétique, sont admis dans la société des grands, placent, comme on disait autrefois, leurs amours en haut lieu, et ne craignent pas d'en adresser l'hommage aux dames du premier rang. Bernard de Ventadour fut de cette dernière classe. Son nom n'est point celui de sa famille, mais d'un château du Limousin où il naquit. Son père y était fournier, ou domestique chargé du four. Le vicomte de Ventadour, seigneur de ce château, était alors Ebles II, que les chroniques du temps appellent *le chanteur* parce qu'il aima jusque dans sa vieillesse la poésie et les chansons. La figure du jeune Bernard, et sans doute aussi quelque annonce de

(1) Appelé quelquefois *Ventador, Vantadorno,* et *Vantadorn.*

N n n 2

ses heureuses dispositions, attirèrent sur lui les regards du
maître. Il le fit élever avec soin, et l'éducation développa en
lui les heureux dons de la nature. Ses premiers chants furent
consacrés à l'amour. Celle qui les lui inspira fut la vicomtesse
elle-même, Agnès de Mont-Luçon, femme de son maître et de
son bienfaiteur. Agnès était jeune, belle, vive, et d'un caractère enjoué. Elle s'amusa d'abord des chansons où le jeune
poète peignait sa passion naissante sans en oser nommer
l'objet, qu'il désignait seulement par les noms d'*Arinan*,
et de *Belveser*. Elle l'écouta bientôt et l'enhardit à se déclarer.
La déclaration fut bien reçue. On ne sait jusqu'où alla entre
eux l'intimité : mais on voit par une chanson du troubadour
qu'il obtint au moins un baiser. C'est pour lui l'occasion
d'employer un trait d'érudition qui peut surprendre, puisqu'il est assez généralement reconnu que de son temps on
ignorait les sources d'où il l'aurait pu tirer. C'est ce qui nous
engage à parler de cette circonstance. Le poète compare le
baiser qu'il a reçu à la lance d'Achille qui pouvait seule guérir les blessures qu'elle avait faites :

> Ja sa bella boza rizenz (sa belle bouche riante)
> Non cuidei baisan me trais,
> Mas ab un dous baisar m'aucis (me tue, m'occit) ;
> E s'ab altre no m'es garenz,
> Eissamen m'es per semblansa
> Com fo de Peleus la lansa,.
> Que del seu colp non podi' hom garir,
> Se per eis loc no s'en fezes ferir.

Ce trait ferait croire que Bernard connaissait Ovide, qui
dit dans son poëme *de remedio amoris* (liv. I, v. 47) :

> *Vulnus in Herculeo quæ quondam fecerat hasta*
> *Vulneris auxilium Pelias hasta tulit.*

On voit par ces quatre vers d'une autre chanson de Bernard
que le roman de Tristan et de la belle Yseult existait alors
et qu'il était connu de notre poète :

> Tant trac pena d'amor,
> Qu'a Tristan l'amador
> Non avenc tan dolor
> Per Yseut la blonda.

Les liaisons de Bernard et de la dame de Ventadour ne
furent point assez secrètes. Quelque indiscrétion fut commise ;
Ebles eut des soupçons, puis des certitudes ; il enferma sa
femme, et chassa le troubadour de son château, et même de
ses terres.

Bernard parut quelque temps inconsolable ; mais il lui fallait un asyle. Il en trouva un à la cour d'Eléonore de Guienne,
devenue duchesse de Normandie en 1152, après avoir été
reine de France ; il y trouva aussi la plus puissante des consolations ; c'est-à-dire un nouvel amour. La leçon qu'il avait
reçue à Ventadour ne le rendit pas plus sage. Il ne craignit
point d'élever ses vœux jusqu'à la duchesse ; et quelques passages de ses poésies et le caractère bien établi de galanterie
que l'histoire donne à Eléonore, portent à croire qu'il en
fut écouté. Son bonheur dura peu. En 1154, le duc devint
roi d'Angleterre, et Eléonore le suivit dans ses nouveaux
états. Bernard continua de la chanter ; il fit même le projet
de se rendre auprès d'elle ; mais il ne l'exécuta point, et il
se retira peu de temps après à la cour du comte de Toulouse,
Raimond V. Il y resta jusqu'à la mort de ce bon prince, et
y composa toutes celles de ses poésies qui n'ont pour objet
ni son premier ni son second amour. Il devait être déja vieux
lorsque Raimond mourut, en 1194. Alors, il se fit moine,
et entra dans l'abbaye de Dalon, en Limousin. Nostradamus
qui se trompe en disant que ce fut au monastère de Mont-
majour, se trompe peut-être aussi en ajoutant qu'il y composa plusieurs beaux livres, tels que *las Recoyssinadas de
l'amour recalyvat*, *las Mayas*, *la Ramada*, et quelques
élégies intitulées *las Syrénas*, qu'enfin il mourut en 1223.
Il est plus probable qu'il écrivit la plus grande partie de ces
ouvrages pendant son séjour chez le comte de Toulouse, et
que s'il vécut au-delà de la fin du XIIᵉ siècle, ce ne fut que
fort peu d'années.   G.

PIERRE VIDAL,

Poète provençal.

Si nous voulions que cette histoire littéraire devînt un livre de pur amusement, les vies d'un grand nombre de troubadours provençaux seraient très-propres à lui donner ce caractère. Aucune ne pourrait y mieux contribuer que la vie de Pierre Vidal, l'un des poètes les plus célèbres, et l'une des têtes les plus extravagantes de son temps. Mais le genre de cet ouvrage nous prescrit d'en écarter les aventures trop romanesques, ou du moins d'en supprimer les détails.

Pierre Vidal était fils d'un pelletier de Toulouse : mais il annonça, dès sa première jeunesse, des talens naturels qui devaient l'élever au-dessus de l'état de son père. Il joignait à la vivacité de l'imagination, une voix agréable, une humeur libre et enjouée. Son goût pour les femmes se déclara de bonne heure, et il n'eut bientôt, à l'entendre, que l'embarras du choix. Il se vantait hautement de ses succès auprès d'elles, ce qui lui en obtenait de nouveaux. Il devint le héros de mille aventures galantes qu'il excellait à raconter. Ses récits amusaient les cercles et les petites cours que les seigneurs tenaient alors dans leurs châteaux : mais il mêla dans ses récits une dame de Saint-Gilles, dont le mari, chevalier très-chatouilleux sur tout ce qui tenait à son honneur, le punit sévèrement de son indiscrétion, ou de ses calomnies. Il lui fit fendre, selon les uns, et selon d'autres percer la langue. Hugues de Baux en eut pitié; il le recueillit, le consola et le fit guérir. Pierre Vidal reprit bientôt sa bonne humeur; un autre prince de la même maison, Barral, vicomte de Marseille, l'attira chez lui et le paya, par la familiarité la plus intime et par les meilleurs traitemens, du plaisir qu'il trouvait à l'entendre. La vicomtesse, Adélaïde de Roque-Martine, en prenait encore davantage. Pierre Vidal devenu bientôt amoureux d'elle, la célébrait dans ses chansons, sous le nom d'*Audierna*, ou plutôt de *Vierna*, car c'est ainsi que ce nom est écrit dans toutes les chansons où il parle de la vicomtesse;

on y lit même toujours *Na Vierna* (1), c'est-à-dire, selon la manière d'écrire de ce temps-là, *dona Vierna*.

Elle se fit un amusement de cette passion; son mari s'en faisait un lui-même : mais un jour que Vidal surprit Adélaïde endormie, il prit avec elle des libertés qui passaient la raillerie. Barral, appelé par les cris de sa femme, voulut encore prendre la chose en plaisantant, et fit son possible pour la fléchir : il ne put en venir à bout; Vidal fut obligé de partir et de se retirer à Gênes. Il paraît qu'il n'y fut pas bien traité et qu'il en conserva du ressentiment, car dès les premiers vers d'un sirvente qu'il fit après son retour de la croisade, pour laquelle il partit bientôt, il lance un trait contre les Génois, et fait des vœux pour les Pisans leurs ennemis :

> Bon' aventura don Dieus als Pizans
>
> Quar son ardit e d'armas ben apres,
>
> Et an baissat l'orguelh dels Genoes,
>
> Que s fan estar aunitz et soteirans (honnis et atterrés).

Il paraît aussi par ce même sirvente que, mécontent des Génois, il passa chez le marquis de Montferrat, puis en Lombardie, et à Milan, et qu'il reçut par-tout un bon accueil ; aussi préfère-t-il le Montferrat, Milan, et le pays des joyeux Lombards à celui des tristes et grossiers Allemands dont le parler, dit-il, ressemble à l'aboiement des chiens; il le préfère aussi à la Frise où l'on n'entend tout le jour qu'un glapissement ennuyeux :

> Alamans truep descauzitz e vilans
>
> E qan neguns se feing d'esser cortes

(1)   Na Vierna molt m'es amar.

     Na Vierna, ieu no m clam ges de vos.

     Na Vierna, cui am de bona fe, etc.

Et dans cette jolie chanson, dont le nom de *Na Vierna* termine en refrain ses trois couplets :

> La lauzeta e'l rossinhol
>
> Am mais que nulh autr' auzel,
>
> Que pel joy del temps novel
>
> Comenson premier lur chan ;
>
> Et ieu ad aquel semblan,
>
> Quan li autre trobador
>
> Estan mut, ieu chan d'amor
>
> De ma domna Na Vierna.

> Ira mortals et enuetz cozens es,
> E lor parlars sembla lairas de cans,
> Per q'ieu no voill esser senher de Frisa
> C' auzis tot iorn lo glat dels enoios ;
> Anz voill estar entr 'els Lombartz joios
> Pres de mi donz q'es gaia, blanc' e lisa.

C'est selon l'abbé Millot, à la suite du roi Richard, dont il parle aussi dans ce sirvente, que Pierre Vidal passa en Palestine. Mais dans une autre pièce qu'il composa avant de partir et dans laquelle il appelle les chrétiens à la croisade, il parle du marquis de Montferrat, et ne dit rien de Richard. La pièce commence par ces vers, qui sont tout-à-fait dans le goût de son temps :

> Baros Ihesus qu'en crotz fou mes
> Per salvar crestiana gen,
> Nos manda a totz cominalmen
> Q'anem cobrar lo saint paes
> Ou venc per nostr' amor morir.

Il dit dans la seconde strophe :

> Qu' el saint Paradis que ns promes,
> Ou non a pena ni tormen,
> Vol ara livrar molt francamen
> A celz qu' iran ab lo Marqes
> Oltra la mar per Dieu servir.

Les folies de la croisade s'étant réunies dans sa tête à celles de son amour, il perdit tout-à-fait la raison; il se crut un chevalier invincible, un héros. Il remplit ses chansons de fanfaronnades guerrières, et de forfanteries. Il épousa en Chypre une Grecque qu'on lui dit être nièce de l'empereur d'Orient, et qui lui transférait, disait-on, des droits à l'empire. Dès ce moment il se crut empereur. Revêtu d'ornemens impériaux, il faisait porter un trône devant lui. « Cette folle maladie d'imagination, dit l'ancien historien de Provence, fut tellement forte et violente, que tout l'or et l'argent qu'il gagnait à sa poésie était employé à la construction de certains navires, qu'il s'attendait d'employer à la conquête de son vain empire, jusques même à avoir changé les armoiries impériales en un trident d'or en champ de gueules, et à faire appeler sa femme impératrice. »

Nostradamus,
Hist. de Prov., 3^e
partie.

On ne dit point comment se termina cette comédie, ni ce que Vidal fit de sa femme grecque, lorsqu'après les désastres de cette troisième croisade, il revint en Provence. Ayant appris à son arrivée la mort de Raimond, comte de Toulouse, auquel il était fort attaché, il témoigna son affliction par des bizarreries à sa manière. Il fit couper les oreilles et la queue à tous ses chevaux, et raser la tête à tous ses domestiques. Lui-même laissa croître sa barbe et ses ongles. Il était dans cet état lorsque Alphonse II, roi d'Arragon, étant venu en Provence, accompagné de ses barons, ils le recherchèrent, l'engagèrent à quitter son deuil, à reprendre sa gaieté et à exciter comme autrefois celle des autres par ses plaisanteries et par ses chants. Il obéit; composa de nouvelles chansons, et s'engagea dans un nouvel amour qui fut selon sa coutume accompagné de nouvelles folies. Épris d'Étiennette, femme du seigneur de Penautier, dans le Carcassez, qu'on nommait Louve de Penautier, il prit, pour l'amour d'elle, le nom de loup, mit un loup dans ses armes, se revêtit d'une peau de loup et courut sous ce déguisement la plus dangereuse aventure. Les bergers du pays le prirent ou feignirent de le prendre pour un loup, et le firent poursuivre par leurs chiens dans les montagnes. Leurs morsures et sans doute la frayeur le mirent dans le plus triste état; on le transporta à demi-mort dans la maison de la dame de Penautier, qui le fit guérir, mais qui disposée sans doute à s'amuser de tout, ne fit que rire avec son mari de cette scène.

Il paraît que pendant le reste de sa vie, Pierre Vidal fut attaché au roi d'Arragon, Alphonse III, comte de Provence. Jean Nostradamus prétend, que devenu plus sage dans sa vieillesse, il composa un traité sur la manière de réprimer sa langue (1). Il prétend aussi, mais sans preuve, qu'il repassa en Orient en 1227, *à la poursuite de son empire d'Orient,* et que, de retour de ce voyage, il mourut deux ans après. Il est certain qu'il florissait dans le XIIe siècle; on n'a connaissance d'aucune de ses actions ni de ses liaisons dans le XIIIe; on peut donc placer sa mort vers l'an 1200.

On ne croirait pas qu'un fou tel que l'était Pierre Vidal pût donner des leçons de sagesse. On en trouve pourtant de fort bonnes dans la plus longue de ses pièces, celle de toutes les siennes qui lui fait le plus d'honneur. Il donne à ses con-

______

(1) *La maneira de retirar la lengua.*

Tome XV.   O o o

seils un tour vif et dramatique, en feignant qu'il les adresse
à un jongleur qui vient se plaindre à lui de la décadence du
siècle et du peu d'encouragement que les talens trouvaient
alors dans les cours où ils avaient été autrefois si bien accueillis. Le jongleur lui raconte une visite qu'il avait faite un jour
chez le dauphin d'Auvergne, où il avait tout trouvé sur le
pied du bon et ancien temps, bonne chère, compagnie de
braves chevaliers et de belles dames, joyeux propos, et bon
accueil. Dans un moment où il avait pu l'entretenir, il avait
demandé au dauphin pourquoi par-tout ailleurs que chez lui
on ne trouvait plus rien de semblable. Le dauphin lui répondit très-sensément, mais très-longuement, et il rapporte
sa réponse toute entière. La faute en était aux barons qui ne
ressemblaient plus à ce qu'avaient été leurs ancêtres. La noblesse avait dégénéré de son ancienne valeur et de son ancienne
courtoisie : le dauphin prédit qu'il lui arrivera la même
chose qu'aux Sarrasins. Il y avait parmi eux de braves gens à
qui l'on donna la noblesse et des terres : leurs descendans se
crurent dispensés d'avoir les mêmes vertus. Les Mammelouks
s'élevèrent, et voulurent réparer le défaut de naissance par
de belles actions. Les peuples se déclarèrent pour eux, et
se soulevèrent contre leurs anciens maîtres pour se donner
aux nouveaux. Le jongleur a toujours présente cette conversation avec le dauphin d'Auvergne, sans lequel il avoue qu'il
n'eût trouvé ni joie, ni bonté dans le monde.

C'est alors que Pierre Vidal commence par faire au jongleur, comme le dauphin, une peinture de l'ancien temps
dont il avait été témoin, fort désavantageuse pour le temps
où ils étaient parvenus. Il se souvient d'avoir vu dans le
monde les troubadours honorés, bien reçus, enrichis, et
suivis de brillans équipages; les cours livrées aux exercices
de la valeur et de l'esprit, et à d'honnêtes amours. Telles étaient
celles du preux marquis de Montferrat, en Lombardie, du
seigneur de Blacas, en Provence, du bon seigneur Guillaume
de Baux, et de plusieurs autres dont il déplore la perte; Dieu
voulut alors qu'il y eût en Allemagne un empereur Frédéric;
en Angleterre, un roi Henri et ses trois fils; à Toulouse, un
comte Raimond ; en Catalogne, un comte de Barcelone et son
fils Alphonse. Tous ces seigneurs savaient bien discerner les
hommes. Ces détails peuvent servir à fixer le temps où Vidal
composa ce poëme qui paraît être un des ouvrages de sa vieillesse. On peut même y reconnaître celui que Nostradamus

appelle un traité sur la manière de reprimer sa langue, et que l'on croyait perdu, ou dont on ne répétait le prétendu titre que comme une épigramme contre son auteur. Après des conseils généraux qu'il donne à ce jongleur sur la manière décente de se conduire, de s'habiller, de se présenter ; sur le bon choix de sociétés qu'il doit faire, sur la nécessité de varier ses chansons, de ne pas imiter certains jongleurs qui affadissent tout le monde par leur chants amoureux et plaintifs, « *ne parlez pas trop,* lui dit-il,..... Si l'on vous demande de raconter ce que vous aurez vu et entendu, ne vous répandez pas trop en discours : mais allez par degrés, sondez le terrain jusqu'à ce que vous voyiez qu'on prenne goût à ce que vous dites, etc. » Ne sont-ce pas là des leçons de l'art de retenir sa langue, *de la maneira de retirar la lengua ?* et les anciens auteurs copiés par Nostradamus qui a été ensuite copié par des auteurs plus modernes, n'auront-ils pas cru ces passages d'un poëme qu'ils ne connaissaient pas tout entier, tirés d'un ouvrage uniquement consacré à cet objet?

Une des pièces purement poétiques et galantes de Pierre Vidal peut donner, par le singulier entrelacement des rimes, une idée des formes difficiles auxquelles les troubadours soumettaient quelquefois leurs chansons. Ils tenaient certainement des Arabes ces sortes de jeux d'esprit dont aucune autre poésie ne pouvait leur avoir donné l'idée.

Les strophes sont de douze vers, huit de cinq syllabes, et quatre de sept; tous à rimes masculines.

Les trois premiers vers de suite riment ensemble et avec le cinquième; les sixième, septième, et huitième ensemble, et avec le quatrième.

Le neuvième et le dixième sont sur une autre rime; le onzième et le douzième, sur une autre.

Voici la première strophe :

Molt m'es bon e bel,

Quan vei de novvel

La fuoilla e l ramel,

E la fresca flor ;

E chanton l'auzel

Sobre la verdor ;

E 'ls fin amador

Son gai per amor.

Amaire e drutz sui ieu

Mas tant sol li maltraich grieu
Q'ieu n'ai soffert longamen
C'un pauc n'ai camjat mon sen.

Cette strophe fournit les rimes des sept autres dont la chanson est composée; mais dans un ordre bizarre et cependant très-régulier.

Dans la deuxième strophe, les trois premiers vers et le cinquième reprennent la rime des deux derniers de la strophe précédente, *sen, talen, joven, longamen;* les quatrième, sixième, septième et huitième, celle des premiers vers de la même strophe, *bel, nouvel, ramel, auzel.* Les deux suivans sont en *or,* seconde rime de cette première strophe, et les deux derniers en *ieu,* qui en est la troisième rime.

La troisième strophe en fait autant de la seconde. Elle prend d'abord sa dernière rime *ieu,* puis sa première, sa deuxième, et sa troisième.

La quatrième strophe prend, dans le même ordre, les rimes de la troisième, commençant toujours par la dernière rime, sautant de-là à la première et allant de suite.

La cinquième, la sixième, la septième, et la huitième, font de même, chacune à l'égard de la strophe qui la précède. On voit qu'à la cinquième, les rimes doivent se retrouver dans le même ordre où elles étaient à la première, et qu'elles se trouvent dans le même rapport de la sixième strophe à la deuxième, de la septième à la troisième, et de la huitième à la quatrième.

L'envoi qui termine la pièce est de quatre vers de sept syllabes, rimant deux à deux avec les quatre derniers dela huitième strophe.

Il faut plaindre des poètes qui s'assujettissent volontairement à de pareilles entraves; mais peut-être aussi faut-il féliciter les troubadours de l'organisation délicate qui leur avait fait un besoin de remplacer par l'harmonie de ces consonnances celle de la quantité qui leur manquait, et de l'invention même de ces sortes d'entraves qui aiguisaient l'esprit par la difficulté, en même temps qu'elles flattaient l'oreille par un retour régulier et cependant varié des mêmes sons.

G.

ANONYME,

AUTEUR D'UNE VIE, EN VERS PROVENÇAUX OU LANGUEDOCIENS,

DE SAINT AMANT, ÉVÊQUE DE RHODEZ.

CETTE vie de saint Amand n'est connue que par les fragmens qu'en a rapportés un savant jurisconsulte du XVIIe siècle, M. Dominicy de Toulouse, dans un ouvrage imprimé à Paris en 1645 (1). Dom Rivet qui a parlé deux fois de cette vie, en fait remonter la composition au XIe siècle, et la croit plus ancienne que la traduction qu'Atton fit des ouvrages de Constantin l'africain, avant 1077. L'abbé du Bos en rapporte un fragment en parlant d'une lettre d'Avitus adressée à Quintianus, évêque d'Auvergne, et dit d'après Dominicy qu'il cite (2) : « Nous avons une vie de saint Amant, évêque de
» Rhodez, écrite il y a plus de cinq cents ans en langue ro-
» manc et en vers mesurés et rimés, et l'on y trouve plu-
» sieurs particularités concernant Quintianus, un des prédé-
» cesseurs de saint Amant. L'auteur de cette vie dit entre
» autres choses, que Clovis, dès qu'il eut appris la disgrace
» de Quintianus, monta à cheval pour venir attaquer les Vi-
» sigoths. L'importance du fait que ces vers nous apprennent,
» ajoute M. Dominicy, me fait prendre la hardiesse de les
» rapporter ici, bien qu'ils soient composés dans l'ancien
» patois de notre pays. » En effet, continue le même auteur,
ces vers font voir que Clovis commença son expédition contre

Hist. Littér. de Fr.,
t. VII, avertissem.,
p. LVII et LVIII, et
t. IX, p. 110.
Hist. crit. de l'éta-
bliss. de la monar-
chie; Paris, 1742,
in-4°, t. II, p. 178
ou p. 556 de l'édit.
de 1734.

(1) *De Prærogativá Allodiorum*, cap. VII, p. 54, Paris, 1645, in-4°
réimprimé. Cet ouvrage se trouve dans *Joan. Schilleri codex Alemcnicus,
feudalis*. Argentorati, 1728, in-fol., p. 49; et dans *Ansberti familia rediviva*, Paris, 1648, in-4°, p. 44.

(2) « *Vetus vita sancti Amantii Ruthenorum episcopi ante quingentos
annos versibus rhithmicis linguâ romanâ conscripta, quâ decessorum ejus
quædam acta continentur, asserit Clodoveum cum ejectionem Quintiani
accepto nuntio exploratam habuisset, brevi expeditionem suscepisse. Ita
enim habet nec pudebit usualem et antiquum harum regionum sermonem
licet barbarum proferre, dum tam nobile suppeditat argumentum.* » De Prærogativa allodiorum, p. 54.

478 ANONYME, AUT. D'UNE VIE DE S. AMANT.

les Visigoths avant le temps où il avait résolu de la commencer; mais qu'il se pressa et qu'il la commença prématurément, parce qu'il apprit que le projet de ses amis était découvert et qu'ils étaient en danger.

L'abbé du Bos rapporte les vers suivans qu'il cite d'après Dominicy :

Grégoire de Tours, Hist. lib. II, c. 37. Loc. cit. t. II, p. 179, ou 556 de l'éd. de 1784. De Prærogativa Allodiorum, cap. VII, p. 49, apud Joan. Schilter.

> Et fo mandat al rey, per messatge coren,
>
> Que Quintia l'avesque de Rhodes veramen,
>
> Era fugit sa oltra, per penre gandimen
>
> Del pobol de Rhodes que va'n far perseguen.
>
> Diso que subjugar los vol certanamen
>
> Al noble rey de França : no lor era plasen,
>
> Et, per aquella causa, lo rey ven brevemen.

Ansberti familia rediviva, p. 44.

Le même Dominicy, dans un autre ouvrage, cite le commencement et divers fragmens de cette vie de saint Amant, qu'il explique en latin :

> Al nom de Jesus Christ aisy sia affinat
>
> Lo libre, que vous ay de lati romansat,
>
> Del padro Sant Amans.

ID EST : *In nomine domini hic finiatur liber sancti Amantii patroni nostri, quem vobis è latino in romanum transtuli.*

> Aprop aisso long temps s'en s vol recordar,
>
> Un prince qu'era duc, que se fasia appelar
>
> Marcia, ab gran gen ven per asettjar
>
> La vila de Rodes, et vol la subjugar,
>
> Que de per totas parts la fec environar,
>
> Et gardar que monda no lay pouges intrar,
>
> Et destrieys tant lo pobol que non ac que mangar....
>
> Tant lor entendement a Dieus van demonstrar,
>
> Ab gran devotio se van appareilhar,
>
> Qu'el sepulchre visito de sanct Amans lo bar,
>
> Et prego caromen qu'els veille desliurar
>
> Del prince Marcia, et de tot son affar.
>
> Quand airo long temps facha aquesta orasio,
>
> Et airo Dieus pregat ab grand devotio,
>
> Et an pres sanct Amans per garda et per guido,
>
> Viro fugir d'aqui los contrari que so.

Post hæc longo deinde tempore, si recordari licet, dux nomine Martias cum multo exercitu Ruthenam tendit, et ut eam sibi subjugaret, tam arcta obsidione cinxit, ut nullus ingredi posset, populusque ita distringeretur, ut quo sustentaret, non haberet. Tunc omnes ad Deum mentem elevant, ac sepulchrum nobilis Amantii magna cum reverentia adeunt, deprecanturque ut eos à principe Martia liberare dignetur. Fusa verò per longa spatia devota prece, et Amantio in auxilium et tuitionem invocato, inde castra moventes videre adversarios.

Et devenc se l'altr' an, per malvais mouvement,   Pag. 45.

Qu'aques duc Marcia fes altre asietgament

Per tornar a Rhodes et per far raubamen :

Que vol penre la vila et contrenger la gen

Per so que miels n'agut tot son entendemen

Que no ac l'altra ves, quand s'en fugi coren :

E'l pobol, que a vist sest assietgamen,

Gran paor en a aguda d'aquela mala gen,

A sanct Amans s'en fuio, qu'es lor defensamen :

E'ls ennemics fugiro com l'altra ves coren :

Onc puiessas no tornero per far mal à la gen.

Et sequenti anno contigit, pravo motu ducem illum Martiam aliam obsidionem parasse, ut rursus Ruthenam deprædaretur; quare ut quantociùs civitate hic potiretur, castra undique fixit, et immaniter cives aggressus est, sanioris se modo consilii ratus quàm alia vice, qua velociter aufugit. Populus ergo Ruthenensis se ita oppugnatum videns ingenti metu concussus ad sanctum Amantium ejus patronum recurrit, et statim inimici, ut alias, terga vertêre, nec in posterum ut populo noccrent, reversi sunt.

Ces fragmens, conservés par Dominicy, sont tout ce qui nous reste de cette vie de saint Amant. Ni ce jurisconsulte, ni aucun des écrivains qui en ont parlé d'après lui, ne nous apprennent le nom de l'auteur, ni ne se sont occupés de sa personne. On ne pourrait, à cet égard, former que des conjectures vagues, et par conséquent inutiles.   G.

ANONYME,

Poète moral.

IL existait avant la révolution dans la bibliothèque de l'abbaye de Saint-Vincent-du-Mans un manuscrit in-8°, relié en bois, d'une belle écriture de la fin du XIIe, ou du commencement du XIIIe siècle, et orné de lettres initiales peintes en rouge ou en bleu, dont quelques-unes tiennent toute la page.

Ce manuscrit, qui n'est que de 109 feuillets non chiffrés, contient deux différens ouvrages en vers qui paraissent être d'un même auteur, et dont le style est bien de la fin du XIIe siècle.

Le premier, qui remplit les 52 premiers feuillets, est l'histoire de la sortie d'Égypte ou de la délivrance du peuple d'Israël, jusqu'à son entrée dans la terre promise. Cette histoire est moralisée; c'est-à-dire que l'auteur, sur chaque trait d'histoire, fait des réflexions morales. Il débute par une espèce de prologue :

> Le viez estoire nos racunte,
> E met en ordene et en cunte,
> Les manzions, les lius, les terres,
> Les batailles, les mals, les guerres
> Que Israël eut e soffri
> Quant il Égypte déguerpi
> Et fut menez par le Deu don
> En terre de promission.
> Tot ço fu fait et fu escrit
> Por tenir solons l'esperit ;
> Por l'esperit, nient por les letre ;
> M'en vien por amor entremetre.
>
> Le ni de l'oisel ai trové ;
> S'en vueil solons autorité
> Laissier le merre, e à nostre ues (usage)
> Tenir les polans e les ues (les poussins et les œufs)
> Cest doble fruit me senefie
> Moralité, allégorie,
> Par qui la fois est confermée
> Et nostre vie enluminée.
> Le merre est li sens de le lettre,
> Dunt ne me quiers jo entremettre ;
> Quar n'est pas bone le gaine
> Ki trop petit conquest amaine.

Voici de quelle manière le poëte moralise les travaux des Israëlites en Égypte, et quelles allégories il y trouve :

> Por Égypte entendez lo mont (le monde)
> Ki le gent Deu grieve e confont ;

Li brais (le mortier) est vie laide e fole,

Le paille legiere parole ;

De ço nos vuels li rois ovrer,

Ki ne nous laisse à devoler,

C'est li diables od sa gent

Dont il nos vienent maint torment.

Il explique ainsi le nom de la montagne d'Abarim :

Mons Abarim torne en romans,

Se diras mont des trespassans.

Il finit son poëme par l'histoire de Balaam ; et après avoir déclaré qu'un autre sujet l'appelle, il moralise encore sur le nom du Jourdain en l'interprétant à sa manière :

De l'estoire ne vuel plus dire ;

Car mes chevais d'autre part tire.

Jordains sone descendement :

Ki vuelt avoir aprochement

A Deu, e vuelt desour soi tendre,

Primes apregne en soi descendre.

Ne puelt savoir celle haltesse

Ki ne connoit sa petitesse.

Ce second ouvrage, vers lequel il nous dit que *ses chevaux le tirent*, est une explication allégorique et morale du cantique des cantiques ; elle est précédée d'un long prologue qui commence au feuillet 52 *verso* du manuscrit immédiatement après la fin du poëme précédent.

Dans ce prologue, le poëte se propose sur-tout d'établir qu'il faut entendre par les sentimens exprimés dans le cantique de Salomon l'amour de J. C. pour son église ; en voici le début :

La matere de cest saint livre

Vuelt tot lo aier (1) avoir délivre,

(1) Ainsi écrit dans la copie faite sur le manuscrit original. Mais aucune des significations du vieux mot *aier* ne peut convenir ici. 'Il signifie, selon le glossaire de la langue romane, 1° *fils, héritier* et *héritage* ; 2° *feu, chaleur, violence* ; 3° *aider, assister, soulager* ; 4° *arrière, en reculant au rebours*.) Il paraît donc qu'il y a erreur dans la copie, et qu'il faut lire *ie, cuer,* le cœur, qui forme un très-bon sens. Le copiste aura joint mal-à-propos au *c* le premier jambage de l'*u*, et ne sachant plus que faire du second il en aura fait un *i* en y mettant un point. Cela est d'autant plus vraisemblable qu'il avertit dans une note à la fin de sa copie que dans tout ce manuscrit il n'y a pas de point sur les *i*.

Qu'il n'ait al siecle bacrie (attache)
Et tot soit vuis de légerie.
Tel le requiers, quar altrement
N'auroit pas sain entendement.
Quar d'amor est li livres fait
Et par grant sens en fut estrait.
Li sages Salemons le fist,
Lui Deus à cest honor eslit,
L'amor dont il i a parole
N'est pas del siècle, n'est pas fole ;
Enz est amors et bone et sainte
Dont il ne vient mals ne complainte.
Ceste amors le saint cuer enivre
Et d'altres aiers (1) le délivre,

. . . .

Duce est de ceste amor la plaie ;
Nuls ne le sait s'il ne l'ensaie.
A Jhu Christ et à sa mie
Qu'il sue (sienne) fait par bone vie,
Apartient d'amors le parole
Dont cest livres parlot parole.
La mie ço est sainte église
O l'arme (l'ame) sainte bien aprise.
Por ceste amie à soi retraire
Morut li sire débonaire,
Morut et son sanc precios
Dona li plus li merveillos :
Ne pooit par altre maniere
Mostrer combien il l'avait chière.

Après ce prologue qui finit par une prière à Dieu, vient la paraphrase de l'auteur sur les cinq premiers chapitres seulement ; il s'arrête même au 15ᵉ verset de ce chapitre. Il paraphrase ou plutôt interprète le 5ᵉ : *manus meæ stillaverunt myrrham, et digiti mei pleni myrrha probatissima*, en disant que cette myrrhe signifie l'incorruption de la Sainte-Vierge après sa mort.

(1) Ce mot n'a encore ici aucun sens, mais on a écrit cette note en marge de la copie : « On lit au-dessus du mot *aiers*, d'une écriture un peu plus récente, *cures*. » Et c'est sans doute la véritable leçon.

> Cele mirre que nos disons
> Cho fu ceste incorruptions.
> Lautre fu quant ne porrit mie
> Li cors de la vierge Marie.
> En son sépulcre eut il séjor
> Mais puis al quarantisme jor
> Fu il del sepulcre leveiz
> E des angles en ciel porteiz.
> De ceste mirre nequedent (néanmoins)
> S'en taisent li doz testament.
> Par sainte révélacion
> Seit on ceste incorruption.

En tête de ce même chapitre, où se trouvent les traits les plus vifs du cantique des cantiques, l'auteur prend soin de déclarer que c'est premièrement pour l'honneur de Dieu et ensuite pour notre enseignement qu'il a entrepris cet ouvrage. Il s'est donné beaucoup de peine pour le mettre en rime et pour en expliquer le vrai sens; mais il reconnaît si bien que, malgré ses explications, le texte offre des expressions et des images qui ne sont pas sans danger, qu'il recommande en finissant d'écarter ce livre des mains de la jeunesse :

> Mais tant requiers que cest romant
> Unkes ni viegne en main d'enfant.

G.

AUTRES AUTEURS ANONYMES

EN PROSE ET EN VERS.

LA bibliothèque de l'abbaye de Marmoutiers possédait à la même époque trois manuscrits, l'un en prose, et les deux autres en vers, dont le langage était de la fin du XIIe siècle, et l'écriture du XIVe, et dont les auteurs sont également inconnus.

1. Le manuscrit en prose était d'une fort belle écriture, et de format in-folio, mais le commencement manquait. Il contenait une traduction des Légendes des apôtres, de

P p p 2

l'Histoire de l'invention de la vraie croix, de la Vie de saint Cosme et de saint Damien, et enfin de celle de saint Julien martyr. Cette dernière vie est un roman des plus fabuleux. L'auteur appelle son héros saint Julien l'hostelier, et le fait fils de Geoffroi, comte d'Anjou. Elle commence ainsi : « *Lus* ou » *Dus Preudons* raconte la vie monseigneur saint Julien, qu'il » a translatée de latin en roumant, et dist que cil qui l'écou- » teront i auront moult grand preu. Dueix Julien furent, li » uns martirs, et li ostres confessors, li uns évesques, et li » ostres osteliers. Cil Julien li martirs fu fil au conte d'Angiers » et fu osteliers, et n'ama oncques nulle richece, fors a don- » ner pour Dieu, et herbeia moult volontiers les poures, etc. » On ne connaît point, et rien n'indique dans tout l'ouvrage, quel est ce prud'homme qui a traduit la vie de saint Julien.

2. L'un des deux manuscrits en vers, de format in-8°, était sans titre, mais on lisait à la fin : *Explicit li romans de Guion de Borgogne*. Ce roman paraît être l'histoire des exploits de Charlemagne en Espagne. Cependant il y est parlé de la mort de Richard, duc de Normandie, sans qu'on puisse savoir si c'est de Richard 1er, surnommé *sans peur*, ou de Richard II, dit le bon, mort en 1027. Voici les premiers vers de ce roman, qui sont alexandrins, ou de douze syllabes :

> Oiés, seignours barouns, Dieu vous croisse bonté,
> Si vous commencerai chançon de grant barné,
> De Charles l'emperere le fort roi couronné.
> XXXVII ans tous plains acomplis et passé
> Fut li rois en Espaigne, o lui son grant barné (baronage), etc.

Et le manuscrit finit ainsi :

> Seignor franc Chr. la chançon est finie ;
> Diex garisse celui qui le vous a chanté,
> Et vous soiés tuit sauf qui l'avés escouté.

3. Le deuxième manuscrit en vers, in-folio sur vélin, contenait la vie des saints Barlaam et Josaphat. C'est sans doute une traduction de la vie de ces saints, attribuée à saint Jean Damascène, ou, du moins, d'une version latine de cette vie. Le traducteur français commence par les huit vers suivans :

> Li cuers me dist et amoneste
> Que en romans mette la geste

> E les vies de deus ermites
> Si com je l'ai el cuer escrites.
> E nequedant molt me séist
> Qu'uns autres l'afaire aprist
> Cui engins (dont le génie) peust miaux soffire
> A traitier si aut matire.

Il ajoute qu'il a mieux aimé employer ses veilles à faire quelque chose qui pût être utile au lecteur, l'édifier et lui donner des modèles de vertu à imiter, que de faire comme tant d'autres, des romans qui n'ont d'autre but que d'amuser et de faire rire.

Dans les dix-huit derniers vers de son ouvrage, il en recommande l'auteur aux prières de toutes les classes de lecteurs :

> Por ce lui doivent tuit proier
> Clerc e borgois e chevalier,
> Soit évesques o clerc o prêtre.
> Dex li otroit l'amor célestre
> Qui de ces deux mist en mémoire
> La vie, la mor e l'estoire.
> Pensé ja y a maint semaine ;
> Moult a bien employé sa peine,
> Estudié ja maint vesprée,
> E veilliés pluisors matinées.
> Or priom Deu qu'il vive à aise
> E que l'oraison à Deu plaise,
> E que s'arme soit en remire (contemplation),
> E an repos et sans martire,
> Au jor qu'elle deviera (sortira de la vie)
> E que del cors se partira.
> Amen respondés anvirom
> E puis pater noster dirom.

> *Explicit.*

> De Barlaam e Josaphas
> Que Dex nos maint (mène) à bon trespas !

G.

AYMÉ DE VARANNES ou DE CHATILLON,

POÈTE FRANÇAIS.

N° 6973.

CE poëte est connu comme auteur d'un roman de Florimond, dont Borel, le nouveau du Cange, Galland et quelques autres écrivains ont parlé; mais ni ces écrivains, ni rien dans ce roman ne nous apprennent aucune particularité de sa vie. Il n'est question ni de son roman ni de lui, dans Fauchet, non plus que dans Lacroix du Maine.

Le roman de Florimond qui se trouve dans un manuscrit français de la bibliothèque du Roi, est in-4°, sur vélin, à deux colonnes. Les vers sont de suite comme de la prose, et ne sont distingués que par la première lettre de chaque vers qui est d'une teinte un peu rouge. L'écriture paraît du XIV° siècle, et en est effectivement, comme on le voit à la fin, par ces quatre vers du copiste, qui se nommait Thomas le Huchier :

> L'an 13 cent et 23,
>
> Sis jors devant la sainte croix,
>
> Fist Thomas le Huchier cest livre;
>
> Moult fu lié (joyeux) qui en fu délivre.

Galland parle d'un manuscrit plus ancien, dont il n'indique pas le numéro, mais qui est du XIII° siècle; la preuve en est dans ces trois vers du copiste, qui n'a pas pris soin de se nommer :

> E quant cil roman fu escri,
>
> Corroit mil deux cens quatre-vingt
>
> Et quinze ans, el mois d'aoust.

Rien n'indique dans le poëme pourquoi on avait donné à Aymé le premier de ses surnoms, *de Varannes*, ni de laquelle des villes appelées *Châtillon*, son second lui était venu. Il n'est appelé *de Varannes* que dans une traduction en prose, dont nous parlerons plus bas. Dans plusieurs vers de son poëme, il dit qu'il l'avait composé à Châtillon; mais il dit aussi qu'il l'avait fait *en Lionnais*, et il ajoute que ce n'était pas en France, parce qu'en effet le comté de Lyon

ne fut réuni à la couronne qu'en 1309, sous le règne de
Philippe-le-Bel. Quoi qu'il en soit, c'est dans le début du
roman de Florimond que se trouvent toutes ces indications,
dont il serait difficile de tirer une conséquence définitive,
dans la disette absolue où l'on est de renseignemens sur sa
vie et sur sa personne. Voici ce début :

> Cil qui a cuer de vasselage
> Et veult amer de fin corage,
> Il doit oïr et escouter
> Ce que Aimés veult raconter.
> Assez i puet de bien aprendre
> Si de bon cuer i veut entendre.
> Or oiez seignor que je di
> Aimés por amer avec fi (foi, fidélité)
> Fist le romans tant sagement
> Que tel storre que on entent
> Pourquoi il fust et fais et diz.
>
> . . . .
>
> Tousjours mais en iert remembrance.
> Il ne fu mie fais en France,
> Mais en la langue des François
> Le fist Aimés en Lionnois.
> Aimés y mist s'entencion,
> Le romans fist à Chastillon
> De felipon de Macedoine
> Qui fust norris en Babiloine,
> Et del fil au duc Malaquas
> Qui est-it sire de Duras.
> Florimont ot nom en françois
> *Elenois* est dist en grezois.
>
> . . . .
>
> Sor Aselgue* à Chastillon
> Estoit Aimés une saison,
> Et pourpensa soi de l'estoire
> Que il avoit en sa mémoire.
> Il l'avoit en Grèce véüe,
> Nes n'étoit pas partout séüe,
> A Filipople la trouva
> A Chastillon le aporta.
> Ainsi come il avoit aprise
> L'a de latin en romans mise.

** Sic sed non li-
quet.*

488 AYMÉ DE VARANNES, POÈTE FRANÇAIS.

L'auteur dit encore, à la fin de son roman, qu'il n'a fait que traduire cette histoire du latin de celui qui l'avait composée pour son amusement et pour son plaisir. Ainsi, quoique l'histoire soit grecque, c'est en latin qu'elle est censée avoir été d'abord écrite. Que cela fût vrai, ou que ce fût une tournure assez usitée dans ces temps-là, pour donner du crédit à l'ouvrage, après avoir été mise en vers, elle fut retraduite en prose, selon un autre usage du même temps. Le manuscrit français 7559 de la bibliothèque du Roi, petit in-folio sur papier, d'une écriture qui est aussi du XIIIe siècle, contient ce même roman de Florimond, en prose. Il est sans titre, et commence ainsi :

« A celui qui a cuer de grant valeur et entend en amour de
» dames et damoiselles, si entende de bon cuer le livre que
» Aimé de Varannes fist de gregoys en françoys ; et il étoit
» en amour d'une belle damoiselle de France qui avoit nom
» Julienne. Ceux qui le liront et entendront lire, ce qui n'est
» pas donné à tout le monde, en tireront un grand profit.

» Vrois seignors, Aymé si estoit en amours de cette noble
» damoiselle Julienne, ainsy comme je vous ay dit ; et si
» estoit en Lonris (c'est sans doute *Lonois*, mal écrit pour
» *Lionois*). Mais il fist l'estoire à Castillon de Philippon de
» Macédoine, qui avoit été en Babylone, et du fils au duc
» Marquas (Malaques), qui tenoit pour héritage Duras et
» toute Albanie, et son fils d'icelui duc de Duras dont l'his-
» toire parle. Si eust nom Florimont en françois et Helenoys
» en gregoys. Icelui Florimont fut roy et si acquit assez hon-
» neur et terre, et eust moult de peine et de travail en sa vie.

Aselgue dans le roman en vers.

» En iceluy temps, estoit Aymez à Castillon sous Absegues (4),
» et se pensa de celle histoire que il avoit en Grèce vue, etc. »

On apprend ici une seule circonstance de la vie d'Aymez de Châtillon, c'est qu'il était amoureux d'une demoiselle française appelée Julienne. Ce trait, et quelques autres ajoutés au roman en vers, paraissent une preuve de plus qu'il fut fait d'abord sous cette forme, et ensuite traduit en prose.

P. 552.

Pour revenir au poëme, Borel, dans son Trésor, au mot *Séneschal*, en cite le passage suivant, qui donne des particularités assez curieuses sur la manière dont les repas étaient servis au douzième siècle :

> Quant lor mangier fust atornez
> Li oste dist : Seignor, lavez.
> A l'ostel tot estoient venu

Por véoir li povre perdu,
Li damoisel, li chevalier,
Sergens, bourgeois et escuyer.
A l'ostel avoit moult grant bruit
Et de joye et de déduit.
Tous sont retenus au mangier,
Si font le séneschal proier
Qu'il remansist por déporter
Al povre perdu au souper.
Li seneschal fist lor voloir;
Quant ot lavé s'alla séoir.
Delfis ne fist pas chière morne,
Les tables et les mets atorne.
Quant il se furent tot assis
Les tables fist mettre Delfis.

. . . .

Quant les tables furent assises
Si ont les napes dessus mises.
Li sergent ne sont pas vilain,
Et vin aportèrent et pain.
Puis aportèrent autres mez;
En la table furent espez.
Onc del mangier ne fut à dire.
Mes com ne peut penser ne dire,
Quant ils ont assez mangé tuit
Delfis fit aporter le fruit.

. . . .

Ceste table fut bien servie
Ou fut li rois de Barbarie;
Por tres pucelles qui y sont
Li seneschaux fist Florimont
Servir, parce que il sçavoit
Quant en son cuer moult li pesoit.
Assis s'y sont li chevalier
Cil qui ne servoit au mangier.

Après avoir raconté à sa manière les gestes de Philippe de Macédoine, de son fils Alexandre et de son petit-fils Florimont, le poète s'adresse au lecteur, et paraît craindre le jugement du public français, très-difficile, dès ce temps-là, sur le langage, n'approuvant que ce qui était d'origine française, et peu indulgent pour les productions d'un étranger.

Tome XV.   Q q q

> Del roy Floiremont vous ai dit
> Tant com j'en ai trové escrit.
> Or pri à ceux qui oï l'ont,
> Et aus trouveres qui i sont,
> Et aus François que por amor
> Ils ne blasmoient mon labor.
> Qui blasme ce qu'il doit loer,
> Et ce loe qu'il doit blasmer,
> Il ne s'en puet pas moins honir.
> Aus François io voil tant servir,
> Que ma langue lor est sauvage,
> Que io ai dist en lor langage
> Et mieuls que je le ai su dire.
> Se ma langue la lor empire
> Por ce ne me dient ennui ;
> Mies aim ma langue que l'autrui.
> Romans ne estoire ne plaît
> Aus François, se il ne l'ont fait.
> N'est merveille, quar el boschage
> Non a si lait oisel salvage
> Que ses nis ne lui soit plus biels
> Que toz le moindre des oisels.
> Et li estre de mon païs
> Me sent plus bel à mon avis
> En droit de pris et de onor
> Et de service que li lor.
> Voire est que i a des François
> Et de vilains e de cortois.

Les quatre derniers vers du poëme en donnent la date;
mais un mot illisible dans le second des quatre vers, rend
cette date incertaine :

> Quant Aymez en fist le romans
> Mil cent.... vint viii ans
> Avoit del incarnacion.
> Adonc fut retrait par Aymon.

L'auteur suit ici l'usage de changer les terminaisons des
mots, et même des noms propres, en faveur de la rime.
Quant au mot qui manque dans le second vers, on peut le
suppléer d'après un manuscrit de Saint-Marc, à Venise, copié
par M. de Sainte-Palaye, dans un de ses recueils. Il porte :

Quant Aymez en fist le Romans,
Mil cent et quatre vint VIII ans
Avoit de l'incarnacium ;
Adonc fut retrait par Aymum.

Ce poëme fut donc terminé en 1188 ; et le poète, qui n'a laissé d'ailleurs aucune trace de son existence, peut être regardé comme ayant vécu jusque vers la fin du XIIe siècle.

Dans le catalogue alphabétique de livres, qui est en tête du *Trésor de recherches et d'antiquités gauloises et françaises,* de P. Borel, on trouve : *Roman de Florimond ou Fleurimont, manuscrit en la bibliothèque du Roi, de l'an 1128.* Borel cite ce roman dans plusieurs endroits de son Trésor, et il répète au mot *Drudus* de la seconde partie, qu'il fut écrit en 1128.

JEHAN PRIORAT,

POÈTE FRANÇAIS.

On ne connaît l'existence de ce poète que par le soin qu'il a pris de mettre son nom à la fin du seul ouvrage qui soit resté de lui ; c'est une traduction de Végèce, *de re Militari,* en vers français ; et comme au temps où vivait le traducteur, l'état militaire n'avait rien de si distingué que la chevalerie, il n'a pas manqué d'intituler son ouvrage : *Livres de Végèce, de la chevalerie,* traduits en vers français. Cette traduction se trouve parmi les manuscrits français de la bibliothèque Royale, n° **7622**, petit in-folio ; le manuscrit en est orné de miniatures dans quelques lettres initiales, et sur quelques-unes de ses marges, où l'on voit des détails assez curieux sur la manière de s'armer, de faire la guerre, sur les campemens, les siéges, selon l'usage de ce temps-là.

L'ouvrage commence par cette espèce de prologue, écrit en rouge :

Par bonaire ici comance
U non de Deu li abrejance
De l'ordre de chevalerie,

Q q q 2

Comment doit estre étaublie.
Faite fu par noble home et saive (sage, savant)
C'on appelloit Vegece Flaive
Per IIII livres devisez
Le trouverois s'avant lisez.

On lit ensuite une table en vers des choses contenues dans
les quatre premiers livres de Végèce ; l'auteur n'a pas traduit
le cinquième, sans doute parce qu'il ne traite que des flottes
romaines, et de la guerre de mer. Cette table générale est
suivie d'une table particulière des chapitres du premier livre.
Ce livre commence ainsi :

Nos ne veons pas que li puples
Das Romains, ne il ne lors mubles,
Aient vaincut trestot le monde
Si con il tient à la raonde,
Per sorceries ne par charmes ;
Mais que par l'entance des armes.

On pense bien que Végèce n'a parlé ni de sorcellerie ni
de charmes. Il dit simplement en cet endroit : *nulla enim
aliâ re videmus populum romanum orbem subegisse terra-
rum, nisi armorum exercitio, disciplinâ castrorum, usuque
militiæ*. Ce ne sont guère que des ornemens de cette espèce
qu'il gagne à être traduit en vers par Jehan Priorat.

On lit à la fin du quatrième livre, ces vers qui terminent
l'ouvrage, ou du moins le manuscrit :

Si i puet l'on en sa pensée
Retenir aucunes choses feites
Qui sont profitaubles et neites,
Qu'es grans et es petites guerres
Vaillent et au conquérir terres,
Et en totes autres besoingnes
Ou porte l'on banières n'ensaingnes,
Ne quel guerre faire conoseingne ;
Et qui ne le set si l'apreingne,
Et coment qu'il voit ne quel coste.
La veille de la pentecoste
Après cele incarnation
Que j'ai dit de l'ascension,
Fu cis livres trestoz parfaiz.
Se vos pensez qu'il soit bien faiz,

Vos tuit qui cest livres liroiz
Pour *Jehan Priorat* prieroiz
Que Dieu le trait à bone fin.
Ici mon livre vous defin.
      Amen.
Explicit li romans de chevalerie.

Ce langage est bien celui du XIIe siècle. M. de Sainte-Palaye, dans une note manuscrite sur cette traduction de Végèce, pense que les *bannières* dont il est parlé au septième vers de ce passage, et que l'on portait à la guerre, selon l'usage de ces temps, où les curés, avec leurs paroissiens et leurs bannières, servaient dans les armées, sont un indice de plus que cet ouvrage appartient au XIIe siècle. Mais, soit que l'on dérive ce mot, comme Pasquier, de *ban*, ordre L. VIII, ch. 36. publiquement proclamé d'aller à la guerre, et de se rassembler sous le drapeau, l'étendard, qui de-là s'est appelé *bannière;* soit que, comme le veut Ménage, sur ce mot, dans ses *Origines de la langue française,* il vienne du mot latin *bandum,* d'où nous avons fait *bannière,* pour *bandière,* comme les Italiens disent *bandiera;* il paraît toujours certain que la chose, et le mot qui la représente, furent d'abord appliqués à l'ordre militaire, et que ce ne fut que par imitation qu'on appela *bannière* le signe que l'on portait à la tête du clergé et des fidèles dans toutes les solennités de l'église. La religion s'étant malheureusement mêlée dans presque toutes les guerres du XIIe siècle, les pasteurs et leurs paroissiens y marchaient en effet précédés de leurs bannières; mais dans le vers en question, ce mot signifie enseigne, étendard en général, et non pas en particulier les bannières ecclésiastiques, comme l'a cru M. de Sainte-Palaye.

Au reste, ce que ces vers ont de plus remarquable, c'est le nom de l'auteur placé à l'antépénultième. Cet auteur nous y donne en même temps un échantillon de son esprit, en faisant un jeu de mots de son nom avec un temps du verbe *prier :*

    Pour *Jehan Priorat* prieroiz;

Mais il ne donne aucune indication sur sa vie, son état, sa patrie, ni sur le temps précis où il a vécu; et nous n'avons pu trouver nulle part ailleurs rien qui puisse suppléer à son silence.

LUCES DU GAST, — GASSE LE BLOND, — GAUTIER MAP,—ROBERT DE BORRON,—HÉLIS DE BORRON, — RUSTICIËN DE PISE,

AUTEURS OU PLUTÔT TRANSLATEURS DES ANCIENS ROMANS DE LA TABLE-RONDE.

CES auteurs, qui écrivaient en Angleterré, traduisirent du latin en prose françaisc, les romans de Tristan de Léonnois, de Meliadus père de Tristan, du Saint-Graal, de Joseph d'Arimathie, de Merlin, et de Lancelot du Lac, source primitive de cette multitude de romans dits *de la Table-ronde,* qui furent aussitôt après mis en vers français, et qui se répandirent dans toute l'Europe, vers la fin du XIIe siècle.

A l'exception de Gautier Map, sur lequel on trouve des renseignemens, on ne sait rien sur les autres. Ils ont échappé aux recherches de tous les biographes ; et si quelques-uns d'entre eux n'avaient eu soin de nous instruire eux-mêmes de leurs qualités, du rang qu'ils occupaient, et des noms de ceux qui coopérèrent à leur entreprise, on ne pourrait former que des conjectures sur le temps où ils ont vécu, ainsi que sur le pays qui les a vus naître.

LUCES DU GAST, chevalier et seigneur du château du Gast près Salisbury, en Angleterre, est regardé comme le plus ancien ; il *translata* le roman de Tristan, et commença celui du Saint-Graal. Il s'exprime ainsi en tête du premier :

Catal. de La Vallière, t. II, p. 614, n° 4015.

« Après ce que j'ai leu et releu et pourveu par maintes
» fois le grant livre en latin, celui meismes qui divise aper-
» tement l'*Estoire du Saint-Graal,* moult me merveil que
» aucuns preudoms ne vint avant pour translater-le du
» latin en roumans..... Je Luces chevaliers et sires du Chastel
» du Gast, voisins prochain de Salebieres, comme cheva-
» liers amoureus enprens à translater du latin en françois
» une partie de cette estoire, non mie pour ce que je sache
» grammment de françois, ainz apartient plus ma langue et
» ma parleure à la manière de l'Engleterre que à celle de

» France, comme cel qui fu en Engleterre nez, mais tele
» est ma volentez et mon proposement que je en langue
» françoise le translaterai..... »

Lévesque de la Ravallière paraît s'être trompé en disant
que le roman de Tristan, dont il ne connaissait pas l'au‑
teur, avait paru en 1190. Chrestien de Troyes avait mis cet
ouvrage en rimes ; et l'on peut présumer que cette version
fut publiée avant 1180, à en juger par ce que dit le poète
en tête d'un autre de ses romans, comme nous l'avons vu
dans son article. Mais le même la Ravallière nous semble
avoir raison lorsqu'il dit : « On ne peut révoquer en doute
» que ce roman (de Tristan), en prose, ne soit le premier
» et le plus ancien de ceux que l'on connaît jusqu'à-pré‑
» sent ; il a précédé de quelques années *Graal et Lancelot*. »

L'abbé Lebeuf a trouvé un roman de Giron le Courtois,
attribué à Luces ; mais les rédacteurs du catalogue de la
Vallière regardent, avec raison, Rusticien de Pise comme
l'auteur, ou plutôt comme le translateur de cet ouvrage (1).

Ce qu'il dit dans un autre de ses romans, Meliadus de
Léonnois, confirme l'antériorité que la Ravallière accorde
à celui de Tristan, et nous apprend en même temps quels
furent dans ce dernier roman les collaborateurs ou plutôt
les continuateurs de Luces. Voici ce passage :

« Messire Luces du Gau (Gast) s'en entremist premiere‑
» ment, et ce fu le premier chevalier qui s'en entremist et
» qui s'estude y mist et sa cure que bien savons..... Il trans‑
» lata, en langue françoise, partie de l'istoire de monsieur
» Tristan..... Après s'en entremist messire Gasses li Blons
» qui parens fu le roi Henry...... Après s'en entremist mes‑
» sire Gautier Map qui fut chevalier le Roy, et divisa cilz
» l'ystoire de Lancelot du Lac, que d'autre chose ne parla‑
» il mie gramment. En son livre, messire Robeart de Borron
» s'en entremist. Après s'en entremist Helis de Borron par
» la prière de messire Robeart de Borron..... »

Les auteurs nommés dans ce passage ont donc tous tra‑
vaillé à la traduction du Tristan, ou plutôt Rusticien de
Pise n'a désigné que ceux qui avaient ajouté des branches
ou suites à ce roman.

II. Gasse le Blond, nommé le premier après Luces, était
parent du roi Henri II d'Angleterre. On ne nous apprend

Poés. du roi de Navarre, t. I, p. 168.

Loc. cit. p. 169.

Acad. des inscript., t. XVII, p. 758.
T. II, p. 606, n° 3990.

Catal. de La Val‑ lière, t. II, p. 606 et 607, n° 3990.

Il est cité au der‑ nier feuillet du ms. n° 6963.

____

(1) Le ms. n° 6977 est le seul qui l'accorde à Luces.

rien de plus. Il paraît être le seul qui ait écrit du vivant de Luces du Gast, et qui ait partagé ses travaux.

III. Gautier Map ou Mapp, qui vient ensuite, florissait vers le même temps ; il reçut ordre du même prince, dont on dit qu'il était chapelain, de mettre en français, d'abord, le roman latin du Saint-Graal, et ensuite celui de Lancelot du Lac.

Guill. Cave, t. II, p. 284. — Casim. Oudin, t. II, p. 1645.
Catal. de la Vallière, t. II, p. 605 et 606.
Ibid.

Tanner, cité par de Bure, le fait chanoine de Salisbury, grand chantre de l'église de Lincoln, en 1196, enfin archidiacre d'Oxfort, en 1198. On ignore l'année de sa mort ; il vivait encore en 1210, ce qui le rejetterait à une époque bien postérieure à celle où nous sommes parvenus dans cette histoire littéraire ; mais on ne peut le séparer des autres traducteurs de ces romans de la Table-ronde. Il y a d'ailleurs, sur ce qui le regarde, quelques obscurités qu'il serait difficile d'éclaircir.

Fabricius, Bibl. lat. med. et inf. t. III, p. 117, édit. de Mansi.

Gautier Map, chapelain du roi, a toujours été regardé comme le translateur du roman de Lancelot ; on a cependant vu que Rusticien, son contemporain, dit de lui :

« *Après s'en entremist messire Gautier Map qui fu cheva-* » *lier le roy.* »

Or la qualité de messire n'était accordée qu'à ceux qui étaient revêtus de l'ordre sublime, c'est-à-dire de la chévalerie ; Gautier Map, traducteur de Lancelot, était donc homme du monde et chevalier. Il n'était donc pas chapelain comme on l'a cru ; et, quoique plusieurs écrivains lui aient donné ce titre, le témoignage de Rusticien de Pise semble devoir être cru préférablement.

Quoi qu'il en soit, dans un manuscrit de la bibliothèque Royale (1), on lit à la fin : *Mestre Gautier Mapes qui fist le*

---

(1) N° 7177, fol. 263, roman de Tristan, où Luces du Gast s'exprime ainsi :

« Après le grant travail de cestui livre que fet ai, ai demoré un an entier, ai » laissé totes chevaleries et toz autres soulaz, me retornerai sor le livre de latin » et sor les autres livres qui trait sont en françois ; et puerrai de chief le livre » que nos i troveron. Je acomplirai ce Diex plest tot ce que mestre Luces del' » Gait qui premierement comença à translater, *et mestre Gautier Mes (Map) qui* » *fist le propre livre* de latin, maistre Robert de Boron. Tot ce que nous n'avons » mené à fin je acomplirai, se Diex me doint tant de vie que je puisse celui livre » mener à fin. Et je en doit moi merci moult le roi Henri mon seignor de ce » qu'il loe le mien livre, et de ce que il li donne si grand pris. » Yci fenist le livre de Tristan. »

« *propre livre du latin;* » c'est-à-dire qui traduisit du latin ce livre même, *le propre livre,* ou, comme on l'eût dit quelques siècles après, ce présent livre. Dans son roman de Lancelot du Lac, on lit que les *aventures du Saint-Graal,* telles qu'elles furent vues et racontées par *Boor,* furent mises et gardées en l'*abbaye de Salesbieres* (Salisbury). « Dont maistre Gautier Map les traist à faire son livre
» del Saint-Graal por l'amor del'roi Henri (II) son signor
» qui fist l'Estoire translater du latin en franchois. Après
» che que maistres Gautier Map ot traitié des *aventures del*
» *Saint-Graal* assez souffisament, si comme il fut avis al roi
» Henri son signor que ce qu'il avait fait ne devoit pas
» souffire s'il ne racontoit la fin de chaus dont il avoit
» devant fait mention, comment chil moururent, de qui il
» avoit les proeces ramentéus en son livre, et por ce com-
» mencha il ceste daaraine partie et quant il l'ot mise en-
» samble, il l'apala la *mort al roi Artus.* »

IV. Robert de Borron et Helis de Borron qui sont nommés les derniers dans le passage de Rusticien de Pise, continuèrent la traduction de ces divers romans, et en firent paraître les suites sous les titres de *Joseph d'Arimathie, du Saint-Graal* et de *Merlin.*

Helis de Borron était parent de Robert; après avoir publié, lui seul, le roman de *Palamedes* qui fait partie de ceux de la Table-ronde, il s'associa avec Robert et avec Rusticien de Pise, pour terminer les différens ouvrages qui ont paru sous le nom de ce dernier.

V. Il ne reste plus que Rusticien de Pise lui-même sur lequel les biographes n'ont jusqu'à-présent fait aucune recherche. Il est souvent nommé et cité; on connaît plusieurs de ses ouvrages, mais on ne sait rien sur sa personne ni sur sa vie. Cet auteur, que les rédacteurs du catalogue de la Vallière qualifient de maître, traduisit du latin en français les romans du Brut, de Méliadus, père de Tristan, et celui de Giron le Courtois. Ils ajoutent que ces trois ouvrages furent faits d'après les ordres de Henri III. Son grand'-père Henri II, disent-ils, monarque protecteur des lettres, auquel la langue française était plus familière que la langue anglaise, ayant fait traduire précédemment une partie des romans de la Table-ronde, Henri III en fit continuer la suite par cet auteur. Mais il nous semble qu'il suffit de citer un autre passage des mêmes rédacteurs pour prouver qu'ils

Tome XV.   R r r

Ce passage se trouve également à la fin du ms. n° 7185.

Catal. de la Vallière, t. II, p. 605.

T. II, p. 606.

se trompent dans celui-ci, et que ces romans furent traduits sous le règne de Henri II. « Helis de Borron, disent-ils, » a aussi travaillé au roman du Brut avec Rusticien de Pise, » secondé de son parent Robert (1). »

Henri II régna depuis 1154 jusqu'en 1189, et Henri III depuis 1216 jusqu'en 1272. Il est difficile de penser que Robert de Bourron et Helis de Bourron, qui étaient chevaliers de Henri II, et qui avaient la confiance de ce prince, puisqu'ils travaillaient d'après ses ordres, fussent encore vivans sous le règne du petit-fils de ce monarque. D'ailleurs ce fut sur ces traductions françaises que nos poètes du XIIe siècle composèrent leurs romans en vers; ni Rusticien de Pise, traducteur en prose du roman du Brut, ni à plus forte raison Helis et Robert de Bourron dont il fut le continuateur dans le roman de Lancelot, n'écrivirent donc pas sous le règne de Henri III roi d'Angleterre, mais sous celui de Henri II, ou au plus tard sous Richard-Cœur-de-Lion.

Nous terminerons cet article par la liste des romans traduits pour la première fois du latin en prose française, par ces écrivains nés anglais. Nous rappellerons en général que ces premières traductions furent mises en vers français dans le même siècle, que ce ne fut qu'au XIVe siècle que les mêmes romans furent remis en nouvelle prose, d'après les romans en vers, et imprimés. Nous citerons les plus anciennes éditions qui en ont été faites, la plupart devenues rares; nous réservant à donner une idée de chacun de ces romans dans les articles des poètes français qui les ont mis en vers.

Roman de TRISTAN, *traduit pour la première fois du latin en prose française, par Luces du Gast, continué par d'autres traducteurs, Gasses le Blond, Gautier Map, etc.*

Histoire du chevalier Tristan, fils du roy Méliadus. Paris, Bonfons, 1584, in-4°.

(1) Dans le ms. n° 6961, il est dit, fol. 1, v° : « Sachiez tout vraiement que cist » livres (*Meliadus*) fut translatez du livre monseigneur Édouart le roy d'Engleterre » en cellui temps que il passa outre la mer ou service nostre seigneur Dame Dieu » pour conquester le Saint-Sépulcre, et maistre Rusticiens de l'ise lequel est » ymaginez yci dessus compila ce rommant, car il en translata toutes les merveil- » leuses nouvelles et aventures qu'il trouva en celli livre et traita tout certaine- » ment de toutes les aventures du monde, etc. »

Tristan de Leonnois, chevalier de la Table-Ronde, Paris, Verard, in-fol. s. d.

Tristan, etc. Paris, Denys Janot, 1533, in-fol.

L'histoire du très-vaillant chevalier Tristan, etc. Paris, Ant. Verard, 2 vol. in-fol. s. d.

Le premier livre du nouveau Tristan, etc. , fait françois, par Jehan Maugin, dit l'Angevin. Paris, veuve Maurice de la Porte, 1554, in-fol.

Le livre du nouveau Tristan, etc. fait françois, par Jehan Maugin. Lyon, Benoist Rigaut, 1577, 2 vol. in-16.

L'histoire d'Ysaïe le triste, fils de Tristan de Leonnois. Paris, Phil. Le Noir, in-4° s. d.

Le même, Galliot Dupré, 1522, in-fol.

Roman de LANCELOT, *traduit pour la première fois par Gautier Map.*

La tierce partie de Lancelot du Lac avec la queste du Saint-Graal et la dernière partie de la Table-Ronde. Paris, Jehan Dupré, 1488, in-fol.

Le tiers vol. de Lancelot du Lac. Paris, Jehan Petit, 1513, in-fol.

Les merveilleus faits et gestes du noble et puissant chevalier Lancelot du Lac, compaignon de la Table-Ronde. Paris, Ant. Verard, 1494, 3 vol. in-fol.

Les faicts et prouesses de monseigneur Lancelot du Lac. Paris, Phil. Lenoir, 1533, in-fol.

Hist. contenant les grandes prouesses, vaillances, et héroïques faits d'armes de Lancelot du Lac, etc., mise en beau langage. Lyon, Benoist Rigaud, 1591, in-8°.

Romans du GRAAL, *de* JOSEPH D'ARIMATHIE *et de* MERLIN, *traduits pour la première fois par Robert et Hélis de Boron.*

L'hist. du Saint-Greaal, qui est le premier livre de la Table-Ronde : ensemble la queste dudit Saint-Gréaal faite par Lancelot, Galaad, Boorf et Perceval, qui est le dernier livre de la Table-Ronde. Paris, Jehan Petit, 1516, in-fol.

La vie et les prophéties de Merlin. Paris, Ant. Verard, 1498, 3 vol. in-fol.

La vita de Merlino et de le suc prophetic historiade che

lui fece, lequale tractano de le cose che havo avenire. In Florentia, 1495, in-4°.

Autres romans de la FAMILLE D'ARTUS.

Le roman du roi Artus. Rouen, Gaillard le Bourgeois, 1488, in-fol. (C'est le *Brut*, traduit en prose par Rusticien de Pise.)

Gyron le Courtois (par le même Rusticien), avec la devise de tous les chevaliers de la Table-Ronde. Paris, Ant. Verard, in-fol. s. d.

Les nobles faits d'armes du vaillant roi Meliadus de Leonnois (traduits par le même). Paris, 1528, in-fol.

Le livre des nobles faits d'armes du vaillant roi Meliadus, etc. Paris, Denis Jannot, 1532 ; in-fol.

La triomphante et véritable histoire des hauts et chevaleureux faits d'armes du plus que victorieux prince Meliadus, etc. Paris, 1555, in-4°, chez P. Sergent, et in-12, chez Denis Jannot.   G.

SIMON DE BOULOGNE,

TRADUCTEUR DE SOLIN,

ET AUTRES TRADUCTEURS FRANÇAIS.

Paris, Seb. Cramoisy, 1631, in-fol.

ANDRÉ DUCHESNE, dans son Histoire généalogique des maisons de Guines, d'Ardres, de Gand et de Coucy, parlant de Baudouin II, qui succéda en 1169, dans le comté de Guines, à Arnoul Ier, son père, et qui mourut en 1205 ou 1206, rapporte ce que Lambert d'Ardres avait écrit de l'amour de Baudouin pour les bonnes lettres, et du soin qu'il prenait de s'entourer de savans, dont les entretiens et les lectures l'instruisaient. Duchesne, qui a imprimé parmi les preuves de son histoire, le texte latin de Lambert, traduit ainsi tout ce passage : « D'où vint qu'il eut toujours près » de soy un bon nombre de clercs et de gens de lettres, avec

» lesquels il s'accoutuma de conférer, et par honnêtes récom-
» penses les convia de lui expliquer les meilleurs livres. »
Landri de *Vualanio* (c'est sans doute de Valogne, en Normandie), traduisit en sa faveur le cantique des cantiques
de latin en roman, c'est-à-dire en langue française ou vulgaire, tant à la lettre que selon l'intelligence du sens mystique, ensemble plusieurs évangiles des dimanches, avec
des homélies et sermons à ce convenables. Un certain Alfrius
(c'est celui dont nous avons parlé dans le XIIIe volume de
cette *Histoire littéraire,* p. 114), lui interpréta pareillement
la Vie de saint Antoine, hermite. La plupart de la physique
(c'est-à-dire de la médecine), lui fut traduite par un savant
homme appelé maître Geoffroy; et Simon de Boulogne
ayant translaté de latin en vulgaire, Solin qui traite de la
nature des choses, il le lui offrit pour mériter l'honneur de
sa bienveillance. »   *Ubi suprà,* p. 71.

On voit par le temps où vivait le comte Baudouin que
tous ces savans florissaient au plus tard vers l'an 1190. Ce
qui est certain, c'est que maître Geoffroy était déja auprès
de lui, en qualité de son médecin, dès l'an 1177, puisque
ce fut lui qui, avec un autre médecin, nommé Herman,
prit soin de la comtesse Chrétienne, femme de Baudouin,
dans la maladie dont elle mourut cette même année 1177,
comme le rapporte Lambert d'Ardres, cité par André Duchesne. Quant à Simon de Boulogne, il vivait encore en   *Ibid.* p. 117.
1198. On en trouve la preuve dans un autre passage de
Lambert, qui nous apprend en même temps que Simon
joignait à ses autres connaissances celle de la géométrie, si
cependant cela ne se réduisait point, vu l'état où étaient
alors les sciences, à savoir ce qu'on nomme l'arpentage; ce
fut lui qui, en qualité de *géomètre,* eut l'intendance des ouvriers qui travaillèrent au grand fossé dont la ville d'Ardres
fut environnée en 1198.   *Ibid.* p. 257.

On peut soupçonner que Simon était aussi poète, d'après
un article de l'inventaire des livres du roi Charles V, rapporté
par Lebeuf. Cet article porte : « Des faits de Troyes, des   Dissert. sur l'his'.
» Romains, de Thèbes, d'Alexandre-le-Grand, *escripts de*   de Paris, t III, p.
» *lettre boulonnaise.* » Et il est ajouté en note : « Le roi le prit   458.
» quand il alla au mont Saint-Michel. » Charles V mourut en
1380; ce livre qu'il estimait particulièrement, sans doute à
cause de son ancienneté, et qui était écrit en lettre boulonnaise, était peut-être l'original même de l'auteur; et aucun

poète boulonnais, autre que Simon, ne figure dans notre
Histoire littéraire avant l'époque de Charles V.

La suite de ce passage de Lambert d'Ardres, publié par
André Duchesne, contient d'autres détails que nous croyons
devoir ajouter ici, quoiqu'ils ne regardent plus Simon de
Boulogne, parce qu'ils font connaître d'autres savans, ses
contemporains, dont il paraît qu'aucun autre auteur n'a
parlé.

« Il (le comte Baudouin) assembla une très-ample biblio-
» thèque, de laquelle il commit la garde à un nommé Hesard
» de Aldehem, ou de Haëden, qui, par le moyen d'icelle,
» apprit les bonnes disciplines, encore qu'il n'eût point au-
» paravant étudié ; et suivant son instruction, Gautier *Silens*
» (le Silencieux), autrement dit *Silenticus,* composa un livre
» intitulé de son nom : *le Silence,* ou *le roman du Silence,*
» en récompense duquel le comte Baudouin lui donna des
» chevaux, des vêtemens, et plusieurs autres présens hon-
Ibid. p. 72
» nêtes. »

Lambert, dans un autre endroit que Duchesne n'a point
traduit, parle encore de trois autres savans qui, tandis que
les premiers étaient auprès du comte Baudouin II, étaient
eux-mêmes auprès de son fils, le jeune comte Arnoul, pour
l'instruire dans l'histoire ; ce sont : Robert de Coutance,
Philippe de Mongardin, et Gautier de Cluse. Le premier
était un ancien militaire *(militem quemdam veteranum Robertum),* qui instruisait le jeune comte, et charmait en
même temps ses oreilles, *et aures ejus demulcebat,* par les
histoires des empereurs romains, de Charlemagne, de Roland
et d'Olivier.

Le second, Philippe de Mongardin, lui parlait, aussi pour
le plaisir de ses oreilles *(ad aurium delectationem),* du pays
de Jérusalem, du siége d'Antioche, et des faits d'armes
contre les Arabes, les Babyloniens, et dans toutes les régions
d'outre-mer. Son cousin *(cognatum suum),* nommé Gautier
de Cluse, l'entretenait assiduement des faits historiques et
fabuleux des Anglais, de Germond et d'Ysembard, de Tristan
et d'Yseult, de Merlin et de Merculfe, de l'histoire des
Ardresiens, et de la construction de la ville d'Ardres. Le
comte les retenait auprès de lui, les admettait à sa familiarité,
Ibid. p. 251 et 252.
et prenait plaisir à les entendre. On voit que Baudouin
et son fils n'épargnaient rien pour être instruits ; mais qu'en
croyant apprendre l'histoire, ils n'apprenaient à peu de chose
près que des fables.

Dans une des assemblées que ces trois derniers savans tenaient en présence du jeune comte Arnoul, Gautier de Cluse prononça un long discours, où il fit toute l'histoire de la ville d'Ardres, et des actions mémorables des seigneurs de cette ville. Lambert d'Ardres nous a conservé ce long discours, que l'on trouve imprimé en entier parmi les preuves de l'histoire généalogique, etc., écrite par André Duchesne, qui nous a fourni les matériaux de cet article.

Il est à remarquer que Lambert y nomme souvent Baudouin d'Ardres, son père ; c'est qu'il était fils naturel de ce seigneur, qui mourut en 1446 ; il était ainsi proche parent du jeune comte Arnoul, qui était, par sa mère Chrétienne, petit-neveu du même Baudouin.   G.   *Ibid.* p. 167.

JEAN DE LYON ET ARNOLD,

DE LA SECTE VAUDOISE.

JEAN DE LYON était l'un des chefs de la secte vaudoise. On a réfuté et supprimé ses écrits ; ils ne nous sont connus que par les critiques ou censures qu'ils ont provoquées. C'est sur-tout dans le livre du dominicain Reynier contre les Vaudois, qu'il est question de la personne et plus encore de la doctrine de Jean de Lyon. Reynier est un théologien du XIIIe siècle, que nous ferons connaître ailleurs : mais voici, en substance, ce qu'il dit de l'hétérodoxe Jean.

Il le surnomme *Bergomensis,* soit que Jean fût né à Bergame, soit plutôt qu'il y eût porté ses erreurs qui, en effet, se répandirent en Lombardie. Quoi qu'il en soit, Jean se donnait à lui-même le nom de Jean de Lyon, et se qualifiait *fils aîné, ordonné évêque par la grace de Dieu.* Pour expliquer ces titres, Reynier nous apprend que chez les Vaudois, l'évêque mort était le plus souvent remplacé par l'aîné de ses fils. Outre les épîtres assez nombreuses où Jean prenait ces qualités, il avait composé, ou comme dit Reynier, compilé un gros volume de dix cahiers dont chacun était de quatre feuilles : *Compilavit magnum quoddam volumen*

Dubou'ay, t. II, p. 192. — Bossuet, Hist. des variat., liv. XI, n. 54. Bibl. Patr. Lugd. t. XXV, p. 269-271.

decem quaternorum. Là, Jean de Lyon développait sa doctrine, professait le manichéisme, niait la Trinité, réduisait la création au simple débrouillement du chaos, bornait la puissance de Dieu, étendait celle du diable, et la déclarait supérieure à celle du Christ : il enseignait d'ailleurs la transmigration des ames d'un corps en un autre ; et plus téméraire que Pierre Valdo, il attaquait plusieurs croyances que cet hérésiarque avait respectées. Reynier nous représente la secte des Vaudois comme divisée en deux branches : celle dont Jean de Lyon était le chef, composée de jeunes gens, se distinguait par une licence plus audacieuse. Mais il s'agit ici de la licence de leurs opinions, non de leurs mœurs : car Reynier rend hommage à la conduite édifiante de tous les Vaudois ; entraîné lui-même par l'éclat et l'attrait de leurs vertus évangéliques, il s'était d'abord placé dans leurs rangs, et avait professé leur doctrine avant de la réfuter.

En quelles années naquit, vécut, écrivit, mourut Jean de Lyon ? ni Reynier, ni aucun contemporain ne nous l'apprend. Tout ce que nous en savons, c'est que Reynier réfutait Jean vers l'année 1250, et qu'alors il ne représentait point les lettres et le gros livre de cet hérétique comme des productions toutes récentes. Il dit néanmoins que Jean et ses complices *n'osent pas* révéler à tous leurs disciples le système entier de leurs dogmes ; et de ce temps présent, *non audent,* on pourrait à la rigueur induire que Jean vivait encore en 1250. Pour écarter cette conséquence, il faut soutenir que le présent *non audent* ne doit s'appliquer qu'aux complices ou successeurs de Jean, et que si la construction grammaticale l'étend à ce personnage, c'est que Reynier ayant à dire que Jean n'avait point osé et que ses successeurs n'osaient pas, a mieux aimé dire plus brièvement : Ni Jean ni ses complices n'osent : inexactitude qui en effet n'est point sans exemple chez les auteurs qui écrivent, comme Reynier, avec beaucoup de négligence. Aussi le père Colonia n'a-t-il point hésité à déclarer Jean de Lyon contemporain de Pierre Valdo ; et quoique cette opinion soit dénuée de preuves positives, nous la suivons ici comme une hypothèse au moins permise.

II. Vers les mêmes temps vivait un *Arnauld* ou *Arnold,* autre Vaudois, que Jac. Thomasius, De Thou, Ussérius, ont confondu avec le fameux Arnauld de Bresse. Celui dont nous voulons parler se réfugia, vers la fin du XIIe siècle,

Hist. Littér. de Lyon, t. II, p. 248, 249.

dans la ville d'Alby ; il y eut des sectateurs que l'histoire des hérésies distingue par le nom d'Albigeois. Nous croyons qu'on peut appliquer à cet Arnold un long passage de *Lucas Tudensis,* cité par Fabricius, dans sa bibliothèque latine du moyen âge, à l'article d'Arnauld de Bresse. Ce dernier périt à Rome, comme chacun sait, en 1155 ; et celui dont parle Luc de Tude mourut en Espagne, frappé, terrassé, exterminé par le diable : Arnauld de Bresse, au contraire, avait été brûlé par ordre du pape. Les détails de la mort diabolique d'Arnold ou Arnauld le Vaudois nous paraissent, comme à Fabricius, assez peu croyables : mais il n'y a rien d'impossible, rien même de miraculeux dans ce que Luc nous raconte des erreurs et des artifices d'Arnold. Cet héré-tique, qui s'occupait à transcrire la bible et les ouvrages des pères de l'église, est accusé par Luc d'avoir corrompu, fal-sifié beaucoup de textes; et ce reproche que tant d'autres ont encouru est l'un de ceux que n'a point mérités Arnauld de Bresse. Nous nous croyons donc autorisés à faire ici mention d'un Arnold qui, pour propager l'hérésie vaudoise, altérait l'écriture sainte et les livres ecclésiastiques. Peut-être a-t-il fourni des textes ainsi corrompus à Pierre Valdo lui-même, qui n'ayant qu'une instruction fort médiocre, avait souvent recours à celle d'autrui. « Icelui n'étant lettré, dit » Vignier, se fit traduire par aucuns savans hommes les livres » de la Sainte-Écriture, avec aucuns passages des plus an-» ciens et plus purs docteurs de l'église. » D.

Edit. Mansi, t. IV, p. 97.

Hist. de l'égl., ann. 1159, p. 374.

GUILLAUME DE CHAMPAGNE,

CARDINAL, ARCHEVÊQUE DE REIMS.

SA VIE.

GUILLAUME, surnommé aux Blanches-Mains, *Albimanus,* était le plus jeune des quatre fils de Thibaud-le-Grand ou le Dévot, comte de Chartres, de Blois et de Champagne, et fut destiné dès son bas âge à l'état ecclésiastique. Quoique

Tome XV. S s s

son père eût à sa disposition bon nombre de bénéfices dont lui ou ses ancêtres étaient les fondateurs, il s'adressa néanmoins à l'illustre saint Bernard, abbé de Clairvaux, dont le crédit soit à la cour de Rome, soit à la cour de France, était grand, afin d'obtenir de bonne heure pour son fils quelque grosse prélature. Saint Bernard, dans sa réponse, appuya son refus de se mêler de pareilles choses par de très-bonnes raisons. « Ce n'est pas, dit-il, que je ne souhaite du bien au petit Guillaume, mais non pas un bien pour lequel lui et moi nous offenserions Dieu : *Sanè Willelmulo nostro cupio bene per omnia, sed ante omnia Deum*, etc. » Cette lettre est de l'année 1151, qui précéda celle de la mort du comte.

S. Bernardi, epist.
271.

Quoique saint Bernard eût motivé son refus sur ce qu'il n'était pas permis de posséder simultanément des bénéfices dans plusieurs églises, Pierre, abbé de Saint-Pierre de Celles, plus indulgent, ne fit pas difficulté de solliciter pour lui, vers le même temps, auprès du pape, la prévôté de l'église de Soissons, alléguant pour motif les grands biens que ses ancêtres, et son père en particulier, avaient fait aux églises. « C'est, dit-il, un sujet qu'il faut se hâter d'attacher à l'église, parce que, issu d'une tige excellente, il portera dans son temps un fruit non dégénéré. Il a d'ailleurs deux frères puissans, dont l'un est comte de Champagne, et l'autre comte de Blois et sénéchal de France, qu'on peut considérer comme deux bras prêts à venir au secours de la cour de Rome, toutes les fois qu'elle aura besoin de leur appui. » Il ne paraît pourtant pas qu'il ait obtenu cette prévôté ; il était destiné à des dignités plus relevées. En effet son crédit à la cour du pape et à celle du roi alla toujours croissant, sur-tout depuis que la plus jeune de ses sœurs eut épousé le roi Louis-le-Jeune, et lui eut donné un fils qui fut son successeur.

Robert du Mont nous apprend qu'à la demande de l'empereur Frédéric, le jeune Guillaume de Champagne fut élu, l'an 1163, par le clergé et le peuple, archevêque de Lyon, et que le pape Alexandre approuva ce choix. Ce fait, qui n'est appuyé que sur le témoignage de cet historien, nous paraît fort douteux, sur-tout en ce qui regarde la confirmation donnée par le pape Alexandre, qui, comme l'on sait, n'était pas à cette époque reconnu par l'empereur, et n'avait à Lyon que très-peu de partisans. La chose serait plus croyable, si l'historien eût nommé l'antipape Victor. Le nom d'Alexandre n'a été peut-être fourré là que par la témérité du copiste. Quoi qu'il en soit, cette élection ne fut pas soutenue, sans que l'historien nous dise pourquoi elle fut sans conséquence. Mais ce jeune aspirant ne tarda pas à être élevé à l'épiscopat.

L'an 1164, il fut élu au siége vacant de l'église de Chartres, concurremment avec le prévôt du chapitre, qui s'était fait un nombreux parti. Une lettre de Thibaud, comte de Blois, au roi Louis-le-Jeune contient la relation de ce qui s'était passé à cette occasion, afin d'intéresser le monarque en faveur de son frère. Cependant l'affaire ayant été portée à la décision du pape Alexandre III, ce pontife, qui séjournait à Sens, ordonna de procéder à une nouvelle élection, et écrivit au roi pour le prier d'employer son autorité afin que tout se fît dans les règles. L'année suivante, notre jeune prélat ayant été élu une seconde fois, se rendit à Montpellier pour conférer avec le pape retournant en Italie, qui, à raison de sa jeunesse, lui accorda, suivant Robert du Mont, un délai de cinq ans pour recevoir la consécration épiscopale, et le chargea d'une lettre de recommandation auprès du roi, datée du 19 août de la même année.

L'an 1166, n'étant encore qu'évêque élu, sans avoir reçu la consécration épiscopale, il assista au concile de Beauvais, où furent excommuniés les moines de Rebais, lesquels refusaient de reconnaître leur abbé, parce qu'il avait fait profession d'obéissance à l'évêque de Meaux. Deux ans après, le roi d'Angleterre, pressé de toutes parts par ses ennemis, et voulant se réconcilier avec le roi de France, c'est à l'évêque élu de Chartres qu'il s'adressa en personne pour faire sa paix, sachant, dit Jean de Sarisbéri, qu'il était plus avant que tout autre dans l'intimité du roi.

La même année 1168, l'archevêché de Sens étant devenu vacant par la mort de Hugues de Touci, Guillaume fut élu sans contestation pour lui succéder, et fut sacré le 22 décembre 1168, par Maurice, évêque de Paris, sans renoncer néanmoins au gouvernement de l'église de Chartres, qu'il retint pendant huit ans avec la permission du pape. Ce fut à l'occasion de ce sacre que Jean de Sarisbéri, écrivant à Jean de Belmais, évêque de Poitiers, fit de notre jeune prélat un bel éloge que sa bonne conduite ne tarda pas à justifier. « C'est, dit-il, un homme qui donne de grandes espérances,

Chesn., t. IV Rer. Fran. p. 705. — Bouq. t XVI, p. 103.

Chesn. *ibid*. p. 609. — Bouq. t. XV, p. 824.

Chesn. *ibid*. p. 622. — Bouq. *ibid*. p. 842. — Labbe, concil., t X, col. 1347. — Gall. Christ. t. VIII, pr. col. 339.

Joan. Saresb. epist. 233.

qui jouit d'une très-brillante réputation, d'un grand crédit, et d'une influence considérable dans les affaires du royaume ; c'est lui qui après le roi accorde le plus de secours à l'archevêque de Cantorbéri et aux personnes qui l'ont suivi dans son exil. Je voudrais que vous fissiez connaissance avec lui, car il desire se lier d'amitié avec vous ; et pour vous dire sans détour ce que j'en pense, je ne connais personne dans le clergé de France qui ait plus de prudence et plus d'éloquence que lui. »

Cet éloge dicté par la reconnaissance pourrait paraître intéressé, mais n'est pas contraire à la vérité. Personne en France n'épousa plus ouvertement et plus chaudement la cause de Thomas Becket contre le roi d'Angleterre. Muni de l'autorité de légat en France dès l'instant de son sacre, il n'en fit usage que pour contrebalancer celle des envoyés extraordinaires que le roi d'Angleterre, par ses instances et ses plaintes, obtenait de la cour de Rome. Indépendamment d'une multitude de lettres qu'il écrivit à ce sujet, dont il sera rendu compte plus bas (1), il fit, l'an 1169, le voyage d'Italie, pour déterminer le pape à employer les voies de rigueur, afin de contraindre le roi d'Angleterre à faire la paix avec l'archevêque. Lorsque le roi, ne pouvant plus reculer, consentit à recevoir en grace l'archevêque Thomas, ce fut l'archevêque de Sens qui, avec son frère le comte de Blois, le conduisit au lieu indiqué pour la réconciliation ; mais le saint prélat ayant été mis à mort la même année, ses poursuites contre le roi d'Angleterre ne firent que redoubler, jusqu'à lancer l'interdit sur ses domaines en-deçà de la mer, comme coupable de ce meurtre, malgré l'opposition des prélats de Normandie.

La guerre ayant recommencé de plus fort, l'an 1173, entre les deux rois, l'archevêque de Rouen craignant avec raison que ce fléau ne tombât sur sa terre des Andelys, s'adressa à l'archevêque de Sens pour détourner par son crédit auprès du roi ce malheur qui le menaçait. « C'est vous, lui dit-il, qui dans le temps que la barque de saint Pierre était sur le point d'être engloutie par les flots des schismatiques, l'avez plus que tout autre sauvée du naufrage

par votre main secourable. Quoique jeune encore, vous sur-
passez en sagesse les vieillards ; et votre vie réglée, au milieu
des séductions qui entourent les avantages du corps, de la
naissance et du crédit dont vous jouissez, vous donne plutôt
l'apparence d'un ange que d'un homme, Je n'insisterai pas
davantage sur vos autres vertus qui tiennent du prodige ;
votre réputation d'honnêteté et de prudence est tellement
répandue au près et au loin, que vous n'avez aucun besoin
de nos éloges : *nec enim nostra præconia mendicatis, cujus
honestatem et prudentiam fama celebris latissimè promul-
gavit.* »

.Pendant la guerre atroce que les Français firent au roi
d'Angleterre pour prêter main-forte à ses enfans en pleine
révolte contre leur père, l'an 1173, Louis-le-Jeune faisant le
siége de Verneuil au Perche, envoya notre prélat au roi
d'Angleterre pour demander une suspension d'armes jusqu'au lendemain, pendant laquelle, disent les historiens
anglais, le roi de France s'empara du bourg principal, qu'il réduisit en cendres. L'année suivante, au mois
d'août, le même prince, forcé d'abandonner le siége de la
ville de Rouen, envoya encore au roi d'Angleterre l'archevêque de Sens, demander une suspension d'armes, et la
liberté de s'éloigner un peu, sauf à s'aboucher le lendemain
pour s'entendre. Mais, dès la nuit suivante, le roi de France,
sans égard aux assurances données avec serment, leva le
camp, et prit le chemin de France.

L'an 1176, Guillaume passa de l'archevêché de Sens à
celui de Reims pour succéder à Henri de France, frère du
roi Louis VII, décédé le 13 novembre 1175 ; en même
temps il se démit de l'évêché de Chartres en faveur de Jean
de Sarisbéri, qu'on fit venir d'Angleterre. Ce choix fut approuvé par le roi, agréé par le clergé, et plut singulièrement
à Pierre de Celles, abbé de Saint-Remi de Reims, l'ami et le
promoteur du savant anglais, auquel il devait succéder un
jour dans le même siége ; il en témoigna sa reconnaissance   Petr. Cellen. lib.
au nouvel archevêque dans des termes qui prouvent le   VII. ep. 8.
discernement et le désintéressement que notre prélat appor-
tait dans le choix des sujets qu'il élevait aux dignités ecclésiastiques.

Au mois de juillet de l'année 1178, il alla en grand cor-   Bened. Petr. et
tége visiter le tombeau de saint Thomas de Cantorbéri, dont   Hoved.
il avait jadis épousé avec chaleur la querelle contre le roi,

comme nous l'avons dit plus haut. Néanmoins le roi alla au-
devant de lui, le reçut dans son palais avec distinction, et
le retint pendant un temps assez considérable, *per aliquan-
tulum temporis spatium*. Raoul de Diceto dit *pendant trois
jours*, et ajoute qu'avant son départ, le roi lui envoya en
présent des vases précieux, dont il refusa l'hommage ; et plus
réservé, dit-il, que ne le sont ordinairement les Français,
il n'accepta que quelques objets de peu de valeur en signe
d'amitié.

S'étant rendu au concile général de Latran, de l'année
1179, il fut revêtu de la dignité de cardinal-prêtre de Sainte-
Sabine ; et la même année il fit le sacre et le couronnement
du roi Philippe-Auguste, son neveu.

Jusques-là notre prélat, parvenu aux plus hautes dignités
de l'église, n'avait rien perdu du crédit qu'il avait à la cour
du roi, et de la part qu'il avait eue dans le maniement des
affaires et les grandes négociations ; mais à cette époque une
intrigue de cour le brouilla, pour un temps, ainsi que ses
frères, avec le jeune roi son neveu. C'est un fait constant ;
tous les historiens le rapportent, mais ils ne sont pas d'accord sur le motif de cette brouillerie. Rigord dit que ce fut
une conspiration, sans nommer aucun des conspirateurs.
Les historiens anglais, et sur-tout Gervais, moine de Cantorbéri, donnent à cette brouillerie un motif plus plausible.
Louis VII en mourant avait mis son fils sous la tutelle du
comte de Flandre, son parrain. Premier sujet de jalousie
pour la reine-mère et pour les oncles du roi. Le prince tuteur
abusant de la confiance de son pupille, voulut le marier avec
une de ses nièces, fille du comte de Hainaut ; et, malgré le
mécontentement que cette alliance disproportionnée excita
parmi les grands du royaume, il fit procéder à la célébration du mariage dans ses états, et bientôt après au couronnement de la nouvelle reine à Saint-Denis. Ce procédé dut
d'autant plus offenser la reine-mère et ses frères, que la
princesse de Hainaut avait été promise, dès l'année précédente, au fils aîné du comte de Champagne. Dans cet état
de choses, sans égard à l'usage ou aux prétentions de l'archevêque de Reims, on n'eut garde de recourir à son ministère pour ces cérémonies ; le mariage fut célébré à Bapaume
par l'évêque de Senlis, et le couronnement à Saint-Denis
par l'archevêque de Sens. Le cardinal Guillaume s'en plaignit au pape ; et les autres mécontens, contre lesquels le

roi prit les voies de rigueur, sans épargner sa mère, appe-
lèrent à leur secours le roi d'Angleterre, qui prit d'abord
les armes, et finit par concilier les esprits.

Le mariage de la reine Élisabeth avait en quelque sorte Gilbert. Mont.
rompu les engagemens que le comte de Hainaut avait contractés avec la comtesse de Champagne relativement à l'établissement de leurs enfans. Pour cimenter la paix, on
s'assembla l'année suivante à Provins; et par de nouvelles
conventions il fut stipulé que le jeune comte de Champagne épouserait Yolande, la seconde fille du comte de
Hainaut, et le fils aîné du comte de Hainaut la sœur du
comte de Champagne. Le cardinal Guillaume, qui fut l'ame
de ces nouveaux arrangemens, se rendit garant de leur
exécution : *insuper dominus Willelmus Remensis archiepis-*
copus super pactionibus istis obsidem se constituit.

Le crédit du comte de Flandre à la cour du roi ne fut Bened. Petr.
pas de longue durée, et les princes de la maison de Champagne trouvèrent bientôt occasion de le desservir auprès du
roi, et de lui rendre la pareille. Dès la même année 1181,
des raisons d'intérêt le brouillèrent avec le roi; il y eut des
hostilités commises du côté de Senlis; on appela une seconde fois le roi d'Angleterre au secours du jeune roi; et
l'archevêque de Reims, sous prétexte d'un pélerinage au
tombeau de saint Thomas de Cantorbéri, fut envoyé vers
lui. Le roi d'Angleterre arriva en France. Il y eut au carême Gilb. Mont. — Rad.
de l'année suivante un congrès entre Senlis et Crêpi, auquel Dicet. — Gerald.
Cambr.
assista l'archevêque avec ses frères, et la paix fut cimentée.

Pendant ce démêlé, le pape Lucius III manda à Rome
notre cardinal; mais le roi qui lui avait rendu toute sa
confiance, et qui avait besoin de lui, pour le dispenser de
faire ce voyage, écrivit au pape les raisons qui le détermi-
naient à le retenir auprès de lui. « Il faut, saint-père, qu'au- Steph. Torn. epist.
101, al. 121.
jourd'hui, comme dans l'ancien temps, le sacerdoce et l'em-
pire se prêtent un mutuel secours. A peine monté sur le
trône de France, des hommes puissans, profitant de mon
adolescence pour m'attaquer, portent le trouble et la confusion dans mon royaume; ceux même sur la fidélité desquels je devais compter à plusieurs titres, étant devenus
mes ennemis, je suis forcé de chercher ailleurs d'autres
conseillers et d'autres auxiliaires. J'ai auprès de moi le meilleur de mes amis et le plus fidèle, mon oncle Guillaume,
archevêque de Reims, qui, dans mes conseils, est le plus

clairvoyant, et mon bras droit dans le maniement des affaires. Mes ennemis ne demanderaient pas mieux que de le voir éloigné de moi, quand ce ne serait que pour un temps, parce qu'ils espèrent méchamment qu'au gré de leurs coupables désirs ils me trouveront sans armes et sans amis. Cependant, saint-père, j'ai appris que vous l'avez appelé auprès de vous. Il était prêt à partir, parce qu'il sait que ne pas vous obéir, ce serait offenser Dieu. Mais comptant sur l'amitié que vous avez pour moi, et dans le besoin extrême où je me trouve, je l'ai empêché de partir, parce que sa présence suffit pour déconcerter mes ennemis, qui le regardent comme une lance toujours levée sur eux ; et moi je suis persuadé que sans lui je ne pourrais traiter ni de paix ni de guerre avec mes ennemis.... Trouvez donc bon, saint-père, que je retienne un ami si essentiel, parce que sa présence est indispensable, et que son absence nous serait très-funeste. »

Cette lettre prouve que l'archevêque de Reims était à cette époque non-seulement en faveur auprès du roi, mais qu'il était encore son premier ministre.

Les affaires politiques du royaume ne l'absorbaient pas tellement qu'il laissât en souffrance celles de l'église dont il était chargé comme évêque, comme métropolitain, comme légat du saint-siége. Plus de quarante lettres à lui adressées par Étienne de Tournai prouvent que le ministre du roi entrait dans le plus grand détail sur les affaires du clergé les plus minutieuses. Il n'est donc pas étonnant que dans des affaires plus sérieuses, lorsque la foi était en danger et que l'erreur faisait des progrès, il s'armât d'une juste sévérité. L'an 1183, des hérétiques ou sectaires, du genre de ceux qui se multiplièrent en France pendant le XIIe siècle, ayant été découverts dans l'Artois, notre prélat se transporta à Arras, et s'étant concerté avec le comte de Flandres, un grand nombre de ces malheureux, nobles, clercs, villageois et femmes, furent condamnés aux flammes.

Nous avons exposé plus haut les raisons pour lesquelles les princes de la maison de Champagne s'étaient déclarés contre le mariage du roi avec la fille du comte de Hainaut. L'an 1184, les mêmes princes ayant à leur tête l'archevêque de Reims, voyant que le roi était indisposé contre le père de la reine, parce que ligué avec le comte de Flandre il portait les armes contre lui, essayèrent de rompre ce mariage,

mais ne purent y réussir. La même année, il fit le voyage
d'Italie; il était à Vérone à la cour du pape Lucius III, lors- Annal. Aquit.
qu'il donna la consécration épiscopale à Pierre, abbé de
Cîteaux, élu évêque d'Arras. L'année suivante 1185, notre
prélat fut un des principaux négociateurs de la paix entre
le roi et le comte de Flandre au sujet du Vermandois. Sur Gilbert. Mont.
la fin de la même année, il fit tant lui et toute sa famille
auprès du comte de Hainaut, qu'ils l'obligèrent à consentir
au mariage de son fils aîné avec la sœur du comte de Champagne, suivant les conventions jadis stipulées, qui furent
encore renouvelées et garanties par notre prélat. Suivant
ces conventions, son neveu le comte de Champagne devait
épouser la sœur de la reine de France, non encore nubile ;
mais après ce nouvel engagement, le comte de Namur,
Henri l'aveugle, ayant accordé au comte de Champagne sa
fille unique à peine âgée d'un an, le comte de Hainaut,
doublement lésé par ce mariage, s'il avait lieu, en porta ses
plaintes à l'empereur, qui ajourna les parties à plaider devant lui entre Ivois et Mouson en Lorraine ; et l'archevêque
de Reims y comparut avec ses frères, dans l'intention d'assurer à son neveu le comté de Namur.

Toujours attaché au service du roi, il était non-seulement
l'ame de ses conseils, il l'accompagnait encore dans ses expéditions militaires. L'an 1187, au siége de Châteauroux, il Gervas. Dorob.
fut un de ceux auxquels s'adressa le roi d'Angleterre pour obtenir de celui de France la paix, ou du moins une trève.
Au mois de janvier de l'année suivante, les deux rois étant Rad. Dicet.
assemblés à Gisors pour traiter de la paix, sur la nouvelle
de la prise de Jérusalem par Saladin, oubliant leurs querelles,
firent vœu d'entreprendre ensemble le voyage de la Terre-
Sainte ; l'archevêque de Reims donna la croix au roi, et se
croisa lui-même. La guerre ayant presque aussitôt recom- Gerv. Dorob.
mencé, il y eut à la Saint-Martin une assemblée à Bon-
moulin au Perche, pour traiter de la paix, et notre archevêque s'y trouva avec le roi. Il assista de même au colloque
qui eut lieu pour le même objet à la Ferté-Bernard au mois
de juin de l'année suivante. A cette époque, voyant le roi Bened.   Petrob.
d'Angleterre prêt à succomber aux efforts de ses ennemis et Hoved.
malade à Saumur, il alla le trouver avec le comte de Flandre
et le duc de Bourgogne, pour le déterminer à accepter les
conditions que le roi Philippe et son fils Richard voudraient

Tome XV.   T t t

lui imposer. Le roi mourant se soumit à tout; mais il en conçut tant de chagrin qu'il expira bientôt après.

Quoique l'archevêque de Reims eût pris la croix en même temps que le roi, il ne fit pourtant pas le voyage de la Terre-Sainte. Le roi en partant, l'an 1190, l'institua régent du royaume avec sa sœur la reine-mère, auxquels il laissa par écrit ses instructions. Ce fut lui qui fit à Saint-Denis la cérémonie de donner au roi la panetière et le bourdon

de pélerin. Le comte de Flandre étant mort sans enfans au siége de Saint-Jean-d'Acre, il s'éleva une grande contestation entre le comte de Hainaut, son beau-frère, et sa veuve la comtesse Mathilde, prétendant qu'elle devait succéder à tous ses biens. En l'absence du roi, c'était au régent à décider la question; s'étant rendu au mois d'octobre 1191 à Arras, il ménagea entre les parties un accommodement, dans lequel les droits du prince Louis, fils du roi, du chef de sa mère, ne furent pas oubliés ni méconnus.

L'an 1192, autorisé par le pape et l'archevêque de Cologne, il sacra à Reims Albert de Louvain, élu évêque de Liége par la plus saine partie du clergé, contre la volonté de l'empereur, qui de sa propre autorité en avait nommé un autre. Albert craignant le ressentiment de l'empereur n'osait re-tourner à Liége, et bientôt après il fut mis à mort par des

traîtres envoyés d'Allemagne. L'année suivante, le roi Phi-lippe devant épouser la princesse Ingeburge, sœur de Canut, roi de Danemarck, Guillaume accompagna le roi à Amiens, pour célébrer le mariage et couronner la nouvelle reine; mais dès le lendemain des noces le roi ayant pris de l'aver-sion pour elle, le même archevêque, sur le témoignage d'autres évêques ou barons, prononça bientôt après le di-vorce pour cause de parenté avec la feue reine.

Avant que notre archevêque eût encouru la disgrace du pape Innocent III, dont nous parlerons bientôt, il fut plus que jamais en crédit auprès du roi, et employé comme mi-

nistre dans les grandes affaires. L'an 1193, Richard, roi d'Angleterre, étant encore prisonnier en Allemagne, fit demander une trève à celui de France; elle fut accordée à cette condition, entre autres, que pour garantie du traité, il serait remis entre les mains de l'archevêque de Reims deux places fortes en Normandie, Driencourt et Arques.

L'année suivante, il se rendit au Vaudreuil pour négocier avec les envoyés du roi d'Angleterre une suspension d'armes,

sur laquelle on ne put pas tomber d'accord. L'an 1195, les
deux rois étant convenus d'un projet de paix sous le bon
plaisir de l'empereur d'Allemagne, celui d'Angleterre députa
vers l'empereur l'évêque d'Ély, son chancelier, et le roi de
France l'archevêque de Reims. L'empereur n'ayant point approuvé le traité, il fut résolu de s'assembler de nouveau ;
et le roi d'Angleterre s'étant présenté au lieu indiqué, notre
archevêque fut chargé de lui dire que l'heure n'était pas
encore arrivée ; que le roi était encore à délibérer avec son
conseil ; et après que l'heure fut passée, on finit par lui dire
qu'il avait manqué à sa parole, et qu'on ne voulait plus entendre à aucun accommodement. Tel est le récit de Roger
d'Hoveden, p. 758. *Dominus noster rex Franciæ calumnia-
tur te de fide læsa et perjurio, quia jurasti et fidem dedisti
quod venires hodie ad colloquium hora tertia, et non venisti,
et ideo ipse te diffidat.*

    Vers le même temps, notre prélat obtint du pape Célestin
III l'autorisation nécessaire pour ériger dans son propre
diocèse, et dans une propriété dépendante du chapitre de
Reims un nouvel évêché à Mouson sur la Meuse. Cela est
prouvé par deux lettres du pape Innocent III, qui l'autorisa
de nouveau, à condition que cet établissement ne porterait
aucun dommage à l'abbaye existante dans ce lieu. Mais il
paraît que l'affaire du divorce qui porta une forte atteinte
au crédit et à la brillante réputation de notre prélat, fit
échouer ce projet.

    Avant qu'il eût prononcé le divorce, la reine reléguée à
l'abbaye de Césoing dans le Tournesis, lui avait exposé le
triste état auquel elle était réduite ; et le célèbre Étienne,
abbé de Sainte-Geneviève, alors évêque de Tournai, usant
de l'accès qu'il avait auprès de lui, lui avait écrit pour le
toucher de pitié, et le rendre favorable à cette illustre étrangère ; néanmoins quatre-vingts jours après la célébration du
mariage, il prononça le divorce. Sur les plaintes du roi de
Danemarck, le pape Célestin III, ne voulant pas encore pro--
noncer sur ce qui avait été fait, lui enjoignit et aux évêques
de sa province de ne pas souffrir que le roi contractât un
nouveau mariage du vivant de sa femme répudiée. Malgré
cette défense, le roi épousa, l'an 1196, la fille du duc de
Méranie, et il y a toute apparence que notre archevêque
prêta encore son ministère pour cette cérémonie. Il en fut
puni par le pape Innocent III, qui lui retira les pouvoirs

T t t 2

Gerv. Dorob. col.
1589.

Innoc. epist. lib.
I, ep. 152, 153.

Steph. Torn. epist.
262, 263.

Mart. Ampl. Coll.
col. 1004.

de légat, dont il avait été revêtu jusqu'alors, au moins dans sa province.

Gesta Innoc. cap. 51 et seq.

Après avoir épuisé auprès du roi toutes les voies de conciliation pour le déterminer à reprendre sa légitime épouse, et à renvoyer celle qui occupait sa place, le pape Innocent se décida, l'an 1199, à l'y contraindre par la voie des censures ; il donna ordre au légat Pierre de Capone de jeter l'interdit sur toute la France, c'est-à-dire sur les terres du roi : ce qui fut fait en plein concile à Dijon et à Vienne en Dauphiné. Quoique le roi eût cru écarter le danger, ou du moins suspendre l'effet de la sentence du légat par son appel au pape, néanmoins la plupart des évêques mirent la sentence à exécution ; mais l'archevêque de Reims et un petit nombre d'autres, pour ménager le roi, s'abstinrent de l'ordonner dans leurs diocèses, promettant cependant de se soumettre et d'obéir, si les raisons qu'ils alléguaient n'étaient pas jugées valables.

Ibid. cap. 53.

Pendant cet interdit qui dura neuf mois, le roi voulant faire cesser le mécontentement général, dans une assemblée d'évêques et de barons, demanda ce qu'il y aurait à faire. Tout le monde fut d'avis qu'il fallait obéir au Pape. Alors se tournant vers l'archevêque de Reims : « Est-il vrai, lui dit le roi, ce que mande le pape, que le divorce par vous prononcé n'était qu'un jeu ? » Le prélat ayant répondu que le pape avait raison ; vous êtes donc un sot et un étourdi d'avoir rendu un tel jugement ; *Quæsivit ab avunculo suo Remensi archiepiscopo, qui sententiam divortii promulgaverat, utrum verum esset quod sibi dominus Papa scripserat, videlicet quod illa non erat divortii sententia dicenda, sed ludibrii fabula nominanda. Qui cum respondisset verum esse quod scripserat summus pontifex (non enim audebat aliud respondere) statim rex intulit dicens :* ERGO TU ES STULTUS ET FATUUS, QUI TALEM SENTENTIAM PROTULISTI.

On ne voit pas qu'il ait eu depuis aucune part aux négociations qui, relativement au divorce, furent entamées, l'an 1200 et 1201, avec le cardinal Octavien, ni qu'il ait assisté aux conciles de Saint-Arnoul en Iveline, *in Aquilina sylva,* (mal nommé *Nigellense*) ni à celui de Soissons, par la raison que le pape lui avait interdit l'exercice de ses fonctions épiscopales, jusqu'à ce qu'il eût fait le voyage de Rome pour être réhabilité par le pape.

Ibid. cap. 54.

Rigord.

L'an 1196, Baudouin, comte de Hainaut, qui avait épousé

la nièce de notre prélat, fille de Henri-le-Libéral, comte de
Champagne, et d'une sœur du roi, étant entré en possession
du comté de Flandre par la mort de sa mère, prêta au roi
l'hommage qu'il devait, accompagné de l'archevêque de Reims
et de la comtesse de Champagne.

Notre prélat était à peine de retour de son voyage d'Italie,
qu'il fut frappé d'apoplexie à Laon, où il mourut, le septième
jour du mois de septembre 1202; dans la soixante-huitième
année de son âge, d'où il fut reporté à Reims, et inhumé
dans l'église cathédrale, près du grand autel, avec cette épitaphe :

Moribus excelsus, providus, mitis, prudens et pacis amator,
Annis bis denis et sex cum simplice mense.
Præfuit archiepiscopus Willelmus in urbe Remensi.
Septima septembris idus fuit finis vitæ meæ.

Si cette épitaphe est un peu sobre d'éloges, c'est que
notre prélat qui avait été tant loué pendant sa vie, était bien
déchu de son antique réputation depuis l'affaire du divorce.
Le chroniqueur de Saint-Marien d'Auxerre, d'accord avec
tous les historiens sur les belles qualités qui le firent remarquer dans ses premières années, s'exprime fort librement
sur les vices ou imperfections qui ternirent les dernières.
Il ne lui reproche pourtant pas sa conduite dans l'affaire du
divorce, mais un excès de luxe, vendant sa faveur pour
y satisfaire, sans égard à la justice : *Vir nobilis genere et qui
diù floruerat tam seculari quam ecclesiastica præditus po-
testate. Hic in primis sui pontificatûs auspiciis satis modestè
se habuit, et morum enituit ornamentis; felixque procul dubio
extitisset, si primis ultima responderent, et usque in finem
merita cohæsissent. Sed cum res in contrarium versæ sint,
nec fuerit concolor finis initio, finali non attollimus laude
quem nimis reddidere notabilem et munerum injusta acceptio
et prodigalis effusio.*

Marlot trouvant ce reproche un peu vague et non motivé, Hist. Rem., t. II,
a entrepris son apologie, et prouve que s'il amassa des ri-   p. 453.
chesses, il en fit toujours un bon usage, même l'année de sa
vie qui précéda celle de sa mort, par l'établissement d'un
hospice en faveur de vingt pauvres infirmes dont il sera
parlé plus bas.

SES ÉCRITS.

Quoique, dans le haut rang qu'occupait dans l'église et dans l'état le cardinal Guillaume de Champagne, nous ne puissions pas le présenter comme un littérateur ou un savant, nous ne pouvons cependant pas nous dispenser de lui donner place dans notre histoire littéraire, soit à raison de la protection qu'il accorda aux gens de lettres, soit parce qu'il reste de lui des monumens historiques, rédigés peut-être par une main étrangère, mais revêtus de son autorité.

Quant à la protection accordée aux gens de lettres elle est prouvée par des témoignages nombreux et irrécusables. Etienne de Tournai écrivant au prélat pour lui recommander un professeur nommé Simon, c'est, dit-il, un homme de mœurs irréprochables et très-instruit, qui dans l'exercice de l'enseignement public jouit d'une grande célébrité. « Or » personne n'ignore que vous aimez à rechercher, à vous » attacher de tels sujets, en répandant sur eux vos bienfaits. » Cela est si connu dans le monde entier, depuis l'orient » jusqu'à l'occident, qu'on voit votre cour remplie de Tos- » cans, de Lombards, d'Anglais, de Belges et de Français, » que vous avez comblés de richesses ou d'honneurs, etc. » De là l'empressement qu'avaient les gens de lettres, poètes et prosateurs, de lui dédier leurs ouvrages. Pierre le Mangeur lui a dédié son histoire ecclésiastique ; Gautier de Lille son Alexandréïde ; Pierre de Poitiers, chancelier de l'église de Paris, la Somme des sentences ; un nommé Guillaume sa *Micro-Cosmographie,* dont l'épître dédicatoire a été imprimée par D. Martène, t. I, Ampl. Collect. p. 946.

Voyons maintenant ses propres écrits et ses lettres qui sont en assez grand nombre.

1° La plus ancienne dans l'ordre chronologique parmi celles qui nous sont parvenues, est celle qu'il écrivit, l'an 1166, n'étant encore qu'évêque élu de Chartres, au Pape Alexandre III, en faveur de Thomas Becket, archevêque de Cantorbéry, dans laquelle il annonce que c'en est fait de l'é-glise d'Angleterre, et même de celle de France, si les attentats du roi d'Angleterre restent impunis, déclarant que telle est l'opinion du roi de France et de toute l'église gallicane.

2° Le roi d'Angleterre ayant obtenu du pape un bref qui interdisait pour un temps à l'archevêque de Cantorbéry d'u-

ser des censures ecclésiastiques contre le roi et ses adhé-
rens, l'évêque élu de Chartres s'en plaignit au pape dans
une lettre de l'an 1168, témoignant son étonnement que les
menaces du roi d'Angleterre eussent agi plus efficacement
sur son esprit que les prières du roi de France et des évêques
du royaume.

3° L'an 1169, ayant assisté à la conférence qui eut lieu
vers l'Epiphanie à Montmirail entre les rois de France et
d'Angleterre, il rendit compte au pape de ce qui s'y était passé
relativement à l'affaire de l'archevêque de Cantorbéry dans
une relation qui a été imprimée parmi les lettres du saint
prélat. *(Lib. IV, ep. 7.— Bouq. ibid. p. 337.)*

4° La même année, l'archevêque Thomas ayant excommunié l'évêque de Londres et d'autres partisans du roi,
pour intimider le roi même, l'archevêque de Sens écrivit au
pape au nom du roi de France, d'approuver la sentence
d'excommunication, dont on espérait le meilleur effet. *(Lib. III, ep. 78.— Bouquet. ibid. p. 348.)*

5° L'évêque de Londres poussé à bout par cette menace
d'excommunication lancée contre lui et ne gardant plus de
ménagement, s'était vanté qu'il ferait transporter à son siége
la dignité métropolitaine de l'église de Cantorbéry. C'est
cette tentative de schisme que l'archevêque de Sens dénonce
au pape, afin de le prémunir contre l'intrigue. *(Lib. III, ep. 88.— Bouquet, ibid. p. 363.)*

6° Le roi d'Angleterre ayant obtenu du pape qu'il enver-
rait de nouveaux légats, chargés de lever les excommunications lancées par l'archevêque Thomas, et des difficultés
étant survenues sur la manière de procéder qui leur était
prescrite, le roi et les légats s'adressèrent à notre archevêque
pour que lui-même en qualité de légat tranchât la difficulté.
Son avis fut qu'il fallait suivre littéralement le mandat du
pape. *(Lib. III, ep. 26, 30, 31. — Bouq. ibid p. 372.)*

7° L'an 1170, le roi d'Angleterre ayant fait couronner
son fils par l'archevêque d'Yorck, sans égard aux priviléges
de l'église de Cantorbéry, indisposa non-seulement les partisans de l'archevêque Thomas, mais encore le roi de France
qui regarda comme une hostilité que sa fille, épouse du jeune
prince, n'eût pas été couronnée en même temps. L'archevêque
de Sens fut chargé d'en porter ses plaintes au pape, auquel il
ne dissimule pas que les trop grands ménagemens dont il
use envers le roi d'Angleterre l'enhardissent à oser tout
impunément. *(Lib. V, ep. 25.— Bouq. ibid. p. 433.)*

8° L'archevêque de Cantorbéry ayant été mis à mort sur *(Lib. V, ep. 80.)*

—Bouq. *ibid.* p. 467.

la fin de la même année, celui de Sens en fut d'autant plus indigné qu'il avait plus contribué à le réconcilier, au moins en apparence, avec le roi d'Angleterre. Il écrivit donc au pape pour lui dénoncer cet attentat, dont il ne craint pas de faire retomber l'odieux sur le roi d'Angleterre en comparaison duquel, dit-il, Achab, Hérode, Néron, Julien-l'Apostat et même Judas étaient en quelque sorte de bonnes gens.

Lib. V, ep. 82. — Bouq. *ibid.* p. 475 et seq.

9° Il répète les mêmes invectives dans la lettre au pape pour lui annoncer qu'il a jeté l'interdit sur les terres du roi d'Angleterre en-deça de la mer, malgré l'opposition des évêques de Normandie.

Celui qui pour cette lettre lui a prêté sa plume n'a pas eu l'attention de le faire parler en évêque français. Jamais les ultramontains ne portèrent plus haut les prétentions des papes : « Toute puissance, dit-il, a été donnée à votre apos-
» tolat dans le ciel et sur la terre. Vous avez en main l'épée
» à deux tranchans; vous êtes établi sur les nations et sur
» les royaumes pour mettre les rois à la chaîne, et les plus
» nobles d'entre eux dans les fers : *Vestro apostolatui, pater*
» *sancte, data est omnis potestas in cœlo et in terra, gla-*
» *dius anceps in manibus vestris, super gentes et regna con-*
» *stituti estis ad alligandos reges eorum in compedibus et*
» *nobiles eorum in manicis ferreis, etc.* » Cette doctrine n'é-
tait que trop répandue dans le XIIe siècle.

Chesn. t. IV Rer. Franc. p. 747. — Bouq. t. XV, p. 899.

10° Vers le même temps ayant été chargé par le pape de visiter l'abbaye de Saint-Victor et de réformer les abus qui s'y étaient introduits par la négligence de l'abbé Ervise, il écrivit à la communauté pour lui annoncer sa prochaine vi-site après une maladie qui l'avait empêché d'agir.

Chesn. *ibid.* p. 575. —Bouq. *ibid.* p. 905.

11° A cette époque Hugues de Champ-Fleury, évêque de Soissons et chancelier de France, faisait sa résidence à Saint-Victor, et n'était peut-être pas étranger aux désordres qui régnaient dans la maison. Le pape, pour l'éloigner, avait témoigné le désir qu'il renonçât à la chancellerie pour se li-vrer tout entier aux soins de son diocèse, si l'on pouvait dé-terminer le roi à se passer de son ministère. L'archevêque de Sens voulant parer le coup dont était menacé le chancelier, qu'il ne détourna pourtant pas, écrivit au pape, en sa fa-veur, une lettre apparemment mendiée, dans laquelle il fait son éloge, et prie le pape de tolérer dans l'évêque de Soissons, ce qui n'est pas tout-à-fait incompatible avec les obligations d'un pasteur.

12° Sur les plaintes que le prince Eskil, archevêque de Lunden en Danemarck, avait adressées au pape et au roi, touchant un dépôt de 400 marcs d'argent, que, dans un voyage en France, il avait fait entre les mains d'Ervise, abbé de Saint-Victor, dépôt qu'il réclamait; l'archevêque de Sens, saisi de cette affaire, écrivit à Maurice, évêque de Paris, de se transporter à Saint-Victor, de faire les recherches convenables parmi les effets de l'abbé destitué, afin de retrouver son trésor. Chesn. *ibid.* p. 604. — Bouq. *ibid.* p. 915.

13° L'an 1177, étant déja archevêque de Reims, il écrivit à Guillaume de Pavie, cardinal-évêque de Porto, pour lui recommander une affaire qu'avait en cour de Rome Étienne, abbé de Sainte-Geneviève, depuis évêque de Tournai. Notices de mss. t. X, p. 121.

14° A l'exemple de la plupart des villes de France, les habitans du bourg de Saint-Martin à Tours s'étaient érigés en commune pour se soustraire à la dépendance des chanoines. Jean de Salisbury, évêque de Chartres, délégué par le pape Alexandre pour dissiper la conjuration, n'ayant pu rien obtenir, lança l'excommunication sur tous les conjurés. Le pape Lucius III, voulant terminer cette affaire, chargea l'archevêque de Reims, Guillaume de Champagne, de se transporter à Tours, lequel muni des pouvoirs du pape et du roi, réussit, l'an 1184, à détacher la multitude du parti des conjurés, laissant sous les liens de l'excommunication ceux des conjurés qui ne se présentèrent pas au serment d'abjuration. Nous avons la lettre du cardinal au pape, dans laquelle il fait la relation de la chose comme elle s'était passée. Bouq. t. XVI, p. 624.
Bouquet, t. XVIII, p. 291.

15° Depuis long-temps les archevêques de Tours plaidaient à Rome avec les évêques de Dol touchant le droit de métropole sur les évêchés de la province de Bretagne. Le roi de France mettait beaucoup d'importance à ce que l'archevêque de Tours fût maintenu dans ses droits. Cette même année 1184, le docteur Melior, vidame de l'église de Reims, fut fait cardinal et camérier du pape Lucius III; il était ami et compatriote de Roland, évêque de Dol (1), qui poussait vivement la décision du procès contre l'église de Tours. On craignit que le cardinal Melior ne profitât de l'accès qu'il avait auprès du pape pour faire triompher la cause de son Steph. Torn. epist. 110.

(1) Ils étaient Pisans l'un et l'autre, comme nous l'avons prouvé plus haut, p. 315.

ami ; l'archevêque de Reims fut chargé de lui écrire pour le prévenir que, si par malheur on blessait en quelque chose les droits de l'église de Tours, ce serait déclarer à la France une guerre dont les suites pourraient devenir funestes à la cour de Rome. La lettre est imprimée parmi celles d'Étienne de Tournai, qui en fut le rédacteur.

Hist. Remen. t. II, p. 443.

16° Marlot rapporte la lettre que notre prélat écrivit à Pierre le Chantre de l'église de Paris, pour le presser et même lui enjoindre d'accepter la dignité de doyen du chapitre de Reims, à laquelle il avait été nommé d'une voix unanime. La lettre est très-obligeante, et pleine d'estime et de vénération pour celui qui en est l'objet. C'était apparemment pour réparer le tort qu'il lui avait causé en lui faisant manquer deux fois l'épiscopat, l'an 1191, lorsqu'il fut élu à l'évêché de Tournai, et l'an 1196, lorsqu'après la mort de Maurice de Sully, il fut nommé à l'évêché de Paris.

Ces lettres ne sont assurément que la moindre portion de celles que notre prélat, qui eut tant de part aux affaires de l'église et de l'état, dut écrire, et ne seraient pas même un titre littéraire pour quelqu'un d'un rang moins élevé. Mais on lui a attribué quelquefois un ouvrage théologique, qui, s'il existait, pourrait le placer même au nombre des docteurs de l'église : c'est un traité sur une question : *Si J. C. en tant qu'homme est quelque chose.*

Hist. Littér. t. XIV, p. 196 et suiv.

En rendant compte, dans cette histoire, de l'ouvrage de Jean de Cornouaille intitulé *Eulogium,* adressé au pape Alexandre III, nous avons exposé les différentes opinions des théologiens sur cette question, dont quelques-unes tendaient à renouveler l'erreur de Nestorius, qui admettait dans le Verbe incarné deux personnes, ou d'Eutychès qui ne reconnaissait en J. C. qu'une seule nature. Ceux qui niaient que J. C. en tant qu'homme fût quelque chose, c'est-à-dire un vrai homme composé d'un corps et d'une ame, furent appelés *nihilistes.* Pierre Lombard, évêque de Paris, rapporte, selon sa méthode, leur opinion sans l'approuver ni la combattre. La même question fut agitée, et non décidée, au concile de Tours de l'an 1163, présidé par le pape Alexandre ; mais six ans après, le pape voyant qu'à la faveur du livre des Sentences, l'erreur des *nihilistes* se propageait, en conféra d'abord avec notre prélat dans un voyage qu'il fit à Rome l'an 1169, et enjoignit, l'année suivante, aux métro-

Mart. Ampl. collect., t. II, col. 843. — Bouq. t.

politains de Bourges, Reims, Tours et Rouen, de proscrire

la doctrine des *nihilistes*, et d'ordonner aux théologiens XV, p. p. 888. Labbe, conc. t. X, col. 529.
d'enseigner que le Christ était vrai dieu et vrai homme. Il
y eut une lettre particulière à l'archevêque de Sens, portant
la même injonction, parce que le livre de Pierre Lombard
avait été composé à Paris sous sa métropole. C'est ce qui a
fait croire qu'il avait composé lui-même un traité contre les
nihilistes; mais il est plus vraisemblable qu'il chargea de ce
soin Jean de Cornouailles, ou peut-être Gautier de Saint-
Victor, qui embrassant un champ plus vaste, écrivit aussi
contre les nouvelles erreurs de Pierre Abélard, Gilbert de
la Porrée, Pierre Lombard et Pierre de Poitiers, qu'il appelle les quatre *labyrinthes*. On peut croire aussi que notre
prélat aura proscrit la nouvelle erreur par un mandement
que nous n'avons pas.

On a conservé avec plus de soin les chartes émanées de
la chancellerie de notre prélat, lesquelles sont en très-grand
nombre. Nous ne parlerons pas de celles qui n'intéressaient
que des particuliers en faveur desquels elles étaient données; mais il est essentiel, pour achever son éloge, de faire
connaître en peu de mots celles qui avaient pour objet le
bien public, soit l'embellissement des villes, soit la fondation des hôpitaux.

1. D. Calmet raconte que Guillaume de Champagne, ar- Hist. de Lorr. t. II, col. 314.
chevêque de Reims, fit bâtir, l'an 1182, la petite ville de
Beaumont en Argonne, sur la rivière de Meuse, entre Stenai
et Mouson ; que pour y attirer des habitans, il fit leur condition meilleure que ne l'était celle de presque tous les peuples
de la campagne. Guillaume donna à ceux qui s'établiraient
à Beaumont certaines franchises qui furent nommées la loi
de Beaumont. Elles furent trouvées si sages par les princes
et par les seigneurs voisins, et parurent si avantageuses aux
peuples, que ceux-ci demandèrent avec grande instance, et
reçurent comme une grande faveur d'être soumis aux lois
de Beaumont; et les ducs de Lorraine, les comtes de Bar et
de Luxembourg les firent observer dans presque tous les lieux
de leur obéissance. Cette charte, composée de 54 articles, est
imprimée parmi les preuves de l'histoire de Lorraine, t. II,
p. 537, en français seulement, quoique D. Calmet eût annoncé qu'il donnerait aussi le texte latin.

2. La même année 1182, il rétablit dans la ville de Reims Marlot, Hist. Rem. t. II, p. 417.
l'échevinage, pour réparer en quelque sorte les dommages
que son prédécesseur Henri de France avait occasionnés

aux habitans, se concilier l'affection de la bourgeoisie, et empêcher que les mêmes troubles ne recommençassent sous son gouvernement. Cette charte a été publiée par D. Marlot, et réimprimée t. IX du *Gallia Christiana*, aux preuves, col. 48.

Marlot,*ibid.*p.419. 3. L'année suivante, il céda à la ville un terrain nommé *la Culture*, pour y établir un nouveau faubourg, auquel furent transportés des priviléges dont avait joui précédemment l'hôpital des lépreux hors la ville.

Marlot,*ibid.*p.428. 4. Pour honorer la science, et donner de l'émulation à ceux qui la cultivent, il fit, l'an 1192, un statut par lequel l'écolâtre dans l'église de Reims fut incorporé au chapitre et placé parmi les dignitaires.

Marlot,*ibid.*p.449. 5. Nous avons vu plus haut les reproches que des auteurs graves et contemporains font à notre prélat de s'être livré, sur la fin de ses jours, à un luxe immodéré, et que pour y satisfaire il abusa quelquefois de son autorité. Hé bien! l'année même qui précéda celle de sa mort, il fonda à Reims un hôpital pour vingt malades, au soulagement desquels il pourvoit abondamment dans une charte où respirent les sentimens religieux d'un évêque vraiment pénétré des obligations de son ministère envers les pauvres.   B.

ÉTIENNE,

ABBÉ DE SAINTE-GENEVIÈVE A PARIS,

PUIS ÉVÊQUE DE TOURNAI.

SA VIE.

La négligence avec laquelle le P. Claude du Molinet, dernier éditeur des lettres d'Étienne de Tournai, a composé la vie de ce prélat, son ancien confrère, nous mettra dans la nécessité d'entrer dans quelques discussions pour rétablir la vérité des faits et dissiper ses erreurs.

Epist 191. Nous savons par Étienne lui-même qu'il naquit à Orléans. Le P. du Molinet dit que ce fut l'an 1135, et il se fonde sur la lettre 274, dans laquelle l'auteur dit qu'il avait soixante-

huit ans accomplis lorsqu'il l'écrivait. *Pater, in septuagesima,* Epist. 274.
si bene recolo, septuagesimum annum biennio minus com-
plevi, qui numerus annorum à psalmista præfigitur senec-
tuti. Reste à savoir à quelle année on peut rapporter cette
lettre non datée. Elle est adressée à son métropolitain
Guillaume de Champagne, archevêque de Reims. Ce prélat
avait invité l'évêque de Tournai à se trouver au sacre de
l'évêque de Châlons-sur-Marne, qui devait avoir lieu à
Reims au troisième dimanche de carême. L'évêque de Tournai s'excuse sur son grand âge et ses infirmités, et de plus
sur ce que le roi l'avait mandé au Vaudreuil pour le quatrième dimanche, et à Paris pour le dimanche de la Passion,
au sujet d'une affaire à laquelle le roi mettait tant d'importance, qu'il l'avait conjuré de ne pas manquer de se trouver
au lieu indiqué. L'éditeur supposant que le sacre de l'évêque
de Châlons était celui de Gérard de Douai, qui fut fait l'an
1203, l'année même de la mort de notre auteur, part de là
pour conclure qu'Étienne de Tournai était né à Orléans
l'an 1135. Mais nous, nous croyons être mieux fondés à dire
qu'il s'agissait alors, non du sacre de Gérard de Douai, qui
n'est pas nommé dans la lettre, ni désigné par la lettre initiale de son nom, mais de Rotrou du Perche, qui, quoique Gall. Christ. t. IX,
élu dès l'an 1190, n'était pas encore sacré l'an 1195. En col. 883.
effet, il est prouvé que le siége de Reims était vacant après col. 988.
la mort de Guillaume, lorsque Gérard de Douai fut sacré;
ce n'est donc pas lui qui devait faire le sacre. Toutes ces
raisons concourent à prouver que c'est cette même année que
la lettre fut écrite, et que c'est de là qu'il faut partir pour
trouver celle de la naissance d'Étienne. Or le calcul nous
donnera l'an 1128, et même le jour de sa naissance, qui
tombait, selon lui, dans l'année où il écrivait sa lettre, au
dimanche de la septuagésime, c'est-à-dire, au 19 février,
huit ans avant l'époque donnée par le P. du Molinet.

Dès sa première enfance, Étienne fut élevé dans la piété Epist. 59.
et les lettres parmi les clercs de Sainte-Croix d'Orléans, et
son premier maître de grammaire fut un professeur qu'il
ne fait connaître que par la lettre A, initiale de son nom,
selon l'usage de son temps aussi fréquent dans les manuscrits Epist. 26, 27, 28.
qu'il est incommode pour les lecteurs.

On connaît à-peu-près le temps où il se fit religieux chanoine régulier à Saint-Euverte d'Orléans par la lettre **282.**
Dans cette lettre à Hugues de Garlande, évêque d'Orléans, Epist. 282.

l'auteur déclare qu'à l'époque où il l'écrivait, il y avait environ quarante-cinq ans qu'il avait embrassé la vie religieuse : *Quadraginta fermè et quinque anni sunt elapsi ex quo, Deo volente, in ecclesiâ B. Evurtii habitum religionis suscepimus sub ordine regulari.* Si cette lettre était datée, ce ne serait plus qu'une affaire de calcul de trouver l'année à laquelle Étienne entra en religion. Mais s'il n'est pas possible de fixer cette époque avec précision, on peut en approcher beaucoup, parce que tout le monde convient que l'évêque de Tournai mourut l'an 1203, et l'on sait d'ailleurs que Hugues ne fut élu évêque d'Orléans que l'an 1198. Ce n'est donc que dans l'intervalle de ces deux années qu'on peut placer cette lettre ; et, en prenant un terme moyen, il résulte qu'Étienne s'était fait religieux vers l'an 1155, et non l'an 1165, comme l'a dit le P. du Molinet, et à l'âge de vingt-huit ans, suivant le calcul établi ci-dessus.

Gall. Christ. t. IX, col. 1457.

Il s'était appliqué auparavant à l'étude des lois ; car il nous apprend qu'il avait étudié le droit sous le célèbre Bulgarus, à Bologne, où il avait eu pour condisciple le cardinal Gratien, auquel il dit : « C'est pour moi un souvenir agréable de me rappeler que nous avons été condisciples dans l'école de Bulgarus : *Reliquiæ cogitationis meæ diem festum agunt mihi, quoties recolo me fuisse socium vestrum in auditorio Bulgari, quem modo lætus suspicio in ministerio Petri.* »

Epist. 38.

Cela est encore prouvé par la lettre 63 à Eraclius, évêque de Césarée, qu'il commence ainsi : *Jocosas olim confabulationes nostras fructuosis oro sæpiùs orationibus expiari. Togatorum advocationes, mercimonia ; litigantium conflictus, cæcorum pugnam ; Bononiensium auditoria, fabriles diximus officinas. Inter hæc diversa sequuti studia sumus ; ego, quod irriseram, carpentariam Bulgari ; vos calvariam crucifixi.* Il est clair par là que, pendant qu'il étudiait à Bologne, Étienne avait, dans des momens de gaieté, tourné en ridicule la profession d'avocat, et qu'il l'avait exercée avant d'entrer en religion. C'est encore à Bologne qu'il avait eu pour condisciple le pape Urbain III : *Glorior inde mecum,* lui dit-il en le félicitant sur sa promotion, *ego minima filiorum vestrorum portio, quòd dominum nunc et patrem meum quandoque viderim in scholis, ubi tamquam Hylas mirabar Herculem, magnis virtutum et prudentiæ passibus incedentem.*

Epist. 63.

Epist. 121.

Mais après qu'il eut embrassé la vie religieuse, il paraît

qu'il alla reprendre l'enseignement à Chartres (1), où il fit un assez long séjour, comme on peut le conclure de la lettre 17 à Roger, abbé de Saint-Euverte, qui lui avait ordonné Epist. 17. par trois fois de retourner dans son monastère. Ce qui prouve que ce fut à Chartres, et non ailleurs, c'est la manière dont il s'exprime dans la lettre 36 au cardinal-évêque de Porto, Epist. 36. en lui recommandant une affaire désagréable du doyen et du sous-chantre de cette église : *Amici nostri sunt,* dit-il, *ex diuturno convictu, et honestæ conversationis suæ testimonium prisca nobis eorum societas repræsentat.* Et dans la lettre 37 au cardinal-évêque de Palestrine : *Specialiter eos diligi-* Epist. 37. *mus, et diligimur ab eis, quoniam antiquæ societatis et diuturni convictûs reliquias sub honestæ recordationis memoria retinemus.*

Étienne succéda, l'an 1167, à l'abbé Roger, qui en sa Gall. Christ. t. VIII, col. 1575. faveur se démit de l'abbaye de Saint-Euverte ; mais bientôt après, un événement déplorable arrivé à Orléans faillit à lui être funeste. Jean de la Chaîne, *de Catenâ,* doyen de Sainte-Croix, ayant été assassiné et mis à mort l'an 1168, notre jeune abbé fut chargé de prononcer, dans un synode tenu Epist. 1. à Sens, un discours propre à émouvoir l'assemblée, afin de la porter à demander vengeance d'un pareil attentat. Ayant été chargé d'en écrire au roi, bien loin d'obtenir la punition Epist. 2. des coupables, c'est contre lui que Louis-le-Jeune se prononça, on ne sait pourquoi ; et sans la protection de Guillaume de Champagne, alors évêque élu de Chartres, qui intercéda pour lui, il eût peut-être encouru l'indignation du roi.

Il continua de gouverner la maison de Saint-Euverte, dont Gall, Christ. t. VII, col. 720. il répara les bâtimens, jusqu'à la fin de l'année 1176, qu'il fut nommé à l'abbaye de Sainte-Geneviève de Paris, au grand regret des chanoines de Saint-Euverte, qui, par reconnaissance, lui assignèrent une pension sur une de leurs terres. Epist. 77.

L'abbaye de Sainte-Geneviève se ressentit bientôt de la sagesse de son gouvernement, tant au temporel qu'au spirituel ; l'observance régulière y prit de nouveaux accroissemens, et Dieu répandit sur ses travaux les bénédictions les plus abondantes. Il s'en explique ainsi dans une lettre à un Epist. 145.

---

(1) Nous disons *il paraît,* parce que la lettre d'où l'on tire cette conjecture (Martène, Ampl. Collect., t. I, col. 787) est anonyme, mais qu'on peut avec quelque fondement la lui attribuer.

de ses religieux nommé Pierre, neveu d'Absalon archevêque de Lunden, qui était retourné en Danemarck. « Tout prospère chez nous, lui dit-il ; graces à la bonté divine nous ne manquons de rien, et la conduite édifiante de nos frères répond aux avantages temporels dont nous jouissons. Notre communauté va toujours croissant ; nos revenus augmentent ; et ce qui est préférable à tout, la paix, la pratique de la règle, l'assiduité à l'office divin, régnant parmi nous, nous jouissons du bonheur d'une conscience sans reproche et de l'estime publique. Pleins de confiance dans les secours de Dieu qui nous favorise au-delà de nos mérites, nous avons entrepris de restaurer le comble de notre église, percé de gouttières, ouvert à tous les vents, et menaçant ruine. Nous faisons dans ce dessein provision de bois pour la charpente que nous nous proposons de couvrir en plomb. Nous fortifions aussi les murs par des culées en pierre de taille, etc. »

Quoiqu'il y eût à Sainte-Geneviève des écoles extérieures, il en établit d'intérieures pour ses religieux, afin qu'ils n'eussent aucune communication avec les écoliers du dehors. C'est ce qu'on voit par ses lettres à Absalon, archevêque de Lunden, au sujet de son neveu dont nous venons de parler. Ce prélat demandant que son neveu fréquentât les écoles séculières de Paris, notre auteur lui répond : « Nous sommes fâchés de ne pouvoir consentir à vos desirs, parce que cela est contraire à notre institut, et pourrait être d'un mauvais exemple à l'avenir. La règle sagement établie dans les cloîtres est qu'il y ait des écoles pour la vertu aussi-bien que pour la science. Si c'est votre intention de faire de votre neveu un homme du monde, vous pouvez choisir pour son instruction une autre ville que Paris, parce que nous ne pourrions supporter que, sous nos yeux, il se livrât au verbiage et aux détours de la dispute : cela tournerait à notre confusion. »

L'an 1181, non l'an 1178, comme l'ont dit quelques modernes (1), le roi Philippe-Auguste députa notre abbé vers le

Epist. 80.

Epist. 75.

(1) L'abbé Fleuri, induit en erreur par le P. du Molinet, dit liv. 74, n° 39 de son Hist. eccl., « qu'en 1178, Etienne de Tournai, abbé de Sainte-Geneviève de Paris, suivit en Languedoc Gautier, cardinal-évêque d'Albano, qui fut pris par Roger de Bédiers, protecteur des Albigeois. » Il y a dans ce peu de mots trois erreurs : 1° ce fut pour joindre le légat Henri, évêque d'Albano, qu'Étienne fut envoyé par le roi en Languedoc, et non le cardinal Gautier, qui ne fut jamais légat en France ; 2° la mis-

légat Henri, évêque d'Albano, en mission dans le Toulousain contre les Albigeois, secondé d'une force armée. Dans la lettre 75 au prieur de Sainte-Geneviève, Étienne fait la re- Epist. 73. lation de ce voyage, mais il n'explique pas quel en fut l'objet : *Quare ad dominum legatum vado, nescitis. Alia causa est quam ea quam mandavi vobis : de illa tamen omnino silete, ne aliquis in contrarium interpretetur.*

A cette époque, l'abbé de Sainte-Geneviève jouissait de l'entière confiance de Guillaume de Champagne, archevêque de Reims, et par lui de celle de Philippe-Auguste, son neveu. Le pape Lucius III ayant mandé à Rome l'archevêque de Epist. 101. Reims, le roi l'empêcha de partir, et écrivit au pape qu'ayant un extrême besoin de la présence de son oncle au commen- cement d'un règne orageux, il lui envoyait à sa place l'abbé de Sainte-Geneviève, qu'il appelle son très-cher ami, *præ- dilectum et familiarem nostrum.* Étienne fit-il ce voyage? Epist. 127. nous n'osons l'assurer, parce que dans une autre lettre à l'archevêque de Reims, il lui dit qu'étant sur le point de partir, et s'étant présenté pour prendre congé du roi, ce prince avait changé de résolution. Mais peut-être s'agit-il là d'un autre voyage que nous ne connaissons pas.

Ce qui prouve encore le haut degré de considération où il était à la cour, c'est qu'il fut choisi, l'an 1187, pour être Epist. 227. le parrain du prince Louis, fils du roi, qu'il appelle *son filleul* dans une de ses lettres.

L'évêché de Tournai étant devenu vacant, sur la fin de l'an 1190, par la mort d'Évrard d'Avesne, Pierre le Chantre fut élu à sa place; mais l'archevêque de Reims, alors régent du royaume en l'absence du roi, refusa de confirmer cette élection. L'abbé de Sainte-Geneviève, applaudissant comme tous les gens de bien au choix d'une personne si recomman- dable, employa en faveur du chantre de l'église de Paris le crédit qu'il avait auprès du régent; il lui expose que pour Epist. 175. quelque défaut de forme, qu'il peut couvrir de son autorité, il n'est pas juste de priver cette église d'un saint homme, qui réunit d'ailleurs toutes les qualités requises pour illustrer

sion du cardinal Henri dans l'Albigeois est de l'an 1181, selon le témoignage de Geofroi de Vigeois, et non de l'an 1178, et par conséquent le voyage d'Etienne de Tournai est de la même année, et peut-être de la suivante; 3° ce n'était pas l'évêque d'Albano que le vicomte de Béziers et d'Albi avait mis en prison, mais l'évêque d'Albi.

Tome XV.　　　　　　　　　　X x x

l'épiscopat. Il ajoute que le rejeter, c'est contrarier le vœu du roi, qui l'avait désigné pour cet évêché. Ses instances furent inutiles, et n'eurent d'autre résultat que de le faire proposer lui-même, contre son attente, pour remplir le siége vacant. Le clergé de Tournai agréa ce nouveau choix, mais le pape Célestin III eut de la peine à y consentir, comme on en peut juger par la lettre que notre abbé fut obligé de lui écrire.

Ayant ainsi dissipé les nuages qui s'étaient élevés sur la validité de son élection, il fut sacré à Reims l'an 1192, le dimanche après Pâques, c'est-à-dire le 12 avril. Mais avant que de quitter Sainte-Geneviève, il voulut s'assurer d'un successeur capable de maintenir, tant au spirituel qu'au temporel, le bon ordre qu'il avait établi dans sa maison, et il le trouva dans la personne de Jean, neveu de l'abbé d'Auvillers, qu'il fit bénir par l'évêque de Meaux, le dimanche des Rameaux de la même année.

A peine arrivé dans sa ville épiscopale, il eut des contestations avec les habitans qui refusaient de le reconnaître pour leur seigneur temporel. C'est ce qui résulte d'une lettre du roi Philippe-Auguste, portant injonction aux habitans de lui prêter serment de fidélité : elle est datée du mois de février 1192, vieux style, qui revient à l'an 1193. Cette affaire n'en resta pas là; il fut long-temps question de régler les droits respectifs du seigneur et des habitans : ce ne fut qu'en 1200 que ceux-ci adoptèrent les lois de la commune de Senlis, comme leur étant plus favorables.

L'an 1193, Étienne assista au couronnement de la reine Ingeburge, qui se fit à Amiens le jour de l'assomption de la Vierge. Le roi s'étant dégoûté d'elle ce jour-là même, la fit reléguer à l'abbaye de Cisoing, dans le diocèse de Tournai. Étienne, témoin de l'abandon et du dénuement dans lequel on laissait cette princesse, écrivit à l'archevêque de Reims la lettre 262, dans laquelle il fait l'éloge de cette infortunée reine, et sollicite pour elle les secours de sa charité. Une lettre de la princesse au même archevêque, dont Étienne fut le rédacteur, prouve que la recommandation de notre prélat ne lui fut pas inutile.

L'an 1197, pendant que le roi de France faisait la guerre à celui d'Angleterre sur les confins de la Normandie, le comte de Flandre et de Hainaut, gagné par ce dernier, tourna ses armes contre la France, faisant le dégât dans le

Epist. 231.

Tournaisis et le Cambraisis. Le cardinal Melior, légat apostolique, ayant ordonné d'excommunier le comte et ses adhé-
rens, et même de jeter l'interdit par-tout où ils se trouve-
raient, Étienne, qui n'approuvait pas cette mesure générale
d'interdit, se trouva dans un grand embarras, comme nous
l'expliquerons en rendant compte des lettres qu'il écrivit à
ce sujet. Ce prélat mourut le 9 ou le 12 septembre 1203,
après onze ans d'épiscopat, traversé par de grandes adversités.

SES ÉCRITS.

Les écrits de ce prélat consistent en des lettres, des sermons, un commentaire sur le décret de Gratien, et quelques
poésies. Quoiqu'ils ne soient pas des meilleurs du XIIe siècle,
néanmoins la considération dont l'auteur jouit de son temps
le mit dans le cas d'écrire beaucoup de lettres qui sont parvenues jusqu'à nous, et dont l'histoire peut faire son profit.

SES LETTRES.

Il y en a deux éditions; la première, publiée à Paris l'an
1611, par les soins de Jean-Baptiste Masson, à la suite de
celles de Gerbert et de Jean de Salisburi, in-4°, contient
240 lettres imprimées très-incorrectement sur un manuscrit
défectueux. C'est sur cette mauvaise édition qu'elles ont   Bibl. Patr., t. XXI,
passé dans la Bibliothèque des pères imprimée à Lyon. Le   p. 1—53.
P. Claude du Molinet, chanoine régulier de la congrégation
de France, ayant entrepris d'en donner une nouvelle, qui
parut l'an 1679 à Paris, chez Louis Billaine, in-8°, en augmenta le nombre jusqu'à 286 lettres, qu'il a distribuées
dans un ordre différent, et selon les époques marquantes
de la vie de l'auteur, en trois parties, dont la première contient les lettres écrites pendant qu'Étienne était abbé de
Saint-Euverte d'Orléans; la seconde celles qu'il écrivit
étant abbé de Sainte-Geneviève à Paris; la troisième après
qu'il fut pourvu de l'évêché de Tournai. L'éditeur s'est servi
utilement, pour nous donner un texte plus correct, du travail qu'Étienne Baluze avait préparé sur cet auteur, travail
que nous avons retrouvé parmi ses manuscrits à la bibliothèque Royale; mais les notes sont entièrement de l'éditeur.
C'est en suivant l'ordre de cette édition, que nous allons
rendre compte de la plupart de ces lettres, non de toutes,

parce que plusieurs ne sont que des billets de pure civilité, ou pour recommander des amis à des personnes en place.

Lettres depuis l'an 1167 jusqu'en 1176.

Epist. 1, al. 2.

La première n'est pas proprement une lettre; c'est un discours prononcé, l'an 1168, à Sens, dans un synode, afin d'exciter l'assemblée à poursuivre la vengeance de l'assassinat commis sur la personne de Jean *de Catena*, doyen de l'église de Sainte-Croix d'Orléans. L'auteur ne nomme pas le coupable, mais il le désigne par ces mots : *Ipsum ducem sceleratæ factionis illius, qui altero se polluerat homicidio, de mortis faucibus et exilii proscriptione* (decanus) *suo redemerat interventu.* Apparemment en faisant participer le coupable au privilége qu'avaient les évêques d'Orléans de faire grace à un criminel en prenant possession de leur siége.

Epist. 2, al. 60.

Dans la lettre 2 à Guillaume de Champagne, alors nommé à l'évêché de Chartres, l'auteur nous apprend qu'ayant été chargé d'écrire au roi au nom de l'assemblée, ce prince voulant sans doute assoupir l'affaire, bien loin d'être touché des plaintes contenues dans sa lettre, avait tourné contre lui son indignation.

Epist. 3, al. 3.

Les lettres 3, 4 et 5 sont relatives à une question sur la forme du sacrement du baptême. Dans la troisième, Ponce, évêque de Clermont, consulte Maurice, évêque de Paris, et l'abbé de Saint-Euverte sur la validité d'un baptême conféré *au nom du Père, du Fils et du Saint-Esprit,* sans articuler, en plongeant l'enfant, les paroles *je te baptise.* Maurice ré-

Epist. 4, al. 4.
Epist. 5, al. 5.

pond dans la quatrième que le baptême est nul. Étienne, dans la cinquième, soutient une opinion contraire, sans manquer aux égards dus au sentiment de l'évêque de Paris, lequel est devenu celui de tous les théologiens, depuis que le pape Alexandre III a décidé que les paroles *je te baptise* sont nécessaires pour déclarer l'intention du ministre, et pour distinguer le sacrement du baptême de toute autre

Fleuri, Hist. eccl., liv. 74, n° 39.

ablution. Ces auteurs nous apprennent que le baptême donné sans les autres cérémonies qui l'accompagnent, s'appelait dès lors *ondoyer, undejare, undaïsare,* et que la formule en français était, *en nome Patres, et Files, et Esperites santes.*

Epist. 6, al. 16.

Écrivant à Aldebert, évêque de Mende, pour désavouer quelques faux rapports qui avaient été faits au prélat, Étienne lui dit (lettre 6) : *Quia laboris et studii mei primitias noluistis, decimas vobis reservo.* S'agit-il là de quelque ouvrage de notre auteur que nous ne connaissons pas ?

Les lettres 8 et 9 roulent sur l'incendie de l'église de Saint-Euverte, et sur le soin qu'Étienne se donnait pour la réparer, en envoyant de ses religieux avec les reliques du saint recueillir des aumônes dans les autres diocèses. Epist. 8, al. 18. Epist. 9, al. 19.

Le roi Louis-le-Jeune, à son retour de la croisade, ayant emmené en France quelques chanoines réguliers du mont Syon, leur procura un établissement à Orléans dans l'église de Saint-Samson. Dans la suite, une dame du pays ayant troublé ces religieux dans la jouissance d'une de leurs possessions, fut condamnée à restitution par sentence du chapitre de la cathédrale. La dame s'étant pourvue par appel au métropolitain, l'abbé de Saint-Euverte écrivit alors à Guillaume de Champagne, archevêque de Sens, la lettre 11, dans laquelle il expose au prélat son opinion et celle des habitans sur cette spoliation, et le prie de confirmer la sentence du chapitre. Saussæus. Hist. eccl. Aurelian., lib. X, n° 4. Epist. 11, al. 21.

La lettre 13 au même prélat concerne la forme de la procédure judiciaire en usage dans ce temps-là. Un jeune clerc, pendant qu'il vaquait aux études, avait été dépouillé de la succession de son père; il invoquait le privilége de la scholarité pour être réintégré dans ses droits. L'archevêque, reconnaissant le principe, l'avait renvoyé à plaider au fond devant le juge seigneurial. Étienne voyant que le juge laïque, méconnaissant le principe, cherchait à débouter le clerc, représente au prélat que c'en est fait des études, que personne ne voudra fréquenter les écoles, si l'absence et l'éloignement exposent les clercs à perdre leur patrimoine. Epist. 13, al. 23.

Ayant conservé des relations avec les jurisconsultes de Bologne, chez lesquels ou avec lesquels il avait étudié, notre abbé écrivit les lettres 14 et 15 à Albéric et Guillaume, pour leur recommander un clerc d'Orléans nommé Hugues, qui allait à Bologne étudier le droit. Epist. 14, al. 24. Epist. 15, al. 25.

Vers l'an 1172, le cardinal de Naples, nommé Jean Piuzutus, auparavant chanoine régulier de Saint-Victor de Paris, avait fondé à Naples un établissement pour des victorins. Étienne adresse au prieur de cette maison la lettre 16, en lui envoyant un de ses religieux. Il est encore question de cet établissement dans la lettre 29. Mart. Ampl. collect., t. VI, col. 255. Epist. 16, al. 26.

Nous avons déja dit qu'Étienne, après avoir embrassé la vie religieuse à Saint-Euverte, était allé étudier la théologie à Chartres. Son abbé trouvant son absence trop longue, lui avait ordonné par trois fois de rentrer dans son monastère. Étienne, dans la lettre 17, lui annonce qu'il est prêt à obéir ; mais qu'il ne sait comment faire pour transporter ses livres, n'ayant point de voiture. Il est évident que si, dans l'arrangement des lettres, l'éditeur eût eu égard à l'ordre chronologique, celle-ci eût dû être placée la première.

La 18e est relative à l'ordination de Barthélemi de Vendôme, élu archevêque de Tours l'an 1174, sans la participation des évêques de la province. Sur quoi l'on peut voir la

lettre d'Arnoul, évêque de Lisieux, à celui du Mans, qui par le droit de son siége aurait dû présider l'assemblée. Il paraît que le roi d'Angleterre, comte d'Anjou et de Touraine, désapprouvait ce choix, et que les évêques de la province, pour ne pas déplaire à leur souverain, refusaient de donner la consécration à l'archevêque élu. De son côté, le roi de France, qui n'avait jamais abandonné le droit de recommander à ce siége, approuvait ce qui, à son instigation peut-être, avait été fait par les chanoines. Dans cet état des choses, l'abbé de Saint-Euverte fut envoyé vers les évêques suffragans de cette métropole pour soutenir les droits du roi ; et c'est pour instruire l'archevêque de Sens, alors légat du saint-siége, du résultat de sa mission, qu'il lui écrivit la lettre 18, sur laquelle l'éditeur ne donne aucun éclaircissement, et qui serait inintelligible sans les renseignemens que nous venons d'indiquer.

Les lettres 19 et 20 regardent la donation que Pierre, évêque du Puy en Vélai, fit à l'abbaye de Saint-Euverte du monastère de Doé, dans son diocèse, pour y introduire la réforme de Saint-Victor L'acte de cette donation est imprimé au tome IV du Recueil des historiens de France par Du-

chesne, p. 760 ; mais il est sans date. Les auteurs du *Gallia Christiana* le rapportent au 15 de juillet 1167, contre toute vraisemblance, puisque notre auteur félicite le prélat sur la paix qu'il venait de conclure, l'an 1171, avec le vicomte de Polignac, par jugement de la cour féodale du roi Louis-le-Jeune, imprimé parmi les preuves de la maison d'Auvergne par Baluze. Ajoutons qu'Étienne n'était pas encore

abbé de Saint-Euverte au commencement de l'année 1167.

Dans la lettre 22 à Jothon ou Joscius, archevêque de Tours, l'abbé de Saint-Euverte intercède auprès du métropolitain pour un prélat nouvellement élu évêque, non de Conserans, comme l'a imaginé le P. du Molinet, mais de Quimper. Il est vrai qu'on lit dans les manuscrits *Consp.* ;

mais ce qui prouve qu'il faut lire *Corisopitensis,* et non *Conseranensis,* c'est que l'évêché de Quimper est suffragant de Tours, et non celui de Conserans, situé au pied des Pyrénées. Cette lettre est certainement d'une date plus ancienne que la 18e, puisque dans celle-ci il s'agit de Barthélemi de Vendôme, successeur de Joscius.

Après la mort de Pierre de la Châtre, archevêque de Bourges, décédé l'an 1171, le chantre et l'archidiacre de cette église furent accusés d'avoir détourné à leur profit des legs que ce prélat avait faits aux églises. L'abbé de Saint-Euverte prend leur défense dans la lettre 23 à Guillaume, archevêque de Sens, et le prie d'écrire au pape en sa qualité de légat, la lettre 24 dont Étienne fut le rédacteur. *Epist. 23, al. 52.* *Epist. 24, al. 53.*

Dans la lettre 25, il félicite Jean de Belmeis, évêque de Poitiers, sur l'heureux voyage qu'il avait fait au tombeau de saint Thomas de Cantorbéri, et sur le bon accueil qu'il avait reçu du roi d'Angleterre, quoique ce prélat eût été un zélé partisan du saint archevêque. L'auteur nous apprend dans cette lettre qu'il fut aussi l'ami de saint Thomas, qui voulait bien l'admettre dans sa société ; mais l'éditeur a négligé de transcrire la fin de cette lettre, qui existe toute entière dans la première édition et dans les manuscrits. *Epist. 25, al. 33.*

La lettre 26 au prieur de la Charité-sur-Loire a pour objet de faire rentrer dans ce monastère son premier maître de grammaire, lequel, après avoir fait profession à la Charité, était passé dans l'ordre de Cîteaux, mais qui, n'ayant pu en soutenir les austérités, désirait reprendre son premier genre de vie. Les lettres 27 et 28 ont le même objet. *Epist. 26, al. 62.* *Epist. 27, al. 63.* *Epist. 28, al. 64.*

Lettres depuis l'an 1176 jusqu'en 1191.

La 30e est adressée à maître Robert, que l'abbé de Sainte-Geneviève appelle son ami et le compagnon de ses études. Etienne Baluze pense que l'auteur écrit cette lettre à Robert de Melun, sans faire attention que ce professeur était déja évêque d'Herfort l'an 1163, et qu'il mourut en 1167. Nous croyons avec plus de fondement que c'est le même Robert, orléanais, auquel est adressée la lettre 85, alors un des secrétaires ou écrivain du pape Lucius III. Dans l'une et dans l'autre de ces lettres on lui recommande des affaires particulières ; mais il paraît par la première que ce Robert était alors attaché à Guillaume, archevêque de Reims, qu'Étienne appelle simplement son seigneur. *Epist. 30, al. 35.*

Epist. 32, al. 37.

L'objet de la lettre 32 à l'aumônier du roi, est un pauvre Juif espagnol, qui ayant été baptisé par l'évêque de Léon et incorporé à son église, était venu faire ses études à Paris. Ne serait-ce pas ce Juif nommé Guillaume, qui devint en-suite diacre de l'église de Bourges, auteur de plusieurs écrits Suppl. Patr. p. 390 et seq. contre les Juifs, imprimés par le P. Jean Hommey? Quoi qu'il en soit, l'abbé Étienne nous apprend, dans cette lettre, que le roi Louis-le-Jeune avait institué une aumône extra-ordinaire pour remercier Dieu de lui avoir donné un fils dans la personne de Philippe-Auguste; et c'est afin de faire participer à cette aumône le pauvre Juif converti qu'Étienne écrivit cette lettre.

Epist. 34, al. 39.

Il écrivit la 34e à Bela III, roi de Hongrie, pour dé-truire le bruit répandu dans ses états qu'un de ses sujets, mort à Paris et enterré à Sainte-Geneviève, avait laissé en mourant beaucoup de dettes. L'auteur certifie au monarque qu'après toutes les perquisitions faites, il ne s'en était trouvé Epist. 35, al. 40. aucune. Il atteste la même chose, dans la lettre 35, au père et à la mère du jeune homme nommé *Bethléem,* et il les remercie des riches présens qu'ils lui avaient envoyés par deux fois.

Epist. 36, al. 41.

Dans la lettre 36, l'auteur recommande au cardinal-évêque de Porto, qui n'est pas nommé, une affaire du doyen et du sous-chantre de l'église de Chartres, pendante au tribunal du pape. Cette affaire paraît être relative à des plaintes por-tées contre eux, pendant l'épiscopat de Pierre de Celles, par des membres du chapitre, à la tête desquels était le prévôt Renaud ou Rainal de Bar, le même qui succéda à Pierre de Celles, au sujet de certaines exactions dont parlent les au- Gall. Christ. t. VIII, col. 1150. teurs du *Gallia Christiana,* exercées par les officiers du doyen. Si cela est, l'évêque de Porto à qui la lettre est adressée était le cardinal Théodwin; et l'évêque de Palestrine qui Epist. 37, al. 42. n'est pas nommé dans la lettre suivante, roulant sur le même sujet, serait le cardinal Bernerède, auparavant abbé de Saint-Crépin de Soissons. C'est dans ces deux lettres qu'Étienne nous apprend qu'il avait vécu long-temps à Chartres dans la société de ces deux chanoines dont il fait l'éloge.

Epist. 38, al. 43.

La lettre 38 au cardinal Gratien a pour objet un de ses religieux, mauvais sujet, qui chassé cinq fois de sa maison, et banni du royaume par l'autorité du roi, était revenu de Rome avec des lettres de recommandation du pape pour être réintégré dans sa maison. Cet homme s'étant livré à de nouveaux excès, l'abbé de Sainte-Geneviève supplie le cardinal d'appuyer de son crédit la demande qu'il adressait au pape de le délivrer d'un pareil sujet.

L'an 1179, le roi Louis-le-Jeune chargea notre abbé d'écrire Epist. 40, al. 49. au pape qu'il avait empêché Barthélemi, archevêque de Tours, tombé malade à Paris, de se rendre au concile de Latran, et de lui exposer que le roi verrait avec chagrin, et regarderait comme une atteinte portée à sa couronne, qu'on recommençât le long procès touchant le droit de métropole de l'église de Dol, procès qui peu de temps auparavant avait été assoupi. Étienne accompagna cette lettre d'une autre à Epist. 39, al. 45. Guillaume, archevêque de Reims, parti pour se rendre au concile, dans laquelle il lui recommande cette affaire, ainsi que les autres dont le roi l'avait chargé.

L'archevêque de Tours avait prié notre auteur de lui com- Epist. 41, al. 47. poser des sermons; il s'excuse sur le mauvais état de sa santé, qui était tel, que les médecins lui avaient interdit toute application.

Dans la lettre 42 au souverain pontife qui n'est pas Epist. 42, al. 48. nommé, Étienne expose les raisons pour lesquelles Garin, abbé de Saint-Victor, ayant été mandé à Rome, n'avait pas comparu : protestant que malgré le mauvais état de sa santé, l'abbé de Saint-Victor était prêt à partir, si sa sainteté l'exigeait. De quoi s'agissait-il dans cette affaire? c'est ce que nous ne trouvons nulle part.

L'évêque de Tusculum ou Frascati, auquel est adressée Epist. 43, al. 50. la lettre 43, et que l'auteur appelle *maître Pierre*, n'est autre que le cardinal de Saint-Chrysogone, Pierre de Pavie, nommé à cet évêché l'an 1178 par le pape Alexandre III. Ce cardinal avait été chanoine régulier, et en cette qualité lié d'une étroite amitié avec notre auteur qui, en le félicitant, dans la lettre 46, sur son élévation au cardinalat de Saint- Epist. 46, al. 61. Chrysogone, s'exprime ainsi : *Amplector scholarem, prosequor archidiaconum, deosculor abbatem, assurgo episcopo, revereor cardinalem.* Nous avons expliqué, en rendant compte T. XIV, p. 231. des écrits de maître Pierre, par quels degrés il parvint à ce haut point d'élévation. Il suffira d'observer ici que cette lettre étant certainement de l'an 1172 ou 1173, et par conséquent antérieure à la précédente, aurait dû être placée dans la première partie, contenant les lettres écrites par Étienne étant abbé de Saint-Euverte.

C'était l'usage que les papes et les cardinaux assignassent

Tome XV. Y y y

à de pauvres clercs des prébendes dans les églises de France, et à d'autres des pensions alimentaires dans les monastères, pour les aider à suivre le cours de leurs études. La lettre 48 au pape Alexandre III prouve cet usage, et peut servir à fixer la valeur du sou parisis, et quel était alors le prix des denrées. Le pape ayant demandé que la pension alimentaire fût payée en argent par l'abbé de Sainte-Geneviève, l'avait fixée à dix sous par mois. Les lettres 49 et 50 au cardinal Albert, chancelier de l'église romaine, n'ont pas d'autre objet que ces sortes de pensions.

L'abbé de Corbie (c'était apparemment Hugues de Péronne) eut une grande contestation avec ses religieux touchant l'administration des biens de l'abbaye. Le roi ayant chargé le comte de Flandre et huit abbés de terminer ce différend, il fut fait un accommodement entre les parties; mais bientôt après, les religieux se croyant lésés, portèrent cette affaire au tribunal du pape, qui n'est pas nommé. L'abbé de Sainte-Geneviève écrivit alors à Rome en faveur de celui de Corbie la lettre 54; et s'il faut s'en rapporter aux auteurs du *Gallia Christiana,* qui ne citent aucune autorité, le pape Alexandre donna gain de cause aux religieux.

Étienne ayant avec les moines de Long-Pont, diocèse de Soissons, un procès qui devait être jugé à l'officialité de Reims, rend compte à l'archevêque Guillaume (lettre 56) de ce qui s'était passé à l'audience; et comme à sa demande l'affaire avait été ajournée, et qu'il comptait beaucoup sur la protection du prélat, il le prie de faire en sorte d'être présent au jugement. « Je crois bien, dit-il, que les cisterciens sont du nombre de ceux qui ravissent le ciel par violence; mais je n'ai lu nulle part qu'il leur soit permis de ravir le bien d'autrui, même sous prétexte de faire des aumônes. »

L'archevêque de Sens voulant exercer un droit de procuration ou de gîte sur l'abbaye de Saint-Euverte, ainsi que sur trois autres abbayes de la ville d'Orléans, et cette affaire ayant été portée au tribunal du pape, Étienne, tant en son nom qu'en celui de Hugues, abbé de Saint-Barthélemi de Noyon, l'un et l'autre chanoines profès de Saint-Euverte, atteste au pape, dans les lettres 58 et 59, que jamais de leur temps les archevêques de Sens n'avaient joui de ce droit, et qu'il appartiendrait à plus juste titre à l'évêque d'Orléans, qui cependant n'y formait aucune prétention.

A l'occasion du procès qu'un célèbre professeur nommé

maître Simon soutenait au tribunal de l'archevêque de Reims
contre un évêque qui n'est pas nommé, notre auteur fait de
l'archevêque Guillaume, en lui recommandant cette affaire,
un bel éloge de la protection que ce prélat accordait aux
gens de lettres, les attirant de tous les pays du monde auprès de lui, et les comblant d'honneurs et de richesses. La
lettre ne dit pas qui était ce Simon, ni contre quel évêque
il plaidait. Nous sommes portés à croire que c'était Simon
surnommé de Tournai, célèbre par ses écrits, lequel ayant
obtenu une prébende dans le chapitre de cette église, éprouvait des difficultés de la part de l'évêque. Tel est le sentiment
de Duboulay ; mais non celui de D. Rivet, qui ayant mal
saisi le sens de cette lettre, suppose que l'abbé de Sainte-
Geneviève sollicitait pour maître Simon la charge d'écolâtre
de l'église de Reims, sans faire connaître autrement ce
personnage.

Hist. univ. Paris.,
t. II, p. 490.
Hist. Littér. t. IX,
p. 34.

Dans la lettre 61, Étienne dénonce au pape les désordres
qui régnaient à Soissons dans l'abbaye de Saint-Jean-des-
Vignes, et prend la défense de l'abbé Hugues, qui, pour
maintenir la discipline régulière, se croyait en droit de des-
tituer les chanoines pourvus de prieurés-cures. L'évêque de
Soissons, à qui appartenait le droit de les instituer, se déclara pour les obédienciers, et soutint contre l'abbé un procès
dont il est parlé dans plusieurs lettres de notre auteur. Celle-
ci fut écrite après le concile de Latran de l'année 1179 ; mais
on ne peut dire si ce fut au pape Alexandre III ou à Lucius,
son successeur, parce qu'elle n'a pour toute adresse que ces
mots : *Summo pontifici.*

Epist. 61, al. 80.

Epist. 95 et 128.

Le cardinal Vivien avait envoyé un exprès à notre abbé,
touchant quelque affaire dont on n'explique pas le sujet. La
réponse provisoire d'Étienne est contenue dans l'épître 62,
qui paraît avoir été écrite pendant que ce cardinal exerçait
la légation en Écosse et en Irlande, c'est-à-dire l'année 1177
ou la suivante, selon Roger de Hoveden.

Epist. 62, al. 81.

Étienne avait un parent qui par dévotion faisait le voyage
de la Terre-Sainte, peut-être à la suite du comte de Champagne, Henri-le-Libéral, qui partit l'an 1179. Étant connu
d'Héraclius, évêque de Césarée, avec lequel il avait étudié à
Bologne, il lui écrivit la lettre 63 pour lui recommander son
parent.

Epist. 63, al. 82.

La lettre 64 à l'évêque de Saint-George ou de Lydda n'a
pas d'autre objet. Notre auteur avait connu ce prélat nommé

Epist. 64, al. 83.

Y y y 2

Bernard, lorsqu'il vint en France, l'an 1174, envoyé de la part du roi et du patriarche de Jérusalem, afin d'obtenir des secours pour les chrétiens de la Terre-Sainte. Nous avons les lettres dont il fut porteur, dans le tome II de l'Amplissime collection de D. Martène, col. 994, 996 et 997.

Epist. 65, al. 84. Jean de Salisburi, évêque de Chartres, avait excommunié, comme délégué du pape, les membres de la commune de Meaux établie, l'an 1179, par Henri-le-Libéral, comte de Champagne et de Brie; mais l'évêque de Meaux négligeait de mettre à exécution la sentence. C'est pourquoi l'abbé de Sainte-Geneviève écrivit à un Orléanais de ses amis, nommé Jean, alors un des secrétaires du pape, la lettre 65, le priant de faire en sorte que le pape confirmât la sentence. L'auteur parlant de Jean de Salisburi comme n'existant plus, *bonæ memoriæ,* il s'ensuit que la lettre est au plus tôt de l'an 1182.

Epist. 66, al. 85. La suivante au pape Alexandre III nous instruit de ce qui se passait à Blois relativement au clergé de la ville. Les chanoines de Saint-Sauveur ayant refusé d'embrasser la vie commune, furent contraints d'abandonner leur église par ordre du comte Thibaud-le-Dévot, au grand contentement des chanoines réguliers de Bourg-moyen, qui par là devenaient le clergé dominant dans la ville. Le premier soin de Jean de Salisburi, en montant sur le siége de Chartres, fut de faire rentrer dans l'église de Saint-Sauveur, devenue dans ces derniers temps l'église cathédrale, ce qui restait de chanoines dispersés, et Pierre de Blois s'empressa de le féliciter sur cette opération. L'abbé de Sainte-Geneviève, au contraire, partisan des chanoines réformés, employait le crédit qu'il avait à Rome pour faire échouer cette entreprise, ou du moins pour empêcher les nouveaux chanoines de rentrer dans leurs anciens droits : ce qui paraît être l'objet de la lettre 67.

Petri Bles. epist. 114; ibid. epist. 78.

Epist. 67, al. 118.

Epist. 68, al. 86. La lettre 68 à Jean de Belmeis, évêque de Poitiers, est relative aux vexations qu'éprouvait ce prélat de la part de Richard, duc d'Aquitaine, fils de Henri II, roi d'Angleterre. Ce prince, que l'auteur appelle un *jeune tyran,* s'était emparé du château de l'Angle, appartenant à l'église de Poitiers, comme cela est expliqué d'après un acte rapporté dans le glossaire de Ducange au mot *Reliquiæ.* L'objet de la lettre d'Étienne est d'encourager le prélat, qui avait jeté l'interdit sur les terres du duc, à tenir ferme sans rien abandonner de ses droits.

T. V, col. 1304.

Epist. 70, al 88. La suscription de la lettre 70 à Guillaume, archevêque

de Sens, est fautive. C'est à *Gui,* archevêque de Sens qu'il
faut lire, d'après un manuscrit qui de la bibliothèque du
chancelier Seguier était passé dans celle de Saint-Germain-des-
Prés, et par la raison qu'il y est parlé du légat Pierre,
évêque de Tusculum, lequel ne fut nommé à cet évêché
qu'en 1178. La lettre a pour objet de prémunir l'archevêque
de Sens contre un prêtre libertin, qui vivant d'une manière
scandaleuse avec des religieuses de Villercel, monastère dépendant de l'abbaye de Saint-Cyr, s'était pourvu à son tribunal contre la sentence d'interdit prononcée par le cardinal-
légat dans une lettre au doyen de l'église de Rouen, qui est   Epist. 69, al. 87.
la 69e du recueil.

Le même cardinal-légat avait chargé notre abbé de répondre à la question de trois religieux de Grandmont, qui
poussés du desir d'atteindre à une plus haute perfection,
étant entrés au noviciat de l'ordre de Cîteaux dans l'abbaye
de Pontigni, se croyaient obligés de retourner à Grandmont
pour accomplir leur premier vœu. Étienne les rassure dans
la lettre 71, et leur prouve par de très-bonnes raisons, que   Epist. 71, al. 1.
bien loin de manquer à leur vœu, ils prenaient le plus sûr
moyen de l'accomplir exactement (1), et il envoya cette décision au cardinal-légat, avant que celui-ci partit de France
pour l'Italie, c'est-à-dire l'an 1180 ou 1181, comme on le
voit par la lettre 72. La même question fut proposée à Pierre   Epist. 72, al. 89.
de Celles, abbé de Saint-Remi de Reims, et décidée d'après
les mêmes principes dans une lettre qui contient les noms
de ces trois religieux, dont le plus marquant était, à ce qu'on   Spicil. in-4e, t. II,
croit, Guillaume de Donjeon, des comtes de Nivernais, qui   p. 447.
fut fait archevêque de Bourges l'an 1200, dont le nom fut
placé bientôt après dans le catalogue des saints, et que l'université de Paris a choisi pour un de ses patrons.

L'an 1181, et non 1178, comme l'a cru le P. du Molinet,   Epist. 73, al. 90.
Étienne fut envoyé par le roi Philippe-Auguste à Toulouse
auprès du cardinal-évêque d'Albano, légat du saint-siége,
qui faisait la guerre aux Albigeois dans le Languedoc. Par
suite de sa première erreur, l'éditeur nomme ce cardinal

(1) On lit dans cette lettre, p. 104 : *Transfigurat se nonnunquam Sathanas
in angelum lucis. et vesicam pro laterna simplicioribus vendit.* Vendre des
vessies pour des lanternes ; locution singulière qui a passé jusqu'à nous, et que
notre auteur avait sans doute empruntée de quelque romancier.

T. XIV, p. 453.

Gautier, qui ne fut jamais légat en France; son vrai nom était Henri, abbé de Clairvaux, avant qu'il fût fait évêque d'Albano l'an 1179, comme nous l'avons dit ailleurs. Étienne écrivant au prieur de Sainte-Geneviève, nommé Raimond, la lettre 73, y fait la relation de son voyage, des dangers qu'il avait courus, et de ceux qu'il craignait encore de la part des Cotereaux, des Basques, des Aragonnais, stipendiés par les hérétiques du pays.

Mart. Anecd. t. III, col. 907.

Vers le même temps, Étienne ayant été nommé commissaire délégué du pape Alexandre III, conjointement avec Henri, évêque de Bayeux, et le doyen de cette église, pour instruire la procédure et entendre les témoins dans la grande contestation des églises de Tours et de Dol touchant la dignité métropolitaine de celle-ci; Étienne, disons-nous, écri-

Epist. 74, al. 91.

vit à l'évêque de Bayeux la lettre 74, de laquelle il résulte que les commissaires devaient s'assembler pour délibérer s'ils procéderaient ou non à l'instruction de cette affaire, apparemment parce que, dans cet intervalle de temps, le

Mart. ibid. col. 910.

pape Alexandre était mort. On voit en effet que son successeur Lucius III nomma d'autres commissaires.

L'évêque de Poitiers, Jean de Belmeis, ayant été nommé, l'an 1181, archevêque de Narbonne, et presque aussitôt archevêque de Lyon, l'abbé de Sainte-Geneviève, pour le

Epist. 75, al. 92.

congratuler, lui écrivit la lettre 75, dans laquelle l'auteur parle de son voyage en Languedoc, fait par ordre du roi, et de l'affreuse dévastation de cette province par suite de la guerre contre les Albigeois. « Je vous estime heureux, dit-il, de n'avoir plus rien à démêler avec la barbarie des Goths, la légèreté des Gascons, et les mœurs cruelles et sauvages de la Septimanie, où il règne une mauvaise foi incroyable, où l'on meurt de faim, où le dol et l'affliction surpassent tout ce qu'on peut imaginer. J'ai vu en passant ce malheureux pays, lorsque le roi m'y a envoyé il n'y a pas long-temps, et par-tout j'ai aperçu l'image effroyable de la mort, des églises presque renversées ou réduites en cendres, d'autres ruinées jusques dans leurs fondemens, et les habitations des hommes devenues le repaire des bêtes. Je n'ai pu penser sans frémir que c'est là qu'on voulait vous établir. » L'auteur parle ensuite d'un des neveux du prélat, déja archidiacre (de Poitiers vraisemblablement) dont il prenait soin à Paris.

Epist. 79, al. 96.

Dans la lettre 79 à Absalon, archevêque de Lunden en Danemarck, l'auteur lui annonce qu'un neveu du prélat,

nommé Pierre, venait de faire profession de la vie canoniale
à Sainte-Geneviève. — Dans la suivante au même prélat, Epist. 80, al. 97.
considérant la mauvaise santé de ce jeune homme, il le renvoie en Danemarck, après lui avoir recommandé de se com-
porter selon le nouveau genre de vie qu'il avait embrassé,
et sur-tout de fréquenter la communauté de génovéfains
établie au Paraclet dans le diocèse de Rochilden. Nous verrons plus bas ce même Pierre évêque de cette ville et chancelier du royaume.

Le chancelier de France Hugues de Puiseaux *(de Puteaco)* Guill. Neubr. lib.
V, cap. XI.
était bâtard, fils de Hugues, évêque de Durham en Angle-
terre. Ce vice de naissance lui fermait les portes de beaucoup
d'églises de France. L'abbé de Sainte-Geneviève fut chargé
d'écrire au pape pour lever cet obstacle. C'est l'objet de la
lettre 82 à Lucius III, dans laquelle il fait l'éloge du chan- Epist. 82, al. 99.
celier et des services qu'il rendait à l'église dans un poste
où il pouvait lui faire beaucoup de mal.

Le roi d'Angleterre Henri II avait admis dans sa chapelle
un neveu du pape Alexandre III. Ce jeune clerc nommé
Gentil étant mort à Paris et enterré à Sainte-Geneviève,
avait disposé de tout ce qu'il avait, et des bienfaits qu'il
avait reçus du roi d'Angleterre. L'abbé de Sainte-Geneviève
écrivit donc au monarque anglais la lettre 84, le priant de Epist. 84, al. 102.
consentir, ne fût-ce que pour honorer la mémoire de l'oncle,
à l'exécution des dernières volontés du défunt.

Étienne, dans la 85e, écrite à deux Orléanais appelés Guil- Epist. 85, al. 103.
laume et Robert, qui étaient devenus écrivains ou notaires
en cour de Rome, dit qu'en général les Orléanais faisaient
plutôt fortune chez l'étranger que chez eux : *Solent plerique
Aurelianenses aurei inter alienos esse, qui nec argentei fue-
rant inter suos.* En leur recommandant ses propres affaires,
il les exhorte à la modestie et à une exacte probité, comme
à de vrais moyens de se maintenir dans leurs charges. Il y
avait encore à Rome un autre Orléanais nommé Jean, attaché
au pape comme écrivain, auquel notre abbé écrivit la lettre 65.

Le curé ou chapelain de Saint-Benoît à Paris étant en Epist. 86, al. 104.
procès avec les chanoines de la même église touchant le lieu
où il exerçait les fonctions curiales, notre abbé prend la
défense du curé dans la lettre 86 au pape Lucius, et nous
apprend que cette église était alors orientée tout autrement
qu'elle n'est aujourd'hui, c'est-à-dire que l'autel était au

couchant et non au levant du soleil, parce que l'entrée principale était sur la rue Saint-Jacques.

Suprà, p. 539.

Nous avons dit plus haut, en rendant compte de la lettre 64, qu'il existait un conflit de juridiction entre Nivelon, évêque de Soissons, et l'abbé de Saint-Jean des Vignes, nommé Hugues, relativement aux chanoines réguliers pourvus de bénéfices-cures. Le pape Lucius avait confié la décision de cette affaire à Maurice, évêque de Paris, et au doyen de Saint-Germain-l'Auxerrois, lesquels avaient donné gain de cause à l'abbé; mais ni l'évêque ni les religieux ne déféraient à la sentence. C'est de quoi l'abbé de Sainte-Geneviève se plaint au pape dans la lettre 95.

Epist. 95, al. 114.

Epist. 100, al. 120.

Etienne ayant été chargé par le pape de contraindre par les censures ecclésiastiques l'évêque d'Orléans Manassès, à solder une dette que ce prélat avait contractée, ou dont le pape, selon l'usage, lui avait imposé le fardeau envers un acolyte de l'église romaine, nommé Benoît; notre abbé conseille au prélat de s'exécuter de bonne grace, parce qu'autrement il serait obligé, à son grand regret, d'employer contre lui les voies de rigueur, pour ne pas désobéir au pape.

Epist. 101, al. 121.

Le pape Lucius III ayant mandé à Rome l'archevêque de Reims, Philippe-Auguste lui expose, dans la lettre 101 parmi celles de notre auteur, qu'il ne peut au commencement d'un règne orageux se passer des conseils du prélat son oncle, soit pour faire la paix, soit pour continuer la guerre avec le comte de Flandre. Cependant comme le roi avait à cœur l'affaire pour laquelle l'archevêque était mandé, il envoie au pape l'abbé de Sainte-Geneviève, investi de ses pouvoirs, pour traiter en son nom.

On ne sait à qui sont adressées les lettres 102 et 103, que le P. du Molinet a publiées pour la première fois d'après le manuscrit de Saint-Martin de Tournai. Il s'agit, dans l'une et dans l'autre, de rixes qui s'étaient élevées entre des neveux de papes et de cardinaux étudiant à Paris, sur le compte desquels l'abbé de Sainte-Geneviève avait été chargé de prendre des informations. Dans le manuscrit 2923 de la bibliothèque

Epist. 102.

Royale, la lettre 102 est adressée au cardinal Octavien. Ce qui avait donné lieu à la rixe, c'est que des écoliers de la Pouille, à la tête desquels était un neveu du pape Grégoire VIII, alors défunt, étaient accusés d'avoir écrit en cour de Rome des lettres infamantes contre quelques-uns de leurs

camarades romains, dont un neveu du pape régnant, c'est-
à-dire de Clément III, et l'autre du cardinal Hyacinthe,
successeur de Clément. On voit par-là que cette lettre ne
peut avoir été écrite, au plus tôt, que l'an 1188.

La suivante écrite au cardinal Albert, chancelier de l'église   Epist. 10
romaine, qui fut pape sous le nom de Grégoire VIII, doit
être d'une date plus ancienne que la précédente. Il s'agit
dans celle-ci de deux neveux d'Albert, désignés dans l'imprimé par les lettres B. et E., et dans le manuscrit par B et
Th. Ces jeunes gens étant brouillés ensemble, l'abbé de
Sainte-Geneviève les fit venir chez lui, et n'eut pas beaucoup
de peine à les remettre d'accord. C'est ce qu'il marque au
cardinal dans la lettre 103 ; mais il ne se charge pas de veiller
sur leur conduite, comme le cardinal l'aurait désiré.

Les lettres 107, 108, 109, 110 sont relatives à la contestation qui existait depuis long-temps entre les églises de
Tours et de Dol touchant la juridiction métropolitaine sur
les évêchés de la Bretagne-Armorique. Le roi Philippe-Auguste instruit que le pape Lucius III voulait reprendre la
procédure commencée par son prédécesseur, fit écrire en
son nom la lettre 107, dans laquelle l'abbé de Sainte-Gene-   Epist. 107, al. 125.
viève, après avoir rappelé au pape les services signalés rendus
par la France aux souverains pontifes, et en dernier lieu au
pape Alexandre et à lui-même, le roi expose quels dommages
résulteraient pour l'intégrité du royaume, si l'archevêque
de Tours perdait sa cause. Il demande en conséquence qu'il
soit sursis à la décision de ce procès.

Le pape, sans égard à la demande du roi, ayant nommé   Mart. Anecd. t. III,
des commissaires pour procéder à l'instruction du procès,   col 910.
le roi justement indigné qu'on lui eût refusé une si mince
faveur, fit écrire au pape la lettre 108, pleine de reproches
et de menaces. « Considérant, dit-il, dans le refus que vous   Epist. 108, al. 126.
avez fait d'accorder, à notre demande, un sursis à l'église de
Tours relativement à sa dignité métropolitaine sur la Bretagne, que vous n'avez plus pour nous et pour la nation
française des entrailles de père, quoique de tout temps elle
ait été inviolablement attachée au saint-siége, et qu'à notre
confusion vous vous êtes montré inexorable, nous prenons
à témoin le ciel et la terre que nous serons justifié devant
Dieu et devant les hommes, s'il arrive qu'ayant besoin de
nous, nous fermions l'oreille à vos demandes. Nous attendions de vous la paix, et vous nous envoyez la dissension ;

Tome XV.   Z z z

car troubler l'église de Tours dans la possession où elle est d'étendre sa juridiction métropolitaine sur la province de Bretagne, n'est-ce pas vouloir mutiler indignement notre royaume, nous ôter la couronne et la fouler aux pieds ? Vouloir ériger dans cette province un archevêque, et le soustraire à la juridiction du métropolitain, n'est-ce pas nous priver de l'héritage de nos pères, comme des lâches incapables de défendre nos droits? Si cela arrive (nous le disons devant Dieu), nous ne vous regarderons plus comme un vrai père, et nous serons dispensés de vous traiter en véritables fils. Ce trait nous percera jusqu'au cœur ; dépouillés de notre héritage, nous ne cesserons de crier et de nous plaindre, jusqu'à ce que nous obtenions de la part de Dieu ou des hommes vengeance de l'avilissement dans lequel vous nous aurez plongés. Ce n'est pas nous seulement que ce trait blessera; tous les barons du royaume prendront fait et cause pour nous, et vous serez responsable de tout le sang qui sera répandu, et de la guerre interminable qui désolera immanquablement le royaume. On peut juger de ce qui arrivera par ce qui a été fait : comme dans l'ancien temps il y eut beaucoup de sang répandu pour soutenir une prétention semblable, de même, si vous n'allez au-devant du mal dont nous sommes menacés, nous verrons se renouveler de nos jours entre les Français et les Bretons en général les combats et les massacres. Or il est plus expédient de prévenir ce malheur pendant qu'il en est encore temps, que d'être dans le cas de punir les coupables, lorsque le mal sera fait. »

Epist. 109, al. 127. Le roi fit écrire dans le même sens la lettre 109 au cardinal Octavien, qui apparemment avait plus d'influence en cour de Rome. De son côté Guillaume, archevêque de Reims, Epist 110, al. 128. adressa au cardinal Melior la lettre 110, parce qu'on craignait que ce cardinal, camérier du pape, ne fût favorable à l'évêque de Dol, son compatriote, *natione conjunctus,* qui lui-même venait d'être élevé au cardinalat. Le résultat de toutes ces démarches fut la suspension du procès accordée par le pape Urbain III, dont on voit les lettres au tome III des pièces anecdotes de D. Martène, col 911.

Epist. 111, al. 129. La lettre 111 à Absalon, archevêque de Lunden, ne paraît pas être à la place que devait lui assigner l'ordre chronologique. Elle est d'une date certainement antérieure à la 79e, dans laquelle l'auteur annonce au prélat danois que son neveu nommé Pierre venait de faire profession de la vie canoniale à Sainte-Geneviève, et à la 80ᵉ au même prélat, portant qu'à raison de sa mauvaise santé, il était obligé de l'envoyer en Danemarck dans l'abbaye du Paraclet. Or, dans la 111ᵉ, l'auteur instruit le prélat du genre d'études auquel on appliquait ce jeune homme, et des espérances qu'il faisait concevoir : ce qui n'est applicable qu'à un commençant entrant dans la carrière. En terminant cette lettre, l'auteur voulant faire présent au prélat d'une chose rare, lui envoie un flacon de thériaque du Levant, qu'il avait reçu, dit-il, de l'archevêque de Mamistra, l'ancienne Mopsueste (1), son ami, et comme lui chanoine régulier.

Si l'on n'eût pas interverti l'ordre des épîtres 99, 104, 112, on en saisirait beaucoup mieux le sens. On voit par la lettre 112 au prieur de Sainte-Geneviève, que l'auteur étant incommodé des accès de fièvre, s'était retiré à Marisi dans le Soissonnais, terre dépendante de son abbaye ; dans la 99ᵉ il dit qu'étant mandé par l'archevêque de Reims, il était retourné, malgré sa maladie, à Paris, pour de là se transporter à Troyes en Champagne ; dans la 104ᵉ, que les accès l'avaient repris en chemin, et qu'enfin arrivé à Troyes, après avoir conféré avec l'archevêque, il s'était retiré à Clairvaux pour soigner sa santé, et reprendre du repos. Il est évident que la lettre 112 devait être placée avant la 99ᵉ.

Dans la lettre 113, l'abbé de Sainte-Geneviève renvoie au cardinal Laborans, savant jurisconsulte, la décision d'un cas embarrassant concernant un prêtre du diocèse d'Amiens, qui revêtu de la charge de procureur fiscal au nom du comte de Flandre, croyait pouvoir exercer en cette qualité la justice civile et criminelle, *imperium mixtum*, sans déroger aux canons, parce que ne prononçant jamais des peines afflictives, il renvoyait les coupables au tribunal de la commune d'Amiens, qui seule avait le droit de juger en ma-

Epist. 112, al 130.

Epist. 90, al. 119.

Epist. 104, al. 122.

Epist. 113, al. 132.

___

(1) Il y a dans l'imprimé *ob archiepiscopo Mamertino, Antiocheni patriarchæ suffraganeo*. L'éditeur prétend que c'est ainsi que s'appelait autrefois la ville de Messine en Sicile. Mais peut-on imaginer qu'un évêque de Messine fût suffragant d'Antioche de Syrie ? Cet archevêque de Mamistra est vraisemblablement le même qui fut envoyé en France, l'an 1163, par Amauri, roi de Jérusalem, et dont il est parlé dans deux lettres au roi Louis-le-Jeune (Duchesne, t. IV *Rer. Fran.* p. 689 et 692) ; mais son nom n'y est pas exprimé. C'est alors vraisemblablement qu'Étienne fit connaissance, et se lia d'amitié avec lui.

Z z z 2

tière criminelle. L'auteur demande si en pareil cas il n'est pas permis de tempérer la rigueur des canons.

Étienne était souvent délégué par les souverains pontifes pour mettre à exécution leurs brefs. C'est en cette qualité de délégué qu'il écrivit au doyen et au chapitre de Sainte-Croix d'Orléans la lettre 114, en faveur d'un clerc de leur église, porteur de lettres qu'il avait obtenues à Rome. — La lettre suivante est adressée à l'écolâtre de la même église, qui refusait à un clerc, le même peut-être dont nous venons de parler, la permission d'enseigner dans la ville. L'auteur lui ordonne de se rendre à Paris pour motiver son refus, s'il ne juge pas à propos d'obtempérer aux ordres du pape.

Les lettres 116 et 117 à Guillaume, archevêque de Reims, ont pour objet le soulagement de deux villageois qui éprouvaient des vexations de la part des prévôts du roi.

Renaud de Bar, neveu, par sa mère, de l'archevêque de Reims, à son avénement à l'épiscopat de Chartres, avait ordonné, vers l'an 1186, une collecte extraordinaire sur toutes les églises du diocèse. L'abbé de Sainte-Geneviève, dans la lettre 118, lui représente que ses confrères desservant le prieuré de Choisi-aux-Bœufs sont fort pauvres, et que dans d'autres diocèses, dans ceux de Paris et de Soissons, les chanoines réguliers sont exempts de pareilles taxes.

Le pape Urbain III étant monté sur le trône pontifical vers la fin de l'an 1186, l'abbé de Sainte-Geneviève qui avait eu l'avantage de le connaître pendant son cours d'études à Bologne, s'empressa de le féliciter dans la lettre 121, et de lui offrir ses services en tout ce qui pourrait intéresser l'église romaine.

On voit, par la lettre 122, que notre abbé avait un frère nommé Étienne comme lui ; et, par la 130e, un neveu nommé Pierre, lequel avait embrassé la vie canoniale à Saint-Barthélemi de Noyon.

L'abbé de Saint-Euverte ayant à se plaindre des vexations qu'il éprouvait de la part des officiers du roi, s'était retiré auprès de l'abbé de Sainte-Geneviève, et avait obtenu par son crédit des ordres émanés du trône, auxquels ces officiers, sous divers prétextes, refusaient d'obtempérer. Nos deux abbés saisirent l'occasion du sacre de Henri de Dreux, évêque d'Orléans, qui devait se faire à Reims l'an 1186, pour intéresser les deux prélats dans leur querelle. Étienne écrivit au nom de l'abbé de Saint-Euverte la lettre 124 à l'évêque

Epist. 114, al. 131.
Epist. 115, al. 133.
Epist. 116, al. 134.
Epist. 117, al. 135.
Epist. 118, al. 136.
Epist. 121, al. 140.
Epist. 122, al. 141.
Epist. 130, al. 66.
Epist. 124, al. 143.

d'Orléans, et en son propre nom la lettre 125 à Berthier, Epist. 123, al. 142.
archidiacre de Cambrai, l'homme de confiance de l'arche-
vêque de Reims, lui recommandant de profiter de la solennité du jour du sacre pour obtenir des deux prélats leur
intervention dans cette affaire.

Rolan de Dinan, seigneur breton, se voyant sans enfans Epist. 126, al. 145.
et dégoûté du monde, avait consacré une partie de ses biens
à bâtir un monastère pour des chanoines réguliers près de
son château de Beaulieu. L'abbé de Sainte-Geneviève, en lui
envoyant des sujets pour l'habiter, lui recommande de pourvoir à leur subsistance de manière à n'être pas obligés de
mendier, et à n'être pas troublés dans leur possession.

Dans la lettre 127 à Guillaume, archevêque de Reims, Epist. 127, al. 146.
l'auteur nous apprend que le roi Philippe-Auguste l'avait
chargé de faire un voyage environné de dangers effrayans,
dont le résultat cependant devait être fastueux : *Cujus for-
midolosa sunt initia, periculosa media, novissima fastuosa.*
L'éditeur pense qu'il s'agit là d'un voyage à Rome, mais rien
dans la lettre n'autorise cette interprétation. Quoi qu'il en
soit, l'archevêque de Reims, tout en le plaignant, l'avait
encouragé à entreprendre ce voyage; mais heureusement
pour lui, lorsqu'il se présenta pour prendre congé, le roi
changea d'avis, et le remercia de sa bonne volonté.

Pour entendre la lettre 128 à Nivelon de Chérizy, évêque Epist. 128, al. 147.
de Soissons, il faut consulter une charte de ce prélat, rapportée dans l'histoire de l'abbaye de Saint-Jean-des-Vignes
par Charles-Antoine de Louen, p. 301. Nivelon, dans cette
charte, fait en abrégé l'histoire du différend qui s'était élevé
entre lui et l'abbé de Saint-Jean-des-Vignes, au sujet des
chanoines réguliers pourvus de cures dans son diocèse. Nous
avons vu plus haut, en rendant compte de la lettre 95, que Suprà p. 544.
le pape Lucius III avait confié la décision de cette affaire à
l'évêque de Paris et au doyen de Saint-Germain-l'Auxerrois,
lesquels avaient donné gain de cause à l'abbé. Mais l'évêque
et les religieux curés avaient appelé de la sentence au pape.
Les deux parties ayant plaidé leur cause en cour de Rome,
consentirent enfin à un arbitrage par lequel l'abbé promettait de renoncer aux cures, et de recevoir dans sa maison les
usages de Saint-Victor de Paris. C'est dans cet état de choses
que l'abbé de Sainte-Geneviève écrivit à Nivelon la lettre 128,
lui annonçant qu'il allait envoyer de ses religieux à Saint-
Jean-des-Vignes, si le prélat se chargeait de les y installer

avec honneur. Cet arrangement n'eut pas lieu, ou fut de courte durée, parce que les religieux de la maison, désavouant ce qui avait été fait sans leur participation, se pourvurent à Rome contre cet arbitrage, et obtinrent du pape Urbain III un rescrit qui autorisait l'évêque à rétablir les choses comme elles étaient avant la contestation : ce qui fut fait l'an 1187.

Epist. 129, al. 148. La lettre 129 à Guillaume, archevêque de Reims, a pour objet de faire lever l'interdit que l'évêque de Senlis avait jeté, pour un très-mince sujet, sur la paroisse de Borret, dépendante de Sainte-Geneviève; et à cette occasion l'auteur se récrie sur la légèreté avec laquelle les prélats lançaient les foudres de l'église.

Epist. 131, al. 149. Dans la lettre 131, il fait la description d'un beau cheval danois qui lui avait été envoyé par son confrère Guillaume, abbé du Paraclet dans l'île de Zélande, et il en parle en homme qui se connaissait en chevaux.

Depuis l'an 1185 jusqu'à 1188 il y eut dans l'ordre de Grandmont, qui jusques-là caché dans les solitudes avait joui d'une grande réputation de sainteté, des troubles qui le donnèrent en spectacle au monde, et faillirent à le renverser. Les frères lais se croyant supérieurs aux clercs, parce qu'ils étaient en plus grand nombre, et qu'ils avaient la manutention du temporel, après avoir déposé le supérieur général de l'ordre dans la personne de Guillaume de Trahinac, et en avoir créé un autre à leur fantaisie, en vinrent à cet excès qu'ils chassèrent de leurs monastères les religieux clercs qui ne voulurent pas reconnaître ce dernier. Pendant cette querelle monastique, qui donna de l'occupation à la cour de Rome et à celle de France, l'abbé de Sainte-Geneviève eut occasion d'écrire plusieurs lettres dont nous allons rendre compte.

Le pape Urbain III avait confié la décision de cette affaire aux abbés de Cîteaux et de Clairvaux, qui après une mûre délibération, pour concilier tous les intérêts et rétablir la paix, avaient pour ainsi dire coupé en deux l'ordre de Grandmont, en assignant aux clercs une vingtaine de maisons distinctes de celles qu'occupaient les frères lais. Cet arrangement déplut aux frères, qui se sentant appuyés par des gens en place, n'eurent aucun égard à la sentence, et demandèrent au pape d'autres commissaires. A cette époque, l'abbé Epist. 134, al. 153. de Sainte-Geneviève écrivit aux abbés de Cîteaux et de Clairvaux la lettre 154, pour presser l'exécution de leur sentence portant excommunication contre ceux qui y contreviendraient. Mais ayant appris qu'ils ne pouvaient plus aller en avant, parce que le pape avait nommé de nouveaux commissaires, il adressa au cardinal Albert, chancelier de l'église romaine, la lettre 155, dans laquelle il expose l'état misérable auquel étaient réduits les clercs, sans asyle, et à la charge de ceux qui les avaient recueillis. Dans cet intervalle le cardinal Albert ayant été élevé au souverain pontificat sous le nom de Grégoire VIII, notre auteur lui écrivit au nom du prieur de Grandmont déposé, la lettre 144, dans laquelle il demande pour lui la protection dont il l'avait honoré étant cardinal ; et dans une autre lettre que nous avons sous les yeux, et qui n'a pas été imprimée, écrivant en son propre nom au même pape, il lui suggère les moyens qu'il conviendrait d'employer pour rétablir la paix dans cet ordre, et faire cesser le scandale.

Grégoire étant mort presque aussitôt après son élection, le roi Philippe-Auguste prit sur lui de terminer cette affaire. Ayant assemblé, l'an 1187, les barons et les évêques du royaume, il fit un réglement qui devait mettre d'accord les deux parties. Ce fut alors vraisemblablement que les clercs rentrèrent dans quelques-uns de leurs monastères ; car dans la lettre 158, ils remercient par l'organe de notre abbé celui de Cîteaux de leur avoir donné asyle pendant leur dispersion. Mais cette paix ne fut pas de longue durée : la plupart des frères lais désavouèrent ce qui avait été fait en leur absence. C'est de quoi se plaignirent au pape Clément III, dans la lettre 145, les abbés de Saint-Denis, de Saint-Germain, de Saint-Victor, et de Sainte-Geneviève, qui vraisemblablement furent les instrumens dont le roi s'était servi. L'abbé de Sainte-Geneviève écrivit en même temps au pape, de l'aveu du clergé de France, une lettre non encore imprimée (1), laquelle a deux objets. Il se plaint d'abord des taxes et décimes dont on accablait le clergé. Mais ce malheur, dit-il, est peu de chose en comparaison de celui qui afflige les clercs de l'ordre de Grandmont : il est tel que cet ordre ne pourra subsister, si le pape ne réprime les entreprises révoltantes des frères lais, et ne rétablit les clercs dans leurs droits. Nous avons expliqué plus haut, à l'article de Gérard Ithier, comment le pape Clément III termina cette longue contestation.

____

(1) Elle l'a été t. X des Notices des manuscrits, 2ᵉ partie, p. 80.

A peine cette affaire était-elle terminée que la cour de Rome voulut reprendre le procès qui durait depuis si long-temps entre les églises de Tours et de Dol, au sujet de la juridiction métropolitaine sur les évêchés de Bretagne. Phi-lippe-Auguste qui s'était toujours opposé à la décision de cette affaire, était parti pour la croisade : c'était à la reine-mère, régente du royaume, de maintenir les droits de l'ar-chevêque de Tours, et d'empêcher les Bretons de se sous-traire entièrement à la domination française. Elle fit écrire au pape Clément ou à Célestin, car le nom n'est pas exprimé, la lettre 140 dont notre abbé fut le rédacteur. Elle expose au souverain pontife que c'est offenser Dieu que de troubler le royaume, pendant que le roi son fils expose sa vie pour le service de la chrétienté ; que le roi, en partant, avait bien recommandé qu'il ne fût apporté aucun changement dans la constitution du royaume ; que l'église de Tours en étant un membre des plus distingués, le roi et les grands du royaume ne verraient pas sans indignation qu'on eût altéré la hiérarchie ecclésiastique, particulièrement en ce qui con-cerne l'église de Tours, que le roi voulait maintenir dans les mêmes prérogatives dont elle jouissait du temps du roi Louis son père. Cette remontrance fit son effet ; il ne fut plus question de reprendre ce procès jusqu'au pontificat d'Inno-cent III.

La lettre 141 à Raoul de Serres, doyen de l'église de Reims, mal-à-propos surnommé *le Noir* par quelques mo-dernes, est relative à la tentative inconsidérée que firent les chanoines d'abdiquer ce qui restait parmi eux de l'ancienne règle des chanoines, c'est-à-dire le réfectoire et le dortoir communs. Quoique le doyen fût un homme austère et très-zélé pour le maintien de la discipline, ses efforts étaient impuissans, parce que l'archevêque gagné par de jeunes cha-noines semblait favoriser le relâchement. L'auteur est per-suadé qu'il suffirait de faire une remontrance au prélat pour le détourner d'un pareil projet qui ternirait la gloire de l'église de Reims, si recommandable par son attachement à l'ancienne discipline. Cette lettre est fort belle ; mais on la trouve plus entière dans l'histoire de Reims de Marlot, parce que la collection ne contient que la minute ou le premier jet de l'auteur, au lieu que dans le cartulaire de l'église de Reims la lettre est revêtue des formules ordinaires, et présente dans le texte des améliorations survenues pendant l'expédition.

Après avoir envoyé en Danemarck un neveu d'Absalon,

Epist. 140, al. 159.

Epist. 141, al. 160.

Metrop. Rem. t. II, p. 433.

archevêque de Lunden, nommé Pierre, qu'il avait formé Suprà, p. 543.
aux lettres et à la vertu, et même reçu à profession dans
son ordre, comme nous l'avons dit plus haut, Étienne ne
le perdit pas de vue; il s'étudia à cultiver par lettres ces
heureuses dispositions. C'est dans ce dessein qu'il lui écrivit
la lettre 139, pleine d'éloges et d'une tendre sollicitude pour Epist. 139.
lui. Il en écrivit en même temps une autre à l'archevêque de
Lunden, laquelle n'est pas moins à sa louange : il l'appelle Epist. 150, al. 168.
un nouveau Salomon, qui mériterait bien que le prélat son-
geât à le pourvoir d'un bénéfice convenable à la dignité de
sa naissance. C'est la lettre 150, qui, comme on le voit, n'est
pas à sa place.

Bientôt après, ce jeune génovéfain s'étant plaint qu'on Epist. 145, al. 163
médisait de lui à Sainte-Geneviève, Étienne le rassure dans
la lettre 145, protestant qu'on lui avait fait un faux rapport ;
que toute sa communauté était pénétrée d'estime et de vénération pour sa personne, et à cette occasion il l'instruit du
bon ordre qui régnait dans sa maison, et qu'il était tout
occupé de la restauration de son église.

L'archevêque de Lunden s'étant démis en faveur de son Epist. 146, al. 164.
neveu de l'évêché de Roschild, l'abbé de Sainte-Geneviève
remercie le prélat d'avoir eu égard à sa recommandation ; et
comme il avançait dans les réparations de son église, il le prie
par une tournure aussi agréable qu'ingénieuse, de lui envoyer du plomb d'Angleterre pour la couvrir. « Puisque vos
ancêtres, dit-il lettre 146, encore barbares, en ravageant les
villes et les châteaux de France, n'ont pas même épargné
l'église des apôtres saint Pierre et saint Paul, où repose le
corps de la vierge sainte Geneviève, il serait bien juste que
leurs descendans devenus chrétiens contribuassent à la réparer. » Et toujours monté sur le ton de la plaisanterie, faisant allusion au plomb des bulles venant de Rome, qui coû-
tait fort cher : « Je vous demande, ajoute-t-il, du plomb
d'Angleterre, parce que l'autre, bien loin de rétablir les
églises, ne fait que les appauvrir. *Illo plumbo nudantur ecclesiæ, teguntur isto.*

Il écrivit dans le même sens, et presque dans les mêmes Epist. 147, al. 165.
termes, la lettre 147 à Valdemar, évêque de Sleswik, toujours pour demander du plomb d'Angleterre.

L'abbé du Paraclet en Danemarck étant un ancien membre Epist. 148, al. 166.
du chapitre de Sainte-Geneviève, c'est encore à lui que
notre abbé s'adressa, dans la lettre 148, pour avoir du plomb.

Tome XV.   A a a a

Epist. 149, al. 167.

Ne connaissant pas personnellement l'évêque de Ripen, quoique ce prélat eût étudié à Paris, mais sachant qu'il était bienfaisant et très-pieux, il lui recommande le religieux qu'il envoyait en Danemarck pour recueillir des aumônes à l'effet de rétablir son église.

Epist. 152, al. 169.

C'est dans le même dessein qu'il écrivit la lettre 152 à un prince de la famille royale de Danemarck, nommé Canut, dont le frère Valdemar était mort et enterré à Sainte-Geneviève. Il lui représente qu'ayant tout fait pour son frère, avant et après sa mort, il serait temps que le prince en témoignât sa reconnaissance, en contribuant pour le soulagement de l'ame du défunt aux réparations de l'église jadis dévastée par ses ancêtres, sur-tout en envoyant du plomb pour la couvrir.

Epist. 153, al. 170.

Il adresse la même prière, dans la lettre suivante, à Canut, roi de Danemarck, espérant que le roi déterminera son parent Canut, lequel avait recueilli la succession du défunt Valdemar, à se dessaisir d'une partie pour honorer la mémoire de son frère.

Epist. 154, al. 171.

Dans la lettre 154 à Nivelon, évêque de Soissons, l'auteur déclame contre la dîme saladine, dont la répartition était confiée aux évêques et supplie le prélat d'avoir égard à l'état d'indigence de ses confrères les chanoines de Saint-Vast à la Ferté-Milon, auquel les avait réduits, depuis deux ans, l'interdit que le prélat avait jeté sur les terres du comte de Soissons.

Epist. 155, al. 172.

Les chanoines de l'église de Paris contestaient à ceux de Saint-Victor, au moins en partie, les revenus que ceux-ci étaient en droit de percevoir, pendant un an, des prébendes qui venaient à vaquer par mort. Le pape, au tribunal duquel l'affaire avait été portée, avait délégué l'exécution de la sentence aux évêques d'Arras et d'Amiens, et à l'abbé de Pruilly, qui ne sont pas nommés. Ces commissaires, outrepassant leurs droits, l'abbé de Sainte-Geneviève en porta des plaintes

Gall. Christ. t. VII, col. 070.

au pape dans la lettre 155. Les auteurs du *Gallia Christiana* disent que ce pape était Alexandre III. Si cela était, il faudrait dire que la lettre est bien loin d'être à sa place ; mais il paraît qu'ils se sont trompés. Au reste, les successeurs d'Alexandre III jusqu'à Innocent III ont occupé chacun le saint-siége pendant un si court espace de temps, qu'il est difficile de décider auquel la lettre peut avoir été adressée.

Epist. 156, al. 174.

Il est encore question, dans la lettre 156, des frères convers de l'ordre de Grandmont. Ces religieux discoles, pour se venger des démarches que Gui, abbé de Vaux-Sernai, avait faites contre eux en faveur des religieux-clercs par eux chassés de leurs monastères, avaient terni sa réputation, et séduit quelques abbés de l'ordre de Cîteaux, qui devaient dénoncer au chapitre général l'abbé de Vaux-Sernai. Notre auteur écrivant à Pierre, évêque d'Arras, auparavant abbé de Cîteaux, lui découvre l'intrigue, et fait l'éloge de l'abbé Gui.

La lettre 157 est adressée à Absalon, archevêque de Lunden, qui avait confié à notre abbé un dépôt d'argent. Ce prélat ayant envoyé un de ses clercs pour le reprendre, avait oublié d'envoyer en même temps une décharge. Étienne lui écrit qu'il est prêt à le rendre, pourvu qu'on lui envoie une décharge valable. Epist. 157.

L'an 1191, le chapitre de l'église de Paris ayant élu Michel de Corbeil, doyen de l'église de Laon, pour remplir la même dignité dans leur église, l'abbé de Sainte-Geneviève fut chargé d'écrire au chapitre de Laon la lettre 158, dans laquelle il nous apprend que ce personnage avait été d'abord chanoine de Paris, puis doyen de Meaux, ensuite de Laon, enfin de Paris, et l'on sait qu'il fut fait archevêque de Sens l'an 1195. Epist. 158, al. 175.

La lettre 159 à un de ses confrères, qui après avoir vécu quarante ans à Saint-Euverte d'Orléans voulait se retirer dans la forêt de Bière ou de Fontainebleau pour y vivre en solitaire, contient des avis pour quiconque voudrait embrasser ce genre de vie. Epist. 159, al. 176.

Il ne paraît pas que la lettre 162, relative au différend qui s'était élevé entre Nivelon, évêque de Soissons, et l'abbé de Saint-Jean des Vignes, au sujet des chanoines réguliers pourvus de cures, dont il est parlé dans les lettres 64, 95, 128, soit à sa place. Elle n'a pour titre que cette adresse vague, *summo pontifici ;* mais il nous semble qu'elle fut écrite au pape Lucius III, à l'époque où les deux parties allèrent à Rome plaider leur cause. Dans cette lettre l'abbé de Sainte-Geneviève atteste au pape que, selon l'usage des chanoines réguliers de France, les abbés étaient en droit de retirer des cures les sujets dont on avait besoin au chef-lieu, ou qui méritaient correction. Nous pensons donc que cette lettre aurait dû être placée avant la 95e et la 128e. Epist. 162, al. 179.

La lettre 164 est une réponse à l'abbé de Clairvaux, qui s'était plaint que notre auteur l'avait diffamé, en publiant Epist. 164, al. 183.

A a a a 2

qu'un archidiacre de Meaux n'avait été reçu religieux à Clairvaux qu'en vertu d'un pacte simoniaque. Étienne nie avoir
jamais tenu un pareil propos.

Epist. 165, al. 184.

On voit par la lettre 165 à l'abbé de Cîteaux, qu'il était
question d'envoyer l'abbé de Vaux-Sernai, le même Gui
dont il est parlé lettre 156, dans quelque mission difficile
et périlleuse. L'abbé de Sainte-Geneviève expose à celui de
Cîteaux les raisons qui devaient le détourner de charger de
cette mission l'abbé de Vaux-Sernai. Celui-ci, dit-il, avait
déja fait ce voyage, et avait couru de grands dangers sur
mer et de la part de faux frères, sans avoir réussi en quoi
que ce soit; l'envoyer une seconde fois, c'était l'exposer aux
insultes de ceux qui l'avaient mal accueilli la première. L'avis
de l'auteur, conforme à celui de l'abbé de Saint-Victor et de
Pierre-le-Chantre, était qu'il fallait choisir dans l'ordre de
Cîteaux un homme qui fût agréable aux princes, intrépide
dans les combats, capable de diriger l'armée par ses conseils,
dont les mains, en un mot, élevées vers le ciel, décidassent
de la victoire. De quoi donc s'agissait-il dans cette entreprise ?
Etait-ce de mettre l'abbé de Vaux-Sernai à la tête d'une armée pour aller combattre ou des hérétiques ou des infidèles ?

Gall. Christ. t. VII,
col. 887.

Il est vrai que cet abbé fut chargé d'une mission de ce genre
l'an 1202 ; mais à cette époque l'abbé Guérin de Saint-Victor
et Pierre-le-Chantre étaient déja morts. S'agissait-il de le
faire partir avec le roi Philippe-Auguste et les autres croisés,
l'an 1190 ? Cela paraît plus vraisemblable, et la place que
la lettre occupe dans la collection semble aussi l'indiquer.

Epist. 166, al. 185.

Vers le même temps, l'évêque de Senlis avait excommunié
les religieux de Saint-Vincent de la même ville, lesquels se
prétendant exempts de sa juridiction, avaient élu sans sa
participation un abbé parmi les chanoines de Saint-Victor
de Paris. L'affaire ayant été portée à Rome, notre abbé écrivit
à l'archevêque de Reims la lettre 166, le priant d'employer
son crédit auprès des cardinaux ses confrères, pour faire
échouer l'entreprise du prélat. Il écrivit lui-même au cardinal

Epist. 167, al. 186.

Sofridus ou Geofroi la lettre suivante, pour l'intéresser dans
la même affaire, tant en considération des services qu'il
rendait à ce cardinal, qu'à la recommandation de l'archevêque de Reims.

Epist. 169, al. §188.

La lettre 169 à Guillaume, archevêque de Reims, régent
du royaume pendant l'absence du roi, contient une dénonciation formelle contre Renaud, comte de Dammartin et de

Boulogne, qui vraisemblablement à l'instigation d'Albéric, son père, réfugié en Angleterre, avait enlevé à Guillaume de Long-Champ, évêque d'Ely et chancelier d'Angleterre, obligé de se refugier en France après sa disgrace arrivée l'an 1191, tous ses équipages et ce qu'il avait apporté d'effets avec lui, jusqu'aux vases sacrés. Ce comte n'ayant pas obtempéré à un premier ordre du régent, l'auteur le prie d'appesantir sa main pour obliger le coupable à restitution.

Pendant la régence de l'archevêque de Reims, les religieux de Saint-Germain-des-Prés furent inquiétés par les sergens du roi *(satellites palatini)*, au sujet de certaines redevances modiques dont ils grevaient leurs censitaires, et dont les sergens les déchargeaient. L'abbé Foulques eut recours à celui de Sainte-Geneviève, qui écrivit en sa faveur au régent la lettre 168, dans laquelle il est encore question de troubles survenus dans l'ordre de Grandmont, à cause desquels le régent voulait envoyer Etienne vers ces religieux. *[marge: Epist. 168, al. 187.]*

Malgré le décret du pape Alexandre III, qui avait réglé que l'archevêque de Sens, faisant la visite des paroisses dépendantes de l'abbaye de Saint-Germain-des-Prés, ne pourrait amener avec lui que quarante-quatre personnes et quarante montures, l'archevêque Gui avait violé plusieurs fois ce réglement. Enfin, sur les plaintes des religieux, le pape Célestin III ayant chargé des commissaires de décider la question, l'abbé de Sainte-Geneviève leur écrivit la lettre 170, dont le résultat fut un accord passé, l'an 1191, entre les parties, rapporté parmi les pièces justificatives à la suite de l'histoire de Saint-Germain-des-Prés, p. 51. *[marge: Hist. de S. Germ., pr., p. 45. — Bouquet, t. XV, p. 956.]* *[marge: Epist. 170, al. 190.]*

Les lettres 171, 172, 174, sont relatives à l'abdication de Hugues, abbé de Saint-Barthélemi de Noyon. Dans la première, l'auteur insinue à l'abbé que les infirmités qui accompagnent la vieillesse, l'avertissent de laisser à un autre le soin de gouverner le monastère. Dans les deux autres à l'archevêque de Reims, il le prie de faire accorder au vieil abbé une retraite honorable, et de faire en sorte que l'homme qu'on lui donnera pour successeur ait les qualités requises. *[marge: Epist. 171, al. 137.]* *[marge: Epist. 172. Epist. 174, al. 44.]*

Nous ne croyons pas que la lettre 173 ait trait à la même affaire, et soit adressée à la communauté de Saint-Barthélemi, comme l'a pensé l'éditeur. Elle a pour titre dans le manuscrit 8566 A., de la bibliothèque Royale, le seul qui la contienne : *Hic ammonentur subditi ut prælato deferant* *[marge: Epist. 173.]*

resignanti, et le nom du prélat est désigné par la lettre G, qui ne peut convenir à l'abbé Hugues.

Epist. 175, al. 173.

L'an 1191, Pierre-le-Chantre de l'église de Paris avait été élu évêque de Tournai. Quelque excellent que fût le choix d'un tel personnage, l'archevêque régent du royaume faisait difficulté de l'approuver. On employa auprès du régent le crédit de l'abbé de Sainte-Geneviève, qui lui écrivit la lettre 175, contenant un bel éloge du chantre de Paris; mais contre son attente, il arriva qu'on le proposa lui-même pour remplir ce siége, ainsi que nous l'avons dit plus haut.

Suprà, p. 530.

· *Lettres depuis l'an 1192 jusqu'en 1203.*

Epist. 176, al. 182.

Avant de quitter l'abbaye de Sainte-Geneviève, Étienne voulut se donner un successeur capable de maintenir dans sa maison le bon ordre qu'il avait établi tant au spirituel qu'au temporel; il jeta les yeux sur un de ses religieux nommé Jean, qui, quoique fort jeune encore, fut agréé par la communauté. Il le conduisit lui-même à l'évêque de Meaux pour être béni; mais l'éditeur se trompe en nommant ce prélat Ansel ou Anselme : son nom était Simon, auquel Ansel ne succéda que l'an 1195.

Epist. 177, al. 189.
Epist. 178, al. 181.

Se préparant lui-même à recevoir la consécration épiscopale, il écrivit à son nouvel ami Barthélemi de Vendôme, archevêque de Tours, les lettres 177 et 178, pour déposer dans son sein les sentimens dont il était animé, et le remercier en même temps des riches ornemens qu'il lui avait envoyés pour son sacre.

Epist. 179, al. 202.

Cependant le pape Célestin III avait conçu, on ne sait pourquoi, de fâcheuses impressions contre le nouvel évêque, comme on en juge par l'épître 179 qu'Étienne lui écrivit autant pour justifier son entrée dans l'épiscopat que pour solliciter ses bonnes graces.

Epist. 180, al. 192.

La lettre 180 à l'archevêque de Reims contient la dénonciation de certains missionnaires qui allaient prêchant dans les campagnes, et suscitaient des affaires aux doyens ruraux, se disant envoyés par le métropolitain. C'étaient apparemment des quêteurs pour les chrétiens de la Terre-Sainte. L'évêque de Tournai fait de ces émissaires un portrait assez hideux.

Epist. 181, al. 71.

C'est mal-à-propos que l'éditeur a déplacé l'épître 181, qui dans la première édition était la 74e. Il a cru qu'elle était relative au couronnement de la reine Ingeburge, fait à Amiens l'an 1195, tandis qu'il n'est pas dit un mot d'Amiens dans cette lettre, et que l'auteur n'y prend d'autre titre, au moins dans le manuscrit, que celui de *frère Étienne*. On sait que Lambin de Bruges, auquel la lettre est adressée, fut fait chancelier de l'archevêque de Reims vers l'an 1180, et l'an 1191 évêque de Térouane; cependant l'auteur ne lui donne aucune qualité. Tout cela prouve que la lettre est antérieure à ces époques, et qu'il s'agissait alors, non du couronnement de la reine Ingeburge, mais du sacre de Philippe-Auguste. pour lequel l'abbé de Sainte-Geneviève demandait qu'on lui arrêtât un logement à Reims.

Nous sommes obligés de faire la même observation sur l'épître 182. L'éditeur ne pouvant concilier la suscription de cette lettre avec les catalogues des doyens de l'église de Paris, qui placent à l'an 1195 Hugues Clément, a pris la liberté de mutiler le titre de la lettre portant dans les manuscrits, et même dans la première édition : *Sanctissimo domino et patri Lucio summo pontifici frater Stephanus de sancta Genovefa salutem et sinceram in omnibus obedientiam.* Ce qu'il fallait conclure de cet intitulé, c'est qu'en 1184 au plus tard, Hugues Clément avait concouru pour la place de doyen avec Hervé de Montmorenci-Marli, et qu'ayant échoué cette fois malgré la recommandation de l'abbé de Sainte-Geneviève auprès du souverain pontife, il ne parvint que dix ans après à cette dignité. Epist. 182, al. 100.

La lettre 183 aux évêques d'Arras et d'Amiens, la 184e à Lambin, évêque des Morins ou de Térouane, sont relatives à des démêlés qu'avait avec les religieux de Saint-Bertin notre évêque de Tournai. Epist. 183, al. 194.
Epist. 184, al. 200.

L'an 1194, Étienne étant déja évêque de Tournai, dans une lettre au cardinal Octavien, évêque d'Ostie, prit la défense de son ancien ami Foulques, abbé de Saint-Germain-des-Prés, que l'université voulait rendre responsable du meurtre d'un écolier, commis par les cliens ou censitaires de l'abbaye dans une rixe sur le Pré-aux-Clercs. Quoique l'abbé eût prouvé son innocence devant le régent, et qu'il eût fait justice des coupables en démolissant leurs maisons, néanmoins l'université avait dénoncé cet attentat en cour de Rome. L'évêque de Tournai n'étant pas encore dans les bonnes graces du pape Célestin, c'est au cardinal Octavien qu'il envoya ses instructions en faveur de son ami. Epist. 185, al. 208.

Epist. 186, al. 210.
Epist. 187, al. 195.

L'éditeur, à la suite de cette lettre, en a placé deux autres à l'abbé Foulques pour le remercier d'avoir donné à son frère un bénéfice dépendant de son abbaye. Il lui parle, en finissant, d'une espèce de fromage de couleur verte, qu'on trouvait délicieux en Flandre; mais qui ne plairait, dit-il, ni aux yeux ni au goût des Parisiens.

Epist. 188, al. 213.

La suscription de l'épître 188 à Nivelon de Chérizi, évêque de Soissons, en indique assez le sujet, cependant il est encore difficile d'en pénétrer le sens. Elle est conçue en ces termes : *Suessionensi episcopo injustè damnato ad solvenda debita, damnatus injustè ad fodienda metalla salutem et communem murmuris inclusi patientiam.* Dans l'impossibilité de payer les sommes qu'on exigeait de lui, l'évêque de Tournai s'était refugié à Marisy, terre dépendante de Sainte-Geneviève dans le Soissonnais. Là voulant se rendre utile aux habitans du voisinage qui demandaient à recevoir de lui les sacremens réservés aux évêques, il demanda à l'évêque diocésain, qui lui-même éprouvait des vexations, la permission de les administrer, et à cette occasion il l'instruit des motifs qui l'avaient éloigné de son diocèse sans pourtant s'expliquer trop clairement. On voit seulement qu'il s'était montré récalcitrant dans quelque entreprise de la cour de Rome, onéreuse au clergé en général, et sur-tout aux évêques, à laquelle il voulait opposer une digue : *Credideram me in loco terribilium judiciorum posse pontem facere, per quem pontifices alii transitum solent habere.* Etait-il déja alors question des annates? Quoi qu'il en soit, voici ce que lui répondit l'évêque de Soissons.

Epist. 189, al. 214.

Après avoir admiré dans la lettre de l'évêque de Tournai l'élégance du style, la gravité des pensées, la connaissance des lois et de l'écriture, pris part à son adversité : « Qui peut voir sans gémir, dit-il, le vicaire de J. C. tergiverser entre *le oui et le non*, révoquer un premier jugement conforme à l'équité, être pour l'église gallicane un sujet de scandale et de confusion? *Sanè non nos adeò perturbat familiare incommodum quàm totius ecclesiæ scandalum generale. Quis enim sine cordis amaritudine, sine lacrymarum fonte, sine suspiriorum crebra replicatione videat magistrum ecclesiæ, Petri, immo Christi, vicarium à veritatis tramite deviare, ut in ore ipsius est et non inveniatur? Si percussus fuerit incantator, quis medebitur ei? Jam judex ille cui sæpè dicitur, oculi tui videant æquitatem, terram ingreditur duabus viis*

et claudicat in duas partes, et quæ semel de labiis suis pro-
cesserunt, non dubitat irritare : quis igitur dabit capiti meo
aquam et oculis meis fontem lacrymarum, ut plorem non
interfectos populi mei, sed pastores populi mei, sed principem
pastorum ? Satius autem reputamus suspensionis onus, et ut
à plerisque dicitur, honorem sustinere, quàm occasionem
scandali et perpetuæ confusionis seminarium gallicanæ ec-
clesiæ suscitare. Tout cela n'explique pas de quoi il s'agissait,
parce que, comme porte la suscription de la lettre, la douleur était concentrée, *communem murmuris interni patien-*
tiam; mais on voit que cette affaire était regar ée comme
une semence de scandale et de confusion pour toute l'église
gallicane. Ce qui prouve qu'il était question de finances,
c'est ce qu'ajoute Nivelon en terminant sa lettre, que la plupart des prélats, bien loin de refuser de donner de l'argent,
s'empressaient d'offrir de l'or, le mettant, pour ainsi dire,
en évidence sur leurs têtes : *Illud ad ultimum volumus ha-*
bere vos præ oculis, quòd prælati nostri non aurum pedibus
suis subjiciunt, sed suo capiti superponunt. Au reste, l'évêque
de Soissons eut d'autant moins de peine à accorder la permission qu'on lui demandait, qu'il était lui-même suspendu
des fonctions épiscopales, ou qu'il s'attendait à l'être bientôt
après.

Quant à l'évêque de Tournai, il paraît qu'il se détermina [Epist. 190, al. 216.]
à payer en empruntant à usure jusqu'à la concurrence de
deux années du revenu de son évêché, dans l'espérance que
l'archevêque de Reims viendrait à son secours, comme il
le témoigne dans la lettre 190 à Bertier, archidiacre de
Cambrai.

La lettre 194, à un pape qui n'est pas nommé, fut écrite [Epist. 194, al. 12.]
au nom des évêques de France, ou du moins d'une de nos
provinces ecclésiastiques. Rien ne prouve qu'Étienne fût alors
revêtu de la dignité épiscopale : mais on ne peut douter qu'il
n'en ait été le rédacteur. Ce sont de respectueuses remontrances sur une ordonnance du souverain pontife, qui enjoignait aux évêques de pourvoir à la subsistance des clercs
de tous les grades, soit par des bénéfices, soit de leurs
propres deniers. Les évêques, dont la plupart avaient assisté
au concile de Latran de l'an 1179, représentent que dans
cette assemblée une pareille obligation ne leur fut imposée
que relativement aux prêtres et aux diacres; que le nombre
des autres clercs s'étant beaucoup trop multiplié par des consi-

Tome XV. B b b b

dérations fort étrangères au service de l'autel, il serait impossible d'y suffire; et à cette occasion on nous instruit des motifs qui précipitaient alors la plupart des hommes dans le clergé.

Epist. 195, al. 193.

L'évêque de Tournai était si assuré de trouver dans l'archevêque de Reims secours et protection, qu'il ne craignait pas de l'importuner pour les moindres choses. Il avait institué dans son chapitre une nouvelle prébende en faveur d'un génovefain qu'il avait emmené avec lui; mais à peine deux ans s'étaient écoulés, que les chanoines le destituèrent. Étienne s'en plaignit à l'archevêque dans la lettre 195, et, pour entrer en matière, il lui rapporte qu'il existait à Orléans un homme fameux par ses quolibets qu'il assimile aux paraboles de Salomon : *Aurelianensis nostri Garnaudi deliciosas vobis parabolico Salomonis caractere nugas appono.* Suivant ce diseur de bons mots, il y avait trois espèces de murmurateurs, et une quatrième plus chagrine que les autres, *communia rusticorum dominantium, cœtus feminarum litigantium, grex porcorum ad unius clamorem grunnientium, capitulum diversa vota sectantium.* « Je me moque, dit-il, des seconds, et m'embarrasse fort peu des troisièmes; mais me trouvant aux prises avec les premiers et les derniers, je vous supplie de venir à mon secours. » Et il expose l'affaire.

Epist. 196, al. 191.

L'archevêque ayant, en sa qualité de légat, fait droit à ses plaintes, il l'en remercie dans la lettre suivante, annonçant que les chanoines, bien loin de se corriger, avaient passé du murmure aux injures, et ne menaçaient de rien moins que de lui intenter un procès : ce qu'il exprime par ces termes : *obtulerunt festucam.*

Epist. 197.
Epist. 198, al. 197.

Il écrivit au pape Célestin III les lettres 197 et 198, pour le prémunir contre les faux rapports d'un religieux de Saint-Martin de Tournai, qu'on supposait s'être échappé de la maison muni de fausses lettres, et avoir pris le chemin de Rome. On voit en effet par la seconde lettre qu'il s'était présenté au pape, et qu'il répétait sur sa communauté des sommes d'argent dont il avait lui-même fabriqué les titres.

Epist. 199, al. 198.

Il est question dans la lettre 199 de la chapelle de Sainte-Geneviève des Ardens, alors située au parvis Notre-Dame, d'où un jeune archidiacre avait chassé le génovefain qui la desservait pour la donner à un prêtre séculier. Ce fut matière à procès, sur lequel l'évêque de Tournai ayant été consulté, trace à ses anciens confrères la marche qu'ils ont à suivre.

Dans l'épître 200 à l'archevêque de Reims, il rend compte *Epist. 200, al. 199.* au prélat de l'état déplorable dans lequel il avait trouvé le monastère de Bredenai, situé dans son diocèse, réduit alors en solitude par l'abandon des religieux, et des mesures qu'il avait prises pour y rétablir la conventualité.

Il y a apparence que l'élection de Gérard à l'abbaye de *Epist. 203, al. 205.* Corbie, faite l'an 1193 par le roi Philippe-Auguste avec le consentement des religieux, souffrait à Rome quelque diffi-culté, puisque l'évêque de Tournai fut chargé d'écrire au pape Célestin la lettre 203 en faveur du nouvel abbé.

Ce qui prouve que l'évêque de Tournai ne perdit jamais *Epist. 205, al. 207.* de vue l'abbaye de Sainte-Geneviève, c'est la lettre 205 qu'il écrivit à l'abbé Jean et à ses religieux pour leur recommander de maintenir dans la maison la subordination et l'union des cœurs, leur rappelant tout ce qu'il avait fait, pendant quinze ans qu'il fut leur abbé, pour le bonheur de tous.

Des religieux de l'abbaye de Saint-Amand ayant porté *Epist. 207, al. 211.* contre leur abbé des plaintes à l'archevêque de Reims, notre prélat, qui fut chargé d'aller prendre des informations sur les lieux, rend compte à l'archevêque du résultat de sa mis-sion entièrement favorable à l'abbé. C'est l'objet de l'épître 207.

Pour répondre aux reproches que lui faisait son ami Ber- *Epist. 208, al. 215.* tier, archidiacre de Cambrai, prétendant que le nouvel évêque de Tournai remplissait mal les devoirs de sa place, apparemment parce qu'il donnait moins que bien d'autres à la représentation, Étienne, dans la lettre 208, lui fait le détail de ses occupations journalières, et de sa manière de vivre toute épiscopale.

La lettre 210 à l'archevêque de Reims n'est pas plus entière *Epist. 210, al. 219.* dans l'édition du père du Molinet que dans l'ancienne édi-tion, où des deux lettres 210 et 211 on n'en a fait qu'une qui est la 219e. D'après le manuscrit où la lettre est entière, on voit que l'archevêque de Reims exigeait que le doyen de l'église de Tournai reçût l'ordre de prêtrise. Étienne le sup-plie d'avoir égard à la simplicité du doyen, qui manquait de l'instruction requise pour le sacerdoce, et de ne pas le presser sur cet objet. Dans la lettre 247, il annonce au chapitre de Tournai qu'à sa recommandation l'archevêque s'est désisté de ses instances.

Vers l'an 1198, notre prélat fit la dédicace de la chapelle *Epist. 211, al. 220.* de Saint-Vincent, qu'il avait fait construire à grands frais

dans son palais sur une arcade aboutissant à l'église cathédrale, afin, dit-il, d'y pénétrer par-là librement, sans être
exposé, dans des temps de troubles, aux insultes de la
multitude. Tel est l'objet de la lettre 211 à l'abbé de Sainte-
Geneviève qu'il invite à la cérémonie, et de la 212e à Lambin, évêque de Térouane, à la fin de laquelle il ajoute, pour
s'égayer, qu'afin de détourner les passans de venir faire là
des ordures, quelqu'un avait peint à l'extérieur ces vers
orduriers, que le P. du Molinet, par une excessive délicatesse, a supprimés :

Sordide, qui sentis ventrem contendere ventis,
Longius absiste, quoniam sacer est locus iste;
Cui stomachus turget, quem fœtidus Æolus urget,
Non hìc se purget, quia non sine verbere surget. Etc.

A l'occasion de faussaires fabricateurs de bulles papales,
qu'il avait découverts à Tournai, l'auteur fait la description
de l'instrument dont ils se servaient pour frapper le sceau
pendant. C'étaient des coins à deux branches, en forme de
tenailles, au bout desquelles étaient deux poinçons qu'on
plaçait l'un au-dessus de l'autre, *superiorem et inferiorem
molam,* ou *incudem,* pour serrer et frapper la matière, et
lui donner l'empreinte des deux côtés.

La lettre 216 à un prétendu évêque de Lisieux, transféré
sur le siége de Héliopolis, comme porte le texte, *in transla-
tione tuâ de Luxovio ad civitatem Heliopoleos,* a donné la
torture aux auteurs du *Gallia Christiana,* parce qu'ils ne
trouvent pas que, du vivant d'Étienne de Tournai, aucun
évêque de Lisieux ait été transféré sur un autre siége. Le
P. du Molinet nous dit hardiment que cet évêque était Jourdain de Hommet, qui étant parti pour la Terre-Sainte, fut
fait évêque de Héliopolis en Syrie, où il mourut l'an 1214.
Ce sont là autant de bévues que de mots. Jourdain ne parvint
à l'épiscopat de Lisieux qu'en 1202, un an avant la mort
d'Étienne de Tournai. Il est vrai qu'il alla à la Terre-Sainte
où il mourut ; mais il ne partit qu'après l'an 1218.

Cette lettre, dans la première édition de Masson, est mu-
tilée au commencement ; mais dans le manuscrit 2923 de la
bibliothèque Royale, elle a pour titre au folio 162 verso :
Ricardo Heliensi archidiacono. Ainsi il n'est nullement question d'Héliopolis en Syrie, mais de Hély ou Ely en Angleterre. Cet archidiacre venait de quitter Lisieux, où il était

archidiacre, pour passer avec la même qualité à Ely, à l'époque où Guillaume de Long-Champ fut fait évêque de cette ville. Voilà pourquoi l'auteur termine sa lettre par ces mots : *Saluta mihi tuum episcopum, legatum, cancellarium, et frequenter admone ut sub hac promotione trina servum Trinitatis se agnoscat, et sic præesse discat hominibus, ut creatori suo se confiteatur subesse.* Tout cela ne peut convenir qu'à Guillaume de Long-Champ, qui fut fait évêque d'Ely, légat du pape, et chancelier d'Angleterre l'an 1190, et perdit ces places l'année d'après : d'où il faut conclure qu'Étienne n'était pas encore évêque de Tournai lorsqu'il écrivit cette lettre, qui par conséquent n'est pas à sa place.

L'archidiacre de Lisieux et puis d'Ely était un savant qu'il est à propos de faire connaître dans notre histoire littéraire, puisque l'occasion s'en présente. L'auteur de la lettre nous apprend que cet archidiacre avait étudié la jurisprudence à Bologne, et qu'en quittant ce pays on lui avait prédit qu'il brillerait dans les conseils des prélats et des rois : *Memento illius distichi quod poetico potiùs quàm prophetico, sed tamen veridico spiritu, in recessu tuo Bononiensi dictum est tibi a quodam :*

> *Pontificum causas, regumque negotia tractes*
> *Qui tibi divitias, deliciasque parant (1).*

Il ajoute que ce savant avait aussi brillé dans les écoles : *Qui scholaribus amabilis eras, curialibus admirabilis esto.*

Malgré l'autorité du manuscrit qui nomme cet archidiacre *Richard*, nous pensons qu'il s'appelait *Robert*, et qu'il n'est autre que cet archidiacre de Lisieux dont parle Roger de P. 526. Hoveden (2), lequel, après le meurtre de saint Thomas de Cantorbéri, fut un des ambassadeurs envoyés en cour de Rome l'an 1171, pour justifier le roi d'Angleterre du meurtre du saint prélat. Nous pensons que c'est encore à lui qu'est adressée la lettre 60 de Jean de Salisburi, qui n'a aucun titre, et dans laquelle l'auteur s'égaye sur l'éloquence des

(1) Nous rapportons ce texte, parce que le P. du Molinet l'a entièrement omis, quoiqu'il existât dans l'ancienne édition.

(2) Il est encore parlé de cet archidiacre deux fois dans la collection des lettres de saint Thomas de Cantorbéri, liv. V, ep. 83 et 84; mais là son nom n'est désigné que par la lettre R.

habitans de Lisieux et du pays Lieuvin ; mais nous ne connaissons de lui aucun écrit.

Epist. 218, al. 225. — Par une méprise inconcevable, l'éditeur a entièrement changé l'objet de la lettre 218 à Eudes, évêque de Paris. Les six premières lignes contiennent un éloge du prélat, à la suite duquel il a cousu un lambeau de l'épître 220, tandis que, dans les manuscrits, il s'agit d'une affaire toute différente. L'évêque de Tournai mande à celui de Paris qu'un jeune archidiacre de son église, ayant besoin d'argent, avait mis ses livres en gage chez un banquier, *campsor*, lequel refusait de les rendre, quoiqu'on lui eût remboursé le capital et les intérêts. L'évêque de Paris est supplié de contraindre par voie de justice cet homme de mauvaise foi à rendre les livres.

Epist. 220, al. 227. — Autre méprise sur l'épître 220. Elle est adressée à Pierre, évêque d'Orléans, et il n'y a point eu d'évêque de ce nom à Orléans pendant le XIIe siècle. Il fallait lire *Atrebatensis*, et non *Aurelianensis*. Pierre, évêque d'Arras, avait été pris pour arbitre dans un procès qu'avait l'église de Tournai contre les religieux de Saint-Bertin, procès dont il est aussi parlé dans les lettres 183 et 184, qu'il s'agissait alors de terminer à l'amiable, et c'est pour hâter la décision que l'évêque de Tournai avait écrit à l'évêque d'Arras.

Epist. 222, al. 230. — Il y a encore une méprise considérable dans la lettre 222 à Arnoul, doyen de Bruges. L'éditeur, suivant aveuglément l'ancienne édition, a cousu après ces mots, *festivam nobis faciat, non infestam*, un lambeau d'une épître de l'abbé de la Sauve à l'évêque de Tournai, dont le commencement a été déchiré, mais qu'on trouve toute entière commençant par ces mots, *Vobis, domine pater carissime*, dans le manuscrit 2923, fol. 165, recto, de la bibliothèque Royale.

Les lettres 224, 225 et 226 sont relatives à une procédure contre l'abbé de Saint-Martin de Tournai, Jean de Nancin. A peine arrivé dans son évêché, Étienne fut chargé par l'archevêque de Reims de remédier aux abus qui s'étaient introduits dans cette abbaye. *Epist. 224.* — La lettre 224 contient l'ordonnance rendue contre l'abbé, et les conditions humiliantes au prix desquelles il fut rétabli dans sa place. — L'abbé s'étant ensuite pourvu contre cette ordonnance par appel au souverain pontife, Étienne écrivit, au nom des religieux *Epist. 225.* — de Saint-Martin, la lettre 225, non à l'archevêque de Reims, comme l'a cru l'éditeur, mais au pape Célestin III, à qui seul peut convenir la qualification qu'il lui donne d'*unique refuge des pauvres*. Il écrivit aussi sur cet appel à l'archevêque de Reims; mais la lettre est restée manuscrite, et commence par ces mots : *Clamat in aures domini Sabaoth.* — L'éditeur suppose encore que l'épître 226 sur le même Epist. 226. objet, est adressée à l'archevêque de Reims; mais le début même ainsi conçu, *Seriò loquimur, qui quandoque vobiscum jocosè loqui solemus,* prouve qu'elle fut adressée à son ami Lambin, évêque de Térouane, avec lequel seulement l'évêque de Tournai se permettait le ton badin, comme on peut le voir dans les lettres 183, 212, 228. Ce qui prouve encore que la lettre précédente est écrite au pape, c'est que dans celle-ci l'auteur prie son ami de lui écrire aussi pour le même objet.

Le prince Louis, fils du roi Philippe-Auguste, avait prié Epist. 227, al. 237. l'évêque de Tournai de lui envoyer un cheval de main, *palefridum*. Étienne lui répond, dans la lettre 227, qu'il va lui en choisir un qui soit digne d'un tel cavalier. Il faut croire que le jeune prince était déja en état de monter à cheval, et qu'il avait par conséquent dix ou douze ans; et comme il était venu au monde l'an 1187, cette lettre peut avoir été écrite l'an 1197 ou 1199. Au reste, l'auteur nous apprend qu'il avait été le parrain du jeune prince, et en cette qualité il l'exhorte à bien étudier, parce que pour bien gouverner un état il faut être instruit.

La lettre 228 n'a point d'adresse ni dans l'imprimé ni dans Epist. 228, al. 238. les manuscrits. Nous la croyons cependant adressée à Lambin, évêque de Térouane, par la raison qu'elle est sur le ton de plaisanterie, comme celles dont nous parlions tout-à-l'heure. Lambin ayant consulté son ami sur quelque question difficile, celui-ci le renvoie à une entrevue qu'ils devaient avoir à Saint-Quentin, où l'archevêque de Reims les avait invités de se trouver au mois d'août; et pour prouver qu'on pouvait différer de parler d'affaires jusqu'à ce temps-là, c'est que la fin du monde, disait-il, n'étant pas si prochaine que l'annonçait un certain Hugues ressuscité d'entre les morts, il n'y avait point d'inconvénient à différer jusqu'au mois d'août, quoique ce prétendu ressuscité, par ses prédictions, eût jeté la terreur dans tous les esprits. Rigord rapportant l'apparition de ce revenant à l'année 1198, nous donne à-peu-près la date de cette lettre.

L'épître 229, qui dans l'édition du P. du Molinet a pour Epist. 229.

titre, *Cuidam prœlato ecclesiœ romanœ,* est adressée dans le manuscrit *domino Soffrido, sanctœ romanœ ecclesiœ cardinali.* Elle a pour objet de demander les bons offices du cardinal, pour obtenir du pape le renouvellement des priviléges de l'abbaye de Sainte-Geneviève : ce qui avait lieu à chaque mutation de pontificat à Rome. Cette lettre est donc antérieure à l'épiscopat d'Étienne, et aurait dû être placée parmi celles qu'il écrivit étant abbé de Sainte-Geneviève.

Epist. 230.

Cuidam amico est le titre de la lettre **230** dans l'édition du P. du Molinet. Les manuscrits portent, *Arnulfo decano christianitatis brugensis,* le même auquel sont adressées les lettres **221** et **222**. Elle contient une explication de quelques effets d'équipement pour un cheval dont il faisait présent au doyen.

Epist. 231, al. 212.

L'épître **231** à l'archevêque de Reims a deux objets. L'auteur se plaint d'abord des tergiversations de la commune de Tournai avec laquelle il était en procès. Le roi avait ordonné aux habitans de s'en rapporter sur les objets contestés à la décision de l'évêque d'Arras et du châtelain de Lille ; mais les habitans n'avaient tenu aucun compte des ordres du roi. L'archevêque de Reims auquel ils s'étaient ensuite adressés, leur avait suggéré un mode de conciliation par arbitrage, auquel ils avaient consenti ; mais le peuple assemblé s'y était refusé. C'est dans cet état des choses que les chanoines de Tournai demandent au prélat de venir à leur secours. — Le second objet de la lettre est relatif à l'excommunication du comte de Flandre, et à l'interdit que le cardinal Melior, légat du pape, avait ordonné de prononcer sur ses terres. L'évêque de Tournai expose à l'archevêque les mauvais effets qu'un premier interdit avait produits, parce que ce prince ne redoutait ni excommunication ni interdit, et qu'il s'était d'ailleurs pourvu par appel au pape. Cette lettre écrite l'an 1197 n'est pas à la place qu'elle devrait occuper : elle parle d'un premier interdit, dont il n'est question que dans les lettres **232**, **235**, **236** et **237**.

Epist. 232.

La lettre **232**, qui dans l'imprimé n'a aucune suscription, est adressée dans le ms. 2923 de la bibliothèque Royale, fol. 148, verso, *domino Cameracensi, pro interdicto in terrâ comitis Flandriœ facto.* L'évêque de Cambrai ayant excommunié le comte de Hainaut et son fils, devenu, l'an 1194, comte de Flandre du chef de sa mère, pour des dommages qu'ils avaient occasionnés à son église, avait mandé à l'évêque de Tournai de les tenir pour excommuniés, et même de jeter l'interdit sur les terres qu'ils possédaient dans son diocèse. Étienne lui répond qu'il a fait publier au prône l'excommunication ; mais qu'à l'égard de l'interdit il a besoin de consulter l'évêque de Térouane et l'archevêque de Reims avant de se déterminer à le jeter.

Il paraît par la lettre 255, qui dans l'imprimé n'a pas *Epist. 235.* non plus de suscription, mais qui, dans le manuscrit, fol. 156, verso, est adressée à Guillaume, archevêque de Reims, *Domino Remensi, pro interdicto in terrâ comitis Flandriæ propter Cameracensem ecclesiam facto ;* il paraît, disons-nous, que l'évêque de Tournai se décida à lancer l'interdit ; mais cet interdit produisit un très-mauvais effet ; le peuple, et sur-tout les Flamands en murmurèrent beaucoup ; on fut sur le point de chasser tous les prêtres qui refusaient le service,. et d'en appeler d'autres des pays étrangers. C'est ce que mande à l'archevêque de Reims notre prélat, en le priant de venir à son secours, et de mettre par son autorité quelque tempérament à la sentence de l'évêque de Cambrai.

Ce prélat ayant eu connaissance de la lettre écrite à l'ar- *Epist. 236.* chevêque, en fit des reproches très-amers à celui de Tournai, l'accusant de pusillanimité et d'inconstance dans ses opinions, vu sur-tout qu'il avait approuvé auparavant la mesure aussi bien que l'archevêque de Reims. Tel est le précis de la lettre 256 de l'évêque de Cambrai à notre prélat. — Celui-ci lui répond dans la lettre suivante, qu'il a fait pour entrer *Epist. 237.* dans ses vues tout ce qu'exigeait de lui la charité fraternelle ; qu'il a fait observer l'interdit pendant tout le temps que le comte de Flandre a séjourné à Tournai ; en un mot, qu'il n'a pas à se reprocher d'avoir suggéré à l'archevêque d'avoir pitié des pauvres gens sans blesser la justice et les lois de la discipline envers les vrais coupables. Cette lettre est remarquable par la solidité des principes et par le ton de modération.

Une question s'était élevée sur la manière d'interpréter *Epist. 238.* une ordonnance de Philippe d'Alsace, comte de Flandre, portant qu'à chaque mutation de fief, le relief serait payé au double du revenu d'une année. On prétendait que ce doublement devait être entendu sans préjudice du taux ordinaire. L'évêque de Tournai consulté sur ce point de droit, répond dans la lettre 258 aux doyen et chapitre de Saint-Donatien de Bruges, qu'entendre ainsi l'ordonnance du

comte, ce serait supposer qu'il aurait eu l'intention, non de
doubler, mais de tripler ce droit seigneurial ; qu'au surplus
ce n'était point ainsi qu'on entendait en France le terme
doubler.

Epist. 230.

A peine notre prélat était-il monté sur le siége de Tournai
qu'il fut sommé par le roi de se rendre à l'armée avec le
contingent des troupes qu'il devait fournir. Il se croyait
exempt de ce service, parce que le roi étant rentré depuis
peu en possession de Tournai, avait stipulé, non avec le
clergé, mais avec la commune qui devait lui fournir trois
cents hommes. C'était un cas embarrassant où il avait à
lutter contre l'autorité royale. Il eut recours à son grand
protecteur l'archevêque de Reims, auquel il expose les motifs
qui devaient le dispenser du service militaire, motifs puisés
dans l'histoire des premiers temps de la monarchie. Tel est
l'objet de la lettre 239. La lettre 252 a rapport à la même
affaire.

Epist. 240.

La suivante est sans adresse dans l'imprimé, mais dans
le manuscrit 2925 de la bibliothèque Royale elle a pour rubrique, *Domino Atrebatensi super quâdam quæstione juris
sibi ab eo factâ*. L'évêque d'Arras, délégué du pape pour la
décision d'un procès, avait consulté notre prélat sur la manière de prononcer un jugement contre la partie contumace.
L'illustre Guillaume de Lamoignon, premier président du
parlement de Paris, à la prière de l'éditeur, a pris la peine
d'éclaircir cette lettre par des notes ; on sent en les lisant
qu'elles ne sont pas de l'éditeur.

Epist. 242.

Dans la lettre 242, l'évêque de Tournai fait des représentations au pape Célestin sur ce qu'il avait accordé des lettres
de recommandation pour la première prébende qui viendrait
à vaquer dans son chapitre, à un homme dont il n'avait
reçu que de mauvais offices, qui ferait son tourment, et
qui aurait le droit de l'insulter, s'il obtenait une prébende
malgré son évêque. — Cette affaire lui tenait tellement au
cœur, qu'il en écrivit avec l'accent de la douleur au cardinal
Octavien, évêque d'Ostie. C'est la lettre 257, que l'éditeur a
eu tort de séparer de la précédente.

Les lettres 243, 244, 245, 246, sont relatives aux démêlés
qu'eut le prélat avec la commune de Tournai, mais elles
sont placées dans un ordre interverti.

Epist. 243.

Après de longues altercations, pendant lesquelles le roi
et l'archevêque de Reims avaient cherché à concilier les par-

ties, les habitans de Tournai avaient consenti à adopter la charte de la commune de Senlis, qui réglait les droits respectifs du clergé et des habitans ; mais ceux-ci craignant de s'être trop avancés, cherchaient encore à revenir sur leurs pas. C'est dans cet état des choses que notre prélat écrivit à l'archevêque de Reims la lettre 243, le priant de faire confirmer par le roi et de confirmer lui-même les coutumes de Senlis comme obligatoires pour la ville de Tournai. Cela fut fait l'an 1200, suivant l'acte rapporté parmi les pièces justificatives du *Gallia Christiana,* t. III, col. 49. D'où il suit que la lettre 243 est de beaucoup postérieure en date aux trois qui la suivent.

La 244e est aussi adressée à l'archevêque de Reims, quoique l'imprimé ne le dise pas ; mais elle est antérieure de quatre ans à la précédente. L'an 1196, le roi ayant ordonné aux habitans de prêter serment qu'ils s'en rapporteraient à l'archevêque de Reims touchant les priviléges de leur commune, ceux-ci, bien loin de céder, prétendaient que la lettre du roi était supposée ; et pour essayer d'obtenir un contre-ordre par quelque moyen que ce fût, avaient envoyé en cour une députation. Cependant le prévôt, les jurés et les échevins furent contraints de promettre, au nom de la commune, qu'ils choisiraient parmi les chartes de la commune que l'archevêque leur indiquerait, celle qui leur conviendrait le mieux. Cet acte est daté de l'an 1196, le dimanche après l'Assomption de la Sainte Vierge.

Pendant ces altercations, l'évêque de Tournai écrivit encore la lettre 245 ; le texte imprimé ne dit pas à qui ; mais le manuscrit porte : *Magistro Anselmo Francorum regis clerico.* C'était un ami de notre prélat, qu'il charge de surveiller et de déjouer les démarches des citadins auprès du roi. Ce clerc est le même qui, l'an 1197 au plus tard, fut fait évêque de Meaux.

Il est encore question de cette affaire dans la lettre 246, où l'on ne voit pas à qui cette lettre est écrite ; mais le manuscrit porte : *Petro Atrebatensi episcopo.*

La lettre 248 à l'abbé de Saint-Amand contient des plaintes amères, sur ce que cet abbé avait fait ordonner par l'évêque d'Arras quelques-uns de ses religieux sans la permission de l'évêque de Tournai. — La suivante à l'évêque d'Arras a le même objet.

Ayant appris qu'il s'était élevé des dissensions dans la

Epist. 244.

Gall. Christ. t. III, pr. col. 49.

Epist. 245.

Epist. 246.

Epist. 248.

Epist. 249.

Epist 250.

maison de Sainte-Geneviève, il écrivit à l'abbé Jean la lettre
250, dans laquelle, après de vifs reproches, il annonce qu'il
fera le voyage de Paris pour rétablir l'union et le bon ordre
parmi ses anciens confrères. Cette lettre, dans le manuscrit,
est précédée de deux autres où il est question de désordres
plus graves ; mais l'éditeur a jugé à propos de les supprimer.

Epist. 251.

Notre auteur voyant avec peine le dépérissement des
bonnes études, eut le courage de demander au pape d'y
apporter remède. Il lui représente, dans la lettre 251, 1° que
dans les matières théologiques on ne composait plus que de
petites sommes, ou de longs commentaires, *commentaria
firmantia*, comme si les écrits des saints pères ne suffisaient
pas pour l'intelligence de l'écriture sainte. La manie de briller
ou d'étaler sa science était telle qu'on disputait sans respect,
jusque dans les carrefours et les places publiques, sur la
divinité incompréhensible et les autres mystères de la religion, *individua Trinitas in triviis secatur et discerpitur, ut
jam tot sint errores quot doctores, tot scandala quot auditoria, tot blasphemiæ quot plateæ.* 2° En matière canonique,
on ne fait plus usage que d'un recueil immense de décrétales qu'on débite sous le nom du pape Alexandre III (1), et
on ne tient plus compte des anciens canons, qu'on rejette,
qu'on conspue, *abjiciuntur, respuuntur, expuuntur.* Ce nouveau code tient lieu de tous les autres, et il soupçonne les
avocats d'en être les auteurs ; on l'enseigne dans les écoles,
on l'expose en vente à la grande satisfaction des copistes ou
libraires, *notariorum,* qui voient par là diminuer leur travail et augmenter leur gain. 3° Quant aux arts libéraux, ils
sont abandonnés à de jeunes imberbes qui, à peine écoliers,
se targuent du titre de maîtres ; qui laissant de côté les livres
classiques, font aussi leurs petites sommes empreintes de
leurs salives, non du vrai sel des philosophes, *pluribus sa-
livis effluentes et madidas, non philosophorum sale conditas.*
Tel était à la fin du XIIe siècle l'enseignement des écoles,
dont l'évêque de Tournai désirait la réforme. Est-ce au pape
Célestin III ou à son successeur Innocent III qu'il adressa
ses représentations ? C'est ce que nous ne décidons pas, parce
que le nom du pontife n'est pas même indiqué par la lettre

(1) C'est vraisemblablement cette compilation, publiée d'abord par Barthélemi Laurens, surnommé *Poin*, qu'on trouve à la suite du troisième
concile de Latran de l'an 1179, dans toutes les éditions des conciles.

initiale, et que rien dans le texte n'est applicable à l'un plutôt qu'à l'autre.

La lettre 252, qui dans l'imprimé n'a d'autre titre que *Magno prælato,* est adressée dans le manuscrit *Willelmo Remensi archiepiscopo.* L'évêque de Tournai ayant refusé, comme nous l'avons dit plus haut en rendant compte de la lettre 239, le service de l'*ost,* fut cité à comparaître à la cour du roi. Nouvel embarras qui le mit encore dans le cas de recourir à la protection de l'archevêque de Reims. Il expose qu'il est âgé de plus de soixante ans, et qu'à cet âge les militaires même sont autorisés par les lois à demander leur retraite. Étienne étant né l'an 1128, comme nous l'avons prouvé ailleurs, avait 64 ans au moins lorsqu'il fut fait évêque. Epist. 252.
Suprà, p. 525.

Au lieu du titre vague, *Cuidam decano,* que porte la lettre 253 dans l'édition du P. du Molinet, on lit dans le manuscrit, *Hugoni Aurelianensi decano pro Petro presbytero.* Ce prêtre était un cousin de l'auteur, lequel avait été suspendu de ses fonctions par le doyen du chapitre. Étienne expose le mauvais état des finances du délinquant, et demande qu'on lui inflige une tout autre peine qui ne lui ôte pas le moyen de vivre. Epist. 253.

La suivante qui n'a aucun titre est adressée dans le manuscrit, *magistro Reginaldo Aurelianensi archipresbytero,* et n'a pas d'autre objet que de lui recommander son cousin, afin d'obtenir quelque indulgence de la part du doyen. Epist. 254.

Il faut ajouter, d'après le manuscrit, à la lettre 255 qui est sans titre, l'inscription suivante : *Henrico Bituricensi archiepiscopo, Aquitaniæ primati, pro ecclesiâ S. Satyri.* Ce prélat, séduit par quelques sujets insubordonnés de l'abbaye de Saint-Satur, avait défendu à l'abbé, sous peine d'excommunication, d'exercer aucune correction sur ses religieux qui s'adresseraient à lui par appel. Étienne lui représente que c'est ouvrir la porte à tous les désordres et anéantir la discipline claustrale. Epist. 255.

En examinant plus haut les lettres 256 et 257, nous avons rendu compte d'une altercation qui s'était élevée entre notre prélat et l'évêque de Cambrai. Celui-ci étant tombé malade sur ces entrefaites, Étienne lui écrivit la lettre 256 pleine des sentimens les plus affectueux, dans laquelle il se plaint des mauvais bruits qu'on faisait courir, que l'inimitié s'était établie entre eux. Epist. 256.

Cuidam prælato ecclesiæ romanæ est le titre que l'éditeur Epist. 257.

a cru devoir placer à la tête de l'épître 257. Le manuscrit porte *Domino Octaviano Ostiensi episcopo.* L'objet de la lettre est le même que celui dont nous avons parlé en rendant compte de la lettre 242 au pape Célestin.

Epist. 259.

Dans la lettre 259, l'auteur rend compte à l'évêque d'Arras de l'état critique où se trouvait, l'an 1197, la ville de Tournai assiégée par le comte de Flandre, et des travaux qu'on avait entrepris pour la fortifier.

Epist. 260.

Parce que, dans l'épître **260**, il est question de l'épitaphe de Maurice de Sully, évêque de Paris, qu'on avait prié notre auteur de composer, l'éditeur a supposé que la lettre est adressée aux chanoines de la cathédrale, *Canonicis parisiensibus.* Le manuscrit porte : *Venerabili patri et amico Roberto, abbati S. Victoris, Stephanus Dei permissione Tornacensis ecclesiæ humilis minister salutem et sinceram in Domino caritatem.* Maurice ayant été enterré à Saint-Victor, on voit pourquoi l'abbé Robert avait à cœur d'orner son tombeau d'une épitaphe. La lettre contient cette épitaphe telle qu'elle a été imprimée dans le *Gallia Christiana,* t. VII, col. 76; mais l'éditeur en a retranché les deux derniers vers, où le jour de la mort du prélat est indiqué, quoiqu'ils existent dans le manuscrit.

Epist. 262.

L'an 1193, la reine Ingeburge de Danemarck ayant été répudiée par Philippe-Auguste le lendemain de ses noces, fut reléguée dans l'abbaye de Cysoing au diocèse de Tournai. Notre prélat, témoin de l'abandon et de l'état de dénuement dans lequel on laissait cette princesse, en écrivit à l'archevêque de Reims la lettre 262, dans laquelle il a épuisé toute sa rhétorique pour célébrer les vertus de cette infortunée, et toucher de compassion son métropolitain.

Epist. 263.

Il paraît qu'à sa recommandation l'archevêque de Reims vint au secours de la princesse; car, dans la lettre suivante, elle lui adresse des remercîmens par l'organe de notre prélat.

Epist 264.

La lettre **264**, dont la suscription porte, *Amico suo, filio cancellarii curiæ romanæ,* en contient deux bien distinctes dans le manuscrit. La première a pour titre, *Domino Soffredo, sanctæ Romanæ ecclesiæ cardinali.* L'objet de cette lettre est le même que celui de la 257e au cardinal Octavien, c'est-à-dire de fléchir le pape qu'il croyait indisposé contre lui, parce qu'on lui avait ordonné d'admettre dans son chapitre un homme qui l'avait desservi en toute occasion. — L'autre, dont l'objet est le même, a pour titre dans le manuscrit *Johanni filio cancellarii almæ urbis*, et commence par ces mots dans le corps de la lettre **264**, *Veteres amicitiæ*. Ce chancelier était un Orléanais, le même à qui l'auteur donne la qualité de *Domini papæ scriptori* dans la lettre **65**.

L'an 1198, Hugues de Garlande ayant été élu évêque d'Or- Epist. 267.
léans, Étienne lui écrivit la lettre **267** pour le féliciter et lui recommander l'abbaye de Saint-Euverte qui avait le double privilége et de recevoir les évêques d'Orléans avant leur en- trée solennelle, et de leur donner la sépulture après leur mort : *Undè assumptus estis ad cathedram, illic absumendus eritis in sepulcro.*

Nous ne savons s'il faut attribuer à notre auteur la lettre Epist. 268.
268 à un abbé qui n'est pas nommé, rédigée d'une manière fort brutale. Comme elle n'est pas longue, nous la transcri- vons ici en original. *Petierat à vobis dominus Remensis equum, et vos ei misistis asellum : undè non tam de munere quàm de muneris auctore cogimur admirari. Considerare debueratis non qualem vos mitteretis, sed qualem dominum Remensem deceret accipere. Vobis ergo eum retromittimus, vos et equum vestrum æquo pretio æstimantes.* Cette lettre n'existe pas dans nos manuscrits.

Il s'agit dans la lettre **269** à Lambin, évêque de Térouane, Epist. 269.
de la translation de l'abbé de Sonnebeque à l'abbaye de Saint-Barthélemi d'Escoult près de Bruges, et à cette occa- sion l'auteur nous apprend que Lambin était né près de cette dernière ville.

L'évêque de Paris Eudes de Sully ayant attaqué l'exemp- Epist. 270.
tion de l'église de Sainte-Geneviève, et défendu sous peine d'excommunication aux paroissiens de tenir leurs assemblées dans la chapelle extérieure, dite aujourd'hui Saint-Étienne- du-Mont, notre auteur combattit les prétentions du prélat dans la lettre **270** au pape Innocent III, dont l'abbé Jean, allant plaider sa cause à Rome, fut le porteur.

Dans la lettre **272**, l'évêque de Tournai rend compte au Epist. 272.
pape Innocent III de la décision d'un procès, dont la con- naissance lui avait été déléguée, entre l'abbaye de Falempin, et le chapitre de Seclin, diocèse de Tournai.

Le même pape l'ayant chargé de prendre des renseigne- Epist. 273.
mens sur une ancienne procédure entre deux prétendans à la prévôté du chapitre de Seclin, notre auteur lui répond, dans la lettre suivante, que personne dans le chapitre n'a pu lui en donner. Cette affaire était mieux connue à Rome

qu'à Tournai, à en juger par la lettre du pape (lib. I, ep. 109) qui entre sur cela dans un grand détail.

Epist. 274.

L'an 1196, et non 1203 comme l'a cru l'éditeur, l'évêque de Tournai ayant été invité par l'archevêque de Reims au sacre de Rotrou du Perche, élu évêque de Châlons-sur-Marne, s'excuse de ne pouvoir y assister comme il le desirerait, sur son grand âge et ses infirmités, et déclare qu'il avait alors soixante-huit ans accomplis : *Pater, in septuagesima, si benè recolo, septuagesimum annum biennio minùs complevi, qui numerus annorum à psalmista præfigitur senectuti.* Nous avons fait usage de ce passage pour fixer l'époque de la naissance de notre auteur.

Epist. 275.

Craignant cependant de désobliger son archevêque auquel il avait tant d'obligations, il écrivit à maître Bertier, l'homme de confiance du prélat, de l'informer comment aurait été reçue son excuse. Cette lettre est sans adresse dans l'imprimé ; mais le manuscrit porte, *Magistro Bertero, Cameracensi archidiacono.*

Epist. 276.

Le sacre de l'évêque de Châlons ayant été renvoyé au jour de l'octave de la Pentecôte, Étienne, malgré ses infirmités, se détermina à y assister. C'est ce qu'il annonce à l'archevêque dans la lettre **276**.

Les lettres **277**, **278**, **279**, sont relatives à la demande qu'on lui faisait de composer un office pour la fête de saint Geraud, abbé de la Sauve-Majeure, qui venait d'être canonisé l'an 1197 ; mais l'éditeur n'a pas donné toutes les lettres qui regardent cette correspondance.

Epist. 278, al. 231.

Non-seulement cette demande lui fut faite par l'abbé et la communauté de la Sauve, dont nous avons la lettre non imprimée, mais encore par l'archidiacre de Bordeaux qui, dans l'épître **278**, lui propose, au nom de tous les Bordelais, d'entreprendre ce travail, ne fût-ce que pour expier les poésies profanes auxquelles notre prélat s'était livré autrefois : *Ut si quid maculæ in secularibus carminibus quandoque ludendo contraxistis, nunc opportunitate vobis oblatâ (fructum) labiorum vestrorum domino et beato Geraldo offerentes, devotiùs emendetis.* Le P. du Molinet en altérant le titre de cette lettre qu'il suppose écrite à l'archidiacre de Bordeaux par l'évêque de Tournai, au lieu qu'elle le fut par l'archidiacre, l'a rendue presque inintelligible, parce que, d'après les louanges qu'elle contient, il faudrait attribuer à cet archidiacre une célébrité qui ne convient qu'à notre prélat. C'est une remarque faite avant nous par les Bollandistes.

La réponse du prélat à l'abbé de la Sauve est contenue Epist. 277, al. 224.
dans la lettre **277**. Après avoir observé qu'il est peut-être
ridicule qu'un évêque dans la caducité de l'âge s'amuse encore
à faire des vers, il consent néanmoins à entreprendre ce
travail : *Rideant qui voluerint,* dit-il ; *excusabit nos con-*
scientia nostra et fides non ficta.

Malgré la promesse du prélat, les bons religieux de la
Sauve, impatiens de recevoir l'office de leur patron et fondateur, lui écrivirent encore pour lever les scrupules qui
auraient pu le retenir, et ils n'épargnent pas les louanges
qu'ils avaient déja prodiguées dans leur première lettre.
Celle-ci n'a pas été imprimée, non plus que celle de notre
prélat en leur envoyant son écrit. Il exprime de nouveau son
étonnement qu'on se soit adressé à lui, malgré la distance
des lieux, la différence des mœurs et du langage, tandis
qu'on aurait trouvé ailleurs, en France, en Aquitaine, en
Gascogne, des versificateurs plus habiles que lui. Si cependant ils daignent adopter son travail, il desire que son nom
soit supprimé, et reste inconnu.

En le remerciant de sa complaisance, et sur-tout de la Epist. 279, al. 233.
célérité qu'il avait mise dans sa composition, les religieux
lui envoient par reconnaissance un bâton pastoral de bois
de cyprès, dont Étienne fit ensuite présent à Hugues de
Garlande, évêque d'Orléans, en lui envoyant la lettre **267**.
Mais ils ne consentent pas à tenir son nom secret, parce que
c'est son nom qui doit donner du poids à sa production.
Nous avons cet écrit du prélat; on peut juger s'il est digne
d'une si grande admiration.

L'abbaye de Saint-Euverte étant tombée dans un grand Epist. 280, al. 239.
relâchement par la négligence de l'abbé, l'évêque de Tournai
qui s'intéressait toujours aux maisons et à la gloire de son
ordre, écrivit à l'évêque d'Orléans, Hugues de Garlande,
la lettre **280**, pour le prier d'y apporter remède. — Dans la Epist. 281, al. 240.
suivante à l'abbé Bertier, il lui fait de vifs reproches sur sa
négligence, et l'exhorte à être plus attentif à remplir les
devoirs de sa charge.

Le nouvel évêque d'Orléans, Hugues, voulant exercer sur Epist. 282.
l'abbaye de Saint-Euverte le droit de procuration ou de gîte,
notre auteur lui adressa la lettre **282**, dans laquelle il certifie
que depuis quarante-cinq ans qu'il était entré dans cette
maison, aucun évêque n'avait usé de ce droit; qu'il arrivait

Tome XV.   D d d d

quelquefois qu'il prît envie à l'évêque Manassés, oncle du prélat, d'aller dîner à Saint-Euverte, mais il avait l'attention de faire porter son dîner par ses gens.

Epist. 283.

La lettre **283** n'existe dans aucun de nos manuscrits. L'éditeur l'a tirée sans doute de l'original en feuille volante. Elle est adressée au pape Clément III, au nom du doyen de l'église de Paris et de Pierre-le-Chantre, commissaires avec lui délégués pour contraindre l'évêque de Troyes à livrer aux chanoines réguliers de Saint-Loup l'église paroissiale de Marigni. La suscription est ainsi conçue : *Sanctissimo patri et domino Clementi, Dei gratiâ summo pontifici et universali papæ, Stephanus beatæ Genovefæ dictus abbas, B. decanus et P. cantor Parisiensis, obedientiæ, devotionis et obsequii* Gall. Christ. t. VII, col. 197. *plenitudinem.* Les auteurs du *Gallia Christiana* ont reproché avec raison à l'éditeur d'avoir nommé Bernier le doyen qui souscrivit cette lettre, Bernier ayant cessé d'être doyen vers l'an 1140. La lettre B. ne peut pas même désigner Barbedor, parce qu'il n'était plus doyen l'an 1188, époque du bref du pape transcrit dans la lettre. Il paraît que le copiste a mis un B pour un H, initiale du nom Hervé, alors doyen du chapitre de Paris.

Epist. 285, al. 106.

La lettre **285** à l'archevêque de Reims n'est pas non plus à sa place. Étienne était encore abbé de Sainte-Geneviève lorsqu'il l'écrivit ; c'est la qualité qu'il prend dans le manuscrit : *Sanctissimo domino et patri W. Dei gratiâ Remensi archiepiscopo frater Stephanus de Sancta Genovefa salutem et cum omni devotione vigilem obedientiam.* Ce qui a trompé l'éditeur c'est qu'il est question dans cette lettre, comme dans la **280**e et **281**e, des désordres qui régnaient à Saint-Euverte ; il a voulu les rapprocher, sans faire attention qu'elles se rapportent à des temps différens.

Epist. 286.

Enfin la **286**e et dernière lettre est une charte qui n'existe pas dans les manuscrits. Elle est datée de l'an 1194, et contient une déclaration portant que l'accueil obligeant qu'il avait reçu de ses confrères à Saint-Barthélemi de Noyon ne devait pas établir un droit pour les évêques ses successeurs ; qu'il ne devait qu'à leur amitié les services qu'il en avait reçus.

On peut juger, d'après le compte que nous venons de rendre de la presque totalité des **286** lettres d'Étienne de Tournai, de quelle importance elles peuvent être pour l'histoire civile ou ecclésiastique, et sur-tout pour l'histoire de l'ordre des chanoines réguliers qui jeta un assez grand éclat dans le XIIe siècle, et dont l'évêque de Tournai ne fut pas le moindre ornement. Ce qui procura à cet illustre prélat la grande considération dont il jouit, ce fut, indépendamment de sa capacité dans plusieurs genres de littérature et des vertus cléricales dont il fut le modèle, ce fut l'estime et la confiance que lui accordait Guillaume de Champagne, archevêque de Reims, cardinal-légat du saint-siége, oncle du roi Philippe-Auguste, qui eut sous ce règne tant d'influence dans le maniement des affaires, et qui l'avait admis dans ses conseils : *Benevolentia vestra,* dit notre auteur dans une de ses lettres, *me gratis amplexata est, et in consortio locans et* Epist. 166. *a consilio non excludens.* Cette confiance de l'archevêque ne se démentit jamais : on le voit par le grand nombre de lettres qu'Étienne lui écrivit depuis l'an 1168 jusqu'à sa mort. Nous en avons compté 44, dans lesquelles l'auteur se fait un plaisir de reconnaître qu'il tenait tout de lui, qu'il était sa créature (1).

On a pu aussi remarquer combien l'édition du P. du Molinet est imparfaite. Il n'avait qu'un seul manuscrit pour corriger et compléter la première édition remplie de lacunes, et ce manuscrit autrefois de Saint-Martin de Tournai, aujourd'hui à la bibliothèque Royale sous le n° 8566 A, ne contient que 216 lettres dont on a souvent retranché les adresses pour y substituer des sommaires indicatifs du contenu : de là vient qu'on ne sait à qui sont adressées la plupart des nouvelles lettres que l'éditeur a publiées. Quant aux notes, quoiqu'elles soient longues et multipliées, il s'en faut de beaucoup qu'il ait expliqué tous les endroits qui avaient besoin d'explication ; il y a répandu l'érudition d'un antiquaire, non celle d'un savant dans la littérature du moyen âge. Le plan qu'il avait conçu pour l'arrangement des lettres était beau et naturel, mais il ne l'a pas rempli ; plus il s'est écarté de l'ordre établi dans les manuscrits, plus il a mis de confusion dans son arrangement. C'est ce qu'on remarque particulièrement dans la troisième partie, où l'éditeur a

____

(1) Epist. 233 : *Consulite mihi, pater, plasmati vestro.* Epist. 239 : *Consulite creaturæ vestræ.* Epist. 262 : *Non abjiciet me plastes lutum suum, vasculum suum figulus artifex opus manuum suarum.* Epist. 234 : *Exexistis humilem de pulvere, de scabello sublimastis ad cathedram, de grege pusillo tamquam de post fœtantes accepistis me, et in millia millium præfecistis.*

D d d d 2

rejeté presque toutes les nouvelles lettres qu'il donne, dont
aucune, à proprement parler, n'est à la place que réclamait
l'ordre chronologique.

Étienne Baluze qui avait communiqué à l'éditeur un premier travail qu'il avait fait sur ces lettres, fut si mécontent
de son édition, qu'il entreprit d'en préparer une autre, dans
laquelle il rétablissait les lettres selon l'ordre qu'elles occupent dans les manuscrits. Il se servit utilement du manuscrit
sain et entier qui avait appartenu jadis à François Pétrarque,
aujourd'hui coté à la bibliothèque Royale 2923. Son travail
existe dans la même bibliothèque; le texte des lettres y est
corrigé avec la plus grande exactitude, mais les notes n'y
sont qu'ébauchées, ne contenant que l'indication des auteurs
qu'il se proposait de consulter dans la rédaction. Le nombre
des lettres qu'il avait recueillies est bien plus considérable
que dans l'édition du P. du Molinet : celui-ci n'en a imprimé
que 286 ; Baluze en avait préparé 519, en y comprenant une
douzaine d'autres lettres-anecdotes, qu'il avait tirées d'un
manuscrit du chancelier Seguier. C'est de ces lettres-anecdotes, soit du manuscrit de Pétrarque, soit de celui du chancelier Seguier, qu'il nous reste à rendre compte. Elles sont
maintenant imprimées dans le t. X, partie seconde des notices des manuscrits de la bibliothèque Royale, p. 66.

Le manuscrit de Pétrarque en fournit 19.

Fol. 131, ver.   La 163e à un ami parvenu à quelque éminente dignité, a
pour objet de le tranquilliser sur des mauvais propos que
des envieux tenaient ou pouvaient tenir sur son compte.

Fol. 132, rec.   Dans la 165e, l'auteur rend compte au pape Grégoire VIII
des troubles qui existaient dans l'ordre de Grandmont, et
des moyens qu'il convenait de prendre pour rétablir dans
cet ordre mal organisé la paix et l'union entre les clercs et
les frères lais.

Ibid. ver.   Le pape Grégoire VIII n'ayant tenu le saint-siége que
l'espace de quatre mois, l'abbé de Sainte-Geneviève écrivit
à son successeur Clément III la lettre 166 sur le même objet.

Fol. 133, rec.   Il rappelle, dans la 167e au cardinal Soffroi, l'étroite union
dans laquelle ils avaient vécu ensemble, et lui demande sa
protection pour les affaires qu'il avait ou qu'il pourrait avoir
en cour de Rome.

Ibid.   Voulant recommander aux solitaires de la grande chartreuse un diacre qui aspirait au bonheur d'être reçu parmi
eux, il fait un grand éloge de leur ordre et de leurs institutions dans la lettre 168.

L'abbé de Cîteaux avait renvoyé un religieux qui, dans *Ibid.* ver. son enfance, avait eu le malheur de blesser à mort un de ses camarades en jouant. Étienne écrit à l'abbé que le cas est très-graciable, et lui conseille de permettre à ce religieux de vivre au moins parmi ses frères, s'il ne juge pas à propos de lui accorder l'exercice de ses fonctions cléricales. Tel est l'objet de la lettre 169.

La 212ᵉ à Pierre, évêque d'Arras, a deux objets, 1° de lui Fol. 146, rec. témoigner la part que l'évêque de Tournai avait prise à la maladie dont ce prélat relevait ; 2° de le consulter sur une affaire qui devait lui être exposée par son messager.

Pendant que la ville de Tournai était assiégée, l'an 1197, Fol. 159, ver. par le comte de Flandre et de Hainaut, l'évêque d'Arras s'était informé par lettre de la situation où se trouvaient les assiégés. Étienne lui répond dans la lettre 267, et le prie à son tour de l'informer lui-même de ce qui se passait au-dehors relativement à sa propre ville, ainsi que dans les armées du roi et du comte.

L'archevêque de Reims avait chargé notre prélat de réfor- Fol. 160, ver. mer certains abus qui s'étaient glissés à Saint-Martin de Tournai. L'abbé, loin de réformer sa conduite comme il l'avait promis, avait pour ainsi dire pris à partie et l'arche-vêque-légat et son évêque. C'est de quoi celui-ci informe son métropolitain dans la lettre 270.

La 274ᵉ et la suivante à l'abbé et aux chanoines de Sainte- Fol. 161. Geneviève ne sont pas honorables pour cette abbaye, c'est pourquoi le P. du Molinet les a entièrement omises. Il s'agit dans l'une et dans l'autre de quelques turpitudes dont des individus s'étaient rendus coupables, et qui avaient transpiré dans le public. Ce n'était pas une raison pour supprimer ces lettres : la juste réclamation, mêlée d'indignation, de l'évêque de Tournai fait plus d'honneur au corps que le vice de quelques particuliers ne pouvait lui nuire. Ce qui flétrit les corporations c'est l'impunité des coupables.

L'évêque de Tournai avait donné un canonicat de son Fol. 164, ver. église à un clerc qui n'est pas nommé ; mais le cardinal Alde-brandin, neveu du pape, demandait ce bénéfice pour un de ses clercs. Étienne avait de la peine à révoquer le don qu'il avait fait, et il n'aurait pas voulu se compromettre avec le pape. Dans la lettre 284 il expose à son protégé l'embarras où il se trouve, afin que celui-ci prenne de lui-même le parti de se démettre.

L'an 1198, un jeune genovéfain, nommé Marcel, qui avait suivi son abbé à Tournai, ayant été élu abbé de Cisoing dans le même diocèse, Étienne écrivit la lettre 285 à l'archevêque de Reims, pour le prier de confirmer cette élection, en considération des bonnes qualités du jeune abbé, auxquelles il rend témoignage.

La lettre 286 est proprement une charte de dotation du chapelain attaché à la chapelle épiscopale construite par notre prélat l'an 1198.

Ayant fort à cœur l'avancement de son confrère Marcel, il écrivit à l'abbé et aux chanoines de Sainte-Geneviève la lettre 287, dont furent porteurs les députés du chapitre de Cisoing chargés de demander, selon l'usage du temps, l'émancipation de leur nouvel abbé.

Bientôt après, ou peut-être en même temps, l'abbé Marcel fut envoyé à Sainte-Geneviève avec une lettre du prélat qui permettait de rappeler dans la maison les membres qui en avaient été éloignés à l'occasion des scandales dont il a été parlé plus haut. C'est la lettre 288.

La suivante 289 est adressée à l'évêque de Tournai par l'abbé et les religieux de la Sauve-Majeure au diocèse de Bordeaux. Ils s'adressent à lui comme au plus habile versificateur de son temps, pour le prier de composer un office en l'honneur de saint Geraud leur patron, qui venait d'être canonisé l'an 1197.

Quoique le prélat se fût chargé de ce travail avec quelque répugnance, à cause de son grand âge, les religieux de la Sauve insistèrent dans la lettre 291, afin de lever les scrupules qui auraient pu le retenir.

Enfin sous le n° 292 se trouve la lettre du prélat accompagnant l'envoi qu'il faisait de l'office de saint Geraud aux religieux de la Sauve.

Telles sont les lettres-anecdotes que fournit le manuscrit de Pétrarque. Étienne Baluze en avait encore recueilli, comme nous l'avons déjà dit, une douzaine dans un manuscrit du chancelier Seguier, dont il est aussi à propos de dire un mot.

La première est un compte rendu au pape Alexandre III touchant une affaire dont la connaissance avait été déléguée à notre Étienne et à l'abbé de la Cour-Dieu.

La 2e écrite au nom de l'abbé de Saint-Barthélemi de Noyon à Guillaume, archevêque de Reims, a pour objet de dispenser ce vieillard infirme de se rendre au concile de Latran convoqué l'an 1179 par le pape Alexandre III.

Dans la suivante au cardinal Pierre de Saint-Chrysogone, qui venait d'être créé évêque de Tusculum ou Frascati, l'auteur se flatte de revoir son ami en France, et il lui en témoigne le desir.

La 4ᵉ est sans adresse; mais il paraît qu'elle fut écrite à Bernerède, abbé de Saint-Crêpin de Soissons, qui fut fait cardinal-évêque de Palestine l'an 1179. Elle a pour objet de le féliciter et de demander sa protection auprès du saint-siége.

La 5ᵉ est adressée à Nivelon, évêque de Soissons, et au doyen de la même église, qui devaient juger un procès entre l'abbaye de Saint-Barthélemi de Noyon et celle de Saint-Crêpin de Soissons.

On ne sait à qui la 6ᵉ est adressée. L'auteur y dénonce les entreprises d'un chanoine régulier de Bénévent dans la marche limousine, nommé *B. de Alenac,* lequel, loin d'obéir à son prieur, ne craignait pas d'élever autel contre autel. Ce prieur, nommé Simon, n'a pas été connu des auteurs du *Gallia Christiana* qui ont donné le catalogue des prieurs et abbés de Bénévent, au tome II, col. 619.

La 7ᵉ n'a pas non plus d'adresse. Nous pensons qu'elle fut écrite à Guillaume, archevêque de Sens et en même temps évêque de Chartres, parce qu'en sa première qualité il avait ajourné l'auteur, alors abbé de Saint-Euverte d'Orléans, à comparaître en jugement à Sens, et comme évêque de Chartres il l'avait chargé d'une commission urgente à Blois.

Après le meurtre commis, l'an 1167, sur la personne de Jean de la Chaîne, doyen de l'église d'Orléans, le sous-doyen Hugues de Garlande, neveu de l'évêque Manassès, fut élu à sa place. Cette élection trouva des contradicteurs, et donna lieu à une procédure. Étienne, qui avait concouru à l'élection, écrivit aux commissaires délégués pour juger ce différend, mais qui ne sont pas nommés, la lettre 8, dans laquelle il raconte ce qui s'était passé, et affirme que sa relation contient l'exacte vérité, telle qu'il l'avait certifiée au pape dans une autre lettre que nous n'avons pas.

Étienne était aussi abbé de Saint-Euverte lorsqu'il écrivit à Guillaume, archevêque de Sens, la lettre 9 en faveur d'une femme appartenant au vasselage de son abbaye par son père, laquelle se plaignait d'être entièrement délaissée par son mari.

La 10e à Hugues, abbé de Saint-Barthélemi de Noyon, est relative à la peine que méritait un chanoine régulier coupable de désobéissance et de rebellion contre son abbé. C'est une consultation d'avocat nourrie de citations du décret de Gratien.

La lettre 11, qui n'est qu'un billet, est si peu intéressante que nous n'aurions rien à en dire, si elle avait une adresse. Comme elle n'a pour objet que de recommander un religieux qui allait passer quelque temps dans une autre maison, et que parmi les lettres imprimées nous en trouvons plusieurs de ce genre à l'abbé de Saint-Satur dans le Berri, nous pensons que celle-ci lui est aussi adressée.

Étienne écrivit la dernière des douze au cardinal Guillaume de Pavie, évêque de Porto, en empruntant le nom de Guillaume de Champagne, archevêque de Reims. C'était pour obtenir du pape, par le moyen de ce cardinal, la révocation de certaines lettres que le pape avait accordées à la sollicitation d'un mauvais sujet nommé Lodoyc, chassé plusieurs fois de son corps, qui demandait à y rentrer, quoiqu'il eût promis en présence du roi de sortir du royaume et de s'expatrier pour toujours. La date de cette lettre est aisée à trouver, parce que Guillaume de Pavie, auparavant prêtre-cardinal de Saint-Pierre-aux-Liens, fut fait évêque de Porto l'an 1176, et mourut l'année d'après.

Mart. Ampl. collect., t. I, col. 787-793.

D. Martène a publié une longue lettre d'un anonyme chanoine régulier à un ami, dans laquelle l'auteur expose les motifs qui l'ont déterminé à embrasser la vie religieuse, et les avantages qu'on trouve dans les exercices du cloître, afin d'y attirer son ami. On voit par le début qu'ils s'étaient vus l'un et l'autre à Orléans, et que l'auteur étant retourné à Chartres après sa profession, y avait repris les fonctions de l'enseignement comme auparavant. Tout cela convient parfaitement à Étienne devenu chanoine régulier à Saint-Euverte d'Orléans, comme on peut s'en convaincre par la lecture des épîtres 17, 36 et 37 de la nouvelle édition. Après avoir acquis cette conviction, ce ne sera peut-être pas trop hasarder d'avancer que l'ami auquel il écrit était son ancien maître de grammaire dont il parle dans les lettres 26, 27, 28, qui, d'après ses avis, s'était fait religieux à la Charité-sur-Loire, et dont il se dit le disciple dans celle-ci. Si nos conjectures ne sont pas entièrement vaines, il nous semble que cette lettre aurait dû être la première dans la collection ; mais quoiqu'elle soit très-édifiante, l'auteur y fait des aveux trop humilians sur les égaremens de sa vie passée pour n'avoir pas desiré qu'elle restât anonyme.

Malgré le desir que nous avons eu d'être courts en rendant compte des lettres d'Étienne de Tournai, on trouvera peut-être que nous nous sommes trop étendus; mais si l'on fait attention à l'état d'imperfection dans lequel ces lettres ont été publiées jusqu'à-présent, nous espérons qu'on nous saura quelque gré des observations que nous nous sommes permises. Nous serons plus réservés en rendant compte de ses autres écrits.

SES SERMONS ET SES STATUTS SYNODAUX.

Les sermons d'Étienne de Tournai eurent de la célébrité de son temps. Nous voyons par la lettre 41 que l'archevêque de Tours, Barthélemi de Vendôme, l'employait à lui composer des sermons. Le P. du Molinet donne la liste de 31 de P. 436. ces discours qu'il avait recueillis dans quatre manuscrits de la cathédrale de Tournai, de Sainte-Geneviève, de Saint-Victor, et du collége de Navarre ; mais, il n'en a publié qu'un seul prononcé dans un synode, pour donner une idée de tous les autres, qui paraîtraient aujourd'hui, dit-il, insi- Præf. pides et même puérils. Bien différens des belles homélies des saints pères et de leur manière d'expliquer l'écriture sainte, on n'y trouve pas cette morale substantielle qui nourrit et ravit les ames; ce sont des allusions froides ou des petites pointes selon le goût du temps. Nous nous abstiendrons d'en dire davantage.

Le même éditeur a placé à la suite des lettres quatre ou P. 410. cinq statuts synodaux informes, qui, dans les manuscrits, tiennent la place des lettres 6, 7, 8, 9. Ce ne sont que des préambules qui indiquent tout au plus l'objet du règlement, mais qui ne présentent aucun dispositif.

SES POÉSIES.

Il est certain qu'Étienne de Tournai eut la réputation d'un habile versificateur. On s'adressait à lui dans des occasions solennelles pour composer des épitaphes ou des hymnes en l'honneur des saints. Il parle dans plusieurs de ses lettres des vers qu'il avait composés dans sa jeunesse. Écrivant au

Tome XV.   E e e e

cardinal Pierre, évêque de Tusculum, qui avait desiré les avoir : *Rogo*, lui dit–il, *ut puerilia mea, quamvis digna sint risu, benevolo tamen suscipiatis affectu.* Et dans une lettre à l'abbé de la Sauve : *Quandoque lusimus metro, forsitan et prosâ, nec lusisse pudet.* L'archidiacre de Bordeaux, pour le déterminer à composer l'office de saint Geraud, abbé de la Sauve, lui suggère que ce travail sera comme une expiation des vers profanes que notre prélat s'était permis de composer dans sa jeunesse : *Ut si quid maculæ in secularibus carminibus quandoque ludendo contraxistis, nunc opportunitate vobis oblatâ, labiorum vestrorum vitulos domino et beato Giraldo offerentes, devotiùs emendetis.* Cependant ce qui reste des poésies de notre prélat est peu de chose.

1° Le morceau le plus considérable est cet office de saint Geraud. Le P. Papebrock en a imprimé les leçons et le premier répons que nous plaçons ici comme un échantillon des autres :

> *Delectare, Sylva–major, in Giraldi nomine,*
> *Qui splendore veri solis et cœlesti lumine*
> *Umbram tuam liberavit à mortis caligine,*
> *Et mundavit saltus tuos ab effuso sanguine.*

Les antiennes à laudes et à vêpres, ainsi que les hymnes, étaient pareillement en prose rimée. Papebrock n'a imprimé que les hymnes, dont voici une strophe pour juger de la facture :

> *Exaltet Aquitania patris nostri præconia,*
> *Cujus gaudet præsentiâ, sentitque beneficia, etc.*

Du Molinet a réimprimé tout ce qu'il a trouvé dans les bollandistes sans y rien ajouter.

2° André Duchesne a publié une épitaphe du roi Louis-le–Jeune, dont il ne connaissait pas l'auteur. Elle commence par ces mots : *Transit in hæredem pius ille prior Ludovicus.* On y loue la piété, la foi, la chasteté du prince, son amour pour les pauvres, et la protection qu'il accordait aux églises, en quatorze vers hexamètres et pentamètres, non rimés, qui ne sont pas sans mérite. Le P. Chifflet, jésuite, a découvert le nom de l'auteur, *maître Étienne de Sainte-Geneviève*, dans un manuscrit du monastère de la Charité, ordre de Cîteaux au diocèse de Besançon.

3° Il n'est pas douteux qu'il ne soit l'auteur de l'épitaphe de Maurice de Sully, évêque de Paris, commençant par ces mots : *Excisus misero.* Elle fait partie de la lettre **260,** dont il a été parlé plus haut.

Il nous resterait à parler de son commentaire sur le Décret de Gratien, dont il existe un grand nombre d'exemplaires manuscrits dans les bibliothèques. Le P. du Molinet n'en a imprimé que la préface qui est comme l'introduction au reste de l'ouvrage, contenant des principes généraux ou les notions préliminaires à l'étude du droit ecclésiastique. Il paraît que l'auteur avait composé ce long commentaire à l'usage des étudians qui suivaient ses leçons à Chartres ou à Orléans. L'ouvrage ayant été examiné par d'habiles gens, on fut d'avis qu'il était inutile d'en grossir le volume des lettres. Cette décision nous dispense d'entrer dans un plus grand détail.   **B.**

P. 439.

ANONYMES,

Auteurs de Chroniques d'Anjou.

L E pays d'Anjou a eu, dans le XIe siècle, entre autres historiens dont les écrits sont perdus, Renaud, archidiacre d'Angers, et Foulques-le-Rechin, comte d'Anjou, des écrits desquels il a été rendu compte dans cette Histoire, pour le XIIe siècle, outre Jean de Marmoutier, qui a déja eu son article, le P. Labbe et D. Martène ont publié plusieurs chroniques anonymes qui vont faire le sujet de celui-ci.

T. VIII, p. 32-38.
T. IX, p. 395-398.

1° Le P. Labbe a tiré des manuscrits de l'abbaye de Saint-Aubin d'Angers, cinq chroniques ou fragmens de chroniques, dont la première commence à l'année **929,** et finit à l'année **1200** ; la seconde remonte à l'année **768,** et se termine à l'année **1110;** la troisième est un supplément à la précédente, depuis l'an **1047** jusques à **1106.** Le P. Labbe a encore imprimé sur un manuscrit de l'abbaye de Vendôme, une chronique d'Anjou, qu'il a divisée en deux parties, dont l'une

Bibl. mss. cod. t.
I, p. 275-283.

finit à l'année 1057, et l'autre poursuit jusqu'à l'année 1251.
D. Martène, d'après le manuscrit 4955 de la bibliothèque Royale, qui avait appartenu à Colbert, en a imprimé une autre qui s'étend depuis l'année 784 jusques à 1192, et même 1195.

On a rendu compte, dans cette Histoire, de la première partie de la chronique de Vendôme, qui tient le quatrième rang parmi celles du P. Labbe, ainsi que du commencement de celle de D. Martène jusqu'à l'année 1079, où l'on voit que l'écriture du manuscrit commence à être d'une main différente. On a dit aussi un mot des seconde et troisième chroniques du P. Labbe; mais on n'a pas encore parlé de la première, qui est la plus considérable, et de laquelle c'est ici le lieu de nous occuper.

Le P. Labbe dit avoir lu dans quelques mémoires de M. de Peiresc, que ce savant avait vu au-devant d'un manuscrit de Saint-Aubin d'Angers, contenant les lettres de saint Ambroise, écrit du temps de l'abbé Hugues, vers 1156, deux chroniques, dont l'une commençait avec la création du monde, et finissait en 1137 à la mort de Louis-le-Gros; l'autre, qui commençait en 929, était écrite de la même main et de la même encre jusqu'en 1174, et ensuite jusqu'à l'an 1200, était écrite sur chaque année par des mains différentes. Il n'est pas douteux que cette dernière partie est celle qui a été donnée au public par le P. Labbe, mais la première n'a pas été publiée.

Celle qui a été imprimée par D. Martène est en tout différente de la précédente, jusques à l'année 1079; mais depuis cette époque jusqu'en 1195, l'éditeur a trouvé tant de conformité entre cette chronique et celle du P. Labbe, qu'il a fait beaucoup de retranchemens; en renvoyant à l'imprimé du P. Labbe, il aurait pu aussi remarquer que la première partie de sa chronique est plutôt l'ouvrage d'un Tourangeau que d'un Angevin. Les continuateurs du Recueil des historiens de France qui ont réimprimé la chronique du P. Labbe, n'ont pris de celle de D. Martène, que les variantes qu'ils ont placées au bas des pages.

Ces deux chroniques sont intéressantes pour l'histoire d'Anjou; on y trouve la suite des comtes, leurs guerres et leurs actions les plus mémorables, quoique d'une manière sèche, selon l'usage des chroniqueurs; la succession des évêques d'Angers et des abbés de Saint-Aubin; et dans les derniers temps, des traits plus étendus sur les rois d'Angleterre, de la maison d'Anjou, auxquels les derniers continuateurs paraissent avoir été très-affectionnés, quoique ces princes ne fussent guère chéris des Anglais.

2° Le P. Labbe a publié une seconde chronique de Saint-Aubin, depuis l'année 768 jusqu'en 1110, suivie d'un appendice depuis 1047 jusques à 1106. Ce sont celles dont il a été rendu compte dans cette Histoire, t. IX, p. 569. Cette multiplicité de chroniques d'un même lieu, écrites dans le même temps, très-peu remplies d'événemens, dont les auteurs semblent s'être tellement concertés que l'un laisse vides des années que l'autre remplit, aurait de quoi étonner, si l'on ne savait que ces sortes d'ouvrages étaient écrits ordinairement sur les feuillets des manuscrits qu'on laissait en blanc au commencement et à la fin. Tel était celui qu'avait vu à Saint-Aubin le célèbre Peiresc. Comme on était gêné par l'espace, on écrivait tantôt au commencement, tantôt à la fin; tantôt sur un manuscrit, tantôt sur un autre. C'est ce qui a produit ces divers fragmens qui, réunis ensemble, formeraient une bonne chronique, passablement remplie selon le goût de ces temps. Labbe, *ibid.* p. 280-283.

5° Le même éditeur a imprimé sur un manuscrit de l'abbaye de Vendôme, une chronique depuis l'année 678 jusqu'en 1251, qui tient le quatrième rang parmi celles d'Anjou, quoiqu'elle parle plus du Vendômois que de l'Anjou. Mais on sait que l'abbaye de Vendôme avait dans sa dépendance le prieuré de Leviere *(de Aquaria),* au faubourg d'Angers : ce qui devait rendre les religieux de Vendôme attentifs à ce qui s'y passait. La première partie de cette chronique, dont on a rendu compte dans cette Histoire, finit à l'année 1057, et ne dit presque rien de l'abbaye de Vendôme, qui n'existait pas avant l'année 1032, mais elle donne des époques sur l'histoire générale de la monarchie. La seconde partie, qui commence à l'année 1060, et finit en 1251, est l'ouvrage de plusieurs auteurs, qui ont écrit successivement les faits qu'elle contient. Le premier vivait en 1075, car il dit avoir vu, le 27 septembre de cette année, qui était un dimanche, et le 15 de la lune, avant qu'il fût jour, la troisième partie de la lune, du côté du midi, plus noire qu'un sac de poil de chèvre, noirceur qui se dissipa peu-à-peu dans l'espace de deux heures. C'était une éclipse marquée ce jour-là dans les tables astro-

Labbe, *ibid.* p. 283-291.

T. VIII, p. 45-47.

nomiques (1), quoique l'auteur en parle comme d'un prodige.
Cet auteur ne peut pas être le même qui écrivait en 1251 ; il
faut donc en admettre plusieurs, qui étaient tous religieux
de Vendôme. On trouve dans leur chronique des traits curieux sur les comtes d'Anjou et de Vendôme, avec la succession des abbés du monastère, jusqu'à l'abbé Hamelin qui,
en 1215, assista au grand concile de Latran, où il prit place
à son rang parmi les cardinaux : ce qui prouve qu'encore
alors on reconnaissait à Rome les droits de l'abbaye de Vendôme sur l'église cardinale de Sainte-Prisque.

Les continuateurs du Recueil des historiens de France
ont donné plusieurs extraits de cette chronique, t. VIII,
p. 251 ; t. X, p. 176 ; t. XI, p. 30 ; t. XII, p. 486. B.

(1) On lit dans l'imprimé *quinto kal. novembris*. C'est une faute ; il faut lire
octobris, pour être d'accord avec les tables astronomiques.

ANONYMES,

Auteurs de Chroniques de Picardie.

L A Picardie, qui eut, dans le XIe et XIIe siècles, et particulièrement à Laon, d'excellentes écoles, et des professeurs
célèbres, produisit, dans le genre de l'histoire, de bons écrivains, tels que Guibert, abbé de Nogent, Hariulfe, moine de
Saint-Riquier, Hérimanne, de Laon, qui ont eu leurs articles dans cette Histoire. Nous traiterons dans celui-ci de
quelques écrits anonymes qui peuvent encore servir à l'histoire de cette province dans le XIIe siècle.

1° Le premier est une longue relation d'un religieux de
l'abbaye de Saint-Germer de Flaix *(Sancti Geremari Flaïa-
censis,* ou *Flaviacensis),* qui a pour objet de revendiquer,
contre les chanoines de Beauvais, les reliques de saint Germer, fondateur du monastère, au diocèse de Beauvais, sur
la rivière d'Epte. L'auteur écrivait, vers l'an 1132, sa relation, à laquelle il a donné pour titre : *Narratio qualiter
reliquias beati patris nostri Geremari accepimus.*

Au sujet de ces reliques, l'anonyme fait l'histoire de son monastère, depuis sa fondation, l'an 650, jusqu'au temps où il écrivait. Il nous représente d'abord l'état florissant de ce monastère jusqu'à l'arrivée des Normands, sous la conduite de Hastaing, et ensuite de Rollon, dont il décrit en peu de mots les cruautés et les ravages. A cette dernière époque, les religieux transportèrent à Beauvais les reliques du saint, pour les soustraire à la fureur des Normands, lesquels ayant renversé, comme tant d'autres, ce monastère de fond en comble, les reliques restèrent à Beauvais, après l'extinction des religieux qui les avaient accompagnées, dans une des tours de l'église de Saint-Pierre, qui est la cathédrale. Environ cent trente ans après, l'évêque Drogon songea à relever de ses ruines le monastère, et il y rétablit en 1030 des religieux qui, dans peu de temps, furent en état de communiquer à d'autres monastères des hommes de lettres et des supérieurs vertueux. Mais il manquait à leur bonheur d'avoir avec eux les reliques de leur patron : chose extrêmement importante dans ces vieux temps. Ils s'adressèrent d'abord au roi Philippe Ier, et à l'évêque Odon, qui se concertèrent pour les leur faire rendre. Mais le clergé et les habitans de Beauvais, qui regardaient ce saint comme un Dieu tutélaire contre la contagion du feu dit *sacré*, qui désolait alors les provinces de France, eurent la précaution de les soustraire pour le moment, et firent courir le bruit qu'on les avait enlevées. Enfin les reliques ayant été retrouvées, l'auteur raconte fort au long par quel événement les religieux obtinrent, l'an 1152, de l'évêque Pierre, qu'on leur rendrait, comme une insigne faveur, un os du bras du corps saint : encore fallut-il la décision et toute l'éloquence de Goslen, évêque de Soissons, qui était venu à Beauvais montrer au peuple les saintes reliques, pour persuader aux habitans que cela était de toute justice.

Tel est le précis de cette histoire, dans laquelle l'auteur touche en passant plusieurs faits relatifs à l'histoire de nos rois, des évêques de Beauvais, et d'autres monastères de la province. Son style est diffus, mais clair et méthodique. Les successeurs de Bollandus ont donné un extrait de son ou- Ad diem 24 sept. vrage, à la suite de la vie de saint Germer. M. Traulé, procureur du roi près le tribunal de première instance du canton d'Abbeville, correspondant de l'Institut, ayant trouvé l'ouvrage entier dans une copie ancienne, l'a déposé depuis peu d'années à la bibliothèque Royale. C'est sur ce manuscrit que nous avons dressé notre article.

Annal. de Noyon, p. 33-50.

II. Jacques Levasseur, chanoine et doyen de l'église cathédrale de Noyon, a donné, en français, une petite histoire de la ville de Vermand, dans laquelle l'auteur anonyme décrit la destruction de cette antique cité, au cinquième siècle ; puis la fondation de l'abbaye du même nom, pour des chanoines réguliers, par Radbode, évêque de Noyon, vers la fin du XIe siècle ; et enfin l'introduction des chanoines prémontrés, qui furent substitués aux anciens chanoines, en 1144. On distingue visiblement deux auteurs dans cette composition ; l'un qui écrivait, fort peu d'années après l'introduction des prémontrés, sous l'abbé Gilbert, vers l'an 1155, puisqu'il déclare nettement avoir conversé quelque temps avec le dernier abbé des chanoines réguliers, nommé Iribert, et que même cet abbé vivait encore lorsqu'il écrivait ; l'autre, beaucoup plus récent, raconte de quelle manière l'abbaye de Vermand fut transférée, l'an 1200, le 18 novembre, qui était un dimanche (1), du haut de la montagne où elle était située, dans la vallée où elle est maintenant.

Il serait à souhaiter que Levasseur eût publié, comme il l'avait promis, l'original de cet ouvrage qui lui avait été communiqué par Jacques Buxin, avocat à Chauny, au lieu d'en donner une traduction qui, aujourd'hui, est surannée. Mais trouvant apparemment que le volume de ses Annales

Ibid. p. 50.

n'était déja que trop gros, il n'en a rien fait, en avouant cependant, dans une note qu'il a placée à la fin de sa traduction, qu'il faisait grand cas de cet écrit, tant pour son antiquité, que pour la variété des sujets qui y sont traités, le sac de Vermand, où était le siége primordial des évêques de Noyon, et plusieurs traits qui concernent les évêques de la même ville, saint Médard, Radbode, Lambert, Simon et autres.

Ibid. p. 830.

III. Le même Levasseur a publié deux pièces relatives à l'abbaye d'Ourcamp, près de Noyon, sur la rivière d'Oise. La première est une notice qui explique le nom et l'origine de cette abbaye, de la filiation de Clairvaux, fondée en 1129. Cette notice a pour titre : *De oratorio sancti Eligii apud Ursicampum, et de monasterii appellatione.* On y voit que

____

(1) Puisque le 18 novembre était un dimanche, ce devrait être en 1201, et non en 1200.

saint Éloi, faisant construire en ce lieu, où il aimait à se retirer, une chapelle, employait, pour le transport des matériaux, un bœuf qui, un beau jour, fut la proie d'un ours
affamé. Le saint exigea de l'ours, par compensation, qu'il
ferait à l'avenir le service du bœuf : à quoi l'animal indompté
voulut bien se soumettre. Telle est l'origine du nom d'Our- *Ibid.* p. 838.
camp, *Ursicampus*. — La seconde pièce produite par Levasseur est une description de la même abbaye, en trente-quatre
vers latins qu'il croit fort anciens. « Je les dois, dit-il, à l'ami-
» tié et diligence de dom Jean Boquet, duquel je ne saurais
» assez estimer l'excellente piété, et l'amour des lettres. Je
» tiens encore de lui ces vers marqués au coing de la vétusté,
» qu'il a tirés des archives de la maison. » Mais ces vers,
quoique tirés des archives, ne paraissent pas être d'un auteur
du XIIᵉ siècle, auquel Levasseur semble les rapporter. Si cela
était, ce versificateur pourrait passer pour un des meilleurs
de son temps.

IV. Ce serait ici le lieu de parler de la chronique de Nicolas
d'Amiens, qui finit à l'an 1204. Mais outre que nous ne
traitons dans cet article que d'auteurs anonymes, et que
nous avons de cet auteur d'autres écrits dont nous devons
rendre compte, nous ferons pour lui un article à part.

Nous ne parlerons pas non plus ici de la chronique d'un
chanoine de Laon, dont le nom est inconnu. Sa chronique,
qui commence à l'origine du monde, et descend jusqu'à
l'année 1219, contient quelques particularités sur la Picardie.
Les continuateurs du Recueil des historiens de France en T. XIII, p. 677-683
ont donné un fragment depuis l'année 1165, jusqu'en 1180,
d'après le manuscrit 5011 de la bibliothèque Royale. Le jugement qu'ils en portent ne donne pas une haute idée de
cette production, au moins pour les premiers temps. Nous
nous réservons d'en parler lorsque nous en serons au XIIIᵉ
siècle.

Par la même raison, nous renvoyons à un autre volume
ce que nous avons à dire de la chronique anonyme de Saint-
Médard de Soissons, qui, dans le Spicilége de D. Dacheri, Spicil. in-fol. t. II,
commence en 497, et se termine à l'année 1260. B.   p 486.

ANONYMES,

Auteurs de Chroniques de Bourgogne.

T. VII, p. 455.
T. X. p. 270-276.
T. VIII, p. 327-330.
T. XII, p. 668-674.
Bibl. Clun., col. 1618.

Au défaut de meilleurs historiens, c'est dans les chroniques des monastères qu'il faut chercher le peu de lumières qui nous restent sur la plupart des provinces de France. La Bourgogne a eu dans ce genre plusieurs historiens estimés, dont il a été rendu compte dans cette Histoire; la chronique de Saint-Bénigne de Dijon, celle de Saint-Pierre de Bese, de Saint-Philibert de Tournus, de Vezelai, etc. Nous réunirons dans cet article quelques notices d'autres chroniques anonymes de monastères situés en Bourgogne, qui appartiennent à l'époque où nous en sommes.

I. André Duchesne et D. Marrier ont imprimé dans la Bibliothèque de Cluni, une chronique de ce monastère, depuis l'année 910, époque de la fondation, jusqu'à l'année 1318; mais les éditeurs ont observé, par la différence des écritures du manuscrit, qu'elle est l'ouvrage de trois ou quatre écrivains, qui y ont travaillé successivement. Le premier s'est arrêté à l'année 1157; le second reprend jusqu'à l'année 1215; et le troisième continue jusqu'à l'année 1318 : ce qui suit a été ajouté par une main très-récente. Cette chronique n'est nullement remplie : le plus grand nombre des années est resté vide : elle ne contient presque autre chose que les éloges des abbés, à l'époque de leur décès.

Il nous reste encore un ou deux fragmens de chroniques de Cluni, dont l'un, qui s'étend depuis l'année 1109 jusques Anecd. t. III, col. 1387. à 1199, a été publié par D. Martène, sur un manuscrit de Saint-Étienne de Nevers; l'autre a été recueilli par D. Claude Estiennot, au tome V de ses Fragmens d'histoire, et a pour titre : *Excerpta ex chronico Cluniacensi ante annum 1137, ex magna suî parte compilato, et a monachis Cluniacensibus aucto ab anno 888 ad an. 1237, quæ desunt in edita Cluniacensi bibliotheca.*

T. XII, p. 313-316. Les continuateurs du Recueil des historiens de France ont pris dans ces deux fragmens de chroniques de quoi remplir les vides de la première, en mêlant les trois ensemble, et n'ont pas réussi à en faire une bien intéressante.

II. Les mêmes continuateurs ont publié un fragment de chronique abrégée de l'abbaye de Bese, qu'ils ont trouvée écrite à la marge du Cycle paschal, dans le manuscrit 5009 de la bibliothèque Royale. Cette chronique commence à la naissance de Jésus-Christ, et finit à l'année 1177. Ce qu'elle a de plus intéressant se réduit à quelques époques sur les évêques de Langres, dans le diocèse desquels était alors l'abbaye de Bese, et à la succession des abbés du monastère.

III. La petite chronique de Saint-Bénigne de Dijon, qui a été publiée par le P. Labbe, commençant à l'année 755, au sacre du roi Pépin, par le pape Étienne, et finissant en 1223, ne doit pas être confondue avec la grande chronique, si justement estimée, qui a été composée au XIe siècle. Celle-ci, qui en est un extrait, est beaucoup plus remplie de faits que la petite chronique de Bese, dont nous venons de parler. On y trouve non-seulement la suite des abbés de Saint-Bénigne, mais encore celle des évêques de Langres, des ducs de Bourgogne, et même des rois de France, etc. Les continuateurs du Recueil des historiens de France l'ont réimprimée dans leur collection, depuis l'année 1046, où finit à-peu-près la grande chronique.

IV. Nous sommes redevables au P. Pierre-François Chifflet, jésuite, d'une bonne chronique de Clairvaux, qu'il a mise au jour dans sa diatribe en faveur de la noble extraction de saint Bernard. Cette chronique ne commence qu'en 1147, et finit en 1192; mais il paraît qu'elle n'est pas entière, et que l'auteur écrivait assez avant dans le XIIIe siècle. La preuve résulte du texte même de l'auteur; sous l'année 1178, il parle de Gossuin, moine de Clairvaux, comme étant déja mort lorsqu'il écrivait, *qui in Burlencuria requiescit.* Or Gossuin ne mourut, selon Albéric de Trois-Fontaines, qu'en 1203. Bien plus, sous l'année 1179, l'auteur, parlant du couronnement du roi Philippe-Auguste, ajoute que ce prince régna environ quarante-quatre ans. Si ce n'est pas une fourrure, il est incontestable que l'auteur écrivait sous le règne de saint Louis, et que son ouvrage est imparfait. Au reste, cette chronique est remplie de faits qu'on ne trouve que là. Il est vrai qu'ils sont presque tous relatifs à l'ordre de Citeaux, et qu'on n'y traite guère d'affaires politiques; mais il y a bon nombre de traits excellens pour l'histoire littéraire de la

F f f f 2

France, et nous avons été plus d'une fois dans le cas d'en
faire usage.

Acta SS. ord. S.
Ben. sæc. IV, part.
I, p. 564.

V. D. Mabillon a publié, à la suite de l'Histoire des trans-
lations des reliques de saint Philibert, à Tournus, un fragment écrit sur la fin du XIIe siècle, dans lequel on trouve
quelques renseignemens sur la navigation de la Saône, à
l'occasion d'un différend qui s'était élevé entre les religieux
de Tournus et le comte Gérard de Mâcon, qui avaient con-
currcmment des ports sur ce fleuve. L'abbé Juenin a aussi
rapporté ce fragment parmi les preuves de son histoire de

T. XIV, p. 479.

Tournus, et les continuateurs du Recueil des historiens de
France l'ont inséré dans leur collection.

Bibl. mss. t. I, p.
394.

Nous pourrions encore placer ici la petite chronique
de Vezelai, imprimée par le P. Labbe; mais comme elle
s'étend jusqu'à l'année 1516, et que rien ne prouve qu'elle
ait été composée par différens auteurs, nous en renvoyons
la notice au siècle suivant.   B.

ANONYMES,

AUTEURS DE CHRONIQUES DE REIMS ET DU PAYS RÉMOIS.

QUOIQUE les études aient été florissantes à Reims, durant les
XIe et XIIe siècles, comme on l'a démontré dans cette histoire, néanmoins, depuis Flodoard, ce pays n'a produit aucun
historien distingué. Nous n'avons que quelques chroniques
anonymes dont nous allons nous occuper.

Hist. du dioc. de
Laon, p. 593.

1o D. Nicolas le Long, religieux bénédictin de la congrégation de Saint-Vanne, a tiré de l'obscurité, l'an 1783, une chronique dite de Mézières, qui ne méritait guères de voir le
jour. C'est un écrit qui paraît fait à plaisir, et peut-être dans
l'intention de favoriser de folles prétentions de quelques familles qui voudraient faire remonter à des temps fort recu-
lés l'illustration de leurs ancêtres ou de ceux dont ils possèdent les terres. Il n'y a pas de matière sur laquelle on
ait été moins scrupuleux de débiter des mensonges que sur

les généalogies; les familles les plus illustres qui aiment à voir leur origine se perdre dans l'obscurité des temps, et même des nations entières n'ont pas été toujours exemptes de ce reproche; elles ont leurs fables qui leur sont aussi chères que la vérité.

On attribue cette chronique, qui commence à l'année 860 et finit en 1015, et non en 1020 comme porte l'imprimé, à Alard de Gennilé ou Gennilac *(de Gennilaco)* qui, selon les auteurs du *Gallia christiana* fut abbé de Signy, au dio- Gall. Christ. t. IX, cèse de Reims, depuis l'année 1162 jusqu'en 1176. On sup- col. 306. pose qu'elle fut écrite l'an 1155, d'après cette espèce de pro- logue qu'on lit au commencement : *Anno incarnat. Dom. 1155, chronicon hoc suscipio, et ut ordinatim incedens Maceriarum originem, dehinc Herlebaldi Castricensis comitis prognatos, consanguinitates, bella ac decessum aperiam, et quid eventum sit celebrius in Remensi, Castricensi, Stadunensi, Dulcomensi, Registetensi ac Porcensi breviter stillabo pagis.* En accordant qu'Alard serait l'auteur de cette chro- nique, ce qui n'est pas dit, on voit déja qu'il rapporte des événemens qui s'étaient passés 300 ans auparavant, et qui auraient besoin d'un autre garant que lui-même.

Assurément un écrit qui nous donnerait des lumières sûres touchant tant d'objets, sur les pays Remois, de Castrice, de Stenai, de Dormois, de Rethel, de Château-Porcien, serait un monument précieux ; mais nous ne pensons pas que la chroni- que dont il s'agit, dans son entier, soit de ce genre. A l'exception de deux ou trois traits sur Herlebalde, comte de Castrice, que l'auteur a empruntés de Flodoard, on ne voit dans presque Apud Chesn. t. II tous les autres personnages dont il est parlé, que des noms Rer. Fr., p. 590. parfaitement inconnus dans l'histoire; tel un Garlaschus, qu'on fait père du comte Herlebalde, et celui-ci de Guérin dit Fier-à-bras, *Ferreum-brachium ;* tels un Hucbaldus qu'on dit comte de Château-Porcien, et père de Frédéric; un Marc, comte de Dormois, surnommé *Pectens-porcos ;* un Victor de Pouilli-sur-Meuse, un Balthazar de Rethel, qu'on ne trouve nommés dans aucune histoire ni dans les chartes connues. Quant aux mariages qu'on leur fait contracter, nous aurions besoin d'un meilleur garant pour les admettre. En un mot, tout nous paraît supposé dans cet ouvrage, excepté ce qui a rapport au comte Herlebalde, auquel Flodoard assigne pour Flod. *ibid.* domaine le comté de Castrice, lieu inconnu aujourd'hui, mais sur lequel on peut s'en rapporter à notre auteur, d'autant plus que dans Flodoard il y a une lacune considérable immédiatement avant les endroits que l'auteur a empruntés de lui et qui peut-être n'existait pas de son temps.

Il dit donc qu'en 897 le feu du ciel réduisit en cendres le château ou le bourg de Castrice, *Castricii domos ;* et qu'en 899 Herlebalde construisit un nouveau château sur une éminence qui domine la Meuse, non loin des ruines de Castrice, pour se mettre à l'abri des poursuites de Foulques, archevêque de Reims. C'est aujourd'hui la ville de Mézières. Voici, selon l'auteur, l'origine de ce nom. En creusant les fondations de ce château, on découvrit dans les ruines d'un temple l'image d'une idole appelée *Macer ;* l'auteur ajoute que le culte qu'on lui rendait autrefois consistait à la frapper de verges. Cette découverte fit donner au château le nom de Mézières, *castrum maceriarum* (1). Herlebalde ne se tint pas long-temps sur la défensive ; dès l'an 900 il fit des excursions sur les terres de l'évêché, s'empara de Haumont, et peupla son château de Mézières des vassaux de l'église de Reims, *Casatis*. L'évêque Hervé, successeur de Foulques, le frappa d'anathême, et dès l'année suivante l'ayant réduit à prendre la fuite, il se rendit maître du château.

Jusqu'ici notre auteur est d'accord avec Flodoard ; mais Flodoard ne parle ni de la femme ni des enfans du comte Herlebalde, non plus que des alliances des autres personnages ci-dessus nommés. Ce qui nous a fait dire que cette chronique assez décharnée et fort peu remplie d'événemens n'a été composée que dans le dessein d'y fourrer des généalogies. Nous pourrions conclure son peu d'authenticité des anachronismes et des solécismes grossiers qu'elle contient en grand nombre. Si le prétendu Alard, pour déguiser la supposition, a cru que c'est ainsi qu'on écrivait au XIIe siècle, il s'est bien trompé. Quoiqu'en général les écrivains d'alors parlent assez mal latin, ils respectaient au moins les règles de la syntaxe.

L'édition que D. le Long a donnée de cet ouvrage n'est

____

(1) *Anno 899, Herlebaldus in quadam summitate super Mosam et prope Castricii ruinas novum struxit castrum, ut se tueretur adversus Fulconem archiepiscopum. Novi hujus castri fundamenta præparans, fani reliquias reperiit cum cujusdam idoli figura nomine* MACER, *quod quondam pagani Castricenses virgis colebant. Lætus comes vocavit castrum suum novum Maceriarum.*

rien moins qu'exacte ; il y manque des phrases entières, comme nous l'avons vérifié sur une expédition en forme qui est entre nos mains, faite le 30 mars 1768, à la requisition de M. Louis Albert de Pouilli, chevalier baron de Chauscourt, seigneur de Pouilli, Quinci, Vilosne et autres lieux, demeurant au château dudit Pouilli, lieutenant-colonel de cavalerie au régiment de Royal-Cravatte, par les notaires de Stenai, Bourgeois et Goffart, sur l'original manuscrit en vélin et en lettres rouges, tiré des archives de Saint-Juvin près Grandpré, représenté et à l'instant rendu à M. Marcollier, prêtre curé dudit lieu de Saint-Juvin.

II. Le P. Sirmond, jésuite, a publié à la suite de l'histoire de l'église de Reims par Flodoard, un *appendix* qui n'est qu'un fragment d'un abrégé de cette histoire, continuée par un chanoine anonyme de la même église jusqu'à l'épiscopat de Samson, qui a gouverné l'église de Reims depuis l'année 1140 jusqu'en 1162. C'est ce que le P. Sirmond dit avoir reconnu sur le manuscrit de l'abbaye d'Igni, dont il s'est servi et ce qu'on peut vérifier sur un texte du même ouvrage rapporté par le P. Labbe (1). Le peu qui reste de cet écrit qui se termine à la mort de l'évêque Adalberon, arrivée l'an 988, est très-propre à nous faire regretter ce qui est perdu ; l'auteur, à l'appui de ce qu'il avance, rapporte des chartes, et s'il est vrai qu'il a vécu sous l'épiscopat de Samson, comme on ne peut en douter d'après la citation du P. Labbe, il est probable qu'il avait décrit les troubles qui, avant l'élection de Samson, avaient agité jusqu'à la sédition la ville de Reims, troubles sur lesquels nous n'avons que des renseignemens très-imparfaits. Et c'est vraisemblablement parce qu'il en parlait que l'ouvrage a été mutilé, comme cela est arrivé à tant d'autres écrits du même genre.

III. D. Guillaume Marlot, prieur de Saint-Nicaise de Reims, a mis au jour une notice concernant le rétablissement de

Flod. Hist. Rem. fol. 401-406.

Metrop. Rem. t. I, p. 622.

---

(1) *De isto Sculpho solebant dicere nostri antecessores, quòd ipse ampliaverat templum hoc quantum continet longitudo arcuum trium. Dicebant quoque quòd ipse veterem turrim construxerat, quam domnus Samson archiepiscopus dirui fecit, quando etiam ipse ecclesiam duorum arcuum longitudine ampliavit, et in unoquoque latere turrim unam ædificare inchoavit anno incarnati verbi MCLII. Sed quoniam de prædicta opinione nulla in libro Flodoardi mentio invenitur, incertum esse videtur, quod neque scripto, neque teste aliquo comprobatur. Porro iste Flodoardus, qui hujus operis est auctor,* etc. Apud Labbeum, t. I, Biblioth. mss. cod. p. 364.

l'église de Saint-Nicaise, appelée *Jovinienne*, parce qu'elle avait été bâtie au quatrième siècle par Jovin, préfet de la milice, en l'honneur des martyrs Vital et Agricole. L'archevêque Gervais, frappé des beautés de cet édifice abandonné, entreprit vers l'an 1060 de le restaurer pour y placer des chanoines et ensuite des religieux. L'auteur de la notice, après avoir raconté tout le bien que Gervais avait fait au monastère, et l'état déplorable auquel son successeur Manassès l'avait réduit, loue le zèle de l'archevêque Renaud, qui, marchant sur les traces de Gervais, y rétablit, l'an 1090, la régularité, en y plaçant des moines qu'il fit venir de la Chaise-Dieu. Cet auteur vivait dans le XIIe siècle, car il dit avoir vu l'abbé Joranne qui gouverna le monastère depuis l'année 1105 jusqu'en 1139, et qui s'étant retiré à l'abbaye de Signi, y vécut jusqu'en 1159. Nous saurions peut-être quelque chose de plus sur sa personne, si Marlot avait jugé à propos de publier en entier cet écrit, dont il n'a donné qu'un fragment.

IV. Le P. Labbe a imprimé deux chroniques de Reims. La première n'est qu'un fragment depuis l'année 830 jusqu'à l'année 999, et quoiqu'elle embrasse l'espace de près de deux cents ans, elle est fort courte, parce qu'elle n'est nullement remplie. La seconde commence à la naissance de Jésus-Christ, et finit à l'année 1190. Les continuateurs du Recueil des historiens de France ont donné des extraits de cette dernière aux tomes IX, p. 59; t. X, p. 274; t. XI, p. 129; t. XII, p. 274.

Le P. Lelong, de l'Oratoire, indique un manuscrit du XIIIe siècle qui était à Dijon dans la bibliothèque du président Bouhier, contenant une chronique de Reims différente de celle qu'a publiée le P. Labbe, et qui va jusqu'à l'année 1200. Cette chronique n'a pas encore vu le jour.

Le rédacteur de cet article a déposé à la bibliothèque Royale un vieux parchemin de quatre pages, écriture du XIIIe siècle, contenant un fragment de chronique de Reims qui peut servir de continuation à celle du P. Labbe. Ce fragment, qui commence à l'année 1197, est écrit de la même main jusqu'en 1245, et ensuite de mains différentes depuis 1254 jusques à 1294. Il faut espérer que les continuateurs du Recueil des historiens de France, lorsqu'ils en seront là, n'en priveront pas le public.   **B.**

ANONYMES,

Auteurs de Chroniques de Lorraine et des Trois-Évêchés.

I. **A**nonyme, continuateur de la chronique des évêques de Metz.

On a rendu compte dans cette histoire de la chronique des évêques de Metz, qui est plutôt une histoire abrégée qu'une vraie chronique; car les années n'y sont pas marquées. Mais tel est le titre qu'elle porte dans l'imprimé, et apparemment dans les manuscrits, quoique ce ne soit qu'un catalogue qui représente la suite des évêques de Metz depuis saint Clément, envoyé, selon l'auteur, par saint Pierre, jusqu'à l'élection d'E-tienne de Bar qui gouverna l'église de Metz depuis l'année 1120 jusqu'à sa mort arrivée l'an 1164. Cet écrit est diffé-rent de celui auquel Paul Warnafride, écrivain du IXe siècle, plus connu sous le nom de Paul Diacré, a donné pour titre *gesta episcoporum Metensium*. L'auteur de la chronique in-dique assez le temps où il écrivait, puisqu'il parle de l'épis-copat d'Albéron, archevêque de Trèves, lequel ne commença qu'en 1131, et finit en 1151; et de plus il s'excuse de parler de l'évêque Etienne, parce que, dit-il, ce prélat étant plein de vie et de vigueur, il vaut mieux prier Dieu qu'il lui con-serve la santé, que de l'exposer à la tentation de la vanité (1).

Avant que de parler de la continuation annoncée plus haut, nous croyons devoir ajouter à ce qui a été dit avant nous du premier chroniqueur une observation essentielle. Cet auteur avait devant lui une ample matière d'écrire l'his-toire. Il était presque contemporain des grandes querelles sur les investitures, dont les effets se firent vivement sentir vers la fin du XIe siècle et le commencement du XIIe, dans la Lorraine et les Trois-Évêchés pour-lors soumis à la domi-nation des empereurs d'Allemagne. Pendant ce temps de

____

(1) *Qui quoniam adhuc vitâ floret et œtate viget. tentatio sileat elationis orta ex peste adulationis, et preces fundantur Deo pro continuo ipsius studio.* Spicil. in-fol., t. II, p. 229.

Tome XV.   G g g g

troubles on vit à Metz les évêques se succéder rapidement; les uns placés par les partisans de l'empereur, et anathématisés comme schismatiques par le pape; les autres choisis par les bons catholiques, et chassés par l'empereur. Cependant l'auteur ne parle presque point de tout cela; il ne dit pas un mot de l'évêque Théotger ou Dietger, qui fut le prédécesseur immédiat de l'évêque Etienne sous lequel il vivait. Heureusement il s'est trouvé d'autres écrivains qui mieux instruits, ou guidés par des vues différentes, ont suppléé à son silence.

De ce nombre est l'anonyme qui a écrit la vie du bienheureux Théotger. Cet auteur, plus ancien que le chroniqueur de Metz, aurait dû avoir à sa place un article dans cette histoire; mais à l'époque qui lui convenait, cet écrit, comme nous le dirons bientôt, n'était pas connu. C'est pourquoi nous en plaçons ici la notice, comme à l'endroit le plus convenable.

Théotger était abbé de Saint-George dans la Forêt-Noire, lorsqu'en 1115 il fut choisi par les catholiques de Metz pour remplir le siége épiscopal à la place d'Adalbéron déposé par le pape; mais il ne jouit pas long-temps de sa nouvelle dignité, étant mort l'an 1120 sans avoir pu monter sur son siége, ni être reçu dans la ville de Metz. Celui qui a écrit sa vie le représente comme un saint homme et d'une patience héroïque au milieu des opprobres et des mauvais traitemens que les schismatiques ou les partisans de l'empereur lui firent éprouver; il a jeté sur cette déplorable époque de grandes lumières qui intéressent non-seulement le pays Messin, mais toute l'église de France. On y voit les conciles qui à cette occasion furent tenus en France et en Allemagne par le légat Conon, évêque de Palestrine, et l'on peut dire que c'est un monument des plus précieux du XIIe siècle. Cependant cet écrit était resté ignoré jusqu'à ces derniers temps; les bollandistes ne trouvant pas qu'il ait été décerné aucun culte à Théotger, n'ont point inséré sa vie dans leur collection; les auteurs du *Gallia christiana* en ont fait l'analyse dans le 13e volume; mais les continuateurs du Recueil des historiens de France ont publié un long fragment du texte original sur un manuscrit de la ville de Villingen dans le Brisgaw, dont il y a une copie à la bibliothèque Royale, parmi les papiers de D. Thierri Ruinart, relatifs à la continuation des actes des saints de l'ordre de saint Benoît.

T. XIV, p. 207-220.

Après ces éclaircissemens sur le premier auteur de la chronique des évêques de Metz, il nous reste à parler de celui qui a continué cet ouvrage depuis l'année 1120 jusques vers 1200. Cet auteur écrivait certainement sous l'épiscopat de Bertranne qui monta sur le siége de Metz l'an 1180, et mourut en 1212, puisque en finissant son article il lui souhaite une longue suite d'années, *cujus annis et meritis felix divina miseratio incrementum præstare dignetur*. Il a écrit l'histoire d'Étienne et de Thierri de Bar, de Frédéric de Pluyose, de Thierri de Lorraine et de l'évêque Bertranne, avec plus d'étendue que n'avait fait le premier chroniqueur, mêlant quelquefois à l'histoire des évêques l'histoire politique. Cette continuation se trouve à la suite de la chronique dans toutes les éditions de D. Dacheri, de D. Calmet, et du Recueil des historiens de France. Duchesne en avait donné avant tous un fragment parmi les preuves généalogiques de la maison de Bar-le-Duc, de laquelle étaient issus les évêques Étienne et Thierri.

Spicil. in-fol. t. II, p. 229.
Hist. de Lorr., t. I, pr , p. 63.
Bouq. t. XIII, p. 642-644.

II. Nous n'avons rien à ajouter à ce qui a été dit avant nous sur l'anonyme qui a composé l'histoire des évêques de Toul, finissant en 1107, et qui n'a été continuée qu'au XVe siècle.

Hist. Littér. fran., t. XI, p. 129.

Un religieux anonyme de Saint-Vanne de Verdun a continué l'histoire des évêques de cette ville, composée par Laurent de Liége, autre moine de Saint-Vanne qui a eu son article dans cette histoire. La continuation commence à l'année 1144, où finit l'histoire de Laurent ; mais comme le continuateur écrivait vers le milieu du XIIIe siècle, nous n'en parlerons qu'à cette époque.

Ibid. T. XII, p. 222.

III. Le P. Labbe a publié une chronique du monastère de Saint-Vanne de Verdun qui s'étend depuis l'année 952 jusques à 1456, et même, au moyen d'une addition, jusques à 1598. Elle donne des époques sur l'histoire ecclésiastique et politique des deux Lorraines; mais quoiqu'elle soit, comme les autres écrits de ce genre, l'ouvrage de plusieurs auteurs, et qu'on y ait peut-être travaillé au XIIe siècle, nous n'en parlons ici que pour avertir qu'elle existe.

Bibl. mss. cod. t I, p. 400-404.

Nous faisons la même observation sur la chronique de Saint-Vincent de Metz, publiée aussi par le P. Labbe. Il suffit d'annoncer ici qu'elle commence à l'année 514, et qu'elle finit en 1279.   B.

Ibid. p. 344-347.

ANONYMES,

Historiens ou Chroniqueurs du Berri.

Nous trouvons peu d'écrivains qui, à l'époque où nous en sommes, aient illustré le Berri. Le XIIIe siècle fournira plus de matière à cette histoire ; quant-à-présent, nous ne pouvons indiquer à nos lecteurs que des morceaux assez chétifs.

I. Un moine de Déols ou de Bourg-Dieu, près de Château-Roux, a composé un livre des miracles opérés dans son monastère par l'intercession de la Sainte-Vierge. Cet écrit, au rapport du P. Labbe qui en est l'éditeur, contient la relation de plus de deux cents miracles, parmi lesquels il n'en a choisi que deux ou trois qui ont rapport à de grands événemens de l'histoire publique. L'auteur de la chronique du même monastère, sous l'année 1188, dit en général que du temps de Philippe, roi de France, et de Henri II, roi d'Angleterre, Dieu visita le monastère de Déols par de grands miracles. Rigord, dans l'histoire de Philippe-Auguste, atteste la même chose, et en rapporte quelques-uns. A cette époque, c'est-à-dire l'an 1187, le roi de France était en guerre avec le roi d'Angleterre et son fils Richard Cœur-de-Lion, qui refusaient de lui rendre hommage pour le Poitou, et de lui restituer la dot de sa sœur Marguerite, reine d'Angleterre, et en particulier le château de Gisors avec ses dépendances, qui faisait partie de la dot. Philippe entra dans la portion du Berri qui appartenait au roi d'Angleterre, s'empara de plusieurs places et mit le siége devant Château-Roux. Le monastère de Déols se trouva par conséquent au milieu du théâtre de la guerre. Les moines et les habitans eurent beaucoup à souffrir de la part des deux armées ; ils adressèrent de ferventes prières à la Sainte-Vierge, patrone du lieu, et ils regardèrent comme le plus grand des miracles l'accommodement qui eut lieu bientôt après entre les puissances belligérantes. L'auteur se félicite beaucoup que les miracles qu'il raconte aient eu pour témoins tant de personnes à-la-fois du rang le plus distingué, rassemblées de tant d'endroits différens, qui publiaient elles-mêmes les merveilles qu'on aurait eu de la peine, dit-il, à croire sur la foi des moines, s'ils eussent été les premiers à les divulguer.

Le P. Labbe a ajouté à ce morceau un autre fragment concernant la guerre qui recommença en 1188, entre Philippe-Auguste et Richard, comte de Poitou ; mais l'auteur, tout occupé de miracles, n'indique pas le sujet de cette guerre qui est mieux expliqué par l'historien Rigord : il s'a- Rigord, *ibid.* p. 27. gissait des prétentions de Richard sur le comté de Toulouse. Cependant ce que dit l'anonyme méritait d'être recueilli, comme venant d'un historien contemporain et qui était sur les lieux : on le présume au moins, car, parlant d'un miracle arrivé du temps de l'abbé Geraud *de Spinolio,* l'auteur dit qu'il était alors abbé. Or, suivant la chronique de Déols, Ge- Labbe, *ibid.* p. 317. raud abdiqua en 1194, et mourut en 1200. Il est probable que l'anonyme vivait dans le même temps, mais n'ayant pas l'ouvrage en entier, qui fournirait peut-être quelque date postérieure, on ne peut rien prononcer définitivement.

II. Nous ne ferons qu'indiquer, quant-à-présent, quelques chroniques abrégées du Berri, qui vraisemblablement sont l'ouvrage de plusieurs auteurs, mais qui se terminant au XIIIe siècle, doivent trouver leur place aux volumes suivans.

1° La chronique de Déols qui commence en 917, et finit Labbe, *ibid.* t. I, en 1343, avec un supplément depuis l'année 1469 jusqu'à p. 315-319. 1550, a été publiée par le P. Labbe, aux recherches duquel la littérature doit le peu de monumens que nous avons sur le Berri, sa patrie.

2° Le même savant a aussi publié une généalogie des Labbe, *ibid.* t. II, princes de Déols, seigneurs de Château-Roux, composée, à p. 740. ce qu'il paraît, par un moine du Bourg-Dieu qui vivait au XIIIe siècle. On n'y trouve que des noms et des filiations, et point de dates. Les continuateurs du Recueil des histo- Bouq., t. XII, p. riens de France qui en ont donné un fragment, y ont ajouté 456. les dates qu'a pu fournir la chronique de Déols. Immédiatement après ils ont publié sur un manuscrit de la reine Christine de Suède, la même généalogie en français, jusqu'à l'époque où la principauté de Déols passa dans la maison de Chauvigny par le mariage d'André avec l'héritière de Château-Roux nommée Denise. André de Chauvigny mourut en 1202, Denise en 1221.

Labbe, *ibid.* t. II. p. 737.

III. Le P. Labbe est encore éditeur d'une chronique de Vierzon sur le Cher, laquelle commence à l'année 843, et finit en 1221. Mais dans cet espace de près de cinq cents ans, on ne trouve que 18 années qui soient remplies, tant cette chronique, qui d'ailleurs contient quelques faits intéressans, est décharnée. L'éditeur promettait une ancienne traduction et une continuation de cette chronique en français ; nous ignorons s'il a tenu sa parole.

IV. Nous ajouterons ici, par forme de supplément au Xe volume de notre histoire littéraire, l'indication d'une chro-

Labbe, *ibid.* p. 732.

nique de Massai dans le Berri, publiée aussi par le P. Labbe. Elle commence à l'an 752, finit en 1013, et n'est guères plus remplie que la précédente, mais elle contient de bonnes choses. C'est par inadvertance que nos prédécesseurs ont oublié d'en parler.　　　　　　　　　　　　　　　B.

ANONYMES,

Auteurs de morceaux historiques concernant la Provence, le Languedoc et la Marche d'Espagne.

I. Dans un manuscrit de la bibliothèque Royale coté 5944, écriture du XIIe siècle, se trouve un chant funèbre en 25 stances de quatre vers, ayant pour titre : *Epicedion in funere Raimundi comitis Barcinonensis.* Il est difficile de décider en l'honneur duquel des comtes de Barcelone ce chant fut composé, plusieurs ayant porté le nom de Raimond. L'écriture du manuscrit, qu'on estime du XIIe siècle, porterait à croire qu'il s'agit là de Raimond Bérenger III, décédé l'an 1151, ou de son fils Raimond Bérenger IV, mort l'an 1162, qui l'un et l'autre avaient porté la maison de Barcelone au plus haut point de splendeur. Cependant en lisant attentivement la pièce, il nous semble que les louanges qu'on donne à ce comte, jointes à d'autres circonstances, sont plutôt applicables à Raimond Borrel, décédé l'an 1017. Quoi qu'il en soit, il est toujours temps, et c'est notre devoir, de faire connaître cette pièce assez remarquable, sinon par la beauté du style, du moins par la régularité du rhythme; mais nous n'en citerons que la première stance :

Ad carmen populi flebile cuncti
Aures nunc animo ferte benigno,
Quod pangit meriti vivere laudes
Raimundi proceris, patris et almi.

II. L'an 1150, il y eut un traité de paix entre Raimond Bérenger IV, comte de Barcelone, comme tuteur de son neveu le jeune comte de Provence Raimond Bérenger II, et les seigneurs de la maison de Baux, pour terminer les longues guerres qui divisaient ces deux familles touchant la propriété du comté de Provence. Les seigneurs de Baux renoncèrent, au moins pour l'instant, à leurs prétentions sur le comté, moyennant quelques concessions qui leur furent faites, et dont fut dressé l'acte que nous annonçons.

Bouche, Prov., t. II, p. 124.—Bouq., t. XII, p. 361.

III. Après la mort du comte Raimond Bérenger IV, arrivée l'an 1162, son fils, Alfonse, comte de Barcelone et roi d'Arragon, voulant faire revivre les droits de sa maison sur le comté de Carcassonne dont les vicomtes d'Albi et de Béziers s'étaient emparés, fit faire par les gens de son conseil une enquête, où l'on voit de quelle manière le comté de Carcassonne était entré dans le domaine des comtes de Barcelone, comment il en était sorti, et à quel titre Alfonse pouvait le revendiquer.

Baluze, Marca Hispan., col. 1131.—Bouq., t. XII, p. 374.

IV. Etienne Baluze a publié une chronique très-abrégée du monastère de Saint-Martin de Canigou, diocèse de Perpignan. Elle commence à la fondation du monastère par Guifred, comte de Cerdagne, l'an 1004 de J.-C., l'an 1039 de l'ère d'Espagne, qui était la sixième du règne du roi Robert, et se termine à la trente-troisième année de l'abbé Pierre III, c'est-à-dire vers l'an 1200. Cette chronique est fort peu intéressante ; elle donne la suite des abbés, non en désignant les années où commence et finit leur prélature, mais en marquant en gros la durée du gouvernement de chacun. L'auteur n'entre dans quelque détail que relativement au comte Guifred, qui après avoir bâti le monastère, s'y fit religieux l'an 1036 et y mourut le 31 juillet 1050.

Baluze, Misc., t. II, p. 309.

V. Baluze a encore donné au public une histoire de la translation des reliques des saints martyrs Abdon et Sennen, au monastère d'Arles en Roussillon ; mais il avoue n'avoir pu découvrir par qui ni en quel temps elle fut écrite. Ce fut

Marca Hisp., col 1449-1453.

l'abbé Arnulfe qui étant à Rome, selon la relation, en rapporta ce trésor. Le martyrologe d'Espagne dit que ce fut du temps de Charlemagne : cependant on ne trouve dans aucun temps qu'il y ait eu à Arles un abbé nommé Arnulfe. Si l'on suppose, ce qui n'est pas hors de vraisemblance, que cet abbé est le même qui ailleurs est appelé Arulfe, il faut dire que cette translation se fit vers le milieu du Xᵉ siècle, et dans cette supposition l'auteur a pu dire que ce monastère était de l'ordre des moines noirs de Cluni; car on sait que le monastère de Cluni ne fut fondé qu'en 910.

Les continuateurs de Bollandus, en reproduisant cette relation, n'ont pu résoudre les difficultés qui arrêtaient Baluze. Il est pourtant vrai, et il est prouvé par des titres authentiques, qu'on croyait aux années 994 et 1036, que les corps ou partie des corps des martyrs Abdon et Sennen reposaient au monastère d'Arles; mais il s'en faut bien que l'auteur de la relation soit de la même ancienneté; il donne aux religieux d'Arles la dénomination de *moines noirs :* cela suppose qu'il y en avait déja de blancs, chartreux ou cisterciens, qui n'ont été bien connus que dans le XIIᵉ siècle. D'ailleurs il emploie dans son ouvrage quelques termes qui dénotent un auteur assez récent, tels sont le mot *Barile* pour désigner un vase à mettre du vin, et *Treginerius* pour dire un muletier. Au reste cette histoire est un tissu de prodiges qui n'ont pas l'ombre de vraisemblance, et le tour que l'écrivain donne à sa narration est fort propre à lui ôter toute croyance.

═══════════

QUELQUES LETTRES, SERMONS ET OPUSCULES,

PAR DES AUTEURS MORTS VERS LA FIN DU XIIᵉ SIÈCLE.

LETTRES.

I. JEAN, *abbé de Vaucelles,* remplissait cette fonction en 1192; il l'abdiqua en 1194, et mourut en 1195. Une lettre adressée par lui à Henri, duc de Lorraine, contenait les éloges de plusieurs saints religieux de Vaucelles. Cette épître n'a point été imprimée, et ne nous est connue que par la mention qu'en font de Visch et les auteurs du nouveau *Gallia Christiana*. Bibl. Cisterc., p. 231.

II. JEAN, *abbé de Gemblou,* successeur d'Odon en 1159, ne mourut qu'en 1195. Dans une lettre adressée, vers 1186, à tous les chrétiens, cet abbé fait le récit ou même la peinture des violences qui venaient d'être exercées sur le monastère de Gemblou par Henri, comte de Namur, et par son neveu Bauduin, comte de Hainault. Ce morceau publié dans le nouveau *Gallia Christiana*, d'après un manuscrit de l'abbaye de Villiers, nous paraît fort remarquable par l'élégance et la rapidité du style. Si l'on excepte un très-petit nombre de mots barbares, tels que *duabus curtibus nostri indominii,* la diction en est beaucoup plus pure que celle des écrits du même temps. Le monastère deux fois incendié, deux fois pillé, les religieux immolés, ou mis en fuite, ou enlevés par les brigands, le temple et le sanctuaire même dépouillés et profanés : tels sont les principaux traits du tableau que l'auteur veut exposer aux regards de tous les fidèles. La fin de cette épître ne nous est point parvenue : elle manque dans le manuscrit qui se termine par les premiers mots d'une phrase : *Talis est....* On retrouve les mêmes faits dans une relation moins habilement composée par Guibert, lequel fut, immédiatement après Jean, abbé de Gemblou. Mais Guibert nous atteste que Jean avait mérité ces malheurs, en supplantant, par voie de simonie, son père et son seigneur spirituel (1). Guibert applique à Jean ces paroles de Jacob à Ruben : *Ascendisti cubile patris tui et maculasti thorum ejus, non crescas.* Nous n'avons d'ailleurs aucun renseignement précis sur l'usurpation reprochée à l'abbé Jean, lequel ne paraît à la tête du monastère qu'après la mort de son prédécesseur Odon.

Gall. Christ. t. III, p. 559-560.
T. III, app., p. 127-128.
Ibid. p. 120.
Genes., XLIX. 4.

III. GÉRARD HECTOR, *évêque de Cahors,* mourut en 1199. Mais il était évêque depuis plus de cinquante ans, et ce fut en 1169 qu'il écrivit la lettre qui nous donne lieu de parler de lui. Dans un voyage qu'il faisait en Italie, pour visiter un de ses parens, Éble, vicomte de Ventadour, qui revenait de Jérusalem, et qu'une maladie retenait au mont Cassin, Gérard Hector et ses compagnons tombèrent entre Gall. Christ. t. I, p. 130-131.

---

(1) *Patrem et dominum suum spiritualem per supplantationem et simoniam honore proprio spoliaverat.*

Tome XV.   H h h h

les mains d'une troupe armée qui les fit prisonniers. Obtenir sa délivrance et celle des gens de sa suite, est le but de l'épître qu'il adresse à l'empereur Frédéric, et dans laquelle il se dit parent du marquis d'Aubusson pour qui l'empereur avait de la bienveillance. Dachery a publié cette lettre dont voici l'inscription : *Friderico Dei gratiâ triumphatori et gloriosissimo Romanorum imperatori, Geraldus Caturcensis episcopus, parcere subjectis et debellare superbos.*

IV. ALEXANDRE, *abbé de Jumiéges,* composa vers l'an 1200, selon Martène, une épître purement théologique, qui occupe trois colonnes dans le tome premier du *Thesaurus anecdotorum.* Elle est écrite à un religieux dont le nom n'est indiqué que par l'initiale R. L'auteur s'y propose d'expliquer ces paroles de l'évangile : *Quem dicunt homines esse filium hominis ?* Matière importante, dit-il, qu'il aurait traitée en langue française, en présence des auditeurs les plus novices, s'il n'eût trouvé l'entreprise par trop épineuse : *Secretâ mihi meditatione aliquando quærenti qualiter illud evangelicum.... simplicioribus fratribus gallico sermone exponerem, tanta obviavit difficultas , etc.* La difficulté d'un tel sujet se laisse assez voir même dans l'épître latine qui s'adresse à un théologien exercé. Toutefois le savant auteur dit qu'Adam seul est appelé fils de la terre, que Jésus-Christ seul est appelé fils de l'homme, que tous les autres sont nommés fils des hommes, *filii hominum.* Il ajoute que le nom latin *homo* est des deux genres, qu'il ne détermine pas le sexe, *non determinat sexum.* qu'ainsi la qualification de *filius hominis* convenait parfaitement au fils d'une vierge. A la vérité, le texte oriental de saint Mathieu porte *fils d'Adam* et non *fils de l'homme.* Mais, selon l'abbé de Jumiéges, ces deux mots se correspondent, et le premier n'a ici que la valeur du second. Le reste de l'épître présente beaucoup plus d'argumentations que de résultats clairs et précis.

SERMONS.

V. JEAN, *religieux d'Ourcamp,* ordre de Cîteaux, a laissé des sermons qui, au rapport de Sanderus, existaient manuscrits dans la bibliothèque de Saint-Martin de Tournai, et qui ne nous sont connus que par leurs titres : *Sermones de Adventu domini duo ; de nativitate domini tres ; de Annunciatione dominicâ unus ; de Paschate unus ; de Ascensione unus ; de omnibus Sanctis.*

Quand nous plaçons ce prédicateur à la fin du XIIe siècle, c'est une simple conjecture, à l'appui de laquelle nous ne saurions alléguer d'autre indice, sinon que ces sermons se trouvaient réunis, dans les mêmes volumes, à des écrits de cette époque.

VI. JEAN D'ALICH prêchait à Liége vers le même temps. Ses sermons pour toute l'année, et dont le premier texte consistait dans ces paroles du psaume 25 : *Ad te levavi animam meam,* étaient connus d'Albéric de Trois-Fontaines, qui en fait mention sous l'année 1195. Ce prédicateur a de plus écrit la vie d'une très-vertueuse personne nommée Marguerite, dont il avait été le confesseur : Sander cite cette production parmi les manuscrits de l'abbaye de Villiers.

VII. ÉVRARD, ou EUVARD, ou ERVARD, religieux du val des Écoliers, ne mérite ici une mention qu'à cause d'un ms. in-4° sur parchemin, qui se trouvait coté 46 dans la bibliothèque de Marmoutier, et qui commençait par ces mots : *Incipit summa de festis quam fecit frater Ervardus ordinis vallis Scholarium.* Cette somme était un recueil de sermons sur les fêtes et sur des sujets de morale.

OPUSCULES.

VIII. GUY DES NOYERS, *archevêque de Sens* depuis 1176 jusqu'au 21 décembre 1193, date de son décès, était compté au nombre des plus savans prélats de cette époque. Cependant il ne nous reste de lui que deux petites chartes relatives à des fondations pieuses, et publiées dans le tome XII du nouveau *Gallia Christiana.* Il assista en 1179 au troisième concile de Latran, et au sacre de Philippe-Auguste. Il eut en 1180 un démêlé avec ce prince qui refusait d'exécuter les décrets rigoureux du concile contre les Juifs. L'archevêque fut exilé, mais rappelé presque aussitôt. Une épître d'Alexandre III, une d'Urbain III, et la 70e lettre d'Étienne de Tournai, sont adressées à Guy des Noyers.

IX. GAUTIER, *élu archevêque de Palerme en 1168,* n'était en Sicile que depuis l'année précédente. Il y était venu de France; et cette circonstance est à-peu-près la seule qui nous autorise à parler de lui : Pitz le déclare Anglais, sans alléguer d'ailleurs aucune preuve de cette opinion qui a été néanmoins adoptée par l'auteur de la *Sicilia sacra* et par Fabricius. Tous les ouvrages de Gautier sont perdus, excepté, dit Pitz, un abrégé de grammaire latine. Il avait

H h h h 2

Foppens, t. II, p. 624.

Chronic.

Part. I, p. 267.

Note ms. envoyée de Marmoutier.

Gall. Christ. nova, t. XII, p. 53-55. Duboulay, H. univ. Paris. t. II, p. 412, 427, 444, 496. Viro optimo et optimis studiis præclare instructo. Append., p. 60-61.

Eg. Bulæi H. univ. Paris., t. II, p. 337, 347, 391. T. II, p. 121-128.

Bibl. med. et inf. lat., t. III, p. 111, in-4°.

Epist. 66, op. Petr. Bles., p. 97-98. — Not. p. 634, 701.

apparemment composé cet opuscule pour l'éducation d'un prince de Sicile : en effet, dans une lettre adressée à Gautier, Pierre de Blois s'exprime en ces termes : « Vous savez que j'ai eu durant une année pour disciple ce roi de Sicile à qui vous aviez enseigné les premiers élémens de la littérature et de la versification (1), et qui en a fort peu profité. » Voilà tout ce que nous pouvons dire de cet archevêque de Palerme : car que son élection ait éprouvé des difficultés, qu'elle ait été cependant confirmée par Alexandre III; que Gautier, en

Manriq. ad ann. 1173, c. VII, n. 4. Mart. Ampl. collect., t. I, p. 903.

1173, ait fondé près de Palerme l'abbaye du Saint-Esprit; qu'en 1177 il ait souscrit l'acte par lequel Guillaume, roi de Sicile, assignait un douaire à son épouse; qu'en 1185 il ait fait reconstruire sa cathédrale, ces faits n'appartiennent point à l'Histoire littéraire, à moins cependant qu'on ne suppose que douze vers inscrits sur la voûte de cette cathédrale, et

T. II, p. 127.

qu'on peut lire dans la *Sicilia sacra,* étaient de la façon de l'archevêque, ce qui est assez vraisemblable. Il mourut en 1194, et serait presque inconnu sans la lettre que Pierre de Blois lui a écrite, et dans laquelle d'ailleurs il est beaucoup moins question de Gautier que de Henri II, roi d'Angleterre, dont elle fait l'apologie et un très-long éloge.

Epist. 174, 175.

C'est aussi par Pierre de Blois que nous connaissons un autre Gautier qui vint de France à Naples professer la grammaire, si pourtant ce Gautier n'est pas celui dont nous venons de parler. Il ne subsiste aucun écrit de ce professeur; mais il jouissait d'une grande réputation, et il est fort célébré dans deux épîtres de Pierre de Blois, qui l'appelle son compagnon et son frère : *Consocius noster et frater.*

X. GUILLAUME RAIMOND, *élu évêque de Maguelone en* 1190, mourut le 27 janvier 1195, laissant quelques homélies qui sont perdues, et une centaine de vers rimés que Gariel a

Series præsulum Magal. et Montpell. part. I, p. 249-251.

publiés, et qui ont pour but d'enseigner au clergé la manière de réciter l'office divin. Gariel fait de Guillaume un oncle paternel de Guillaume, seigneur de Montpellier, et le tire de l'abbaye d'Aniane pour l'élever sur le siége épiscopal de Maguelone. Catel ne lui donne pas une extraction tout-à-fait si haute, et suppose qu'il avait été, non pas abbé d'Aniane, mais chanoine de l'église même dont il devint évêque. Les

T. VI, p. 756-757.

auteurs du nouveau *Gallia christiana* préfèrent l'opinion

---

(1) *Scitis quod dominus rex Siciliæ per annum discipulus meus fuit, qui à vobis versificatoriæ atque litteratoriæ artis primitias habuerat.*

de Catel à celle de Gariel, qu'ils s'abstiennent toutefois de démentir formellement.

XI. ARNULFE, *doyen de l'église de Bruges,* reçut en 1197 ou 1198 deux lettres d'Étienne de Tournai, qui, dans la seconde, le priait de composer des hymnes, des antiennes et des répons pour la fête du premier martyr. Ces deux épîtres supposent, dans celui auquel elles s'adressent, un très-grand talent pour les compositions liturgiques : mais aucune des productions de ce talent n'est arrivée jusqu'à nous ; et nous ne trouvons rien sur ce doyen de Bruges, ni dans Swert, ni dans Valère André, ni dans les mémoires de Paquot.

Epist. 221 et 222. — Oper. Steph. Tornac. p. 327-328.

XII, XIII, XIV. Maître GENARD, ALBERIC DE VITRY, HUGUES DE LIMOGES sont cités par Montfaucon comme auteurs de quelques opuscules manuscrits ; savoir, maître Genard, d'un *Algorismus* et d'un traité *de Computo natali;* Albéric, d'un commentaire *in Psalmos Davidicos,* et d'un livre *de Computo lunæ;* Hugues, d'un écrit intitulé *de Præcepto Dei,* et d'un traité *de aliquibus Ceremoniis et Officiariis sancti Martialis (lemovicensis).* L'un des opuscules du mathématicien Genard faisait partie d'un volume qui commençait par un traité de Gerbert ou Sylvestre II sur un sujet du même genre. Les deux manuscrits d'Albéric se trouvaient dans l'abbaye de Lyre, d'où l'on a lieu de conclure que l'auteur était un religieux de cette abbaye. Pour Hugues de Limoges, c'était sans doute un religieux de l'église de Saint-Martial.

Bibl. Biblioth. t. I, p. 38. Ibid. p. 1257-1258. Ibid. t. II, p. 1038-1039.

Hist. Littér. de la Fr., t. VI, p. 578 et suiv.

XV. BERTRAND DE POITIERS est l'auteur d'une histoire du monastère de Beaulieu au diocèse de Limoges, histoire que l'on conserve dans la bibliothèque du Vatican, parmi les manuscrits de la reine de Suède, n° 168.

XVI. GISLEMAR, *religieux de Saint-Germain-des-Prés.* Nos prédécesseurs ont parlé d'un religieux de ce nom et de ce monastère qui a écrit au IXe siècle une vie de saint Droctovée. Celui que nous voulons désigner ici est l'auteur d'un livre de rétractations qui n'est pas imprimé, et que Mabillon indique sans le faire autrement connaître. Dom Bouillart ne nous instruit pas davantage sur l'objet de ce livre, quoique, dans l'histoire de Saint-Germain-des-Prés, il nous rende compte d'un nécrologe de cette abbaye où le nom de Gislemar se rencontre, et qui a été rédigé vers le milieu du XIIIe siècle.

Lelong, Bibl. de la Fr., t. I, n. 11687. Hist. Littér. de la Fr., t. V, p. 396-397.

Annal. ord. S. Bened., t. I, l. V, n. 48. P. XXXIII.

XV Kal. Jan.

Rapin Thoyras, H. d'Angl. t. II, p. 562. — Harpsfeld., H. eccl. angl., p. 381. — Marot, Theat. Carthus. p. 46. — Alford. ann. 1186. — Pagi, Crit. ann. 1191.

XVII. Hugues, né vers 1140 au château d'Avalon, à trois lieues de Grenoble, fut d'abord chanoine régulier en Bourgogne : de-là vient le surnom de Bourguignon, *Burgundus,* qu'il porte dans plusieurs chroniques, quoiqu'il ait peu tardé à retourner en Dauphiné pour y être moine de la grande Chartreuse. Dans la suite, il devint prieur de la chartreuse de Witham en Angleterre; et il se vit contraint en 1184 d'accepter l'évêché de Lincoln. Cette date de 1184

Hist. eccles., l. LXXIV, n. 7.

adoptée par Fleuri nous paraît préférable à celle de 1182 fixée par d'autres écrivains; car ce fut en 1184 que Gautier de Coutances passa de l'évêché de Lincoln à l'archevêché de Rouen. La vie édifiante de Hugues, ses vertus et ses miracles ont fourni à un de ses contemporains, dont le nom est ignoré, la matière d'un ouvrage divisé en cinq livres, qui

Act. Sanct., t. VI, 17 nov. Vies des saints, p. 662-681. L. LXXIV, n. 7, 46 ; l. LXXXV, n. 31.

ne se retrouve plus. Mais Surius en a publié des extraits qui ont été traduits en français par Arnauld d'Andilly. Fleuri en a inséré les principaux détails dans son Histoire ecclésiastique. Ils sont trop étrangers à l'histoire littéraire pour qu'il nous soit permis de les reproduire ici : nous citerons seulement, comme un exemple du zèle apostolique de Hugues, l'ordre qu'il donna en 1191 d'exhumer Rosemonde, que son amant Henri II, roi d'Angleterre, avait fait enterrer dans une église de religieuses : Rosemonde en fut expulsée, sans égard aux riches présens que le prince avait faits pour l'amour d'elle à ce couvent et à cette église. L'évêque de Lincoln était d'ailleurs un homme fort lettré, l'oracle des écoles, *vir*

Girard Cambr., Anglia sacra, t. II, p. 425. Mart. Ampl. Collect., t. VI, p. 38.

litteratissimus, dit un de ses historiens ; *scholarum consultor,* dit son épitaphe. Il lisait et transcrivait beaucoup de livres. On vante sur-tout l'étendue et la ténacité de sa mémoire : elle ne laissait rien échapper de ce qu'elle avait daigné recueillir ; ce sont les propres termes de l'un des historiens (1) de Hugues. Nous n'avons au surplus qu'un seul écrit de ce prélat, savoir des statuts pour les religieuses de Cotun, ordre de Cîteaux : ils sont imprimés dans le *Monasticon*

T. I, p. 924-925.

anglicanum, et ne présentent rien qui les puisse distinguer de la multitude des règlemens du même genre. Voilà le seul monument que nous ait laissé Hugues de Lincoln, qui fut

Hist. du Dauphiné, l. II, p. 73.

canonisé en 1221. Chorier, qui le fait vivre jusqu'en 1210, est

---

(1) *Memoria tam tenax ut nihil elabi pateretur quod semel dignata esset admittere.* Dorland., Chron. Carthus., p. 73.

dans l'erreur. Saint Hugues mourut sexagénaire, la quin- Anglia sacra, t. I,
p. 304.
zième année de son épiscopat, le 16 ou le 17 novembre de
l'an 1200.   D.

LÉGENDAIRES

DU DOUZIÈME SIÈCLE.

I. JEAN moine de SITHIEU, c'est-à-dire de Saint-Bertin à Bolland. p. 775-
797.
Saint Omer, est auteur d'une vie de saint Bernard le péni-
tent, et d'une relation des vertus et des miracles de saint Er- *Ibid.* apr. t. II, p.
93.
kembodon, abbé de Saint-Bertin.

Il est fort possible que ce légendaire soit un simple moine
du XIIe siècle, distinct de Jean d'Ypres, 2e du nom, qui fut
abbé de Sithieu depuis 1187 jusqu'en 1250. Cependant nous
renvoyons à l'article qui concernera cet abbé, l'examen
de cette question, et la notice des deux légendes d'Erkembodon et du pénitent Bernard.

II. *Guillaume,* abbé d'Orbais au diocèse de Soissons en 1180, Gall. Chr. nov. t.
IX, p. 224. Fabr.
med. t. III, p. 158.
ne l'était plus en 1192, époque où son successeur permutait
avec l'abbé de Saint-Remi. Tout ce que nous savons de Guillaume, c'est qu'en 1180, il faisait transférer à Orbais le corps
de saint Rieul, *Regulus,* évêque de Senlis, et qu'il écrivait un
très-court récit de cette translation. Il atteste que les habits du Martene. Ampliss.
Coll. t. VI, p. 1216.
Gall. chron. t. IX,
p. 22-24.
saint se trouvèrent intacts, chose étonnante, ajoute-t-il, après
plus de 500 ans. Le miracle était encore plus grand que ne pensait Guillaume : car saint Rieul était mort en 688, tout près de
cinq siècles avant la cérémonie que décrit l'abbé d'Orbais.

III. JEAN DE BÉTHUNE, issu de la famille de ce nom, après
avoir été archidiacre de Cambray, doyen ou prévôt de l'église
d'Arras, succède en 1192 à son oncle Roger ou Oger sur le
siége épiscopal de Cambray, et l'occupe jusqu'à sa mort,
c'est-à-dire jusqu'à la fin de l'année 1196, ou jusqu'au com-
mencement de la suivante. Nous faisons mention de lui, Gall. Christ. nov.
t. III, p. 32-33.
parce que Vincent de Beauvais le déclare auteur d'une vie de
saint Thomas de Cantorbery qui ne s'est pas retrouvée. Jean
de Béthune avait épousé avec chaleur la cause de Becket, et

il est d'ailleurs certain qu'il avait composé quelque ouvrage, car il est cité dans une histoire du monastère de Villiers. L'auteur de cette histoire parle d'Ulric, abbé de ce monastère, et ajoute : « *scribit de eo dominus Joannes Cameracensis episcopus.* »

Mart. anecd. t. III, p. 1272.

IV. CHRÉTIEN moine de la SAUVE-MAJEURE, au diocèse de Bordeaux, a composé l'une des vies de saint Gérauld, fondateur de ce monastère. Saint Gérauld mourut en 1095, fut canonisé en 1197, et peu de temps après célébré par Chrétien. Celui-ci n'est connu que parce qu'on lit son nom à la tête de cette légende qui occupe sept pages dans la collection des Bollandistes. Mabillon fait fort peu de cas de cet écrit et le déclare extrêmement inexact. Aussi nos prédécesseurs n'en ont-ils fait aucun usage dans l'article qui concerne la vie et les ouvrages de saint Gérauld. Quoique Chrétien annonce qu'il écrira *humili stylo et nudis verbis,* parce qu'il est superflu d'employer l'art à blanchir un mur resplendissant de son propre éclat, il y a néanmoins beaucoup de recherche sans son style demi-barbare. Il se plaît sur-tout à composer de longues périodes, et à les surcharger de mots empruntés de la bible. *Igitur quia difficile nimis est longumque describere quanta per eum Dominus bona dignatus fuerit operari, quanti etiam ab errore viæ malæ ad viam conversationis sanctæ et pietatem divinæ justitiæ sint conversi, paucis tamen enunciatis, de plurimis miraculorum ejus virtutibus, quorum partem vidimus et cognovimus ea, partem quoque docuerunt nos fideles ordinis nostri patres et annuntiaverunt nobis, **ut enarrarentur in progenie alterâ, et de quibusdam perhibuerunt testimonium, et credimus eorum testimonium verum esse, ad finem de cœtero duximus properandum.***

5 april. p. 423-430.

Act. sanct. ord. S. Bened. t. IX, p. 856.

Hist. Litt. t. VIII, p. 407-

V. BERNARD DE SAINT-ROMAIN qui fut abbé de Tournus, n'était encore que prieur de Loudun, lorsqu'il rédigea une courte relation de trois miracles opérés par saint Philibert; relation que D. Mabillon a suffisamment fait connaître. Bernard était abbé de Tournus en 1200; car à cette époque, il renouvelait un traité d'alliance et de confraternité conclu entre son prédécesseur et l'abbaye de l'Ile-Barbe. Mais il avait un successeur en 1202. On peut conjecturer qu'il était de la famille de Saint-Romain en Mâconnais, laquelle a fourni d'autres abbés dans le cours du XIIIᵉ siècle.

Acta sanct. ord. S. B. t. IV, p. 563. Gall. Christ. nov. t. IV, p. 370. Hist. de Tournus par Juénin, p. 138-140.

VI. Le bienheureux GOSWIN ou Gozevin, qui fut d'abord moine de Clairvaux, près de Cheminon, au diocèse de Châlons-

sur-Marne, est quelquefois désigné comme abbé d'Éberbach ou
Évervac auprès de Mayence, quelquefois aussi comme simple
religieux de Boullencourt, abbaye du diocèse de Troyes. Ceux
qui l'ont fait abbé d'Éberbach l'ont confondu avec Gérard
auquel il a dédié un de ses livres. Mais son séjour à Boullencourt n'est point douteux . car il y est mort. On ignore
seulement s'il s'y trouvait comme voyageur, ou s'il appartenait réellement à cette abbaye. Nicolas Camusat préfère
la première hypothèse. L'année de la mort du bienheureux
Goswin n'est pas plus facile à fixer. La chronique d'Alberic le
fait vivre jusqu'en 1204 ou 1203. Selon d'autres, il mourut
en 1201 : quelques-uns disent qu'il survécut peu à sainte
Asceline dont il a écrit la vie et qui décéda le 23 août 1195.
On peut donc considérer Gozevin comme un auteur de la
fin du XII⁰ siècle.

> Prompt. Tricass.,
> p. 350-351.
>
> Ann. 1198, 1203.
>
> De Visch. Bibl. cis-
> ter., p. 128-129.

Trois ouvrages lui sont attribués par l'auteur d'une chronique de Clairvaux : 1° une vie assez détaillée d'Asceline *(narratio satis prolixa)* ; 2° une vie de la bienheureuse Hémeline ;
3° une histoire des miracles de son temps. Il ne subsiste aucun
fragment de cette 3⁰ production, non plus que de la seconde :
nous ne les connaissons que par la très-courte notice qu'en
donne la chronique déja citée. Elle nous apprend que dans
l'histoire des miracles de son temps, Goswin célébrait sur-
tout ceux du bienheureux Éverard mort à Cologne en 1192,
qu'il désignait les lieux que l'ame de ce personnage avait
visités après sa mort, et qu'il certifiait l'avoir lui-même vu
et contemplé en esprit. Quant à la vie de sainte Asceline,
nous n'en avons qu'un simple sommaire qui n'a ni authenticité ni autorité. Henriquez a publié cet abrégé, et les Bollandistes ne l'ont réimprimé qu'en le signalant comme un
tissu de fictions absurdes dont ils ne peuvent croire que le
bienheureux Goswin ou Gozevin soit l'auteur. Manrique et
Nicolas Camusat en avaient porté le même jugement. Pierre
le Nain, sous-prieur de la Trappe, possédait le véritable manuscrit de Goswin ou le même abrégé dont Henriquez a fait
usage. C'est d'après ce manuscrit et d'après une autre vie
d'Asceline en vieux langage français que le Nain a rédigé
l'article qui concerne cette sainte dans l'essai de l'histoire
de Cîteaux.

> Dans Chifflet, *de
> Ill. genere S. Ber-
> nardi*, p. 85.
>
> Menol. cister.
> omiss. ad diem 18
> maii. 22 augur. p.
> 651. Ad ann. 1194,
> c. 3, n. 1, 8, 9.
>
> T. IV, l. 2, p. 372-
> 405.

VIES DE SAINTS,

COMPOSÉES PAR DES ANONYMES VERS L'AN 1200.

Nous réunirons sous ce titre une vingtaine d'articles d'un très-mince intérêt, mais auxquels nous donnerons fort peu d'étendue. Nous n'aurons le plus souvent que d'assez faibles conjectures à offrir sur le temps où ces opuscules ont été composés. Nous les plaçons à la fin du XIIe siècle, d'abord pour les placer quelque part, mais aussi parce que cette époque est en effet celle qui paraît le mieux convenir à la plupart de ces obscures productions.

I. *Vie de saint Hugues, abbé de Bonnevaux au diocèse de Vienne en Dauphiné.*

Vincent de Beauvais a inséré cette vie dans son Miroir historial, et nous la retrouvons dans la collection des Bollandistes, au 1er avril. Elle ne dit rien de la naissance de saint Hugues, ni de ses parens, ni de son pays, ni de sa mort, ni de sa sépulture : nous y apprenons seulement qu'il fut abbé de Bonnevaux, qu'il concourut à réconcilier l'empereur Frédéric Barberousse avec le pape Alexandre III, qu'il eut des visions et fit des miracles. L'auteur n'énonce jamais les dates des faits qu'il raconte : mais la paix entre le pape et Frédéric est de 1177, et la chronique de Clairvaux place la mort de Hugues en 1183. Il est à remarquer que cette chronique, qui finit en 1190, renvoie le lecteur à quelques vies de saints dès-lors écrites, et qu'elle ne fait aucune mention de celle de saint Hugues. La légende de ce saint n'a donc été composée que vers 1192 ou 1194, peut-être par l'auteur même de la chronique de Clairvaux. Car cet auteur, qui adresse son livre à un prieur, lui dit : Si vous voulez plus de détails sur la vie de saint Hugues, je vous en donnerai un jour, Dieu aidant.

II. *Vie de saint Albert de Louvain, évêque de Liége, et cardinal.* L'élection de cet évêque ayant entraîné des contestations, et l'empereur Henri VI ayant investi de cette prélature Lothaire, prévôt de Bonne, Albert prit le parti de recourir au saint-siége. Par des chemins détournés, il se rendit à Rome, déguisé en valet. On le présenta en cet équipage, dit Fleuri, au pape Célestin III qui en fut touché jusques aux larmes. Non-seulement le pape confirma l'élection d'Albert, mais encore il le fit cardinal. Albert revint en France et fut sacré évêque par Guillaume, archevêque de Reims. Henri VI ne dissimula point sa colère : ce prince est accusé d'avoir mis en mouvement trois chevaliers et quatre écuyers qui vinrent à Reims trouver Albert, s'insinuèrent dans sa société la plus intime, l'entraînèrent hors de la ville sous le prétexte d'une promenade, et le massacrèrent le 24 novembre 1192 ou 1193. Plusieurs miracles se sont opérés au tombeau de ce martyr. Fort peu d'années après sa mort, il eut pour historien un clerc qui avait été attaché à sa maison ou à son service *(familiaris et domesticus)*. Cette histoire nous fait connaître cinq amis particuliers d'Albert, savoir l'abbé de Laubes et quatre chanoines de Liége, dont l'un, nommé Siger, fut témoin de l'assassinat : mais la manière dont il est ici parlé de ces cinq personnages, ne permet pas de supposer qu'aucun d'eux soit l'auteur de cette narration, à moins qu'elle n'ait été modifiée depuis. Ceux qui l'ont attribuée à Gilles, moine d'Orval, qui rédigeait, vers 1240, une histoire de Liége, n'ont point assez observé que ce compilateur, en y insérant cet article, annonce lui-même qu'il l'emprunte d'un commensal du saint martyr, d'un auteur contemporain dont il ne fait que transcrire, abréger ou amplifier le récit. Quoi qu'il en soit, cette vie de saint Albert a été publiée en 1610, par Aubert-le-Mire (1). Elle se retrouve dans un recueil de Chappeauville (2), et parmi les preuves de l'histoire des cardinaux français, de Duchesne. Louis d'Attichi l'a aussi fait entrer dans le tome Ier de ses Fleurs de l'histoire des cardinaux. On en connaît une traduction en espagnol, par André de Soto (3), une traduction en

Hist. eccles., lib. LXXIV, n. 38.

Gall. Christ. nova. t. III, p. 878.

Sander. Elog. cardinalium. — Duch. Hist. des cardin. franç., p. 149.

T. II, p. 149-166. Paris, 1660, in-fol. t. I, p. 232 et seq.

Lille, 1613, in-8°.

(1) *Vita et martyrium S. Albérti cardinalis, auctore anonymo ejus domestico, in historiâ quam scripsit Ægidius leodiensis, curâ et studio Auberti Miræi.* Antuerpiæ, 1610, in fol.

(2) *Historia sacra et profana, nec non politica, in quâ non solùm reperiuntur gesta pontificum Tungrensium, Trajectensium et Leodiensium, verùm etiam pontificum romanorum, etc., studio Joannis Chapeavillæi.* Augustæ Eburonum, Ouvrex. 1618, 3 part. in-4°. — La 3e partie consiste dans l'ouvrage de Gilles d'Orval. *Ægidii à Leodio, aureæ vallis religiosi, gesta pontificum Leodiensium, etc.* La vie de saint Albert s'y lit p. 134-184, c. LVII-XC.

(3) *La vida de S. Alberto, traducida por Andrea de Soto.* En Brussellas, 1613, in-8°.

français, par Christophe Beys; et nous pouvons considérer comme une autre version française du même texte, le livre intitulé : le Pourtrait du vrai pasteur, par Guillaume de Rebreviettes, sieur d'Escœuvres (1). Pour revenir à l'auteur original, outre les détails qui concernent la vie, l'édition, le voyage, le martyre et les miracles du saint, détails dont il a une connaissance immédiate et dont il se donne souvent pour témoin oculaire, on lui doit quelques renseignemens qui peuvent servir à l'histoire des villes de Liége et de Reims. Il parle d'un tournoi qui eut lieu près de Reims le mardi, 24 novembre 1192, et qui attira un très-grand nombre de gentilshommes français. Dans cet endroit et dans quelques autres, l'auteur paraît se considérer comme étranger à la France ; il était sans doute Liégeois. Quant à ce qu'il raconte de la cupidité qu'excitaient les bénéfices, des brigues et des intrigues pratiquées pour les obtenir, il n'y a là rien qui appartienne exclusivement à l'histoire de Liége, ni à celle du XIIe siècle.

III. *Vie de sainte Alène, vierge et martyre.* Cet opuscule est divisé en quatre chapitres. Le premier est une sorte de préface; le second raconte les miracles de la sainte, laquelle vivait au milieu du VIIIe siècle. Le troisième chapitre concerne ses reliques recueillies en 1193, et les miracles recommencent dans le quatrième. La diction est tellement uniforme en ces quatre chapitres, qu'il y a peu d'apparence que les deux premiers aient été composés fort long-temps avant les autres, quoi qu'en disent les continuateurs de Bollandus qui les ont insérés tous quatre dans leur collection.

17 jun. p. 388-395. Labbe, Bibl. mss. nova, t. II, p. 482-507. — Mabillon, acta SS. sancti Benedicti, t. IV, p. 191-194.

IV. *Vie et translation de saint Austremoine.* Ce saint personnage est ici remarqué comme l'un des soixante-douze disciples de J.-C., et comme le premier évêque de Clermont en Auvergne. Son histoire est souvent interrompue tantôt par des lieux communs, tantôt par des vers qui résument les faits détaillés en prose. A la suite de cette vie se trouvent cinq pièces : 1° Révélation miraculeuse faite à Cantin, évêque de Clermont, en 572, du lieu où était déposé le corps de saint Austremoine. 2° Translation de ce corps du monastère d'Issoire, détruit par les Vandales, au monastère de Volvic, fondé par le successeur de Cantin. 3° Nouvelle translation

(1) Le Pourtrait du vrai pasteur, ou histoire mémorable de S. Albert, évêque de Liége, par G. D. R Sr d'Escœuvres. Paris, Huby, 1613, in-8°.

des mêmes reliques, de Volvic à Mauzac, en 764, en présence du roi Pepin. 4° Miracles opérés à Mauzac par l'intercession du saint. 5° Réfutation de toutes les objections qu'on pourrait faire contre la fidélité des relations précédentes. On voit dans cette cinquième pièce comment après le rétablissement du monastère d'Issoire, les religieux qui l'habitaient se prétendaient toujours dépositaires du corps de saint Austremoine, et comment en 1197, Robert, évêque de Clermont, après un mûr examen, jugea contre Issoire en faveur des moines de Mauzac. Voilà, dit l'auteur qui est lui-même un de ces derniers moines, voilà l'histoire de saint Austremoine parfaitement éclaircie. Mais ce qui est encore plus clair, c'est que l'auteur de cette dernière pièce n'écrit qu'après 1197; et nous assignerons la même époque à toutes les précédentes, sans en excepter la vie du saint. En effet, si les cinq pièces qui suivent cette vie sont écrites avec un peu plus de simplicité, c'est que la matière appelait moins d'ornemens et qu'il s'agissait plus d'éclaircir les faits que de les célébrer. Du reste, cette vie n'est souvent qu'une copie de celles de saint Martial, de saint Ursin et des autres fondateurs de nos églises de France : c'est le même canevas avec quelques changemens dans les circonstances. Il est vrai que la seconde des pièces à la suite de cette vie est attribuée par Tillemont à Lanfroid, abbé de Mauzac, en 764. Mais cette conjecture, qui appartient moins à Tillemont qu'à Savaron qu'il cite, n'a d'autre prétexte que la mention faite dans la relation même de ce Lanfrid ou Lanfroid, comme ayant obtenu de Pepin la translation des reliques de saint Austremoine, d'Issoire à Mauzac. Lanfroid sera, si l'on veut, l'auteur, c'est-à-dire la cause de cette translation : mais qu'il soit le rédacteur de la relation, cette hypothèse est sans vraisemblance.

V. *Légende de sainte Vérone.* En publiant cette pièce, les Bollandistes la déclarent fabuleuse. Ils ne peuvent croire que les démons aient dit à la sainte encore vivante : Sainte Vérone, pourquoi nous tourmentez-vous? *Sancta Verona, quare nos torques?* Ils révoquent en doute les conversations qu'elle avait, selon la légende, avec une croix, ou plutôt avec un crucifix, qui l'appelait son épouse : *Sponsa mea electa.* Ils vont enfin jusqu'à taxer d'exagération ce que dit le pieux auteur de l'innombrable multitude des prodiges qui suivirent la mort de sainte Vérone. Cette sainte est particulièrement honorée à Louvain : on croit qu'elle vivait au IXe siècle;

Mém. sur l'hist. ecclés., t. IV, p. 474.
Origine de Clermont, etc. p. 46, 179, 180.

29 aug., p. 525-530.

mais il n'y a, dans sa légende, que des miracles, et point
de dates : on n'y peut même recueillir aucun renseignement
sur l'époque où vivait le légendaire; et lorsqu'à l'exemple
des Bollandistes, nous le plaçons à la fin du XIIe siècle,
nous devons avouer que c'est une simple conjecture.

VI. *Deux légendes de saint Chrysole ou Chryseuil.* Archevêque d'Arménie, mais fuyant la persécution, saint Chrysole vint
dans les Gaules avec saint Piat, saint Lucien, saint Quentin,
saint Denis. Il fut martyrisé à Wrelenghen, près de Lille en
Flandres. On ne lui amputa que le sommet de la tête, la partie
que circonscrivait une couronne. Le saint martyr ramassa
cette couronne, ainsi que les portions de crâne et de cer-
velle que le coup de hache avait détachées, et il porta le tout
jusqu'à Comines, où il rendit le dernier soupir. Voilà le
sommaire de ces deux légendes qui offrent le plus souvent
les mêmes détails et presque le même texte. La différence la
plus remarquable, c'est que l'une ne désigne que par le nom
générique de César, l'empereur sous lequel saint Chrysole fut
persécuté, au lieu que l'autre nomme Dioclétien. En disant
que saint Chrysole vint en France avec saint Denis, elles ajoutent que c'est un fait dont conviennent unanimement les
modernes, ce qui suffirait pour prouver qu'elles ne sont pas
elle-mêmes fort anciennes. Ces deux pièces occupent cinq
pages dans le recueil de Bollandus, au 7 février : la seconde
avait été publiée par Arnauld Raisse, chanoine de Douay (1).

P. 9-13.

VII. *Vie de saint Guidon, confesseur.* Les reliques de ce
saint furent recueillies en 1112, et il est question de cette
cérémonie dans la légende, qui d'ailleurs parle de seigneurs
soumis au jugement de leurs pairs, *parium suorum,* ce qui
autorise à conjecturer qu'elle n'a été rédigée que vers la fin
du XIIe siècle. Saint Guidon est honoré à Anderlach ou An-
derlecht, au diocèse de Cambrai. Sa légende a été divisée par
les Bollandistes, en trois chapitres : les deux derniers trai-
12 sept., p. 63-68. tent des miracles du saint et du culte qu'on lui rend ; le premier promet les détails de sa vie et n'en donne guères. L'au-
teur les remplace par des réflexions morales très-diffuses.
Par exemple, après avoir parlé de ceux qui demandent des
guérisons miraculeuses, et qui se hâtent d'oublier saint Gui-

---

(1) *Ad natales sanctorum Belgii auctuarium.* Duaci, 1626, in-8°. — *Hieroga-*
zophilacium, sive Thesaurus sacrarum reliquiarum Belgii. Duaci, 1628, in-12.

don, dès qu'ils les ont obtenues, il compare ces ingrats miraculés aux militaires qui sollicitent des grades, des dignités, des richesses, et qui négligent, quand une fois ils les possèdent, le souverain trop libéral dont ils les tiennent.

VIII. *Vie de saint Manvieu* (Manvæus), *évêque de Bayeux.* Elle est composée de très-courtes phrases qui paraissent avoir été jadis des répons, des versets, des antiennes de l'office du saint ; mais il y est dit que saint Manvieu, contemporain du roi de France Mérovée, se livrait avec zèle à l'étude des décrétales. Ce trait, le seul que nous extrairons des deux pages de cette légende, ne permet pas de la croire antérieure à la fin du XIIe siècle. A la vérité, les décrétales fabriquées par Isidore ne sont postérieures que d'environ 500 ans au règne de Mérovée : mais le genre d'études auquel on applique ici saint Manvieu, ne s'est établi dans l'église qu'après le pontificat d'Eugène III, sous lequel Gratien rédigea la compilation canonique qui porte le nom de décret.

IX. *Vie de sainte Rolande.* Les Bollandistes qui ont publié cette légende, ainsi que la précédente, supposent qu'il y a eu une sainte Rolande au VIIe ou au VIIIe siècle. Elle est ici fille d'un roi de France, nommé Didier ; et comme fille unique, elle était, dit l'auteur, destinée à régner après son père (1). Le reste de l'opuscule n'est pas plus conciliable avec l'histoire. Les reliques de la sainte ont été recueillies vers 1103, dans l'église de Liége, qu'il plaît au légendaire d'ériger en métropole. Il avertit qu'il écrit long-temps après cette cérémonie, *post multum decursum temporis,* expressions qui, chez un auteur du XIIe siècle, peuvent ne signifier que cent années ou même un peu moins. Ce pieux roman est l'ouvrage de quelque clerc liégois qui fait rimer tant qu'il peut les finales des membres de ses phrases, quoiqu'il fasse profession de dédaigner les mondains ornemens du style.

X. *Vie de saint Firmin le confesseur.* On distingue deux saints Firmin, tous deux évêques d'Amiens ; mais l'un martyr, l'autre simple confesseur et bien moins fameux. C'est de ce dernier qu'il est ici question. La courte légende qui le

---

(1) *Fuit vir.... nomine Desiderius. qui nobilium stirpe progenitus, ac regiæ majestatis hæres inclytus. gallicis gentibus imperavit.... Unicam filiam, Rolandam nomine, meruit procreare.... ipsam tanquam Gallorum imperio procreatam, regalibus nutrimentis instituit educari.*

1 sept., p. 175-181.   concerne est si absurde que les Bollandistes paraissent ne l'avoir publiée que pour avoir lieu de relever fort au long les anachronismes, les fables, les puérilités dont elle fourmille. Elle est du trop grand nombre de celles que nous n'indiquons ici que pour ne pas laisser incomplet le catalogue des plus minces productions littéraires de la France, au XIIe siècle. Peu s'en est fallu que nous n'ayions renvoyé celle-ci au XIIIe ; en tout cas, elle serait antérieure à l'année 1279, époque de la translation des reliques du saint; car le légendaire ne dit rien de cette cérémonie, dont assurément il n'eût pas manqué de rendre compte s'il eût écrit postérieurement.

XI. *Actes de saint Clair, évêque et martyr.* Actes fabuleux, selon les Bollandistes, qui les ont pourtant extraits de

1 jun., p. 7-11.   deux bréviaires comparés. Ce qu'était saint Clair, en quel temps il vivait, de quel diocèse il était évêque, c'est ce qu'on ne sait pas encore, même après les profondes recherches d'Henschenius, intitulées par lui *Divinatio.* On voit seulement que plusieurs saints Clairs ont été confondus en un seul.

XII. *Actes de saint Hilaire du Maine.* En 1685, ces actes furent envoyés au père Papebrock, par un chanoine qui n'y trouvait, disait-il, que du verbiage. Aussi ne les a-t-on pas jugés dignes d'être transcrits en entier dans le recueil de

1 jul., p. 39-42.   Bollandus. On s'est contenté d'en donner une notice et quelques extraits.

XIII. *Légende de saint Cérat, évêque d'Auch et confes-*

6 jun., p. 708-710.   *seur.* Elle ne consiste chez les Bollandistes qu'en deux pages qu'ils ont extraites d'une pièce un peu plus longue qui leur avait été communiquée par les feuillans de Paris. On croit que l'auteur était un moine de l'abbaye de Simore en Gascogne, lieu où, selon la légende, les miracles de saint Cérat avaient beaucoup de célébrité.

XIV. *Légende de saint Léger, prêtre du diocèse de Châlons-*

23 jun., p. 485-488.   *sur-Marne,* publiée par les Bollandistes qui en font remarquer les anachronismes, l'insignifiance et la parfaite inutilité. L'auteur parle d'une translation des reliques du saint faite en 1115, du temps de Guillaume (de Champeaux), évêque de Châlons-sur-Marne; et la légende paraît écrite long-temps après cette translation.

XV. *Vie de saint Blier* (Blitharius). C'est plutôt un panégyrique : les formes en sont tellement oratoires qu'il n'y a ni dates ni détails précis. Il n'est point de saint prêtre, de saint ermite, auquel on ne pût appliquer les éloges donnés ici à saint Blier. Ce saint est honoré à Broyes, au diocèse de Troyes, et son panégyrique remplit deux pages du recueil des Bollandistes.

XVI. *Vie de saint Mégèce* (vingt-septième) *évêque de Besançon.* L'anonyme qui a composé cette légende, prétend qu'il la tire d'une chronique rédigée en 675 par Ternatius, successeur de saint Mégèce; mais les fondations, les statuts, les règlements, les usages mentionnés dans cette vie, décèlent une époque bien moins ancienne. L'auteur suppose que, dès le temps de saint Protade qui gouvernait l'église de Besançon en 620, on récitait l'office de la Vierge dans une chapelle particulière; il raconte que saint Mégèce fonda une messe qui tous les jours, excepté le vendredi saint, devait être chantée dès l'aube du jour à l'autel de saint Étienne. De pareils détails nous autorisent à regarder l'opuscule dont il s'agit comme une production de la fin du XIIe siècle, si même elle n'appartient pas au XIIIe. On la trouve dans le recueil des Bollandistes qui l'ont extraite des éclaircissemens du Père Chifflet sur l'abbaye de Saint-Claude : *Illustrationes Claudianæ* : ouvrage qui n'a été imprimé que par parties dans divers tomes de la collection commencée par Bollandus. Chifflet y donne un abrégé chronologique de l'histoire des archevêques de Besançon, et transcrit à l'article de saint Mégèce la légende que nous indiquons ici.

Nous allons placer à la suite de ces légendes quelques traités anonymes comme elles, composés, ce semble, à la même époque, et presque tous relatifs à la profession monastique.

XVII. *Traité sur la profession des moines,* inséré dans l'ouvrage de dom Martène : *De antiquis ecclesiæ ritibus.* Après quelques détails sur les devoirs de la vie monastique, sur les périls de ceux qui commandent, sur les chagrins de ceux qui obéissent, sur l'orgueil des abbés, sur l'indocilité des moines, sur les autres vices familiers aux uns et aux autres, l'auteur arrive à la question qu'il se propose essentiellement de traiter; celle de savoir si la bénédiction ou consécration suffit pour lier à l'état religieux même avant la profession. Il soutient l'affirmative, mais sans condamner ceux qui sont d'un autre avis. Le novice ne souscrivait ses vœux qu'au moment de la profession; mais, selon l'auteur, la bénédiction

Tome XV.   K k k k

11 jun., p. 472-474.

6 jun., p. 687-691.

T. II, p. 469-496.

l'avait auparavant consacré à l'état monastique. Il y a dans ce traité plus de scolastique que d'histoire : on y voit cependant que les moines qui devenaient évêques conservaient l'habit religieux ou le portaient au moins sous les vêtemens épiscopaux. L'anonyme parle aussi des enfans qu'on élevait dans les monastères, et qu'on se hâtait de bénir : il n'adoucit point pour eux la rigueur de son système sur les effets de la bénédiction ; il les déclare moines, irrévocablement moines, bien qu'ils doivent attendre l'âge de raison pour faire profession. Il en dit autant de ceux qui recevaient l'habit monastique étant malades, dévotion très-commune en ces temps-là.

Thes. Anecd. t. IV,
p. 1215-1230.

XVIII. *Règlement monastique* publié par Martène et Durand d'après un manuscrit de l'église de Tours. Il s'agit, dans cet écrit de quinze pages, des anciens us des chanoines réguliers de Saint-Jacques de Montfort, au diocèse de Saint-Malo. Ce monastère a été fondé en 1152, et l'on n'a guère pu, avant l'année 1200, parler de ses *anciens* usages ; toutefois cette qualification d'*ancien* est assez souvent appliquée dans les écrits de ce temps à ce qui n'avait qu'environ cinquante ans de date. Les caractères du manuscrit de ces statuts permettraient, selon les éditeurs, de le supposer contemporain de Bernard, premier abbé de Saint-Jacques de Montfort, ou du moins de son successeur Jean de Vaunoise qui mourut en 1189 évêque de Dol, et d'attribuer à l'un de ces deux premiers abbés, sur-tout au second, la rédaction de l'ouvrage. Mais ces mêmes éditeurs aiment mieux supposer qu'il n'a été composé que sous le troisième ; et ils observent au surplus que la plus grande partie de ces us est tirée de ceux de l'ordre de Cîteaux. Dans ces longs détails d'exercices monastiques, nous ne remarquerons que le quinzième statut, qui, après avoir interdit aux moines l'entrée de la cuisine, excepté dans les cas indispensables, met au nombre de ces nécessités, celle de faire sécher le parchemin, *ad exsiccandum pergamenum*. On en peut conclure que la transcription des livres était l'une des occupations de ces religieux, et cependant il n'en est fait ici aucune mention positive dans l'énumération très-détaillée des pratiques et des travaux qui remplissaient leurs journées.

XIX. *Statuts du monastère de Froidmont.* Dom Martène les a publiés dans la seconde partie de son voyage littéraire. Il y a quarante-huit articles distribués sous sept titres : 1° *de*

P. 158-163.

*specialibus constitutionibus ; 2° dormitorium ; 3° capitulum ;
4° claustrum ; 5° refectorium ; 6° infirmitorium ; 7° grangia.*
L'article 7 dit que le cierge pascal doit être de onze ou
douze livres. Il est défendu par l'article 25 d'écrire sur les
murs du cloître avec de la craie ou du charbon. Au titre de
l'infirmerie, il est statué qu'on n'appellera de médecins que
dans le cas d'extrême nécessité ; car c'est vraisemblablement
ainsi qu'il convient de traduire l'article : *medici non nisi pro
valdè necessariis personis adhibeantur ;* il n'y a pas d'apparence qu'on ne veuille livrer aux médecins que les personnes
les plus nécessaires à la communauté. La grange , *grangia,*
était un bâtiment extérieur , séparé du monastère , et qui
renfermait quelquefois une école pour les enfans du voisinage ; mais il n'est point question de cette école dans les
statuts de Froidmont.

XX. *Lettre de S. de Namur à H. de Villiers.* H. avait consulté S. , sur la question de savoir s'il était permis aux moines
de recevoir en don des biens mal acquis par des séculiers.
S. répond qu'il ne faut jamais accepter les fruits ni de la simonie, ni de l'usure, ni du vol, ni de la rapine ; car il réduit à ces quatre genres toutes les manières de mal acquérir.
Nous n'avons qu'un fragment de cette lettre, publié dans le
Thesaurus anecdotorum de Martène et Durand. Ces éditeurs   T. I, p. 776-777.
la croient adressée en 1200 à un moine de l'abbaye de Villiers
en Flandres ; c'est dans ce monastère qu'ils en ont trouvé le
manuscrit.

XXI. *Speculum ecclesiæ.* C'est un rituel qui ne nous est
connu que par une douzaine de lignes que dom Martène
en a extraites, et qu'il a dispersées dans les quatre volumes
de son traité *De antiquis ecclesiæ ritibus.* Il les tire d'un ma-   T. I, p. 277, 412 ;
nuscrit de l'église de Tours, ouvrage d'un chanoine de cette   t. III, p. 558, 559,
église, composé, selon dom Martène, vers l'an 1200.   578.

XXII. Sanderus , dans sa bibliothèque manuscrite de la
Belgique, indique des écrits anonymes conservés à Saint-Mar-   T. I, p. 107, 119,
tin de Tournai, et qui pourraient être aussi de la fin du   120.
XIIe siècle. Il n'en donne, et nous n'en pouvons donner que
les titres : 1° *Tractatus de duobus presbyteris quorum unus
post mortem alteri viventi apparuit et de se multa stupenda
narravit ; 2° Magnum et stupendum miraculum de quodam
regulari canonico ; 3° Homiliæ dominicarum per anni circu-
lum ; 4° Homiliæ dominicarum totius anni ; 5° Sermones
supra epistolas ; 6°* un traité qui commence par ces mots :

K k k k 2

« *Vidi de mari bestiam ascendentem, habentem capita septem.* »

A l'exception des numéros II, IV, VII, XVII, XVIII, XIX, XX, XXI, XXII, tous les opuscules latins que nous venons de parcourir, se trouvent dans la collection des Bollandistes et y sont accompagnés de notes critiques, dont nous avons fait quelque usage, et auxquelles nous renvoyons pour le surplus les lecteurs dont nous n'aurions pas pleinement satisfait la curiosité. Il doit nous suffire d'avoir indiqué, le plus complètement que nous avons pu, toutes les productions de cette espèce, et nous n'osons espérer de n'en avoir omis aucune. On a pu reprocher à nos prédécesseurs eux-mêmes, malgré l'exactitude de leurs recherches, un petit nombre de ces omissions; mais on va juger, par celles que nous allons indiquer et réparer, combien peu elles ont d'importance.

XXIII. En parlant de saint Magnobode, ou Maimbœuf, évêque d'Angers, ils n'ont rien dit de sa vie écrite par un anonyme du Xe siècle, ou peut-être même un peu plus ancien. Elle n'a point été imprimée, mais elle se trouve à la bibliothèque du Vatican, parmi les manuscrits de la reine Christine, n° 465 : Lacurne de Sainte-Palaye l'indique dans son recueil des manuscrits d'Italie. Il en transcrit le titre, les premières lignes et les dernières ; le titre est ainsi conçu : *Incipit vita sancti ac beatissimi Magnobodi episcopi et confessoris.* L'ouvrage commence par ces paroles : *Gloriosus igitur ac eximius Christi pontifex Magnobodus in pago Andegavensi nobiliter editus, magnis miraculorum fulsit privilegiis, etc. ;* et se termine à la page **62** par ces lignes : *quatenùs ab omnibus sordium criminibus emendati valeamus ab interitu gehennæ liberari et æterna lætitia frui cum sanctis, adjuvante Domino nostro, cui est honor et potestas cum Patre et Spiritu Sancto per immortalia secula seculorum. Amen.*

L'écriture est du Xe siècle au plus tard.

XXIV. C'est peut-être aussi au Xe siècle qu'appartient l'anonyme qui a écrit la vie de sainte Lutrude, insérée dans la collection des Bollandistes, et dont Surius avait auparavant publié un simple abrégé. Sainte Lutrude et ses deux sœurs, sainte Hoylde et sainte Pusine, vivaient à la fin du Ve siècle ou dans le cours du VIe. L'historien de la première est certainement beaucoup moins ancien : ce qu'il dit d'un merveilleux voyage que la sainte fit à Rome avec son direc-

Hist. Littér. t. III, p. 571-573.

L. 13, n. 2873.

22 sept., p. 448-453.
Acta Sanct., 22 sept., p. 345-346.

teur Eugène, suppose dans l'auteur ou dans les lecteurs la crédulité des siècles les plus ignorans. Un manuscrit que le P. Périer, l'un des continuateurs de Bollandus, avait entre les mains, se termine par un souhait pour le salut de l'ame de l'archevêque Thierry ; et l'on sait que cet archevêque de Trèves est mort vers l'an 970, après avoir écrit en vers une histoire de sainte Lutrude. Cette histoire subsiste, et l'anonyme dont nous parlons n'a guère fait que la mettre en prose. On a donc lieu d'attribuer ce souhait à l'anonyme lui-même plutôt qu'à un simple copiste, et l'on en conclut que cet anonyme n'écrivait ni avant 970, ni fort long-temps après : car il n'est pas très-ordinaire de former de pareils vœux pour ceux qui sont morts depuis un très-grand nombre d'années. D'un autre côté cependant, il peut sembler étrange que la vie de sainte Lutrude ait été composée deux siècles avant celle de sa sœur sainte Hoylde. Or l'auteur anonyme de la vie de sainte Hoylde ne la rédigeait qu'à la fin du XIIe siècle, ou dans le cours du XIIIe, selon les Bollandistes qui l'ont insérée dans leur recueil où elle occupe deux pages.

30 avril, p. 773-375.

XXV. Enfin, nos prédécesseurs ont terminé le XIe siècle sans faire mention d'une relation des miracles opérés par l'intercession de saint Georges à Roye en Picardie ; relation que les Bollandistes ont extraite d'un manuscrit de la collégiale de Saint-Florent, autrefois Saint-Georges, établie dans la même ville. Il est vrai que ce manuscrit n'est que du XIIIe ou XIVe siècle. Le copiste surnomme Auguste le roi Philippe Ier, et il donne à l'un des comtes de Vermandois le nom de Henri, qu'aucun de ces comtes n'a porté. Il est probable que l'original n'offrait ici que la lettre H initiale de Herbert ou de Héribert (ou peut-être de Hugues-le-Grand, frère de Philippe Ier) ; et que l'auteur, écrivant dans un temps où il n'y avait eu qu'un seul roi de France du nom de Philippe, n'y avait ajouté aucune sorte de surnom. Le copiste qui vivait après Philippe II, aura sans doute ajouté ce surnom d'Auguste, et remplacé l'initiale H par le mot Henri. Quoi qu'il en soit, l'auteur se déclare le contemporain, le témoin oculaire de quelques-uns des miracles qu'il raconte, et qui sont antérieurs à l'année 1100. Mais sa relation est si courte et si peu utile, qu'il importe fort peu que la mention en ait été retardée : l'omission même d'une telle pièce n'eût pas été un fort grand dommage. La multitude de celles qui ont été indiquées jusqu'ici dans cette histoire littéraire, ne suffit que

23 april., p. 549-551.

trop pour donner une idée de l'extrême insignifiance de ce genre d'écrits, et de l'ignorante crédulité de leurs obscurs rédacteurs. Mais si l'on considère l'influence que toutes ces légendes ne pouvaient manquer d'exercer sur les peuples et sur le clergé lui-même, on ne s'étonnera point de la lenteur des progrès de la véritable littérature durant les siècles suivants : elle avait à revenir de fort loin.

FIN DU TOME QUINZIÈME.

TABLE

DES AUTEURS

ET DES MATIÈRES.

B.

Blois, 359. Lettre à lui adressée par Étienne de Tournai, 566. Son éloge, 370.

EUDES DE VAUDEMONT, évêque de Toul. Sa vie, 306. Statuts contre les malfaiteurs, 308.

EVRARD ou EURARD, religieux du Val des Écoliers, prédicateur, 611.

F.

Firmin (saint) le confesseur, évêque d'Amiens. Sa légende, 623.

Foulques, abbé de Saint-Germain-des-Prés. Son différend avec l'archevêque de Sens, au sujet des droits de visite, 557. Son démêlé avec l'Université, 559.

G.

GARIN ou GUARIN, abbé de Sainte-Geneviève, paraît être le même qui, l'an 1172, fut fait abbé de Saint-Victor de Paris, 51. Ses lettres, 52. Ses sermons, 54.

Garnaud, diseur de bons mots à Orléans, 562.

GASSE-LE-BLOND, l'un des translateurs des romans de la Table ronde conjointement avec Luces du Gast, 495 et suiv.

GAVAUDAN, poète provençal surnommé *le Vieux,* apparemment parce qu'il y en avait un plus jeune, auteur d'un sirvente contre Saladin et les Maures d'Espagne, et d'autres poésies, 445 et suiv.

Gausserand de Saint-Didier, troubadour, dont on trouve quelques pièces parmi celles de Guillaume de Saint-Didier, son père ou son aïeul, 453.

Gautier, archevêque de Palerme. Deux lettres de Pierre de Blois à lui adressées, 350, 374. Auteur d'un abrégé de Grammaire latine, 611.

Gautier de Coutance, archevêque de Rouen. Deux lettres de ce prélat parmi celles de Pierre de Blois, 397. Quatre lettres du même à lui adressées, 350.

Gautier, évêque de Rochester. Lettre que lui adresse Pierre de Blois, 360.

Gautier de Mortagne, professeur de théologie à Laon, puis évêque de la même ville, 92.

GAUTIER ou WAUTIER, abbé d'Arrouaise, auteur d'une Histoire et du cartulaire de son abbaye, 45. On ne peut lui attribuer, comme ont fait les Bollandistes, la relation d'un voyage fait en Italie par un chanoine d'Arrouaise, non plus qu'une Vie de saint Augustin tirée de ses Confessions, 46.

GAUTIER DE LILLE ou DE CHATILLON, poète latin, auteur du poème dont Alexandre est le héros, 100. Autres ouvrages du même poète, 101.

GAUTIER MAP, chapelain de Henri II,

roi d'Angleterre, traducteur du roman de Lancelot du Lac, 496.

Gautier, surnommé *Silens* ou le Silencieux, auteur du roman du Silence, 502.

Geofroi, archevêque d'Yorck. Lettre à lui adressée par Pierre de Blois, 349.

Geofroi, abbé de Marmoutier. Lettre de Pierre de Blois à lui adressée, 370.

GEOFROI ou GODEFROI, sous-prieur de l'abbaye de Sainte-Barbe en Auge. Sa retraite à Saint-Victor de Paris vers l'an 1174, 69 et. suiv. Ses lettres, au nombre de 56, pendant qu'il était sous-prieur à Sainte-Barbe, 73 — 78. Raisons pour le croire auteur des ouvrages qu'on attribue à un autre Godefroi, chanoine de Saint-Victor, 69 — 72. Son *Microcosmus* ou Petit-Monde, 78. Son poème intitulé *Fons philosophiæ,* 80 et suiv. Auteur de quelques autres pièces de vers, 75. Son traité de *Videndo Deo,* 76. Ses sermons, 73.

GÉRARD HECTOR, évêque de Cahors. Sa lettre à l'empereur Frédéric Barberousse, 609.

Gérard Pucel, savant canoniste. Lettre de Pierre de Blois à lui adressée, 385.

GÉRARD ITHIER, 7e prieur de Grandmont en 1188, travaille à la canonisation de saint Étienne de Muret, 140. Est auteur ou compilateur d'un grand ouvrage concernant l'ordre de Grandmont, 141.

GILBERT ou GISLEBERT DE MONS, chancelier de Baudouin V, comte de Hainaut. Sa Vie, 130. Sa chronique finissant à l'année 1195, 129 et suiv.

GISLEMER, religieux de St-Germain-des-Prés, auteur d'un livre de rétractations, 613.

Giraud (saint), abbé et fondateur de l'abbaye de la Sauve. Son office liturgique composé par Étienne de Tournai, 577.

GIRAUD DE SALIGNAC, poète provençal. Ses chansons, 444.

GOSWIN ou GOSSUIN, moine de Clairvaux, auteur d'une Vie d'Asceline, d'une Vie d'Hermeline, et d'une relation de miracles, arrivés de son temps, 616-617.

Grandmontains. Troubles arrivés dans cet ordre, 141, 550.

GUERIN ou GARIN LE BRUN, poète provençal, bon trouveur, non de chansons, mais de tensons, 463.

Guerric, professeur à Tournai, puis abbé d'Igni, 92.

GUY DE NOYERS, archevêque de Sens. Lettre écrite au Pape en faveur de Roger de Rosoi, évêque de Laon, parmi celles de Pierre de Blois, 399. Ses chartes, 611.

Guy, abbé de Vaux-Sernai. Son éloge, 555. Lettre qui le concerne, 556.

GUY DE LUSIGNAN, roi de Jérusalem, puis de Chypre. Comment il devint roi de Jérusalem, 57. Il perd ce royaume, et achète ou reçoit en don celui de Chypre, 58. Assises qu'on lui attribue, 59, Voy. *Assises.*

GUY DE BASAINVILLE, précepteur du

H.

Hugues de Lacerta, religieux de Grandmont. Sa Vie écrite par Guillaume Dandina, 145.

I. J.

Jean de Béthune, évêque de Cambrai, auteur, selon Vincent de Beauvais, d'une Vie de saint Thomas de Cantorbéri, 615. Jette l'interdit sur les terres du comte de Flandre, 569. Lettre à ce sujet à l'évêque de Tournai, *ibid*.

Jean de Belmais, évêque de Poitiers, puis archevêque de Lyon. Deux lettres à lui écrites par Étienne de Tournai, 540, 542.

Jean de Salisburi, évêque de Chartres. Cinq lettres à lui adressées par Pierre de Blois, 351 et suiv.

JEAN, abbé de Baugerais en Touraine. Cinq lettres de lui à Geofroi, sous-prieur de Sainte-Barbe, 73.

Jean, abbé de Sainte-Geneviève. Lettres que lui adresse Étienne de Tournai, 563, 564, 572.

JEAN, abbé de Gemblou. Lettre sur la dévastation de son abbaye par les comtes de Namur et de Hainaut, 609.

Jean de Nancin, abbé de Saint-Martin de Tournai. Son démêlé avec l'évêque Étienne, 566, 581.

JEAN, abbé de Vaucelles. Sa lettre à Heuri, duc de Basse-Lorraine, 608.

Jean de Catena, doyen de l'église d'Orléans. Synode tenu à Sens à l'occasion du meurtre commis sur sa personne, 532.

JEAN, religieux d'Ourcamp, auteur de Sermons, 610.

JEAN, moine de Saint-Bertin, auteur d'une légende de saint Erkembodon, 615.

Jean d'Alich, prêchait à Liége vers 1195, 611.

JEAN DE LYON, l'un des chefs de la secte des Vaudois. Ses écrits réfutés par le moine Reinier, 503.

Jean le Nivelois, auteur de la *Vengeance d'Alexandre*, suite du roman d'Alexandre-le-Grand, 125.

JEAN PRIORAT, poète français. Traduction en vers de Végèce, *de Re militari*, 491.

Ingeburge, reine de France. Sa lettre à Guillaume de Champagne, archevêque de Reims, 574.

Joscelin, évêque de Salisburi. Lettre que lui écrit Pierre de Blois, 360.

Juifs. Un empereur fait élever à leurs frais une statue d'or à son échanson qu'ils avaient tué, 17.

Jurata. On désigne ainsi quelquefois l'association formée par les communes, parce qu'un serment la cimentait, 5 et 6. Voy. *Communes*.

Justice. Un traité sur la manière de la rendre, 314. On croit que c'est le premier ouvrage de jurisprudence écrit en français, *ibid*.

L

LAMBERT-LE-PETIT, moine de Saint-Jacques à Liége. Sa chronique, 86.

LAMBERT, prieur de l'abbaye de Saint-Vast d'Arras. Ses poésies latines, 93.

LAMBERT LI CORS, poète français. Compose avec Alexandre de Paris, le roman en vers d'Alexandre-le-Grand, 119.

Lambert de Bruges, évêque de Térouanne. Lettres à lui adressées par Étienne de Tournai, 559, 564, 567, 575.

Landri de Valognes. Traduit en français le Cantique des Cantiques, à l'usage de Baudouin II, comte de Guines, 501.

Laurent, archidiacre de Poitiers. Lettre de Pierre de Blois à lui adressée, 362.

Léger (saint), prêtre du diocèse de Châlons-sur-Marne. Sa légende, 624.

Louis, fils du roi Philippe-Auguste. Lettre que lui écrit Étienne de Tournai, 567.

LUCES DU GAST, l'un des auteurs ou translateurs des anciens romans de la Table ronde, traduisit le roman de Tristan, et commença celui du Saint-Graal, 493.

M.

Mainier, abbé de Saint-Florent de Saumur. Lettre écrite en sa faveur parmi celles de Pierre de Blois, 400.

Manassès de Garlande, évêque d'Orléans. Lettre à lui adressée par Étienne de Tournai, 544.

Manvieu (saint), évêque de Bayeux. Sa légende, 623.

MATHIEU DE VENDOME, poète latin, ne doit pas être confondu avec Mathieu de Vendôme, abbé de Saint-Denis, 420. Quelques particularités sur sa Vie, 421. Son poëme de Tobie, 424. Éditions de cet ouvrage, 426. Autres ouvrages qu'on lui attribue, 428.

MATHIEU, abbé de Ninove. Quelques-uns de ses écrits, 134 et suiv.

MAURICE DE SULLY, évêque de Paris. Sa Vie, 149—153. Ses chartes, 155. Ses lettres, 155 et 156. Ses sermons, 156—158.

Mégèce (saint), évêque de Besançon. Sa légende, 625.

MELIOR ou MELCHIOR, cardinal du titre de Saint-Jean et Saint-Paul. Preuves qu'il était Italien, et non Français, 315. Pourvu de bénéfices dans plusieurs églises de France, il fut vidame de l'église de Reims et archidiacre de Laon, 317. L'an 1184, le pape Lucius III l'éleva au cardinalat, 318. L'an 1193, il fut envoyé légat en France, *ibid*. L'année suivante il réussit à concilier pour un temps les rois de France et d'Angleterre, 319. L'an 1196, il tint à Paris un concile à l'occasion du divorce de Philippe-

FIN DE LA TABLE DES AUTEURS ET DES MATIÈRES.

ADDITIONS

AUX NOTICES SUR DIVERS POÈTES PROVENÇAUX DU XIIe SIÈCLE.

XII SIECLE.

Pendant qu'on imprimait ce XVe volume de notre histoire littéraire, M. Raynouard, secrétaire perpétuel de l'Académie française, et membre de l'Académie des Inscriptions et Belles-Lettres, publiait, pour faire suite à sa grammaire de la langue romane, un *choix de poesies originales des troubadours*. Un assez grand nombre de pièces de ce recueil appartiennent à des poëtes dont on trouve les articles dans notre histoire littéraire du XIIe siècle. Quelques-unes avaient été mentionnées par nous, d'autres nous étaient inconnues. Comme il entre dans notre plan de faire connaître ceux des ouvrages de nos auteurs, qui ont été publiés par la voie de l'impression, nous allons indiquer ici quels sont les troubadours, mentionnés dans nos précédens volumes, qui ont fourni des pièces au recueil récemment publié, et quelles sont ces pièces.

Nous observerons que dans le volume qui paraît en ce moment, M. Raynouard n'a inséré que des chansons et pièces érotiques de nos troubadours. Dans les volumes suivans, il se propose de publier leurs poëmes moraux, satiriques et historiques.

Hist. Littér. t. IX, p. 37, et t. XIII, p 42. Choix de Poésies des Troubadours, p. 1.

Guillaume IX, comte de Poitou. — Le recueil de M. Raynouard contient de ce poëte deux chansons, qui ne sont pas celles que nous avons citées dans les deux articles qui lui ont été consacrés dans notre histoire.

Hist. Littér. t. XII, p. 471.

Rambaud d'Orange. — Des vingt-huit pièces que l'on possède encore de ce troubadour, on en trouve trois seulement dans le recueil ; elles confirment ce que nous disons de la dureté de ses vers. Témoin la strophe qui commence ainsi :

Ch. de Poés. des Tr., p. 19.

Er no sui ges mals et astrucx, etc.

AZALAÏS DE PORCAIRAGUES. — On n'en publie qu'une seule chanson ; et ce ne paraît pas être celle qui est indiquée dans notre article sur cette femme-poëte. *(Hist. Littér. t. XIII, p. 422. Ch. de Poés. des Tr., p. 39.)*

ELIAS ou ÉLIE DE BARJOLS. — Parmi les quatorze ou quinze pièces qui restent de lui, il n'y en a que trois qui soient entrées dans le recueil. *(Hist. Littér. t. XIV, p. 38. Ch. de Poés. des Tr., p. 351)*

GUILLAUME DE CABESTAING. — Nous avions indiqué sept pièces de lui. Le recueil en contient cinq. *(Hist. Littér. t. XIV, p. 210. Ch. de Poés. des Tr., p. 106.)*

GEOFFROI RUDEL. — Les cinq pièces que nous lui attribuons dans son article, sont publiées. *(Hist. Littér. t. XIV, p. 559. Ch. de Poés. des Tr., p. 94.)*

GUILLAUME ADHÉMAR. — Nous n'avions rien cité de ce poëte. On trouve trois chansons de lui, dans le recueil. *(Hist. Littér. t. XIV, p. 567. Ch. de Poés. des Tr., p. 192.)*

PONS DE CAPDUEIL. — Le recueil renferme douze chansons de ce troubadour. Il y en a une dans laquelle il nomme cette *Azalaïs,* dont nous parlons dans l'article qui le con- cerne : *(Hist. Littér. t XV, p. 22. Ch. de Poés. des Tr., p. 191.)*

Ai ! quals dans es de mi dons n'Azalaïs !

ALPHONSE II, *roi d'Arragon.* — La seule chanson de ce roi, qui se soit conservée, est dans le recueil. *(Hist. Littér. t. XV, p. 158. Ch. de Poés. des Tr., p. 118.)*

ARNAUD DE MARUEIL. — Douze pièces de ce troubadour, publiées dans le recueil. Nous n'avions rien cité de lui. *(Hist. Littér. t. XV, p. 441. Ch. de Poés. des Tr., p. 199.)*

BÉRENGER DE PALASOL. — Six chansons de lui, publiées dans le recueil. *(Hist. Littér. t. XV, p. 442. Ch. de Poés. des Tr., p. 231.)*

GIRAUD DE SALAGNAC. — M. Raynouard écrit *Salignac.* Il a publié deux chansons de ce troubadour. *(Hist. Littér. t. XV, p. 444. Ch. de Poés. des Tr., p. 394.)*

GAVAUDAN LE VIEUX. — M. Raynouard a publié deux des pièces de ce troubadour, que nous n'avions qu'indiquées dans son article. L'une est une espèce de romance ou *pas- tourelle ;* l'autre ne contient que des plaintes amoureuses. On trouvera sans doute dans les volumes suivans du recueil, le *sirvente* qu'il fit pour appeler tous les rois de la chrétienté au secours d'Alphonse IX, roi de Castille, contre les Maures. *(Hist. Littér. t. XV, p. 445. Ch. de Poés. des Tr., p. 165.)*

LA COMTESSE DE DIE. -- Il n'y a dans le recueil que trois *(Hist. Littér. t. XV, p. 447.)*

Tome XV.   .M m m m

Ch. de Poés. des Tr., p. 22.

pièces de cette dame. Nous en citions quatre d'elle, dans notre article.

Hist. Littér. t XV, p. 447.

Ch. de Poés. des Tr., p. 242.

PIERRE DE BARJAC. — Nous avons réuni dans un seul article, Guillaume de Balaun, et Pierre de Barjac, parce qu'ils furent toujours amis inséparables. M. Raynouard ne publie qu'une seule pièce du second. Ce n'est pas probablement le *sirvente* dont nous avons fait l'analyse dans notre article, car on n'y trouve aucun des traits satiriques que cite M. G., auteur de l'article. Et pourtant, c'est aussi un *congé* qu'il prend de sa dame, et qu'il termine par ces deux vers :

Ibid. p. 243.

> Fe que m devetz, si be us sui aziros,
> Prendetz comjas de mi qu' ieu 'l pren de vos.

Hist. Littér. t. XV, p. 449.
Ch. de Poés. des Tr., p. 298.

GUILLAUME DE SAINT-DIDIER. — Le recueil contient trois chansons de ce Guillaume de Saint-Didier. On y trouve souvent le nom de son ami *Bertrand*. Notre article apprend que ce prétendu ami n'était autre que la marquise de Polignac sa maîtresse, dont il avait intérêt de déguiser le véritable nom.

Hist. Littér. t. XV, p. 454.

Ch. de Poés. des Tr., p. 268.

PEYROLS D'AUVERGNE. — M. Raynouard ne donne point à ce troubadour son surnom d'Auvergne. Des trente pièces de lui, que contient le manuscrit cité dans notre article, il n'en publie que six, parmi lesquelles on distingue le joli dialogue dont nous avions transcrit un couplet. Nous trouverons sans doute dans quelque volume suivant le chant *historique*, qu'il composa pendant son séjour à la Terre-Sainte, sur les désastres des chrétiens.

L'envoi qui termine une des chansons recueillies par M. Raynouard, offre le nom de la *dame de Mercœur*, sa maîtresse.

Ibid. p. 274.

> Vai messatgier, lai a *Mercoill* lo m ren
> A'l comtessa cui jois e pretz manteigna.

Hist. Littér. t. XV, p. 458.

Ch. de Poés. des Tr., p. 120.

PIERRE RAYMOND. — Le recueil contient cinq chansons de ce troubadour, parmi lesquelles se trouve celle que nous mentionnons dans notre article : elle commence par ce vers :

> Enquerra mi vai recalivan, etc.

Hist. Littér. t. XV, p. 459.

PIERRE ROGIERS. — Dans les cinq chansons de Pierre Rogiers, publiées par M. Raynouard, il y en a une où il célèbre la vicomtesse de Narbonne, sa dame, en la désignant sous le nom de *Tort-n'avetz*. C'est la quatrième. Il la nomme encore dans l'envoi d'une autre :

Ch. de Poés. des Tr., p. 27.

> Bastart, tu vai
> E porta m lai
> Mon sonnet a mon *Tort-n'avetz*.

Ibid. p. 34.

Pons de la Garda. — On ne voit, dans le recueil, qu'une pièce de ce poëte, quoiqu'il y en ait onze de conservées dans le manuscrit de la bibliothèque du roi, que nous citons dans notre article.

Hist. Littér. t. XV, p. 460.
Ch. de Poés. des Tr., p. 266.

Saïl de Scola. — La seule chanson de ce troubadour, qu'on ait publiée, paraît avoir été faite pour la vicomtesse de Narbonne, à la cour de laquelle il vivait. Elle finit par ces vers :

Hist. Littér. t. XV, p. 468.
Ch. de Poés. des Tr., p. 254.

> Deu prec e sainta Maria
> On que na Biatritz sia
> De Narbona, que ill don jai,
> E ill cresca son pretz verai.

Ibid. p. 255.

Bernard de Ventadour. — C'est le poëte qui a fourni le plus de pièces à M. Raynouard. Le recueil en contient jus-qu'à vingt-deux, dans la première desquelles se trouve celle dont nous avons cité une strophe dans notre article sur Bernard de Ventadour. On en trouve une autre où on lit le nom de *Bel-Vezer*, qu'il donnait à Agnès de Mont-Luçon, premier objet de ses amours :

Hist. Littér. t. XV, p. 467.
Ch. de Poés. des Tr., p. 42.

> Bels vezers, si no fos
> Mos cuans totz en vos,
> Ieu laissera chansos
> Per mal dels enuios.

Ibid. p. 53.

Pierre Vidal. — Il n'y a dans le recueil que quatre chan-sons de Pierre Vidal. Quiconque aura lu notre article sur ce poëte, désirera sûrement de trouver dans les volumes suivans, la pièce très-instructive où Vidal décrit les mœurs des gentilshommes et des troubadours de son temps. Mais M. Raynouard a du moins publié une chanson qui rappelle une des époques les plus singulières de la vie de l'insensé troubadour, ses amours avec la dame qu'on appelait *Louve*

Hist. Littér. t. XV. p. 470.

Ch. de Poés. des Tr., p. 318.

M m m m 2

de *Penautier*, pour laquelle il fit tant de folies. Dans une strophe, il se regarde comme honoré d'être appelé *Loup* :

Ibid. p. 325.

E sitot lop m'apellatz,
No m'o tenh a deshonor,
Ni si m cridon li pastor,
Ni si m sui per lor cassatz;
E am mais boscx e boisso
No faut palaitz ni maizo,
Et ab joi li er mostrieus
Entre vent e gel e nieus.
La loba ditz que sieus so,
Et a ben dreg e razo,
Que per ma fe, mielhs sui sieus
Que no sui d'autrui ni mieus.

TABLE GÉNÉRALE

DES ÉCRIVAINS DU XIIᵉ SIÈCLE,

DONT LES ARTICLES SONT CONTENUS DANS LES TOMES IX, X, XI, XII, XIII, XIV ET XV DE L'HISTOIRE LITTÉRAIRE DE FRANCE.

R.

S.

ANONYMES.

TOME IX.

ANONYMES.

TOME X.

ANONYMES.

TOME XI.

ANONYMES.

TOME XII.

ANONYMES.

TOME XIII.

Tome XV.

ANONYMES.

TOME XIV.

ANONYMES.

TOME XV.